차례

개관

경기도 서원의 역사와 현황

서원의 의례와 제향

서원 복식의 구성과 의미

시군별 서원

1. 가평군

2. 고양시

3. 남양주시

책머리에

서원은 조선시대 사림이라 불리운 유교지식인들에 의해 세워져 우리 역사의 유교 발전에 공헌을 한 선현을 받들어 제사하고, 선현의 말씀과 유교 경전에 대한 강의와 토론을 하는 장으로서의 강학(講學)을 통해 학문과 수신(修身), 치국(治國)의 도리를 깨우치는 학교 기관이었다. 또한 지방 사회에서는 풍속의 교화와 민심을 살펴 여론 즉 공론을 모으는 역할도 하였다.

주세붕이 순흥 즉 풍기지방에 고려 후기 성리학을 받아들이는데 큰 공헌을 한 안향을 봉사하고 경전을 보관 공부할 수 있는 백운동서원(白雲洞書院)을 연 이래 서원은 점차 그 역할과 의미가 사림들에 의해 받아들여져 전국에 걸쳐 세워져 운영되기에 이르렀다. 이는 경기도에서도 마찬가지였다. 특히 고려 말의 유현으로 성리의 공부와 의리 정신에 바탕하여 주자가례의 실천으로 조선왕조 및 사림들에 의해 숭앙을 받은 포은 정몽주의 묘소가 있었기에 더욱 일찍부터 서원 설립이 이루어질 수 있었다. 정암 조광조, 율곡 이이, 오리 이원익, 백사 이항복, 사계 김장생, 우암 송시열, 잠곡 김육 등 조선시대의 선현을 봉사하는 서원 영당이 확대 건립되었던 것이다.

그 결과 현재의 경기도 시군에는 모두 40여개 소의 서원이 세워져 남아 있게 되었다. 하지만 이들 서원들은 홍선대원군의 서원철폐령이 내려져 정리된 이래 그동안 방치되어 수풀이 우거지거나 주춧돌조차 남아 있지 못한 경우, 혹은 존치되었더라도 제대로 관리되지 못하고 서원의 가장 큰 기능인 선현봉사와 강학이 제대로 이루어지지 않는 경우, 지방 관민의 관심으로 복원되었더라도 서원의 본래적 기능이 함께 복원되지 못하여 퇴영되는 등 여러 경우가 발생하였다.

그렇지만 현재에도 경기도의 서원은 지방사회의 정신적 구심점 역할을 하면서 지역사회의 관심을 끌고 있다. 전국문화원연합회 경기도지회에서 이러한 경기도의 서원에 대한 실태 조사와 그 의미를 새롭게 조명하려는 노력에 힘입어 이번에 '京畿道書院總覽'을 기획하였다.

경기도서원총람은 현장 조사 및 관련 자료 정리, 집필의 과정을 거치면서 크게 세 부분으로 구성하였다. 첫째는 경기도의 서원 더 나아가서는 조선시대 서원의 모습을 그려보기 위한 작업의 일환으로 개관의 장을 두어 1. 경기도 서원의 역사와 현황, 2. 서원의 의례와 제향, 3. 서원 복식의 구성과 의미를 서술하였다. 두 번째로는 현재 경기도의 시군을 중심으로 각 지역에 있거나 있었던 서원을 조사 정리하는 작업을 시도하였다. 그리하여 이를 한수 즉 한강을 중심으로 한수 이북과 이남으로 편의상 구분히여 정리하였다. 세 번째로는 부록을 두어 서원의 운영에 도움이 될 만한 자료들을 제시하고자 하였다.

이번의 작업은 전국문화원연합회 경기도지회와 경기도의 전통문화재 보존과 복원을 위한 연속 기획 선상에서 이루어진 것이다. 모쪼록 우리의 전통문화재와 거기에 담겨져 있는 시대정신을 올바로 이해하고 현재와 미래의 우리 전통문화를 새롭게 창조할 수 있는 깨달음의 계기가 되었으면 한다.

발간사

역사는 과거와 현재의 대화라고 합니다. 과거가 없는 현재는 있을 수 없고, 현재가 없는 미래 또한 상상할 수 없는 것입니다. 우리가 역사를 알고 이를 바탕으로 미래에 대한 예측을 하는 것은 풍요로운 삶을 지향하기 위한 최소한의 노력인 것입니다.

전국문화원연합회 경기도지회에서는 향토문화의 계승 발전과 보급을 위해 오랜 세월 경기도내에 산재해 있는 각종 향토사료를 지속적으로 조사 발굴하여 왔습니다. 그 결과 경기민요집, 경기도의 민속예술, 경기도의 마을제당, 누정, 전통사찰, 성곽 등 각종자료집을 발간하였고, 이를 각계각층과 공공도서관, 학계 등 관련 기관에 배포하여 교육 자료로 활용하고 있습니다.

올해는 향토사료 조사의 일환으로 경기도내 서원에 대한 조사를 실시하여 ≪京畿道書院總覽≫ 책자를 발간하게 되었습니다. 최근 우리 사회에 가장 중요한 화두로 자리 잡은 내용 중 하나는 사립학교와 관련된 논란일 것입니다. 우리나라 역사에서 사립학교가 활성화된 것은 조선시대이고 그 사립학교가 바로 서원이라는 사실은 누구나 알고 있습니다. 따라서 서원에 대한 역사적 접근을 해 보는 것은 현재를 살고 있는 우리 모두에게 중요한 갓대를 제공해 준다는 점에서 매우 흥미로운 주제라고 할 수 있습니다.

현재 경기도에는 총 40개의 서원 및 서원지가 있습니다. 조사한 결과에 따른다면, 경기북부에는 18개소, 경기남부에는 22개소가 있습니다. 특히 조선시대를 대표하는 대학자인 율곡 이이 선생을 배향하였던 파주의 자운서원, 정암 조광조 선생를 배향하였던 용인의 심곡서원, 성리학의 창시자인 중국의 주회(주자)를 배향하였던 연천의 임장서원 등은 경기도를 대표하는 서원으로 역사에 기록되어 있습니다. 비록 대원군의 서원철폐령과 6.25전쟁을 겪으면서 이러한 서원들이 온전하게 보존되지는 못하였지만 현재 복원된 건물과 터만 남아있는 서원지 등의 흔적을 통해 우리나라 사립학교의 발자취를 더듬어 볼 수 있을 것입니다.

이 책자를 발간하는데 여러분들의 도움이 있었습니다. 우선 김문수 경기도지사와 김순덕 경기도의회의장은 책자 발간을 위해 물심양면으로 도움을 주셨습니다. 이 자리를 빌어 감사의 말씀을 드립니다. 아울러 이 책자를 발간하기 위해 애쓴 동서울대학 백남욱 교수를 비롯한 집필진과 조사원들의 노고에 심심한 사의를 표하는 바입니다.

감사합니다.

2006년 12월 일
전국문화원연합회 경기도지회장 남 선 우

범 례

1. 경기도서원총람에 실린 대상 서원은 현재의 경기도 행정구역으로서
   의 시군을 중심으로 하였다.
2. 제향 인물의 생애와 업적은 ≪국조인물고≫, ≪조선왕조실록≫ 등
   을 자료로 하면서, ≪한국민족문화대백과사전≫과 경기대학교 전통문
   화콘텐츠연구소의 ≪한국의 경기지역 서원≫ 등을 참조하여 정리하
   였다.
3. 시군별 서원 관련 문헌자료는 ≪연려실기술≫, ≪조두록≫, 각종 문
   집(민족문화추진위원회 간행), ≪조선왕조실록≫, ≪승정원일기≫ 등
   을 대상으로 조사하였다.
4. 경기도 시군별 지도는 ≪해동지도(서울대학교 규장각)≫와 현재의
   경기도 전도(성지문화사 간행)에 실린 자료를 활용하여 제시하였다.
5. 시군별 서원의 관련 사진과 그림은 ≪역사인물초상화대사전≫(현암
   사 간행)과 이번 작업팀에서 촬영한 것을 주로 이용하였다.
6. 시군별 서원의 순서는 한강 이북과 이남으로 나누고, 가나다순의 시
   군별 편성, 그리고 역시 시군별 서원은 가나다순 서원으로 하였다.

개관

경기도 서원의 역사와 현황

서원의 의례와 제향

서원 복식의 구성과 의미

경기도 서원의 역사와 현황

머리말

중국 한당(漢唐) 시대의 교육은 인재를 기르고 풍속을 교화한다는 양사(養士)에 목적을 두었으나, 양사는 점차 오히려 벼슬을 얻는 하나의 방편으로 되었다. 당대(唐代) 전후로 선종의 유행과 함께 개인을 자각해가고 있던 당대의 지식인들은 지금까지와는 다른 틀의 교육 방법과 그 수학의 장소를 구하기 시작하였다. 이로 인해 한대(漢代)의 사숙(私塾) 경영과 당송(唐宋)의 선림(禪林) 제도, 그리고 학교 제도 등을 혼합하면서 정심성의(正心誠意)를 통한 개인의 자각이라는 목적을 교육에서 찾기 시작하였다.

본래 서원이라는 명칭은 수학처(修學處)를 가리키기도 하고 조정의 도서관, 혹은 개인의 서재를 의미하기도 하였다. 공자(孔子)가 유가(儒家)의 사학을 제창한 이래 일사(逸士)들은 정사(精舍)나 정려(精廬)를 세워 학문을 강론하면서 제자를 양성하였다. 오대 당말에 이르러 이발(李渤)이 형 이섭(李涉)과 백록동(白鹿洞)에 숨었다가 후에 강소자사(江蘇刺史)가 되어 백록동에 태사(台榭)를 시작한 뒤 남당의 승지중(昇之中)이 학관을 세우고 학전(學田)을 두어 융성시켰다. 이처럼 오대남당 때의 백록동은 서원의 효시가 되면서 북송초기에 이르러서는 백록동·석고·응천·악록 등 4대 서원이 설치되었다.

오대 이후 송대에 이르러 본격화된 서원의 설치와 운영의 목적은 선현봉사(先賢奉祀), 숭현존사(崇賢尊師)와 향리흥학(鄕里興學)을 위한 강학(講學) 등에 있었다. 스승으로부터 강학을 통해 전체적 이해를 도모한 것이 일반적이나 공자가 취한 방법처럼 개개인의 수준에 맞추어 강학을 하고 또 그 제자는 자기 스스로의 학습과 깨달음을 통해 학문을 심화시켰다. 서원의 발달은 이에 토대를 두는 것이었다.

우리나라의 경우 고려시대부터 서원이라는 호칭은 없었더라도 관학이 자기 역할을 못하자 최충의 문헌공도(文憲公徒)처럼 사학(私學)은 늘어났으며 대체로 사찰 등에서 강학을 행하였다. 또한 선현선성에 대한 봉사(奉祀)도 이어졌다. 이처럼 고려시대의 경우도 서원이라는 명칭만 없을 뿐 그 내용 면만 본다면 조선시대의 서원과 비슷한 면이 있었다. 조선시대에 들어와 성리학이 조선의 지배사상으로 기능하면서 선현봉사, 숭현존사, 강학과 화민성속(化民成俗) 등의 주체자로서 사림(士林)이 떠올랐고, 이들은 주자의 백록동서원을 흠모하기 시작하였다.[1] 이것이 조선시대 서원의 출발점이라 할 수 있을 것이다.

여기에서는 이와 같은 서원에 대한 기본적인 이해를 바탕으로 하면서 조선시대 경기도 지역의 서원 사우와 현재의 경기도 일원에 있었던 혹은 복원된 서원의 현황을 검토하려 한다. 이를 통하여 과거와 현재의 서원이 갖는 위상과 그 의미를 추구함으로써 과거의 역사 문화와 사상의 상징이

---

1) 서원 연구에 대한 성과를 정리한 것으로는 李秉休, 1981 <서원과 붕당> ≪한국사연구입문≫ ; 高錫珪, 1987 <조선 서원·사우에 대한 연구의 추이와 그 성격> ≪외대사학≫ 1 ; 정만조, 1987 <서원과 당쟁> ≪한국사 연구입문≫ 제2판 ; 정만조 1997 ≪朝鮮時代 書院研究≫ 集文堂 ; 정만조, 2002 <韓國 書院의 研究現況과 展望> ≪韓國의 書院과 學脈 研究≫ 국학자료원 등이 있다.

어떠한 과정을 거치면서 현재의 모습으로 있게 되었고, 또 앞으로 이들 서원이 어떠한 의미를 가져야 하는가를 진단하는 밑바탕이 되리라 본다.

1. 서원의 설립 배경

서원의 설치와 관련하여 먼저 세종 즉위년((1418) 11월에 있은 합행사의(合行事宜)의 유시를 보면 다음과 같은 내용이 제시되고 있다.

> 학교는 풍속과 교화의 근원이므로 서울에는 성균관과 오부 학당(五部學堂)을 설치하고 지방에는 향교를 설치하여 권면하고 훈회한 것이 지극하지 않음이 없었는데도 성균관에서 수학(受學)하는 자가 오히려 정원에 차지 않는다. 생각건대 교양하는 방법이 그 방법을 다하지 못한 때문인가? 사람들의 추향(趨向)이 다른 데 좋아하는 점이 있는 때문인가? 그 진작하는 방법을 정부와 육조에서 검토 연구하여 아뢸 것이다. 더구나 향교의 생도는 비록 학문에 뜻을 둔 사람이 있더라도 있는 곳의 수령이 서역(書役)을 나누어 맡기고 빈객(賓客)을 응대하는 등 일에 일정한 때가 없이 사역(使役)하여 학업을 폐하게 하니 지금부터는 일절 이를 금지시키고, 그 유사(儒士)들이 사사로이 서원(書院)을 설치하여 생도를 가르친 자가 있으면 위에 아뢰어 포상하게 할 것이다.[2]

세종은 성균관과 오부학당, 그리고 향교가 있음에도 불구하고 제도권 내에 있는 이들 학교기관이 제 역할을 하지 못하는 것에 대해 강학 방법 등이 문제가 있다는 것과 향교의 경우 생도들의 사역이 많다는 것을 지적하였다. 그리고 그 대안의 하나로 제시한 것이 바로 사숙적 성격을 갖는

---

2) ≪세종실록≫ 권2, 즉위년 11월 기유(3)

서원을 설치하여 생도를 가르치는 것이었다.

물론 이때의 서원은 선현봉사의 기능보다는 교육적 기능을 우선하는 것이었다. 그렇지만 세종이 지적하였듯이 관학의 쇠퇴는 언제든지 사학의 필요성을 불러온다는 점을 이해해야 한다. 시기적으로 격차는 있지만 중종 37년(1542) 7월에 있은 행부사과(行副司果) 어득강(魚得江)의 상소를 주목할 필요가 있다.

> 한(漢) 나라 정현(鄭玄)은 생도들을 모아 가르쳤고 수(隋)나라의 왕통(王通)은 하분(河汾)에서 강학(講學)하였으며, 당나라 이발(李渤)은 남당(南唐) 때 백록동(白鹿洞)의 주인이 되니 배우는 자들이 구름처럼 몰려들어 송나라에 이르기까지 그 무리가 수천 명에 이르렀으므로 송나라 황제가 구경(九經)을 내려서 장려했습니다. 주자(周子)·장자(張子)·정자(程子)·주자(朱子)에게 각기 문도가 있었는데 그 문하에서 나온 자는 모두 명공석유(名公碩儒)로서 스승보다 더 나았습니다. 이공택(李公擇)은 산방(山房)에다 만권의 책을 간직하여 학자들과 함께 이용했고, 주희(朱熹)는 무이정사(武夷精舍)를 짓고 백록서원(白鹿書院)을 설립했습니다. 이런 도가 우리나라에는 행해지지 않고 있으니 먼 곳에 있는 유생들이 어디서 학문을 배우겠습니까.[3]

어득강은 상소문에서 외방에 있는 선비들이 학문을 배울 장소가 마땅치 않으나 주자의 도가 우리나라에 전해진 뒤 그 도를 닦으려는 자가 늘어나고 있다고 지적하면서 강학과 학문을 논하는 도가 행해지지 않음을 아쉬워하였다. 그리고 그 대안으로 사찰을 얻어 독서와 강학이 이루어지게 하며 수령과 현감 및 교관으로 하여금 권과토록 해야 한다고 주장하였다. 그것은 결국 외방의 관학이 제대로 이루어지지 않은 데에 기인하고 있는 것이었다.

---

3) 《중종실록》 권98, 37년 7월 을해(27)

하지만 이때의 상소문에서는 서원의 설립 권장보다는 지방학교의 모자란 점을 보충할 강학의 기회와 장소를 제안하는 성격이 짙다. 그러나 여기서 그가 무이정사와 백록서원 등을 언급하고 있는 점을 유의할 필요가 있다. 즉 중종대(1506~1544)에 들어서서 중국의 서원제도에 대한 이해가 나오고 있다는 점이 그것이다. 그것은 곧 선현봉사라는 제례적(祭禮的) 기능과 강학이라는 학문적 기능 및 교화라는 사회적 기능에 대한 이해라 할 수 있다.

그의 이러한 주장은 중종대를 전후한 사림의 전반적 움직임과도 연관을 맺고 있다. 중종대에는 조광조의 등용과 함께 도학이 숭상되었으며 이에 따라 신진 사림들이 중용되었다. 이들은 도학에 입각하여 군주성학(君主聖學)을 주장하면서 ≪소학≫과 ≪주자가례≫의 실천 등 이른바 도학적 개혁정치를 꾀하였으나 결국 남곤 등에 의해 중종 14년(1519) 기묘년에 사화(士禍)를 당하였다. 이때 처형 및 귀양, 그리고 스스로 벼슬을 버리고 귀향하여 은거한 이들을 일러 기묘사림(己卯士林)이라 불렀다.

사림의 향리 정착은 기묘사림의 개혁책 속에서 전개된 유향소(留鄕所) 복립과 궤를 같이하면서 향촌사회에서의 풍속교화와 강학, 학문수양을 통해 향촌질서를 잡아가기 시작하였다. 또한 사마소 역시 향촌에 세워져 운영되기 시작하였는데 이는 향촌사회 생원진사들이 세운 일종의 사립학교였다. 향촌사회에서의 이러한 강학의 분위기와 성리학의 심화는 중국의 서원제도에 대한 이해로 나타났던 것이고 위의 어득강의 상소는 그러한 점을 반영하였다.

이를 통해 본다면 서원의 설립 배경은 크게 몇 가지로 정리된다. ≪소학≫과 ≪주자가례≫의 공부와 실천, 성리학의 심화와 함께 중국의 서원문화에 대한 이해, 사림들의 중앙 및 지방사회에서의 성장, 관학의 쇠퇴, 그리고 기묘사화와 기묘사림들의 활동 등이 그것이다.

안향(安珦, 1243~1306), 소수서원
소장, 국보 제111호

결국 이러한 분위기 속에서 풍기군수(豊基
郡守)로 있던 주세붕(周世鵬)이 서원 설립을
위한 움직임을 시작하였던 것이다. 다음의
내용을 보자.

풍기는 안향(安珦)의 고향인데, 주세붕이
안향의 옛집 터에 사우(祠宇)를 세워 봄·
가을에 제사하고 이름을 백운동서원(白雲
洞書院)이라 하였다. 좌우에 학교를 세워
유생이 거처하는 곳으로 하고 약간의 곡식
을 저축하여 밑천은 간직하고 이식을 받아
서 고을 안의 모든 백성 가운데에서 준수
한 자가 모여 먹고 배우게 하였다. 당초
터를 닦을 때에 땅을 파다가 구리 그릇 3
백여 근을 얻어 경사(京師)에서 책을 사다 두었는데 경서(經書)뿐만
아니라 무릇 정·주(程朱)의 서적도 없는 것이 없었으며 권과(勸課)도
게을리하지 않았다. (중략) 주세붕이 5년 동안 벼슬을 살았는데 정사
를 행하는 것이 이와 같았다. 처음에는 사람들이 다 헐뜯고 비웃었
으나 성신(誠信)이 점점 젖어 들어서 오래되자 교화되니 전일 헐뜯고
비웃던 자들이 다 감복하였다. 주세붕은 유가(儒家)의 찌끼만을 겨우
알아서 오활하게 처사하였는데도 사람들이 감화되는 것이 이러하였
으니 풍속이 경박한 죄는 백성에게 있지 않다는 것이 분명하다.[4]

주지하듯이 안향은 고려 때 사람으로 본관이 순흥(順興) 즉 풍기(豊基)
였으며 성리학을 들여온 것으로 알려져 있는 인물이다. 따라서 안향은 고
려와 조선의 사림들에게 선현으로 존숭되고 있었다. 이러한 연고를 가진
안향을 모시고 또한 경전을 모은 뒤 강학과 권과(勸課)를 지속하여 교화

---

4) 《중종실록》 권95, 36년 5월 정미(22)

해 나갔다는 것은 그가 명분으로 내세운 '立廟而尙德'과 '立院而敎學'이라는 목적을 달성하려 했다는 것을 말한다. 그것이 바로 백운동서원이었던 것이다.

주세붕(周世鵬, 1495~1554), 덴리대학 소장

주세붕이 세운 백운동서원이 갖는 성격에 대해 주시할 필요가 있다. 위에서 지적했듯이 지역 연고를 가진 선현과 유학과 성리학의 계통을 잇는 성현의 봉사, 그리고 공자나 주자가 제시한 바처럼 제자와 생도들의 수준을 나누어 학문을 수학토록 한 강학이 권장되었다는 점, 그러면서도 재정적 기반 확보를 위해 군현 재정을 쓰면서도 이른바 학전을 마련하였다는 점, 그리고 퇴락한 군현의 사회풍속 교화를 위해 노력하였다는 점, 그리고 지방 사림과 생도들이 도학을 공동 연마하면서도 향음주례(鄕飮酒禮) 등을 통해 사교와 동질감을 가지게 되었다는 점이 그것이다. 이점은 이후 서원 건립의 움직임과 관련하여 매우 중요한 요소가 된다.

백운동서원과 같은 서원 설립 움직임이 본격적으로 가시화된 것은 이 서원이 주자의 백록서원과 같은 것으로 인식되면서라고 할 수 있다. 주세붕과 백운동서원에 대해 높이 평가하고 더 나아가 편액(扁額)과 서적 반사(頒賜), 그리고 토지와 노비 하사 등을 의논한 명종 5년(1550) 영의정 이기(李芑) 등은 다음과 같이 진술하고 있다.

> 풍기(豊基)의 백운동서원(白雲洞書院)은 황해도 관찰사 주세붕(周世鵬)이 창립한 것인데, 그 터는 바로 문성공(文成公) 안유(安裕)가 살던 곳이고 그 제도와 규모는 대개 주 문공(朱文公)이 세운 백록동(白鹿

洞)을 모방한 것입니다. 무릇 학령(學令)을 세우고 서적(書籍)을 비치하며 전량(田糧)과 공급의 도구를 다 갖추어서 인재를 성취시킬 만합니다. 이황(李滉)이 편액(扁額)과 서적·토지·노비를 하사해 줄 것을 청하였는데 다 따라줄 수는 없으나 편액과 서적 등 2~3건만이라도 특명으로 내려 보낸다면 먼 곳의 유생들이 반드시 고무 감격하여 흥기할 것입니다. 토지의 경우는 주세붕이 마련해준 것이 부족하지 않으니, 그대로 놓아두고 고치지 않는다면 비록 장획(臧獲)을 주지 않는다 하더라도 사환(使喚)할 사람을 마련할 수 있을 것입니다.[5]

이 의논에서 보이듯이 백운동서원이 백록서원을 모방하여 성리의 도를 수양하기 위해 세워졌다는 것이나 이황이 그러한 서원에 대해 국가차원에서 편액과 서적·토지·노비를 하사해 줄 것을 청했다고 한 점 등은 차후 같은 사례가 도처에서 있을 것임을 예견케 한다. 명종 9년(1554) 경상도 관찰사 정언각(鄭彦愨)의 장계를 보면 다음과 같다.

신은 지난해 9월 명을 받고 내려와 순행차 영천(永川)에 도착하니 한고을의 부로(父老)와 유생(儒生)들이 모두 모여 신에게 고하기를 '고을 북쪽 10리쯤에 부래산(浮來山)이 있는데 그 산밑에 있는 고허(古墟)는 바로 문충공(文忠公) 정몽주(鄭夢周)가 생장하고 공부한 곳이다. 가묘(家廟)를 세우고 서원(書院)을 지어 풍속을 돈독하게 하고 후생(後生)을 격려하려고 소원해온 지 오래되었는데, 이제 감사가 내려왔으니 어찌 이 일의 성취를 꾀하지 않겠는가?'라고 하였습니다. 신은 '그렇다면 이 시골이 안씨(安氏)의 죽계(竹溪)에 비해 부끄러울 게 없고 실제로 성치(聖治)에 만에 하나라도 도움이 될 것이다. 그러나 지금은 흉년이 들어 재정이 부족한데 어찌 이런 화려한 일을 할 수 있겠는가?'라고 하니, 부로들은 모두 '우리들이 각기 자재를 내어 웬만큼 모았으니, 마땅히 민력(民力)을 번거롭게 하지 않고 하겠다. 다만 바라는 바는 조정에 계달(啓達)하여 풍기(豐基) 소수서원(紹修書院)

5) 《명종실록》 권10, 명종 5년 2월 병오(11)

의 예에 따라 시행하는 것이다. 문충공의 문장과 도학(道學), 덕업(德業)과 문망(聞望)은 결코 문성공(文成公)에 지지 않으며 또한 충렬(忠烈)은 더하다. 그런데도 지금껏 가묘와 제향(祭享)하는 곳이 없다는 것은 한 고을의 수치일 뿐만 아니라 실로 한 도의 결점이다.'라고 하였습니다.[6]

여기에서 보듯이 주세붕이 행한 바처럼 서원을 짓되 영천의 경우는 지방민들이 주체가 되어 추진한 것이다. 이에 예조에서는 향유들이 자재를 내어 선현을 위해 사우를 건립하고 서원을 설치한 것을 치하하면서 학전과 노비, 그리고 사액할 것 등을 임금에게 청하였다.[7]

따라서 서원은 대체로 선현의 연고지를 따라 건립하는 경우가 많았다. 즉 가향(본관·출생·내향·외향·처향)이나 우거(寓居) 및 복거(卜居)의 거주, 사거(死去)한 곳이나 묘소지, 유배되었던 곳, 수령 및 어사로 나갔던 곳, 혹은 왕래 및 경유했던 곳 등이 그 연고가 될 수 있었던 것이다.[8]

이러한 점들을 본다면 서원 설립운동은 두 가지 경로를 통해 추진되었음을 알 수 있다. 하나는 군현의 수령이 주체가 되어 추진하여 향유를 끌어들이고 조정으로부터 학전과 노비, 사액을 받는 것이라 할 수 있다. 다른 하나는 안향이나 정몽주와 같은 선현의 출신지를 중심으로 지방 향유들이 자재를 내어 사우를 짓고 서원을 건립하되 여기에 대해 조정에서 권려하는 의미로 학전과 노비, 그리고 사액을 내려 치하하는 것이다.

그런데 두 번째의 경우 지방 향유가 아닌 문중을 중심으로 서원 건립이

---

6) ≪명종실록≫ 권16, 명종 9년 6월 계미(14)
7) 위와 같음.
8) 이에 대해서는 정만조, 2004 <경기지역 서원의 정치·사회사적 특징> ≪한국의 경기지역 서원≫ 국학자료원 참조.

추진되는 경우도 조선후기로 들어서면서 나타나게 된다. 또한 향현사(鄕賢祠)·영당(影堂)·이사(里社)·세덕사(世德社) 등의 경우도 시간이 지나면서 서원이 될 가능성이 많아졌다. 이러한 경향은 영조대에 이르러서는 더욱 늘어나게 되었고 이에 영조 17년(1741)에 신설을 금지하게 된다.9) 다음의 기사를 보자.

　　팔도의 서원과 사묘(祠廟) 가운데 사사로이 건립한 것 및 사사로이 제향(祭享)하는 것을 없애게 하였다. 애초에 함경감사 박문수(朴文秀)가 이광좌(李光佐)를 이항복(李恒福)의 서원에 배향(配享)하게 한 것으로써 범금(犯禁)한 죄를 자수하였는데, 예조판서 서종급(徐宗伋)이 숙종 갑오년(숙종 40)의 금조(禁條)를 인용하여 다투었다. 이날 좌의정 송인명(宋寅明)이 지방 고을의 사자(士子)들이 대신을 마음대로 제향하는 것은 아첨하는 기풍을 열게 되어 뒷날의 폐단에 관계된다는 것으로 서원 건립에 대한 금령을 거듭 밝힐 것을 청하니, 임금이 새로 건립한 사원(祠院)은 허물도록 하였으나 유독 유현(儒賢)으로 드러난 이와 충신(忠臣)으로 국가의 일로 죽은 이의 경우는 그 사우(祠宇)를 모두 허물지 말도록 명하였다. 영의정 김재로가 말하기를, "선조(先朝) 갑오년의 수교(受敎)에 무릇 서원 가운데 조정에 아뢰지 않고 설립하였거나 마음대로 추향(追享)하는 것은 모두 허물어 버리도록 하였으니 마땅히 일체 법을 적용해야 할 것입니다."라고 하니 임금이 허락하고 마침내 하교하기를, "무릇 법령이 해이해지는 것은 오로지 흔들고 어지럽히는 데 연유한다. 갑오년에 정식(定式)한 뒤에 조정에 아뢰지 않고 사사로이 건립한 사원(祠院)과 사사로이 추향하는 경우 대신이나 유현을 논하지 말고 모두 철거하도록 하고, 이미 죽은 도신은 논하지 말되 나머지는 모두 파직할 것이며 수령은 나처(拿處)하도록 하라. 그리고 수창(首唱)한 유생은 모두 5년을 기한하여 정거(停擧)하게 하라. 이후로 사사로이 건립하거나 추가로 제향하는 경우 도신과 수령은 모두 고신(告身)을 빼앗는 율(律)을 시행하고 유생은 멀

───────────────

9) ≪신보수교집록≫ 예전 금령

리 귀양 보내도록 하라."고 하였다.[10]

여기서 지적되고 있는 바를 본다면 숙종 40년(1714)을 전후하여 이미 조정에 아뢰지 않고 설립하거나 마음대로 현사(賢師)라고 하여 추향하는 것이 많아져 이른바 서원 남설이라 할 정도로 많아져 그 금지령이 내려졌었던 것을 알 수 있다. 그런데 영조대(1724~1776)에 들어와서는 그러한 경향이 더욱 짙어져 향리에서 영당(影堂)이나 이사·세덕사 등을 세우고 이를 서원 사우로 높이려는 일이 많아졌던 것이다. 이에 영조 17년(1741) 사사로이 건립하거나 추가로 제향하는 경우 해당 도의 관찰사 및 해당 군현의 수령, 그리고 유생들에 대해 각각 형을 내리도록 하였던 것이다. 이 때 훼철된 서원·사우·영당 등이 ≪서원등록(書院謄錄)≫에 의하면 109개 소나 되었다.[11] 하지만 정조 이후 서원에 대한 금령이 완화되면서 다시금 서원 사우의 수는 늘어났다.

서원이 어느 정도 설립되었는가를 보면, 숙종대(1674~1720)·영조대·정조대(1776~1800)·순조대(1800~1834)에 매우 급증하였음을 알 수 있다. 가령 숙종대의 경우 서원은 175개 소와 사우는 188개 소가 건립되었고, 영조대에는 서원 50개 소와 사우 166개 소가 늘었으며, 정조대에는 서원 47개 소와 사우가 75개 소가 늘었다. 순조대의 경우는 사원 52개소와 사우 128개소가 늘었었다. 결국 고종 초 대원군의 서원철폐령이 내려질 때까지 설립된 서원 사우의 수를 보면 서원 680개 소와 사우 1041개 소나 되었다.[12]

여기서 주목되는 것은 서원의 숫자보다 사우의 숫자가 훨씬 많다는 점

10) ≪영조실록≫ 권53, 영조 17년 4월 임인(8)
11) 윤희면, 2004 ≪조선시대 서원과 양반≫, 집문당, 92쪽 참조.
12) 윤희면, 2004 앞의 책, 84쪽, <표 2-2> 조선시대 서원·사우의 시대별 건립현황 참조.

이다. 사우의 건립 숫자가 서원보다 많아진 것은 숙종대부터이며, 사우의 건립 목적이 선현봉사라는 제례에 있다는 점을 고려한다면 그 건축규모가 서원보다 간략하고 또 교육적 기능을 갖추지 않더라도 되는 편이성이 있었기 때문일 것이다.

이상을 종합하여 볼 때 서원의 건립배경은 관학의 쇠퇴와 한계, 성현 및 선현의 봉사라는 문묘적 성격을 향촌사회에서 실현하고자 하는 노력의 증가, 주자의 강학 문화 즉 서원 강학에 대한 모방, 성리학에 대한 이해 심화와 향촌사회에서의 사림들의 역할 증대, 그리고 국가적 차원에서의 제도적 권장 등을 주목할 수 있을 것이다. 하지만 이러한 긍정적 요인들은 자기 기능을 상실하였고, 조선후기 18세기와 19세기에 들어서면서 서원 사우의 남설이라 일컬어지는 결과를 가져왔다. 그것은 향촌사회에서의 유림들의 이해관계가 중첩되면서 일어난 현상이었다 하겠다.

2. 조선시대 경기도 서원의 현황과 운영

경기도의 서원의 설립 현황과 운영은 조선시대 전국적으로 설치 운영된 것과 유사한 면을 갖는다. 주세붕의 백운동서원이 건립된 이래 조선의 서원은 사액서원·문중서원·사우·영당 등 여러 형태로 나타났다. 이 가운데 ≪증보문헌비고≫·≪조두록≫·≪열읍원우사적≫·≪서원등록≫·≪전고대방≫·≪팔도읍지≫ 등 및 각 서원지(書院誌)와 문집 등을 비교 정리하여 서원 사우의 왕조별 건립현황을 정리하면 다음과 같다.

<표 1> 조선시대 서원·사우의 시대별 건립과 추이

		중종	명종	선조	광해군	인조	효종	현종	숙종	경종	영조	정조	순조	헌종	철종	고종	미상	합계	총계
강원도	서원		1	2		2(1)	2	(2)	6(1)		3		4		2		1	23(4)	76(8)
	사우				4	2(1)	5(2)	5(1)	3		14	1	7	2	2		8	53(4)	
경기도	서원		1	6(2)	2(2)	2(1)	5(3)	6(4)	19(24)		1(1)	1	2(1)					45(38)	89(48)
	사우			1		2	(1)	2(1)	8(3)	1(1)	7	4(3)	7	3(1)	1		8	44(10)	
경상도	서원	1	9(3)	23(8)	15(4)	12(1)	13(2)	17(9)	86(25)	4	28(1)	35(2)	28	11	13(1)	1	74	370(56)	780(67)
	사우	(1)		5	2	9	3	3(3)	52(3)	4(1)	51(2)	24(1)	30	17	13	6	191	410(11)	
전라도	서원			22(4)	6	11	5(2)	8(7)	23(15)	1(3)	12	8(1)	17	1	4		2	120(32)	426(48)
	사우			12(3)	4	11	4(2)	7(1)	56(8)	6	43	40(2)	67	11	16		29	306(16)	
충청도	서원		1	7	8(3)	4(1)	2	7(6)	27(15)	3(5)	2(3)	2					1	64(33)	157(39)
	사우			2(1)	2	1	3		27(2)	3	12(3)	3	10		1		29	93(6)	
평안도	서원		1	3(1)	1	1		3(3)	6(8)		1(1)						2	18(13)	85(28)
	사우			4(1)		3		2(2)	23(6)	5	16(3)	1(3)	5				8	67(15)	
함경도	서원		2	1(1)	1(1)	1		5	2(4)		2(1)		1					15(7)	51(10)
	사우			2	1	1	1	3(1)	10(1)	2	8	2	2	1	1(1)		2	36(3)	
황해도	서원		1(1)	8(1)	1(1)		3	2	6(13)	(1)	1	1					2	25(17)	57(21)
	사우			1		1		(1)	7(3)	1	15						7	32(4)	

합계	서원	1	16(4)	70(16)	35(12)	33(4)	31(7)	48(31)	175(105)	8(9)	50(7)	47(3)	52(1)	12	19(1)	1	82	680(200)	1721(270)
	사우	(1)		27(4)	7(2)	33	11(4)	25(11)	188(27)	25(2)	166(8)	75(9)	128	34(1)	34(1)	6	282	1041(70)	
총계		1	16	97	42	66	42	73	363	33	216	122	180	46	53	7	364	1721	

* 이 표는 윤희면, 2004 ≪조선시대 서원과 양반≫ 집문당, 84쪽 <표 2-2> 조선시대 서원·사우의 시대별 건립현황과 ≪한국민족문화대백과사전≫12, 10쪽의 사액 서원·사우의 수치를 인용한 것임. 괄호 안의 수치는 사액 서원·사우임.

<표 1>에서 조선시대 서원·사우의 시대별 건립과 추이를 보면 숙종 대를 기점으로 서원보다 사우의 건립이 더 많이 추진되었다는 것을 알 수 있으며, 숙종대의 경우는 남설이라 할 수 있을 정도로 늘어나고 있다. 전체 서원·사우가 1721개 소인데 이 가운데 경상도와 전라도의 서원·사우가 차지하는 비중은 타지역보다 월등히 많음을 알 수 있다. 특히 사우의 숫자가 서원의 수보다도 많다는 것은 조선시대 유림들이 서원교육보다는 사당의 제례적 기능을 중시하였다는 것을 말해주며, 또 상대적으로 설립과 관련하여 국가의 간섭을 덜 받고 지방사회에서 문중 혹은 향촌 유림들이 중심이 되어 쉽게 세울 수 있어서 일 것이다.

조선시대 서원·사우 가운데 사액된 곳을 보면 서원이 200개 소 이상, 사우는 70개 소 이상이 되어 전체 서원 중 30%가 넘는 곳이 사액을 받았으며, 사우는 7%정도가 된다.[13]

<표 1>을 토대로 경기도의 각 군현에 세워진 서원·사우를 보면, 서원 45개 소, 사우 44개 소로 경상도·전라도·충청도의 다음 순으로 많

13) ≪한국민족문화대백과사전≫에서는 사액 서원 200개, 사액 사우 70개 소로 잡고 있고, 전용우는 사액 서원의 수를 208개 소, 사우를 71개 소로 잡고 있어(1985 <조선조 서원·사우에 대한 일고찰> ≪호서사학≫13, 6쪽) 약간의 차이를 보인다.

기는 하지만 하삼도의 것과 비교하면 매우 적은 편이다. 또한 서원의 수가 사우의 수보다 많은 것도 특징의 하나로 보인다:

그러면 구체적으로 조선시대 경기도 각 군현에 세워진 서원·사우의 현황을 보면서 어떠한 면이 나타나는가를 살펴보도록 하겠다.[14]

<표 2> 조선시대 경기도 각 군현의 서원·사우 현황

군현	서원·사우	건립	사액	훼철시기	배향	현 소재지	비고
개성부	숭양서원	선조6 (1573)	선조8 (1575)	훼철안됨	정몽주, 우현보, 서경덕, 김상헌, 김육, 조익	개성시 원동	
	화곡서원	광해1 (1609)	광해1 (1609)	고종8 (1871)	서경덕, 박순, 허엽, 민순	개풍군 영남면 현화리	
	숭절서원	현종7 (1666)	숙종20 (1694)	고종8 (1871)	송상현, 김연광, 유극량	개성시 원동	
	오관서원	숙종7 (1681)	숙종11 (1685)	고종8 (1871)	박상충, 박세채	개성시	
	도산서원	숙종8 (1682)	숙종11 (1685)	고종5 (1868)	이제현	개성시	
	창암서원	숙종1 (1675)	숙종8 (1682)	고종5 (1868)	이이	개성시	
	표절사	정조7 (1783)	정조7 (1783)		임선미, 조의신, 맹성인	개성시	
	숭절사	현종7 (1666)	숙종20 (1694)		송상현, 김연광, 유극량	개성시	
광주	구암서원	현종8 (1667)	숙종23 (1697)	고종7 (1870)	이집, 이양중, 정성근, 정화, 오윤겸, 임숙영	강동구 암사동	
	수곡서원	숙종11 (1685)	숙종21 (1695)	고종8 (1871)	이의건, 조속, 이후원	강남구 일원동	
	명고서원	현종2 (1661)	현종10 (1669)	고종5 (1868)	조익, 조복양·조지겸	화성시 매송면 천원리	
	현절사	숙종14 (1688)	숙종19 (1693)		김상헌, 정온, 홍익한, 윤집, 오달제	광주시 중부면 남한산성내	보존

14) 연구자에 따라서 서원·사우의 수치가 일치하지 않고 있다. <표 1>의 경우 윤희면의 연구를 대체로 수용하였고, <표 2>의 경우 최홍규의 연구를 받아들여 전개하였으므로 양해를 바란다.

여주	기천서원	선조13 (1580)	인조3 (1625)	고종5 (1868)	김안국, 이언적, 홍인우, 정화, 이원익, 이식, 홍명구, 홍명하	여주군 금사면 이포리	1978년 중건
	고산서원	숙종3 (1677)	숙종34 (1708)	고종8 (1871)	이재오, 조한영	여주군 대신면 보통리	하마비
	대로사	정조9 (1785)	정조9 (1785)	고종10 (1873)	송시열	여주군 여주읍 하리	보존 (江漢祠)
지평	운계서원	선조27 (1594)	숙종40 (1714)	고종8 (1871)	조성, 조욱, 신변, 조형생, 조문형	양평군 용문면 덕촌리	1932년 복원
	향사우	숙종40 (1714)			신변, 조형생	양평군	
과천	민절서원	숙종7 (1681)	숙종18 (1692)	고종5 (1868)	박팽년, 성삼문, 이개, 유성원, 하위지, 유응부	동작구 노량진 사육신공원 내	
	노강서원	숙종21 (1695)	숙종23 (1697)	훼철안됨	박태보	의정부시 장암동	1969년 이건복원
	사충서원	영조1 (1725)	영조2 (1726)	훼철안됨	김창집, 조태채, 이건명, 이이명	하남시 삼산곡동	1968년 이건복원
	호계서원	숙종7 (1681)		고종5 (1868)	조종경, 조속	안양시 호계동	서원지
수원	매곡서원	숙종20 (1694)	숙종21 (1695)	고종8 (1871)	송시열	화성시 매송면 천천리	서원지
	궐리사	정조16 (1792)	정조16 (1792)	고종8 (1871)	공자영정	오산시 궐동	1900년 중건
남양	용백사	현종7 (1666)	현종10 (1669)	고종8 (1871)	제갈량, 호안국, 윤계	화성시 남양동	사우지
	안곡서원	현종9 (1668)	경종1 (1721)	고종8 (1871)	박세훈, 박세희, 홍섬	화성시 서신면 상안리	1976년 중건
인천	학산서원	숙종28 (1702)	숙종34 (1708)	고종7 (1870)	이단상, 이희조	인천 남구 관교동	
안성	도기서원	현종4 (1663)	현종10 (1669)	고종8 (1871)	김장생	안성시 안성읍 도기리	서원지
	남파서원	숙종18 (1692)		고종8 (1871)	홍우원	안성시 안성읍 봉남리	서원지
이천	설봉서원	명종19 (1564)		고종5 (1868)	서희, 이관의, 김안국	이천시 관고동 설봉공원 내	2006년 복원중
	현암서원	순조34 (1834)	순조34 (1834)	고종7 (1870)	김조순	이천시 백사면 현방리	서원지
	지암서원	순조33 (1833)	순조33 (1833)	고종5 (1868)	김조순	이천시	서원지
	화산서원	숙종21 (1695)		고종8 (1871)	박태보	이천시	서원지

용인	심곡서원	효종1 (1650)	효종1 (1650)	훼철안됨	조광조, 양팽손	용인시 수지면 상현 리	보존
	한천서원	순조2 (1802)	순조2 (1802)	고종5 (1868)	이재	용인시 이도면 천리	서원지
	충렬서원(충렬사)	선조9 (1576)	광해1 (1609)	고종8 (1871)	정몽주, 정보	용인시 모현면 능원 리	1924년 복원
김포	우저서원	인조26 (1648)	현종12 (1671)	훼철안됨	조헌	김포시 김포읍 감정 리	보존
	대포서원*	1973			양성지	김포시 양촌면 대포 리	1973년 설립
통진	향사우	미상			장만	김포군	
금천	충현서원	효종9 (1658)	숙종42 (1716)	고종5 (1868)	강감찬, 서휜, 이원익	광명시 소하동	서원지
	오리영우	숙종20 (1694)			이원익	광명시 소하동	보존
양성	덕봉서원	숙종21 (1695)	숙종26 (1700)	훼철안됨	오두인	안성시 양성면 덕봉 리	보존
양주	도봉서원	선조6 (1573)	선조6 (1573)	고종8 (1871)	조광조, 송시열	도봉구 도봉동	
	석실서원	효종7 (1656)	현종4 (1663)	고종5 (1868)	김상용, 김상헌, 김수항, 민 정중, 이단상, 김창흡, 김원 행, 김이안, 김창집, 김조순	남양주시 수석동	서원지
	백운서원	광해7 (1615)	광해8 (1616)	인조1 (1623)	조식		
	청절사	숙종12 (1686)	숙종27 (1701)		김시습	의정부시 장암동	노강서원
	정절사	숙종38 (1712)	정조8 (1784)	고종8 (1871)	남을진, 조견	양주시 은현면	사천서원
파주	파산서원	선조1 (1568)	효종1 (1650)	훼철안됨	성수심, 성수종, 성혼, 백 인걸	파주시 파평면 눌노 리	1966년 사당복원
	자운서원	광해7 (1615)	효종1 (1650)	고종5 (1868)	이이, 김장생, 박세채	파주시 법원읍 동문 리	1969년 복원
	용주서원	선조31 (1598)		미상	백인걸, 김행, 조감, 신제 현, 백유함	파주시 월롱면 덕은 리	1924년 복원
	풍계사	숙종20 (1694)	숙종21 (1695)		오두인, 이세화, 박태보	파주시	
	방촌영당	세조즉위 (1445)			황희	파주시 문산읍 사목 리	1962년 복원

고양	문봉서원	숙종14(1688)	숙종35(1709)	고종7(1870)	민순, 남효온, 김정국, 기준, 정지운, 홍이상, 이신의, 이유겸	고양시 일산구 문봉동	서원지
	기공사	헌종7(1841)	헌종8(1842)		권율	고양시 지도읍 행주외리	행주서원지
영평	옥병서원	효종9(1658)	숙종39(1713)	고종5(1868)	박순, 이의건, 김수항, 김성대, 이화보, 윤봉양	포천시 창수면 주원리	1980년 복원
	고운영당	미상		고종5(1868)	최치원	포천시 신북면 가재리	1935년 淸城祠
포천	화산서원	인조13(1635)	현종1(1660)	고종5(1868)	이항복	포천시 가산면 방축리	1971년 복원
	용연서원	숙종17(1691)	숙종18(1692)	훼철안됨	이덕형, 조경	포천시 신북면 신평리	사당보존 1986년 강당복원
교하	신곡서원	숙종9(1683)	숙종21(1695)	고종5(1868)	윤선거	파주시 금촌읍 금능리	서원지
마전	미강서원	숙종17(1691)	숙종19(1693)	고종7(1870)	허목	연천군 미산면 동이리	서원지
가평	잠곡서원	숙종31(1705)	숙종33(1707)	고종7(1870)	김육	가평군 의서면 청평리	서원지
양근	미원서원	현종2(1661)		고종6(1869)	조광조, 김식, 김육, 남언경, 이제신, 김창흡, 박세호, 이원충, 남도진, 이항로, 김평묵, 유중교	가평군 설악면 선촌리	경현단
	수곡서원	고종11(1874)			권경우, 권경유	양평군 지제면 수곡리	1926년 중수
장단	임강서원	효종1(1650)	숙종20(1694)	고종7(1870)	안유, 이색, 김안국, 김정국	연천군 장남면 고랑포리	서원지
풍덕	구암서원	숙종7(1681)	숙종8(1682)	고종5(1868)	이이	풍덕군	
강화	충렬사	인조20(1642)	효종9(1658)		김상용, 이상길, 홍명형, 윤계, 윤집, 황선신, 권순장, 김익겸, 황일호, 심현, 윤전, 이돈오, 송시영, 구원일, 강흥업, 이성랑, 이여매	인천시 강화군 선원면 선향리	
	이총병사우	영조31(1755)			이성량, 이여송	인천시 강화군 갑곶진	
	서하영당	영조20(1744)			이민서	인천시 강화군	

삭녕	표절사	정조15 (1791)	정조15 (1791)		심대, 양지, 윤경원, 강수남		
연천	임장서원	숙종36 (1710)	숙종39 (1713)	고종5 (1868)	주자, 송시열	연천군 연천읍 동막리	6.25때 소실

*≪문헌비고≫ 및 ≪증보문헌비고≫, 최홍규, 2002 <경기지역의 書院 現況과 性向> ≪韓國의 書院과 學脈 硏究≫, <표 1> 조선시대 경기지역의 書院을 참조하여 작성하였음.

<표 2>에서 보면 경기도 각 군현에 있던 서원과 사우의 총수는 68개 소이며, 서원은 49개 소, 사우는 19개 소로 파악된다. 경기도의 서원으로서 사액된 곳은 42개 소, 사우로서 사액된 곳은 12개 소이다. 왕대별로 건립된 서원을 보면, 명종 1·선조 7·광해군 3·인조 2·효종 5·현종 6·숙종 20·영조 1·순조 3·고종 1개 소 등으로 <표 1>에 나타난 바처럼 숙종대를 중심으로 많은 서원이 건립되었음이 나타난다. 이들 서원들이 강학이라는 교육적 기능과 선현선사에 대한 봉사라는 기능을 가졌음은 물론이며 장서 및 출판의 기능 역시도 가지고 있었음은 물론이다.

서원 건립의 배경이 성리학에 깊이 심취한 사림의 선현선사에 대한 추모와 제향·강학·장서, 교화 등에 있다고 앞서 지적한 바 있다. 경기도의 서원 사우의 경우 역시 이러한 면모를 잘 보여주고 있다. 배향된 인물을 중심으로 서원의 성격에 대해 살펴보면 다음과 같다.

경기도의 서원 가운데 가장 먼저 설립된 것은 명종 19년(1564)의 설봉서원으로 고려의 선현이자 이천의 유향이라 할 인물인 서희를 중심으로 세워졌는데, 주세붕이 풍기에서 안향을 봉사하면

이제현(李齊賢, 1287-1367), 국립중앙박물관소장, 국보 제110호)

서 백운동서원을 건립한 것과 맥을 같이한다.
그러나 설봉서원은 사액을 받지 못하였는데 그
것은 종합적인 서원 기능을 갖추기보다 제향
위주의 사우적 성격이 강하였기 때문이었을 것
이다. 이후 경기도의 서원은 49개 소 가운데
42개 소가 사액될 정도로 서원으로서의 구조를
갖추었던 것은 설봉서원의 성격에서 한걸음 더
나아간 것으로 이해된다.

　어쨌든 설봉서원에서 보이듯이 고려의 선현
선사를 중심으로 제향의 기능을 갖춘 곳이 늘
어갔다. 한편, 고려시대의 인물인 이제현·정몽
주 등과 고려의 멸망을 통탄스럽게 여겨 두문
동에 은거했던 임선미·조의신·맹성인 등을

정몽주(鄭夢周, 1337-1392), 덴리
대학 소장.

제향하는 서원 사우가 생겨났던 것이다. 이외에도 화담 서경덕이나 정암
조광조·이언적 등 퇴계와 율곡 이전의 선현이라 할 인물들도 연고지를
중심으로 배향되고 있다.

　경기도의 서원 건립이 활발하게 된 것은 율곡을 종장으로 하는 기호학
파의 위상과 관련된다.15) 대표적인 사례가 석실서원이다. 석실서원에 배향
된 인물들을 보면, 17세기 말에서 19세기 초에 걸쳐 노론 주도하의 정국
에서 정계와 학계를 이끈 김상용·김상헌·김수항·민정중·이단상·김
창흡·김창집·김조순 등이 배향되고 있다. 김장생이나 송시열·성혼·
백인걸·박순·허엽·민순·김상헌·김육·박세채·이원익·이덕형·박
태보 등 경기 군현에 지역적 연고가 있거나 학맥이 있는 인물들에 대한

---

15) 경기지역에 건립된 서원·사우의 성격에 관하여는 최홍규, 2002 <경기지역의 書院
　　現況과 性向> ≪韓國의 書院과 學脈 硏究≫, 국학자료원의 것을 참조하였음.

배향이 늘어나고 그 학풍을 따르려 한 것도 활발한 서원 건립 요소의 하나라 할 수 있다. 병자호란 당시 척화를 주장하였던 김상헌과 김상용 등을 모신 석실서원이나 박팽년·성삼문·이개·유성원·하위지 등 사육신(死六臣)을 제향한 민절서원 등은 충절을 소중히 여기는 상징으로서의 의미가 있었다. 충의와 절의 정신을 정신적 지주로 여기는 사림의 의도가 배어 있는 것이라 하겠다.

여기에 북인계 서원으로서 백운서원이 있어 남명 조식을 배향하였으나 북인계의 몰락과 함께 인조 원년 훼철되었다. 공자·제갈량·주자·이여송 등 중국의 선현과 인물을 모신 사우 및 서원이 있다는 점도 주목된다. 이는 수도인 한양을 둘러싸고 있는 경기지역으로서의 특징을 보여주는 면이다.

한편, 숙종 40년(1714)과 영조 17년(1741) 조정에 아뢰지 않고 사사로이 건립한 사원(祠院)과 사사로이 추향하는 일이 늘어나 서원·사우의 남설로 이어지고 여기에 군역회피 등의 일이 있자 신설금지, 임의 추향금지, 사액억제라는 정책을 유지한 바 있었다. 정조 10년(1786) 다시 서원 금지령은 완화되었고 다시 늘어나기 시작하였다.[16] 조선시대 서원 건립의 허가를 받는 방법을 보면, "감사에게 장청(狀請)하고 연신(筵臣)들이 건백(建白)하였는지, 혹은 유소(儒疏)로 창건하였는지"로 나온다.[17] 그 경로는 유림의 서원 건립 청원 → 수령이나 감사에게 요청 → 지방관이 중앙에 보고 → 대신들이 상주(上奏)하여 허락의 방법을 취하거나, 유림의 서원 건립 청원 → 예조에 직접 상소 등이 일반적이었다. 그러나 이 시기에는 사액은 제한되었고 주로 전란에 공을 세운 충렬서원과 사우에 집중되었으

---

16) 조선후기 서원남설 실태와 정책에 대한 이해는 윤희면, 앞의 책, 78~99쪽 참조.
17) 한국학중앙연구원, 1996 ≪고문서집성≫ 29, 龍淵書院편 1, 帖(기묘 11월 9일), 906쪽.

며, 정책적으로도 서원 설립과 추향의 경우 조정 즉 예조의 허락을 받아야 한다는 원칙을 유지하였다.

이 때문에 지방의 유림들은 서원 사우를 곧바로 만들기보다 영당(影堂)·이사·서당·서재·세덕사(世德祠) 등의 형태로 세우고 이후 유림의 공의를 이유로 서원 사우로 승격시키려 하였고, 또는 기존 서원에 임의 추향을 꾀하기도 하였다. 영조 17년(1741) 훼철된 서원들이 다시 복설되는 경우가 많아진 것은 이 때문이었다. 가령 경기도의 경우에도 여주와 파주에 있던 송시열영당이나 황희영당이 다시 복설되면서 대로사(大老祠)와 방촌영당(尨村影堂)으로 바뀐 것은 대표적 사례에 해당한다.

그러나 서원 사우의 남설이 지속되어 모두 1700여개 소에 이르는 상황이 되자 서원 사우의 폐해는 드러나기 시작하였다. 원임들의 태만, 낭비, 건물의 수리와 중건, 문집간행, 사액 요청 등으로 서원은 재정적 어려움을 겪었고 이 때문에 수령의 도움에 기대기도 하였다.[18] 이것이 '발간구청(發簡求請)의 폐해'였다. 이를 극복하기 위해 서원에서는 가설(加設)·원액(願納)의 액외원생[19]이나 사모속(私募屬)을 모입하거나 선현의 후손들에게 도움을 구하기도 하였다. 이외의 폐해를 보자면, 피역으로 인한 양역폐단, 복주촌(福酒村)의 폐해, 만동묘(萬洞廟) 중건의 일로 민정을 불법으로 징발하는 사례에서 나타난 바처럼 묵패를 이용한 토색 등 현실적 이익을 추구하는 일이 많아졌다.

18) 서원 재정에 대한 연구로는 민병하, 1992 ≪韓國中世敎育制度史硏究≫ 성균관대학교출판부와 윤희면, 앞의 책 참조. 서원의 재정을 구성하는 것으로는 서원전과 노비, 액외교생으로부터의 원납과 원보, 그리고 서원촌 등이었고, 여기에 식리를 하기도 하였다.

19) 숙종 37년에는 군역변통으로 인해 서원 원생의 정원을 정한 바 있나. 즉, "긱 시원의 서재생은 정해년(숙종 33)에 정한 것에 따라 대현서원은 30명, 사액서원은 20명, 미사액서원은 15명을 역시 교안에 모두 수록한다."(≪숙종실록≫ 권50 하, 숙종 37년 12월 경진)라고 하였다. 이를 액내원생이라 하며 정액 이외의 원생이 바로 액외원생이었다.

이로 인해 서원의 질적 하락과 군현 백성들의 외면이 더욱 늘어났다. 결국 서원은 선현·선사의 추모와 봉사·장서·교화라고 하는 기능을 제대로 수행하지 못하는 상황이 되었고 서원의 권위는 추락하였다.

고종대(1863～1907)에 시작된 서원 철폐 조치는 이러한 상황에서 가능하였다. 서원의 실상을 파악하고 정리하기 위한 준비 작업으로 고종 원년(1864) 4월 대왕대비는 각 읍의 서원·향현사·생사당 및 원사 소속의 결총과 보액을 상세히 기록하여 일일이 보고할 것을 명령하였다.[20] 물론 이는 대원군의 서원 정리 계획의 일환에서 나온 것이었다. 고종 원년 8월에 다시 내려진 대왕대비의 전교에서는 서원의 폐해를 정리하면서 앞으로의 서원 정리 배경의 방향을 결정하였다. 즉, 서원을 빙자하여 평민들을 침학하는 일, 사액서원의 자비전 3결만 면세, 원생과 원보의 정액 준수, 관봉하는 제수의 금지, 복주촌의 폐지, 그리고 서원첩설과 사설의 금지 등이 그것이었다.[21]

고종 2년(1865) 3월 29일에 만동묘(萬東廟)가 숙종 때에 이미 세워진 대보단(大報壇)으로 인해 첩설에 해당한다는 이유로 만동묘를 없앤다는 전교를 내렸다.[22] 여기서 보이듯이 일인 일원 이외 첩설은 금지한다는 방향이 정해졌다. 이후 고종대 대원군은 고종 5년(1868) 미사액 서원의 철폐와 고종 8년(1871) 사액서원의 훼철령을 내리고 47개 서원만을 남기고 정리하도록 하였다. 다음 고종 5년 8월 대원군은 이른바 대원위 분부의 형태로 예조 관문을 통해 각 읍에 하달하였다.

사액서원 외에 사직을 보존하고 유림의 일을 세우는데 공이 없는 곳은 모두 훼철토록 한다. 위판은 깨끗한 곳에 묻고 원우(院宇)는 공해

20) 《일성록》, 고종 원년 4월 22일
21) 《일성록》, 고종 원년 8월 17일
22) 《고종실록》 권2, 고종 2년 3월 29일(갑자)

(公廨)를 보수하고 전답은 공궁(公宮)에 납부하고 노복은 충군하라.23)

이 조치는 편민을 위한 조치이자 소민들의 어려움을 덜어주기 위한 것이라 강조하였다. 이로서 미사액서원 철폐가 결정된 것이다.24)

고종 8년에 이르러서는 사액서원의 철훼가 결정되었는데, 그 이유는 사액서원의 원장을 수령이 맡도록 한 조치를 따르지 않는다는 것과 첩설 배향, 도학과 충절에 맞지 않는 자의 서원 배향 등 주로 첩설과 설립 기준의 문란함을 지적한 것이었다. 따라서 이른바 '신미존치(辛未存置)' 47개 사액서원에 대한 존치 기준을 여기에서 찾았다. 즉, 존치되는 서원의 원칙은 도학과 충절인을 중심으로 하였는데, 도학의 경우는 문묘 종향인, 충절은 충절대의를 기준 삼아 예조에서 선별토록 하였다. 이로써 47개 서원이 선정되었던 것이다.

이때 이 기준에 맞추어 경기도에 있는 사액서원으로서 존치된 것은 개성의 숭양서원, 용인의 심곡서원, 파주의 파산서원, 여주의 강한사, 고양의 기공사, 김포의 우저서원, 강화의 충렬사, 광주의 현절사, 과천의 노강서원, 양성의 덕봉서원, 과천의 사충서원, 포천의 용연서원 등 서원 8개 소와 사우 4개 소였다.

---

23) 朴周大, ≪羅巖隨錄≫ 1책, 무진 8월
24) 당시 서원 철훼 과정을 보면, 철훼 사실을 선현에게 고유하고, 재실과 강당 및 기타 부속 건물 철거, 그리고 위패가 있는 묘우를 허물면서 고유를 하고 이를 땅에다 묻는 것이었다. 문묘에 주향, 배향, 종향되어 있는 선현의 위패는 향교로 옮긴 뒤 서원 근처에 묻거나 후손들의 사묘로 옮기거나 그대로 묻었다고 한다.(윤희면, 앞의 책, 157쪽 참조)

3. 경기도 서원 현황과 제언(提言)

현재 경기도의 행정구역은 27개 시와 4개의 군으로 이루어져 있다. 현재의 경기도에 분포되어 있는 서원 사우는 도합 50개 소이며, 이 중 서원은 40개 소, 사우는 10개 소이다. 각 시군별 서원·사우의 현황을 다시 정리하면 다음과 같다.

(한강 이남)

광명	충현서원, **오리영우**
광주	**현절사**
김포	**우저서원, 대포서원**, 향사우
안성	도기서원, 남파서원, **덕봉서원**
안양	호계서원
양평	**운계서원**, 향사우, **수곡서원**
여주군	**기천서원**, 고산서원, **대로사**
오산	**궐리사**
용인	**심곡서원**, 한천서원, **충렬서원**
이천	**설봉서원**, 현암서원, 지암서원, 화산서원
하남	**사충서원**
화성	명고서원, 매곡서원, 용백사, **안곡서원**

(한강 이북)

가평	잠곡서원, 미원서원(**경현단**)
고양	문봉서원, **기공사**(**행주서원**), **용강서원**
남양주	석실서원

양주	정절사(**사천서원**)
연천	미강서원, 임장서원, 임강서원
의정부	**노강서원**(청절사)
파주	**파산서원**, **자운서원**, **용주서원**, 풍계사, **방촌영당**, 신곡서원
포천	**옥병서원**, 고운영당(**청성사**), **화산서원**, **용연서원**

*굵은 글씨로 쓴 곳은 보존·복원·중수된 곳을 나타냄

이처럼 현 경기 지역에 남아 있는 서원 사우에서는 봄 가을로 제향을 올려 선현 선사를 추모하는 의식을 행하고 있다. 이들 가운데에는 향토문화유적지로 정해져 관리를 받거나 문중에서 직접 관리하거나 혹은 각 시군 차원에서 서원 보존회 등이 만들어져 건물의 중수와 보수 등을 해나가고 있는 곳들이 많다. 또한 전통 서원교육의 복원과 현대적 차원에서의 재해석 등을 위한 노력을 하는 곳도 있다.

그러나 현실적으로 여러 가지 문제점이 드러나고 있다. 먼저 지적할 수 있는 것은 서원 사우 터의 확인이다. 윤희면의 연구에서 언급한 서원 45, 사우 44개 소 혹은 앞서 조사한 바의 서원 49, 사우 19개소가 확인된다. 물론 현재의 경기지역에 있는 서원 사우는 50개 소 정도로 축소된다. 이 중 서원 사우 터가 명확히 조사 확인되지 않는 곳도 많다. 따라서 이에 대한 조사가 요구된다.

다음으로는 서원의 복원 및 중수와 보존과 관련해서이다. 서원에는 사당과 강당·동재·서재 등의 건축물로 주로 구성된다. 현재의 복원된 서원들의 경우 사당과 강당만 있거나 혹은 사당과 동재·서재가 있는 경우가 많다. 복원의 경우 말 그대로 옛 격식을 고증하여 갖추는 것이 옳은 방향이라 본다. 이를 위해서는 문헌고증과 함께 아직 대원군 서원 정리 이전의 상황에 대해 어느 정도 식견을 가진 촌로 및 전문가들의 의견을 청취할 필요가 있을 것이고 이를 자료로 남겨두어야 할 것이다. 또 한편으로 복원과 중수의 경우 재정적 기술적 어려움으로 인해 건물 자체가 지나치게 차이가 난다는 것이다. 나무와 흙벽·기와 등의 소재로 하는 것이 마땅하지만 그렇게 하지 못한다면 최대한 비슷하게 튼튼히 지어야 할 것이지만 부실공사가 많아 문제가 되는 경우도 있다. 보존을 할 경우 전문가의 도움을 빌어 보존되어온 건축물을 살리는 방향으로 해야할 것이다.

다음으로 서원의 재정과 관련해서이다. 교육기관 및 건물을 유지하기 위해서 가장 급선무는 재정적 어려움을 해결하는 것이다. 조선후기 서원이 부실화되고 망국의 요소로 지적된 데에는 서원의 재정적 어려움에서 비롯된 원보·원납·식리·복주촌 등과 자격이 문제시되는 인물의 추향과 강학이 제대로 이루어지지 않은 데서 나왔다. 그리하여 수령이나 문중으로부터 도움을 청하기도 하였으나 한계가 있었다. 이러한 문제를 해결하기 위해서는 다음과 같은 방안이 필요하다 본다. 현재 심곡서원이나 용연서원 등의 경우처럼 각 시도군청 차원에서 관심을 갖고 재정적 지원을 하는 것이다. 물론 이는 건물의 유지 보수에만 관련시키고, 여타는 지역발전위원회 등에서 기금을 마련해 두는 것이다. 이와 함께 현재 운영되는 공공근로사업이나 자원봉사자 등을 이용하여 서원의 관리에 힘을 기울이는 것이 필요하리라 본다.

세 번째, 서원 건물의 관리주체를 명확히 하는 것이다. 서원을 운영하기 위해서는 이른바 주인의식을 가진 관리주체가 있는 것이 바람직하다. 현재의 경우 지방자치단체의 재정적 지원이 적어서인지 지방 유림 및 시민사회의 관심이 상대적으로 적어서인지 그것이 불분명하다. 따라서 각각의 참여도 중요하지만 역할을 분담함으로써 효율적 관리가 될 수 있도록 제도적 규정이 있어야 할 것이다.

네 번째, 서원을 단순히 복원해 두고 관람하는 곳으로 만드는 것이 아니라 살아 숨쉬는 교육의 현장으로 리모델링할 필요가 있다. 건물은 살아 활동하는 사람이 있어야 비로소 생기를 띠기 때문이다. 이를 위해서는 서원을 이용한 전통문화의 종합적 접근 노력을 마련하는 것이 필요하다. 현재 초등학생으로부터 한자능력시험에 대한 관심이 늘어나고 있고 이는 앞으로 한자문화권인 중국과 일본과 활발한 문화교류가 이루어질 때 필요한 재산이 된다. 여기서 더 나아가 파주 자운서원과 같이 어린이들을 서원에서 직접 가르치는 방식을 모델로 이를 발전시켜 나갈 필요가 있다. 어린이들의 서원에 대한 사랑이 자랄 때 비로소 앞으로도 전통문화, 그리고 서원에 대한 관심이 늘어날 수 있기 때문이다. 그렇지만 일회성에 불과한 체험 서원생활 등의 경우 한계가 있으므로 보다 면밀한 장기적 안목 없이 추진하는 것은 곤란하다고 본다. 이는 지역사회의 각급 학교와의 긴밀한 연계가 필요한 사항이라 여겨진다.

다섯째, 서원 관련 자료의 확보와 이의 국역화 및 종합적 분류 체계를 마련하는 것이 있어야 할 것이다. 서원이 유지되고 있는 곳이나 그렇지 않고 터만 있는 경우라도 조선시대 서원 운영 속에서 남겨진 자료들과 유적들을 확인하고 이를 현대적 언어로 재구성함으로써 일차적으로 그 자체만으로도 의미가 있을 수 있다. 더욱이 이는 지역의 전통과 역사 및 문화와 관련되는 것이므로 이를 체계화하여 시민사회와 함께 공유하는 것이 바람직할 것이다.

여섯째, 이렇게 정리된 자료들을 콘텐츠화하여 인터넷서비스를 함으로써 현대사회에 적극 홍보하고 관심을 유도할 필요가 있다. 물론 이는 하나의 서원 차원에서만이 아니라 지역문화원 혹은 전국적 네트워크를 갖춘 서원을 구성하여 인터넷 상에서 구현하는 것이다. 이를 위한 콘텐츠개발과 함께 관심이 요구된다.

이처럼 현재 경기도의 각 시군에 있는 서원·사우는 많은 관심을 받으며 운영되고 있다. 서원지(書院趾)만 있는 경우 시민사회를 중심으로 복원하려는 노력을 기울이는 곳도 많다. 그렇지만 복원만이 능사가 아니다. 현재의 시민사회만이 아니라 과거의 전통과 미래의 문화가 만날 수 있는 공간으로 자리 잡을 때에야 비로소 서원의 역할이 재조명되고 재탄생될 수 있으리라 본다.

맺음말

이상을 통해 조선시대 서원의 설립 배경과 경기도의 서원 현황 및 추이, 그리고 현재 경기도 각 시군의 서원 현황에 대해 살펴보고 서원의 보존 및 복원과 운영을 위한 제언을 정리해보았다.

조선시대 서원은 중국의 백록서원을 모델로 출발한 계기성이 매우 짙다. 그것은 성리학의 학문적 심화와 주자의 학문 연구 자세에 대한 이해에 따라 자연스레 전개된 것이었다. 즉, 선현 및 선사에 대한 봉사와 이를 통한 추모, 강학을 통한 제자 육성과 지방사회의 교화, 그리고 더 나아가서는 관학의 쇠퇴를 극복한 사학(私學)의 역할 강화 등이 일차적 요인이었다. 하지만 무엇보다도 지적하지 않을 수 없는 것은 지방 사림의 정치적 성장과 학문적 취향이다. 이들의 학문적 자세와 사회교화 의지, 그리고 충의와 절의라는 정신적 자세 등은 그들이 지방사회에서 가지고 있는 재지적 기반과 함께 지금까지의 성균관 및 향교 교육과는 다른 형태의 것을 요구하였던 것이다. 이러한 서원 설립 배경은 추후 서원의 전개과정에서 약간씩 변질된 바 있지만 기본적으로는 그 정신을 유지한 것이 사실이라 하겠다.

서원은 조선시대 퇴계 및 율곡 이후 생겨난 붕당정치의 전개과정에서 인재 양성의 산실 역할을 하였고 지방사회를 이끌어가는 중심축이었다.

서원의 유생을 중심으로 한 공의와 공론은 중앙정계까지 움직일 정도였고 그만큼 서원의 성장은 괄목상대라 할 만하였다. 서원에 대한 사액은 그 속에서 나온 하나의 상징이었다. 조선시대 서원과 사우의 공통된 요소는 선현 선사의 제향이었다. 사림들에게 있어 존현의 상징물로 이해된 것이었다. 이러한 이해는 각 지역에 서원 사우의 난립이라 할 정도의 심각한 상황을 초래하였다. 그 결과 서원이 680, 사우가 1041로 총 1721개 소로 늘어났다. 경기도의 경우도 이러한 상황과 맥을 같이하여 조선시대 경기도 각 군현에 있던 서원과 사우의 총수는 68개소이며, 서원은 49개 소와 사우는 19개소로 파악된다. 경기도의 서원으로서 사액된 곳은 42개 소, 사우로서 사액된 곳은 12개 소였다. 현재 행정구역 개편에 따라 경기도의 서원 사우의 숫자는 줄어든다. 경기도의 27개 시와 4개의 군에 분포되어 있는 서원 사우는 도합 50개 소이며, 이 중 서원은 38개 소이며 사우는 10개 소이다. 여기에 70년대에 설립된 김포 대포서원과 파주 용강서원을 합친다면 서원은 40개 소로 늘어난다. 이 가운데 보존 및 복원된 서원의 수는 20개 소(복원 중인 설봉서원을 합친 수임)에 이르고 있다. 현재 지방 전통문화에 대한 관심이 늘어나면서 서원을 복원하려는 움직임이 있다는 점을 고려한다면 더 많아질 것이다.

이처럼 현재 경기도의 각 시군에는 서원이 보존 복원되어 제향과 강학, 관람지로서 운영되고 있으며, 그리고 향토유적지 혹은 경기도유형문화재 등으로 지정되어 보호를 받고 있기도 하다. 그러나 현재의 사회조건과 발을 맞춰 서원이 본래의 의미와 기능을 가지려면 안정된 재정적 기반과 지역사회의 관심과 서원 자체 운영노력의 활성화 등이 절대적으로 필요하다. 대충 복원한 뒤 아무도 찾지 않는 서원이 된다면 하나의 흉물로 변할 수밖에 없기 때문이다. 따라서 이를 위한 지역사회·연구기관·지방자치단체 등의 종합적 활성화 방안이 요구된다.

서원의 의례와 제향

머리말

조선시대 서원은 향촌사회의 중심 역할을 하면서 교화의 책임이 있었다. 서원의 3대 기능이 교육·봉사·교화에 있었다고 한다면 조선시대 서원은 이 가운데서도 공자 및 주자, 그리고 선현에 대한 제사를 가장 중시하였다고 해도 과언이 아니다. 명분을 세워 계통을 바르게 하여 이를 존중하고 대대손손 잇도록 한다는 취지가 정통론이다. 조선시대 성리학에 심취했던 사림들은 이러한 정통론에 따라 자신들의 학맥과 도통을 정리하고자 하는 성향이 매우 강하였다. 따라서 그들은 이에 맞추어 도통과 학맥을 중심으로 대현(大賢)·선현(先賢)·향현(鄕賢)을 정하여 받들고자 하였다.

한편 중종대(1506~1544) 이래 향촌사회에 자리 잡은 사림들과 지방 서원에서는 주자가례에 입각하여 가묘(家廟) 설립운동이 일어나고, 향음주례와 향사례의 시행 풍조가 일어났듯이 많은 면에서 의례와 제향을 갖추려고 노력하였다. 그러나 의외로 이러한 부분에 대한 연구는 미흡하다. 서원에서의 각종 제사의 종류와 그 절차를 정리하고 서원 사우에 제향되는 인물들의 위차(位次)에 대한 시비 분석 등이 이루어진 정도이다.[1] 서원을 중심으로 한 의례의 내용과 제향 과정과 그 절차에 대한 정리가 이루어진다면 서원의 봉사 기능만이 아니라 향음주례 및 주자가례의 실시와 관련한 사림들의 노력에 대한 이해가 가능해지리라 본다.

그렇다면 이를 보다 심도 있게 규명하기 위해 어떠한 노력을 기울여야 할까? 서원의 의례 내용과 제향의 주제에 초점을 맞추어 살펴보기 위해서는 먼저 주자가례와 ≪의례경전통해≫, ≪국조오례의≫ 등의 의례서를 통해 서원의례에 대해 조선왕조에서는 어떻게 받아들이려고 했는가를 검토할 필요가 있다. 두 번째로는 서원의 의례 내용을 크게 향례, 학례, 제례로 구분하고 의례의 절차와 의미에 대해 살펴봄으로써 조선시대 서원의 의례 전반에 대한 검토가 가능해지리라 본다. 이러한 분석이 진행된다면 조선시대 서원의례의 내용과 의미를 보다 구체적으로 이해하는 틀이 마련될 수 있으리라 여겨진다.

1. 서원 의례의 수용 배경

고려 원간섭기의 시대적 흐름 속에서 안향의 활동과 충선왕(1308~1313)의 만권당(萬卷堂) 운영을 통해 성리학이 고려에 수용되었다. 이제현

---

1) 지두환, 1982 <조선초기 주자가례의 이해과정> ≪한국사론≫8, 서울대 국사학과 ; 지두환, 1994 ≪朝鮮前期 儀禮硏究≫ 서울대학교출판부 ; 고석규, 1987 <조선 서원·사우에 대한 연구의 추이와 그 성격> ≪외대사학≫1 ; 고영진, 1989, <15·16세기 주자가례의 시행과 그 의의> ≪한국사론≫21, 서울대 국사학과 ; 고영진, 1995 ≪조선중기 예학사상사≫ 한길사 ; 윤희면, 1989 ≪朝鮮後期 鄕校硏究≫ 일조각 ; 윤희면, 2004 <서원의 제례기능과 位次문제> ≪조선시대 서원과 양반≫, 집문당 ; 김해영, 2000 <조선 초기 문묘향사제에 대하여> ≪조선시대사학보≫15, 조선시대사학회 ; 김해영, 2003 ≪朝鮮初期 祭祀典禮 硏究≫ 집문당 ; 이범직, 2004 ≪조선시대 예학사상사≫ 국학자료원 ; 이태진, 1989 ≪朝鮮儒敎社會史論≫ 지식산업사

이나 이색 등 유교지식인들은 문장보다도 수신(修身)과 경세(經世)를 중요시 여기기 시작하였고, 이는 그들이 과거시험의 좌주(座主)로 있으면서 영향을 끼치기 시작하자 그 저변이 더욱 넓어졌다.

그러나 수용 초기 충렬왕대(1274~1308) 안향이 회암 즉 주자(朱子)의 진영(眞影)을 걸고 경모하였다는 데서 보듯이 우상에 대한 예불의 태도를 보여 초기의 경우 학문적 호기심과 주자에 대한 경모 차원에서 받아들여진 것을 알 수 있다. 하지만 주자 성리학은 원나라 과거 과목이 사서오경(四書五經)이 되고 주자주(朱子註)의 경전을 텍스트로 사용하면서 원나라뿐만 아니라 고려의 유교지식인들은 이를 더욱 중요시 여기게 되었다.

충숙왕 17년(1330) 12월에는 ≪소학(小學)≫에 통달할 것을 요구한 바 있으며, 이곡(李穀)은 ≪소학≫의 배움에 힘쓸 것을 말하여 그 공부의 중요성은 이색(李穡)에게까지 이어졌다. ≪소학≫은 ≪대학≫과 달리 아동 및 초학자들이 일생생활을 하면서 지켜야 하는 예의범절 및 붕우와 장유의 도리에 대해 서술한 것으로 유교적 윤리관을 담은 수신(修身)의 책이었다. 따라서 ≪소학≫의 공부는 고려의 사회문화의 풍속을 변화시킬 수 있는 요소가 있었다.

≪소학≫의 수용은 일상생활의 변화를 가져올 수 있었다. 이와 함께 ≪주자가례≫의 수용도 주목할 면이다. ≪고려사≫의 기록을 보면, 부모 3년 상(喪)이나 가묘(家廟) 설립, 조상 제사와 관련하여 ≪주자가례≫가 쓰이고 있었음을 확인할 수 있다. 우왕대(1374~1388)의 정습인(鄭習仁)은 부모상에 대해 3년 여묘(廬墓)를 하면서 그 상사를 ≪주자가례≫에 근거하여 다스렸다고 하였고,[2] 정몽주(鄭夢周)는 ≪주자가례≫에 의거하여 가묘를 세워 제사를 받들 것을 권장하였다.[3] 조준(趙浚) 역시 ≪주자

---

2) ≪고려사≫ 권112, 열전 25 제신 정습인
3) ≪고려사≫ 권117, 열전 30 제신 정몽주

가례≫에 따라 "대부(大夫) 이상은 3세를 제사하고 6품 이상은 2세를 제사하고 7품 이하 서인(庶人)에 이르기까지는 다만 그 부모만 제사하되 깨끗한 방[室] 1칸을 택하여 각각 한 감실[龕]을 만들어 그 신주(神主)를 두고, 서쪽을 상(上)으로 삼아 초하루와 보름에 반드시 잔을 드리고, 출입시에는 반드시 알리며, 새 곡식을 먹을 때에는 반드시 천신(薦神)하고, 기일(忌日)에는 반드시 제사할 것입니다."[4]라고 하였다.

이처럼 고려말의 유학은 성리학을 위주로 거경궁리(居敬窮理)와 정심성의(正心誠意)의 수신이 강조되고 이를 바탕으로 정치윤리와 치도(治道)를 이루는 공부가 강조되고 있었다. 그것이 사서 육경의 공부였다. 한편 이를 생활에서도 실천하는 ≪소학≫과 ≪주자가례≫의 수용으로 이어져 사회변화를 가져오고 있었다.

조선왕조의 개국과 함께 ≪소학≫ 및 ≪주자가례≫ 등은 수신서이자 생활지침서로서 사대부 사회에 폭넓고 깊이 있게 받아들여지기 시작하였다.[5] 즉 사대부 사회의 제사와 가묘의 설립, 혼인에서의 친영(親迎) 도입, 종법에 의한 적장자계승, 그리고 아녀자들의 재가규제 등이 그것이었다.

주자는 명분론에 입각하여 사서와 ≪소학≫및 ≪주자가례≫ 등의 위기(爲己)의 수양을 통해 사회에서의 도덕적 책임론을 강조하였다. 이는 곧 왕도론에 입각한 왕권의 권위에 대응하여 사대부 중심의 학문적 도통론(道統論)으로 정치적 도통론을 형성하는데 바탕이 되었다.

한편 신흥사대부의 경제적 구상은 중앙 및 지방사회에서 사대부 층의 성장과 함께 중앙 중심의 대농장제 운영이 아닌 중소지주층으로 기층사회를 담당하고 이를 토대로 농업경영에서 병작반수의 관행 위에서 지주전호

---

4) ≪고려사≫ 권118, 열전 31 제신 조준
5) 조선초기의 성리학 보급에 대해서는 이범직, 1995 <성리학의 보급>≪한국사≫26, 국사편찬위원회 참조.

제를 일반화해 나가는 것이었다. 즉 사대부 중심의 경제운영 및 농업경영의 틀을 지주전호제를 중심으로 구상하였다는 것이다.

조선시대에 들어오면서 주자의 ≪소학≫은 주자학의 입문서 또는 기본서로 이해되어 유학교육의 필수과정이 되었고 기본적 교화서로 보급되었다. 도덕적 혹은 실천적으로 군자 즉 사대부가 갖추어야 할 덕목과 실천의 내용이 담겨져 있었던 것이다. 이처럼 ≪소학≫에 대한 이해와 그 실천의 면이 강조된 것은 결국 조선 성리학의 학문적 성장과 연결되었다. 16세기에 이르면서 ≪소학≫의 대가라 할 김굉필(金宏弼)이나 조광조와 같은 도학정치가들이 등장할 수 있었던 것은 이를 반영한다. ≪소학≫의 내용에 대한 이해와 실천은 곧 군자이자 현인이 되기 위해 실천해야 하는 큰 목표가 되었던 것이다. 성리학의 수용과 ≪주자가례≫의 이해, 그리고 ≪소학≫의 실천 등으로 이어지는 성리학의 발전적인 면은 이후 사서(四書)에 대한 보다 깊은 학문적 이해로 나아가게 된다.

≪논어≫·≪맹자≫·≪대학≫·≪중용≫ 등의 사서에 대한 주자의 집주(集註), 그리고 ≪성리대전≫과 ≪심경≫ 등에 대한 이해의 심화는 조선 성리학에 있어서 또 다른 경지를 보여주었다. 조광조로 대표되는 도학자 이후 퇴계나 율곡·고봉 등과 같은 성리학자의 등장과 그들이 남긴 성리철학이 그것이었다. 이를 토대로 조선의 사림들은 성리학의 이해에 토대를 두는 학문적 정통성의 계승, 그리고 학문적 성과를 선현을 구분하는 기준으로 삼게 되었던 것이다.

이러한 면에서 중종대를 전후하여 조선의 양반사대부들은 도덕적 의리의 실천과 학문적 수양이라는 두 가지 면을 중시하기에 이르렀다. 그와 함께 학문적 도통을 세워 정통의 계승이라는 면을 중시하는 한편 이와 관련한 사우(師友) 관계를 주목하여 학문 계승의 방향을 설정하고자 했음을 주목할 필요가 있다. 성종(1469~1494) 무렵에 이르러 문묘와 대성전, 그리고 주부군현의 향교의 문묘사전 정비 때 정해지는 내용이 이를 반영한다. 태종대(1400~1418)에는 이미 문묘에 배향 종사되는 문선왕·사배위(안자·맹자·증자·자사)·십철의 위판 규식이 정해진 바 있었다.[6] 그리고 문묘에 종사되는 인물에 대한 논의가 세종대(1418~1450)나 성종대를 중심으로 본격화되었다. 이때 이제현·이색·권근·정몽주의 문묘 종사가 논의되었으나 결정되지는 않았다. 다만 그 주된 배향 근거가 이단을 섬기지 않고 성리학에 전념하여 실천한 도학의 정통을 계승하였는가 하는 것이 기준이 되는 쪽으로 방향지어졌다.

성종 16년(1485) 7월 예조에서 주·부·군학의 대성전 안의 동쪽에 종사한 뒷줄에 주염계와 정이천을 동쪽에 있으면서 서쪽을 향하게 하고, 서쪽에 종사한 뒷줄에 정명도와 주문공을 서쪽에 있으면서 동쪽을 향하게 하되 모두 북쪽을 위로 하게 하고, 설총과 안유는 정이천의 조금 뒤에, 최치원은 주문공의 조금 뒤에 있게 할 것을 청하였다. 이에 관한 논의 속에서 노사신(盧思愼)은 설총과 최치원·안유의 공적에 대해 설총은 처음으로 이두(吏讀)를 만들었고, 최치원은 문장으로 세상에 알려졌고, 안유는 노비를 국학에 납입한 공이 있다 하지만 그 도통을 전함에 있어 정주(程朱)와 비교할 수 없으므로 현학(縣學)에서는 생략해도 좋을듯하다고 하였다.[7]

하지만 성종대에는 고려 현종(1009~1031) 때에 이미 종사된 설총과 최치원, 그리고 충숙왕 때 배향된 안향을 중심으로 하고 이외 주현 지방 향교의 문묘에서 이들 외의 경우 출향하는 조처가 논의되었다.[8] 이때 출

---

6) ≪태종실록≫ 권18, 9년 7월 정축(7). 이때 정해진 위판의 규식은 문선왕의 위판은 사직단 신과 같이 하여 높이를 2척 2촌, 너비가 4촌 5분, 두께가 9푼, 4배위의 위판은 높이 2척, 너비 4촌 3푼, 십철의 위판은 높이 1척 8촌, 너비 4촌 1푼, 두께 7푼으로 하되 좌고, 너비, 두께는 모두 같게 하였다.
7) ≪성종실록≫ 권181, 16년 7월 무오(10)
8) ≪성종실록≫ 권230, 20년 7월 정묘(11)

향이 논의되고 결정된 것은 해주 향교의 최충(崔沖)·최유선(崔惟善)과 김제 향교의 조간(趙間) 등이었다.

이처럼 문묘 배향이나 출향, 그리고 배향 때에 위차와 위관의 규격을 둘러싼 논의는 성현과 선현에 대한 구분 기준과 이에 대한 제향을 통한 봉사의 정신에 대한 이해의 심화를 가져올 수 있었다. 문묘에서의 선현봉사에 대한 중요성은 사대부 차원에서 폭넓게 이해되었음을 보여주는 대목이라 하겠다.

조선의 건국 이후 왕실과 국가적 차원의 예악 정비가 이루어졌다. 이는 고려왕조의 ≪고금상정례≫를 이어 오례(五禮) 등으로 정리되었다. 세종조의 ≪오례의(五禮儀)≫나 ≪국조오례의(國朝五禮儀)≫ 등이 그것이다. 이러한 오례의 정비는 왕과 왕실의 정통성과 통치의 당위성을 의례로서 합리화함과 동시에 군주를 중심으로 신하와 백성으로 이어지는 질서를 표현하는 것이자 화합의 원리를 담고 있는 것이었다.

의례의 수용과 정비에 따라 이를 국가질서의 정비라는 차원에서만이 아니라 사대부 자신들의 의례에 대한 이해가 제시되기 시작하였다. 그 기초는 왕과 사대부, 서민에 이르기까지 인간으로서 반드시 행하게 되는 통과의례를 중심으로 만들어진 관·혼·상·제의 내용을 담은 ≪주자가례≫에 있었다. 부계 중심적 종법의 원리를 주요 내용으로 하는 주자가례의 수용은 혼인이나 제사·상속 등 많은 면에서 전래적 사회 습속과 충돌을 일으켰다. 그러나 가묘(家廟)의 설립이나 친영(親迎)의 수용, 적장자 중심의 상속 등은 서서히 받아들여지기 시작하였다.

이처럼 왕으로부터 서민에 이르기까지 사람으로서 보편적으로 지켜야하는 예질서의 내용을 담은 주자가례가 수용되었다는 것은 그만큼 보편적 예 질서를 추구하는 사대부의 입장이 더욱 강해졌다는 것을 뜻한다. 그것은 동시에 사대부들이 사회 속에서 행하여야 하는 의례의 내용에 대한 관심과 그 실천을 요구하였다.

특히 이는 ≪의례경전통해(儀禮經傳通解)≫에 대한 이해가 깊어지면서 위로는 군주로부터 아래로는 서민에 이르기까지의 의례의 내용에 대한 검토가 있게 되었다.[9] ≪의례경전통해≫는 주자의 예론이 반영된 만년의 저작으로 ≪의례경전통해≫ 37권과 ≪의례경전통해속≫ 29권으로 이루어 졌으며, ≪의례(儀禮)≫를 경(經)으로 하면서 예경과 여러 경사·잡서 중 예에 관한 것을 경 아래에 갖추어 주소(注疏)한 것이다. 여기에 여러 학자의 설을 약술하여 의례의 본의를 이해하려 한 것으로 이 책은 주자의 제자들에 의해 완성되었다.

≪의례경전통해≫의 체계는 가례(家禮)·향례(鄕禮)·학례(學禮)·방국례(邦國禮)·왕조례(王朝禮)로 구성되었고 여기에는 주자가 구상한 예의 구조가 담겨 있었다. 즉 개인 단위로부터 가(家) → 국(國) → 천하(天下)로 확대되는 것이었다. 이를 구체적으로 보면 다음과 같다.

구분	목차
가례(家禮)	관례(冠禮)·관의(冠義)·혼례(婚禮)·혼의(婚義)·내칙(內則)·내치(內治)·오종(五宗)·친속(親屬)
향례(鄕禮)	사상견례(士相見禮)·사상견의(士相見義)·투호(投壺)·향음주례(鄕飮酒禮)·향음주의(鄕飮酒義)·향사례(鄕射禮)·향사의(鄕射義)
학례(學禮)	학제(學制)·학의(學義)·제자직(弟子職)·소의(少儀)·곡례(曲禮)·신례(臣禮)·종률(鐘律)·종률의(鐘律義)·시악(詩樂)·예악기(禮樂記)·서수(書數)·학기(學記)·대학(大學)·중용(中庸)·보부(保傅)·천조(踐阼)·오학(五學)
방국례(邦國禮)	연례(燕禮)·연의(燕義)·대사례(大射禮)·대사의(大射義)·빙례(聘禮)·빙의(聘義)·공식대부례(公食大夫禮)·공식대부의(公食大夫義)·제후상조례(諸侯相朝禮)·제후상조의(諸侯相朝義)
왕조례(王朝禮)	근례(覲禮)·조사의(朝事義) 역수(歷數)·복시(卜筮)·하소정(夏小正)·월령(月令)·악제(樂制)·악기(樂記)·왕제(王制)

---

9) ≪의례경전통해≫에 대한 연구는 이범직, 2004 <朝鮮初期 漢城府의 鄕禮와 學禮 研究> ≪朝鮮時代 禮學研究≫, 국학자료원 참조.

이처럼 주자가 ≪의례경전통해≫를 통해 구상한 것은 성리학에서 추구하려는 예치 제도를 보여준다. 즉 범천하적 보편 질서의식을 군주로부터 개인에 이르기까지 의례와 교화의 과정을 제도로 하고 국가사회가 지향할 최고의 정치사회 질서를 반영하고 있었던 것이다.

≪소학≫이나 ≪주자가례≫의 수용과 함께 주자의 ≪의례경전통해≫에 대한 이해는 기왕의 주자성리학에 있어서 예의 실천과 이론에 대한 접근을 가능케 하였다. 이러한 가운데 향사례와 향음주례 등이 주목되기에 이르렀다. 다음의 자료는 성종 10년(1479) 정월 예조에 전지하여 수령들로 하여금 향음주례와 향사례의 의식을 거행토록 한 것이다.

> 윗사람을 편안히 하고 백성을 다스리는 데는 예(禮)보다 더 좋은 것이 없다. 예전의 음사(飮射) 독법(讀法)은 백성에게 예를 가르치기 위한 것이 아닌 것이 없었다. 이제 향음주례(鄕飮酒禮)·향사례(鄕射禮)의 의식이 예문에 갖추어 실려 있으니 차례로 거행하는 것은 진실로 수령에게 있을 뿐이다. 또 생각하건대 경성(京城)은 왕화(王化)의 본원이 되는 지역이나 백성을 가르치는 법이 제도로 마련되어 있지 못하여 내 마음이 허전하다. 그 향음주례·향사례의 의식에 의방하여 제도를 정하여 거행토록 하라.[10]

이 자료에서는 향음주례와 향사례의 시행이 예에 의한 교화의 시작임을 천명한 것이다. 이러한 향음주례와 향사례에 대해서는 ≪오례의주≫에서 "해마다 맹동(孟冬)에 개성부(開城府)와 주부군현(州府郡縣)에서 길일(吉日)을 가려 향음주례(鄕飮酒禮)를 행하고, 해마다 3월 3일과 9월 9일에 개성부와 주부군현에서 향사례(鄕射禮)를 행한다."라고 하였다. 이 향음주례와 향사례 시행의 모범을 보인 인물이 바로 김종직(金宗直)이었다. 그는

---

10) ≪성종실록≫ 권100, 10년 1월 기묘(22)

성종 14년(1483) 8월 경연에서 시강관으로 성종에게 수령으로 파견되어 나가 향음주례와 향사례를 시행했음을 고하였다.[11]

≪국조오례의≫에는 가례조에 향음주의(鄕飮酒儀)를 실은 한편, 군례에 향사의(鄕射儀)를 게재하고 있다. 향음주의는 맹동 즉 10월에 행하고, 향사의는 3월 3일과 9월 9일에 행하는데 대략 주인은 소재관사의 수령이 하며, 빈(賓)은 나이 많고 덕이 있거나 재행이 있는 사람 혹은 효제충신(孝悌忠信)하며 예의를 좋아하고 난잡하지 않은 사람으로 하였다.

결국 향음주례와 향사례의 시행은 국가가 중심이 되어 교화한다는 성격을 가지기는 하였으나 그 대상자들은 김종직이 말했듯이 효제(孝悌)와 재예(才藝)가 있는 자들이었다. 이는 결국 삼강오륜의 실천과 학덕 등을 중심으로 하는 기준임을 알 수 있고, 그것을 뒷받침해주는 것이 바로 ≪소학≫・≪주자가례≫・≪의례경전통해≫ 등이었던 것이다.

이상에서 언급한 바와 같이 고려 말 이래 ≪소학≫・≪주자가례≫・≪의례경전통해≫ 등의 도덕 실천서의 수용과 향촌사회로의 보급이 이루어지면서 효제충신에 바탕하는 덕행이나 학행・재행, 그리고 의리의 실천 등이 주목되었고, 그것이 교화와 그 실천의 기준이 되었다. 또 한편으로는 유교 및 성리학의 수용, 그에 대한 정통한 학술적 접근, 그리고 실천 등에 주목하면서 문묘 종사의 논의가 이루어져 도학의 정통계승이라는 면이 강조되기 시작하였다. 이는 중국적인 것만이 아니고 조선 도학의 정통에 대한 인식이었다. 이는 절의의 실천과 교육에 따른 사우관계에 바탕한 면이 있었다. 그리고 지방 향교에서 국가적 합의에 의하지 않은 선현에 대한 봉사를 제외시키기도 하였다. 하지만 이것은 다른 면에서 보자면 지방 차원에서의 제향이 이루어지고 있었다는 것을 말해준다. 다른 한편으로 주

---

11) ≪성종실록≫ 권157, 14년 8월 병자(16)

목할 것은 국가례로서의 오례의가 마련되면서 국가 및 왕실 차원의 의례 정비가 이루어졌다는 점이다. 그 속에서 마련되었던 사회 교화의 부분인 향사례와 향음주례는 문묘제향과 함께 지방사회에서의 의례 시행의 전거가 되었고 그 실천이 권장되었던 것이다.

이러한 면들은 결국 관학의 쇠퇴, 혹은 향풍의 쇠퇴라는 면이 지적되는 속에서 서원 의례와 제사, 그리고 서원 교육이라는 새로운 성리학적 분위기를 형성하는 배경이 되었다고 하겠다.

2. 서원 의례의 수용과 내용

1) 향례(鄕禮)

서원 의례는 서원을 중심으로 행해진 의례의 내용 및 절차 등을 말한다. 여기에서는 ≪의례경전통해≫의 향례와 학례를 중심으로 서원 의례에 대한 이해를 돕고 실제 서원에서 행해진 의례의 내용을 소개하고자 한다. ≪의례경전통해≫에서 향례는 사상견례·투호례·향음주례·향사례 등으로 구성되어 있었다. 먼저 사상견례의 의미에 대한 설명을 보면 다음과 같다.

> 사상견례라고 하는 것은 인도(人道)의 큰 것이다. 그 이유는 사람으로 하여금 그 몸을 중히 여기고 욕되는 것에 가까이 가는 것을 금지하는 것이기 때문이다. 그리고 사람으로 하여금 그 교제함을 신중하게 하고 화에 접근하는 것을 금지하기 때문이다.[12]

사사로이 만나는 것에서도 예물이 있는 것은 상존하고 경장(敬長)과 화목하는 바가 있기 때문이다. 붕우의 교제에 오상의 도와 통재(通財)의 의(義)와 진궁구급(賑窮救急)의 뜻이 있어서 마음 가운데에 그것을 좋아하고 음식을 먹고자 한다. 그러므로 재폐(財幣)라고 하는 것은 지극한 뜻을 부추기는 것이라 할 수 있다.[13]

이 내용이 의미하는 것은 위로 천자로부터 아래로는 사(士)·서인(庶人)에 이르기까지 신분의 상하관계를 규정하는 한편, 수평적 사회공동체의 화합을 위해 의례를 설정하고 여기에 폐백과 중개인을 두었다는 것이다. 즉 예물이 있는 것은 서로 존경하고 경장하며 화목하려는 바가 있기 때문이며 중개인을 두는 것은 그 몸을 중히 여기고 욕된 것에 가까이 가는 것을 금지하며 교제를 신중하게 하고 화가 되는 것에 접근하는 것을 금지하기 때문이라는 것이었다.

투호례(投壺禮)에서 투호는 대부나 사가 주인과 손이 되어 연음(燕飮)하며 예에 따라 함께 즐기는 것이라 할 수 있다. 그 내용은 항아리에 화살[矢]을 던져 넣는 것을 내용으로 하는 놀이이자, 천자·대부·사 계급에서 하는 여흥의 예인 것이다. 즉 이러한 투호를 즐기면서 "거만하지 말며, 업신여기지 말며, 어른 앞에서 등 돌려 서지 말며, 멀리서 말하지 말라."[14]라고 한 것은 이를 말하여 준다.

한편 향음주례(鄕飮酒禮)는 향촌 사회질서를 음주례를 통하여 교화하고 유지하려는 의도 속에서 나온 것이다. ≪의례경전통해≫의 향음주의(鄕飮酒義)에서는 이에 대한 의미를 다음과 같이 부여하고 있다. 즉 첫째 귀천

---

12) ≪의례경전통해≫ 권6, 鄕禮一之下「士相見義」"士相見禮者 人道之大也 所以使人重其身而毋邇於辱也 所以使人愼其交而毋邇於禍也"

13) 위의 책, "私相見有摯何 所以相尊敬長和睦也 朋友之際 五常之道 有通財之義 賑窮救急之意 中心好之 欲飮食之 故財幣者 所以副至意也"

14) ≪예기≫ 권 28, 投壺 제40, "毋憮毋敖 毋偝立 毋踰言"

이 분명해지고, 둘째 높임과 낮춤이 구별되고, 셋째 화락하면서도 무리하지 아니하고, 넷째 존장을 공경하되 빠짐이 없게 하며, 다섯째 연회가 편안하면서도 어지러워지지 아니하는 것이기 때문에 자신을 바르게 하고 나라를 편안하게 할 수 있다고 하였다.

≪예기≫ 「경해」편에서도 이에 대해 '향음주례는 장유의 질서를 밝히는 도리이다. 향음주례가 폐하여지면 장유의 질서가 없어지고 쟁투의 소송이 빈번해진다'[15)]라고 하였다. 여기서 존양과 공경함, 그리고 깨끗함을 내면의 가치로 여기면서 존장과 양로를 행함으로써 효제가 자연스레 가능해진다는 것이다.

향사례(鄕射禮)는 향촌에서 활쏘기를 하면서 언행과 마음을 닦는 의례이자 게임의 하나이다. ≪의례경전통해≫의 향사의에서 다음과 같이 설명하고 있다.

> 쏘는 자는 진퇴와 두루 돌아오는 것을 반드시 예에 맞도록 해야 한다. 안으로는 뜻을 바르게 하고, 밖으로는 몸을 곧게 해야 한다. 그런 다음에 궁시 잡기를 잘 살펴 단단하게 해야 한다. 궁시 잡기를 튼튼하게 한 다음에야 맞히는 것을 말할 수 있다. 이것으로써 덕행을 볼 수 있다. '활을 쏜다'라고 하는 것은 인(仁)의 도(道)이다. 활을 쏘는 것은 자기의 반듯함을 구하는 것이다. 자기를 반듯하게 한 다음에 쏘는 것이다. 쏘고 나서 맞추지 못했다면 자기를 이긴 사람을 원망하지 아니하고 자기 자신을 반성할 뿐이다.[16)]

활쏘기가 단순한 활쏘기 시합이 아니라 향촌사회의 구성원들이 예에 따

---

15) ≪예기≫ 권 23, 經解 제26, "鄕飮酒之禮 所以明長幼之序也 (중략) 鄕飮酒之禮廢 則 長幼之序失而爭鬪之獄繁矣

16) ≪의례경전통해≫ 권8, 鄕禮四之下 「鄕射義」 "射者進退周還 必中禮 內志正 外體直 然後持弓矢審固 持弓矢審固然後 可以言中 此可以觀德行矣 射者 人之道也 射求正諸 己 己正以後發 發而不中 則不怨勝己者 反求諸己而已矣"

라 질서 있게 참여하여 그 가운데서 자연스레 의례를 익히고 교화를 행하게 된다는 것이다.

주자는 이러한 사상견례·투호례·향음례·향사례에 대한 이해와 그 실천을 요구하였다. 그 목적은 천자로부터 서인에 이르기까지 나이와 재행·덕행·지위 등에 따른 차등 있는 질서의식을 익히고, 이를 통해 효제역행(孝悌力行)과 존양양로(存養養老) 등 삼강오륜의 도를 실천할 수 있다는 것이었다. 곧 사대부 중심의 교화 노력과 실천의 면을 강조한 것이라 할 수 있겠다.

≪의례경전통해≫에서 강조한 이러한 향례는 조선시대 주자성리학을 토대로 예치를 향촌사회에서 실현하고자 할 때 주목되는 것이었다. 이미 사상견례의 경우 태종 13년(1413) 6월에 정리가 이루어지기 시작하였다. 예조에서 올린 '사대부상접례'를 보면 다음과 같다.

> 삼가 ≪경제육전(經濟六典)≫을 고찰하건대 대부(大夫)·사(士)의 상접례(相接禮)는 '대명반강읍배식(大明頒降揖拜式)'에 의하여 한 등급을 격(隔)한 자는 앉거나 서는데 따르는 답례가 없는데, 이제 본조(本曹)에서 봉장(奉藏)한 예부(禮部)의 방문(牓文) 사본(寫本)의 한 조목에는 '3품관이 1품관을 뵙고, 4품관이 2품관을 뵈올 때에는 양배례(兩拜禮)를 행하고, 1품·2품관은 절을 받고 답례하기를 적당히 한다. 나머지 품질(品秩)도 이에 따른다.'라고 하였습니다. 이로써 보면 앉거나 서는데 따르는 답례가 없는 것은 중국에서도 이미 일변하였는데 국조에서만 준용(遵用)하여 불변하는 것은 미편합니다. 엎드려 바라건대 한 등급을 격한 자의 절을 받고 답례하는 것은 적당히 따르게 하소서.[17]

이러한 '사대부상접례'는 사대부의 경우에 해당하는 것이었다. 이보다

---

17) ≪태종실록≫ 권25, 태종 13년 6월 을묘(8)

향촌사회에서의 경우 상읍례(相揖禮)로 정리되고 있었다. 상읍례는 매년 네 계절의 첫째 달 초하루에 이루어지고 있었다.[18] 이는 사림들의 읍양진퇴와 관련되는 것이었다.

정읍(庭揖)은 유생들끼리 서로 공경하는 예이고, 사우(祠宇)에 전알(展謁)하는 예가 아닌데, 지금은 정읍만 행하고 알묘(謁廟)를 하지 않으니 주자가 만든 창주정사(滄洲精舍)의 규례와 다르다. 의당 매일 새벽이면 묘정(廟廷)에 들어가 재배하고 외정(外庭)으로 나와 상읍례(相揖禮)를 행한다. 원장(院長)도 원중에 있을 적에는 알묘를 해야 한다. 알묘를 마치고 나서는 재임 이하가 강당(講堂)으로 나아가 원장에게 알현하기를 청하여 그 앞에서 배례를 행하고, 다시 외정에 이르러 상읍례를 행한다. 제삿날의 경우는 정배(庭拜)를 중지하되 상읍례는 규례대로 한다.[19]

상읍례는 전남 곡성군에 있는 덕양서원의 ≪덕양서원지≫에서 잘 정리되고 있다. 여기서는 동서반수(東西班首)와 제생(諸生), 동서조사(東西曹司) 등이 순서에 따라 공읍(拱揖)하고 답읍(答揖)하며, 그리고 이러한 읍례가 끝난 후 독법(讀法)이 백록동규(白鹿洞規)와 남전향약(藍田鄉約)을 읽고 마지막에는 당에 올라 취강(就講)하는 것으로 되어 있다.

투호례는 화살을 던져 병에 넣는 것이다. 투호례는 일찍부터 행해졌던 듯하다. 조선초에 행해졌던 것으로 보이는 ≪용재총화≫에 소개된 내용을 보자.

편을 갈라 투호(投壺) 놀이를 해서 이기지 못한 자가 술잔을 들어 이

---

18) ≪수당집(修堂集)≫ 권4, 잡저 원모재 재규. 이를 보면, "1. 매년 네 계절의 첫째 달 초하루에 제생(諸生)들이 상읍례(相揖禮)를 행하고, 이어 향약(鄉約)을 강하며, 매 3년마다 4월에 향음주(鄉飲酒)의 의식을 행한다."고 하였다.
19) ≪한수재선생문집(寒水齋先生文集)≫ 권19, 書 答道峯院規

긴 자에게 주면 읍하고 서서 술을 마시며, 악장을 연주하여 술을 권
하다가 드디어 잔치를 벌여 풍악을 울리며 차례대로 잔을 받아 취할
때까지 마시다가 날이 저물어서야 부축되어 나온다. 이 모임에 참석
할 수 있는 것을 사람들은 영광으로 여겼다.[20]

　이러한 투호에 대해 성종은 희롱하고 놀이하는 것이 아니라 마음을 다
스리기를 구하는 것이라 하였고,[21] 정조는 몸과 마음을 곧게 하여 쏘되
비록 맞지 않더라도 이긴 자를 원망하지 않으며 자기를 반성하고 이기기
를 힘써 얻지 않아야 군자의 행위가 된다고[22] 하였다. 투호례는 이처럼
놀이를 하면서 심신수양과 의례의 행용을 꾀한 것이었다.
　향음주례는 장유의 질서와 효제를 실천하고 이를 권장하는 향례의 하나
였다. 그러나 조선초의 경우 회음(會飮)은 어지러운 음주가취(飮酒歌吹)를
행하는 것으로 지적되어 금해야 한다는 예조의 계문이 있을 정도였다.[23]
따라서 이러한 음주가취의 회음이 아니라 친목을 도모하는 한편 장유와
유덕, 그리고 재행을 기초로 하는 향촌사회의 질서를 만들기 위한 향음주
례의 시행 권장이 나오게 되었다. 정조는 향음주례에 대해 "하루에 예를
행하면 그 영향이 사방에 미칠 수 있는 것은 향음주례가 가능하다고 여긴
다. 이 예는 노인을 보살피고 농민을 위로하며, 기쁨을 가져오고 나이를
구별지으며, 귀천을 밝히고 높고 낮음을 분간하게 하는 것이니, 몸을 바르
게 하고 나라를 편안케 하는 요결(要訣)이 이것을 따라 일어나게 되는 것
이다."[24]라고 보고 있었다.
　≪국조오례의≫에서 정리된 향음주례의 내용을 보자. 그 순서를 보면,

---

20) ≪용재총화≫ 권9
21) ≪성종실록≫ 권9, 9년 10월 을묘(27)
22) ≪弘齋全書≫ 권4, 춘저록 투호명
23) ≪태종실록≫ 권3, 2년 2월 신사
24) ≪정조실록≫ 권46, 21년 1월 임인(1)

행례의 날을 정하고 주인과 빈을 정하여 계고하게 하고 위를 정하며, 주탁(酒卓)을 설치하고 주인과 빈이 행례의 날에 주인과 빈 등이 읍양하며 배한다. 이후 집사자가 주인과 빈의 수작을 안내하고 술 다섯 번을 돌린 뒤 주탁을 치운다. 빈과 주인이 일어서면 사정(司正)이 말하길 "우리나라가 옛 전장에 따라 예교를 숭상하여 지금 향음주례를 거행합니다. 마시고 먹고 하려는 것뿐만 아니라 우리의 노장과 젊은이들이 서로 권면하여 나라에 충성을, 어버이에게 효도를, 안으로는 집안이 화목하고 밖으로는 동네가 친화하여 서로 훈고하고 서로 타일러서 조금이라도 과오를 저질러 어버이에게 욕이 돌아가도록 하는 일이 없게 하여야 한다."라고 하였다. 그리고 위에 있는 사람이 모두 처음처럼 재배하고 빈 등이 내려가 나가면 주인이 문밖에서 전송하는 것으로 끝난다.[25]

향음주의가 이처럼 갖추어졌지만 현실적으로 그 시행은 활발하지 못하였다. 중종은 팔도감사에게 이를 다음과 같이 지적하였다.

> 또 향음주례(鄕飮酒禮)는 나이 많고 덕 있는 이를 높이는 것이고 인효(人孝)와 경양(敬讓)은 난폭의 싹을 없애는 것이다. 전에 이미 이를 거행하도록 신칙(申飭)했었지만 곧 폐이(廢弛)되었으니, 경 또한 예문(禮文)을 자세히 고증해서 수시로 거행함으로써 존비(尊卑)와 장유(長

---

[25] 향음주례에 참여하는 자에 대한 세주가 ≪국조오례의≫에 실려 있다. 소개하면 다음과 같다. 1. 향음주례에 나올 사람의 명부를 비치할 것, 1. 향음주례에 나올 사람으로서 나이 70세 이상 및 벼슬이 2품 이상인 사람에게는 예를 갖추어 사람을 보내 청하고 그 나머지는 연명하여 청한다. 70세 이상에게는 절하는 예는 면제한다. 1. 예를 집행할 시기에 병고가 있어 나오지 못할 사람은 미리 이유를 들어 통고한다. 1. 향음주례의 설치는 고령자를 존경하고 덕 있는 이를 높이고 예양하는 마음을 일으키기 위함이다. 마구 떠드는 사람이나 술잔을 마구 다루는 사람은 예에 따라 문책하고 그로 말미암아 실례한 사람은 그 명부에서 삭제한다. 1. 사정은 여러 사람이 추복할 만한 사람으로 정하고 상자(相者)는 예에 익숙한 사람으로 한다. 1. 술과 안주는 양을 참작하여 마련하되 지나치게 풍부하게 하거나 또는 검소하게 하지 말고 알맞게 하도록 힘쓸 것 등이었다.

幼)의 질서를 어지럽게 해서는 안 된다는 것을 알게 하라. 그리하여 백성을 교화시키고 순후한 풍속을 이루도록 하라.

그러나 이러한 향음주례가 항상적으로 이루어지지 않아 향풍이 어지러워지고 있다는 지적이 있었고 그 회복을 요구하는 의견이 빈번하게 나왔다. 성호 이익은 ≪성호사설≫에서 이를 다음과 같이 지적하였다.

부모에게 효도는 하면서 어른에게 공순하지 않는 자는 있지만 어른에게 공순하면서 부모에게 불효하는 자는 없다. ≪예경(禮經)≫ 경해(經解)에 "향음주(鄉飲酒)의 예가 폐해지면 장유(長幼)의 질서가 없어져서 싸우고 송사하는 일이 많아질 것이다."라고 하였다. 군자는 처음을 삼가서 먼저 향당(鄉黨)의 예부터 거행하므로 사람들이 날로 자신도 모르게 착해져서 죄를 짓지 않는다. 이 예를 후세에도 혹 행하기는 하나 그 명칭만 가지고 있을 뿐이고 그 진실을 힘쓰지 않으며 몇 년 만에나 한 번씩 거행하고 마니 어찌 효험이 있겠는가?26)

성호가 지적하고 있듯이 향음주례가 열리기 힘든 이유 중의 하나가 비용이었다. 대개 관에서 주도하여 열리기 때문에 이 문제는 해결될 수 있었으나 서원의 경우 어려움이 있었다. ≪덕양서원지(德陽書院志)≫에 소개되고 있는 내용을 보면 다음과 같다.

향학에서 양로를 하는 것은 고례이다. 부자가 일찍이 말하길 "향에서 보고 왕도가 쉽다는 것을 알았다."고 했는데 쉽다는 것은 이를 말한다. 무릇 지금의 서원은 상서(庠序)의 옛 제도요 선현을 높이고 덕에 보답하며 추학을 개도하는 곳이디. 춘추로 제시를 지내고 조석을 깅습을 하는데 제향을 지내면서 어른과 어린이의 예를 차리지 않으면 제향의 예가 갖추어지지 못하고 강습을 하면서 효제를 우선으로 하

---

26) ≪성호사설≫ 권7, 인사문 향음주례

지 않으면 도의 근본이 서지 않는다. 그러니 원에서 양로를 하지 않을 수 있겠는가? (중략) 그래서 명희가 향중의 장로들과 더불어 향음주례를 회복할 것을 상의하고 두 분에게 아뢰었더니 계전을 내주겠다고 허락을 하므로 절목을 만들어 식을 정하고 개를 잡아 삶고 빈을 맞아왔으니 덕이 있는 분을 높인 것이요 차려준 그릇이 수효가 다른 것은 나이 높은 분을 높인 것이다. 존현하면서 노인을 우대하는 예의가 비로소 갖추어지니 기로안(耆老案)이 이로 인해 생기게 되었다.[27]

이러한 향음주례는 때로는 양로연으로 이어졌다. 향음주례에서 더 나아가 기로안을 만들어 존현양로와 효제의 유풍을 행하기도 하였던 것이다. 한편 전남 곡성의 ≪덕양서원지≫에서는 향음주례가 연음례(宴飮禮)로 다시 정리되고 있음을 보여주고 있기도 하다.

향사례 또한 ≪국조오례의≫ 군례조에 그 의식이 마련되고 있었다. 행례 시기는 매년 3월 3일과 9월 9일이며 소재관사가 주인이 되고 효제하고 충신하며 예의를 좋아하고 행실이 바른 자를 빈으로 선택하였다. 이어 위차를 만들고 주탁을 설치하며, 과녁은 90보 떨어지게 설치하였다. 빈을 맞이할 때는 향음주례 때처럼 주인이 읍양하며 맞이하고 이러한 예가 끝나면 술잔을 돌리되 세 순배가 돌면 주탁을 치운다. 사사(司射)가 활쏘기를 청하면 빈이 허락하고 주인과 빈이 화살 세 개를 등에 꽂고 1개를 손가락 사이에 끼우고 활쏘기를 하며, 이를 마치면 주탁을 설치하여 술을 마시고 이러한 의례가 끝나면 빈과 중빈이 나가는데 주인이 문밖에서 전별하였다.[28]

그러나 이러한 향사례는 중종 14년(1519)에 언급되고 있듯이 잘 행해지지 않았다. 당시 시강관 한충은 이를 다음과 같이 말하고 있다.

---

27) ≪덕양서원지≫ 기로안서
28) ≪국조오례의≫ 군례 향사례

향사례는 외방(外方)의 유관(儒官) 중에 더러 길잡이 하는 사람이 있으나 인심이 이미 시속에 빠져 있기 때문에 매양 곁에서 보는 사람의 웃음거리가 되므로 드디어 따라서 시행하지 않습니다. 대범 향사례의 근본 의의는 읍양(揖讓)하는 속에 있는 것이니 모두 학술(學術)의 근본입니다.[29]

이처럼 향사례는 행하여지기 어려웠으나 국가차원에서 향음주례와 함께 향풍 교화의 방안으로써 추진되기도 하였다. 한편 정약용은 순조 20년 (1820) 4월 23일에 강고(江皐)에서 향사례를 행한 일에 대해 기록으로 남기고 있다. 향사례의 실제 모습을 이해하는데 도움이 되므로 이를 옮겨보면 다음과 같다.[30]

가경(嘉慶) 경진년 4월 23일에 우리 향(鄕)의 사우(士友)들이 모여 의논하고서 철마산(鐵馬山) 아래 강고(江皐) 위에서 향사례(鄕射禮)를 행하였는데, 고랑(皐浪) 신대년(申大年, 이름은 억(億))을 주인으로 하고, 귀음(龜陰) 김여동(金汝東, 이름은 재곤(在崑))을 빈으로 하고, 신대년의 종질(從姪) 신성여(申成汝, 이름은 만현(晩顯))를 사사(司射)로 하고, 석림(石林) 이예경(李禮卿, 이름은 노화(魯和))을 사정(司正)으로 하였으며, 나의 두 아들 학연(學淵)과 학유(學游) 및 4~5가(家)의 자제와 빈객(賓客) 등 모두 20여 인이 사우(射耦)가 되기도 하고 집사(執事)가 되기도 하였다. 70세가 된 노인은 신대년(申大年)의 아버지 신공(申公), 나의 형 진사공(進士公 정약용의 맏형 약현(若鉉))이고, 60세가 된 사람은 김여동(金汝東)의 아버지 김공(金公)과 나였다. 이들은 늙어서 예를 차릴 수 없으므로 모두 예석(禮席) 밖의 별석(別席)에 앉아서 구경하고 있었으니, 아! 이것을 예라고 할 수 있겠는가? 비록 그 읍(揖)하고 사양하고 오르고 내리고 나아가고 물러나고 앉고 서는 의

---

29) 《중종실록》 권36, 14년 6월 경오(8)
30) 향사례에 대한 보다 자세한 의례 절차는 《순암선생문집》 권17, 잡저 향사례홀기에 실려있다.

용(儀容)과 바쳐 올리고[薦獻] 권하고[酬酢] 노래 부르고[吹誦] 음악 연주[戛擊]하는 절차와 왼쪽엔 활줌통, 오른쪽엔 시위를 잡고, 화살 3개는 꽂고 1개는 끼며, 활을 부리고 활시위를 얹으며, 내려와 절하고 올라가 술 마시는 예문을 이미 모두 고례(古禮)에 의거하였다. 그리고 신공(申公)과 김공(金公)의 두 아들이 또 우뚝 서서 의용을 가다듬으니 그 엄숙한 것이 볼 만하였고, 사정(司正)과 사사(司射) 등도 모두 단아하고 민첩하여 법도를 잃지 않았다. 이러므로 여러 벗과 여러 자제가 각기 그 자리를 바르게 지키고 각기 그 직책을 잘 봉행하여 떠들거나 예문에 이반되는 잘못이 없었으니, 아! 이 또한 어려운 일이었다.[31]

　지금까지 살펴본 것처럼 사상견례나 투호례·향음주례·향사례 등은 향례로서 주목되어 그 행용이 일찍부터 이루어졌다. 하지만 지방 주군현의 수령이나 향촌의 사림들은 그 의미를 적극 인정하면서도 실제로는 잘 행하지 않았다. 유풍의 쇠퇴로 인한 것이라 하기도 한다. 하지만 실제 이들 의례의 기본 정신이라 할 존양·존현·장유유서·효제충신 등은 서원의 학례에 읍양의 예로 반영되고 있었다.

　2) **학례**(學禮)

　≪의례경전통해≫에서 주자가 구상한 학례의 내용은 학제(學制)·학의(學義)·제자직(弟子職)·소의(少儀)·곡례(曲禮)·신례(臣禮)·종율(鍾律)·종률의(鍾律義)·시악(詩樂)·예악기(禮樂記)·서수(書數)·학기(學記)·대학(大學)·중용(中庸)·보부(保傅)·천조(踐阼)·오학(五學) 등이었다. 서원의 설치 운영 목적이 강학에 있다고 한 점을 본다면 주자가 정

---

31) ≪다산시문집≫ 권12, 序 江皐鄉射禮序

리한 학례와 백록동서원동규 등은 유림의 공부에 절대적인 영향을 미쳤다고 할 수 있다.

학례에서 추구된 주자의 정신을 보면, 학교 제도로 왕위를 계승하는 왕자인 군주로부터 서민에 이르기까지 모든 인민을 교육의 대상으로 삼고 있었다. 교육을 위해서는 훌륭한 교사가 필요함을 역설하면서 그 교육내용을 군신간의 지켜야 할 의례와 덕목, 사제 간에 지켜야 할 의례와 유교 이념 등으로 삼아 학례를 통해 학교교육을 통한 교화의 의미를 이루고자 하였다. 서원에서는 주자의 학례 내용이 구분되어 제시되고 있지는 않다. 다만 서원의 경우 향례와 학례의 내용 및 정신은 원규(院規) 혹은 재규(齋規) 등의 내용에 들어가 있었다. 따라서 서원의 학례에 대한 이해는 원규 및 재규를 통하여 살펴볼 수 있으리라 본다.

먼저 서원의 학령과 학례의 기초가 되고 있는 주자의 백록동규(白鹿洞規)를 살펴보면 다음과 같다.

아비와 자식 사이에는 친함이 있으며[父子有親], 임금과 신하 사이에는 의리가 있으며[君臣有義], 남편과 아내 사이에는 분별이 있으며[夫婦有別], 어른과 아이 사이에는 질서가 있으며[長幼有序], 벗과 벗 사이에는 신의가 있다[朋友有信]. 이상은 오교(五敎)의 조목이다. 요순(堯舜)이 설(契)로 하여금 사도(司徒)가 되어 경건히 오교를 펴게 한 것이 바로 이것이다. 배우는 자는 이것을 배울 뿐이다. 그 배우는 순서에 또 다섯 가지가 있으니 그 구별이 다음과 같다. 널리 배우며[博學之], 자세히 물으며[審問之], 신중히 생각하며[愼思之], 분명히 분변하며 [明辨之], 독실하게 실천한다[篤行之]. 이상은 배우는 순서인데 배우고, 묻고, 생각하고, 분변하는 네 가지는 이치를 궁구(窮究)하는 방법이다. 그러나 독실하게 실천하는[篤行] 일로 말하면 수신(修身)으로부터 처사(處事)와 접물(接物)에 이르기까지 또한 각기 요령이 있는 바, 그 구별은 다음과 같다. 말을 참되고 신실하게 하고[言忠信], 행동을 독실하고 경건하게 하고[行篤敬], 분노와 욕망을 억눌러 절제하고[懲忿窒慾], 허물을 고쳐서 선하게 바꾼다[遷善改過]. 이상은 수신하는 요령이다. 정당성을 추구할 뿐이요 이익을 도모하지 않으며[正其誼不謀其利], 도리를 밝힐 뿐이요 그 공과를 계산하지 않는다[明其道不計其功]. 이상은 처사(處事)의 요령이다. 자신이 하기 싫은 것을 남에게 베풀지 않으며[己所不欲勿施於人], 행하고도 뜻을 이루지 못함이 있으면 자신에게 돌이켜 반성한다[行有不得反求諸己]. 이상은 접물(接物)의 요령이다.

백록동규에서는 인륜의 의리가 담긴 부자유친·군신유의·부부유별·장유유서·붕우유신 등의 오교와 배우는 순서로서의 박학·심문·신사·명변·독행을 인륜과 학문의 대강으로 삼았고, 수신·처사·접물의 요령을 밝혔다. 이는 주자가 언급하듯 의리를 강명하여 자신을 수양하고 이후 남에게 이를 미치게 하라는 정신을 담고 있는 것이었다. 이와 함께 주자는 "제군들이 이를 서로 강명하고 준수해서 자신에게 스스로 책임지운다면 생각하고 말하고 행동하는 사이에 조심하고 두려워하는 바가 반드시 저런 강제적인 규칙보다 한층 더 엄함이 있을 것이다. 만약 그렇게 하지 못하고 혹시라도 금지된 행동을 하게 된다면 저 이른바 규칙이란 것을 실로 어쩔 수 없이 다 취해야만 할 것이다. 제군들은 명심하기 바란다."라고 하여 위기(爲己)의 중요함을 밝혔던 것이다.

백록동규를 이미 이해하고 있던 주세붕은 소수서원의 원규를 다섯 가지로 정하였는데 이는 다음과 같다. 첫째 제사를 삼간다[謹祀]. 둘째 어진 분을 예우한다[禮賢]. 셋째 집을 잘 수리한다[修宇]. 넷째 쌀 창고를 갖춘다[備廩]. 다섯째 서적을 점검한다[點書]. 소수서원의 원규 5조에서는 구체적으로 수신과 학문하는 법을 담고 있지 않았다. 하지만 이후 많은 서원이 설립되면서 원규 및 재규는 보다 구체적인 학규를 담기 시작하였다. ≪순암선생문집≫에서 소개하고 있는 덕곡서재 월삭강회약이나 월초강회

약은 이를 말해준다.32) 여기서는 먼저 서원의 직임과 자격에 대한 설명과
기명적(記名籍) · 기선적(記善籍) · 기과적(記過籍)을 만들어 비치하고 선
행과 과실의 조목을 제시하였다. 다음으로는 학약(學約)을 세워 이를 배워
나가기로 정하고 있다. 예컨대 공자의 삼외(三畏)와33) 삼계(三戒),34) 사물
잠(四勿箴),35) 증자의 삼귀(三歸),36) 구용(九容),37) 구사(九思),38) 백록동규
와 진서산(眞西山)의 교자재규(敎子齋規),39) 정동(程董) 두 선생의 학
칙,40) 곤재학령(困齋學令)41) 등의 내용이 그것이다.

　원규 및 재규는 서원마다 차이가 있으나 이 같은 내용과 크게 차이가
있는 것은 아니었다. 수당 이남규(李南珪 ; 1855 ~ 1907)의 문집인 ≪수
당집(修堂集)≫에 게재되고 있는 원모재(遠慕齋) 재규를 보면 다음과 같
다.

　　1. 매년 봄 2월과 가을 8월의 하정일(下丁日)에 거행하되[상정일은 문
　　　묘(文廟)의 날짜와 상치되고, 또 내가 전에 청동(淸洞)의 주자 영당
　　　(朱子影堂)의 석채 의절(釋菜儀節)을 마련할 때에 참여하여 중정일
　　　(中丁日)로 기일을 정하였기 때문에, 이번에는 하정일로 정한 것이
　　　다. 그러나 만일 하정일에 사정이 있으면 해일(亥日)에 하는 것도

32) ≪順菴集≫ 卷14, 雜著 德谷書齋月朔講會約
33) "畏天命 畏大人 畏聖人之言"
34) "少之時 血氣未定 戒之在色 血氣方剛 戒之在鬪 及其老也 血氣旣衰 戒之在得"
35) "非禮勿視 非禮勿聽 非禮勿言 非禮勿動"
36) "動容貌 斯遠暴慢矣 正顔色 斯近信矣 出辭氣 斯遠鄙倍矣"
37) "足容重 手容恭 目容端 口容止 聲容靜 頭容直 氣容肅 立容德 色容莊"
38) "視思明 聽思聰 色思溫 貌思恭 言思忠 事思敬 疑思問 忿思難 見得思義"
39) 學禮 學坐 學行 學立 學言 學揖 學誦 學書
40) 嚴朔望之儀 謹晨昏之令 居處必恭 步立必正 視聽必端 言語必謹 容貌必莊 衣冠必整
　　飮食必節 出入必省 讀書必專一 寫字必楷敬 几案必整齊 堂室必潔淨 相呼必以齒 接
　　見必有定 修業有餘功游藝有適性 使人莊以恕而必專所聽
41) 선조연간의 학자인 정개청(鄭介淸)이 남긴 ≪곤재우득록(困齋愚得錄)≫에 실린 학령
　　을 말한다.

가능하다.]희생과 예주(醴酒)를 갖추며, 행사는 되도록 정결하고 간략(簡約)하게 한다.

1. 헌자(獻者) 이하의 집사들은 본손(本孫)과 사림(士林)을 불문하고 덕망이 있고 예법에 익숙한 자를 선발한다.

1. 행사 하루 전에 헌자 이하 집사들이 모두 유건(儒巾)과 도포 혹은 복건(幅巾)과 심의(深衣)를 갖추고 강당(講堂)에서 재계한다.

1. 매년 네 계절의 첫째 달 초하루에 제생(諸生)들이 상읍례(相揖禮)를 행하고, 이어 향약(鄕約)을 강하며, 매 3년마다 4월에 향음주(鄕飮酒)의 의식을 행한다.

1. 매달 초하루와 보름의 이른 새벽에 유사 한 사람이 유건과 도포를 갖추고 분향하되 일체를 문묘(文廟)의 예에 의하며 예가 끝나면 청소를 깨끗이 한다.

1. 원근의 금신(襟紳) 중에 지알(祗謁)하는 자가 있으면 유사가 반드시 안내하여 들여가며 별도로 책자를 비치하고 참알(參謁)한 자의 성명을 기록한다.

1. 유사는 본손과 사림의 구별 없이 문장과 덕행이 있고 인망이 두터운 자를 선발해서 맡기되 연고가 없으면 바꾸지 않는다.

[이상은 새로 정한 영당(影堂)의 의절(儀節)이다.]

1. 제생들의 독서(讀書)는 사서(四書)와 오경(五經)을 근본으로 하고≪소학(小學)≫과 ≪가례(家禮)≫를 입문서(入門書)로 삼되 여러 사서(史書)들과 자집(子集) 및 문장 공부 또한 겸하여 통달하지 않을 수 없다. 그러나 의당 내외 본말(內外本末)과 경중 완급(輕重緩急)의 순서를 알아야 할 것이며 그 밖에 사탄(邪誕)하고 요괴하며 음벽(淫僻)한 책들은 모두 이를 눈에 가까이하지 말아서 도(道)를 어지럽히고 뜻을 미혹시키는 일이 없도록 한다.

1. 제생들은 뜻을 굳건하게 세워서 바른 길로 나아갈 일이며 공부의 기약을 원대한 곳에 두고 실천의 내용을 도의(道義)에 귀속시키도록 해야 한다. 만약 성품과 행실이 정도(正道)를 벗어나 예법을 헐뜯어 비웃고 성현을 모멸하여 업신여기며 근본과 도리를 속이고 반대하거나 더러운 말로 어버이를 욕하거나 전체를 거슬러서 따르

지 않는 자가 있으면 함께 의논하여 이를 제명(除名)시킨다.

1. 제생들은 항상 조용히 지내면서 오로지 독서에만 정진할 일이며 의문이나 어려움을 강구(講究)하는 경우가 아니면 쓸데없는 말로 시간을 허비하면서 생각을 어지럽히고 학업을 중단해서는 안 된다.

1. 부득이한 사유 없이 외출하지 않으며 절대로 자주 드나들어서는 안 된다. 언어와 행동, 의관과 태도 등에 있어 각자 서로 힘쓰고 도와서 선(善)을 권면한다.

[이상은 퇴계 선생이 지은 이산서원(伊山書院)의 원규(院規)이다.]

1. 스승에게 수업을 받을 때에는 반드시 연장자에게 순서를 양보하여 나이 차례에 따라 받고, 받고 나면 숙배하고 물러나 자리로 돌아온다. 수업한 것 중에 잘 모르는 것이 있으면 먼저 연장자에게 물어야 하며 곧장 스승에게 번거롭게 물어서는 안 된다. 그리고 만약 꼭 물어야 할 경우에는 옷매무새를 정돈하고 자세를 가다듬은 뒤에 자리에서 벗어나서 고하기를 '저 아무개는 아무개 일에 밝지 못하고 아무개 글 아무개 말에 통하지 못하여 감히 가르침을 청합니다.'라고 해야 한다. 선생이 대답을 하면 정신을 차려서 듣고 끝나면 제자리로 돌아온다.

[이상은 수업(受業)에 관한 것이다.]

1. 날마다 이른 아침에 직일(直日) 한 사람이 격판(擊板)을 치면 모두 일어나서 세수하고 머리 빗고 의관을 갖춘 뒤에, 두번째 치면 당에 올라가 차례로 정렬하고 서서 사장(師長)이 나와 앉기를 기다려서 경건히 읍한 다음 차례로 두 줄로 나누어 서서 서로 읍하고 물러난다. 밤이 되어 잠자리에 들 때가 되면 아침과 마찬가지로 격판을 쳐서 회읍(會揖)한다. 회강(會講)이나 회식(會食) 때에도 모두 격판을 치며 초하루와 보름에는 사장이 자리에 앉은 뒤에 모두 서서 재배한다.

[회읍(會揖)에 관한 것이다.]

1. 몸을 단정히 하여 바르게 앉으며, 서책이나 필연(筆硯) 등의 물건은 모두 일정한 장소에 놓아두고, 읽고 있는 책이나 항상 쓰는 물

건은 그때마다 조용히 다루어서 어지럽고 소란스럽게 해서는 안
된다. 그리고 읽은 뒤에나 사용한 뒤에는 반드시 원래의 장소에
다시 갖다 두어서 뒤섞이는 일이 없도록 한다.

1. 자세를 가다듬고 정신을 집중하여 글자를 똑똑히 보고 이를 음미
하면서 천천히 읽되 글자 하나하나를 철저하게 파악할 일이며, 한
눈을 팔거나 손장난을 하는 일이 없이 충분히 읽어서 이를 암송해
야 한다. 그리고 또 매일같이 이를 복습하여 장구(章句)를 따라 통
독해서 죽을 때까지 잊지 않도록 해야 한다.

[이상은 독서에 관한 것이다.]

1. 글씨를 쓸 때는 전심하여 붓을 잡고 자획(字劃)이 엄정(嚴正)하기
를 추구해야 하며 경박한 태도로 아무렇게나 써서 자획이 비뚤어
지거나 빠뜨려서는 안 되고, 먹을 갈거나 붓을 놓을 때는 소리가
나거나 먹물이 튀어 딴 것을 더럽혀서는 안 된다. 그리고 벼루면
이나 책상 같은 데에 글씨를 써서 장난하는 것은 가장 아름답지
못한 일이므로 절대로 경계해야 한다. 이상은 글씨 쓰는 것에 관
한 것이다.

[이상은 우복선생(愚伏先生)이 지은 서당의 공부에 관한 범절이다.]

이상의 내용을 볼 때 서원의례 중 학례에 해당하는 것은 원규 내지는
재규·학령·학칙 등으로 정리된 것을 볼 수 있다. 원규의 주된 내용은
공자와 주자, 율곡 및 이재(李縡) 등이 남긴 수신과 위학을 통한 위기(爲
己)의 완성, 의례향사 등이 합쳐져 서술되는 공통점을 보인다.[42] 즉 부자
유친·군신유의·부부유별·장유유서·붕우유신의 오교와 위학(爲學), 수
신(修身)·처사(處事)·접물(接物)의 요체 등을 동규로 정하고 있는 백록

---

42) 예컨대 권경우(權景祐)와 권경유(權景裕)를 모신 양평군의 수곡서원에서 만든《수곡
서원지》의 유생수규(儒生守規)에는, 여숙강규(閭塾講規), 화서(華西) 이항로(李恒老)
와 용계(龍溪) 유기일(柳基一)이 찬한 여숙강계(閭塾講戒), 강의(講義), 율곡의 학교모
범(學校模範) 16조, 백록동 강규 등이 정리되고 있다.

동규의 정신을 계승하면서도 상읍례·향음주례·향사례 등의 것을 서원의 형편에 맞추어 의례로 서술하고 있다. 또한 서원의 주된 기능으로서의 석채(釋菜)와 존현을 위한 향사의 의례 또한 들어가 있는 것을 볼 수 있으며, 강회(講會)의 의례를 정함으로써 엄숙한 분위기를 유지하면서 위학(爲學)의 자세를 취하였음을 알 수 있는 것이다.

3) 제례(祭禮)

조선시대에는 성균관을 설치하여 최고 교육기관의 역할을 하도록 하는 한편, 성현을 향사함으로써 덕이 있는 자를 숭배하고 어진 이를 본받고자 문묘를 설치하였다. 정전인 대성전에는 정위인 공자를 비롯하여 배위로 4성, 종향위로 10철, 송조 6현 등 21위를 봉안하고, 동무에는 중국 명현 47위와 우리나라 명현 9위를, 서무에는 중국 명현 47위와 우리나라 역대 명현 9위를 봉안하였다. 문묘는 성균관에만 둔 것이 아니었다. 전체 주현에 330개의 향교를 설치하면서 여기에 대성전 및 동무와 서무를 두었던 것이다.

조선왕조에서는 일반의 천신에 대한 제례를 사(祀)라 하고 지지(地祇)에 대한 제례를 제(祭), 인귀(人鬼)에 대한 제례를 향(享)이라 하여 구별한 바 있다. 그러나 공자에 대한 정식 의례는 석전(釋奠)이라 하였다.[43] 서원의 경우는 대체로 제(祭) 혹은 향사(享祀) 등으로 표현하고 있다.[44]

서원에서의 제례는 묘우에서 이루어진다. 묘우 안에는 선현을 상징하는 위패가 모셔지게 된다. 향교의 문묘에 모셔지는 성현은 국가에서 모두 문

---

43) ≪國朝五禮序例≫ 권1, 吉禮 辨祀
44) 제의는 제향의 흠향 대상에 따라 다르게 호칭되어야 하나 여기서는 제례로 통칭하여 부르고자 한다.

묘례에 따라 정해지는 것이기 때문에 위패의 규격과 위차가 정해져 있었다. 하지만 서원의 경우는 달랐다. 특히 위차의 경우 위패의 위치를 말하는 것으로 서원이나 사우 등의 묘우에는 한 사람의 선현만 모셔지는 것이 아니기 때문이고 또 많은 향현(鄕賢)이 들어가기도 했기 때문에 중요한 문제가 되기도 하였다. 효종 8년(1657) 6월 충청감사 서필원(徐必遠)이 치계한 내용은 이를 말해준다.

> 그들이 높이어 받드는 사람은 한결같이 공론을 따르지 못해 혹은 그 자손이 자기 선조를 사적으로 위하거나 자기가 좋아하는 자에게 아부하여 지나치게 추존하기 때문에 창립할 즈음에 논의가 일치하지 않아서 처음에는 싸우다가 선대의 누나 숨겨져 있는 허물을 모두 들춰내기까지 합니다. 그리하여 아침에는 취향이 같다가 저녁에는 원수가 되곤 하니 풍속을 해치는 것이 이보다 심한 것은 없습니다.[45]

여기에서 보듯 도통과 도덕·절의·학덕을 기준으로 하여 향사하는 것이 기준이었지만 사림의 공론으로 치부하면서 자기 선조 혹은 자기가 좋아하는 자를 배향하고자 하는 일이 많아졌던 것이다. 이러한 일이 많아질수록 서원 제례의 경우 위차 문제에서 자유로울 수 없었다.[46] 위차를 놓는 방법과 시기에 따라서 주향·병향·열향·배향·종향이라 하든가 혹은 원향과 추향으로 나눈다. 주향은 문묘의 대성전에 모셔진 공자 위패의 위치와 같은 것이기는 하지만 때로는 경상도 성주 천곡서원의 경우 정자·주자가 주향이듯, 나주 경현서원에서 김굉필·정여창·조광조·이언적·이황 등을 주향으로 모시듯 여러 사람이 되기도 한다. 병향은 주향을 중심으로 그에 버금가는 이들의 위패를 배열하는 것을 말하는데 가운데를

---

45) ≪효종실록≫ 권18, 효종 8년 6월 임진(21)
46) 서원제례의 위차에 대해서는 윤희면, 앞의 책 참조.

중심으로 좌우로 혹은 주향을 동쪽에 병향을 서쪽에 놓아 마주보게 하기도 한다. 열향은 위패를 차등 없이 줄이어 놓는데 대체로 위패를 동쪽에서 서쪽으로 놓는 것을 말한다. 배향은 좌향이라고도 하며 공자 옆에 안자 등 4성을 배치하는 것이며, 조향은 학설을 모범삼아 영향을 받은 후대의 선현을 모시는 것을 말한다. 원향은 서원에 처음 건립될 때 모셔지는 것, 추향은 말 그대로 추가로 향사하는 것을 뜻한다.

조선시대 서원은 이러한 위차 문제에 대해 뚜렷한 원칙을 제시하기가 힘들었다. 그만큼 향촌사회의 사림 즉 향유들의 요구가 다양했기 때문이다. 그렇지만 도학의 계승, 의리와 절의의 실천, 그리고 학덕을 쌓은 것 등은 적어도 표면상의 향사 이유가 되었다. 이에 따라 서원 정리 및 훼철의 조치가 자주 취해졌으면서도 서원과 사우 등은 유지가 될 수 있었던 것이다.

《국조오례의》에서의 문묘의례는 모두 9종이다. 이를 보면 다음과 같다. ① 향문선왕시학의(享文宣王視學儀), ② 작헌문선왕시학의(酌獻文宣王視學儀), ③ 왕세자작헌문선왕시학의(王世子酌獻文宣王入學儀), ④ 왕세자석전문선왕의(王世子釋奠文宣王儀), ⑤ 유사석전문선왕의(有司釋奠文宣王儀), ⑥ 문선왕삭망전의(文宣王朔望奠儀), ⑦ 문선왕선고사유급이환안제의(文宣王先告事由及移還安祭儀), ⑧ 주현석전문선왕의(州縣釋奠文宣王儀), ⑨ 주현문선왕선고사유급이환안제의(州縣文宣王先告事由及移還安祭儀) 등이 그것이다.

제향의 시기에 따라 보면, 정기적인 것이 석전과 삭망전이고 부정기적인 것이 ⑦과 ⑨의 제의이다. 석전 제의의 시기는 춘추·중월·상정일에 행하는 춘추 제향이 있고, 매달 초하루와 보름에 행하는 삭망 전의가 있었다. 춘추·중월·상정일에 춘추 제향을 하게 된 것은 《예기》 월령편에 "중춘의 상정일에 악정에게 명하여 습무하게 하고 석전제를 지낸다."

고 한 데 따른 것이었다.

풍기군수였던 주세붕은 안향의 고향인 풍기에 안향의 옛 집터 위에 사우를 세우고 봄과 가을로 제사함으로써 우리나라 서원의 단초를 제공한 바 있다. 이때의 봄과 가을은 춘추석전 시기와는 차이를 두고 있었다. 즉 퇴계는 ≪백운동소수서원규≫에 규정된 바대로 계월(季月)의 상정(上丁)을 헤아려 행하되 상정에 유고(有故) 즉 국기(國忌) 등이 있으면 중정(中丁)으로 고쳐 행한다고 하였다.[47] 소수서원규에 나오는 조항을 보면 다음과 같다.

> **춘추**(春秋) 배향(配享)은 예로 계절의 끝 달[季月] 처음 정자 날[上丁]로 하지만, 이날에 유고(有故)면 둘째 정자 날[中丁]로 바꾸어 정한다. 유고라는 것은 나라에서 피하는 국휘(國諱), 사사로 피하는 사휘(私諱)같은 것이다. 대개 선성(先聖)의 제사는 반드시 봄·가을 중월(仲月)에 하는 것이기 때문에 이것은 끝 달을 택한 것이다. 공은 이미 중월에 배향되었는데, 상사(上巳 삼짇날 음력 3월 3일)의 청명과 중양(重陽)의 가절은 곧 공이 평생 목욕하고 모여서 이곳에 놀았으니, 이것을 추모하여 제사하면 공이 반드시 즐거이 강흠(降歆)할 것이다. 제삿날에는 고을의 부로(父老)와 사문 수사(秀士)들이 모두 시내 위에 모여 음복례(飮福禮)를 하고 서로 시를 읊고 돌아가면 소위 신과 사람이 화(和)한다는 것이 여기에서 이루어진다.[48]

계춘과 계추 즉 3월과 9월에 행하는 경우 문묘에서의 춘추제향으로서 중춘과 중추에 지낸 뒤 다시 지내게 되는 것이라 번거로우며 제수의 마련에도 문제가 있다하여 이에 대한 시기 변경이 이루어졌다. 중춘과 중추로 하되 상정이 아닌 중정으로 하였고 사우의 경우는 하정에 하기도 하였

---

47) ≪퇴계선생속집≫ 권8, 잡저 安文成公享圖
48) ≪대동야승≫ 海東雜錄 3 本朝 周世鵬

다.[49] 다음을 보자.

> 향교의 제향은 초정에, 서원은 중정에, 사우는 종정에 거행한다. 혹
> 불행히도 국휼을 만나면 서원과 사우는 중지한다. 고을에 서원이
> 4·5곳이 있으면 중정 향사에 유생들을 나누어 정하여 일시에 거행
> 하고 종정의 사우 향사에도 역시 마찬가지로 한다.[50]

이처럼 서원과 사우의 경우 춘추제향은 대개 중춘과 중추의 중정일과
하정일에 행하는 것으로 정해졌던 것이다. 이와 함께 서원과 사우의 경우
도 문묘의 예에 의해 삭망전의를 올렸다. 즉 매달 초하루와 보름의 이른
새벽이 되면 유사 한 사람이 유건과 도포를 갖추고 분향하되 일체를 문묘
(文廟)의 예에 의하며 예가 끝나면 청소를 깨끗이 하였던 것이다.[51]

심곡서원의 경우 조광조를 모신 서원이었다. 조광조의 묘소가 서원의
맞은편에 자리하고 있는 관계로 묘소에 대한 봉심이 정기적으로 치러지기
도 하였다. 이러한 상황은 향사하고 있는 인물의 묘소가 가까이 있는 경
우 대체적으로 이를 따랐던 것으로 보인다. 심곡서원에서는 이를 위해 삭
망봉심을 시행하고자 헌향관 1인, 집례 1인, 봉향 1인, 봉로 1인, 찬인 1
인 등 행례할 사람들을 정하였던 것이다.

서원의 제의를 보자. 백운동서원을 세울 당시 주세붕은 제례를 위해 제
식과 홀기를 작성하였으나 퇴계가 지적한 바대로 경솔 구차한 바가 있고
간략하였다. 따라서 퇴계는 문묘 석전의 및 제식을 참고하여 이를 고치려
고 한 바 있었다.[52]

---

49) 정구(鄭逑)는 도동서원 원규를 작성하면서 2월과 8월의 중정으로 정하였고, 정경세
(鄭經世)도 상주 도남서원에 대해 2월과 8월에 할 것을 말한 바 있다. 제례의 시기
에 대해서는 윤희면, 앞의 책 참조.
50) 《雜同散異》 書院約令
51) 《修堂集》 遠慕齋規

서원의 춘추향사를 다루기 위해 ≪국조오례의≫의 주현석전문선왕의(州縣釋奠文宣王儀)의 내용을 정리하면 다음과 같다. 크게 시일·재계·진설·성생기·행례로 이루어져 있으며, 이 가운데 행례를 보면 대체로 제시하였듯이 참신(參神)·전폐(奠幣)·초헌(初獻)·아헌(亞獻)·종헌(終獻)·음복수조(飮福受胙)·철변두(輟籩豆)·송신(送神)·망예(望瘞)의 순서로 행해졌다. 서원의 경우는 참신·전폐·초헌·아헌·종헌·음복·망료(望燎)로 구성되어 약간의 차이가 보인다. 이 가운데서도 크게 두드러지는 것은 주현석전문선왕의 때에는 4배를 올리고 있으나 서원의 경우 재배로 하고 있는 것도 다른 점이다.

정리하자면 주현 향교의 석전문선왕의의 제의와 서원의 것이 대략 비슷하지만 서원의 경우 재배를 올리고 있으며 절차도 상당히 간략화 되고 있다는 점에 있어서 차이가 있다고 하겠다.

한편 부정기적인 제사에 해당하는 것으로 주현 향교의 문묘에서는 주현문선왕선고사유급이환안제의가 있었다. 서원의 경우도 이와 마찬가지로 부정기적 제례가 치러졌는데 그 이유를 보면, 서원 건물을 수리할 때 위패를 다른 곳으로 옮기고 다시 모셔 오면서 지내는 이안제와 환안제가 있었고, 도난이나 화재, 뇌우 등의 급작스런 재난을 당하였을 때 신위를 위로하는 위안제, 위패를 다시 봉안하거나 어떠한 사유로 제외시킬 때 예성제, 그리고 사액을 국가로부터 받게 되었을 때 올리는 사액례 등이 있었다.53)

이러한 서원 제례에 필요한 제수는 주세붕이 백운동서원을 열었을 때 행한 것처럼 관에서 준비하여 지급하였던 것으로 보인다. 그러나 이는 서원의 수효가 늘어나면서 문제가 될 수 있었다. 효종 8년(1657) 6월 충청감사 서필원이 치계한 내용 중에 관련된 기사를 보면 이를 알 수 있다.

---

52) ≪퇴계선생속집≫권8, 잡저 安文成公享圖
53) 이에 대해서는 윤희면, 앞의 책, 308쪽 참조.

서원과 향사(鄕祀)의 춘추 제물을 본관에서 준비하여 지급할 때에 그 비용이 심히 많으나 학궁(學宮)에 관계된 일이므로 수령된 자는 힘을 다해 마련하여 보내면서도 오히려 부족할까 염려됩니다. 그 중에 쉽게 마련할 수 있는 물건은 그래도 지장이 없겠으나 돼지나 염소 등과 같은 것은 회부(會付)에 기록된 것으로서 예사 물건이 아닌데 쓰는 데 절제가 없어서 점점 더 소모되어 가고 있으니 이것이 넷째 폐단입니다.[54]

이 때문에 당시 예조에서는 앞으로 서원과 향현사의 설립에 대해 묘당의 허가를 구할 것과 사액서원 외의 서원과 향현사의 제수를 관에서 지급하는 것은 일절 폐지할 것을 결정한 바 있었다. 사액서원의 경우는 이를 회감(會減)이라 하였다. 그러나 이 조차도 제대로 지켜지지 못하였다.[55] 유풍의 진작을 이유로 미사액서원의 존재를 외면키 어려웠고, 향사되는 선현의 본원이 사액되었다고 하여 사액서원과 같은 대우를 해주도록 하는 등 파행이 있었던 것이다. 이처럼 미사액서원에 제수를 지급하는 것을 관봉(官封)이라 하였다.[56]

이처럼 서원제례는 문묘에서의 존현숭모의 의례가 중요시되듯 도통의 계승이나 절의의 실천, 학덕이 있는 선현을 봉사함으로써 향촌사회에서의 유풍을 진작하는데 큰 역할을 하였다. 반면 지나치게 자의적으로 향현을

---

54) ≪효종실록≫ 권18, 8년 6월 임진(21)
55) 이미 서필원의 치계에 대해 효종 8년 7월 옥당에서는 차자를 올려 반박하고 있었다. 그중 제수와 관련한 내용을 보면, "1년 두 때에 걸쳐 제사지내는 데 소요되는 제수는 몇 가지 뿐입니다. 그러므로 편액을 하사받은 서원이 아니라 하더라도 그 고을의 수령이 약간의 채소와 과실을 갖추어 어진이를 제사지내는 의식에 돕는 것이 고을의 잘살고 못사는 데 무슨 관계가 있겠습니까. 돼지나 염소에 이르러서는 혹 주기도 하고 혹 안 주기도 하여 고을에 따라 법규가 있으니 더욱 이를 말거리로 삼을 것조차 없는데다가 또 조정으로 하여금 돼지나 염소를 아껴 어진이에게 제사드리는 예를 폐지하게 한다면 그 사이의 경중이 과연 어떻다 하겠습니까."(≪효종실록≫ 권19, 8년 7월 기유(8))라고 하였던 것이다.
56) 윤희면, 앞의 책 310~311쪽 참조.

추향하거나 중복 향사하는 경우가 많아짐으로써 조선시대 서원 사우의 설립 운영 자체에 대한 논란이 일기도 하였다. 제례의 시기와 그 절차 및 제수 등의 면을 보면, 대체로 그 시기는 문묘석전의를 수용하여 춘추제향·삭망제향·이환안제의 등으로 나누어 행하였고, 절차 역시 이에 준하여 간략히 행하였다. 또한 제수도 관에서 직접 지급하는 것을 수용하여 제례를 치렀던 것이다. 결국 서원 제례는 관과 사림, 그리고 오례(五禮)와 주자의 의례에 대한 이해가 결합된 결과물이라고 할 수 있겠다.

맺음말

이상을 통해 조선시대 서원 의례의 수용과 행례에 대한 검토를 시도해 보았다. 여기서는 그 배경을 검토하면서 의례의 내용을 향례·학례·제례로 나누어 살펴보았는데, 이는 결국 향촌사회에서 서원의 역할과 위상을 이해하는 시도이기도 하였다. 이를 다시 정리하면 다음과 같다.

조선시대에 들어와 고려 말 이래 수용된 ≪소학≫·≪주자가례≫·≪의례경전통해≫ 등이 중앙 및 향촌사회로 보급이 이루어지면서 효제충신에 바탕하는 덕행이나 학행·재행 그리고 의리의 실천 등이 주목되었고, 그것이 교화와 그 실천의 기준이 되었다. 더불어 수신(修身)과 위학(爲學)을 중심으로 하는 수기(修己)가 강조되기에 이르렀으며 이를 바탕으로 한 사회적 역할에 대한 이해가 강조되었다. 특히 유풍의 진작과 향촌사회의 교화라는 측면에서 의례의 행용은 주자가례의 수용과 함께 더욱 강조될 수밖에 없었다. 특히 조선 초 국가례로서의 오례의가 마련되면서 국가 및 왕실 차원의 의례정비가 이루어졌다는 점이 주목되며, 이에 맞추어 향례로서의 향사례와 향음주례 그리고 제례로서의 문묘제향과 함께 향촌사회에서의 의례 시행의 전거가 되었다. 또한 관학의 쇠퇴, 혹은 향풍의 쇠퇴라는 면이 지적되는 속에서 서원 의례와 제사, 그리고 서원 교육이라는 새로운 성리학적 분위기를 형성하는 배경이 되었다 하겠다.

이를 배경으로 하여 수용된 서원 의례의 내용은 크게 향례·학례·제례로 나눌 수 있다. 향례는 사상견례·투호례·향음주례·향사례 등으로 그 행용이 일찍부터 이루어졌다. 하지만 지방 주군현의 수령이나 향촌의 사림들은 그 의미를 적극 인정하면서도 실제로는 잘 행하지 않은 면이 있으나 실제 이들 의례의 기본 정신이라 할 존양·존현·장유유서·효제충신 등은 연음례(宴飮禮)로 행해지기도 하였으며, 한편으로는 서원의 학례에 읍양의 예로 반영되었다.

서원 의례 중 학례에 해당하는 것은 원규 내지는 재규·학령·학칙 등으로 정리되었다. 원규의 주된 내용은 부자유친·군신유의·부부유별·장유유서·붕우유신의 오교와 위학(爲學), 수신(修身)·처사(處事)·접물(接物)의 요체 등을 동규로 정하고 있는 백록동규의 정신을 계승하면서도 상읍례와 향음주례·향사례 등의 것을 서원의 형편에 맞추어 의례로 서술하고 있다. 또한 서원의 주된 기능으로서의 석채(釋菜)와 존현을 위한 향사의 의례 또한 들어가 있는 것을 볼 수 있으며, 강회(講會)의 의례를 정함으로써 엄숙한 분위기를 유지하면서 위학(爲學)의 자세를 취하였음을 알 수 있는 것이다.

서원 제례는 문묘에서의 도통에 따른 존현숭모의 의례가 정해지고 이를 중요시하였듯이 도통의 계승이나 절의의 실천과 학덕이 있는 선현을 봉사함으로써 향촌사회에서의 유풍을 진작하는데 큰 역할을 하였다. 제례의 시기는 문묘석전의를 준용하여 춘추제향·삭망제향·이환안제의 등으로 나누어 행하였고, 절차 역시 이에 준하면서 행하였다. 또한 제수도 관에서 직접 지급받아 제례를 치렀던 것이다.

이상에서 정리한 바와 같이 서원 의례는 크게 향례·학례·제례로 나누어지지만 결국 이러한 의례는 ≪국조오례의≫에서 정리된 국가와 왕실 중심의 오례적 질서와 ≪주자가례≫ 및 ≪의례경전통해≫ 등에서 정리된 사대부 중심의 의례가 조선의 향촌 사림들의 성리학적 이해의 바탕 위에서 세워져 행용된 것이라 볼 수 있겠다.

서원 복식의 구성과 의미

머리말

조선시대 서원은 16세기 중엽 관학의 쇠퇴와 향풍의 진작, 성리학의 심화에 따른 주자의 백록동 강학(講學) 방식 모방, 선현(先賢) 및 성현(聖賢)의 숭모 등의 분위기 속에서 풍기군수였던 주세붕에 의해 본격적으로 시작되었다. 이후 서원은 강학과 숭현(崇賢)·교화(敎化) 등의 목적 속에서 운영되었으며, 조선 성리학의 발전을 가져왔던 원천으로 이해되었다. 물론 서원은 붕당의 형성과 그 정치 목적에 따른 당쟁의 근거지로 지목되기도 하였다.

이처럼 서원은 굴곡이 있기는 하였지만 조선 중기 및 후기 사회에서 정치·경제·사회·철학 등의 면에 큰 영향력을 갖고 있었다고 하겠다. 이러한 서원에 대한 연구는 지금까지 사승관계나 학파와의 관련, 서원 설립과 훼철의 배경, 서원의 운영방식과 향촌사회에서의 역할, 그리고 서원 건축 등과 관련하여 연구가 있어왔다. 그러나 본 연구에서 관심의 대상으로 삼고자 하는 서원 유생들의 복식과 그 의미, 그리고 변화에 대해서는 본격적인 연구가 미흡하였다. 서원 의례나 제례 등 구체적인 서원 운영의 면에 대한 구체적인 접근을 위해 이에 대한 연구가 필요하다고 본다.[1]

이러한 서원 복식에 대한 이해를 위해서는 서원의 유생 나아가 조선 중후기 성리학적 분위기 속에서 추구된 복식의 성격에 대한 이해가 필요하다. 때문에 조선초기부터 추구된 유생들의 복식이 어떠한 방향에서 이루어졌는가를 살펴볼 필요가 있다. 다음으로는 서원 복식사에서 중요하게 다룰 수 있는 것이 심의(深衣)이다.[2] 심의는 조선 성리학의 전개와 함께 중요한 의미를 가진다. 따라서 이에 대한 고찰은 성리학의 영향 하에서 복식이 어떻게 정해지는가를 살펴보는 중요한 요소라 여겨진다. 결국 이를 통해 성리학이 기층사회의 문화에 영향을 미쳤다는 점을 고려할 때 과연 이 점이 서원 복식에 어떠한 영향을 끼쳤으며 그 결과는 어떻게 전개되었는가를 이해하는 것이 필요하다고 하겠다. 즉 이상의 연구가 진행된다면 조선시대 사람들은 의관 등의 복식 역시 '예(禮) 혹은 도학(道學)의 정신을 담는 그릇'으로 여겼음을 이해할 수 있으리라 생각한다.

1. 유생 복식의 정제(定制)와 변화

유학 지식인은 사람이 사람답기 위해서는 의관을 정제해야 하고 자세와

---

1) 서원 유생들의 복식의 이름에 대해서는 약간씩 차이가 있다. 유생복·사인복·학생복·제학생도복 등이 그것이다. 여기서는 서원의 유생들을 대상으로 하므로 전체적으로 유생복이란 명칭을 쓰도록 하겠다. 지금까지 유생복에 대한 연구 성과를 보면 다음과 같다. 金東旭, 1973 ≪增補 韓國服飾史研究≫亞細亞文化社, 321~323쪽 ; 柳喜卿, 1975 ≪한국복식사연구≫ 이화여자대학교출판부, 373~389쪽 ; 李相恩, 1992 ≪朝鮮王朝服飾史論≫동방도서주식회사.

2) 조선시대 심의에 대한 본격적인 연구로는 김인숙, 1974 ≪深衣考≫이화여자대학교 석사학위논문 ; 鄭惠敬, 1990 ≪深衣에 관한 研究≫ 부산대학교 박사학위논문 ; 정혜경·권영숙·최은주·문명옥, 1989 <조선시대 深衣 유형에 관한 연구> ≪한국의류학회지≫13-1 ; 金正子, 1990 <深衣 構成의 研究>≪韓國服飾≫8, 단국대학교석주선기념민속박물관 ; 金正子, 1991 <深衣制度의 의의 고찰 - 儒敎經典을 중심으로 -> ≪服飾≫16, 한국복식학회 ; 조효순, 1996 <조선시대 심의 구성시론 - 박규수의 외복고를 중심으로 -> ≪服飾≫27, 한국복식학회 등이 있다.

안색을 바르게 해야 한다고 이해하여 왔다. ≪예기≫제 43, 관의조(冠義條)에서는 이에 대해 다음과 같이 언급하고 있다.

> 대체로 사람이 사람답다는 까닭은 예의가 있어서이다. 예의의 출발은 몸가짐을 바르게 하고 안색을 평정하게 가지며 응대하는 말을 순하게 하는데 있다. 몸가짐을 바르게 하고 안색을 평정하게 가지며 응대하는 말을 순하게 한 후에 예의가 갖추어지면 이로써 임금과 신하가 바로 되고 부자가 친하며 장유가 화하게 된다. 군신이 바르게 되고 부자가 친하고 장유가 화한 뒤에 예의가 성립되는 것이니, 그러므로 관(冠)이 있은 뒤에 복(服)이 갖추어지며 복이 갖추어진 뒤에 몸가짐이 바르게 되고 안색은 평정하게 되며 응대하는 말이 순하게 되는 것이다. 그러므로 옛 성왕들은 관을 중시하였던 것이다.[3]

　신분제 사회에서 관복 등의 복식은 신분을 나타내는 것이며 시대의 풍조를 보여주는 상징이기도 하였다. 즉 사치와 화려함을 좋아하는 것인지 검소함과 단아함을 숭상하는지를 보여주었던 것이다. 특히 유생의 경우 학인(學人)으로서 예를 배우고 이를 실천하는 처음에 해당하므로 이점이 더욱 강조되었다. 성종 8년(1477) 11월의 기사에서 다음과 같은 내용을 찾아볼 수 있다.

> 대저 유생(儒生)은 예(禮)가 나오는 바인데 유생이면서도 예를 지키지 않는다면 예가 어떻게 행해질 수 있겠습니까? 그러므로 의관(衣冠)을 바르게 하고 첨시(瞻視)를 신중히 하고 고문(古文)을 배우고 시비를 논하는 등 항상 스스로 격앙하여서 그 뜻을 받들게 하는데, 만약 임금이나 스승이 된 자는 이런 때에 대도(大道)로써 격려하고 법복(法服)으로써 속박하여 우뚝하고 강인하고 초탈하는 자질을 성취시키지 않고서 벼슬에 나아가 사사로운 생각이 안에서 생기고 속(俗)된 관습

---

3) ≪禮記≫ 제43, 冠義

이 밖에 붙어서 도도하게 세상과 더불어 부침하게 된 다음에는 비록 성인(聖人)과 더불어 거(居)하더라도 능히 감화되어 학문에 들어갈 수 없을 것입니다.

이 내용에서는 유생들로 하여금 의관을 바르게 할 것을 논하고 있어 이를 통해 학문에 들어갈 수 있음을 밝혔던 것이다. 조선시대 유생들의 복식은 이러한 관점에서 이해할 필요가 있는데, 이를 위해 먼저 고려 말로부터 조선 초의 유생복과 관련한 논의를 살펴보도록 하겠다. 고려시대 관복제도는 자주 바뀐 면이 있었다. 성종 8년 11월 주계부정(朱溪副正) 심원(沈源)의 지적은 이를 말해준다.

우리 동국에서는 고려 이전부터 위로는 공경(公卿)으로부터 아래로는 유생(儒生)에 이르기까지 관복(冠服)에 모두 법(法)이 없어서 혹은 참람하기도 하고 혹은 요망스럽기도 하는 등 정해진 바가 없었습니다.[4]

이러한 관복제도가 정해지는 것은 고려 광종대(949~960)의 공복 제정과 의종대(1146~1170) 최윤의의 ≪고금상정례≫의 편찬 등에서였으나 원 간섭기에 이르러 호복(胡服)을 하기에 이르렀다.[5] 한편 공민왕 6년(1357) 윤9월 사천소감(司天少監) 우필흥(于必興)이 상서(上書)한 것을 보면 토풍(土風)을 존중하여 복색을 정할 것을 논한 내용이 보인다.

옥룡기(玉龍記)에 말하기를 우리나라는 백두산에서 시작하여 지리산에서 끝나는데 그 지세는 수(水)를 뿌리로 하고 목(木)을 줄기로 합니다. 그러므로 흑(黑)으로써 부모를 삼고 청(靑)으로써 봄을 삼았습니다. 만일 풍속이 토기(土氣)에 순응하면 창성하고 토기에 거스르면

---

4) ≪성종실록≫ 권86, 8년 11월 기축(26)
5) ≪연려실기술≫ 별집 권13, 政教典故 冠服

재앙이 있다고 하였습니다. 풍속이란 군신 백성의 의복(衣服) 관개(冠蓋)가 이것입니다. 이후로 문무백관은 흑의(黑衣)에 청립(靑笠)을 하고 승복(僧服)은 흑건(黑巾)에 대관(大冠)을 하며 여복(女服)은 흑라(黑羅)로 하여 써 토풍(土風)에 순응케 하소서.[6]

당시 공민왕은 이러한 의견을 듣고 따랐다고 하였는데, 복색과 관련한 이러한 주장은 조선시대까지도 수용된 면이 있었다. 특히 공민왕대를 시작으로 원나라의 영향을 배제하고 고려의 풍속을 회복하고 명나라의 예제를 따르려하는 경향이 있었다. 즉 이미 고려 말에 이르러 원의 영향 하에 입었던 호풍(胡風)의 복식을 고치려는 노력 속에서 명나라의 관복을 따르려는 노력이 있었던 것이다. 우왕 13년(1387) 6월에 호복(胡服)을 혁파하고 명나라 제도에 의거하여 1품(品)부터 9품(品)까지 모두 사모(紗帽)와 단령(團領)을 착용하고 그 품대(品帶)에 차이를 두었다고 하는 것이 그것이다.[7] 이와 함께 성균생원(成均生員)과 경외(京外) 학생(學生)·권무(權務) 및 무직사인(無職士人)에 대해서는 고정모(高頂帽)에 평정두건(平頂頭巾)을 쓰고 사대(絲帶)를 띤다고 하였다.

유생복은 태종 11년(1411) 6월의 기사를 보면 명나라 제도에 따라 "성균관(成均館)과 오부(五部) 유생(儒生)들이 처음으로 청금(靑襟)을 입었다."[8]라고 하였다. 이때의 청금은 명나라의 옥색 포견(布絹)으로 만든 난삼(襴衫)을 일컫는 것으로 보인다. 《명사》 여복지 홍무 24년(1391)에서도 생원은 난삼을 착용하되 옥색의 포견으로 만들고 관수(寬袖)이며 조연(皂緣)을 두르고 조조연건수대(皂條軟巾垂帶 ; 福巾)을 쓰게 하였다.[9] 세

6) 《고려사》 권72, 지26 여복 관복 관복통제
7) 《고려사》 권72, 지26 여복 관복 관복통제
8) 《태종실록》 권21, 11년 6월 신축(12).
9) 《명사》 권67, 지43 여복 3

종 즉위년(1418) 11월에 즉위 관련 문선왕 시학이 있을 때 학생의 복제에 대해 청금복을 입고 들어오게 하였다는[10] 것을 보면 태종 및 세종 초반에는 청금 즉 난삼을 위주로 하였음을 알 수 있다.

이와 같은 내용을 고려한다면 조선 초의 유생복은 명나라 제도를 따르고 있었음이 주목되며 유생복의 기본방향으로 정해지고 있었다. ≪세종실록≫ 오례의에서 정해지는 주현석전문선왕의(州縣釋奠文宣王儀)에서도 학생은 청금복을 입는다고 하였기 때문이다.[11] 세종대의 기사를 보면 보다 구체적인 의복 관련 기사가 나온다. 세종 20년(1438) 2월 진사방을 하면서 급제자의 유가(遊街) 때 흑단령(黑團領)을 입고 관은 유건(儒巾)을 쓰도록 하였던 것이다.[12]

조선 초 실제 난삼(幱衫)의 제도는 어떠했을까? 이와 관련한 것이 조선 후기까지 안동 권씨 집안에 내려오고 있었다.

> 국초(國初)에 진사는 난삼(幱衫)을 입었으니 그 제도는 안동 권씨(安東權氏) 집안에 있던 것이다. 푸른 비단으로 만들었던 난삼은 단령(團領)은 넓고 선[緣]은 검으며 모자는 둥글며 전통(箭筒)과 같아 지금 아전들이 쓰는 것과 비슷한데, 그 모양이 짧고 위에는 평정개(平頂蓋)가 있어 전면이 둥근 양대(凉臺)와 연했으니 전혀 볼품이 없었다. 그리고 띠는 검은 실로 만들었는데 양쪽 끝을 한데 매면 수실이 더부룩하게 드리워지고 좌우에는 활 꽂이가 있었다. 띠를 두를 적에는 머리로부터 뒤집어쓴 듯하여 허리에 이르고 좌우의 두 활 꽂이는 양팔을 둘렀는데 수실이 엉덩이에까지 드리워진다.[13]

---

10) ≪세종실록≫ 권2, 즉위년 11월 정묘(21)
11) ≪세종실록≫ 권131, 오례 길례 주현석전문선왕의 행례
12) ≪세종실록≫ 권80, 20년 2월 을축(11). 유희경은 흑단령은 난삼에 조연을 뜻하는 것이며, 유건은 조조연건수대를 말하고 있는 것이라고 한 바 있다.(유희경, 앞의 책, 375쪽)
13) ≪성호사설≫ 권15, 인사문 진사난삼

이를 본다면 푸른 비단으로 된 난삼에 흑단령, 그리고 검은 실로 만든 대 등으로 진사의 복식이 정해졌던 것이다. ≪경국대전≫에서 마침내 유생들의 관복(冠服)을 정하였는데, 관은 치포건(緇布巾)이며, 복은 유학용 청삼에 단령으로 하였으며, 대는 조아(條兒)로 하였다.[14] 하지만 여전히 유생 관복은 정착되지 못하였다.

이같이 청삼단령에 치포건을 하고 조아대로 정한 것에는 어떤 의미가 있었을까? 즉 왜 조선왕조에서는 명나라 제도에 따라 유생복을 정하려고 하였는가가 의문이다. ≪청장관전서≫에 실린 다음의 글을 보자.

> 우리 조정에서 중국식 복장을 따를 수 있었던 기회가 무릇 세 차례였지만 모두 행하지 못했으니 천고의 큰 탄식거리가 될 만하다. 지금 조목을 들어 열거한다면 태종(太宗)·세종(世宗)·선조(宣祖) 때의 일이다.[15]

이 내용에서 본다면 모화(慕華)에 물든 소중화주의가 하나의 기준으로 작용한 듯하다.[16] 또한 조헌(趙憲)의 ≪중봉집(重峯集)≫에서도 이와 같은 분위기가 느껴진다. 질정관(質正官)으로서 명나라를 다녀온 뒤 성묘배향지제·내외서관지제·귀천의관지제 등 8가지 조목으로 나누어 중국의 제도를 서술하고 조선의 관련 내용을 서술 비교하면서 중국의 제도를 따를 것을 청한 바 있다.

---

14) ≪經國大典≫ 禮典 儀章
15) ≪청장관전서≫ 권57, 盎葉記 4 복식을 바꾸라고 명한 일
16) ≪청장관전서≫에 소개되고 있는 선조 때 쓰여진 <계사일록>을 보면, 6월 초2일 예조 계목(禮曹啓目)에, 위로는 대부로부터 아래로 천서(賤庶)에 이르기까지 다 화제(華制)를 사모하여 따르고자 하니, 의복과 모자의 제도를 우선 마련(磨鍊)하여 시행하게 하라 하여 중국의 좋은 제도를 사용하여 속된 것을 변화시키려는 노력이 있었음을 보여준다.(≪청장관전서≫ 권57, 盎葉記 4 복식을 바꾸라고 명한 일)

유건(儒巾)의 이름은 민자건(民字巾)이라고도 하는데 그것은 모양이 민(民)자와 같기 때문입니다. 그 제도는 대[竹]를 얽어 치포(緇布)로 싸기도 하고 종이에 풀을 발라 만든 뒤에 옻칠을 하기도 하였습니다. 항상 쓰고서 안개나 빗속에서도 그냥 다니는데 우리나라의 사건(士巾)처럼 이슬만 맞아도 쳐지는 것과는 다릅니다. 그 모양도 단정하고 평평하여 그다지 뾰족하거나 경사지지 않으니, 매우 잘못되었다고 할 팔도의 사건(士巾)을 이 제도에 따라 고치게 한다면 외관상 보기에도 좋을 것입니다. 국자감(國子監)에 있는 거인(擧人)이나 서정(西庭)에 참례(參禮)하는 무학생(武學生)은 모두 유건(儒巾)과 흑단령(黑團領)을 착용하고 기타 학생은 중외(中外)가 모두 난삼(襴衫)을 입는데 대체로 옥색(玉色)에다 청견(靑絹)으로 선을 둘렀으며 선의 너비는 2치였습니다. 우리나라의 이른바 청금(靑衿)은 이와는 크게 다른데 그 제도를 따르지 못할 바에야 차라리 청금을 시행하지 않는 것만 못합니다.[17]

이처럼 중국 특히 명나라의 제도를 따라야 한다는 것은 모화적 입장으로 비춰질 수도 있었다. 하지만 다른 한편으로는 명나라의 복식 더 나아가 ≪예기≫나 ≪가례≫등 예서에서 기록된 복제를 따라야 하는 것에 대해 선비들의 옷차림이 사치스럽고 화려해서는 안 된다는 인식이 그 바탕에 깔려있었다는 점을 이해할 필요가 있다. 즉 실용적이면서도 검소함을 드러낼 수 있는 복식관이 있었다는 것이고, 중국의 난삼 청견이 이를 잘 반영하고 있기 때문에 수용하자는 의견이었다 하겠다. 태종·세종대 그리고 ≪경국대전≫에서 정해졌던 이와 같은 유생복은 실제로 잘 지켜지지 않았던 듯하다. 성종 3년(1472) 정월 예조에서는 다음과 같이 지적하고 있다.

---

17) 趙憲, ≪重峰集≫ 권3, 疏 質正官回還後先上八條疏, "儒巾之名 或曰民字巾 蓋形如民字故也 其制 或竹結而裹以緇布 或糊紙爲之而着漆 雖常着而行于煙雨之途 不如我國士巾之遇露輒垂 其體端平 不甚尖斜 八道士巾之極訛者 若令倣此改之 則庶合於瞻視矣 擧人之在監者及武學生之參禮于西庭者 俱服儒巾黑圓領 其他學生 中外俱服襴衫 蓋玉色而緣以靑絹 緣廣二寸 東士之所謂靑衿者 與此大異 旣不能盡從斯制 則不若勿施靑衿之爲愈也"

성균관(成均館)은 풍화(風化)의 근원[源]이니 마땅히 검소한 것을 돈
독히 숭상하고 삼가 수정함을 신칙하여야 합니다. 옛적에 있던 유생
은 모두 마혜(麻鞋)를 신고 기마(騎馬)가 있는 자가 없었는데, 근래에
는 거의 모두가 살찐 말[肥馬]를 타고 아름다운 옷[美服]을 입고 있
으며 목화(木靴)나 가죽신[鞋]에 이르러서도 사대부(士大夫)와 다름이
없고 한 사람도 책을 끼고 다니는 자가 없습니다. 사속(士俗)이 옛날
과 같지 않으니 직분이 이와 같이 된 연유를 학관(學官)으로 하여금
검찰하게 하여 완악하게 가르침을 따르지 않는 자는 학교에서 내치
는 한편 과거도 중지시키게 하소서.[18]

이에 대해 성종 11년(1480) 정월에 서거정은 다음과 같이 지적하고 있다.

근래에 유생들에게 청금의 원령을 입도록 했지만 사람들이 모두 이
를 부끄럽게 여겨 학교 문을 나서면 곧바로 벗어버리니 학관(學官)이
어찌 능히 이를 금하겠습니까? 말을 타고 다니는 사람은 사헌부에서
마땅히 금해야 되겠습니다.[19]

　유생들이 청금원령을 하는 것을 부끄럽게 여겼다는 대목은 무엇을 말하
는 것일까? 이는 바꾸어 말하면 당시 유생 및 사대부들의 의복을 입는 분
위기와 차이가 있어 비루하게 보인다는 것 혹은 다른 신분층의 사람들과
구별되지 않기 때문에 이를 입지 않으려고 한다는 것 등으로 이해할 수
있을 것이다. 위에서 인용한 성종 3년 정월의 기사에서도 보듯이 유생들
이 살찐 말을 타고 미복(美服)을 입고 있으며 목화(木靴)나 가죽신인 혜
(鞋)를 신고 다닌다고 한 바 있다. 이를 좀 더 살펴보면 중종 11년(1516)
5월에 임금이 다음과 같이 언급하고 있다.

　학교를 진흥하는 일은 마땅히 고무 진작하여야 하나 사장도 가려야

18) ≪성종실록≫ 권14, 3년 정월 기미(22)
19) ≪성종실록≫ 권113, 11년 정월 정유(16)

한다. 근래 유풍(儒風)이 문란해 길에 책을 끼고 다니는 선비가 없고, 또 청금을 입은 사람이 없어 그 의복이 여느 사람들과 같으며, 또 살찐 말을 타고 경구(輕裘)를 입기까지 하여 배우는 것은 사치한 버릇이니, 이러한 일을 헌부는 규거(糾擧)하여야 한다.[20]

이처럼 유생의 관복이 이용되지 않는 이유가 연산군대(1494~1506) 이래 유풍이 문란해지고 화려함을 좋아하게 된 데서 비롯되었다고 보고 있었다.[21] 이외에 실제 그 이유에 대해 사습(士習)이 경박해진 것도 있을뿐더러 단령을 하지 않는 것을 입으면 서리와 비슷하게 보이기 때문이라 하였다.[22] ≪경국대전≫에서 서리들의 복식을 보면, 단령에 조아(絛兒)를 한 것으로 되어 있었다.[23] 한편 성호 이익은 좀 더 구체적으로 난삼과 평정건 등을 하게 되면 전혀 볼품이 없었다고 하였다.[24]

영조대(1724~1776)에 이르면서 다시 유생의 의관에 대해 대사성(大司成) 조명익(趙明翼)이 유생의 의제(衣制)를 분포(粉布)·청금(靑衿)과 복두(幞頭)로써 평상시 재(齋)에 거처할 때의 복색(服色)으로 할 것을 청한

---

20) ≪중종실록≫ 권25, 11년 5월 무자(8)
21) 예컨대 중종 23년 8월, 중종은 승정원에 전교하길, "경연에서 아뢴 일들은 비록 다시 말하지 않더라도 법사(法司)가 마땅히 금단하게 될 것이다. 복식을 짙게 염색하는 것과 음식 사치하는 것을 좌우(左右)가 아뢰었는데, 이번의 그 복식 사치는 전에 없던 일이다. 속옷 같은 것은 명주로 한 것이나 초(綃)로 한 것이나 모두 입어도 되지만, 심지어 겉옷도 지나치게 가는 것으로 만들어 속옷이 모두 밖으로 비치게 하여 사람들의 눈에 보이게 하는데, 이는 중국에서 나는 것이고 우리나라에서는 나지 않는 것이니 이와 같은 일은 모두 금단해야 한다. 또 짙게 염색한 초록(草綠)을 좋아하고 숭상하므로, 밭에 곡식을 심지 않고 쪽을 많이 심어 지나치게 짙게 하기를 힘쓴다고 한다. 대범 초록은 본디 그런 색이 있는 것이어서 지나치게 짙게 한 것이 없는 법이니, 비록 밝혀서 말하지 않더라도 내가 이미 편치 못하게 여기는 마음이 있었다. 이는 반드시 궁중(宮中)이나 대가(大家)들이 그처럼 좋아하고 숭상하기 때문에 아랫사람들이 본받기 좋아하는 것이다."라고 하였던 것이다.(≪중종실록≫ 권62, 23년 8월 정사(18))
22) ≪중종실록≫ 권25, 11년 5월 무자(8)
23) ≪경국대전≫ 예전 의장 복, 대
24) ≪성호사설≫ 권15, 인사문 진사난삼

바 있었다.25) 그러나 이 의제는 상세치 않은 면이 있었다. 영조 17년
(1741) 4월에 이르러 유생의 복색과 관련한 논의가 벌어지고 있기 때문이
다. 즉 관학유생들이 ≪시경≫ 정풍(鄭風)의 '푸르고 푸른 그대 옷깃이여
[靑靑子衿]'라는 구절을 토대로 푸른색의 옷을 입어야 한다고 한 것이 계
기가 되었던 것이다.26)

　지금까지의 복색은 유생들의 경우 홍색의 옷에 푸른 깃을 한 홍단령이
었다. 그러나 청금이든 홍단령이든 용어 자체가 푸른 깃 혹은 붉은 단령
이라는 의미가 있었기 때문에 이를 명확히 할 필요가 있었던 것이다. 이
에 대해 영의정 김재로(金在魯)가 다음과 같이 제시하고 있다.

　　≪경국대전(經國大典)≫ 횡간도(橫看圖)에 '제학 생도(諸學生徒)는 단령
　　(團領)을 입는다.'라고 하였는데, 주(註)에 이르기를 '유학(儒學)은 청금
　　(靑衿)을 입는다.'고 하였습니다. 유학이란 유생이고, 청금은 혹 그것이
　　푸른 옷[靑衣]인가 의심하기도 하고, 혹은 옷은 붉은데 옷깃을 푸르게
　　하는 것이라고 하였으며, ≪시경(詩經)≫의 주(註) 및 자서(字書)에 이
　　르기를 '금(衿)이란 영(領)이다'라고 하였으니, 이것으로써 살펴보건대
　　혹 붉은 옷에 푸른 깃을 말하는 것인 듯합니다. ≪지봉유설(芝峰類說)
　　≫에 이르기를 '우리나라 유사(儒士)들이 사사로이 출입할 때에 역시
　　홍직령(紅直領)을 착용하였는데 명종(明宗) 말년에 연달아 국상[國恤]
　　을 당하여 흰 옷을 입는 것이 습관이 되어 그대로 풍속을 이루게 되
　　었다.'고 하였으니, 이것으로써 살펴보건대 붉은 옷은 반드시 조종조
　　(祖宗朝)의 구제(舊制)일 것입니다. 무릇 복색(服色)은 청색과 흑색을
　　함께 쓰지만 흑단령(黑團領)은 홍단령(紅團領)에 비교하여 더 중하므
　　로, 중한 곳에는 흑단령을 입고 경(輕)한 곳에는 홍단령을 입으니 조
　　신뿐만 아니라 유사(儒士)도 그렇게 하였습니다. 그래서 성묘(聖廟)에
　　들어갈 때에는 푸른 옷을 입고 식당(食堂) 및 재(齋)에 모일 때에는 붉

25) ≪영조실록≫ 권34, 9년 5월 무신(28)
26) ≪영조실록≫ 권53, 17년 4월 임인(8)

은 옷을 입었으니 의도한 바가 대체로 있었던 것입니다. 이는 바로 조종조에서 행하던 것이므로 경솔하게 고칠 수 없을 듯합니다.[27]

이는 사실 조선 초에 받아들이고자 했던 명나라의 난삼과는 차이가 있었다. 당시 부호군 윤봉구(尹鳳九)는 선정신 권상하(權尙夏)의 말과 명나라 조정의 태학생(太學生)이 난삼(襴衫)을 입었던 제도를 인용하여 난삼과 복두(幞頭)를 사용하도록 청하였던 것이 이를 말해준다. 이때 영조는 김재로의 의논을 따르도록 명함으로써 홍단령을 입는 것으로 결정되었던 것이다. 다시 말하면 여기서의 홍단령은 붉은 옷에 푸른 깃을 단 것이었다.

결국 고려 말로부터 조선 초 유생의 관복이 정해지는 것은 원나라의 멸망에 따라 그동안 이용해온 호복을 없애고 고려의 복식으로 복원하는 과정과 이후 명나라의 성립에 따른 명나라의 복식 수용에 의해 일차적으로 조선의 유생 관복이 정해졌다고 할 수 있다. 그것은 조선 초기 유생의 관복인 청금 혹은 난삼에 흑단령, 그리고 유건으로 정해졌다. 하지만 당시의 사습이 문란해진 것과 또 이와 같은 관복을 착용했을 경우 서리와 비슷하게 되거나 혹은 그 모습이 우스꽝스럽게 된다는 이유로 기피되었던 것은 아직 유생복의 정착이 어려웠음을 보여주는 면이라 하겠다. 조선후기에 이르러 이러한 관복은 난삼에 청금이 아닌 붉은 옷에 푸른 깃 즉 청금을 하는 홍단령으로 바뀌어 명나라 제도와는 다른 양상을 띠기도 하였다.

2. 심의(深衣)의 수용과 의미

≪경국대전≫에서는 제학생의 복식에 대해 치포건(緇布巾)의 관과 유

---

27) ≪영조실록≫ 권53, 17년 4월 임인(8)

학용 청삼에 단령의 복으로 하였으며, 대는 조아(絛兒)로 정하였다. 이러한 관복은 성균관 및 5부학당의 제생 그리고 주현 향교의 학생에 이르기까지 일원화된 관복제도였다.

중종대(1506~1544) 이래 성리학의 심화에 따른 ≪소학≫·≪주자가례≫·≪의례경전통해≫의 이해와 실천, 향음주례 및 향사례, 그리고 향약의 실천 등과 함께 재지향촌사회에서의 사림의 성장은 향촌사회에서의 새로운 학풍을 낳기에 이르렀다. 여기에 사풍의 문란과 관학의 쇠퇴, 성리학에의 심취, 주자의 학문 방법 및 강학의 답습을 통한 성리학의 공부 등의 분위기는 서원을 건립 운영하여 강학과 선현숭모, 향촌사회의 교화를 도모하기에 이르렀음은 주지의 사실이다. 그렇다면 이러한 사회 변화 속에서 성립된 서원에서의 유생들의 복식은 어떠했는가를 살펴보기로 하겠다.

≪경국대전≫에서 정해졌던 유생의 복식은 이후 하나의 기준이 되었으나 실천에는 미흡한 면이 있었다. 유건을 쓰지 않는 것에 대해 그다지 규제를 하지 않고 다만 난삼을 입도록 권장한 것이 그것이다.[28] 따라서 유생복식의 정착을 위해서는 자발적인 사회 분위기를 조성하고 이를 보편 당연시하는 것이 필요하였다. 서원의 건립과 유생들의 강학 분위기는 이를 이루는 기준이 될 수 있었다. 중종대 이후를 보면 사인복(士人服) 혹은 유생복 등에 대해 토풍 혹은 화려한 옷을 입는 것이 꺼려지기 시작하였다. 이미 성종 8년(1477) 11월에 주계부정 심원은 다음과 같이 언급하고 있다.

---

28) 유희경의 복건에 대한 설명을 인용하면 다음과 같다. "복건[幅巾]은 대개 흑색의 증(繒) 6척을 가지고 키 모양으로 만들어서 드림을 뒤로 보내어 머리에 쓰고 옷단으로 머리통을 동이고 그 뒤쪽에 끈을 하여 귀를 걸쳐 뒤통수에 잡아매게 한 것이다. 이것은 본래 중국 고대로부터 있어서 관(冠)을 대신하는 간편한 쓰개였는데 후한대부터 유행이 되고, 진·당간에 거쳐 차차 은사·도인의 아복(雅服)을 이루었으며, 송에 이르러 사마광(司馬光)이 복건과 심의를 연거의 관복으로 착용하고 주희가 이것을 그 가례 가운데 추가한 다음부터 유자들 사이에 유행을 보았던 것이다. 그러나 그 모습이 괴상하였기 때문에 우리나라에서는 일반화하지 못하고 극소수의 괴유 이외에는 착용하는 이가 없었다."(유희경, 앞의 책 376~377쪽)

신이 듣건대 옛날에 성인께서 관복(冠服)을 제정할 때 각각 알맞게 하여 관작(官爵)이 있는 자에게는 명복과 헌면(軒冕)을 착용하게 하고, 상(喪)을 당한 자에게는 제참(齊斬)과 최질(衰絰)을 착용하게 하고, 유자(儒者)에게는 치관(緇冠)과 심의(深衣)를 착용하게 하였으니, 모두 안팎을 가지런히 하여 위의(威儀)를 밝게 해서 사람들로 하여금 금수(禽獸)와 다르다는 것을 알도록 하려는 까닭이었다고 합니다.[29]

여기에서 보면 심원은 명나라 제도가 아닌 성인의 관복 제정을 언급하고 있다. 이는 결국 앞으로의 복식에 대한 기준을 경전에 근거하여 고찰해야 함을 밝힌 것이라 할 수 있다. 즉 유자에게 치관과 심의를 착용하게 하였다는 것은 청금 난삼과 함께 유생들의 복식에 하나의 기준이 될 수 있음을 보여준 것이다. 중종 12년(1517) 정월에 있은 경연의 야대에서 조광조가 아뢴 다음의 내용은 이와 관련된다.

진강(進講)한 ≪대학(大學)≫이 이제 끝났으니 성상의 학문은 이미 학문의 종지(宗旨)를 아신 것입니다. 그러나 사람의 마음이란 한결같지 않아 방일(放逸) 태타(怠惰)하기 쉬워 간직하기가 어려운 것입니다. 또는 글을 보는 데 있어 풍월이나 읊는 경우에는 비스듬히 누워서 볼 수도 있고 흩트러진 자세로 앉아서 볼 수도 있지만 만일 이학(理學)을 볼 경우에는 의관(衣冠)을 정제하지 않으면 안 됩니다. 반드시 먼저 의관을 정제하고 단정히 앉아서 보아야 합니다. 의관을 정제한다는 것은 조사(朝士)의 경우 반드시 모대(帽帶)를 갖추어야 한다는 것은 아닙니다. 철릭[帖裏]은 호복(胡服)에 가까우니 그것을 입고 글을 보아서는 안 되고, 직령(直領)같은 것은 곧 심의(深衣)니 그것을 입고 글을 보는 것이 좋습니다.

이 내용은 성리학 공부에 있어서 의관을 정제하고 단정히 앉아 행하여

---

29) ≪성종실록≫ 권86, 8년 11월 기축(26)

야 성경(誠敬)의 배움이 이루어진다고 하였고, 이를 위해 철릭이 아닌 심의를 입어야 한다고 하였던 것이다. 여기서 언급된 심의에 대해서는 이미 ≪예기≫ 제13 옥조(玉藻)편 및 제39 심의편이나 ≪주자가례≫ 권 1, 통례에 심의제도가 실려 있어 유자들에게 충분히 알려져 있었다.

> 대부(大夫)나 사(士)는 아침에는 현단(玄端)을 입고 저녁에는 심의(深衣)를 입는다. 심의의 허리둘레는 소매의 3배이고, 또 심의 자락의 폭은 허리둘레의 2배이다. 또 깃은 길게 몸의 좌우에 닿으며 늘어진 소맷자락이 커서 속에서 팔이 자유롭게 움직인다.[30]

이 내용은 옥조편에서 언급한 것이다. 이러한 심의는 조선중기부터 서서히 늘어나기 시작하였다. 심의가 늘어나게 된 이유는 무엇 때문이었을까? 심의에 대해 주자는 옛날 성세 때의 관복제도로 남은 것이 이것뿐이라고 지적하였다.[31] 또한 ≪주자가례≫ 권 1, 통례 심의제도에서는 이를 '윗옷은 전체가 네 폭, 그 길이는 늑골을 지나며 아래로는 치마에 붙인다. 치마는 열두 폭을 서로 비스듬히 마름질하여 위로 윗옷에 붙이고, 그 길이는 발뒤꿈치에 닿게 한다. 둥근 소매[圓袂], 네모진 깃[方領], 둥근 옷자락[曲裾], 검은 가선[黑緣], 큰 띠[大帶], 치포관[緇冠], 복건[幅巾], 검은 신[黑履]을 한다.'고 하였다. 가례에 대한 이해와 그 실천 및 권장이 이루어질수록 심의제도 또한 많은 논란이 벌어지기도 하였다. 다음의 인용문은 ≪주자가례≫에 소개되고 있는 유장(劉璋)의 말이다.

> 심의제도는 희고 가는 베를 쓰되 마전하여 빨아 재로 다스려서 고르게 익힌다. 사람이 비대하면 베의 폭도 따라서 넓게 하고 여위고 가

---

30) ≪예기≫ 제13, 옥조
31) ≪주자가례≫ 권1, 통례 심의제도

날프면 폭도 따라서 좁게 하니 치수에 구애받을 필요는 없다. 치마 열두 폭은 열두 달을 따른 것이고 소매가 둥근 것은 둥근 자를 따른 것이다. 곡겁이 모난 자와 같다고 함은 모난 것을 다른 것이다. 부승이 발뒤꿈치에 닿는 것은 곧은 것을 따른 것이다. 아래 옷자락이 저울대 같다고 함은 평평함을 따른 것이다. 규·구·승·권·형의 다섯 가지 법이 이미 시행되었기 때문에 성인이 그것을 입고 선왕이 귀하게 다스렸으니 문(文)이 되고 무(武)가 될 수 있었으며, 빈상을 하고 군려를 다스릴 수 있었다.

이에 따르면 심의에 규(規)·구(矩)·승(繩)·권(權)·형(衡) 등 다섯 가지 법이 들어 있고, 네 계절과 12개월 등의 의미가 있으며 성왕이 입던 것이라고 의미를 달고 있다. 이렇게 지적한 이유는 심의제도가 ≪예기≫에 남아있었기 때문이기도 할 것이다. 또한 성호 이익이 소개하고 있는 심의에 대한 내용을 보자.

> 한나라 초기에 천자의 법복(法服)은 각기 그 철이 있었는데, 중알자(中謁者) 조요(趙堯)는 봄을 들었고, 이순(李舜)은 여름을 들었으며, 아탕(兒湯)은 가을을 들었고, 공우(貢禹)는 겨울을 들어 4인이 각기 한 절후를 맡았으며, 대알자(大謁者) 양(襄)이 소장으로 아뢰자 제(制)에 가하다고 했으니 이는 ≪사기(史記)≫에 빠진 글이다. (중략) 어찌 법복(法服)이라고 말하는가 하면 심의(深衣)의 소매가 둥근 것은 규(規)를 상징했고, 옷깃이 모난 것은 구(矩)를 상징했으며, 등솔기가 곧은 것은 승(繩)을 상징했고, 아래가 가지런한 것은 권형(權衡)을 상징했으며, 저고리는 사시(四時)를 상징하고 치마는 12월을 상징한 것이다. 규구는 저고리에 있고 권형은 치마에 있으며, 곧은 등솔기가 아래위로 관통한 것은 귀천이 통용하는 복장이다.[32]

이와 같이 성호 이익 역시 유장과 마찬가지의 의견을 달고 있음을 알

---

32) 李瀷, ≪星湖僿說≫ 권3, 天地門 五方神

수 있다. 이러한 심의에 대한 의미를 보다 구체적으로 정리한 이는 조선 후기 박규수(朴珪壽 ; 1807~1876)라 할 수 있다. 그는 ≪외복고(外服攷)≫ 심의편(深衣篇)에서 다음과 같이 정리하였다.

- 천지의 수에 합치되고 음양의 자리를 나누었고 사시의 운행을 차게 하고 건곤의 상을 심고 있기 때문에 심수한 법상이 있다. 손익의 마땅함을 얻고 상하의 뜻을 정하여 위를 섬기고 자신을 닦고 남을 다스릴 수 있기에 심수한 문장이 있다.
- 의상(衣裳)이란 몸에 알맞아야 하고 법상의 아름다움과 문채의 성대함이 보여야 한다.
- 황폐한 백성의 추위와 더위, 괴로움을 늦추어서는 안 되고 귀천남녀 구별 없이 의상을 내린다.
- 하늘이 백성을 내리어 그 정취를 받았으니 사지백체(四肢百體)는 모두 지극함이 있다. 어깨에서 복숭아 뼈까지 5척 5촌이다. 의(衣) 하나에 상(裳)이 둘인 것은 하늘의 수는 하나이고 땅의 수는 둘이어서인가? 저고리의 길이는 1척 8촌 3푼, 상의 길이는 3척 6촌 6푼이다. 의폭과 상임이 모두 18인 것은 18이 변하여 괘(卦)를 이루는 것이다. 포를 써서 속임(續衽)하는 것은 윤월로서 세시를 정하는 것이고 각(角)을 베어 안팎에 나누어 붙이는 것은 12월이 4시에 통솔되는 것이다. 베를 3척 6촌 6푼으로 베는 것은 1년 365일을 나타내는 것인가? 령(領)의 너비 3번하면 거(袪)가 되고 거의 둘레 3번하면 의메(衣袂)의 앞뒤가 된다.
- 자연의 법상과 자연의 문채가 없으면 기교를 부릴 수 없다. 군자의 기복(器服)은 귀로 듣고 눈으로 보는 바에서 모두 지극한 뜻이 담겨져 있는 것이다. (중략)
- 군자가 지혜를 씀은 곤적으로 천하와 호오를 같이 하기 때문에 일도 구차스러움이 없고 막힘이 없고 둥근 고리와 같이 폐함이 없고 어긋나지 않는다. 심의의 소매가 둥근 것은 군자의 지혜가 둥근 것을 알 수 있다.
- 형체도 없고 자취도 없고 소리도 색도 없는 것이 천하에서 가장

크게 두려워해야 할 것이다. 군자는 심의를 입고서 절반이 심장에
당하는 것을 보고 군자의 마음다스림에 도가 있고 행실이 방정하
여야 함을 알게 된다.
- 세상을 다스리는 보배로는 정직함보다 좋은 것은 없는데 억지로
바로 잡음을 말하는 것이 아니요 군자는 천하의 습성을 정직하게
하고자 하기 때문에 심의를 입고 의봉(衣縫)이 전후가 곧고 좌우도
곧은 것이다.
- 군자는 한쪽으로 치우친 행실이나 괴롭고 궁한 절조를 귀하게 여
기지 않는다. 심의를 입고서 하제(下齊)가 평평한 것을 보고는 군
자의 중용은 어디가나 평상하지 않음이 없음을 알 수 있다.
- 속임 구변을 보고서 관을 설치하고 등급과 위엄이 있고 보상(輔相)
과 상덕(上德)을 펴 백성들의 고통과 통하게 함을 알 수 있게 한다.
- 의(衣)를 덮어 요(腰)를 심고 요를 덮어 제(齊)를 심는 것으로 보고
임금이 풍족한데 있는 것이 아니라 백성의 풍족함이 바로 임금의
풍족함인 것을 안다.
- 영(領)을 요(腰)에서 취하고 속임을 제(齊)에서 취함을 보고서 백성
에게서 취함은 야박한 일이며, 임금이 백성을 길러야 함은 하늘이
명한 바요, 백성을 기르는 도리인 것을 안다.
- 영(領), 금(衿)이 엄밀함을 보고 자신을 다스리는데 엄하게 하고 큰
선이 있어도 스스로 드러내서는 안됨을 안다.
- 하제의 옷이 넓은 것을 보고 아랫사람을 거느리는데 관대함을 보
이고 사람이 제자리에 잇도록 해야 함을 안다.
- 순몌(純袂)와 연변(緣邊)을 보고 밖으로 사해에 모두 문수(文數)를
펴 미치게 해야 함을 안다.
- 방원(方圓)과 곡직(曲直)이란 천하의 지극한 상이요 대소의 장단은
천하의 지극한 숫자이다. 밖에서 접촉한 것은 반드시 속에서 느끼
고 안에서 느낀 것은 반드시 행실에서 나타난다. 그러므로 심의는
임금과 신하가 함께 입어도 어지럽지 않으며 남녀가 함께 입어도
음란하지 않으며 길흉사에 함께 입어도 문란하지 않다. 심의 하나
로 마음을 바르게 하고 몸을 닦게 하고 집과 나라, 천하의 일을
갖추게 하는 것이다.[33]

이러한 의미가 있는 심의이기 때문에 그 제도가 오래도록 남아 있을 수 있다는 것이었지만 심의제도 자체는 시간이 흐르면서 줄어들거나 혼란해졌다. 이를 다시 세운 것이 주자였고, 이를 입는 것이 송나라에서 늘어났다. 주자는 심의에 대한 자세한 제작 방법에 대한 기록을 남겼다. 때문에 주자성리학에 대한 이해의 심화는 복식에 있어서의 심의에 대한 이해로 전환되었던 것이다.

이러한 심의 복건은 중종대에 본격화되지 않았던 듯하다. ≪경국대전≫에서 정해진 청금난삼과 치포건이라는 유생복이 권장되고 있었기 때문이다. 이러한 배경으로 인해 주세붕이 정한 백운동 소수서원 입규에서는 관복에 대한 언급이 없었을 것이다. 하지만 선조대(1567∼1608) 이후 이에 대한 관련기사가 나오는 것으로 보아 심의제도 역시 보편화되는 것으로 볼 여지가 있다.

예컨대 선조·광해군(1608∼1623)·인조대(1623∼1649)의 인물인 장현광(張顯光 ; 1554∼1637)이 남긴 ≪여헌집(旅軒集)≫을 보면 ≪주자가례≫의 영향에 따라 사례(四禮) 가운데 관례의 시행 내용이 나온다. 이때 진열되어 이용된 관복은 삼가례 때 입을 흑단령(黑團領)과 흑조대(黑條帶)와 재가례 때 입을 흑화자(黑靴子)·홍단령(紅團領)·흑위대(黑韋帶)·흑혜(黑鞋) 그리고 시가례 때 입을 심의(深衣)·대대(大帶)·네모진 신[方履] 등이 제시되고 있다.[34] 백호(白湖) 윤휴(尹鑴 ; 1617∼1680)의 ≪백호전서(白湖全書)≫의 관례편에서도 치포관과 심의·대대·방리 등

---

33) 朴珪壽, ≪外服攷≫ 深衣
34) 張顯光, ≪旅軒先生文集≫ 續集 권7, 雜著 冠儀. 한편 장현광과 비슷한 시기의 생애를 보낸 한강(寒岡) 정구(鄭逑 ; 1543∼1620) 역시 그의 문집≪한강집(寒岡集)≫ 권9, 雜著에서 구체적인 심의제조법(深衣製造法)을 다루고 있어 선조대를 전후로 하여 심의에 대한 본격적인 논의가 시작되고 있음을 알 수 있다. 신독재(愼獨齋) 김집(金集 ; 1574∼1656) 역시 심의에 대하여 자세히 살펴보고 있다.(≪신독재전서≫ 권13 의례문해속 통례 심의)

을 착용하는 것으로 나오고 있다. 결국 이를 본다면 17세기 이후 예학의 성행시기를 맞으면서 복식에 있어서도 그 영향을 받았음을 알 수 있다.[35]

관례에서 사용된 심의는 한편으로 제복(祭服)이나 습의(襲衣)로도 이용되기도 하였다. 특히 제복으로 사용된 예는 조선 초기에 보이고 있다. 다음의 기사를 보자.

> 시택(市澤) 송공(宋公) 유(愉)는 본래 옛날에 벼슬하던 사람인데 공명을 좋아하지 않아 촌락에 물러가 산 지가 지금 30여 년이 되었다. 그 고을은 충청도 회덕(懷德)이요 마을은 백달리(白達里)다. 거실의 동쪽에다 사당을 지어 선세(先世)를 받들고 몇 이랑의 밭을 두어 제사의 찬수에 이바지하며 사당의 동쪽에 따로 당(堂)을 세워 모두 7칸인데, 중간을 온돌로 만들어 겨울에 적당하게 하고 바른편 3칸을 터서 대청을 만들어 여름에 적당하게 하고 왼편 3칸을 터서 포주(庖廚)와 욕실(浴室)과 제기(祭器)를 저장하는 곳을 따로따로 만들어 단청하고 담장을 둘렀는데 화려해도 사치하지 않았다. 매번 시사(時祀)나 기일(忌日)이 되면 공은 반드시 심의(深衣)를 입고 그 당에 들어가 재계하고 공경과 정성을 다하며 모든 제사에 대한 범절은 한결같이 예경(禮經)을 준수하였다.[36]

이 내용에서 보면 송유는 제례 때에 심의를 입고 그 예를 행했음을 전해주고 있는 것이다. 송유에 대해서는 자세히 알 수 없으나 이 글을 박팽

---

35) 심의 연구에 있어서 많은 연구성과를 남기고 있는 정혜경은 한국의 심의에 대한 문헌자료를 검토한 바 있다. 이를 통해 심의 관련 문헌자료가 이황의 ≪퇴계집≫ 이래, 鄭逑, 金長生, 韓百謙 등 많은 이들의 문집에 나타나고 있는 점을 지적하면서 결국 심의 수용이 16~17세기에 집중되고 있다 하였다. 또한 이에 대한 유형별 정리를 통해 심의가 크게 直領과 方領으로 나뉘졌다고 지적한 바 있다. 특히 실학자들의 육경에 대한 심취와 이를 통한 원시유학 정신에로의 복고라는 시대사조 속에서 심의에 대한 연구가 깊어졌다고 하였다.(정혜경, 1997 <深衣의 유형-중국과 한국의 심의를 중심으로-> ≪교육이론과 실천≫ 제7권 2호, 경남대학교 교육문제연구소)

36) ≪동문선≫ 권82, 記 雙淸堂記

년이 지었다는 것을 고려할 때 고려 말로부터 조선 초의 사람이라고 추정된다. 아직 ≪주자가례≫의 시행이 이루어지지 않은 시점이었다는 것을 놓고 본다면 당시 이러한 사례는 일부에 불과하다고 할 수 있다. 그러나 심의가 제복으로 사용되고 있다는 점은 시사점이 있다.

한편 현종 10년(1669)에 사망한 조경(趙絅)에 대한 신도비명의 내용을 보면 '염습에 심의와 복건을 쓰고 외침(外寢)의 중당(中堂)에 초빈하였다.'37)라고 되어 있다. 백사(白沙) 이항복(李恒福 ; 1556~1618)은 죽음에 이르러 유언을 남기길 '나라를 제대로 섬기지 못하여 이러한 벌을 받았으니 내가 죽거든 조복으로 염습하지 말고 평소에 입던 심의와 대대(大帶)로 하라.'고 하였다. 이러한 사례가 17세기 이후 자주 등장하는 것을 보면 심의는 유자들이 자신의 평상심을 담은 하나의 그릇으로 여기고 있었음을 알 수 있다.

이러한 면은 이미 주자가례에 따라 관례를 치룰 때부터 심의와 홍단령·흑단령이 중요시됨으로써 성인이 되는 유자가 사회로의 첫걸음을 내딛는 복식으로 이용되었다는 점을 생각할 때 의미가 있었다. 즉 첫걸음과 마지막을 이 심의와 함께 한다는 것이 그것이다. 이러한 심의는 평상시의 의복으로도 이용되었다. 선조 및 광해군대를 살았던 상촌(象村) 신흠(申欽 ; 1566~1628)은 한강 정구의 신도비명에서 다음과 같이 언급하고 있다.

> 세상의 예교(禮敎)가 무너져 관혼상제(冠婚喪祭)가 대부분 예법에 맞지 않은 것을 보고 개연히 고례를 복구해야겠다는 뜻을 가지고 널리 경전을 상고하여 사의(四儀)를 뽑아 정했으며, 또 심의(深衣)·난삼(襴衫)·야복(野服)·변두(籩豆)·비작(비爵) 등의 옛 제도를 상고하여 가정에서 사용하자 이웃 마을이 따라 변하고 원근 지방이 취하여 법으로 삼았다.38)

37) 許穆, ≪眉叟記言≫ 권40, 原集 東序 龍洲神道碑

이 자료에서 보면 심의·난삼 등의 제도를 상고하여 일상생활에서 사용하였고, 이것이 향리에 확산되었다고 전하고 있는 것을 알 수 있다. 또한 백사 이항복이 평소에 입던 심의와 대대를 운운한 것은 이를 말해주는 것이다. 또 한편 이항복은 율곡 이이의 제자인 최전(崔澱)의 묘갈명을 지었는데, 여기에서도 다음과 같이 언급하고 있다.

> 자람에 미쳐서는 우뚝하게 도(道)를 지향하는 뜻이 있어 몸을 깨끗이 하고 뜻을 경계하여 잘못된 말은 두 번 다시 하지 않았고, 여러 사람이 모인 자리에서는 모난 태도를 볼 수 없었다. 일찍이 심의와 복건(幅巾)을 만들어 입고서 혼자 한가히 있을 적에도 항상 공경하여 세속의 습관을 닦아 없애고, 경서의 뜻을 분석하고 추향(趨向)의 의지를 변별하였으며 혹은 팔을 베고 옷을 입은 채로 자기도 하고 혹은 밤새도록 조용히 앉아 있기도 하였으므로 처자들이 일찍이 군의 게으른 모습을 보지 못하였다.[39]

이 자료에서도 심의·복건이 일상복으로 이용되고 있었음을 알게 해준다.

이상의 내용을 본다면 조선중기 이후 유자들의 경우 일상생활에서도 ≪주자가례≫에 나오는 것처럼 심의·복건과 대대를 하고 살았음을 쉽게 이해할 수 있게 된다. 그렇다면 유생들 역시 이러한 심의제도를 따르고 있었을까?

이를 밝히기 위해 먼저 관련 자료로서 잠곡(潛谷) 김육(金堉 ; 1580~1658)의 글이 담긴 ≪잠곡집(潛谷集)≫을 살펴보고자 한다. 영천의 유생 박돈(朴暾)을 대신해서 그의 스승 조호익(曺好益)을 표증하길 청하는 글을 지었는데 여기서 조호익의 행실을 다음과 같이 설명하고 있다.

---

38) 申欽, ≪象村集≫ 권27, 神道碑銘 鄭寒岡神道碑銘
39) 李恒福, ≪白沙集≫ 권3, 墓碣 成均館進士崔公墓碣銘

신의 스승인 고 목사(牧使) 신 조호익(曺好益)은 창녕인(昌寧人)입니다. 나면서부터 보통 사람과는 달리 고요하고 중후하였습니다. 조금 자라서는 오로지 성리(性理)에 관한 학설만을 공부하였으며 성현의 도를 궁구할 독실한 뜻을 가졌습니다. (중략) 그 뒤에 관서(關西) 지방으로 유배 가서는 온갖 고생을 겪으면서도 산 속에 집을 짓고 살면서 세상에 대한 근심 걱정을 삭였습니다. 그 재(齋)를 수지재(遂志齋)라 하고, 당을 풍뢰당(風雷堂)이라 이름 붙이고는 좌우에 서책을 쌓아 놓고 홀로 앉아서 글을 읽었습니다. 닭이 울면 일어나서 복건(幅巾)과 심의(深衣) 차림을 하고 종일토록 꼿꼿하게 앉은 채 구부려서 글을 읽고 우러러 생각하였는데, 특히 ≪주역(周易)≫과 ≪중용(中庸)≫을 좋아하여 손에서 놓지 않았습니다.[40]

이 내용에서는 조호익이 서재를 짓고 복건과 심의 차림으로 공부하였음을 알려주고 있다. 이러한 면이 더욱 잘 나타나는 것은 순암(順菴) 안정복(安鼎福 ; 1712～1791)의 글에서이다. 덕곡서재월삭강회약(德谷書齋月朔講會約)에서 보면 그는 남송 때의 정주학자인 동수(董銖)와 정단몽(程端蒙)이 남긴 학칙 중, 삭망의 의식을 엄하게 하고 새벽과 저녁의 의식을 삼가야 한다는 대목에 대한 세주에서 심의나 양삼(涼衫)을 입고 의식을 치른다고 하였다.[41]

이상에서와 같이 심의는 사례(四禮)의 의례복으로 쓰였을 뿐만 아니라

---

40) 金堉, ≪潛谷集≫ 潛谷續稿 疏. 이러한 심의의 이용에 대한 비판적 시각도 조선후기 사회에서 나오고 있었다. 18세기 중엽의 유수원(柳壽垣)이 남긴 ≪우서(迂書)≫ 권10을 보면, "심의(深衣)는 소강절(邵康節)이 입지 않았던 것인데도 꼭 입으려고 하고, 명기(明器)는 주자가 사용하지 않던 것인데도 도리어 사용하려고 하며, 삼대(三代)의 옛 예절로서 후세에 시행되지 않고 있는 것은 모두 시행하려고 하고, 길흉(吉凶) 간에 겉치레하는 것으로서 아름답게 보이는 것은 모두 갖추려고 한다. 오직 모방하고 자랑하는 것만을 주로 하고, 근본을 버리고 말단만을 좇아서 부위(浮僞)가 풍속을 이루어 서로가 이러한 겉치레 속에 빠져 다시는 천하에 실사(實事)가 있는 줄을 모르니, 어찌 매우 개탄스러운 일이 아니겠는가."라고 하였던 것이다.
41) 安鼎福, ≪順菴集≫ 권14, 雜著 德谷書齋月朔講會約

습의 즉 수의로도 쓰였고, 일상생활의 복식으로도 쓰였음을 알 수 있다. 말하자면 17세기 이후 조선사회에서 심의는 유학자들이 가장 선호한 의복이었다고 보아도 무방하다고 생각된다.

이러한 심의에 대한 구체적으로 살펴볼 수 있는 유물자료가 있다. 이들 심의 유물은 18세기 이후의 것이기는 하지만 조선후기 심의의 변화를 살펴보는데 좋은 자료가 된다. 이것들은 크게 보면 직령 심의와 방령 심의로 나눠진다. 직령으로는 홍진종(洪鎭宗)·홍희준(洪羲俊)·이공(李公)·윤긍현(尹肯鉉)의 심의가 있으며, 방령으로는 노상익(盧相益)·유인석(柳麟錫)의 것이 남아 있다.[42]

맺음말

이상을 통해 서원 유생 복식의 구성과 의미에 대해 크게 유생 복제의 정제 과정과 변화, 그리고 심의의 수용과 전개 및 의미로 나누어 살펴보았다. 각 장의 내용을 요약하면서 결론을 정리하면 다음과 같다.

먼저 조선시대 유생복의 정제 과정과 관련하여 태종과 세종, 그리고 ≪경국대전≫ 단계를 중심으로 하여 살펴보았다. 고려 말로부터 조선 초 유생의 관복이 정해지는 것은 명나라의 복식 수용에 의해 일차적으로 정해진 것이라 할 수 있었다. 그것은 조선 초기 유생의 관복인 청금 혹은 난삼에 흑단령, 그리고 유건으로 정해졌던 것이다. 하지만 당시의 사풍이 문란해진 것과 사치 및 화려힘의 유행 등의 사회 풍조가 유자들의 복식에도

---

42) 이에 대해서는 정혜경, 1997, 앞의 연구 ; 이상은·원명심·이명숙, 1998 <中原地方의 深衣와 道袍에 關한 硏究> ≪한국생활과학회지≫ 제7권 2호(한국생활과학회) 등의 연구 성과를 참조할 수 있다.

영향을 미쳤다. 또 이 같은 유생복을 착용했을 경우 서리와 비슷하게 되거나 혹은 그 모습이 우스꽝스럽게 된다는 이유에서 기피되기도 하였다. 이는 아직 유생복의 정착이 어려웠음을 보여주는 면이었다고 하겠다. 더욱이 조선후기에는 난삼에 청금이 아닌 붉은 옷에 푸른 깃 즉 청금을 하는 홍단령으로 바뀌어 명나라 제도와는 다른 양상을 띠기도 하였다.

심의는 이미 일찍부터 유교의 예복이자 상복으로 이해되어 왔으나 심의에 대한 본격적인 이해가 나오고 이를 서원 유자들이 착용하는 것은 17세기를 전후해서였다. 즉 성리학의 이해 심화에 따른 서원 설립과 예학의 이해가 시작되는 시점이었다고 할 수 있다. 더욱이 심의는 유교 및 성리학이 추구하는 가치를 담고 있었다. 또한 조선의 유자들이 추구하는 검소함과 소박함, 그러면서도 절제가 그 안에 담겨져 있기도 하였다. 따라서 심의 제도에 대한 다양하면서도 깊은 논의가 계속 이어질 수 있었으며 직령 심의와 방령 심의 등이 유형화되기도 하였던 것이다. 말하자면 조선후기 성리학에 대한 재해석 노력에 따라 주자성리학과 함께 한당유학이라 할 원시유교에서 추구한 천리(天理)와 인도(人道)의 가치를 재발견하고 이를 심의라는 의상으로 상징화하였다고 하겠다.

결국 조선시대 서원 복식은 크게 유생복과 심의 등으로 크게 유형화할 수 있다. 그것은 조선전기의 난삼에 흑단령, 유건에서 조선후기의 붉은 옷에 푸른 깃을 하는 홍단령과 유건, 그리고 심의와 복건 및 유건 등이었다. 이처럼 조선의 유자들은 그들이 추구한 천지의 이치와 '인·의·예·지·신'의 오상(五常) 즉 성리(性理)의 정신을 담는 그릇으로서 이들 복식을 추구하였다고 하겠다.

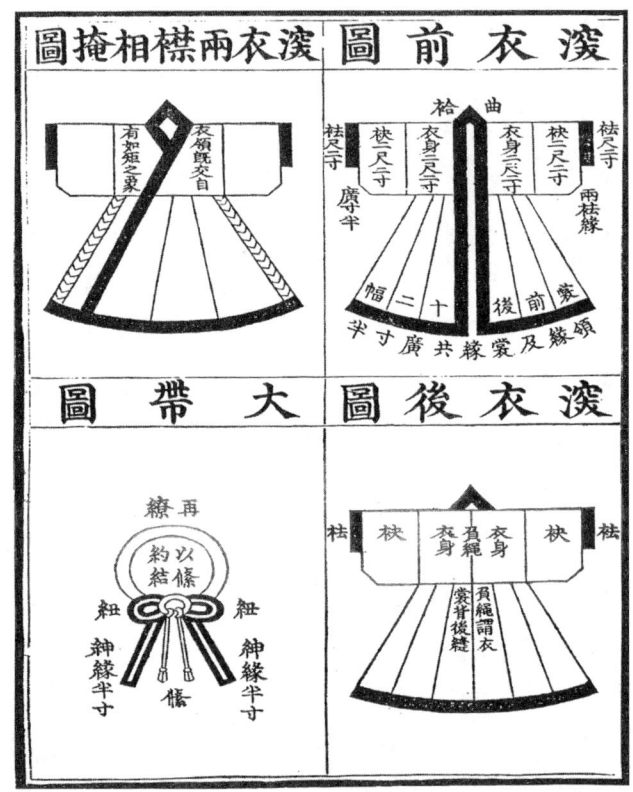

심의도

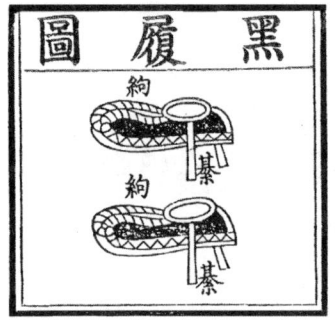

흑리도

복건도

흑혜, 국립민속박물관 소장

조선후기 출토 심의, 국립민속박물관소장

관례복, 국립민속박물관 소장

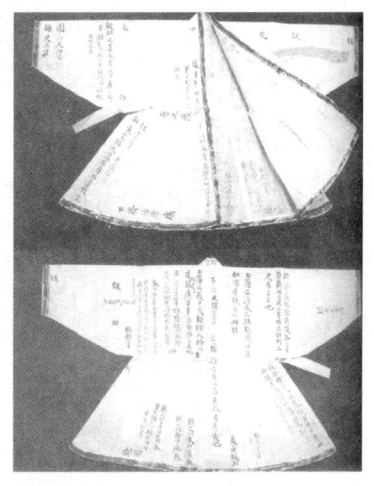

심의모형, 삼성출판 박물관

시·군별 서원

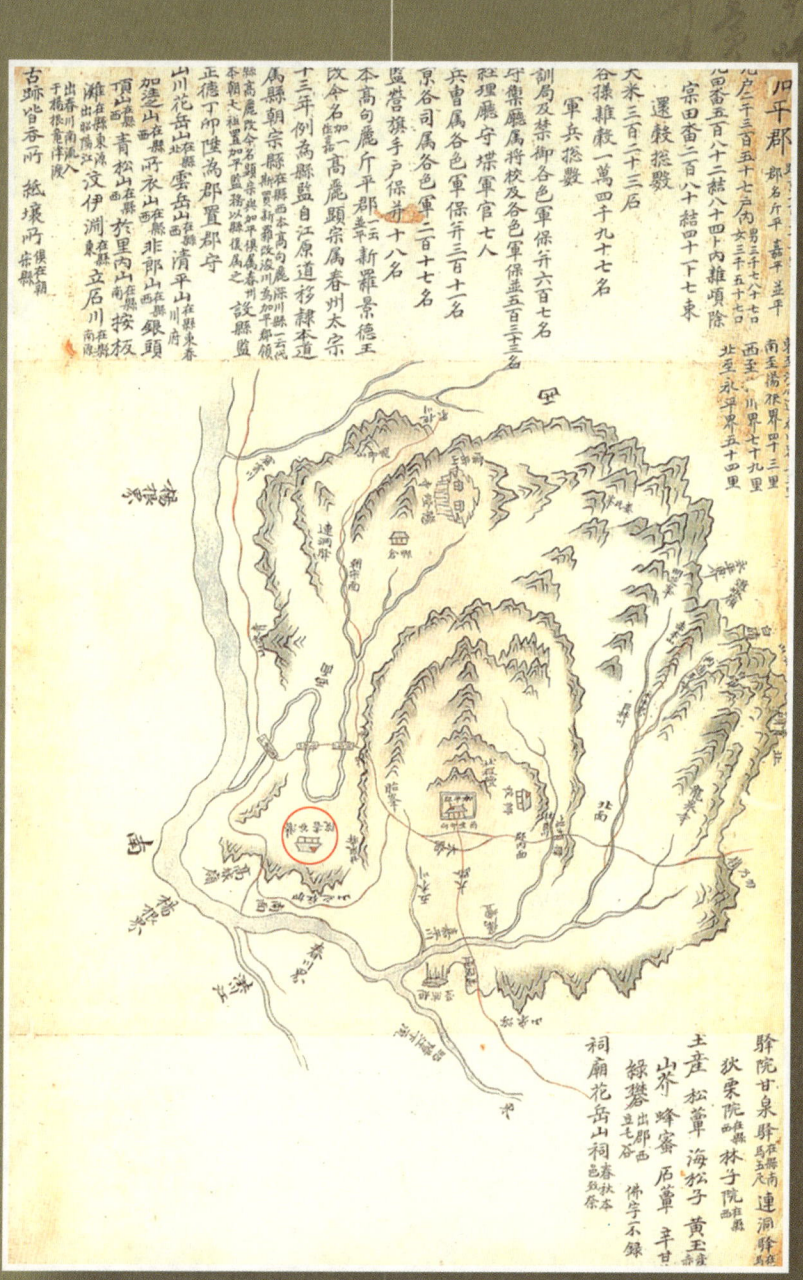

加平郡　郡名斤平　嘉平　並平

古蹟皆在郡所　祗壤兩宗朝

驛院甘泉驛在縣南　連洞驛在
　　狄栗院在縣西　林子院在縣西
　　土産松蕈　海松子　黃土
　　山芥　蜂蜜　石茸　辛甘
　　絲蹯　　佛字不錄
　　祠廟花岳山祠　春秋祭

미원서원지(迷源書院址)

1. 연혁

1) 창   건 : 현종 2년(1661)

2) 사액연도 : 무

3) 중   수 :

4) 훼   철 : 고종 8년(1871)

5) 지정번호 : 가평군 향토유적 제3호

6) 위   치 : 가평군 설악면 선촌리

7) 서 원 지 : 유

8) 제향인물 : 조광조(趙光祖) 김식(金湜) 김육(金堉) 남언경(南彦經)
이제신(李濟臣) 김창흡(金昌翕) 박세호(朴世豪) 이원충(李元忠)
남도진(南道振) 이항로(李恒老) 김평묵(金平黙) 유중교(柳重敎)

2. 내용

가평군 설악면 선촌리 장석마을 뒷산에 자리잡고 있는 미원서원지는 현

미원서원지(경현단) 내부 전경(사진 왼쪽)과 입구에 있는 솟을대문(사진 오른쪽)

종 2년(1661) 양근(陽根) 지방 유림이 조광조와 김식의 학문과 덕행을 추모하기 위하여 창건하였다. 그 후 현종 10년(1668) 이제신, 정조 16년(1792) 김창흡을 추가 배향하였다.

현종 10년(1669) 양근 유생 채시경(蔡時鏡) 등이 사액을 청하는 상소를 올렸고, 그 뒤에도 연이어 청액 상소를 하였다. 고종 8년(1871) 대원군의 서원훼철령으로 헐렸으며, 위패는 서원 터에 묻었다. 1919년 지방 유림들이 단을 세우고 향사를 지냈으며, 박세호·이원충·남도진·이항로·김평묵·유중교를 추가 배향하였다. 1942년 행정구역을 조정할 때에 양근군 설악면이 가평군에 편입되어 현재에 이르고 있다.

설악면 면사무소를 지나 선촌리 마을 야트막한 뒷산을 배경으로 자리잡고 있는 미원서원지는 현재 경현단(敬賢壇)으로 불려지고 있다. 사우(祠宇)의 현액이 경현사(敬賢祠)였으므로 단의 명칭을 경현단이라 하였다. 서원건물은 없어지고 제향인물들의 단만 설치해 놓았다. 경현단 북쪽에는 산 너머에 북한강이 굽이쳐 흐르는 청평호반이 자리잡고 있으며, 남쪽으로는 멀리 용문산과 유명산이 병풍처럼 펼쳐져 보인다.

현재 경현단 입구의 신문(神門)에는 '미원서원'이라고 쓴 현판이 걸려 있으며, 안쪽에는 1974년 경현단을 보수할 때 찬조한 사람들의 명단을 적은 현판이 걸려 있다.

경현단에는 전면 중앙에 조광조와 김식의 신위비를 세우고, 왼쪽으로 남언경·김육·박세호·남도진·김평묵, 오른쪽으로 이제신·김창흡·이원충·이항로·유중교의 신위비가 있다.

경현단 올라가는 계단 앞에는 허름한 집 한 채가 있는데 지금 현재 아무도 살지 않는 폐가이다. 이 폐가 건물의 사랑방 왼쪽 기둥에는 '미원서원 재실'이라는 현판이 걸려 있어 을씨년스런 풍상을 자아낸다.

3. 제향인물

1) 조광조(趙光祖) ; 성종 13년(1482)~중종 14년(1519)

조선 중기의 문신으로 본관은 한양(漢陽)이다. 자는 효직(孝直)이고, 호는 정암(靜菴)이며, 한성에서 태어났다. 개국공신 온(溫)의 5대 손이며, 육(育)의 증손으로, 할아버지는 충손(衷孫)이고, 아버지는 감찰 원강(元綱)이다. 어머니는 여흥 민씨(驪興閔氏)로 의(誼)의 딸이다.

17세 때 어천찰방(魚川察訪)으로 부임하는 아버지를 따라가, 무오사화로 화를 입고 희천에 유배 중이던 김굉필(金宏弼)에게 수학하였다. 학문은 ≪소학≫·≪근사록(近思錄)≫ 등을 토대로 하여 이를 경전 연구에 응용했으며, 이때부터 성리학 연구에 힘써 김종직(金宗直)의 학통을 이은 사림파(士林派)의 영수가 되었다.

이때는 사화 직후라 사람들은 그가 공부에 독실함을 보고 '광인(狂人)'이라거나 혹은 '화태(禍胎)'라 하였다. 친구들과도 자주 교류가 끊겼으나,

경현단 내부에 있는 정암 조광조 신위단.

그는 전혀 개의하지 않고 학업에만 전념하였다 한다. 평소에도 의관을 단정히 갖추고 언행도 성현의 가르침을 따라 절제가 있었다.

중종 5년(1510) 사마시에 장원으로 합격, 진사가 되어 성균관에 들어가 공부하였다. 1506년 중종반정 이후 당시 시대적인 추세는 정치적 분위기를 새롭게 하고자 하는 것이 전반적인 흐름이었다. 이러한 가운데 성균관 유생들의 천거와 이조판서 안당(安瑭)의 적극적인 추천으로, 중종 10년(1515) 조지서사지(造紙署司紙)라는 관직에 초임되었다.

그 해 가을 별시문과에 을과로 급제하여 전적·감찰·예조좌랑을 역임하게 되었고, 이때부터 왕의 두터운 신임을 얻게 되었다. 그는 유교로써 정치와 교화의 근본을 삼아야 한다는 지치주의(至治主義)에 입각한 왕도정치의 실현을 역설하였다. 이와 함께 정언이 되어 언관으로서 그의 의도를 펴기 시작하였다.

이 해 장경왕후(章敬王后, 중종의 제1계비)가 죽자 조정에서는 계비 책봉문제와 관련된 논란이 벌어졌는데, 이 과정에서 왕의 신임을 받았다. 이것을 계기로 원로파(元老派), 즉 반정공신과 신진사류(新進士類)의 대립으로 발전, 이후 기묘사화의 발생 원인이 되었다.

1518년 부제학이 되어서는 유학의 이상정치를 구현하기 위해 사문(斯文)의 흥기를 자신의 임무로 자부했고, 이를 실현하기 위해서는 우선 인주(人主)의 마음을 바로잡아야 한다고 생각하였다. 그리하여 그는 미신 타파를 내세워 소격서(昭格署)의 폐지를 강력히 주청, 많은 반대에도 불구하고 마침내 이를 혁파하는 데 성공하였다.

미원서원지 오른쪽에 서있는 비석들.

이어 그 해 11월에는 대사헌에 승진되어 부빈객을 겸하게 되었다. 그는 한편으로 천거시취제(薦擧試取制)인 현량과(賢良科)를 처음 실시하게 하여 김식(金湜)·안처겸(安處謙)·박훈(朴薰) 등 28인이 뽑혔으며, 이어 김정(金淨)·박상(朴尙)·이자(李耔)·김구(金絿)·기준(奇遵)·한충(韓忠) 등 소장학자들을 뽑아 요직에 안배하였다.

이들은 중종 14년(1519)에 이르러 훈구세력인 반정공신을 공격하기에 이르렀고, 마침내 2·3등 공신의 일부, 4등 공신 전원, 즉 전 공신의 4분의 3에 해당되는 76인의 훈작이 삭탈당하기에 이르렀다. 이러한 급진적인 개혁은 마침내 훈구파의 강한 반발을 야기하였다.

훈구파 중 홍경주(洪景舟)·남곤(南袞)·심정(沈貞)은 경빈 박씨(敬嬪朴氏) 등 후궁을 움직여 왕에게 신진사류를 무고하도록 하였다. 또한 대궐 나뭇잎에 과일즙으로 '주초위왕(走肖爲王)'이라는 글자를 써 벌레가 파먹게 한 다음에 궁녀로 하여금 이를 따서 왕에게 바쳐 의심을 조장시키기노 하였다.

한편, 홍경주와 공조판서 김전(金詮), 예조판서 남곤, 우찬성 이장곤(李長坤), 호조판서 고형산(高荊山), 심정 등은 밤에 신무문(神武門)을 통해

미원서원지 입구 왼쪽에 서있는 "설악향육회시혜불 망비"

비밀리에 왕을 만나고는 조광조 일파가 당파를 조직, 조정을 문란하게 하고 있다고 탄핵하였다. 이에 평소부터 신진사류를 비롯한 조광조의 도학정치와 과격한 언행에 염증을 느껴오던 왕은 훈구대신들의 탄핵을 받아들여 이를 시행하였다.

그 결과 조광조는 김정·김구·김식·윤자임(尹自任)·박세희(朴世熹)·박훈 등과 함께 투옥되었다. 처음 김정·김식·김구와 함께 그도 사사(賜死)의 명을 받았으나, 영의정 정광필(鄭光弼)의 간곡한 비호로 능주에 유배되었다.

그 뒤 정적인 훈구파의 김전·남곤·이유청(李惟淸)이 각각 영의정·좌의정·우의정에 임명되자 이들에 의하여 그 해 12월 바로 사사되었다. 이때가 기묘년이었으므로 이 사건을 '기묘사화'라고 한다.

그 뒤 선조 초 신원(伸寃 : 억울하게 입은 죄를 풀어줌)되어 영의정에 추증되고 문묘에 배향되었다. 그 뒤 그의 학문과 인격을 흠모하는 후학들에 의해 사당이 세워지고, 서원도 설립되었다. 1570년 능주에 죽수서원(竹樹書院), 1576년 희천에 양현사(兩賢祠)가 세워져 봉안되었으며, 선조 38년(1605)에는 그의 묘소 아래에 있는 심곡서원(深谷書院)에 봉안되는 등 전국에 많은 향사가 세워졌다.

또한, 이이는 김굉필·정여창(鄭汝昌)·이언적(李彦迪) 등과 함께 그를 동방사현(東方四賢)이라 불렀다. 저서로 ≪정암집≫이 있는데, 그 중 대부분은 소(疏)·책(策)·계(啓) 등의 상소문과 몇 가지의 제문이고, 그 밖에 몇 편의 시도 실려 있다. 그의 묘소는 용인시 수지구 상현동에 있으며, 시호는 문정(文正)이다.

2) 김식(金湜) ; 성종 13년(1482)~중종 15년(1520)

조선 중기의 문신·학자로 본관은 청풍(淸風)이다. 자는 노천(老泉)이고, 호는 사서(沙西)·동천(東泉) 또는 정우당(淨友堂)이라 하였다. 아버지는 생원 숙필(叔弼)이며, 어머니는 사천 목씨(泗川目氏)이다. 사림파의 대표적 인물 중의 한 사람이다.

서울에서 자랐으며 어려서 아버지를 여의고 학문에 열중해 연산군 7년(1501) 진사가 되었으나, 벼슬에는 관심이 없었고 성리학 연구에만 몰두하였다.

그 뒤, 정치적 분위기를 일신하려는 시대의 추이에 따라, 조광조(趙光祖)·박훈(朴薰) 등과 함께 성균관과 이조판서 안당(安瑭)의 천거로 종6품직인 광흥창주부(廣興倉主簿)에 서용되었다.

1519년 4월 조광조·김정(金淨) 등 사림파의 건의로 실시된 현량과에서 장원으로 급제하였다. 당시 현량과의 천거 명목에는 성품·기국·재능·학식·행실·행적·생활 태도 또는 현실 대응 의식 등의 일곱 가지가 있었다. 그런데 급제자 28인 가운데 유일하게 7개 항목에서 모두 완벽하게 평가받았다.

이는 당시 사림들로부터 두터운 신뢰를 얻고 있었고, 또 중앙에 이미 진출해 있던 사림파 중에서도 조광조에 버금갈만한 인물로 평가되었음을 뜻한다.

그리하여 그는 급제자 발표 닷 새만에 성균관사성(成均館司成)이 되었고, 며칠 뒤에는 홍문관직제학(弘文館直提學)에 올랐다. 그것은 현량과 실시로부터 겨우 보름 사이의 일이었다.

그 해 11월 기묘사화가 일어나자 절도안치(絕島安置)의 처벌이 내려졌으나, 영의정 정광필(鄭光弼) 등의 비호로 선산(善山)에 유배되었다.

뒤따라 일어난 신사무옥에 연좌되어 다시 절도로 이배된다는 소식을 전해듣고, 거창에 숨었다가 "해는 기울어 하늘은 어둑한데 텅 빈 산사위에 구름

미원서원지 입구 폐가 기둥에 붙어있는 "미원서원재실" 현판.

이 떠가네 / 군신간의 천년의 의리는 어느 외로운 무덤에 있는가?(日暮天含黑 山空寺入雲 君臣千載義 何處有孤墳)"라는 시를 남기고 자결하였다.

기묘사화 후에 현량과가 폐지되면서 그의 직첩과 홍패도 환수되었으나 명종 때 복관되었으며, 그 뒤 선조 때에 이조참판을 거쳐 영의정에 추증되었다.

문인으로는 신명인(申命仁)·오희안(吳希顔)·목세칭(睦世秤)·김윤종(金胤宗)·조경(趙瓊)·홍순복(洪舜福)·윤광일(尹光溢)·이세명(李世銘)·신영(申瑛)·김덕수(金德秀) 등이 있다. 양근(楊根)의 미원서원(迷原

書院), 청풍의 황강서원(凰岡書院), 거창의 완계서원(浣溪書院) 등에 제향되었다. 묘소는 남양주시 화도읍에 있으며, 시호는 문의(文毅)이다.

3) 김육(金堉) ; 가평 잠곡서원 참조

4) 남언경(南彦經) ; 생몰년 미상

조선 전기의 문신·양명학자로 본관은 의령이다. 자는 시보(時甫)이고, 호는 동강(東岡)이다. 개국공신 재(在)의 6대손이며 아버지는 영흥부사 치욱(致勗)이다. 서경덕(徐敬德)의 문인이다.

그는 학행으로 천거되어 헌릉참봉이 되고, 명종 21년(1566) 조식(曺植)·이항(李恒) 등과 함께 발탁되어 지평현감(砥平縣監)이 되었다. 선조 6년(1573) 양주목사가 되고, 이듬해 지평(持平)에 임명되었으나 어머니의 병간호를 위해 그대로 머물 것을 진정해 허락을 받았다.

1593년 공조참의가 되어 이요(李瑤)와 함께 이황(李滉)을 비판하다가 양명학을 숭상한다는 빌미로 탄핵을 받고 사직, 양근(楊根 : 지금의 경기도 양평)의 영천동(靈川洞)에 물러나 한거하다 67세로 별세하였다.

≪퇴계전서≫에 이황이 명종 11년(1556) 이후 그에게 보낸 답서(答書) 9통이 있고, 별지 <정재기(靜齋記)>에는 그의 편지가 수록되어 있어 그의 학문과 사상을 살펴볼 수 있다. 이황의 이기이원론(理氣二元論)을 반박하고 양명학의 사상적 체계를 완성시켰다. 문하에는 이요와 같은 인물을 배출했으며, 양평의 미원서원(迷源書院)에 제향되었다.

5) 이제신(李濟臣) ; 중종 31년(1536)~선조 16년(1583)

조선 중기의 문신으로 본관은 전의(全義)이다. 자는 몽응(夢應)이고, 호는 청강(淸江)이다. 시보(時珤)의 증손으로, 할아버지는 공달(公達)이고, 아버지는 병마사 문성(文誠)이며, 어머니는 부령도호부사 우예손(禹禮孫)의 딸이다. 영의정 상진(尙震)의 손자사위이다.

어려서부터 영민해 7세 때부터 시를 지어 사람들을 놀라게 했으며, 조식(曺植)이 한번 보고서 기이하게 여겼다 한다. 17세 때 용문산으로 조욱(趙昱)을 찾아가 학업을 닦고, 명종 13년(1558) 생원시에 합격, 이어서 명종 19년(1564) 식년 문과에 을과로 급제, 승문원권지정자에 보임되었다.

선조 4년(1571) 울산군수로 나가 아전들의 탐학을 근절시키고, 백성들의 불편을 없애는 데 힘썼다. 1578년 진주목사가 되어 선정을 펴서 공이 많았는데, 이 때 토호들의 모함으로 병부(兵符)를 잃고 벼슬을 사임, 향리에 은거하였다.

1581년 강계부사로 다시 등용되고, 이어서 함경북도병마절도사가 되었다. 그러다가 1584년 여진족 이탕개(尼湯介)가 쳐들어와 경원부가 함락되자, 패전의 책임으로 의주 인산진(麟山鎭)에 유배되었다가 그곳에서 죽었다.

시문에 능하고 글씨는 행서·초서·전서·예서에 모두 뛰어났다. 1585년 경연관 이우직(李友直)의 특청으로 신원되어 병조판서에 추증되었다. 청백리에 책록되었다. 양근의 미원서원(迷原書院), 청주의 송천서원(松泉書院)에 제향되었다.

저서로 ≪청강집≫·≪청강소설≫·≪진성잡기(鎭城雜記)≫ 등이 있으며, 작품으로는 과천의 <상붕남묘비(尙鵬南墓碑)>와 <이현령인손묘갈(李縣令仁孫墓碣)> 등이 있다. 묘소는 양평군 서종면 수입리에 있으며,

시호는 평간(平簡)이다.

6) 김창흡(金昌翕) ; 효종 4년(1653)~경종 2년(1722)

조선 후기의 학자로 본관은 안동(安東)이다. 자는 자익(子益)이고, 호는
삼연(三淵)으로 서울 출신이다. 좌의정 상헌(尙憲)의 증손자이며, 영의정
수항(壽恒)의 셋째아들이다. 어머니는 안정나씨(安定羅氏)로 해주목사 성
두(星斗)의 딸이다. 형은 영의정을 지낸 창집(昌集)과 예조판서·지돈녕부
사 등을 지낸 창협(昌協)이다.

15세에 이단상(李端相)의 문하에서 수학하였다. 과거에는 관심이 없었
으나 아버지의 명으로 응시해, 현종 14년(1673)에 진사시에 합격한 뒤 과
장에 발을 끊었다. 백악(白岳) 기슭에 낙송루(洛誦樓)를 짓고 동지들과 글

김창흡, 덴리대학 소장.

을 읽으며 산수를 즐겼다.

숙종 7년(1681)에 김석주(金錫胄)의
천거로 장악원주부(掌樂院主簿)에 임
명되었으나 나가지 않았고, 1689년 기
사환국 때 아버지가 사사되자 영평(永
平 : 경기도 포천)에 은거하였다.

≪장자(莊子)≫와 사마천(司馬遷)의
≪사기≫를 좋아하고 시도(詩道)에 힘
썼으며, 친상을 당한 뒤에는 불전(佛
典)을 탐독해 슬픔을 잊으려 하였다.
그 뒤 주자의 글을 읽고 깨달은 바 있
어 유학에 전심하였다.

1696년에 서연관(書筵官)에 초선(抄選)되고, 경종 1년(1721) 집의에 제수되었으며, 이듬해 영조가 세제(世弟)로 책봉되자 세제시강원(世弟侍講院)에 임명되었으나 모두 사임하고 나가지 않았다. 신임사화로 절도에 유배된 형 창집이 사사되자 지병이 악화되어 죽었다.

이조판서에 추증되었으며 양주의 석실서원(石室書院), 양근(楊根)의 미원서원(迷源書院), 덕원의 충곡사(忠谷祠), 울진의 신계사(新溪祠), 양구의 서암사(書巖祠), 강릉의 호해정영당(湖海亭影堂), 포천의 요산영당(堯山影堂), 한성의 독충당(篤忠堂)에 제향되었다. 저서로는 《삼연집》·《심양일기(瀋陽日記)》 등이 있다. 시호는 문강(文康)이다.

7) 박세호(朴世豪) ; 생몰년 미상

본관은 고령(高靈)이고, 자 거정(居正), 호는 용담(龍潭)이다. 청백리 박처륜(朴處綸)의 아들로 양근 정보촌(鼎寶村)에 거처하였으며 중종 14년(1519) 기묘사화 때에 성균관 유생으로서 이약수(李若水)·김수성(金遂性)·윤언직(尹彦直)·홍순복(洪舜福) 등과 함께 조광조를 변론하는 상소를 올렸다가 의금부에 구금되기도 하였다. 그 후 중종 23년(1528) 문과에 급제하여 예조정랑, 영월부사 등의 관직을 지냈는데 영월부사 재직시 모재 김안국과 교유가 있었다. 1535년 사유(師儒)에 적합한 인물로 정사룡(鄭士龍) 등과 함께 선발되었다.

8) 이원충(李元忠) ; 생몰년 미상

호는 잠옹(潛翁)이며, 행적은 미상이다.

9) 남도진(南道振) ; 현종 15년(1674) ~ 영조 11년(1735)

조선 후기의 문신으로 본관은 의령(宜寧)이다. 자는 중옥(仲玉)이고, 호는 농환재(弄丸齋)이다. 조선조 개국공신 남재(南在)의 11세손이다. 일찍부터 저술에 전념하였으며 또한 예학저술에 힘쓰는 한편, 우집경(禹執卿)에게서 탄금법을 배우고, 안진경(顔眞卿)·유종원(柳宗元)의 서법을 공부하였다.

또한 시조와 가사를 짓고 자연을 완상하며 담담한 한거 생활을 하였다. 국문작품으로는 ≪농환재가사집≫에 실린 가사 <낙은별곡(樂隱別曲)>과 단가 3수가 전한다.

이 3수의 시조는 ≪제세당필사본(濟世堂筆寫本)≫에는 이본으로 처리되어 5장가곡조의 형식으로 원문이 소개되고 있다. 또한 나이 24세에 금강산에 가보고 지은 <봉래가(蓬萊歌)>가 있다고 하나 전하지 않는다.

10) 이항로(李恒老) ; 정조 16년(1792) ~ 고종 5년(1868)

조선 말기의 성리학자로 본관은 벽진(碧珍)이다. 초명은 광로(光老)였으나 철종 사친(私親)의 이름을 피하여 개명하였나. 자는 이술(而述)이고, 호는 화서(華西)이다. 경기도 포천 출신으로 회장(晦章)의 아들이며 어머니는 전의이씨(全義李氏) 의집(義集)의 딸이다.

3세 때 ≪천자문≫을 떼고, 6세 때 ≪십구사략(十九史略)≫을 읽고 <천황지황변(天皇地皇辨)>을 지었다. 12세 때 신기령(辛耆寧)에게서 ≪서전(書傳)≫을 배웠다. 순조 8년(1808) 반시(泮試 : 한성초시)에 합격하였다.

그러나 당시 권력층의 고관이 과거급제를 구실로 자기 자식과의 친근을 종용하자, 이에 격분하여 과장의 출입마저 수치스럽다 하여 끝내 과거에 응하지 않았다. 과거를 포기한 뒤 당시 학문으로 이름이 높았던 서울의 임로(任魯)와 지평의 이우신(李友信) 등을 찾아가 학우의 관계를 맺었다.

25～26세 때 어버이와 사별한 뒤 학문에 전념하였다. 30세 때 그의 학문과 인격을 흠모한 청년들이 많이 모여들었으나, 세속을 피해 쌍계사·고달사 등 사찰을 옮겨다니며 사서삼경과 ≪주자대전(朱子大全)≫ 등 성리학연구에 힘을 쏟았다.

그의 학덕이 조정에 알려지면서 헌종 6년(1840) 휘경원참봉에 제수되었으나 사양하였으며, 그 뒤에도 지방수령 등에 제수되었지만 고사하고 향리에서 강학을 위해 여숙강규(閭塾講規)를 수정하여 실시하였다. 이 무렵

미원서원지에서 바라본 장석마을 전경.

한말의 위정척사론자로 유명한 최익현(崔益鉉)·김평묵(金平默)·유중교(柳重敎) 등이 문하에서 수학하였다.

철종 13년(1862) 이하전(李夏銓)의 옥사에 무고로 체포되었다가 곧 풀려났다. 고종

1년(1864) 당시 권력자 조두순(趙斗淳)의 천거로 장원서별제(掌苑署別提)·전라도사·지평·장령 등에 임명되었으나 건강상의 이유로 모두 거절하였다.

1866년 병인양요가 일어나자 동부승지의 자격으로 입궐하여 대원군에게 주전론을 건의하기도 하였다. 그 뒤 공조참판으로 승진되고 경연관(經筵官)에 임명되었으나, 대원군의 비정(秕政)을 비판한 병인상소와 만동묘(萬東廟)재건 상소 등으로 대원군의 노여움을 사서 삭탈관직당한 뒤 낙향하였다.

저서로는 ≪화서집≫·≪화동사합편강목(華東史合編綱目)≫ 60권, ≪주자대전차의집보(朱子大全箚疑輯補)≫, ≪화서아언(華西雅言)≫ 12권 등이 있다. 묘소는 양평군 서종면 정배리에 있으며, 시호는 문경(文敬)이다.

11) 김평묵(金平默) ; 순조 19년(1819)~고종 28년(1891)

조선 말기의 학자로 본관은 청풍(淸風)이다. 자는 치장(穉章)이고, 호는 중암(重菴)으로 세거지는 포천이다. 아버지는 성양(聖養)이고, 어머니는 장수황씨(長水黃氏)이다. 이항로(李恒老)의 문인이다.

5세에 ≪천자문≫을 배우기 시작해 ≪십구사략(十九史略)≫ 및 ≪소학≫을 읽고, 13세에 경서를 대략 이해하였다. 24세에 이항로를 찾아가 배우고, 또 홍직필(洪直弼)을 찾아 배우는 등 학업에 매우 전념하였다. 두 선생을 동시에 따른 관계로 학설은 넓고 온건하였다.

철종 3년(1852) 홍직필이 죽은 뒤로는 다시 이항로의 학설을 따라 심즉리(心卽理)의 설에 기울여졌다. 또한 같은 문하의 유중교(柳重敎)와는 대학의 명덕(明德)을 이로 보느냐, 기로 보느냐의 견해 차이로 당시에 큰 논쟁을 일으키기도 하였다.

1874년에 스승의 ≪화서아언(華西雅言)≫을 편집, 간행했으며, 1880년에 선공감가감(繕工監假監)에 제수되었으나 나가지 않았다. 1881년 위정척사(衛正斥邪)를 주장한 일로, 섬에 유배되기도 하였다. 1900년 규장각 제학(奎章閣提學)에 추증되었으며, 미원서원(迷源書院) 및 보산서원(寶山書院)에 배향되었다.

저서로는 ≪중암선생문집≫ 및 별집·≪중암고(重菴稿)≫·≪근사록부주(近思錄附註)≫·≪학통고(學統考)≫·≪천군편(天君編)≫·≪대곡문답(大谷問答)≫·≪치도사의(治道私議)≫·≪해상필어(海上筆語)≫·≪경장문답(更張問答)≫·≪붕사잡록(鵬舍雜錄)≫·≪해상록(海上錄)≫·≪삼강문답(三江問答)≫·≪구곡문답(龜谷問答)≫·≪벽산심설연원(壁山心說淵源>·≪척양대의(斥洋大義)≫·≪남정기문(南征記聞)≫·≪우촌수담(雨村手談)≫·≪노강수록(鷺江隨錄)≫ 등이 있다. 시호는 문의(文懿)이다.

12) 유중교(柳重敎) ; 순조 32년(1832) ~ 고종 30년(1893)

조선 말기의 성리학자로 본관은 고흥(高興)이다. 초명은 맹교(孟敎)이고, 자는 치정(穉程), 호는 성재(省齋)이다. 아버지는 진사 조(朝)이며, 어머니는 한산 이씨(韓山李氏)로 희복(羲復)의 딸이다. 이항로(李恒老)의 문인으로, 이항로의 사후에는 김평묵(金平默)을 스승으로 섬겼다.

철종 3년(1852) 이항로의 명에 의해 ≪송원화동사합편강목(宋元華東史合編綱目)≫을 편수하였다. 그러나 원나라 지원(至元) 25년까지만 편수하고, 그 뒤는 그의 선조 청신(淸臣)에게 관계된 기사가 있는 관계로 김평묵이 완성하였다.

고종 13년(1876)과 1882년에는 선공감가감역(繕工監假監役)과 사헌부 지평에 각각 제수되었으나, 모두 취임하지 않았다. 1881년 김홍집(金弘集)이 일본을 다녀와서 미국과 연합하고 서양의 기술 등을 받아들여야 한다는 계책을 세우자, 그는 김평묵과 함께 척사위정을 강력히 주장하였다.

1886년 이항로의 심설(心說)에 대해 김평묵에게 <논조보화서선생심설(論調補華西先生心說)>을 보냄으로써 사칠논쟁(四七論爭)이나, 호락논쟁(湖洛論爭)에 버금가는 대논쟁이 이항로 문하에서 일어나게 되었다. 즉 유중교는 심(心)을 기(氣)로 규정하고 이항로 및 김평묵은 심을 이(理)로 규정하므로써, 스승의 설과 정면 충돌하게 되었다.

여기에 문인들이 두 갈래로 나누어져 논쟁은 더욱 확대되고 격렬하게 전개되었다. 1888년에는 두 설을 절충해 <화서선생심설정안(華西先生心說正案)>을 김평묵에게 보냄으로써 잠정적으로 심설 논쟁은 중단되었다.

그러나 그의 임종 직전에 문인들에게 <정안문자(正案文字)>는 '다시 생각해보니 사실과 도리에 모두 맞지 않는다.' 하여 거두어들일 것을 명함으로써 결국 두 설은 합일을 보지 못한 과제로 남게 되었다.

유중교는 음악에도 조예가 깊어서 <자양금조후사(紫陽琴調候詞)>·<옥계조(玉溪操)>·<현가궤범(絃歌軌範)> 등을 저술하였다. 그는 특히 공자가 도(道)를 가르치는 데에는 악(樂)을 사용했는데, 지금은 고악(古樂)은 이미 없어지고 속악(俗樂)은 법(法)이 없어, 도를 배우는 이가 거문고 등에 종사하고자 해도 시작할 터가 없다고 한탄하였다.

제학에 추증되었고, 고산(高山)의 삼현서원(三賢書院)에 봉향되었다. 저서로는 ≪성재문집≫ 60권이 있다. 시호는 문간(文簡)이다.

4. 관련기록

1) 창건 · 중수기록

≪연려실기술≫ 별집 권4 사전전고

양근(楊根) 미원서원(迷源書院) 현종 신축년에 세웠다. : 조광조 · 김식
(金湜)[기묘   명현] · 김육(金堉) · 남언경(南彦經) · 이제신(李濟臣)[추가하
여 배향하였다.]

박세채(朴世采), ≪남계집(南溪集)≫ 권84 연보

靜菴趙先生年譜
二十九年丙申
建迷源書院於楊根 ［先生嘗與金公湜遊迷源 愛其山水 約與同居 有
手植檜焉 至是多士議建書院 以祀先生及金公 ○此外京鄕書院之建 厥
數甚繁 如海州之紹賢 羅州之景賢 礪山之竹林 永興之興賢 其最著者
也 餘不能悉記]

2) 문집에 보이는 서원 관련 기록

조광조, ≪정암집(靜菴集)≫ 부록 권5 연보

二十九年丙申
建迷源書院於楊根
先生嘗與金公湜 遊迷源 愛其山水 約與同居 有手植檜焉 至是 多士

議建書院 以祀先生及金公 ○此外京鄉書院之建 厥數甚繁 如海州之紹
賢 羅州之景賢 礪山之竹林 永興之興賢 其最著者也

유계(兪棨), ≪시남집(市南集)≫ 권22 제문

迷源書院祭文

道東靑丘 斯文鼎盛 有倬先覺 日維文正 先生之表 瑞日祥雲 先生之
德 秋肅春溫 天然上知 聞道甚早 拔萃出類 高步遠紹 派傳洛閩 源泒
沂洙 遯聖贊化 庶幾唐虞 德則不孤 道亦有隣 於休大成 儒者之眞 麗
澤交資 道義相與 似張於程 若朱之呂 大魁賢良 進長國子 羽儀淸朝
冠冕善類 群凶嫉愿 蜮矢潛發 大賢罹禍 天柱遽折 儒林至痛 到今酸噎
遺風感人 采久采切 迷源之峽 山水幽絕 九曲風煙 雨賢遺躅 杖屨當年
是焉游息 坡陁舊墟 怳如雲谷 蒼蒼松檜 宛然封植 高山景行 士慕曷極
爰剙院廟 有嚴有翼 象設粗完 俎豆并陳 用妥明靈 吉日令辰 林巒改觀
雲物變色 靑衿齊會 悲喜交激 敢薦精禋 冀垂歆格

유계(兪棨), ≪시남집(市南集)≫ 권22 축문

迷源書院春秋舍菜祝文

濂洛正派 金蘭交義 一時同道 千載並祀

이하곤(李夏坤), ≪두타초(頭陀草)≫ 권17 잡저

代楊根儒生 請迷源書院宣額疏

伏以臣等所居郡 雖曰僻小 山水素稱淸佳 而郡南有迷源洞 其巖壑林
木之勝 尤爲一郡之最 古人至比之桃源 故迷源之稱 亦以此也 先正臣
趙光祖嘗愛其幽絕 遂結以居 與故大司成臣金湜 讀書講道于其中 湜贈

光祖詩曰維彼楊根郡 中藏桃李源 誰能從我者 相與鍊乾坤 其盤旋留連
於此者可以見矣 光祖又手自植檜 至今猶存 蒼翠蔚然 故老往往指點以
爲趙公檜云 其所以愛惜之者 不翅若召伯之甘棠 諸葛之廟栢而已 其流
風餘韵 猶有可以想像者 於是一鄕章甫之士 不勝高山景仰之思 往在丙
申間 仍其舊址 建立書院 以光祖及湜主享 又配以故府尹臣南彦經 故
領議政臣金堉 盖彦經之所居 去洞不遠 堉則以湜之後孫 又嘗卜築于此
地 故配之以兩臣者 亦一邑公共之論也 夫光祖既已配享文廟 湜之遺言
緖行 昭著國乘及他名賢所錄 至於堉 當昏朝時 樹立卓然 及登朝 經綸
謨猷 大有可觀 大同一法 實爲百世之良制 民到于今受其賜 此三臣者
道德事業 魁偉宏達 灼如日星 照人耳目 固不容臣等之贅陳 而惟其彦
經事行 未甚章章 雖聖明亦有所未盡燭者 今臣等單提彦經平生本末 倂
及臣等所以齊聲而仰籲者 以上塵睿覽焉 彦經自少出入李湜 徐敬德之
門 專心性理之學 聰悟絕倫 探賾微奥 與湜往復書札 講劘義理 多所發
明 湜極口獎與 明廟亦聞其名 與成運 李恒等 俱以布衣召見便殿 問以
治道 所論明白切至 明廟深加嘉歎 特除陵官 自是歷踐內外 俱有聲績
後爲全州府尹 棄官歸隱於本郡靈川洞 以訓誨後學爲己任 及門之士 多
有成就者 如成浩 尹光遠諸人 皆爲聞人 及壬辰亂作 大駕倉黃西幸 彦
經自痛身在草野 未及從行 召募諸縣 倡率義兵 要諸賊之侵掠畿東者
所斬獲甚多 間送人奉疏行在 請軍器餉粮 以爲進取計 朝廷拜爲召募使
方責後圖 而彦經遽已沒矣 宣廟聞而嗟惜 夫彦經之平日志業 大略如此
固無愧於光祖之配食矣 臣等窃念以臣鄕僻小之邑 蔚爲諸賢杖屨之所
雖古所稱聚星之亭通德之里 亦不得專美於前矣 然而祠宇之刱設 今已
六十有餘年 尙不被朝家宣額之恩 上無以彰聖朝崇儒重道之盛 下無以
表臣等景慕前賢之誠 門楣無光 祀典多闕 凡在衿紳之流者 莫不瞻廟屋
而興慨 撫俎豆而發嘆 噫 昔廬山白鹿洞 不過唐處士李渤栖隱之所也

朱子累累申請 修復其書院 昔賢之所以表章先輩者 其如是至矣 顧以光
祖 湜之道學 彦經 埫之名德 今乃建祠於講道之場 妥靈於卜宅之墟 而
獨不得與於國家報祀之列 此豈特臣鄉一邑之羞也 抑亦聖朝莫大之闕典
也 夫臣等所以齊聲而仰籲者此也 伏願聖明特加鑑燭 卽命該曹 亟頒華
扁 以示國家尙賢之意 以慰多士顒望之情 聖德有光 斯文萬幸 臣無任
激切祈懇之至

3) 조선왕조실록의 서원 관련 기록

없음

잠곡서원지(潛谷書院址)

1. 연혁

1) 창   건 : 숙종 31년(1705)
2) 사액연도 : 숙종 33년(1707)
3) 중   수 :
4) 훼   철 : 고종 8년(1871)
5) 지정번호 : 가평군 향토유적 제7호
6) 위   치 : 가평군 청평면 청평리
7) 서 원 지 : 무
8) 제향인물 : 김육(金堉)

2. 내용

잠곡서원은 가평군 청평면 청평리 현말에 있었던 서원이다. 잠곡서원지를 찾으려면 청평읍내에서 일단 청평내수면연구소를 찾아가면 된다. 이곳

에서 청평안전유원
지 방향으로 가다보
면 넓은 주차장과
공용화장실이 나오
는데, 서원터는 바로
이곳 화장실 못 미
쳐 있다.

원래 잠곡서원은
숙종 31년(1705)에
창건되었고 2년 뒤

청평안전유원지 안에 있는 잠곡서원지 전경.

인 숙종 33년(1707)에 사액되었다. 김육이 광해군대에 이곳에 들어 와 10
년 간을 몸소 농사를 지으면서 은둔하였던 일이 있어서 훗날 후학들이 이
자리에 서원을 세우고 김육의 호를 따서 잠곡서원이라고 하였던 것이다.
그러나 고종 8년(1871) 대원군의 서원철폐령에 의하여 훼철되었다.

1983년 3월 가평군내 유림들의 발의로 잠곡서원 옛터에 위패와 추모비
를 건립하였고, 1986년 6월에 가평군 향토유적 제7호로 지정되었다.

잠곡서원터에는 현재 가로 15m, 세로12m 규모의 담장을 둘러 보호시
설을 만들어 놓고 있다. 담장 안으로 들어가면 정면 중앙에 "잠곡김선생
신위(潛谷金先生神位)"라고 새긴 제단비(祭壇碑)가 서 있고, 오른쪽에
1981년에 세운 "잠곡선생김육추모비(潛谷先生金堉追慕碑)", 왼쪽에 "잠
곡선생김육추모비건립성금찬조자방명기"가 각각 서있다. 양쪽 담장 밑에는
원래의 자리를 알 수 없는 주춧돌 6개가 놓여 있다. 옛터는 원상을 복구
하는 것이 불가능할 만큼 파손되었고, 유심히 보지 않으면 그저 이름모를
사람의 비석이 서있는 제단처럼 보이기 때문에 지나가는 행락객들이 이곳
에 잠곡서원이 있었다는 사실을 눈치 채는 것은 거의 불가능하다.

3. 제향인물

김육(金堉) ; **선조 13년**(1580)~**효종 9년**
(1658)

조선 후기의 문신·실학자로 본관은 청풍(淸風)
이다. 자는 백후(伯厚)이고, 호는 잠곡(潛谷)·회정
당(晦靜堂)이다. 기묘팔현(己卯八賢)의 한 사람인
식(湜)의 4대손이며, 할아버지는 군자감판관 비(棐)
이고, 아버지는 참봉 흥우(興宇)이며, 어머니는 현
감 조희맹(趙希孟)의 딸이다.

선조 38년(1605) 사마시에 합격해 성균관으로 들
어갔다. 광해군 1년(1609)에 동료 태학생들과 함께

김육, 김종구 소장.

청종사오현소(請從祀五賢疏 : 金宏弼·鄭汝昌·趙光祖·李彦迪·李滉
등 5인을 문묘에 향사할 것을 건의하는 소)를 올린 것이 화근이 되어 문
과에 응시할 자격을 박탈당하자, 성균관을 떠나 경기도 가평 잠곡 청덕동
에 은거하였다.

청덕동에 머물며 회정당을 짓고 홀로 학문을 닦으니, 이때부터 스스로
호를 잠곡이라 하였다. 1623년에 서인의 반정으로 인조가 즉위하자 의금
부도사에 임명되었으며, 이듬 해 2월에는 음성현감이 되어 목민(牧民)의
직분을 다하는 한편, 증광 문과에 장원으로 급제하였다.

1638년 6월에 충청도관찰사가 되어 대동법의 시행을 건의하는 한편, 수
차(水車 : 무자위·물레방아)를 만들어 보급했으며, ≪구황촬요(救荒撮要)
≫와 ≪벽온방(辟瘟方)≫ 등을 편찬, 간행하다가 승정원좌부승지가 되었
다.

잠곡서원지 담장안 오른쪽에 서있는 "잠곡선생김육추모비".

그 후 화폐의 주조·유통, 수레의 제조·보급 및 시헌력(時憲曆)의 제정·시행 등에 착안하고 노력하는 한편, ≪유원총보(類苑叢寶)≫·≪황명기략(皇明紀略)≫·≪종덕신편(種德新編)≫·≪송도지(松都誌)≫ 등을 저술, 간행하기도 하였다.

1649년 5월 효종의 즉위와 더불어 대사헌이 되고 이어서 9월에 우의정이 되자, 대동법의 확장 시행에 적극 노력하였다.

그러나 대동법의 실시를 반대하는 김집(金集)과의 불화로 이듬 해 1월에 중추부영사(中樞府領事)로 물러앉아 다시 진향사(進香使)로 중국에 다녀왔다.

71세의 늙은 몸을 무릅쓰고 중국에 다녀온 뒤, 잠시 향리에 머무르다가 이듬해 1월에 영의정에 임명되고, 실록청총재관(實錄廳摠裁官)을 겸하였다.

대동법의 확장 실시에 또다시 힘을 기울여 충청도에 시행하는 데 성공했고, 아울러 민간에 주전(鑄錢)을 허용하는 일도 성공하였다.

그리고 12월에는 원임(原任) 정태화(鄭太

잠곡서원지 제일 안쪽 중앙에 위치한 "잠곡김선생신위" 제단비.

잠곡서원지 담장 안 왼쪽에 서 있는 "잠곡선생김육추모비건립성금찬조자-방명기"

和)가 영의정에 복귀함에 따라 좌의정으로 지내면서도 대동법 시행에 따른 몇 가지 문제점을 개선하는 한편, ≪해동명신록(海東名臣錄)≫을 저술하고 ≪인조실록≫을 완성하기도 하였다.

1654년 6월에 다시 영의정에 오르자 대동법의 실시를 한층 확대하고자 <호남대동사목(湖南大同事目)>을 구상하고, 이를 1657년 7월에 효종에게 바쳐 전라도에도 대동법을 실시하도록 건의하였다. 그러나 이 건의에 대한 찬반의 논의가 진행되는 가운데 죽어, 이 사업은 그의 유언에 따라서 서필원(徐必遠)에 의해 뒷날 성취되었다.

저술로는 그의 시·문을 모은 ≪잠곡유고(潛谷遺稿)≫(11권 10책)·≪잠곡별고(潛谷別稿)≫·≪잠곡유고보유(潛谷遺稿補遺)≫·≪잠곡속고(潛谷續稿)≫가 전한다. 그리고 앞에서 소개한 것 이외에 ≪천성일록(天聖日錄)≫·≪청풍세고(淸風世稿)≫·≪조천일기(朝天日記)≫·≪기묘

잠곡서원지 담장 안쪽에 있는 옛
주춧돌. 세월의 풍상을 말해주고
있다.

록(己卯錄)≫·≪잠곡필담(潛谷筆談)≫·
≪당삼대가시집(唐三大家詩集)≫ 등이 전
하며, <자네집에 술닉거든>이라는 시조 1
수도 전한다.

이 중에서도 특히 ≪유원총보≫는 우리나
라의 학문적 역량을 키우기 위해 편찬된 최
초의 백과사전으로 주목된다. 그리고 ≪구황
촬요≫·≪벽온방≫·≪종덕신편≫ 등은
목민자(牧民者)의 각성을 촉구하는 안민(安
民)의 한 방책으로서, 그의 위민적(爲民的)
생애의 단면을 보이는 저술이라고 하겠다.

무덤은 양주 금촌리(현 남양주시 삼패동)
에 있다. 양근(楊根) 미원서원(迷源書院)과
청풍 봉강서원(鳳岡書院), 강동(江東) 계몽서원(啓蒙書院), 개성 숭양서원
(崧陽書院) 등에 배향되고, 숙종 30년(1704)에는 가평의 선비들이 건립한
잠곡서원(潛谷書院)에 홀로 제향되었다. 시호는 문정(文貞)이다.

4. 관련기록

1) 창건·중수기록

≪신증동국여지승람≫ 권11 경기 가평현

잠곡서원(潛谷書院)≪숙종 때 세웠으며 정해년에 사액하였다.≫

≪연려실기술≫ 별집 권4 사전전고

가평(加平) 잠곡서원(潛谷書院)[갑신년에 세웠다.] : 김육(金堉)

≪조두록(俎豆錄)≫

加平 潛谷書院[肅宗乙酉建 丁亥賜額] 金堉[見開城]

2) 문집에 보이는 서원 관련 기록

없음

3) 조선왕조실록의 서원 관련 기록

없음

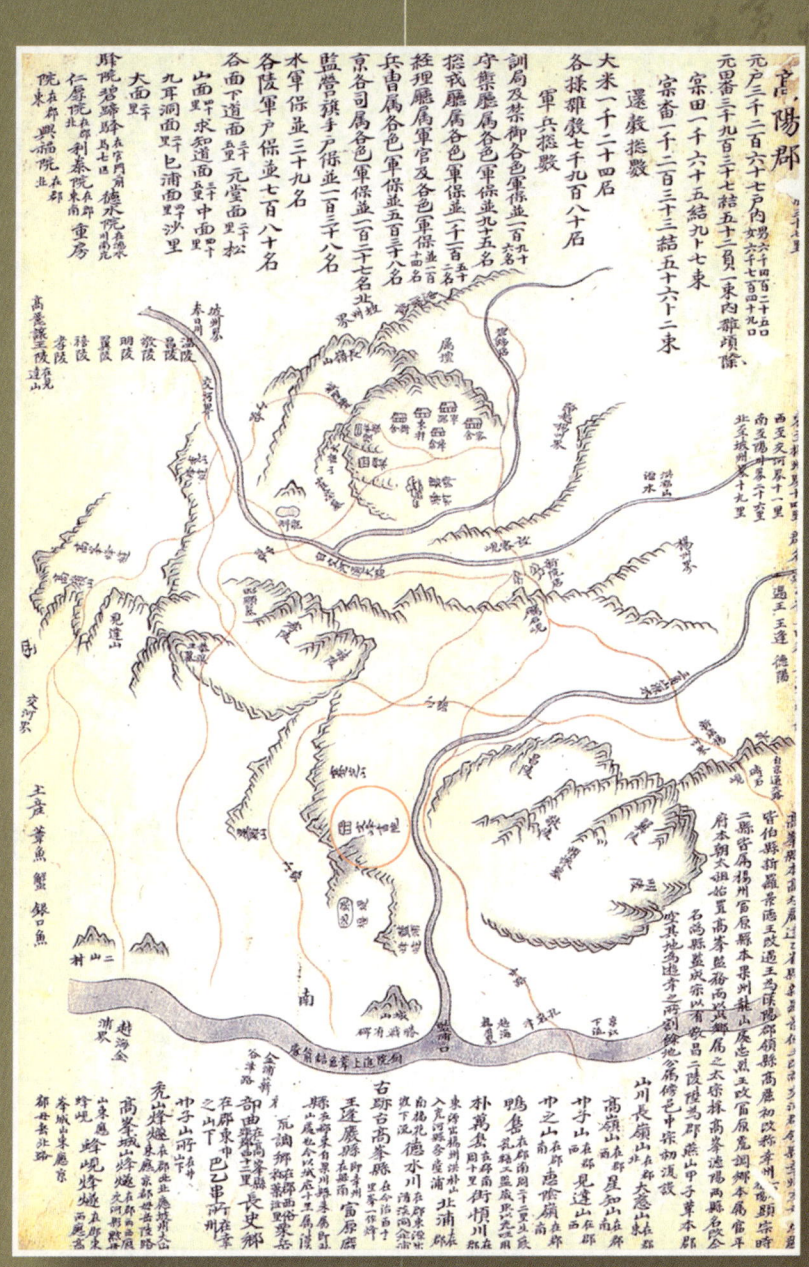

문봉서원지(文峯書院址)

1. 연혁

1) 창   건 : 숙종 14년(1688)

2) 사액연도 : 숙종 35년(1709)

3) 중   수 :

4) 훼   철 : 고종 7년(1870)

5) 지정번호 : 무

6) 위   치 : 고양시 일산동구 문봉동

7) 서 원 지 : 무

8) 제향인물 : 민순(閔純) 남효온(南孝溫) 김정국(金正國) 기준(奇遵)
정지운(鄭之雲) 홍이상(洪履祥) 이신의(李愼儀) 이유겸
(李有謙)

2. 내용

문봉서원은 고양시 문봉동 빙석촌 마을에 위치하고 있었던 옛 서원이다. 문필봉 혹은 문봉(지도에는 현달산이라고 표기되어 있음)이라고 불리우는 아름다운 봉우리를 바라보고 있는 고봉산 자락 야산 모퉁이에 위치하고 있었다고 전해지는 문봉서원은 숙종 14년(1688)에 건립되었고, 그로부터 21년 후인 숙종 35년(1709)에 사액을 받았다. 고양시에서 가장 오래된 사설 교육기관이다. 이 서원에는 고양 8현(八賢)이라고 불리우는 민순·남효온·김정국·기준·정지운·홍이산·이신의·이유겸 등이 배향되어 있었다.

문봉서원은 고양 지역의 유생들을 교육시키고 선현들을 제향하던 곳이

문봉서원지 근경. 지난 2001년 단국대학교 매장문화재 연구소에 의해 발굴기초조사가 실시되었으나 수풀에 가려 흔적조차 확인할 수 없다.

었지만 고종 2년(1865) 대원군의 서원 철폐 정책으로 훼철되어, 오늘날 그 서원의 건물자취는 찾아볼 수 없으며 문봉동에 그 터만이 남아 있을 뿐이다. 2001년 단국대학교 매장문화재연구소에 의해 서원지 기본조사가 이루어졌는데, 당시 주춧돌과 기단석을 확인할 수 있었다. 현재 문봉서원이 있었다는 사실을 알려주는 유일한 이정표는 문봉서원 옛터 앞 삼거리에 있는 "서원길"이라는 표지판 뿐이다.

3. 제향인물

1) 민순(閔純) ; 중종 14년(1519) ~ 선조 24년(1591)

조선 중기의 학자로 본관은 여흥(驪興)이다. 자는 경초(景初), 호는 행촌(杏村)·습정(習靜)이며, 아버지는 장사랑(將仕郎) 학수(鶴壽)이다. 어려서는 신광한(申光漢)의 문하에서, 장성한 뒤는 서경덕(徐敬德)의 문하에서 수학하였다.

서경덕으로부터 주정(主靜)의 설(說)을 듣고 크게 감화되어 자기가 처하던 재(齋)의 이름을 '습정(習靜)'이라 하였다 한다. 선조 1년(1568) 효행으로 천거되어 효릉참봉(孝陵參奉)에 임명되었으나, 곧 학행이 알려져 전생서주부(典牲署主簿)로 승진되었다.

이어 공조·형조의 좌랑을 거쳐 토산현감(兎山縣監)으로 나갔다가 곧 벼슬을 버리고 고향인 고양으로 돌아가 학문에 전심하였다. 1575년 사헌부지평으로 다시 조정에 들었으나, 마침 인순왕후(仁順王后)의 상을 당하여 예관(禮官)들이 오사모(烏紗帽)·흑각대(黑角帶)로 상복을 정하자, 그는 송나라 효종(孝宗)의 백모3년(白帽三年)의 고제(古制)로 고쳐 준용할 것을 건의하여 실시하게 하였다.

　그러나 물의를 빚어, 그해 6월 다시 사직하고 고향으로 돌아와 초야에 묻혀 향리에서 후진교육에 힘을 기울였다. 홍가신(洪可臣)·한백겸(韓百謙)·홍치상(洪致祥) 등이 그의 문하에서 배출되었다. 개성의 화곡서원(花谷書院), 고양의 문봉서원(文峯書院)에 제향되었다. 저서로는 《행촌집》이 있다. 그의 묘소는 고양시 덕양구 현천동에 있다.

　2) **남효온**(南孝溫) ; **단종** 2년(1454)~**성종** 23년(14923)

　조선 전기의 문신으로 본관은 의령(宜寧)이다. 자는 백공(伯恭), 호는 추강(秋江)·행우(杏雨)·최락당(最樂堂)·벽사(碧沙) 등이다. 영의정 재(在)의 5대손으로 할아버지는 감찰 준(俊)이고, 아버지는 생원 전(恮)이며, 어머니는 도사 이곡(李谷)의 딸이다.

문봉서원지에서 바라본 문필봉.

김종직(金宗直)의 문인이며, 김굉필(金宏弼)·정여창(鄭汝昌) 등과 함께 수학하였다. 생육신(生六臣)의 한 사람이다. 인물됨이 영욕을 초탈하고 지향이 고상하여 세상의 사물에 얽매이지 않았다. 김종직이 이름을 부르지 않고 반드시 '우리 추강'이라 했을 만큼 존경했다 한다. 주계정(朱溪正)·이심원(李深源)·안응세(安應世) 등과 친교를 맺었다.

성종 9년(1478) 성종이 자연 재난으로 여러 신하들에게 직언을 구하자, 25세의 나이로 장문의 소를 올렸는데, 이 때문에 훈구파(勳舊派)의 심한 반발을 사서 도승지 임사홍(任士洪), 영의정 정창손(鄭昌孫) 등이 그를 국문할 것을 주장했다. 이 일로 인하여 그는 정부 당국자들로부터 미움을 받게 되었고, 세상사람들도 그를 미친 선비로 지목하였다.

1480년 어머니의 명령에 따라 마지못해 생원시에 응시, 합격했으나 그 뒤 다시 과거에 나가지 않았다. 벼슬을 단념하고 세상을 흘겨보면서, 가끔 바른말과 과격한 의론으로써 당시의 금기에 저촉하는 일을 조금도 꺼리지 않았다. 때로는 무악(毋岳)에 올라가 통곡하기도 하고 남포(南浦)에서 낚시질을 하기도 하였다.

또한, 신영희(辛永禧)·홍유손(洪裕孫) 등과 죽림거사(竹林居士)를 맺어 술과 시로써 마음의 울분을 달래었다. 산수를 좋아하여 국내의 명승지에 그의 발자취가 이르지 않은 곳이 없었다. 한편으로 "해와 달은 머리 위에 환하게 비치고, 귀신은 내 옆에서 내려다본다."는 경심재명(敬心齋銘)을 지어 스스로 깨우치기도 하였다.

그리고 당시의 금기에 속한 박팽년(朴彭年)·성삼문(成三問)·하위지(河緯地)·이개(李塏)·유성원(柳誠源)·유응부(兪應孚) 등 6인이 단종을 위하여 사절(死節)한 사실을 '육신전(六臣傳)'이라는 이름으로 저술하였다. 그의 문인들이 장차 큰 화를 당할까 두려워 말렸지만 죽는 것이 두려워 충신의 명성을 소멸시킬 수 없다 하여 ≪육신전≫을 세상에 펴냈다.

그가 죽은 뒤 연산군 4년(1498) 무오사화 때, 김종직의 문인으로 고담
궤설(高談詭說)로써 시국을 비방했다는 이유로 그 아들을 국문할 것을 청
하였다. 이듬해에는 윤필상(尹弼商) 등이 김종직을 미워한 나머지 그 문인
이라는 이유로 미워하여 시문을 간행할 수 없다고 주장하였다. 1504년 갑
자사화 때에는 소릉복위를 상소한 것을 난신(亂臣)의 예로 규정하여 부관
참시(剖棺斬屍) 당하였다.

중종 6년(1511) 참찬관(參贊官) 이세인(李世仁)의 건의로 성현(成俔)·유
효인(俞孝仁)·김시습 등의 문집과 함께 비로소 간행하도록 허가를 받았다.
1513년 소릉 복위가 실현되자 신원되어 좌승지에 추증되었다. 정조 6년
(1782)에 다시 이조판서에 추증되었다. 세상에서는 원호(元昊)·이맹전(李孟
專)·김시습·조려(趙旅)·성담수(成聃壽) 등과 함께 생육신으로 불렀다.

고양의 문봉서원(文峰書院), 장흥의 예양서원(汭陽書院), 함안의 서
산서원(西山書院), 영월의 창절사(彰節祠), 의령의 향사(鄕祠) 등에 제
향되었다. 저서로는 ≪추강집≫·≪추강냉화(秋江冷話)≫·≪사우명
행록(師友名行錄)≫·≪귀신론(鬼神論)≫ 등이 있다. 시호는 문정(文
貞)이다.

3) 김정국(金正國) ; 성종 16년(1485)～중종 36년(1541)

조선 중기의 학자·문신으로 본관은 의성(義城)이다. 자는 국필(國弼),
호는 사재(思齋)·은휴(恩休)이다. 아버지는 예빈시참봉(禮賓寺參奉) 연
(璉)이고 어머니는 양천허씨(陽川許氏)로 군수 지(芝)의 딸이며, 안국(安
國)의 동생이다. 김굉필(金宏弼)의 문인이다.

10세와 12세에 부모를 다 여의고, 이모부인 조유형(趙有亨)에게서 양육

되었다. 중종 4년(1509) 별시문과에 장원으로 급제하고, 1514년에 사가독서(賜暇讀書)하였으며, 이조정랑·사간·승지 등을 역임하고, 1518년 황해도관찰사가 되었다.

다음해 기묘사화로 삭탈관직되어 고양(高陽)에 내려가 팔여거사(八餘居士)라 칭하고, 학문을 닦으며 저술과 후진교육에 전심, 많은 선비들이 문하에 모여들었다.

성리학과 역사·의학 등에 밝았다. 문인으로는 정지운(鄭之雲) 등이 있다. 좌찬성에 추증되었으며, 장단(長湍)의 임강서원(臨江書院), 용강(龍岡)의 오산서원(鰲山書院), 고양의 문봉서원(文峰書院) 등에 제향되었다.

저서로는 시문집인 ≪사재집≫을 비롯하여, ≪성리대전절요(性理大全節要)≫·≪역대수수승통지도(歷代授受承統之圖)≫·≪촌가구급방(村家救急方)≫·≪기묘당적(己卯黨籍)≫·≪사재척언(思齋摭言)≫·≪경민편(警民篇)≫ 등이 있다. 묘소는 파주시 진동면 하포리에 있으며, 시호는 문목(文穆)이다.

4) 기준(奇遵) ; 성종 23년(1492)～중종 16년(1521)

조선 중기의 문신·학자로서 본관은 행주(幸州)이다. 자는 자경(子敬), 호는 복재(服齋)·덕양(德陽)이며, 아버지는 응교(應敎) 찬홍(襸弘)이다. 조광조(趙光祖)의 문인이다.

중종 8년(1513) 사마시에 합격하고 이듬해 별시문과에 급제해, 사관(史官)을 거쳐 홍문관정자에 임명되었고, 박사를 역임한 뒤 사가독서(賜暇讀書)하였다. 스승 조광조의 노선을 견지했으며, 사경(司經)으로 있을 때에는 임금에게 효제(孝悌)의 도리를 다할 것을 건의하였다.

1519년 응교가 되어 마침 기묘사화가 일어나자 조광조를 위시해 김식

(金湜)·김정(金淨) 등과 함께 하옥되고, 이어 아산으로 정배되었다가 이 듬해 죄가 가중되어 다시 온성으로 이배되었다. 어머니상을 당해 고향에 돌아갔다가 1521년 송사련(宋祀連)의 무고로 신사무옥(辛巳誣獄)이 터져 다시 유배지에 가서 교살되었다.

시에도 능해 ≪해동시선≫·≪대동운부군옥(大東韻府群玉)≫ 등에 시가 수록되어 있다. 온성의 충곡서원(忠谷書院), 아산의 아산서원(牙山書院), 고양의 문봉서원 (文峯書院) 등에 제향되었다.

저서로는 ≪복재집≫·≪무인기문(戊寅紀聞)≫·≪덕양일기(德陽日記)≫ 등이 있다. 기묘명현(己卯名賢)의 한 사람으로 인종 1년(1545) 신원되어 이조판서에 추증되었다. 묘소는 고양시 덕양구 성사동에 있으며, 시호는 문민(文愍)이다.

5) 정지운(鄭之雲) ; 중종 4년(1509)~ 명종 16년(1561)

조선 중기의 학자로 본관은 경주(慶州)이다. 자는 정이(靜而), 호는 추만(秋巒)이며, 경기도 고양 출신이다. 인필(寅弼)의 아들이다. 어려서부터 영특했으며, 김정국(金正國)·김안국(金安國)의 문하에서 수학하였다. 나중에 이황(李滉)에게 ≪심경≫·≪역학계몽≫ 등을 배웠다.

20세에 아버지를 여의고 23세에 어머니 상을 당해 지극한 효심으로 예를 다하였다. 스승 김정국이 죽은 뒤에도 심상(心喪) 3년을 지냈다. 집이 너무 가난해 끼니를 걸러도 개의치 않았으며, 마음이 바르고 악을 매우 미워하는 성격이었다. 일찍이 벼슬에 천거하는 이가 있었어도 나가지 않고 사양하였다.

<천명도설(天命圖說)>을 지어 조화(造化)의 이(理)를 구명하고, 그 뒤

명종 8년(1553) 이황의 의견을 따라 다시 정정하였다. 먼저 지은 것을 <천명구도(天命舊圖)>라 하고, 뒤에 정정한 것을 <천명신도(天命新圖)>라 해 현재까지 전해 온다. 우리나라에서 <천명도설>을 시도한 것은 그가 처음인 것으로 본다.

물론 권근(權近)의 ≪입학도설(入學圖說)≫과 같은 도상학(圖象學)이 있기는 하나 <천명도설>은 그의 독창이라고 할 수 있다. 당시 김인후(金麟厚)가 지은 <천명도>가 있다고 그 선후를 논하기도 하나, 정지운의 <천명도설>의 구도(舊圖)는 독창적이어서 최초로 보는 것이 마땅하다. 이것이 뒤에 사칠논쟁(四七論爭)의 발단이 되었다.

명종 16년(1561) 제자인 풍덕군수 안홍(安鴻)의 주선으로 천마산(天磨山)에 유람갔다가 병이 들어, 돌아오는 도중에 승평부(昇平府 : 지금의 개풍군 풍덕리)의 강구(江口)에서 죽었다. 대표적인 제자로는 정지림(鄭之霖)·정식(鄭軾)·김은휘(金殷輝) 등이 있다.

고양의 문봉서원(文峰書院)에 제향되었다. 저서로는 인조 18년(16408)에 목판본으로 간행된 ≪천명도설≫이 있다. 그의 묘는 일산동구 일산동 중산마을 고봉산 남쪽기슭에 위치해 있다. 명종 17년(1562)에 건립한 비석에는 '추만거사 정지운 묘'라고 새겨져 있는데, 비문은 퇴계 이황이 짓고 송인이 썼다. 고양시 향토유적 제11호로 지정되어 있다.

6) 홍이상(洪履祥) ; 명종 4년(1549)~광해군 7년(1615)

조선 중기의 문신으로 본관은 풍산(豊山)이다. 초명은 인상(麟祥), 자는 군서(君瑞)·원례(元禮)이며, 호는 모당(慕堂)이다. 철종(哲宗)의 증손으로, 할아버지는 증좌승지 세경(世敬)이고, 아버지는 부사직 수(修)이며, 어머니는 백승수(白承秀)의 딸이다.

선조 6년(1573) 사마시를 거쳐 1579년 식년문과에 갑과로 장원급제하였다. 1592년 임진왜란 때는 예조참의로 옮겨 왕을 호가(扈駕)해 서행(西行)하였다. 그리고 곧 부제학이 되었다가 성천에 도착해 병조참의에 전임하였다. 1593년 정주에서 대사간에 임명되었고, 이듬 해 성절사(聖節使)가 되어 명나라에 다녀왔다. 그 뒤 좌승지가 되었다가 곧 경상도관찰사로 나갔다. 비변사와 긴밀하게 연락해 일본의 장군 고니시(小西行長)와 가토(加藤淸正) 사이의 이간을 계획, 추진하기도 하였다.

1596년 형조참판을 거쳐 대사성이 되었다. 그러나 영남 유생 문경호(文景虎) 등이 성혼(成渾)을 배척하는 상소를 올리자, 성혼을 두둔하다가 안동부사로 좌천되었다. 1607년 청주목사가 되고, 광해군 1년(1609)에는 대사헌이 되었다.

1612년 이이첨(李爾瞻)·정인홍(鄭仁弘)의 일파에게 밀려나 개성유후사 유후(開城留後司留後)로 좌천된 뒤 그 곳에서 죽었다. 저서로는 ≪모당유고≫가 있다. 고양의 문봉서원(文峯書院)에 제향되었다. 시호는 문경(文敬)이다. 그의 묘는 고양시 일산동구 성석동의 고봉산 남동쪽 기슭에 위치해 있다. 총높이 230cm의 신도비는 대리석 재질로, 비문은 이정구가 짓고 이현이 썼으며 김상용이 전(篆)을 하였다. 고양시 향토유적 제13호로 지정되어 있다.

7) 이신의(李愼儀) ; 명종 6년(1551)～인조 5년(1627)

조선 중기의 문신으로 본관은 전의(全義)이다. 자는 경칙(景則), 호는 석탄(石灘)이다. 부정(副正) 익희(益禧)의 증손으로, 할아버지는 간(侃)이고, 아버지는 형조판서 원손(元孫)이며, 어머니는 정종(定宗)의 현손이다. 민순(閔純)의 문인이며 김장생(金長生)과도 친교가 있었다.

일찍이 어버이를 여의고 형으로부터 학문을 배웠으며, 선조 15년(1582) 학행으로 천거되어 예빈시봉사가 되었고, 이어 참봉·종묘서봉사 등을 지냈다. 1592년 임진왜란이 일어나자 향군 300명을 거느리고 적과 싸운 공으로 사옹원직장에 올랐으며, 이어 사재감주부·공조좌랑·고부군수 등을 지냈다.

광해군 9년(1617) 이항복(李恒福)·정홍익(鄭弘翼)·김덕함(金德諴) 등이 영창대군(永昌大君)을 죽이고 인목대비를 유폐하는 등 광해군의 폭정에 대해 극간하다가 유배되자, 그도 분연히 항소를 올렸다가 이듬해 회령으로 유배, 위리안치되었다. 그 해 가을 북로(北虜)의 경보(警報)가 있어 변경 일대가 불안하자 홍양으로 유배지를 옮겼다.

인조 1년(1623) 인조반정으로 풀려 나와 형조참의·광주목사(光州牧使)를 역임하고, 1626년 판결사를 거쳐 이듬 해 형조참판에 올랐다. 이 해 정묘호란으로 왕을 호종해 강화로 가던 도중 병이 나 인천에 머물다가 수원 마정리(馬井里)에서 죽었다. 이조판서에 추증되고, 고양의 문봉서원(文峰書院)과 괴산의 화암서원(花巖書院)에 제향되었다. 저서로 ≪석탄집≫이 있다. 묘소는 고양시 덕양구 도내동에 있으며, 시호는 문정(文貞)이다. 그의 묘소는 고양시 향토유적 제14호로 지정되어 있다.

8) 이유겸(李有謙) ; 선조 19년(1586) ~ 현종 4년(1663)

조선 후기의 문신으로 본관은 우봉(牛峯)이다. 자는 수익(受益)이고, 호는 만회(晚悔)이다. 참판 승건(承健)의 현손이며, 사의(司議) 심(諶)의 증손으로, 할아버지는 관찰사 지신(之信)이고, 아버지는 증승지 길(劼)이며, 어머니는 한산이씨(韓山李氏)이다. 조수륜(趙守倫)과 함께 성혼(成渾)의 책을 읽고, 김장생(金長生)을 사사하였다.

재능이 많고 성격은 강직하며 우애가 깊었다. 광해군 때에 조수륜이 화를 당하여 아무도 모른체하자 감히 나서서 수습하고자 하였고, 인목대비(仁穆大妃)를 폐비시키고자 하는 것에 대한 잘못을 직언하여 피죄(被罪)되었다.

1623년 인조반정 뒤 광해군 때에 직언으로 피죄된 사실이 인정되어 6품직인 유일(遺逸 : 높은 학식과 덕망으로 과거를 거치지 않고 높은 관직에 임명될 수 있는 인물)로서 신령현감에 임명되었다. 신령현감 재임시 모략을 받자 백성들이 자진해서 포(布)를 상납하여 죄를 풀고자 할 정도로 업무를 잘 처리하였다.

그 뒤 공조좌랑·함흥판관 등을 지냈다. 인조 14년(1636) 병자호란 당시에는 의병을 일으켰으나, 남한산성에 도착하기 전에 함락되고 말았다. 말년에는 왕실의 타락을 보고 관직을 버리기도 하였다. 벼슬은 호조참의에 이르렀으며, 사후에는 고양의 문봉서원(文峯書院)에 제향되었다. 그의 묘소는 용인시 처임구 이동면 천리에 있다.

4. 관련기록

1) 창건·중수기록

≪신증동국여지승람≫ 권11 경기 고양군

문봉서원(文峯書院)[숙종 무진년에 건립하여 기축년에 사액하였다.] 민순(閔純)[개성편에 보인다.] 남효온(南孝溫)[자는 백공(伯恭)이고, 호는 추강(秋江)이며, 의령(宜寧)사람이다. 벼슬은 이조 판서에 추증되었으며, 시호는 문정(文貞)이다.] 김정국(金正國)[장단(長湍)편에 보인다.] 기준(奇遵)[자는 자경(子敬), 호는 복재(服齋)인데 행주(幸州) 사람이다. 중종 신사년에 화를 입었으며, 벼슬은 전한에 이르렀고, 이조 판서에 추증되었으며 시호는 문민(文愍)이다.] 정지운(鄭之雲)[자는 정이(靜而), 호는 추만(秋巒)이며, 경주 사람인데, 청렴한 명성과 곧은 절개의 소유자였다. 홍이상(洪履祥) 자는 원례(元禮), 호는 모당(慕堂)이며, 풍산(豐山)사람이다. 벼슬은 대사헌 증 영의정(大司憲贈領議政)이었다.] 이신의(李愼儀)[자는 경측(景則), 호는 석탄(石灘)이며, 금의(金義)사람이다. 벼슬은 형조 참판에 이르렀고 이조 판서에 추증되었으며, 호는 석탄이다.] 이유겸(李有謙)[자는 수익(受益), 호는 만회(晩懷)이며, 우봉(牛峯) 사람이다. 벼슬은 호조 참의에 이르렀고, 영의정에 추증되었다.]

≪연려실기술≫ 별집 권4 사전전고

문봉서원(文峯書院)[무진년에 세웠고 기축년에 사액하였다.] : 민준(閔純)·남효온(南孝溫)[갑자화적(甲子禍籍)조에 들었다.]·김정국(金正國)·기준(奇遵)[기묘 명현]·홍이상(洪履祥)·정지운(鄭之雲)[자는 정이(靜而)이며 호는 추만(秋巒)이고, 사재(思齋)의 문인이다. 일찍이 천명도설(天命圖說)을 저술하였다.]·이신의(李愼儀)[선조조의 명신]·이유겸(李有謙)[참의를 지냈으며 호는 만회(晩晦)이다.]

2) 문집에 보이는 서원 관련 기록

이익(李瀷), ≪성호전집(星湖全集)≫ 권64 묘지명

爲昭敬朝名大夫 餟享于文奉書院 於公爲五世祖也 高祖諱霧 亦官大
司憲 號芝溪 習於禮 撰著喪禮式例

이익(李瀷), ≪성호전집(星湖全集)≫ 권65 묘지명

工曹判書致仕奉朝賀梧泉洪公墓誌銘[并序]

記昔瀷猥撰判敦寧府事贈諡貞翼洪公阡銘　公之季子工曹判書致政公
卒旣葬 其孝子生員純輔自遠郡憂服來訪 託以幽竁之誌 瀷不敢辭也 按
公豐山世家 始祖之慶 仕高麗官至國子直學 子諱侃官知制誥號洪厓 有
集行于世　後世襲圭組 有諱履祥 以經術事我穆陵 官至大司憲號慕堂
配享文峯書院

홍양호(洪良浩), ≪이계집(耳溪集)≫ 권33 묘지명

祖考郡守贈吏曹參判府君墓誌

我洪氏 起自麗朝之季 上祖國學直學諱之慶 居安東之豐山縣 子都僉
議舍人諱侃 有文章直節 世傳洪崖集 後兩世連以文顯 入館閣 凡四世
葬安東 生郎將諱龜 麗衰謝官歸高陽 已而我朝革命 五傳至大司憲諱履
祥 德行經術爲世所尊 稱慕堂先生 腏食文峰書院 是爲府君高祖也

3) 조선왕조실록의 서원 관련 기록

없음

용강서원(龍江書院)

1. 연혁

1) 창   건 : 숙종 12년(1686)

2) 사액연도 : 숙종 12년(1686)

3) 중   수 :

4) 훼   철 : 고종 7년(1870) 무렵

5) 지정번호 : 무

6) 위   치 : 고양시 일산동구 성석동

7) 서 원 지 : ≪용강서원지(龍江書院誌)≫(1982)

8) 제향인물 : 박서(朴犀) 박순(朴淳) 조상경(趙尙絅)

2. 내용

고양시 일산신도시에서 파주시 조리읍 봉일천으로 나가는 도로를 따라
가다 보면 성석동에 들어서자마자 왼쪽에 해발 135m의 황룡산이라는 낮

용강서원 전경.

은 산이 보인다. 이 산을 배경으로 양지 바른 언덕에 위치하고 있는 용강
서원은 어찌 보면 서원 같이 보이지 않는다. 현대식 벽돌건물로 세워져
있어 마치 오래된 일반 가정집처럼 보이기 때문이다.

　원래 용강서원은 함경도 함흥 용흥강변(龍興江邊)에 있었던 서원이다.
고려 고종 때 무신으로, 당시 우리나라에 쳐들어온 몽고군을 맞이해 귀주
대첩(龜州大捷)의 공을 세운 충정공(忠靖公) 박서와 조선 태종 때 함흥차
사(咸興差使)로 갔다가 목숨을 잃은 충민공(忠愍公) 박순을 제향하기 위
해 숙종 12년(1686) 창건되었으며 같은 해 사액되었다. 고종 때 대원군의
서원 철폐령에 따라 훼철되었던 것을 1982년 현재의 위치에 재건하였다.

　현재 용강서원은 모두 2동의 재실(齋室)과 태극문(太極門)으로 되어 있
다. 우선 앞 건물은 전면에 용강서원 현판이 부착되어 있으며 규모가 전
면 3칸, 측면 2칸이다. 그리고 뒷 건물은 전면 6칸, 측면 2칸의 규모로
되어 있다. 그리고 3개의 문으로 된 태극문은 전면이 2칸 반, 측면이 1칸

용강서원 입구에 있는 외삼문.

이다. 그리고 서원 입구 왼쪽 담밑에
는 1982년 청명(淸明) 날에 세운 '용
강서원중건묘정비(龍江書院重建廟庭
碑)'가 서있다. 크기는 폭 60cm 두께
30cm, 높이 160cm이다. 비문은 성균
관부관장(成均館副館長) 이수원(李壽
源)이 짓고, 김충현(金忠顯)과 최운혁
(崔雲赫)이 글씨를 썼다.

3. 제향인물

1) 박서(朴犀) ; 생몰년 미상

고려 후기의 무신·재상으로 본관은 죽주(竹州 : 지금의 경기도 안성시
竹山)이며, 호부상서(戶部尙書)를 지낸 인석(仁碩)의 아들이다.

고려 고종 18년(1231)에 서북면병마사(西北面兵馬使)에 재임중 몽고병
을 물리쳤다. 그 해 9월 몽고의 장수 살리타(撒禮塔)가 철주(鐵州 : 지금
의 鐵山)를 거쳐 구주(龜州 : 지금의 龜城)를 공격해 왔다.

박서는 삭주(朔州)의 분도장군(分道將軍) 김중온(金仲溫), 정주(靜州 :
지금의 義州 부근)의 분도장군 김경손(金慶孫), 정주·삭주·위주(渭州 :
지금의 渭原)·태주(泰州 : 지금의 泰川)의 수령(守令) 등과 함께 군사를
거느리고 구주에 모여 기습작전을 써서 적을 물리쳤다.

그러나 몽고군은 계속해 인질을 성내로 보내 항복을 권하기도 하고, 정기(精騎)로써 성을 강습하고, 누거(樓車 : 망루를 설치한 수레)와 목상(木床)을 만들어 거기에 병사를 태워 성을 공격하기도 하였다. 그러나 모두 물리쳤다.

용강서원 왼쪽에 서있는 "용강서원중건묘정비"

적은 이에 물러서지 않고 대포차로 공격해 왔고, 또는 사람의 기름으로 섶을 적셔 두껍게 쌓은 뒤 불을 지르는 등 공격을 멈추지 않았다. 그러나 포차(砲車)를 쏘아 돌을 날려 대항하고, 물에 갠 진흙을 던져 불을 끄는 등 임기응변으로 분전함으로써 1개월 동안 온갖 수단을 다해 공격하던 적을 끝내 물리쳤다.

몽고병은 결국 "이 성은 적은 것으로 큰 것을 대적하니, 하늘이 도우는 바요 인력이 아니다."라는 말을 남기고 포위를 풀고 물러났다. 그 해 12월 다시 몽고병이 구주성을 공격하자 포차를 쏘아 돌을 날려 적을 물리쳤다.

몽고 장수 살리타가 사람을 보내어 항복을 권유하는 것을 거절하자 또다시 운제(雲梯 : 높은 사다리)를 만들어 성을 공격하므로 대우포(大于浦 : 大刀大兵)로써 맞아 쳐서 모두 깨뜨려 부수었다.

이에 몽고의 한 늙은 장수가 "내가 어려서부터 종군해 천하의 성지(城池)를 공전(攻戰)하는 것을 두루 보았으나, 일찍이 이렇게 공격을 당하고도 항복하지 않는 것은 보지를 못하였다. 아마 성중(城中)의 제장(諸將)은 후일에 반드시 모두 장상(將相)이 될 것이다." 라며 감탄하였다.

1232년 1월 후군지병마사(後軍知兵馬事) 최임수(崔林壽), 감찰어사(監察御史) 민희(閔曦)가 구주성에 이르러 "나라는 이미 회안공(淮安公)을 보내어 몽고병과 강화를 했고, 우리 3군(軍)도 모두 항복을 했으니 너의 주(州)도 싸움을 그치고 항복하라."라고 하므로 서너 차례 거부하다가 국법을 어길 수 없어 항복하였다.

그 뒤 관직에서 물러나 고향 죽산에 있다가 다시 문하평장사(門下平章事)가 되었다.

2) 박순(朴淳) ; ?~태종 2년(1402)

고려 말 조선 초의 문신으로 본관은 음성(陰城)이다. 증조는 공부상서 재(梓)이고, 할아버지는 전리총랑 현계(玄桂)이며, 아버지는 군사(郡事) 문길(文吉)이다.

고려 우왕 14년(1388) 도평의사사지인(都評議使司知印)으로 요동 정벌군에 종사하다가 위화도회군에 관련된 이성계(李成桂)의 글을 우왕에게 전했고, 1392년 조선이 건국되자 상장군(上將軍)이 되었다. 태조가 여러 왕자를 죽이고 즉위한 태종을 미워해 함흥에 머물러 있자 태종은 사자를 여러 번 보내 태조의 귀환을 요청하였다. 그러나 문안사(問安使)로 파견된 사람 중에서 한 사람도 돌아오지 못하였다. 그 뒤 태종이 신하들에게 "누가 가겠는가."라고 하자 오직 판승추부사(判承樞府事)인 그가 자청하고 나섰다.

그는 하인도 없이 망아지가 딸린 어미 말을 타고 함흥에 갔다. 이윽고 태조가 있는 곳에 이르러 일부러 새끼 말을 나무에 매어놓고 어미 말만 타고 가니 어미 말이 가지 않으려 하였다.

태조는 말의 행동이 이상해 그 까닭을 물으니 "새끼 말이 길가는 데 방해가 되어 매어놓았더니 서로 떨어지지 않으려고 합니다. 비록 보잘것없는 짐승일망정 지친(至親)의 정이 있는 모양입니다." 하고 비유해 대답하니 태조가 슬퍼하였다.

함흥에 체류하던 어느 날 태조와 함께 장기를 두고 있을 때 마침 쥐가 새끼를 껴안고 지붕 모퉁이에서 떨어져 죽을 지경이었는데도 서로 떨어지지 않았다. 이 때 그는 장기판을 옆으로 치우고 태조의 귀환을 간곡히 청하였다. 이에 태조도 한양으로 돌아가겠다고 약속하였다.

귀로의 길에 오르자 태조를 모시는 신하들이 그를 죽일 것을 요청하였다. 태조는 그가 용흥강(龍興江)을 건너갔으리라 생각해 신하들의 청을 승낙하면서 강을 건넜으면 쫓지 말라고 하였다. 그러나 그는 급병으로 중도에서 지체하다가 겨우 배에 올랐으므로 살해되고 말았다.

태종은 그의 공을 기록하게 하고는 관직과 토지를 내리는 한편 자손의 등용을 명령하였다. 그리고 부음을 듣고 자결한 부인 임씨(任氏)에게 묘지를 내렸으며, 그의 고향에 충신·열녀의 정문을 세우도록 하였다. 민정중(閔鼎重)이 시장(諡狀)을 지었다. 시호는 충민(忠愍)이다.

3) 조상경(趙尙絅) ; 숙종 7년(1681)~영조 22년(1746)

조선 후기의 문신으로 본관은 풍양(豐壤)이다. 자는 자장(子章)이고, 호는 학당(鶴塘)이다. 풍안군 흡(潝)의 증손으로, 할아버지는 중운(中耘)이고, 아버지는 돈녕부 도정 도보(道輔)이며, 어머니는 김필진(金必振)의 딸이다. 김창협(金昌協)의 문인이다.

숙종 34년(1708) 사마시를 거쳐 1710년 증광문과에 병과로 급제, 1713년 이후 정언·지평을 지내고, 1717년 충청좌도암행어사로 다녀와 다시 지평·정언·수찬·교리·헌납 등을 역임하였다. 1720년 경종즉위 후 대사간·승지·이조참의 등을 거쳐, 1722년 신임사화 때 노론계열이라 하여 안주에 유배되었다가 아산에 이배되었다.

영조 1년(1725) 풀려나서 다음해 함경도관찰사로 부임하고, 북관군병(北關軍兵)에 조총을 복습하게 하였다. 1727년 정미환국으로 노론인 정호(鄭湖)·민진원(閔鎭遠) 등이 탄핵당하자 이를 변호하다 파직되었다.

1729년 다시 기용되어 한성부좌윤·대사헌·경기관찰사·이조참판을 역임하였고, 1731년 사은 겸 동지부사(謝恩兼冬至副使)로 청나라에 건너가 ≪명사조선열전(明史朝鮮列傳≫을 가지고 돌아왔다.

1736년 다시 기용되어 이조판서·수어사(守禦使)·병조판서로 판의금부사를 겸하였고, 각 판서를 두루 거쳐 판돈녕부사·한성부판윤을 끝으로 죽었다. 공신의 후예이며 노론의 중심인물이다. 묘소는 양주시 광사동에 있으며, 시호는 경헌(景獻)이다.

4. 관련기록

없음

행주서원(杏洲書院)

1. 연혁

1) 창   건 : 헌종 7년(1841)
2) 사액연도 : 헌종 8년(1842)
3) 중   수 :
4) 훼   철 : 무
5) 지정번호 : 경기문화재 자료 71호
6) 위   치 : 고양시 지도읍 행주외리
7) 서 원 지 : 무
8) 제향인물 : 권율(權慄)

2. 내용

행주서원은 기공사(紀功祠)라고 불린 곳으로 임진왜란 3대첩의 하나인 행주대첩을 승리로 이끈 권율 장군의 전공을 기리고 그의 호국 충절을 추모하기 위해 헌종 8년(1842)에 왕명으로 건립된 서원이다. 조선 후기에 헌종은 고양시 서삼릉(사적 200)에 행차할 때마다 임진왜란 때 공적이 높은 권율 장군의 제향을 지낼 건물이 없음을 안타깝게 여기다가 왕명을 내려 행주대첩이 일어났던 산성의 아래쪽 한강가에 사당을 짓게 하고 기공사라 하였다. 기공사는 이후 행주서원으로 이름을 고친 다음 권율 장군을 제향하는 사당을 두고 이곳에서 후학들을 교육하였다. 읍지(邑誌)에 의하면 조선 후기에는 약 20명 정도의 원생들이 있었다고 한다.

대원군의 서원철폐령 당시에도 훼철되지 않고 살아남은 47개 서원 중의 하나였던 행주서원은 6·25전쟁 때 소실되었으나, 1988년 홑처마 맞배지붕 건물인 정면 5칸, 측면 1칸 반 규모의 강당을 복원했다. 그리고 지난 1997년 사당 건물인 기공사(12평)를 복원 신축하는 한편, 1999년까지 내삼문과 재실 등을 차례로 완공하여 원래의 모습을 되찾게 되었다. 그런데 원래 서원 안에는 1845년 세운 행주대첩비가 있었으나 지난 1970년 주추만 남아 있는 기공사를 대신하여 행주산성 안에 새로 지은 권율 장군의

사당인 충장사 옆으로 옮겨 놓았다. 당시 행주서원의 위치가 한강의 물줄기가 변하여 다시 그 자리에 세우기가 어렵다는 점과 행주산성과의 거리가 멀어 참례

행주서원 입구 외삼문에 걸려있는 현판. 조선후기 문장가 신헌이 쓴 글씨이다.

객들에게 불편을 주는 점 등을 고려하여 그렇게 하였던 것이다.

현재 서원 입구 외삼문에 걸려 있는 '행주서원'이라는 현판은 조선 후기의 무신이자 외교가로 글씨와 문장에도 뛰어났던 신헌(1810∼1888)이 쓴 글씨이다.

3. 제향인물

권율(權慄) ; **중종 32년(1537)∼선조 32년(1599)**

조선 중기의 문신·명장으로 본관은 안동(安東)이다. 자는 언신(彦愼)이고, 호는 만취당(晩翠堂)·모악(暮嶽)이다. 도첨의(都僉議) 보(溥)의 9세손으로, 할아버지는 강화부사 적(勣), 아버지는 영의정 철(轍), 어머니는 적순부위(迪順副尉) 조승현(曺承晛)의 딸이다. 이항복(李恒福)의 장인이다.

선조 15년(1582) 식년문과에 병과로 급제해 승문원정자가 되었다. 이어 전적·감찰·예조좌랑·호조정랑·전라도도사·경성판관을 지냈다. 1591년에 재차 호조정랑이 되었다가 바로 의주목사로 발탁되었으나, 이듬해 해직되었다.

1592년 임진왜란이 일어나자 광주목사에 제수되어 바로 임지로 떠났다. 왜병에 의해 수도가 함락된 뒤 전라도관찰사 이광(李洸)과 방어사 곽영(郭嶸)이 4만여 명의 군사를 모집할 때 광주목사로서 곽영의 휘하에서 중위장(中衛將)이 되어 서울의 수복을 위해 함께 북진했다.

이광이 수원과 용인 경내에 이르러 이곳에 진을 친 소규모의 적들을 공격하려 하자 극력 반대하면서 자중책을 말하기도 했다.

즉, 서울이 멀지 않고 대적이 눈앞에 있는 상황에서 적은 적과의 싸움에서 도내의 병력을 모두 소모할 것이 아니라, 조강(祖江)을 건너 임진강을 막아서 서로(西路)를 튼튼히 하여 군량미를 운반할 수 있는 도로를 보장한 다음에 적의 틈을 살피면서 조정의 명을 기다리는 것이 옳겠다는 것이었다.

그러나 주장인 이광이 듣지 않고 무모한 공격을 취해 대패하고 선봉장 이시지(李詩之)·백광언(白光彦) 등 여러 장수들이 전사했다. 그러나 오직 혼자만이 휘하의 군사를 이끌고 광주로 퇴각해 후사를 계획했다.

한편, 남원에서 1,000여 명의 의군을 모집해 다시 북진, 금산군에서 전주로 들어오려는 고바야카와(小早川隆景)의 정예 부대를 맞아 동복현감(同福縣監) 황진(黃進)과 함께 이치(梨峙)에서 싸웠다.

이 싸움에서 황진이 총을 맞아 사기가 저하되었으나 굴하지 않고 군사들을 독려해 왜병을 격퇴시켜 호남을 보존하였다. 그 해 가을 이치싸움의 공으로 곧 전라감사에 승진하였다.

12월 도성 수복을 위해 1만여 명의 군사를 거느리고 북진 길에 올라 직산에 이르러 잠시 머물다가, 체찰사 정철(鄭澈)이 군량미 마련 등에 어려움이 있으니 돌아가 관내(管內)를 지키는 것이 좋겠다고 했다. 이에 잠시 주저했으나 북상하라는 행재소의 전갈을 받고 북진을 계속했다.

그러나 앞서 용인에서 크게 패한 전철을 다시 밟지 않기 위해 바로 북

행주서원의 중심건물인 기공사 전경.

기공사 현판. 1997년 복원된 기공사는 행주서원의 중심건물이다.

상하는 것을 피하고, 수원 독성산성(禿城山城)에 들어가 진지를 구축했다.

대병이 그곳에 와 있다는 소식을 전해들은 왜병의 총사령관 우키타(宇喜多秀家)는 후방의 연락이 단절될 것을 염려한 나머지 도성에 주둔한 왜병을 풀어 삼진(三陣)을 만들고 오산 등 여러 곳에 진을 친 다음 서로 오가게 하며 독성산성의 아군을 밖으로 유인하려 했다.

그러나 성책을 굳게 해 지구전(持久戰)과 유격전을 펴가면서 그들에게 타격을 가하자 몇 날이 지난 다음 영책(營柵)을 불사르고 도성으로 물러났다. 적이 퇴각할 때 정예 기병 1,000명을 풀어 적의 퇴로를 기습해 많은 왜병을 베었다.

그 뒤 명나라 원군과 호응해 도성을 수복하기 위해 독성산성으로부터 서울 근교 서쪽 가까이로 옮기기로 하고 먼저 조방장 조경(趙儆)을 보내 마땅한 곳을 물색하도록 해 행주산성을 택했다.

조경에게 명해 2일간에 걸쳐 목책(木柵)을 완성하게 하고 이어 독성산성으로부터 군사를 옮기는 작업을 개시했다. 대군의 행렬을 위해서 그는

정면 5칸, 측면 1칸 반의 규모로 1998년 복원된 강당과 외삼문 안쪽 오른쪽 구석에 위치한 비각.

독성산성에 소수의 군사만을 남겨 많은 군사가 계속 남아 있는 것같이 위장한 뒤 불시에 행주산성으로 옮겼다.

그는 행군 중 휘하 병 가운데 4,000명을 뽑아 전라병사 선거이(宣居怡)로 하여금 금천(衿川 : 지금의 始興)에 주둔하게 하고 도성의 적을 견제하도록 하였다.

이때 휴정의 고제(高弟) 처영(處英)이 의승병(義僧兵) 1,000명을 이끌고 당도하였으나, 행주산성에 포진한 총 병력은 수천 명에 불과했다.

그 뒤 정예병을 뽑아 도성에 보내어 도전하니 적장들은 이치싸움에서 대패한 경험이 있고, 또 독성산성에서의 치욕을 경험한 탓으로 일거에 침공해 멸하지 않는 이상 큰 위협을 배제할 수 없다는 생각을 가지게 되었다.

1999년 복원된 재실

이리하여 도성에 모인 전군을 총출동시켜 행주산성을 공격하겠다는 결의를 제장(諸將)의 중론으로 정하고 조선 침입에서 한번도 진두

에 나서본 일이 없었던 총대
장 우키타를 위시해서 본진장
령(本陣將領)들까지 3만의 병
력으로 행주산성을 공격했다.

행주서원 입구인 외삼문 전경.

왜병은 7대로 나누어 계속
해 맹렬한 공격을 가해 성이
함락될 위기에까지 직면했으
나, 일사불란한 통솔력과 관군
과 의승병이 사력을 다해 승리를 거둘 수 있었다.

대패한 적은 물러가기에 앞서 사방에 흩어져 있는 시체를 모아 불을 질
렀으나, 그밖에도 유기된 시체가 200구에 달했고 타다 남은 시체는 수를
헤아릴 수 없을 정도였다.

권율의 군대는 그들이 버리고 간 기치(旗幟)와 갑주(甲胄)·도창(刀槍)
등 많은 군수물을 노획했다. 이것이 1593년 2월 12일에 있었던 행주대첩
이다.

행주서원지 표지석.

그 뒤 권율은 왜병의 재침을 경계해 행주
산성은 오래 견디어내기 어려운 곳으로 판
단, 파주산성(坡州山城)으로 옮겨가서 도원
수 김명원(金命元), 부원수 이빈 등과 성을
지키면서 정세를 관망했다.

그 뒤 명나라와 일본 간에 강화 회담이
진행되어 일부 지역을 제외하고 휴전 상태로
들어가자, 군사를 이끌고 전라도로 복귀했다.

그해 6월 행주대첩의 공으로 도원수로 승
진되어 영남에 주둔했는데, 1596년 도망병을

즉결한 죄로 해직되었으나 바로 한성부 판윤에 기용되었으며, 호조판서·충청도 관찰사를 거쳐 재차 도원수가 되었다.

1597년 정유재란이 일어나자 적군의 북상을 막기 위해 명나라 제독 마귀(麻貴)와 함께 울산에 대진했으나 도어사 양호(楊鎬)의 돌연한 퇴각령으로 철수했다.

이어 순천 예교(曳橋)에 주둔한 왜병을 공격하려 했으나, 전쟁의 확대를 꺼리던 명장(明將)들의 비협조로 실패했다.

1599년 노환으로 관직을 사임하고 고향으로 돌아가 7월에 죽었다. 영의정에 추증되었고, 선조 37년(1604) 선무공신

행주서원의 중심건물인 기공사 뒤쪽에 있는 주춧돌들. 복원된 기공사 건물 터에 있었던 옛 건축물의 기둥을 떠 받쳤던 주초석으로 세월의 흔적이 묻어 있다.

(宣武功臣) 1등에 영가부원군(永嘉府院君)으로 추봉되었다.

1841년 행주에 기공사(紀功祠)를 건립, 그해 사액되었으며, 그곳에 향사되었다. 그가 임진왜란 대 활약한 공훈을 중심으로 기록된 사적이 ≪권원수실적(權元帥實蹟)≫이란 책명으로 1권이 전한다. 시호는 충장(忠莊)이다.

한편 그의 묘소는 양주시 장흥면 석현리에 있는데, 경기도 기념물 제2호로 지정되어 있다. 이 묘역은 봉분이 3기로 장군의 묘를 중심으로 좌우에 전(前)부인 정경부인(貞敬夫人) 창령조씨(昌寧曺氏)와 후(後)부인 정경부인 죽산박씨(竹山朴氏)가 안장되었다.

봉분은 원형으로 그 앞에 묘비, 상석(床石), 향로석(香爐石)이 있고 좌

우로 문무석 1기씩 서있다. 그리고 조금 떨어진 곳에 신도비(神道碑)가 있다. 신도비는 기존의 신도비가 비문이 마모되어 철종 12년(1861)에 장군의 후손들이 새로 건립한 것이다.

4. 관련기록

1) 창건·중수기록

≪신증동국여지승람≫ 권11 경기 고양군

기공사[순조(純祖) 신축년에 세웠으며, 임인년에 사액하였다.] 권율(權慄)[자는 언신(彦愼)이며 안동 사람이다. 벼슬은 호조 판서 도원수 영가부원군(戶曹判書都元帥永嘉府院君)이었으며 시호는 장렬(莊烈)이다.]

2) 문집에 보이는 서원 관련 기록

없음

3) 조선왕조실록의 서원 관련 기록

없음

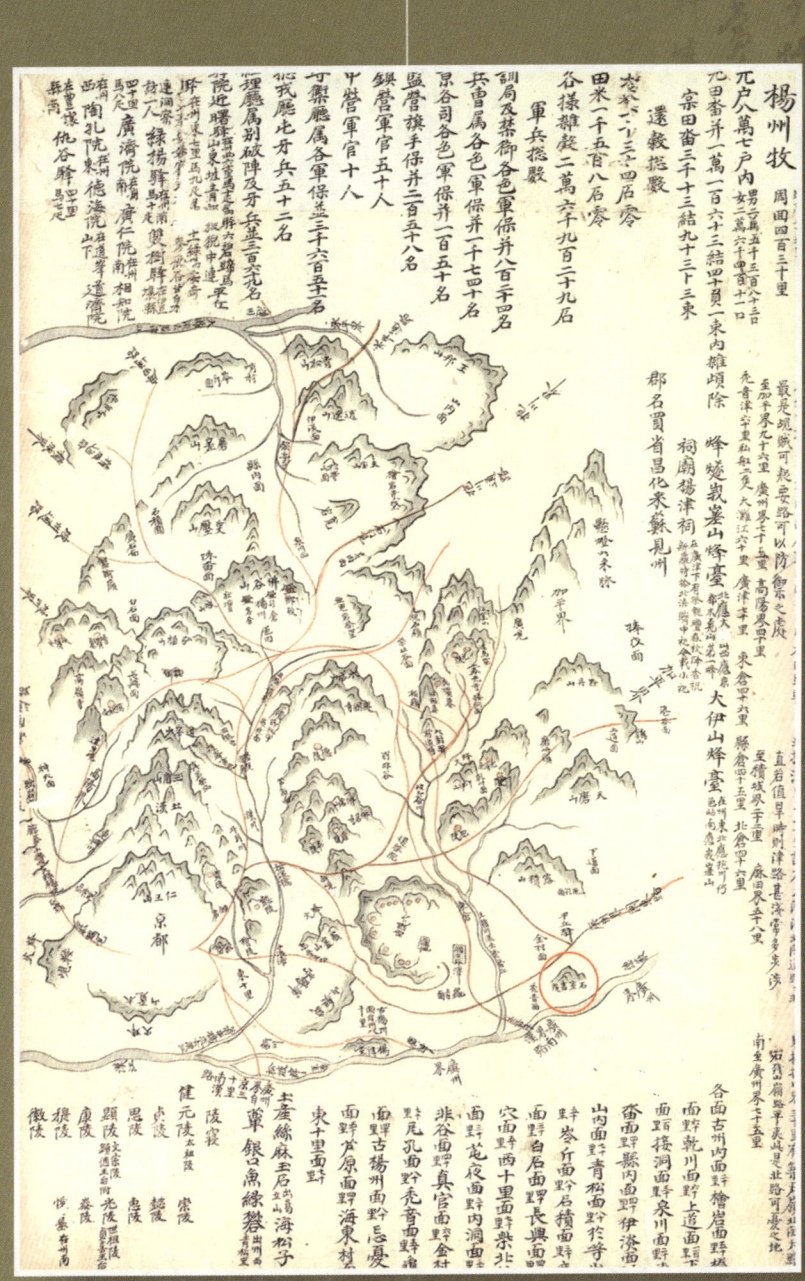

석실서원지(石室書院址)

1. 연혁

1) 창   건 : 효종 7년(1646)
2) 사액연도 : 현종 4년(1663)
3) 중   수 :
4) 훼   철 : 고종 5년(1868)
5) 지정번호 :
6) 위   치 : 남양주시 수석동 석실마을
7) 서 원 지 : 무
8) 제향인물 : 김상용(金尙容) 김상헌(金尙憲) 김수항(金壽恒) 민정중(閔鼎重) 이단상(李端相) 김창집(金昌集) 김창협(金昌協) 김창흡(金昌翕) 김원행(金元行) 김이안(金履安) 김조순(金祖淳)

2. 내용

석실서원은 남양주시 수석동 서원마을 영묘재 뒷 터에 있었던 서원이다. 현재 터만 남겨져 있는 이 서원은 병자호란 때에 청나라에 대항하여 싸우기를 주장한 문충공(文忠公) 김상용과 문정공(文正公) 김상헌을 기리기 위하여 효종 7년(1656) 후학들이 세운 조선후기의 대표적인 서원 중 하나이다. 당시 이경석(李景奭)을 비롯한 중앙 관료들이 발의하여 서원을 세우고 김상헌과 김상용을 함께 배향하였다. 그 후 숙종 23년(1697)에 김수항·민정중·이단상 3인을 추가 배향하였고, 숙종 39년(1713)에 김창협, 철종 8년(1857)에 김창흡·김원행·김이안, 그리고 같은 해에 김창집·김조순 등을 추가 배향하였다. 현종 4년(1663)에는 석실사(石室祠)라는 편액을 하사받고, 사액서원으로 승격되었다. 석실서원은 안동김씨의 정신적인 지주 역할을 하던 곳이다.

서원이 위치한 석실마을은 앞쪽에 한강이 흐르고 나머지 3면이 산으로 둘러싸인 아름다운 곳이다. 현재 서원이 있었던 것으로 추정되는 곳은 양주 조씨의 선산으로 이용되고 있다. 서원터 입구에 양주 조씨의 대표적인 인물인 조말생(趙末生)의 신도비가 자리하고 있고, 그의 묘로 올라가는 계단 옆에 '석실서원지'(1987년 9월 17일 건립)라는 대리석 푯말이 세워져 있다. 원래 조말생의 묘는 금곡에 있었으나 그곳에 고종황제의 능이 들어서면서 현재의 자리로 이장되었다.

석실서원은 조선 중화주의 이후 진경문화에서부터 북학사상(北學思想)에 이르는 집권세력 내부 자기혁신 문화운동의 최대 산실로 자리잡고 있었다. 그러나 고종 5년(1868) 대원군

남양주시 수석동 석실마을 뒷동산에 자리잡고 있었던 석실서원 터를 알려주고 있는 표지석.

이 서원을 혁파할 때 철폐 대상에 올라 완전히 철폐되었는데, 지금은 건물 규모 및 배치조차 확인할 수 없다. 다만 조선시대 후기에 진경산수화로 이름을 떨친 겸재 정선(鄭敾)의 그림 <미호(渼湖)>에 석실서원 부근이 그려져 있어 당시의 모습을 조금 유추해 볼 수 있고, ≪경기지(京畿誌)≫ 양주조에 의하면 석실서원의 규모를 원생 20명, 재직 10명, 모군 40명이라고 기록하고 있어 서원의 위세도 짐작할 수 있다. 특히 영조 35년(1759)경 석실서원에 머물며 김원행을 스승으로 모시고 강학을 주관하기도 했던 황윤석의 일기 ≪이재난고(頤齋亂藁)≫에서 서원의 건물구조와 배치에 대해서 기록하고 있는데, 그에 따르면 사당·영당(影堂)·묘정비(廟庭碑)·강당(講堂)·동재·원향정(遠香亭) 등이 있었음을 알 수 있다.

석실서원은 조선 후기 집권 노론계열의 서원이었던 까닭에 정치·사상적으로 매우 특별한 지위를 누렸다. 그러나 대원군이 주도한 서원훼철령에 따라 철폐된 이후로는 완전히 훼손·방치되었으니, 아마도 대원군이

석실서원 터 아래쪽에 있는 영모재. 현재 석실서원터에는 조선 초 세종 때의 문신이었던 조말생의 무덤이 자리잡고 있으며, 조말생의 후손들이 세운 사당이 영모재이다.

석실서원 터 인근에 자리하고 있는 조말생 신도비. 거북받침의 모습이 매우 이색적이면서 해학적이다.

서원철폐령을 내린 이유는 안동김씨 세력의 정치·사상적 모태였던 이 서원 때문이었을 것으로 추정할 수 있을 것이다. 지난 1998년 서일대학 강경향토문화연구소와 남양주문화원이 함께 석실서원에 관한 고고·문헌 자료를 조사한 뒤 ≪석실서원 지표조사 약보고서≫(1998)를 발간한 바 있다.

석실서원은 창건된 이후 양주를 비롯한 경기 일원의 유림 근거지로서 선현배향과 지방교육의 일익을 담당하였다. 안동 김씨 일문의 사당이라고 비난받기도 하였으나, 김상용과 김상헌의 충절을 기리는 데 있어서는 당색을 초월하여 이견이 없었던 것으로 분석된다.

3. 제향인물

1) 김상용(金尙容) ; 명종 16년(1561)~인조 15년(1637)

조선 중기의 문신으로 본관은 안동(安東)이다. 자는 경택(景擇)이고, 호는 선원(仙源)·풍계(楓溪)·계옹(溪翁) 등이며 서울 출신이다. 번(璠)의 증손으로, 할아버지는 군수 생해(生海)이고, 아버지는 돈녕부도정(敦寧府都正) 극효(克孝)이며, 어머니는 좌의정 정유길(鄭惟吉)의 딸이다. 좌의정 상헌(尙憲)의 형이다.

선조 15년(1582) 진사가 되고 1590년 증광 문과에 병과로 급제, 승문원부정자(承文院副正字)·예문관검열(藝文館檢閱)이 되었다. 왕의 측근에서 전란 중의 여러 사무를 보필했으며, 성절사(聖節使)로서 명나라에 다녀오기도 하였다. 1601년 대사간이 되었으나 북인의 배척을 받아 정주목사로 좌천, 이후 지방관을 전전하다가 광해군 즉위년(1608) 잠시 한성우윤·도승지를 지낸 뒤 계속 한직에 머물렀다.

金仙源尚容

김상용, 덴리대학 소장.

1617년 폐모론(廢母論)이 일어나자 이에 반대해 벼슬을 버리고 원주로 거처를 옮겨 화를 피하였다. 인조반정 후 판돈녕부사(判敦寧府事)에 기용되었고, 이어 병조·예조·이조의 판서를 역임했으며, 정묘호란 때는 유도대장(留都大將)으로서 서울을 지켰다.

인조 8년(1630) 기로사(耆老社)에 들어가고 1632년 우의정에 발탁되었으나 늙었다는 이유를 들어 바로 사퇴하였다. 1636년 병자호란 때 묘사(廟社)의 신주를 받들고 빈궁·원손을 수행해 강화도에 피난했다가 이듬 해 성이 함락되자 성의 남문루(南門樓)에 있던 화약에 불을 지르고 순절하였다.

한 때 그의 죽음을 놓고 스스로 분신한 것이 아니라 실화(失火) 때문이라는 이설도 있었다. 그러나 박동선(朴東善)·강석기(姜碩期)·신익성(申翊聖) 등의 변호로 정려문(旌閭門)이 세워지고, 영조 34년(1758) 영의정에 추증되었다.

강화 충렬사(忠烈祠), 양주 석실서원(石室書院), 정주 봉명서원(鳳鳴書院), 안변 옥동서원(玉洞書院), 상주 서산서원(西山書院), 정평 모현사(慕

賢祠)에 제향되었다. 문집으로 《선원유고》 7권이 전하고, 판본은 안동 봉정사(鳳停寺)에 보관되어 있다. 시호는 문충(文忠)이다. 그의 묘소는 남양주시 와부읍 덕소리에 있다.

2) 김상헌(金尙憲) ; 선조 3년(1570) ~ 효종 3년(1652)

조선 중기의 문신으로 본관은 안동(安東)이다. 자는 숙도(叔度), 호는 청음(淸陰)·석실산인(石室山人 : 중년 이후 楊州 石室에 退歸해 있으면서 사용)·서간노인(西磵老人 : 만년에 安東에 은거하면서 사용)이라고 하였으며, 서울에서 태어났다. 번(璠)의 증손으로, 할아버지는 군수 생해(生海)이고, 아버지는 돈녕부도정(敦寧府都正) 극효(克孝)이며, 어머니는 좌의정 정유길(鄭惟吉)의 딸이다. 우의정 상용(尙容)의 동생이다. 3세 때 큰아버지인 현감 대효(大孝)에게 출계(出系)하였다.

선조 23년(1590) 진사가 되고 1596년 전쟁 중에 실시한 정시 문과에 병과로 급제, 권지승문원부정자(權知承文院副正字)에 임명되었다. 다시 광해군 즉위년(1608) 문과 중시에 을과로 급제, 벼슬이 동부승지에 이르렀다.

그러나 이언적(李彦迪)과 이황(李滉) 배척에 앞장선 정인홍(鄭仁弘)을 탄핵했다가 광주부사(廣州府使)로 좌천되었다. 1613년 칠서지옥(七庶之獄)이 발생, 인목대비의 아버지인 김제남(金悌男)이 죽음을 당할 때 혼인 관계(김상헌의 아들 光燦이 김제남의 아들 내의 사위가 됨)로 인해 파직되자 집권 세력인 북인의 박해를 피해 안동군 풍산으로 이사하였다.

1623년 인조반정 이후 이조참의에 발탁되자 공신 세력의 보합위주정치(保合爲主政治)에 반대, 시비(是非)와 선악의 엄격한 구별을 주장해 서인 청서파(淸西派)의 영수가 되었다.

1632년 왕의 생부를 원종(元宗)으로 추존하려는 데 반대해 벼슬에서 물러났다. 1635년 대사헌으로 재기용되자 군비의 확보와 북방 군사 시설의 확충을 주장하였다. 이듬 해 병자호란이 일어나자 예조판서로 주화론(主和論)을 배척하고 끝까지 주전론(主戰論)을 펴다가 인조가 항복하자 안동으로 은퇴하였다.

1639년 청나라가 명나라를 공격하기 위해 요구한 출병에 반대하는 소를 올렸다가 청나라에 압송되어 6년 후 풀려 귀국하였다. 1645년 특별히 좌의정에 제수되고, 기로사에 들어갔다.

효종이 즉위해 북벌을 추진할 때 그 이념적 상징으로 '대로(大老)'라고 존경을 받았으며, 김육(金堉)이 추진하던 대동법에는 반대하고 김집(金集) 등 서인계 산림(山林)의 등용을 권고하였다.

1653년 영의정에 추증되었으며, 현종 2년(1661) 효종 묘정에 배향되었다. 양주 석실서원(石室書院), 정주 봉명서원(鳳鳴書院), 개성 숭양서원(崧陽書院), 제주 귤림서원(橘林書院), 정평 망덕서원(望德書院), 함흥 창덕서원(彰德書院), 경성 경산서원(鏡山書院), 의주 기충사(紀忠祠), 광주 현절사(顯節祠), 상주 서산서원(西山書院), 종성 화곡서원(華谷書院), 안동 서간사(西磵祠), 예안 운계사(雲溪祠), 정평 모현사(慕賢祠)에 제향되었다. 시문과 조천록(朝天錄)・남사록(南槎錄)・청평록(淸平錄)・설교집(雪窖集)・남한기략(南漢紀略) 등으로 구성된 ≪청음전집≫ 40권이 전한다. 시호는 문정(文正)이다. 묘소는 남양주시 와부읍 덕소리에 있다.

3) **김수항**(金壽恒) ; **인조** 7년(1629) ~ **숙종** 15년(1689)

조선 후기의 문신으로 본관은 안동(安東)이다. 자는 구지(久之)이고, 호는 문곡(文谷)이다. 극효(克孝)의 증손으로, 할아버지는 상관(尙寬)이고, 아버지는 동지중추부사(同知中樞府事) 광찬(光燦)이며, 어머니는 목사 김래의 딸이다.

인조 23년(1645) 반시(泮試)에 수석하고, 1646년 진사시와 효종 2년(1651) 증광 문과에 장원으로 급제, 전적(典籍)이 되었다. 다시 1653년 정시 문과에 5등으로 급제해 효종으로부터 말을 받았으며, 현종 즉위년(1659) 효종릉비의 전서(篆書)를 쓴 공로로 가선대부(嘉善大夫)에 오르고, 그 뒤 육조의 판서를 두루 거쳤고, 특히 이조판서로 있으면서 명사들을 조정에 선임하는 데 힘썼다.

1672년 44세의 나이로 우의정에 발탁되고, 좌의정에 승진해 세자부(世子傅)를 겸하였다. 그러나 서인 송시열(宋時烈) 등이 왕의 경원을 받고 물러남을 보고 남인 재상 허적(許積)을 탄핵한 대간을 힘써 변호하다가 도리어 판중추부사로 물러났으며, 사은사로서 청나라에 다녀왔다.

1674년 갑인예송에서 서인이 패해 영의정이던 형 수흥(壽興)이 쫓겨나자, 대신 좌의정으로 다시 임명되었다. 숙종 즉위 후 허적·윤휴(尹鑴)를 배척하고, 추문을 들어 종실 복창군 정(福昌君楨)·복선군 남(福善君枏) 형제의 처벌을 주장하다가 집권파인 남인의 미움을 받아 영암에 유배되고 숙종 4년(1678) 철원으로 이배되었다.

1680년 이른바 경신대출척이 일어나 남인들이 실각하자 영중추부사(領中樞府事)로 복귀, 영의정이 되어 남인의 죄를 다스리는 한편, 송시열·박세채(朴世采) 등을 불러들였다. 이후 8년 동안 영의정으로 있다가 1687년 영돈녕부사(領敦寧府事)로 체임되었다.

김수항, 덴리대학 소장.

1689년 태조 어용(太祖御容 : 태조의 영정)을 전주에 모셔놓고 돌아오는 길에 기사환국이 일어나 남인이 재집권하자, 남인의 명사를 함부로 죽였다고 장령(掌令) 김방걸(金邦杰) 등이 탄핵해 진도로 유배, 위리안치되었다.

뒤이어 예조판서 민암(閔黯)을 비롯한 6판서·참판·참의 등 남인 경재(卿宰) 수십 인의 공격과 사헌부·사간원의 합계(合啓 : 함께 계문을 올림)로 사사되었다. 이는 경신 이후의 남인 옥사를 다스릴 때 위관으로 있었고, 특히 소론의 반대에도 불구하고 남인 재상 오시수(吳始壽)를 처형했기 때문에 입게 된 보복이었다.

1694년에 신원, 복관되었다. 고종 23년(1886)에는 현종 묘정에 배향되었고, 진도의 봉암사(鳳巖祠), 영암의 녹동서원(鹿洞書院), 영평의 옥병서원(玉屛書院) 등에 제향되었으며, 양주의 석실서원(石室書院), 전주의 호산사(湖山祠)에 추가 제향되었다. 저서로는 《문곡집》 28권이 전하고 있다. 시호는 문충(文忠)이다. 묘소는 남양주시 이패동에 있다.

4) 민정중(閔鼎重) ; 인조 6년(1628) ~ 숙종 18년(1692)

조선 후기의 문신으로 본관은 여흥(驪興)이다. 자는 대수(大受)이고, 호는 노봉(老峯)이다. 여준(汝俊)의 증손으로, 할아버지는 경주부윤 기(機)이고, 아버지는 강원도관찰사 광훈(光勳)이며, 어머니는 판서 이광정(李光庭)의 딸이다. 송시열(宋時烈)의 문인이다.

인조 27년(1649)에 정시 문과에 장원해 성균관전적으로 벼슬에 나가, 예조좌랑·세자시강원사서(世子侍講院司書)가 되었다. 1659년 현종이 즉위하자 소(疏)를 올려 인조 때 역적으로 논죄되어 죽음을 당한 강빈(姜賓)의 억울함을 호소하였다. 그리하여 왕도 그의 충성을 알아주기 시작하였다.

삼사에 재직할 때는 청의(淸議)를 힘써 잡았고, 대사성에 있을 때는 성균관의 중수(增修)와 강과(講課)에 마음을 다해 선비 양성의 효과가 매우 많았다. 또한, 함경도관찰사로 나갔을 때는 그곳의 유풍(儒風)을 크게 일으켰다.

숙종 1년(1675) 다시 이조판서가 되었으나 허적(許積)·윤휴(尹鑴) 등 남인이 집권하자 서인으로 배척을 받아 관직이 삭탈되고, 1679년 장흥(長興)으로 귀양갔다. 이듬 해 경신환국으로 송시열 등과 함께 귀양에서 풀려 우의정이 되고, 다시 좌의정에 올라 4년을 지냈다. 이 때 호포(戶布) 등 여러 가지 일을 실행하려 했으나 영의정 김수항(金壽恒)의 반대에 부딪혔다.

1685년부터는 중추부지사(中樞府知事)·판사(判事)로 물러앉아 국왕을 보필하였다. 그러던 중 1689년 기사환국으로 다시 남인이 집권하자 노론의 중진들과 함께 관직을 삭탈당하고 벽동(碧潼)에 유배되어 그곳에서 죽었다. 1694년의 갑술환국으로 남인이 다시 실각하자 관작이 회복되어, 양주로 옮겨 장례를 치르고, 뒤에 여주로 옮겨졌다.

현종의 묘정(廟庭)과 양주 석실서원(石室書院), 충주 누암서원(樓巖書院), 장흥 연곡서원(淵谷書院), 함흥 운전서원(雲田書院), 벽동 구봉서원(九峯書院), 정평 망덕서원(望德書院) 등에 제향되었다. 저서로는 《노봉집》·《노봉연중설화(老峯筵中說話)》·《임진유문(壬辰遺聞)》 등이 전하며, 글씨로는 <우상이완비(右相李浣碑)>·<개성부유수민심언표(開城副留守閔審言表)>·<개심사대웅전편액(開心寺大雄殿扁額)> 등이 있다. 시호는 문충(文忠)이다. 묘소는 여주군 여주읍 하거리에 있다.

5) 이단상(李端相) ; 인조 6년(1628)~현종 10년(1669)

조선 후기의 학자·문신으로 본관은 연안(延安)이다. 자는 유능(幼能)이고, 호는 정관재(靜觀齋)·서호(西湖)이다. 할아버지는 좌의정 정구(廷龜)이고, 아버지는 대제학 명한(明漢)이며, 어머니는 금계군(錦溪君) 박동량(朴東亮)의 딸이다.

인조 26년(1648) 진사시에 장원했다. 다음해 정시문과에 병과로 급제하여 여러 차례 이조·병조의 정랑을 지내고 의정부사인으로 지제교(知製教)를 겸하였다. 그 후 효종이 죽고 정국이 변하자 두문불출하고 학문에만 전념하다가 잠시 청풍부사를 지냈다. 이어 응교를 거쳐 인천부사가 되었다. 현종 5년(1664) 집의가 되어 입지권학(立志勸學)에 관한 다섯 조목을 상소하고 스스로 관직을 떠났다.

홍명하(洪命夏)·송준길(宋浚吉)·조복양(趙復陽) 등이 그의 학문과 덕행을 인정해 경연관(經筵官)에 추천했다. 그러나 이를 사양하고 양주 동강(東岡)으로 은퇴했다.

숙종 6년(1680) 민정중(閔鼎重)의 건의로 이조참판 겸 경연, 양관제학(兩館提學 : 홍문관·예문관의 제학)이 추증되고, 다시 이조판서로 증추되었다. 그의 문하에서 아들인 희조(喜朝)와 김창협(金昌協)·김창흡(金昌翕)·임영(林泳) 등의 학자가 배출되었다.

양주의 석실서원(石室書院), 인천의 학산서원(鶴山書院)에 제향되었다. 저서로는 ≪대학집람(大學集覽)≫·≪사례비요(四禮備要)≫·≪성현통기(聖賢通紀)≫·≪정관재집≫ 등이 있다. 시호는 문정(文貞)이다. 묘소는 용인시 모현면 동림리에 있다.

6) 김창집(金昌集) ; 인조 26년(1648)~경종 2년(1722)

조선 후기의 문신으로 본관은 안동(安東)이다. 자는 여성(汝成)이고, 호는 몽와(夢窩)이다. 좌의정 상헌(尙憲)의 증손으로, 할아버지는 동지중추부사 광찬(光燦)이고, 아버지는 영의정 수항(壽恒)이며, 어머니는 호조좌랑 나성두(羅星斗)의 딸이다. 창협(昌協)·창흡(昌翕)의 형이다. 이른바 노론 4대신으로 불린다.

현종 13년(1672) 진사시에 합격했으나, 1675년 아버지 수항이 화를 입고 귀양가자 과거 응시를 미루었다. 숙종 7년(1681) 내시교관을 제수받았고, 1684년 공조좌랑으로서 정시 문과에 을과로 급제, 정언(正言)·병조참의 등을 역임하였다.

1689년 기사환국 때 아버지가 진도의 유배지에서 사사되자, 귀향해 장례를 치르고 영평(永平)의 산중에 은거하였다. 1694년 갑술환국으로 정국이 바뀌어 복관되고, 병조참의를 제수받았으나 사임하였다. 다시 동부승지·참의·대사간에 임명되었지만 모두 취임하지 않았다.

그 뒤 철원부사를 제수받았는데, 이 때 큰 기근이 들고 도둑이 들끓어 민정이 소란하자 관군을 이끌고 토평하였다. 강화유수·예조참판·개성유수 등을 역임하고, 호조·이조·형조의 판서를 지냈다. 1705년 지돈녕부사를 거쳐 이듬 해 한성부판윤·우의정, 이어서 좌의정에까지 이르렀다. 1712년에는 사은사로 청나라에 갔다가 이듬 해 귀국, 1717년 영의정에 올랐다.

노론으로서 숙종 말년 세자의 대리청정을 주장하다가 소론의 탄핵을 받았다. 숙종이 죽은 뒤 영의정으로 원상(院相 : 나이어린 왕을 보필하던 재상급의 원로 관료)이 되어 온갖 정사를 도맡았다. 경종이 즉위해 34세가 되도록 병약하고 자녀가 없자, 후계자 선

김창집, 홍기준 소장.

정 문제로 노론・소론이 대립하였다.

경종 1년(1721) 왕세제의 대리청정을 상소해, 처음에 경종은 대소 정사를 세제에게 맡길 것을 허락했으나 소론의 격렬한 반대로 실패하였다. 수개월 후 소론의 극렬한 탄핵으로 노론이 축출되고 소론 일색의 정국이 되었다. 곧 이어 소론의 김일경(金一鏡)・목호룡(睦虎龍) 등이 노론의 반역도모를 무고해 신임사화가 일어나자, 거제도에 위리안치되었다가 이듬 해 성주에서 사사되었다.

1724년 영조 즉위 후 관작이 복구되었으며, 영조의 묘정(廟庭)에 배향되었다. 영조 때 과천에 사충서원(四忠書院)을 세워 이이명・조태채・이건명과 함께 배향했으며, 거제의 반곡서원(盤谷書院)에도 제향되었다. 저술로는 ≪국조자경편(國朝自警編)≫・≪몽와집≫ 등이 있다. 시호는 충헌(忠獻)이다.

7) 김창협(金昌協) ; 효종 2년(1651)~숙종 34년(1708)

조선 후기의 학자로 본관은 안동(安東)이다. 자는 중화(仲和)이고, 호는 농암(農巖) 또는 삼주(三洲)며. 경기도 과천 출신이다. 좌의정 상헌(尚憲)의 증손자로 아버지는 영의정 수항(壽恒), 어머니는 안정나씨(安定羅氏)로 해주목사 성두(星斗)의 딸이다. 영의정을 지낸 창집(昌集)의 아우이다.

현종 10년(1669) 진사시에 합격하고, 숙종 8년(1682) 증광문과에 전시장원으로 급제해 전적에 출사한 뒤, 여러 관직을 역임하고, 송시열(宋時烈)의 ≪주자대전차의(朱子大全箚疑)≫를 명에 의해 교정하였다.

청풍부사로 있을 때 기사환국으로 아버지가 진도에서 사사되자, 사직하고 영평(永平 : 경기도 포천군)에 은거하여 학문에 전념하였다.

문장에 능하며 글씨도 잘 써서 문정공이단상비(文貞公李端相碑)·감사
이만웅비(監司李萬雄碑)·김숭겸표(金崇謙表)·김명원신도비전액(金命元
神道碑篆額) 등이 있다. 숙종의 묘정에 배향되었으며, 양주의 석실서원
(石室書院), 영암의 녹동서원(鹿洞書院)에 제향되었다.

저서로는 ≪농암집≫·≪주자대전차의문목(朱子大全箚疑問目)≫·≪
논어상설(論語詳說)≫·≪오자수언(五子粹言)≫·≪이가시선(二家詩選)
≫ 등이 있고, ≪강도충렬록(江都忠烈錄)≫·≪문곡연보(文谷年譜)≫
등을 편집하였다. 시호는 문간(文簡)이다.

8) 김창흡(金昌翕) ; 가평 미원서원 참조

9) 김원행(金元行) ; 숙종 28년(1702)~영조 48년(1772)

조선 후기의 학자·문신으로 본관은 안동(安東)이다. 자는 백춘(伯春)이
고, 호는 미호(渼湖)·운루(雲樓)이다. 상헌(尙憲)의 후손으로 할아버지는
창협(昌協), 아버지는 승지 제겸(濟謙)이며, 어머니는 밀양 박씨로 이조판
서 권(權)의 딸이다. 당숙인 숭겸(崇謙)에게 입양되었다.

일찍부터 종조부 창흡(昌翕)에게 배웠고, 이재(李縡)의 문하에 들어가
수학하였다. 숙종 45년(1719) 진사가 되었으나, 경종 2년(1722) 신임사화
때 본가의 할아버지 창집(昌集)이 노론 4대신으로 사사되고, 생부 제겸을
비롯해 친형인 성행(省行)·탄행(坦行) 등이 유배되어 죽음을 당하자, 벼
슬할 뜻을 버리고 학문에 전념하였다.

어머니 배소에 따라가 ≪맹자≫·≪율곡집(栗谷集)≫·≪우암집(尤庵

集)≫ 등을 탐독하였다. 영조 1년(1725) 본가의 할아버지·아버지·형 등이 신원된 후에도 시골에 묻혀 살며 학문 연구에만 몰두하였다.

조선 후기의 집권 계층에 속한 노론의 혁혁한 가계의 후손으로서 학통을 잇는 존재가 되어 조야에 큰 영향력을 미치는 학자의 지위에 올랐다.

당시의 사회는 정치적으로 산림을 중시했는데, 그는 유수한 산림의 한 사람으로 나라 안에서 명망을 한몸에 받았다.

나라에서 정통적 학자로 추대받아 산림의 지위에 있었던 그의 문하에서 수많은 순수 성리학자들이 배출되었고, 또한 몇 사람의 실학자도 일부 배출되었다.

그의 학통을 이은 제자로는 박윤원(朴胤源)·오윤상(吳允常)·홍대용(洪大容)·황윤석(黃胤錫)과 그의 아들 이안(履安) 등이 있다. 저서로는 ≪미호집≫ 20권 10책이 있다. 시호는 문경(文敬)이다.

10) 김이안(金履安) ; 경종 2년(1722)~정조 15년(1791)

조선 후기의 학자·문신으로 본관은 안동(安東)이다. 자는 원례(元禮)이고, 호는 삼산재(三山齋)이다. 상헌(尙憲)의 후손으로 창협(昌協)의 증손자, 원행(元行)의 아들이다.

당대의 학자였던 아버지에게서 학문을 배워 영조 38년(1762) 학행(學行)으로 천거받아, 민이현(閔彝顯)·김두묵(金斗默)·조림(曺霖) 등과 함께 경연관(經筵官)에 기용되었고, 정조 5년(1781) 충주목사를 지냈으며, 1784년 지평(持平)·보덕(輔德)·찬선(贊善) 등을 거쳐 1786년 쾌주(祭酒)가 되었다.

당시 북학파(北學派) 학자 홍대용(洪大容)·박제가(朴齊家) 등과 교유를 맺어 실학에 관심을 보이기도 하였다. 그러나 아버지 문하에 출입하던 성리학자 박윤원(朴胤源) · 이직보(李直輔) · 오윤상(吳允常) 등과의 교유 속에 전통적 성리학자로 더 알려졌으며, 또한 예설(禮說)과 역학(易學)에 도 조예가 깊어 ≪의례경전기의(儀禮經傳記疑)≫ · ≪계몽기의(啓蒙記 疑)≫ 등 많은 저술을 남겼다. 시호는 문헌(文獻)이다. 저서로는 ≪삼산재 집(三山齋集)≫ 12권이 있다.

11) 김조순(金祖淳) ; 영조 41년(1765)~순조 32년(1832)

조선 후기의 문신으로 본관은 안동(安東)이다. 초명은 낙순(洛淳)이고, 자는 사원(士源)이며, 호는 풍고(楓皐)이다. 영의정 창집(昌集)의 4대손이 며, 할아버지는 달행(達行)이고, 아버지는 부사 이중(履中)이며, 어머니는 신사적(申思迪)의 딸이다. 순조의 장인이다.

정조 9년(1785) 약관에 정시 문과에 병과로 급제, 검열(檢閱)이 되고 초

김조순, 망운재 이원기 소장

계문신(抄啓文臣)으로 발탁되어 강원도 · 황해도 · 함경도 지방의 수령 · 찰방 중에 겸사(兼史) 1명을 두어 그 지방의 민요와 풍속을 채록해 시정기(時政記)에 수록하 자는 의견을 건의, 실시하였다.

1788년 규장각의 대교(待敎) 때 당시 시 · 벽파(時僻派) 싸움에 중립을 지키며 당쟁을 단호히 없앨 것을 주장하였다. 순 조 즉위 후 부제학(副提學) · 행호군(行護 軍) · 병조판서 · 이조판서 · 선혜청제조(宣

惠廳提調) 등 여러 요직이 제수되었으나 항상 조심하는 태도로 사양하였다. 1802년 양관 대제학 등을 거쳐 딸이 순조의 비(純元王后)가 되자 영돈녕부사(領敦寧府使)로 영안부원군(永安府院君)에 봉해지고, 이어 훈련대장·호위대장 등을 역임하였다. 또한, 선혜청제조로 있을 때 수효가 적은 친위병을 철폐된 장용영(壯勇營)의 군사로 충당하도록 하였다. 그 뒤 실권있는 직책은 맡지 않고, 제조직과 영돈녕부사로 있다가 죽었다.

시벽의 당파나 세도의 풍을 형성하지 않으려고 노력했음에도 불구하고, 그를 둘러싼 척족 세력들이 후일 안동 김씨 세도정치의 기반을 조성하는 결과를 초래하였다.

문장이 뛰어나 초계문신이 되었고, 비명·지문·시책문·옥책문 등 많은 저술을 남겼으며 죽화(竹畵)도 잘 그렸다. 저서로 ≪풍고집(楓皐集)≫이 있다. 정조의 묘정에 배향되었으며, 양주의 석실서원(石室書院), 여주의 현암서원(玄巖書院)에 제향되었다. 시호는 충문(忠文)이다. 묘소는 이천시 부발읍 가좌리에 있다.

석실서원지에서 바라본 수석동 마을과 한강

4. 관련기록

1) 창건·중수기록

≪신증동국여지승람≫ 권11 경기 양주목

석실서원(石室書院)[효종 병신년에 건축하여 현종 계묘년에 사액하였다.] 김상용(金尙容)[강화에 보인다.] 김상헌(金尙憲)[경도 종묘에 보인다.] 김수항(金壽恒)[자는 구지(久之)이고 호는 문곡(文谷)이니 상헌(尙憲)의 손자이다. 숙종 기사년에 화를 당했는데 벼슬은 영의정 전문형, 시호는 문충(文忠)이다.] 민정중(閔鼎重)[자는 대수(大受) 호는 노봉(老峯)이며 여흥(驪興) 사람이니, 숙종 임신년에 귀양가서 죽었다. 벼슬은 좌의정이었고 시호는 문충(文忠)이다.] 이단상(李端相)[자는 유능(幼能) 호는 정관재(靜觀齋)요 연안(延安) 사람이다. 벼슬은 부제학에 이르고 좌찬성에 추증되었으며, 시호는 문정(文貞)이다.]

2) 문집에 보이는 서원 관련 기록

이경석(李景奭), ≪백헌집(白軒集)≫ 권15 문고 상량문

石室書院上樑文

成仁取義 孔孟之訓昭垂 特立獨行 夷齊之節卓絕 得覩一家之竝出 敢闕同堂之共尊 竊以講千古賢聖之書 所貴善道 考三代庠序之敎 惟在 明倫 若値艱危 立萬仞之壁 寔爲矜式 爲百世之師 至如書院之刱開 本 爲士習之風厲 湘西嶽麓之肆業 南軒之記甚詳 衡州石鼓之崇儒 晦庵之

文可見 有若白鹿之新搆 尙因淸士之舊居 今豈無稽 古亦有此 惟我議
政府左議政淸陰金先生 金矢其直 玉壺之淸 寬栗剛簡之無偏 夙有得於
黃卷 進退行藏之不苟 晚益礪其素心 忠信平生 文章餘事 銀河槎上 吳
季札之觀周 玉貌圍中 魯仲連之蹈海 危言讜論 匪惟一鶚之風 尺步繩
趨 合作群龍之表 刀鉅鼎鑊之雖設 威武何足以變移 州里蠻貊之可行
篤敬克著於夷險 文山之樓不下 足斷燕塵 子卿之雪久餐 手握漢節 涪
州之髭髮勝昔 達去如斯 商室之霖雨思賢 爰立作相 兩朝開濟 庶同心
而致治 一壑棲遲 終斂迹而畢命 搢紳悼領袖之喪 章甫痛梁木之摧 於
是乎不謀同辭 遂爲之相與致力 高山仰止 將俎豆而妥靈 君子宜之 須
伯仲之合饗 蓋連倫之雙美 實曠世之罕聞 樂有賢父兄 敢或違於雁序
苟無實見得 寧自輕於鴻毛 況一片之楊州 卽二公之桑梓 歿而可祭 豈徒
鄕先生之是班 道之所存 允爲卿大夫之取則 惟我議政府右議政仙源金先
生 衣冠園綺 丘壑夔龍 事親敦百行之源 宗族服其誠孝 擇師尊兩賢之道
士友推其高明 自居泮而冠倫 逮通籍而底績 赴軍門而講禮 時稱瑞世之
麟 斥宮闈而盡言 人謂鳴陽之鳳 士師之直三黜 慍色不形 文翁之符再分
儒風丕變 去就惟義 處昏朝而履貞 綱常是扶 斥兇論而守正 廉潔足見於
日用 通介儘出於天然 徘徊於太古之亭 嘯詠乎淸風之閣 重居調鼎之位
務在弼違 三上歸田之章 戒存持祿 當危急之際 衆難塞胸 立風塵之中
忠憤塡臆 心懸日月 激一寸之丹誠 身逐煙雲 騰九萬之碧落 疾雷褫敵人
之魄 遺衣托宗臣之魂 慷慨從容 卒成殺身之志 菁莪悽愴 爭仰賜額之祠
四海九州 誰不聞乎偉烈 分形同氣 能共播其芳聲 惟此東國兩丞相所爲
奚特南朝一侍郎而已 死生亦大 素所講於平居 邦家之光 永有辭於後世
疾風方可知勁 泰山不足爲高 睠茲松楸之鄕 詎缺芬苾之享 爰占林丘之
勝境 迥壓江漢之上游 千疊翠屛 瞻石室之近峙 一道明鏡 俯月峽之長流
高開廟宇之穹崇 旁設齋房之明淨 松楹柏板 有儼堂寢之規 鳥革翬飛 亦

備講劘之所　莫不聞風而有助　所以慕義之無窮　某水某丘　想杖屨之曾歷
以饗以祀　喜輪奐之載新　靑衿競趨　碧嶂動色　洋洋乎如在　兄弟匪他　凜
凜然猶生　父老改覩　用相上梁之役　演爲贊偉之謠

　　　抛梁東　一帶長江萬折東　試看袞袞朝宗意　正似先生向日衷
　　　抛梁西　須惜窓前白日西　德業端由勤學得　見賢那得不思齊
　　　抛梁南　白雲蒼巘滿江南　山水欲知仁智樂　也須端坐細尋探
　　　抛梁北　捧日誠如星拱北　熊魚取舍豈他求　明理須從居敬得
　　　抛梁上　簷楹縹緲煙霞上　靑峯突兀入雲心　怳若當年玉立狀
　　　抛梁下　好是朝窓暮檠下　須將不息著功勤　逝水何曾捨晝夜
　　　伏願上梁之後　眞儒接武　美俗尙文　移孝爲忠　士皆志於學問　自家而國
　　業必務於經綸　父子君臣之敎敷　禮義誠信之道闡　山河在望　知間氣之尙
　　存　宇宙垂名　俾懦夫而自立

이경석(李景奭), ≪백헌집(白軒集)≫ 권15 문고 상량문

石室書院講堂上樑文

　先正儼揭度之儀　已新院宇之創　生徒無肄業之所　宜亟講堂之營　矩度
咸宜　依歸是幸　惟我淸陰先生　精分光嶽　志烈氷霜　言行可質鬼神　不渝
夷險　文章若出金石　實本性情　彭澤之心　武鄕之忠　相感千古　澹庵之疏
雪窖之節　合爲一人　取義成仁　何須待信國之死　廉貪立懦　眞如聞伯夷
之風　百世之師法其誰　一國之瞻望斯在　有若長公相國　粤惟仙源先生
學有淵源　弱冠升大賢之席　官居鼎鼐　淸溪同處士之家　慷慨艱危　幾多
袁安之流涕　從容倉卒　早決古心之殉身　七尺與烈火同飛　孤忠共皎日俱
炳　猗歟一家兩相之竝出　卓乎三綱五常之獨扶　妥明靈而立院建祠　攸寧
攸宇　用中牢而同堂合饗　是弟是兄　顧桑梓百年之鄕　寔深以窈　維楊州
一片之土　旣淨且乾　鬱鬱佳城　衣冠之藏非遠　依依故宅　杖屨之迹猶存

神座相聯　悅續塤箎之樂　廟宇有仳　罔缺俎豆之陳　第緣材力之未敷　尙
恨講舍之不建　諸生協議　相面勢而開基　四方同聲　鳩木石而趨事　成之
不日　來者如雲　近取紫雲之成規　遠倣白鹿之遺範　穹窿顯敞　可見庇士
之懽　游息藏修　庶致育才之盛　斗江澄澈　碧玉漾千頃之波　石室嵯峨　翠
屛橫萬仞之壁　秋天爽氣　想元哲之胸襟　活地深功　望後生之蹈履　肆揚
善頌　助擧脩梁

　　兒郎偉抛梁東　千里長江碧海通　欲識先生難奪志　須看萬折必朝宗
　　兒郎偉抛梁南　漢山迢遞帶靑嵐　圜中玉貌他時事　一節惟知九死甘
　　兒郎偉抛梁西　咫尺都門路不迷　惆悵望宸無限意　至今煙樹亦含悽
　　兒郎偉抛梁北　雲外道峯撑斗極　文正長敎祠廟隣　先賢遺躅皆吾得
　　兒郎偉抛梁上　大節當看二丞相　吾儕抱負顧如何　正氣從來須善養
　　兒郎偉抛梁下　群居講誦無冬夏　要將刻苦著工夫　一點明燈照永夜
　　伏願上梁之後　鄕俗重新　士氣一變　講明義理　趨向之正是先　砥礪身名
　　觀感之心自切　蒼官靑士庭除　森後凋之姿　霽月光風堂室　涵灑落之象　斯
　　文由是而增重　人物自此而蔚興　瞻棟宇而長存　與山河而永固

이경석(李景奭), ≪백헌집(白軒集)≫ 권34 문고 축문

石室書院仙源淸陰兩先生奉安祝

　殺身成仁　聖人所稱　守死善道　君子惟能　曠世倘有　聞者猶興　況今大
節　萃於一家　金昆玉友　圭璧無瑕　天地之氣　河岳之精　稟賦剛正　鍾毓
淑淸　雅量崇深　英姿粹明　夙師儒賢　素稱鴻碩　移孝事君　竭誠憂國　陳
善閉邪　鐵堅矢直　進退重輕　步趨繩尺　德業斯尊　文章餘事　列郡謳歌
特其糠粃　廟廊園綺　丘壑夔龍　氷壺水鏡　雪柏霜松　蹈烈取義　臨危履貞
湯火何憚　蠻貊可行　慷慨從容　談笑勇進　身托靑煙　目無白刃　雲霄萬古
壁立千仞　三綱宇宙　九鼎邦國　昭乎日月　屹然山嶽　名動夷夏　事光竹帛

文山有二 侍郎非一 死亦猶生 凜有餘烈 一代二難 千載兩相 惟忠與義
有國所仗 宜爲世範 以一趨向 奉以俎豆 多士應響 眷茲維楊 桑梓之鄉
列嶂峨峨 湖水湯湯 有儼新宇 同享一堂 雁行惟序 彝倫益彰 衿佩攸趨
絃誦之場 松楸在望 杖屨怳臨 涓吉妥靈 是顧是歆

송시열(宋時烈), ≪송자대전(宋子大全)≫ 권91 서

前月初九日書 至自石室書院 戀中披拜 如得隔世消息 何慰如之 胸
中勃勃之諭 可見近日讀朱書得力矣 然此於心身 與讀書窮理操存涵養
孰親孰疏 孰急孰緩也 想不待門生筮得天山而止 故未有所聞 可幸可幸
前書 豈是弔喪者耶 病昏廢事 久未修復 愧恨无已 牉合情義 乖舛至此
倍切傷悼 只冥然不知比來時事 死者自安 惟生者不能忘情 豈所謂正在
我輩者耶 疾病之暇 略閱退溪書 未能曉解者甚多 極欲奉質 而傍無寫
手 尙未能焉 可恨可恨

송시열(宋時烈), ≪송자대전(宋子大全)≫ 권151 축문

楊州石室書院奉安仙源 清陰二先生文

殺身成名 聖人所稱 守死善道 君子惟能 曠世倘有 聞者猶興 況今大
節 萃于一家 金昆玉友 圭璧無瑕 天地之氣 河嶽之精 稟賦剛正 鍾毓
淑清 雅量崇深 英姿粹明 夙師儒賢 素交鴻碩 移孝事君 竭誠憂國 陳
善閉邪 鐵堅矢直 進退輕重 步趨繩尺 德業斯尊 文章餘事 列郡謳歌
特其糠粃 廊廟園綺 丘壑夔龍 氷壺水鏡 雪柏霜松 蹈烈取義 臨危履正
湯火何憚 蠻貊可行 慷慨從容 談笑勇進 自託靑炯 目無白刃 雲霄萬古
壁立千仞 三綱宇宙 九鼎邦國 昭乎日月 屹然山岳 名動華夷 事光竹帛
文山有二 侍郎非一 死亦猶生 凜有餘烈 一代二難 千載兩賢 惟忠與義

有國所仗　宜爲世範　以一趨向　奉以俎豆　多士應響　眷茲維楊　桑梓之鄉
列嶂峨峨　湖水湯湯　有儼斯宇　同享一堂　雁行有序　彝倫益彰　吟諷攸趨
絃誦之場　松楸在望　杖屨怳臨　涓吉妥靈　是聽是歆

송시열(宋時烈), ≪송자대전(宋子大全)≫ 권171 비

石室書院廟庭碑

聖人作春秋垂空文　而孟子當之於一治之數　夫萬物之散聚　皆在春秋
而若論其大經大法　則莫過於尊周而攘夷矣　天下未嘗不亂　而亂之旣極
則天必生已亂之人　而其人也無有土地之基本　人民之勢力　則亦只因聖
人之空文　以明夫大經大法　而於是乎人類異於禽獸　中國免於夷狄　則是
亦一治而已矣　蓋當我崇禎皇帝丙丁之間　天下之亂　可謂極矣　我石室先
生身任禮義之大宗　以樹綱常於旣壞　至於衆人不憚爲㐲鬼之議　則又有
以明言其不然　於是其言愈屈而其氣愈伸　其身愈困而其道愈亨　以故其
亂愈甚而其治愈定　退之日　向無孟氏　則皆服左衽而言侏離　其信然矣夫
蓋先生旣沒　而中外章甫建祠於先生舊居之傍大江之濱　而以先生伯氏仙
源先生臨亂立懂　用扶世敎　並奉神牌而右享之　蓋經始於甲午五月　妥侑
於丙申十二月十四日　噫　若石室先生　所謂千百年乃一人者　而又得仙源
先生於一家之天倫　噫其盛矣　嗚呼　治亂者陰陽之理也　聖人旣贊大易
以見陽不可終無　亂可以復治　而又作春秋　以垂治亂之具　是道苟明　則
斯可謂治矣　豈可以積陰蔽於九野　而不謂陽德之昭明於下也　故春秋雖
曰因亂而作　而天下之治　未嘗無也　雖然　春秋旣曰文成數萬　其指數千
則聖人之微辭奧義　雖不可得以知　而惟尊尙京師之義　則炳如日星　雖瞽
者亦見之矣　今與後之人　凡入斯院　升堂而鼓篋者　欲知先生之道　則只
將聖人筆削之義　毋强通其所難通　而只於天理王法民彝物則之不可易者

講而明之　則雖使聖人家奴復出於地中　亦可也　然後乃知先生之功之大
而天之所以生先生者　眞不偶然矣　嗚呼　是豈易與俗人言哉　後十七年橫
艾困敦三月日　後學恩津宋時烈記

이은상(李殷相), ≪동리집(東里集)≫ 권3 시

石室書院志感

節義文章兩相公　秖今祠廟見遺風　聲名日月光輝並　俎豆春秋享祀同
拱揖峯巒皆向北　朝宗江水自流東　燒香獨拜傷心處　感淚雙垂落照中

이단상(李端相), ≪정관재집(靜觀齋集)≫ 별집 권5 부록

生員李世瑋等請配享石室書院疏

臣等伏以崇德尙賢　有國之令典　慕善悅義　生人之良心　自古有爲之主
所以作新一代之政敎　用能興化導俗者　莫不以是爲本焉　其所關顧不重
歟　夫賢人君子之生於世蓋鮮　苟一有焉　則雖百代之久　千里之遠　猶且
聞風而起敬　睹蹟而興懷　思有以致其景慕之誠焉　況其閭井相接　丘隴相
望　而有二三君子者　並迹于其間　使一鄕之士　得有所薰感而作興　則其
於崇報欽奉之道　尤當何如哉　臣等竊伏念本道維楊之東石室之里　卽先
正臣文忠公金尙容　文正公金尙憲松楸之鄕　而爲尙憲晩年退遯之所　設
爲祠院　並享兩臣以俎豆之　仍名曰石室　實先朝之所賜扁　多士之所趨集
也　至于近世　有若故領敦寧臣金壽恒云云　有若故判中樞府事臣閔鼎重
云云　有若故副提學臣李端相　以淸名雅望　早登顯途　爲一時所推重　富
貴榮達　卽其所自有　而顧乃回頭轉腦　立定脚跟　年未強仕　勇脫世路　退
屛郊居　杜門覃思　惟日俛焉孜孜於聖賢窮格之學　要以究極衆理　體驗身
心　其所造詣　蓋有不可量者　而不幸天不假年　未能盡如其志　然其高風

卓識 已足以警末俗而範後世矣 顧此三臣 俱以儒林之望 王國之彥 乃
於同州境一二十里之間 或有累世霜露之原而於此往來焉 或作暮年衡泌
之居而於此藏脩焉 桑梓相連 萃于一時 斯亦一鄉之盛哉 至其德容之所
接 聲欬之所被 莫不悅服興勸 愈久而愈不能忘焉 則其導掖講授之外
深有賴於觀感之間者 亦不可誣矣 仍竊惟念 先正臣金尙憲 當天地翻覆
之際 以其一身 任萬古綱常之重 斯固可以亘宇宙而彌光矣 繼而故奉朝
賀臣宋時烈 羽翼聖祖 舊發大志 圖興不世之業 于時此三臣者 並列于
朝 而從遊於時烈之門 以道義相勖 與之同心協助 而時烈所守之義 於
是益明焉 其平日慕仰依歸之地 卽石室院在焉 鄉之人士 咸謂此三臣
宜陞配於尙憲之祠 茲敢相率封章 仰叫天閽 此旣與創設有異 宜不在近
日朝令所靳 伏乞聖明特諒多士之誠 許令三臣得與於石室俎豆之典 以
爲一方寓慕興善之地 則其於風厲世敎 亦可爲一助矣 臣等無任激昂祈
懇之至

이단상(李端相), ≪정관재집(靜觀齋集)≫ 별집 권5 부록[습유(拾遺)]

石室書院奉安文[李健命]

沙相德業 洲老文彩 導在源浚 實由根漑 先生挺出 樹立有大 鳳凰出
苞 鷗鵬摰海 妙歲蜚英 榮塗無礙 淸名雅望 迴拔流輩 寧陵奮發 政先
治內 群賢彙征 千載際會 時則先生 左右納誨 誠深格非 責專啓乃 大
業未究 攀髯莫逮 世故難言 卷懷思退 返于初服 軒冕一芥 靈芝之洞
水石可愛 簞瓢屢空 我心則泰 仰思俯讀 探賾無怠 天人之學 濂洛之派
徑路不窄 至樂自在 著書盈篋 多所講解 由博以約 遇事則沛 樂育英才
敎自掃對 闡發幽奧 日月征邁 憂愛一念 進退無改 前後封章 岡非至戒
道固難行 天不曾貸 樑摧棟折 士林痛嘅 沒世追思 遺風未沫 眷茲石室

二賢模楷 成就雖殊 道義相配 慟哭一詠 猶想志槩 若文若老 生並一代
多士咸慕 英靈共妥 德豈無隣 事若有待 靑衿濟濟 涓吉釋菜 冀佑後學
永世不廢

이여(李畬), ≪수곡집(睡谷集)≫ 권4 소차

石室書院請陞配文谷 老峯 靜觀三臣疏 [代作]

伏以崇德尙賢 有國之令典 慕善悅義 生人之良心 自古有爲之主 所
以作新一代之政教 用能興化導俗者 莫不以是爲本焉 其所關顧不重歟
夫賢人君子之生於世蓋鮮 苟一有焉 則雖在百代之久 千里之遠 猶且聞
風而起敬 睹蹟而興懷 思有以致其景慕之誠焉 況其閭井相接 丘壟相望
而有二三君子者 並迹于其間 使一鄕之士 得有所熏感而作興 則其於崇
報欽奉之道 尤當何如哉 臣等竊伏念 本道維楊之東石室之里 卽先正臣
文忠公金尙容 文正公金尙憲松楸之鄕 而爲尙憲晚年退遯之所 設爲祠
院 以俎豆之 仍名曰石室 實先朝之所賜扁 多士之所趨集也 至于近歲
有若故領敦寧臣金壽恒 實尙憲之孫也 天分甚高 自然近道 少服家庭之
教 以小學爲根基 表裏炯徹 一主莊敬 不勞繩削 動中規度 其進而立於
朝也 人望之如祥麟儀鳳 雖婦人孺子 皆知其爲瑞 惟其領袖士林 守正
不撓 爲奸黨所仇嫉特 深以 三朝知遇之隆 倚任之專 卒不能保其始終
讒人罔極 乃至此哉 至其臨死從容 就命如歸 辭氣動止 一如平日 忠愛
之誠 惓惓不已 遠近傳誦 以爲至悲 於此益可見其操履之篤 忠悃之至
矣 有若故判中樞臣閔鼎重 以剛果英特之資 早有志于斯學 而輔以師友
講劘之工 立心制行 力追前軌 居家則以孝友爲木 立朝則以格正自任
持守旣嚴 體用兼備 鄕邦仰爲模範 搢紳式其風儀 不幸遭罹黨人之禍
四年西塞 荐棘以歿 國人傷嗟久而彌深 茲兩臣出處本末 言行志業 自

有國論 固不假臣等一二談 而業已聖明之所俯悉也 有若故副提學臣李
端相 以清名雅望 早登顯途 爲一時所推重 富貴榮達 卽其所自有 而顧
乃回頭轉腦 立定脚跟 年未疆仕 勇脫世路 退屏郊居 杜門覃思 惟日俛
焉 孜孜於聖賢窮格之學 要以究極衆理 體驗身心 其所造詣 蓋有不可
量者 而不幸天不假年 未能盡如其志 然其高風卓識 已足以警末俗而範
後世矣 顧此三臣 俱以儒林之望 王國之彦 乃於同境一二十里之間 或
有累世霜露之原 而於此往來焉 或作暮年衡泌之居 而於此藏脩焉 桑梓
相連 萃于一時 斯亦一鄕之盛哉 至其德容之所接 謦咳之所被 莫不悅
服興勸 愈久而愈不能忘焉 則其導掖講授之外 深有賴於觀感之間者 亦
不可誣矣 仍竊惟念 先正臣金尙憲 當天地飜覆之際 以其一身 任萬古
綱常之重 斯固可以亘宇宙而彌光矣 繼以有故奉朝賀臣宋時烈 羽翼聖
祖 奮發大志 圖興不世之業于時 此三臣者 並列于朝 而從遊於時烈之
門 以道義相勖 與之同心協助 而尙憲所守之義 於是益明焉 其平日慕
仰依歸之地 卽石室院在焉 鄕之人士咸謂此三臣 宜陞配於尙憲之祠 玆
敢相率封章 仰叫天閽 此旣與創設有異 宜不在近日朝令所斬 伏乞聖明
特諒多士之誠 許令三臣得與於石室俎豆之典 以爲一方寓慕興善之地
則其於風厲世敎 亦可爲一助矣

김창협(金昌協), **≪농암집**(農巖集)**≫ 별집 권2 부록**

石室書院賜祭文 [純祖癸亥]

維楊之東 石室巖巖 譬彼泰山 魯邦所詹 正氣攸萃 哲人代興 國以綱
紀 士有儀刑 文忠公金尙容 精忠宿德 烈士名相 範宇淵凝 辭氣春盎
中丁艱否 薑桂愈辣 正色巖廊 頹俗爲率 熊魚倉卒 判自從容 南樓烈焰
上蟠蒼穹 樂有賢弟 大義講熟 煌煌靑史 匹美孤竹 文正公金尙憲 斯文

宗主 天下大老 手擎天常 身任世道 文公小學 孟氏浩氣 剛方正直 戰
兢臨履 忠炳蟣旄 勇邁蹈刃 江宗萬折 壁立千仞 潞公安否 司馬名姓
婦孺皆知 二字缺 亦敬 文忠公金壽恒 家傳正學 國倚良弼 德望名義
三朝一節 瑞鳳祥麟 爭覩爲快 身之詘伸 世以否泰 文忠公閔鼎重 天挺
偉器 英特莊粹 脊硬擔負 躬蹈繩矩 安定學規 文翁儒化 爰登黃閣 正
侼邪怕 文貞公李端相 詩禮淵源 理義芻豢 勇退名韁 默造道岸 靈芝詠
秀 太極玩妙 華陽襟契 秋水相照 文簡公金昌協 明通簡潔 玉潤金精
出處盡分 知行兼程 扶植世教 模範後人 三洲朗月 㧾挹光塵 惟茲一院
凡六君子 壏篪競奏 堂構紹美 曁厥師友 一揆同貫 豈聚星比 合紫陽贊
輦路莽蒼 起予曠感 光垂精英 髣髴入覽 有菀喬木 周士亦世 伻來致侑
風動無際

김창협(金昌協), ≪농암집(農巖集)≫ 별집 권2 부록

石室書院配享奉安祭文[癸巳 ○ 魚有龜]

猗歟先生 間世英傑 清明溫粹 金玉其質 早自奮發 文章經術 家庭薰
襲 師友講說 精思遠詣 力追前哲 揚于王庭 經幄密勿 天德王道 啓沃
深切 乃長國子 教由身率 迪以道義 多士心悅 庶幾賁治 笙鏞黼黻 歲
在龍蛇 吾道磔裂 竄身荒谷 六載含恤 逮至更化 尺疏瀝血 矢義自靖
脫屣簪笏 渼湖一曲 棲遲蓬蓽 左圖右書 專心對越 沈潛積累 研究微密
寱寐紫陽 洞窺堂室 箚疑是訂 發前未發 遠邇風動 有來叩質 提撕誘掖
兩端俱竭 一世宗仰 昏衢日星 天何不憖 山頹樑折 斯文無託 痛悼靡歇
曷不尸祝 瞻懷髣髴 眷茲石室 靈宮有屹 二老主享 三彥同腏 賢祖德義
名父風烈 是繼是承 有光先轍 至於靜觀 義存事一 於焉升配 允合情秩
僉謀齊籲 聖俞罔咈 縟儀孔備 日月其吉 回瞻講宇 丈席曾設 英靈若在

俎豆斯列 俯仰悽愴 寒水秋月 尙垂啓佑 永歆芬苾

김창흡(金昌翕), ≪삼연집(三淵集)≫ 습유 권32 부록

請享石室書院書[庚辰楊州儒生李修大等 上書于莊獻世子 批見年譜]
伏以臣等竊甞觀自古以來 弘儒碩士之見稱於世者多矣 或以志節之卓
犖 踐履之純篤也 或以問學之精深 文章之淵博也 然而尙其志節者 往
往病於簡禮而見諸踐履者或踈 專其問學者 往往欠於修辭而發諸文章者
或短 故其志節雖高 而或不足於範俗 其問學雖精而或不足於立言 是必
並四美而無 然後方可謂精粗俱該 文質彬彬 而上下古今 盖亦鮮其人矣
以臣等所覩記言之 近古徵士臣金昌翕 其庶幾乎 盖昌翕資性峻潔 品格
淸高 少卽卓然有奇志 一切貨利聲色 初不入其心 當門戶鼎貴之日 已
浮雲軒冕 有遐擧物表之想 而及其中罹家禍 矢心自廢 窮山絶壑 鹿豕
爲群 草衣木食四十年 晚被旌招之禮 而固守東岡之陂 其高風峻節 凜
然絶俗 而在昌翕此猶粗跡耳 若言其爲學大致 則惟其氣豪而志大也 故
少甞汎濫於詞章莊佛之間 及讀中庸 始悟吾道之在是 遂反之醇如 沿溯
姚姒 出入濂洛 靡不咀嚼其言 貫穿其義 而至其發揮論說 尤一以考亭
爲準 病世儒拘攣故常 實未有超脫自得 故處靜積久 思索精專 老而喜
易 至忘飢渴 高明灑落 默契道妙 近自日用事物之細 遠至陰陽造化之
大 內卽身心性情之德 外及古今理亂之原 參互契勘 透徹玲瓏 理事圓
融 鮮有碍滯 而眼目旣高 充養愈密 旣不以物欲邪穢自累 又不以虛僞
私吝自蔽 實與夫濂溪之濯纓 百原之整襟 異世同符 而所造者益深遠矣
是以夷考其言行 則孝悌通於神明 操履確乎金石 接其胸襟則月臨萬川
也 望其氣像則壁立千仞也 規模宏大而綜理微密 節文簡約而持守嚴謹
坦易而無所藩飾 直截而無所牽碍 雖其闇然自修 不屑以標望自高 而剛

健篤實 輝光日新 有不可得以掩者 及其發爲文章 崇深博大 包括百家
而歸宿乎儒道 蒐羅萬象而根極乎理妙 闡明前經之蘊奧 辨析群言之異
同 蓋多發前人之所未發 而其憂世衛道之功 距邪扶正之嚴 一皆於是乎
形焉 橫竪錯綜 造極入微 古所稱子厚筆力 殆不是過 而卽其一吟一咏
亦無不邂逅天機 洋洋乎發鳶魚之趣而驗性情之眞 千載之下 有足想見
其所存 吁亦盛矣 嗚呼 語其遯世無悶 高尙自適 則志節之卓犖如是也
語其存省功深 查滓脫落 則踐履之純篤如是也 語其精思力詣 洞見大原
則問學之精深如是也 語其命辭無差 名理爛熟 則文章之淵博如是也 向
所謂並四美而無者 玆豈非其人耳 惟其如是 故光範盖乎一世 聲名溢乎
四裔 無論親炙覿德之士 至於包羞異調之類 兒童走卒之微 亦皆想其文
朵 涵其風韻 而亹亹而不已 則凡今之人 其孰不誦其詩而讀其書 高其
名而尙其人也哉 若是者生而皐比之尊 歿而俎豆之奉 自是士論輿誦之
所同然 夫孰曰不可 而訖玆遷就 未及擧論於一處祀典者 盖以朝家方有
令甲 申禁院祠之疊設新創 故趑趄泯默 嚴不敢有請耳 然苟其事異新創
祠非疊設 而在朝家自不失令甲之意 在章甫亦可伸崇報之道 則顧亦何
嫌 而不一陳暴於貳極之卞哉 惟玆臣等所居之鄕 有所謂石室書院者 首
祀故相文忠公臣金尙容 故相文正公臣金尙憲 卽昌翕之曾祖若從曾祖也
其後繼以故相文忠公臣金壽恒 故相文忠公臣閔鼎重 故副提學文貞公臣
李端相 故判書文簡公臣金昌協配食 壽恒 昌協 卽昌翕之父若兄也 鼎
重端相 卽昌翕之所嘗從遊師表者也 況此院者 昌翕之兄弟實嘗聯床而
講學 絃誦之韻 今猶在耳 而後人之撫跡咨嗟 久益不衰 頃年昌協之追
配 亦由是耳 使昌翕而非其人則已 今昌翕之賢 旣足以光前繩武 一門
堂構之美 師友講授之盛 郁郁乎後先相接 而獨不得躋享於其間 則豈非
大段闕典 而爲士林無窮之憾哉 今若因其故而追配昌翕 則旣無新創之
嫌 又非疊祠之瀆 朝家許之有光而無破格之拘 臣等請之有辭而無犯禁

之懼 其於聖朝崇儒之典 後生慕賢之道 有司守法之義 誠可謂上下無欠
而十分允當矣 嗚呼 如昌翁之卓節偉行 高文邃學 眞所謂聖朝之逸民
希世之名儒 則方當世敎日下 士風不振之時 所以表章而崇報之者 雖爲
之出常格 而處之固不爲過 而今臣等之所請 初非有常格之可碍 而此院
之不可無此人 又有如上所陳者 則臣等竊謂朝家於此 有不容不許 而有
司者亦不必格也 玆敢相率以來 齊籲於九闍之外 伏乞邸下 察此事理
仰稟大朝 俯詢在廷 亟允昌翁配食之請 以光睿德 以幸士林 不勝大願

어유봉(魚有鳳), ≪기원집(杞園集)≫ 권10

代楊州儒生請故判書金昌協配享石室書院疏

伏以臣等 竊惟我國家文敎之盛 度越前古 俎豆之祠 比邑相望 而其所
表揭崇奉 尤莫先於眞儒哲師 其闡揚儒化 風厲士林者 可謂至矣 其人有
道德學問足以扶植斯文 表範後學 則雖在百代之遠 莫不聞其風而想其烈
思所以崇報之 況生並一世 親炙敬服 深知其德業懿美 無愧於古人 則妥
侑之擧 尤不容少緩 若近故禮曹判書臣金昌協 豈非其人哉 噫 昌協之發
身立朝 宗在我殿下壬戌之歲 出入經幄 密邇啓沃 殆至六七年 昌言妙論
至今洋洋於四聰之聽 則昌協之賢 固聖明之所洞知 顧何待臣等一二談哉
而若其進學造道之功 多在於中晚廢退之後 則殿下容有不能詳悉者 臣等
請以耳目所觀記 爲殿下誦之 盖昌協 天品甚高 聰明絕倫 自在童稚 濡
染家庭 卽以經術文章自奮發 及其長而出入師友之間 觀感琢磨 求道之
志益切 遂用力於經傳箋注之說 洛建性理之論 无不深探力究 見得大意
分明矣 自夫窮居以來 一以斯道爲己任 則其沈潛玩索之功 密切存省之
力 視前日尤專且篤 虛心遜志 益求所未至 優游涵泳 以俟其自得 反復
積累 憤樂相循 要必眞知宗踐而後已 由是所見日益精明 所存日益高遠

而闇然日章之實 有不可掩者矣 抑又聞之 朱子之學 孔氏後一人 昌協於
此宗寤寐服膺 一意尊信 自四字集註章句 以至大全語類之書 參互考訂
咀嚼鑽研 眞見其親切的確而不我欺也 先正臣宋時烈 曾撰大全箚疑 昌
協在玉堂 時承命校正 別爲問目 往復質難 多得其印可 卒受宋時烈遺囑
之眷眷 則抱書窮山 講究不輟 發揮闡繹 以卒其業 使朱子之微辭奧旨
煥然大明 殆無毫髮之餘蘊 蓋其一生用力 專在於朱子之書 故凡諸論辨
著說 无一不本於是 融會洞徹而泃合其妙 曲暢旁通而博極其趣 其所以
破異言疑似之惑 正俗儒因襲之謬者 雖謂之發前人所未發可也 大抵聖賢
之敎 必先博文而後約禮 學問思辨而篤行之 後之學者 或徒約而不務博
固失之陋矣 其務博者 又汎濫不切 未能有眞實見得 則亦何足爲尊聞行
知之本哉 若昌協之學 先有得於博文思辨之功 看此道理 周遍精切 其於
上達 自然通透而灑落 故其反躬而操履也 不尙矜持而養之以虛靜 不貴
苟難而行之以簡易 本之閨門而及乎鄕黨者 莫不和平懇篤 有可以敦俗
發之言論而見於志節者 亦皆正直峻潔 有可以警苙 則論其造詣之崇深
成就之完粹 豈不蔚然爲間世之名儒哉 嗚呼 以昌協之賢 出爲世用 則固
足以賁餙治道 澤及斯民 而不幸禍故以後 矢心自廢 雖其憂國戀闕之心
未嘗不惓惓 而竟莫副聖上敦召之至意 此固朝野之所共惜也 狀其養德丘
園 師表儒林 近自一鄕 遠及八路 莫不興起而矜式焉 則其有裨於世敎
亦豈少哉 而天不愸遺 卒使吾道无托 豈非所謂伯游之無福 天下人無福
者耶 臣等固非知德之士 於昌協之道德學問 誠不敢窺測 而竊以平日之
所悅服者 知其爲眞儒哲師 則其在表揭崇奉之道 專祠之享 在所不已 而
臣等所居之鄕 有所謂石室書院者 卽先正臣文忠公金尙容 文正公金尙憲
並享之所 而後以領議政金壽恒 左議政閔鼎重 副提學李端相三臣配食焉
昌協 卽尙憲之曾孫 壽恒之子 而於端相則有師生之義焉 又於晚年 築室
書院之下江岸之上 日與羣學子 讀書講道 幾至十有餘年 則俎豆之事 不

可不先之於斯　故茲敢倡率同志　上章以聞　伏願聖明俯詢有司之臣　亟從
多士之講　以光斯文　以幸士林焉

김원행(金元行), ≪미호집(渼湖集)≫ 권14 잡저

石室書院講規

一　講事　院長[以公卿大夫之有賢德負士望者爲之]外　又別立講長　以
　　共主之　[亦以有經術行義爲衆所推者爲之　勿拘居之遠近　位之高
　　下　但專主講學　餘無所與]
一　講案　會中諸人　相議錄成　有願追參者　許添書　遠近並勿拘
一　所講書　必先小學　次大學　[兼或問]次論語　次孟子　次中庸　次心
　　經　近思錄　後及諸經　周而復始
一　每月講會　定以十六日　若有故退日　則院任前期發文通告於應講諸人
一　每講時　以人數分排章數　又以第次爲柱　[如第一第二之類]依所抽
　　使以年次應講　[或章縮人贏　不必每人盡讀　到章窮而止]
一　三十以上臨講　以下背講　背講者　註則臨講　童蒙則又考論其優劣
　　[如通略粗不之類]年老不在應講者　亦可同座聽講　[聽非徒聽而已
　　必有答問討論之實　方當得聽講之稱　不可在座含默]遠人適至會中
　　願同聽者許　老少不拘　雖當應講者　若新到未及誦習者　亦姑許同聽
一　或有故闕參　則後講時　必承前讀盡卷而後　始讀次卷　不得躐等亂序
一　追入講案者　所講書　亦各依原序　但誦時不必盡篇　篇中只抽幾章
　　以試之
一　所定篇章　必不多不寡　但日短則稍寡　講皆畢　即相反復討論　務窮
　　旨趣廼已
一　講後又使直月讀白鹿洞規　學校模範等篇　模範分三節　[自篇首至

存心爲一節　自事親至應擧爲一節　自守義至篇末爲一節]每會　以
次讀之　[院享之月　又必讀廟庭碑文　以發其感慕興起之意]又有餘
力　則雖非當日所講　亦許隨疑相質　但勿許異端雜書

一　諸生中以能文字善記述者一人爲直月　每月而遞　每講會　院長講長
俱不參　而諸生自相問答　有關於義理之大者　使直月錄爲一通　送
質于院長講長　以其所答　並留院中

一　有故未赴會　則於當月所讀篇中　錄其疑義　上于院長講長　[亦有答
送示其人後留院中]雖參講者　亦許先具疑目　竢講訖　質于會中

一　入案者或未赴講則呈單　[若在數三十里外　勢難專人呈單者否]非衆
所共知不得已者　而委托不參　則會中面戒之　再不參則黜座　[請改
然後衆責而還之]若無意講學　全不赴會者　刊去案中

一　每講　輒列書會中人姓名　一置院中　一送院長講長　[院長講長若臨
會則否]

講儀附

講會日　先定一人爲執禮　[升堂位在直月之下]執講儀以相之　晨朝　齋
任　[掌議有司色掌直月皆是]使齋僕先布筵于講堂　設書案一於北壁之下
置當講之書于其上　栍筒在案左　院長以下至諸生　[諸生　卽齋任與應講
聽講者之通稱]皆至院中　院長講長　姑先入講堂東夾室　諸生入東西齋
待其畢集　齋僕遍告於東夾室及東西齋

院長講長　率諸生謁廟　院長居前行　講長次之　[講長有達尊　與院長同
等者　其位在院長之右　在講堂　亦在其西同向　升降拜揖　一視院長]諸生
序齒又次之　再拜訖乃退　[諸生或已留院　先行晨謁者否]

院長講長　出至講堂　以次由東階先升　諸生由西階從升　[若有非院儒而
爲聽講而至者　院長亦與之抗禮　分階揖讓　院長有故　而講長獨爲主　則雖

院儒 苟不在應講之列者 亦與之抗禮揖升 諸齋任亦隨講長由東階]

院長就北壁下 當中南向立 [卽書案之北]講長就西壁下東向立 [無院
長則講長當北壁之位]諸生皆南行北向立西上 講長先與院長交相揖 諸
生向院長再拜 院長答揖 其中應講者又西向 向講長再拜 講長答一拜
[如有與院長應抗禮者 北向交相揖 與講長應抗禮者 亦西向交相揖 齋
任中不應講者於講長 其禮亦同 此當先於諸生與應講者之行禮 ○講長
若替當北壁之位 則齋任之不應講者 就東壁下西向立 他聽講者 就西壁
下東向立 皆北上 與講長行禮如上儀]諸生又分東西 [長者居西 少者居
東 皆北上]自相揖訖 院長講長皆坐 諸齋任坐東壁下 西向北上 [不與
講長正相對 少近南]聽講者坐西壁下 東向北上 [與諸齋任正相對]應講
者居南行西上 地窄則重行 又窄則長者居聽講者之下北上不屬 少者居
諸齋任之下北上 亦不屬 其次居南行皆重行 [若院長講長 皆不得臨講
則諸齋任由東階 其餘諸生 由西階相揖而升 虛其北壁 置書案于其下
姑以年長者一人 考其所講]

使齋僕持紙筆 詣諸生前 受到記 [亦以齒爲序]展置于直月之前

直月詣書案前揖 坐栍筒之左 抽一栍示當讀者

當讀者詣書案前 揖而坐 讀所講書 [背臨當視齒 依講規]訖 興揖復位
[每巡皆然]

栍盡 直月置筒于故處 復就書案前揖 復位

乃以疑義相問答 各盡所見而止

直月復詣書案前 揖而坐 抗聲讀白鹿洞規或學校模範等篇 [院享之月
則又必讀廟庭碑文] 訖 興揖復位乃罷

講長與院長交相揖 諸生向院長再拜 院長答揖 應講者又西向 向講長
再拜 講長答一拜 [與院長講長應抗禮者 相揖如初 此亦當先於諸生與
應講者之行禮 ○講長獨爲主 則其與諸生拜揖位次 亦皆如初]

院長講長　以次由東階降　諸生亦由西階降　[講長獨爲主　則諸齋任亦由東階　如始升時]各退出

齋僕乃撤筵及案

院長講長　如有不得臨會者　直月修會案　使齋僕致之　[又有諸生問目亦附致之]

김원행(金元行), ≪미호집(渼湖集)≫ 권14 잡저

石室書院學規

一　入齋之規　無論長幼貴賤　有志讀書爲學者　皆可入　旣入後　如有不修威儀　不謹言動　甚或失身敗行　玷辱儒風者　齋任或諸生會議　隨其輕重　或黜坐或黜院　若前日悖戾之人願入　則使之先自改過飭行熟觀所爲　決知其改過然後許入

一　推一世之有位有德爲士望所歸者　爲院長　擇諸生中有識者一人　爲掌議　又一人爲有司　又一人爲色掌　[京齋任亦同]皆二周年而遞若有司院中有事　則不必拘此限　凡院中論議　掌議主之　而其大者必禀裁于院長　凡院中之物出納及齋直使喚什物有無　有司掌之　凡物皆有籍　遞時按籍交付于代者

一　每月朔望　齋任率諸生　具巾服詣廟　開中門焚香　[齋任不在　則齋中年長者爲之]再拜　[序立則以年齒爲之]雖非朔望　諸生若自外新至　或自院辭歸　則必於廟庭再拜

一　每日晨起　整疊寢具　少者持箒掃室中　使齋直掃庭　皆盥櫛衣冠

一　平明　皆以巾服詣廟庭　不開中門　只再拜　出外庭分立東西　相向行揖禮　各退就齋室

一　凡讀書　必整容危坐　專心致志　務窮義趣　毋得相顧談話

一 凡食時 長幼齒坐 於飲食不得揀擇 常以食無求飽爲心

一 凡居處 必以便好之地 推讓於長者 毋得先自擇占 年十歲以長者
　　出入時 少者必起

一 凡几案書冊筆硯等物頓置 皆有常處 毋或散亂不整 不得以煙茶唾
　　洟戲筆 點汙窗壁 [亦不得着履升堂]

一 常時恒整冠帶 毋得褻衣自便 [亦不得着華美近奢之服]必以九容持
　　身 如對嚴師 終始不懈

九容 ○足容重 手容恭 目容端 口容止 聲容靜 頭容直 氣容肅 立容
德 色容莊

一 凡言語必愼重 非文字禮法則不言 以夫子不語怪力亂神爲法 且以
　　范氏七戒 存心寓目

七戒 ○一不言朝廷利害邊報差除 二不言州縣官員長短得失 三不言
衆人所作過惡 四不言仕進官職趨時附勢 五不言財利多少厭貧求富 六
不言淫媟戲慢評論女色 七不言求覓人物干索酒食

一 非聖賢之書性理之說 則不得披讀于院中 [史冊則許讀]若欲做科業
　　者 必習于他處

一 凡作文 必皆本之義理 毋得雜以異端詭怪之說 作字又必端嚴楷正
　　毋得放意潦草

一 朋友務相和敬 相規以失 相責以善 毋得挾貴挾賢挾富挾多聞見
　　以驕儕輩 且不得譏侮以相戲謔

一 各守一室 毋得紛紜參尋 或飯後夕間 有時相過 亦須從容講磨 絕
　　不可久坐閒話 以妨實功

一 每食畢 或逍遙庭院 亦須徐行後長 秩然有序

一 昏後明燈讀書 夜久乃寢

一 自晨起至夜寢 一日之間 必有所事 心不暫怠 或讀書 或靜坐存心
　或講論義理 無非學業 有違於此 卽非學者
一 書不得出門 [居齋時 如欲看讀以標記 具姓着署 授西齋生之典守
　者而出之 覽畢 卽付典守者 還置書廚而始去 其標記如有闕失之
　患 則授受者皆論罰而推還之]色不得入門 [博奕等具 亦不得入]酒
　不得釀 刑不得用 [謂諸生以私事施笞杖之類 若屬人得罪 院中行
　罰者 不在此例 但如守僕庫直 非齋任則亦不得擅罰]
一 有時歸家 切宜勿忘院中之習 治心檢身 應事接物 須要一一務盡
　道理 如或入齋修飭 出齋放倒 則是懷二心也 不可容接
一 每朔望 諸生會于講堂 令一人抗聲讀學規一遍 初入齋者 亦令先
　讀一遍 如有放肆不如規者 論責

4) 조선왕조실록의 서원 관련 기록

≪현종실록≫ 권7 현종 4년 10월 5일 기해

司諫閔維重等啓曰 石室書院賜額致祭時 監司分付本官 以境居前銜
差定執事 已極不可 況本官境居前銜 亦不差遣 以致臨時窘急 乃以諸
生 充備執事 至於祭文 乃是王言 而使儒生宣讀 求之典禮 豈容如是
況祭物之不備 香陪校生下來時 指路之人 亦不待候 尤可見其怠慢 請
京畿監司吳挺一從重推考 楊州牧使閔熙罷職 上從之

　사간 민유중(閔維重) 등이 아뢰기를, "석실서원(石室書院)에 사액(賜額)
하여 제사드릴 때, 감사가 본 고을에 분부하여 경내에 거주하는 전직 관
원을 집사(執事)로 차정(差定)하게 한 것만도 불가하기 짝이 없는 일이었

습니다. 그런데 더구나 본 고을에서도 경내에 거주하는 전직 관원을 차견(差遣)하지 않은 탓으로 시기에 임박하여 급해진 나머지 그만 제생(諸生)을 집사로 충당하고 말았습니다. 그리고 심지어는 그야말로 왕언(王言)인 제문(祭文)까지도 유생을 시켜 읽게 하였으니, 전례(典禮)로 살펴보건대 어찌 이럴 수 있단 말입니까. 이밖에도 제물(祭物)이 갖추어지지 않았을 뿐더러 향배 교생(香陪校生)이 내려올 때 길을 가르쳐주는 사람조차 대기하지 않고 있었으니, 그 태만함을 더욱 알 수 있습니다. 경기 감사 오정일(吳挺一)은 중하게 추고하고 양주 목사(楊州牧使) 민희(閔熙)는 파직하소서." 하니, 상이 따랐다.

≪현종개수실록≫ 권9 현종 4년 10월 5일 기해

維重又啓日 石室書院 石室, 卽金尚容 尚憲書院 賜額致祭時 監司不以守令差送 執事以本州境內前衒官差定 已極無據 而本官亦不定送前衒官 以諸生充備執事 至於祭文 乃是王言 亦使儒生宣讀 求之典禮 豈容如是 況祭物 儀物之不備 尤見其怠慢 請京畿監司吳挺一推考 楊州牧使閔熙罷職 上從之

유중이 또 아뢰기를, "석실 서원(石室書院)의 【석실은 김상용(金尚容)·김상헌(金尚憲)의 서원이다.】 사액(賜額) 치제(致祭) 때 감사가 집사를 수령으로 차출하여 보내지 않고 그 고을 경내의 전직 관원으로 차출하여 정하게 했다니 이미 터무니없는 일인데, 본관(本官)에서도 전직 관원으로 정하여 보내지 않고 제생(諸生)들을 집사로 충원하였으며 제문(祭文)에 있어서는 그게 마로 왕언(王言)인데도 역시 유생(儒生)을 시켜 낭독하게 하였다니 전례(典禮)로 보아 어떻게 그럴 수가 있겠습니까. 더구나 제물(祭物)이나 의물(儀物)도 갖추어지지 않아 더욱 태만함을 나타냈으니, 경기 감사 오정일(吳挺

一)을 추고하고 양주 목사 민희(閔熙)는 파직하소서." 하니, 상이 따랐다.

≪경종실록≫ 권12 경종 3년 6월 3일 경술

憲府 持平沈埈 申前啓 且論 李慶祉不可不嚴覈正罪 請拿鞫嚴問 金
在魯等罪名至重 不可輕議 强分彼此 處分顚倒 請還收量移放送之命
楊州之石室書院 卽文正公 金尙憲俎豆之地 而向者凶黨 乃以金壽恒及
其子昌協 濫厠追配之列 士林之駭憤 尙今未已 若使逆集之父與弟 尙
今生存 當施隨坐之律 至於從享賢祀 壞邦憲而辱儒宮 此臺啓所以發也
壽恒父子 非有名節 學術之可言 到今逆集伏法之後 尤不可仍置 請令
該曹 亟擧黜配之典 書院之設 蓋出後學尊慕先賢 而鄭澔 乃於槐山地
營建一院宇 道路相傳以爲 鄭判書生書院 同鄕無賴之輩 隣邑避役之徒
無不趨附 作一逋逃藪 前後醜正疏軍 除穀助糧 設心行事 實爲巧慝 請
令本道 卽速毁(掇)[撤] 上竝不從 金壽恒父子 繼享石室 人謂之金氏祠
宇 蓋譏之也 然昌協文章學識 亦足以別立院享 則何可追論其逆屬而黜
配乎 鄭澔生書院之云 必出於憎嫉者 而臺閣之言議 務爲已甚 不究本
實 何以服一世哉

헌부(憲府)【지평(持平) 심준(沈埈)이다.】에서 전계(前啓)를 거듭 아뢰
고, 또 논하기를, "이경지(李慶祉)는 엄하게 핵실(覈實)하여 정죄(正罪)하
지 않을 수 없습니다. 청컨대 잡아다가 엄하게 국문(鞫問)하소서. 김재로
(金在魯) 등은 죄명(罪名)이 지극히 무거워 가벼이 의논할 수 없는데, 억
지로 피차(彼此)를 구분하여 처분이 전도되었습니다. 청컨대 양이(量移)하
여 방송(放送)하라는 명을 도로 거두소서. 양주(楊州)의 석실서원(石室書
院)은 곧 문정공(文正公) 김상헌(金尙憲)을 제향하는 곳인데, 지난번에 흉

당(凶黨)들이 김수항(金壽恒)과 그 아들 김창협(金昌協)을 외람되게도 추배(追配)하는 열(列)에 끼이게 하였으므로, 사림(士林)들의 놀라움과 통분이 지금까지도 그치지 않습니다. 만일 역적 김창집(金昌集)의 아비와 그 아우가 지금 살아 있다면 마땅히 연좌(連坐)의 율(律)을 베풀었을 것인데, 현사(賢祀)에 종향(從享)하기까지 하여 나라의 법을 무너뜨리고 유궁(儒宮)을 욕되게 하였으니, 이것이 대계(臺啓)가 일어나게 된 까닭입니다. 김수항 부자는 말할 만한 명절(名節)이나 학술(學術)이 없으며, 역적 김창집이 처벌된 지금에 이르러서는 더욱 그대로 둘 수 없습니다. 청컨대 해조(該曹)로 하여금 빨리 배향에서 내쫓는 법을 거행하게 하소서. 서원(書院)을 설치하는 것은 대개 후학(後學)들이 선현(先賢)을 존모(尊慕)하는 데서 나온 것입니다. 정호(鄭澔)가 이에 괴산(槐山) 땅에 한 채의 원우(院宇)를 지었는데, 길거리에 전해지는 이야기로는 정 판서(鄭判書)의 생서원(生書院)이라고 하며, 동향(同鄕)의 무뢰배들과 이웃 고을의 피역(避役)하는 무리들이 모두 거기로 달려와 빌붙으니, 죄진 자가 숨는 하나의 소굴이 되었습니다. 전후로 선정(先正)을 무함하는 상소를 하는 무리에게 식량을 도와주었으니, 그 용심(用心)과 행사(行事)가 진실로 간특합니다. 청컨대 본도(本道)로 하여금 속히 허물어 버리게 하소서." 하였으니, 임금이 모두 따르지 않았다. 김수항 부자가 석실 서원에 잇따라 제향(祭享)되자 사람들이 김씨 사우(金氏祠宇)라 일렀는데, 대개 비웃는 것이었다. 그러나 김창협의 문장과 학식 역시 원향(院享)을 따로 세움직한 것인즉, 어찌 역적의 족속이라고 하여 배향(配享)에서 내치라고 추론(追論)할 수 있겠는가? 정호의 생서원에 대한 말은 반드시 그를 미워하고 질투하는 자에게서 나왔을 것인데, 대각(臺閣)의 언의(言議)가 너무 심하게 하는 것만 힘쓰고 사실의 본질은 궁구(窮究)하지 않았으니, 어떻게 한 시대를 복종시킬 수 있겠는가?

≪영조실록≫ 권3 영조 1년 2월 2일 경오

楊州幼學李志沆等上疏 請復故相金壽恒 故判書金昌協 石室書院配
享 批曰 道峰旣已復享 石室豈有異同 令該曹一體擧行 昌協 壽恒子也
道學 文章 爲世儒宗 及壬寅之禍 金氏皆屠戮 沈埈 尹會輩 誣詆請黜
之 至是始復享

양주(楊州)의 유학(幼學) 이지항(李志沆) 등이 상소하여 청하기를, "고
(故) 상신(相臣) 김수항(金壽恒)과 고(故) 판서(判書) 김창협(金昌協)의 석
실서원(石室書院) 배향(配享)을 회복하소서." 하니, 비답하기를, "도봉 서
원(道峯書院)을 이미 복향(復享)하였으니, 석실 서원을 어찌 다름이 있게
하겠는가? 해조(該曹)로 하여금 일체로 거행하게 하라." 하였다. 김창협은
김수항의 아들로 도학(道學)과 문장(文章)이 한 세상의 유종(儒宗)이 되었
다. 임인년 화(禍)에 이르러 김씨가 모두 도륙(屠戮)을 당하자 심준(沈埈)·
윤회(尹會)의 무리가 무함해 헐뜯어 출향(黜享)을 청하였는데, 이때에 이
르러 비로소 복향된 것이다.

≪영조실록≫ 권95 영조 36년 4월 28일 임인

壬寅 楊州儒生李修亨等上書 請故徵士金昌翕 追配石室書院 王世子
答以事體重大 煩稟爲難 蓋金昌翕之偉行卓節 高文邃學 可謂希世之大
儒 宜與乃父乃兄 同享一堂 而至今未擧 士論惜之

양주(楊州) 유생 이수형(李修亨) 등이 상서하여 고 징사(徵士) 김창흡
(金昌翕)을 석실 서원(石室書院)에 추가 배향할 것을 청하니, 왕세자가,
사체가 중대한 만큼 자주 품하는 것은 곤란하다고 답하였다. 대저 김창흡
의 위대한 행적과 뛰어난 절조며, 고명한 문장과 깊은 학문은 세상에 드

문 대유(大儒)라 할 만하다. 그의 아버지 그의 형과 함께 같은 사당에 향사(享祀)함이 마땅한데 지금까지 거행되지 않았으니, 사류(士類)들의 여론이 애석하게 여겼다.

≪영조실록≫ 권100 영조 38년 11월 10일 무진

京畿儒生安構等上疏 請故執義金昌翕追配石室書院 上曰 此眞隱逸士也 當其遯遯之時 其家門之盛赫如何 而乃能泥塗軒冕 長往考槃於明山麗水 世所謂隱逸 豈有過於此人乎 賢矣

경기 유생 안구(安構) 등이 상소하여 고(故) 집의(執義) 김창흡(金昌翕)을 석실 서원(石室書院)에 추배할 것을 청하니, 임금이 말하기를, "이는 참으로 숨어 있는 뛰어난 선비이다. 먼 곳으로 은둔할 때에 그 집안이 얼마나 현혁(顯赫)한 가문이었던가? 그런데도 높은 관직을 진흙처럼 하찮게 여기고 산 높고 물 맑은 고장에 살면서 산수의 풍류를 즐겼으니 세상에서 이른바 은일(隱逸)이란 어찌 이 사람보다 낫겠느냐? 어질도다." 하였다.

≪정조실록≫ 권2, 정조 즉위년 11월 10일 무인

京畿幼學尹湛等上疏 請故徵士金昌翕追享石室書院 不許

경기 유학(幼學) 윤담(尹湛) 등이 상소하여 고(故) 징사(徵士) 김창흡(金昌翕)을 석실 서원(石室書院)에 추향(追享)하게 해줄 것을 청하였으나 윤허하지 않았다.

≪순조실록≫ 권34 순조대왕 행장 1

癸亥春敎以 尙未瞻夫子廟宮 於予心不勝忧焉 命擧謁聖禮 此初元視

學之賑典也 命禁宮房衙門 庄土陳告之習 守令之入於繡啓者 殿最居下
者 錄成冊子 以備省閱 申嚴貪吏廢錮之法 咸興火 民家被燒 至數千戶
遣校理洪奭周慰諭 發交濟穀賑之 蠲其戶還身役 停鹿茸之貢 內下丹木
胡椒 以助結構奠接之資 民忘其災 秋謁健元陵 元陵自是以歲春秋 歷
謁諸陵 特施故相李頤命 李健命 趙泰采不祧之典 遣官賜祭于道峯 石
室兩書院 輦路起感也 又特侑高麗忠臣鄭夢周

　계해년 봄에 하교하기를, '아직도 부자(父子)의 묘궁(廟宮)을 보지 못하
였으므로 나의 마음에 척연(惕然)스러움을 금하지 못하겠다'라고 하고, 알
성례(謁聖禮)를 거행할 것을 명하니, 이것이 처음 시학(視學)한 빛나는 전
례(典禮)였다. 궁방(宮房)·아문(衙門)에서 장토(庄土)에 대해 진고(陳告)하
는 습관을 금하라고 명하였고, 수령으로서 암행 어사의 서계(書啓)에 든
자와 전최(殿最)에서 하등(下等)을 받은 자는 이를 기록하여 책자로 만들
어서 성열(省閱)에 대비하게 하였으며, 탐관 오리를 폐고(廢錮)시키는 법
을 거듭 엄중히 행하였다. 함흥(咸興)에 불이 나서 소실(燒失)된 민가(民
家)가 1천 호(戶)에 이르자 교리 홍석주(洪奭周)를 보내어 위유(慰諭)하고
교제창(交濟倉)의 곡식을 내어 진구(賑救)하였으며 호환(戶還)과 신역을
견감시키고 녹용(鹿茸)의 공납을 정지시켰다. 그리고 단목(丹木)과 호초
(胡椒)를 내려 주어 집을 지어 전접(奠接)시키는 자금으로 쓰게 하니, 백
성들이 재해를 입은 것을 잊게 되었다.

　가을에는 건원릉(健元陵)·원릉(元陵)을 알현하였는데 이로부터 해마다
봄·가을에 여러 능을 두루 알현하였다. 그리고 특별히 고 상신 이이명
(李頤命)·이건명(李健命)·조태채(趙泰采)에 부조지전(不祧之典)을 시행
하게 하고 관원을 보내어 도봉 서원(道峰書院)·석실 서원(石室書院)에
사제(賜祭)하였는데, 이는 연로(輦路)에서 느낌이 있었기 때문이었다. 또

특별히 고려 충신 정몽주(鄭夢周)에게 제사를 내렸다.

≪철종실록≫ 권5 철종 4년 11월 28일 기사

八道儒生金七煥等 上疏請三儒賢躋配石室書院 批曰 令廟堂稟處

팔도 유생(八道儒生) 김칠환(金七煥) 등이 상소(上疏)하여 세 유현(儒賢)을 석실 서원(石室書院)에 제배(躋配)하기를 청하니, 비답하기를, "묘당(廟堂)으로 하여금 품처(稟處)하게 하겠다." 하였다.

≪철종실록≫ 권9 철종 8년 5월 10일 경신

又啓言 因八道儒生金七煥等疏請 文康公臣金昌翕 文敬公臣金元行 故祭酒臣金履安 追配石室書院事 有令廟堂稟處之命矣 三賢之於是院 卽祖孫父子前已腏享之所 而三賢道學名義藏修之 粹然爲百世觀慕 顧其地棟韓之所麗澤 鯉庭之所授承 俱在於是水是邱矣 今玆追配之論 非但神理人情所允合 其輔世象賢之政 在所宜先 請依儒疏所請施行 從之

또 아뢰기를, "팔도(八道) 유생(儒生) 김칠환(金七煥) 등이 상소하여 문강공(文康公) 신(臣) 김창흡(金昌翕), 문경공(文敬公) 신 김원행(金元行), 고(故) 좨주(祭酒) 신 김이안(金履安)을 석실 서원(石室書院)에 ·추배(追配)하게 할 것을 청한 일로 인하여 '묘당(廟堂)으로 하여금 품처(稟處)하게 하라.'는 명이 계셨습니다. 삼현(三賢)은 이 서원에 곧 조손(祖孫)과 부자(父子)를 전에 이미 배향(配享)한 곳인데, 삼현이 도학(道學)과 명의(名義)를 닦은 것이 수연(粹然)히 빛나 백세(百世) 뒤에도 관감(觀感)하고 숭모(崇慕)하게 되었습니다. 돌아보건대 그 곳은 형제(兄弟)끼리 학문을 닦은 곳이요, 부자(父子) 간에 교훈을 주고 받은 곳으로, 모두 이 물과 이

언덕에서 있었습니다. 지금 추배하자는 논의는 다만 신리(神理)와 인정(人情)에 화합할 뿐만이 아니라, 세상을 돕고 어진이를 본뜨게 하는 정사(政事)에 있어 먼저 하는 것이 마땅합니다. 청컨대 유소(儒疏)의 청에 의하여 시행하소서." 하니, 그대로 따랐다.

≪철종실록≫ 권9 철종 8년 5월 23일 계유

癸酉 京畿 楊州儒生幼學李淵兢等 疏請故領相忠獻公 金昌集 追配 石室書院 批曰 以是院是享 金忠獻之尙未躋腏 實爲欠闕之典 爾等所 請 誠然矣 卽爲施行

경기(京畿) 양주(楊州) 유생(儒生)인 유학(幼學) 이연긍(李淵兢) 등이 상소하여 고(故) 영상(領相) 충헌공(忠獻公) 김창집(金昌集)을 석실 서원(石室書院)에 추배(追配)하게 하라고 청하니, 비답하기를, "이 서원의 향사(享祀)에 김충헌을 아직까지 배향(配享)하지 못한 것은 실로 흠궐(欠闕)된 법전이니, 그대들의 소청이 진실로 옳다. 곧바로 시행하게 하라."

≪철종실록≫ 권9 철종 8년 11월 29일 병오

丙午 京畿儒生李淵兢等 上疏請忠文公 金祖淳 追配石室書院 批曰 以 若忠文之經術德業事功 是院躋配之諭 尙云晚矣 所請依施 爾等退修學業

경기 유생(京畿儒生) 이연긍(李淵兢) 등이 소장(疏章)을 올려 충문공(忠文公) 김조순(金祖淳)을 석실 서원(石室書院)에 추배(追配)하기를 청하니, 비답(批答)하기를, "충문(忠文)과 같은 경술(經術)·덕업(德業)·사공(事功)으로 이 서원에 추배하자는 의논이 나온 것은 오히려 늦은 것이다. 청한 대로 시행하겠으니, 그대들은 물러가서 학업(學業)을 연마하도록 하라." 하였다.

5) ≪승정원일기≫의 서원 관련 기록

현종 4년 4월 10일 무술

吳挺緯 以禮曹言啓日 卽接石室書院賜額致祭官尹益亨牒報 則受香行到楊州境上 而香陪校生及指路人等 專不待候 至於祭物中 只送一口豕牲缺故不得已以院儒代行 事甚缺 可駭云 莫重賜祭之擧 本官不宜奉行 且賜祭時執事 本道不以守令依例差送 以本州前銜差送 而終不來參 摸諸事體 豈容如是 監司吳挺一 楊州牧使閔熙 竝推考 何如 傳日 允

현종 4년 10월 5일 기해

司諫閔維重所啓 請諸宮家柴場·漁場等折受處 令該曹各道一一查出革罷 上日 不允 措語見上 又所啓 請依該曹草記施行 此外諸宮家屯庄 從前雜役勿侵之類 竝爲勿施 措語見上 上日 亟停勿煩 又所啓 今者石室書院賜額之擧 尤是褒崇之重擧 該曹行會之後 本道本官 所當恪謹奉行 而京畿監司 使地方官以境居前銜差定 此實前所未有之事 已極無據 而本官又不差送 以致臨時窘迫 以諸生備充諸執事 至於祭文 乃是王言 而使儒生宣讀 求之典禮 豈容如是 況祭物之不備 及香陪校生指路人之專不待候 尤可見其怠慢 此無非朝廷不尊 國綱解弛之致 請京畿監司吳挺一 從重推考 楊州牧使閔熙罷職 上日 依啓 又所啓 禮曹正郎尹益亨 旣以致祭事奉命以往 而本道不爲差送諸執事 則所當報禮曹啓聞 以俟朝家指揮 而乃以己見 使儒生代行執事 虧損典禮 失職 甚矣 請禮曹正郎尹益亨遞差 上日 遞推 可也

경종 3년 6월 3일 경술

楊州之石室書院 卽文正公金尙憲俎豆之地也 向者凶黨之柄國也 乃以金壽恒及其子昌協 不恤公議 濫置追配之列 士林之駭憤 尙今未已

若使逆集之父與弟 生存於今日 則亦當被隨坐之律 而特以旣骨之故 雖
逭刑章 至於濫享賢祠 訖未有釐正之擧 其爲壞邦憲而辱儒宮 莫此爲甚
此臺啓之所以發 而日昨因筵臣陳達 有姑置之命 臣竊以爲不然也 壽恒
父子 非有名節學術之可言 而特以詞章之艶稱 威勢之隆赫 濫躋賢廟
久享禮食 此豈非大段未安者乎 到今逆集伏法之後 尤不可仍置於醊食
之列 請令該曹亟擧黜配之典

경종 3년 6월 4일 신해

請庭請議罷時 卿宰以下及三司諸人之合辭唯諾者 竝遠竄 請行藥宮
人金姓者 亟命出付攸司 直爲正法 請令廟堂斯速稟處 革罷大阜島新設
僉使 依前以牧官擇差 洪原之新設牧官 亦爲革罷 依前屬之於大阜牧官
以除無限弊瘼 請淸州討捕使李慶祉 拿鞫嚴問 請還收極邊遠竄罪人金
在魯 申思喆 金取魯 金希魯等量移 金令行 具鼎勳放送之命 楊州石室
書院金壽恒及其子昌協 不可仍置於醊食之列 請令該曹 亟擧黜配之典
栫棘罪人鄭澔生書院 不可不卽速毀撤 請令本道登時擧行 答曰 不允
第四五件及末端兩件事 依啓

영조 원년 2월 2일 경오

楊州幼學李志沆等疏曰 伏以臣等所居之地 有石室書院 卽先正臣文忠
公金尙容 文正公金尙憲妥靈之所 而以故相臣金壽恒 閔鼎重 故副提學
臣李端相 故判書臣金昌協 前後配享 此誠一州多士之所申請 而我肅宗
大王之所允許者也 向來邪黨之變亂黑白 醜賢毒正者 顧何所不至 而尤
於金壽恒 昌協父子 乘其門戶之滅亡 欲其俎豆之撤廢 沈埈發啓 尹會繼
之 以成其黜享之謀 而浙辭閃爍 造意絕悖 乃以法外之律 勒加於享祀之
地 又以非名節學術之可言 只以詞章艶稱等語 恣意誣詆 臣等誠不勝駭

憤痛惋之心 欲相率籲天 以破讒慝之情 兼陳復享之請 而因循荏苒之間
遽遭陟方之痛 顧今因山倏過 萬事莫逮 臣等稽緩之罪 益無所逃 而臣等
忝在縫掖之列 久沐菁莪之化 其所以爲先賢辨誣者 乃其職分 則有不可
終始泯默者 故茲敢以欲陳於我大行大王者 爲殿下陳之 而彼埈 會輩 闖
機弄法 執以爲言者 全無倫脊 徒事醜悖 不待臣等之畢辭 宜蒙天日之下
燭 臣等亦不必呶呶辨爭 故只將兩臣平生本末學術淵源 謹以婦孺所誦之
言 略陳於黈纊之聽 伏願殿下 澄省焉 臣等竊念故相臣金壽恒 卽先正臣
金尙憲之孫也 本以金玉之質 早服詩禮之訓 凡於操身飭躬之方 立朝事
君之道 莫不以賢祖爲法 貞操雅望 冠冕乎當世 直節清名 矜式乎百僚
乃以扶植世敎 排抑邪論 作爲已任 卒與先正臣宋時烈 同罹宵人之禍 而
靡有怨悔者 何莫非傳家學術中出來 而況其愛君似血之心 自然著見於篇
什 唯我肅宗大王 覽遺什而興懷 感宵夢而增悼 丁寧惻怛之旨 溢發於昭
回之章 有足以貫金石而泣鬼神焉 則伏想聖明 亦必撫前事而想像其人
慨然有九原難作之歎矣 至於故判書臣 金昌協 和粹中正 天品合道 自其
早歲 已有志於聖賢之學 研究蘊奧 洞見源頭 自臻於高明灑落之域 而況
自禍故退廢之後 用工至深 其沈潛玩索之功 密切存省之力 視前日尤專
造詣旣卓 踐履益篤 凡所以闡發乎道妙 鋼範于後學者 眞可謂知行兼備
道成德立之君子 當初士論 皆欲以專祠享之 以表其高山 景行之慕 而特
以石室 乃其父祖妥侑之祠 且其晚年講道 因以終命者 實是書院下數十
步之地 故就其情理之所安 事勢之所便 享祀之儀 姑先於此 而彼埈 會
等 乃反急於誣毀 欲以文章之名 掩蔽其道學之實 人之無狀 胡至此極
夫金壽恒 昌協父子 或力護斯文 或身任吾道 凡於斥邪闢異之際 言論的
確 文字明白 有足以快服人心 作爲斷案 故 種陰邪之輩 嫉如仇讎 必
欲甘心者 其來已久 則彼埈 會等 乘時逞毒 至於撤享而後已者 蓋以此
也 而兩臣父子 俱以我肅廟禮待之臣 當時享祀之典 實惟我肅廟之所許

則當此新化方隆 公議丕伸之日 惟茲兩臣之享祀 宜與道峯之陞黜 同其
榮辱 故茲敢倡率同志 乃以兩臣復享之請 冒瀆於宸嚴之下 伏願斷自聖
衷 亟命有司擧行 以慰一州多士之望焉 臣等無任云云 疏錄 幼學李志沆
吳思永 李邲 任謇 李德駿 任錫 黃九河 尹商英 崔雲紀 安夢暄 宋進源
李希聖 禹鼎復 禹鼎德 宋德源 李郇 吳汲 李祁 吳泌 李郯 吳鼎煥 李
廊 李郶 李瑨 任弘泰 尹興周 金勛 進士崔祵 幼學尹重周 申有樺 李重
華 李重廣 李重曄 韓道林 尹燧 尹煜 尹熠 任裕 任恪 具桓 任胤緒
具大徵 尹恬 進士李廷益 幼學宋之漢 宋之夏 高漢翼 高漢星 高宗岳
柳光天 柳光文 任恬 具始泰 李震輝 尹殷英 李最一 洪夢協 李憲一 李
德懋 李義重 崔慶胄 李受天 李洽 李鳴夏 李觀夏 吳溂 任哲 吳涑 申
愊 具文淶 任頊 任璓 李震晟 閔澤 任邦協 李松壽 任就三 李萬吉 閔
昌佐 任邦彦 邊枸 李萬植 任處三 李應敷 閔長亨 崔尙久

영조 원년 3월 26일 갑자

出擧條 承旨金槹所啓 司諫魚有龍所達 趙鎭禧 沈埈等事 宜有處分
矣 蓋向日北門之冒彈潛入者 洪啓迪出力拒塞 放一邊凶徒 尤益切齒
趙鎭禧者 假托無根之鞫招 而直請拿鞫 終至謨殺乃已 慘毒之禍 豈忍
言哉 至於石室書院黜享事 沈埈之凶論 實爲萬萬絶悖 此兩人 不可無
嚴直之道矣 上曰 以此遠竄 似乎過矣 隨事遠竄 則豈有餘存耶 趙鎭禧
沈埈 削黜 可也

영조 14년 7월 22일 임신

正言李壽海疏曰 伏以臣 竊覸近日朝臣 以安東書院事 爭進甲乙之論
而或以爲可改建 或以爲不可改建 各主己意 其說紛然 其言不可建者
固不足論 雖言可建者 亦不能明白指陳 遂使聖代崇節義樹風敎之道 因

此有歉　而畢竟處分　未免爲苟且彌縫之歸　臣於是　不勝憂歎慨恨之至
先正臣文正公金尙憲　精忠大節　亘宇宙炳日星　至今使東土人民　知有匪
風下泉之思　此實華夷之所同慕　婦孺之所共尊　則其於俎豆以享　孰敢有
異議也　使斯世　無院享則已　有之　當先先正　東土　無先正之院則已　有
之　必當在安東　安東　卽先正之鄕也　當丙丁天地翻覆之後　走入鶴駕山
中　抱一部春秋　若將終身　鶴駕一面　乃先正之東海　則倘可與尋常杖屨
之所遊比耶　此其義較然　無愚智賢不肖　宜皆知之　而何今之議者　乃反
創生別意　一則曰擅建　一則曰疊設　一則曰純鄕　將爲病鄕　必欲使旣建
之院　終不得復設耶　若謂先正之所樹立　無足尊尙　不合享祀　則固亦無
如　彼何以祗拘此三說而曰　已毁矣　姑舍之云爾　則臣請泝源而極論之
夫書院之說[設]　所以崇奉先賢而腏食之　聚會多士而藏修之　以爲矜式
興起之地　方其創建之初　未嘗關稟命令　及夫請額之日　始乃上聞朝廷者
今古同然　而近年以來　不當建而冒建者甚多　故朝家每軫矯革之道　嚴加
申飭　蓋亦損益之隨宜也　何嘗設擅建之令　以阻多士尊賢之誠耶　道臣守
令　始昧化俗之方　終失制變之道　此誠有罪　而若以初不稟命　謂有欠於
光明正大者　固未之深思　而又以此欲罪儒生者　尤見其求罪於無罪也　況
今因毁撤之變　而終至於上聞　則前之擅建與否　又不足卜也　疊設之禁
雖曰矯弊　而禁條之太嚴　或有妨於崇儒興學之道　是故　先正臣文烈公趙
憲　故相臣文正公李敬輿　皆引朱夫子境內寺刹　鍾鼓相聞　未有厭其多者
而國家化民成俗之所　乃反寂寞稀闊之語　或陳章疏　或白筵席　眷眷於表
章先賢　而聳動多士　其言不啻反復　夫以兩臣之深識遠見　豈不知書院之
亦多流弊　而猶且爲此說者　誠以作成之方　固不可忽也　是以曾在肅廟朝
先正臣文純公朴世采　極論書院之弊　且申疊設之禁　而末乃結之以從祀
諸賢及大名賢　亦當有別樣優異之道云　此亦事體道理之當然　儒賢定論
宜可遵行而勿疑　則今日廷臣　智慮見識　孰有企及前賢者　而欲以疊設二

字 敢沮先正之院享乎 且所謂疊設者 卽指揚州石室書院而言也 石室
乃先正與其兄文忠公臣尙容 合享之所 而院宇位次 右享尙容 則先正更
無他主享之院矣 以先正日月爭光之忠義 終不得一間祀屋 專享芬苾於
桑梓守義之鄕者 誠不可使聞於天下後世也 雖其疊設 尙不可禁 而況非
疊設而强謂之冒禁者 抑何所據也 至於純鄕云云 不但書院一事 從前朝
家於嶺南事 許多不善措置 皆由此出 臣嘗慨然 每欲一陳 而未得其便
也 安東雖曰南人攸萃 先正節義 亦豈關於南西黨目之列耶 嶺之南七十
州 左道多南人 右道多西人 上道多衿紳 下道多富豪 論議必出於上道
起鬧每始於左道 此是一道風習然也 今之論嶺事者 不究其事實 但謂嶺
論純一 而其鋒不可犯 治之以不治 付之於無奈何 任其肆橫 莫之裁抑
此殆不知南俗 而徒怵於風聞也 嶺南當士論岐貳 東西派分之初 尙州人
王子師傅河洛 首先上章 洞卞先正臣文成公李珥 先正臣文簡公成渾之
被誣 其後多士 凡於事關儒林 如請享卞誣 相繼陳疏者 自宣廟末年 至
於今日 而衛道扶正 輒爲諸路倡名帖之夥 每至於數千 則嶺固多南士
而西儒亦何嘗少也 今謂建院之擧 倡自安宅駿輩 若爾人者 抑不知其本
末 而爲浮議虛喝所動耶 宅駿雖曰參建院之議 而道內之先賢支裔名閥
令族 世守正論 尊尙名義者 亦不爲不盛 則豈藉一宅駿 而始倡此議耶
以臣所知者言之 與先正同時抗節之臣 贈領議政洪翼漢 及故相臣洪暹
後孫 俱在順興 先正臣文獻公鄭汝昌後孫在咸陽 文莊公臣曺偉後孫在
金山 文靖公臣尹斗壽後孫在大丘 故靑陽君臣沈義謙後孫在密陽 故大
司諫臣金就文 平靖公臣李約東 文戴公臣金應箕 故承旨朴守弘後孫 俱
在善山 故節士臣趙旅 故判書臣成泳後孫 俱在尙州 故忠臣河緯地後孫
在榮川 故進善臣申碩蕃後孫在咸昌 故大司成臣申敏一後孫在醴泉 此
皆表表可稱 而卽今立朝官高者 慶尙監司臣尹陽來 亦世居嶺南之人也
臣所知者如此 則臣所不知者 又不知其幾何 表顯者如此 則郡縣之望

鄉黨之善 如金山之曺鄭 山陰之裵閔 宜寧之權姜 大丘之全禹 又何可殫記也 臣亦嶺人 頗悉嶺情 故家世族之主張正論者 道內上下左右 錯落散處 如此其多 而人猶謂嶺南純色云者 特以其黨伐之勇 鬪鬨之健 爲彼痼疾 而不但分衆寡之勢而論也 雖然 賴有此十數故家 維持名義 相守百年 譬如頹波之砥柱 故當戊申板蕩之際 兇徒逆黨 處處屯聚 而民心猶知向背 一道幸免全陷 何莫非祖宗朝培植名敎之效 而諸名臣後人 又爲彼所憚 不得恣其猖獗而然也 惟此尊慕先正之節義者 自昔已有建院之議 而每被異論之所沮戲 及至戊申以後 雖安東 禮安之世傳峻論者 亦或懲創變亂 間多歸正 此書院之所以得成於今日 而顧彼中不悛舊習 而血戰公議 抵死作挐者 實逆亮姻親 賊逸門徒 爲之倡首也 噫 純之一字 固是虛位 純乎天理而爲純善 則純亦不可可也 純乎人慾而爲純惡 則其爲純 不可說也 臣未知嶺俗之純 爲善耶爲惡耶 今其無前兇悖之擧 擧世莫不憂之 憂之則當思撞破純論 以分其勢 而今乃非純而强謂之純 又復愛護其純 而猶恐或傷 若正論稍異於其所謂純者 則抑挫排斥無所不至 反憂其純之不純 可謂憂之未得其道也 前後朝廷之所以待嶺南 專出於羈縻慰安之計 使彼苟有一分羞惡之心 則惟當愧死不暇 而猶不知懲處 渠輩以化外 必以違朝令務角勝爲得計 及陷罪戾 則不思洗濯之道 乃反群起而相煽 遂至於恐動朝廷 而朝廷又墮其計 置而不問 此豈非朝家之眞可憂 而嶺人之眞不幸也耶 由是而守正之士 抑鬱轉甚 扶義之論 催沮殆盡 則臣恐朝議於此 一擧而兩失之也 戊申以後 其不染凶逆之類 幾皆洗滌舊習 同歸正論 而只緣威令不行 慰藉太過 又有一種得罪名義 負犯深重之輩 操弄鄉權 指揮慫慂 歲月稍久 依舊跳踉 前頭之慮 有不可言 而無一人爲殿下洞陳者 臣竊痛之 昔在孝廟朝 有柳櫻者 誣詆李珥 成渾兩先正 而太學施以重罰 則嶺儒臨試不赴 罷場而出 故相臣文孝公趙翼陳箚以爲 嶺儒若以櫻爲直道被罰 則自不赴擧足

矣 今乃群至 公言而出 正所謂要君無上也 人心之服 惟在處置之得宜
豈容護有罪者 爲可服人之道耶 夫嶺俗之犯分悖義 脅持恐喝者 在古亦
然 而前輩名臣所以處之者 不過明正其罪 以服其心耳 何嘗畏其純論
莫敢誰何 如今日之議者耶 殿下之處分作挈者 可謂嚴正 而顧此多士
爲先正所建之院 一任渠輩行劫盜之事 公然毀撤 而終無改建之命 則是
其身雖抵罪 而其計乃得售也 嶺人之每犯悖亂之罪 迷不知改者 只坐觀
感無所 敎化不明而然也 今若仍建此院 使此輩 知節義之可敬 而名敎
之難犯 則必將有丕變之效矣 欲革嶺弊 宜莫先於此者 施刑而懲艾之
建院而開導之 然後方可以崇節義而樹風敎也 凡百弊瘼 莫不有對症之
良劑 而嶺弊之藥石 無過於建先正書院也 臣旣明知其一建此院 則士習
可以漸變 人心可以鎭服 而怵畏嗫嚅 終不仰告於我聖上深憂遠慮之日
則是臣孤負聖上也 臣雖不肖 豈忍爲此哉 玆敢不避讎怨之坌集 悉攄肝
膈之危衷 惟聖明裁察焉 臣治疏將上之際 召牌儼臨 而顧臣素患痰病
挾感暴發 達夜叫楚 無以起動 而坐犯違慢 有所不然 謹此隨詣於九閽
之外 而咫尺禁中 末由致身 投呈已成之疏 自外徑歸 尤不勝惶恐 答日
省疏具悉 尙其忠節 特命爲之則 可也 此亦於昔年猶不設 況今申飭之
時乎 尤況因此以命 事體決不當也 其所張皇 不亦多事乎 勿辭察職

영조 14년 8월 10일 경인

兵曹判書朴文秀疏日 伏以臣性雖狂愚 愛君憂國之誠 自謂不後於人
每於朝廷事 勿論輕重大小 或見不可於心者 非不欲盡言不諱 而官高憂
多 左掣右礙 或未免有糊塗之時 臣心若負聖上睠遇之恩 撫躬自訟 其誰
知之 至於安東書院事 實非國家之細憂 臣竊有區區所慮 決知臣一言發
口 則於臣身 無一利而有萬害 且諸臣逡巡含默之中 臣獨挺身而言之 誠

是天下之愚者 臣敢言之者 實出於斷斷憂國之赤心 不然 臣於安東 旣無
族黨親知 有何毫分係戀 乃冒黨人之萬端齮齕 而樂爲此哉 以此言之 臣
心庶可恕諒 而人言之罔測 胡至此極 趙重稷之啓 則曰尊尙大賢之士類
則排擊不足 誣辱狼藉 蔑視節義之凶徒 則極意營護 猶恐不及 李瑠之疏
則曰彼權宰 特以其喪性於黨伐之私 而反欲逞憾於已死之先正 洪啓裕之
疏則曰怪夫筵席之上 反有扶護之論 遙爲聲勢 語近恐動 噫 臣方爲彼黨
之俎刀魚肉 則今此多般論斷者 雖至慘且毒 亦復奈何 從古院祠之創 無
論京外 有道德節義者 則遠近章甫 起感而發議 各捐私財 或建於其生老
之鄕 或創於其杖屨之地 以時享之 士子亦居而爲藏修之所 尙德襲訓 淑
身謹行 大則爲國家所需用 小則爲鄕黨所矜式 其書院之敦化善俗 有補
於治道有如是者 此所以士林之請額 某院以道德 某祠以節義 而朝廷 於
是乎考其德察其行 可許者則許之而已 初何嘗干涉於創建之事乎 挽近以
來 院祠亦有弊 位至卿相者 未必皆有可言之德可述之蹟 不過食肉富貴
而終身者 有子數三 登科顯揚 則州縣間自稱多士 貧殘不文之兩班 富豪
欲免軍役之閒散 乃倡建祠之議 則所謂本家之顯揚子弟 求請於各道所識
之監兵使守令 輦輸錢布 大創一院 丹碧煥然 勢之所在 何事不成 一境
之內百姓之家 計稍饒者恐冒軍役 企艶士夫百般圖囑 納錢投入 故有勢
力一院之所投者 多則數三百 少不下一二百 所謂院任輩 徵錢收米 便
同稅斂之官 烹鷄殺狗 作一醉飽之場 爲其守令者 非不欲以此充補軍額
而於其本家 或有畏忌 或牽親熟 所謂院招延上座 餉以酒肉 其所屬之院
生 則不敢下手 白骨隣族之弊 皆由於此 非但此也 且守令少怫其意 則
輒至於互相通文 逐去乃已 郡國受弊 曷可勝言 先正臣金尙憲後孫昌翕
近代高士也 周遊國內 稔知書院之弊 嘗有詩曰退陶初肇白雲祠 活國新
民謂在斯 酒肉淋漓絃誦絕 滔滔百弊後人知 臣未嘗不三復而擊節也 甲
戌十一月日 先正臣朴世采 陳白書院之弊 請申疊設之禁 而且曰其中從

祀諸賢 及大名賢 亦當別有優異之道 此李壽海之所援而疏陳者 而其後
書院之弊 日益滋甚 實爲蠧國之源 故惟我肅宗大王 洞燭此弊 乃於癸巳
七月日疏決時 不待諸臣所達 而特爲下敎日 大凡天下之事 必有一切之
法然後 可以救弊 書院之弊 言之久矣 因此鄕校反輕於書院 事體極爲未
安 至於疊設之禁 前後申飭 非一非再 而終不奉行 請額之疏 紛紜不已
此無一切之法故也 自今以後 雖文廟從祀儒賢 書院疊設處 嚴加禁斷 永
爲定式 可也 大哉王言 鳴呼敢忘 惟我聖上 克遵先王 至於建院一事 堅
定聖心 其所以不撓而嚴防者 一國臣民 孰不知之 故奉朝賀臣崔奎瑞 國
之大老也 廉可立懦功存宗社 一絲扶鼎之恩褒 可以輝映千古 而獨於龍
仁章甫之疏 亦不許數間屋之妥靈矣 今此先正臣金尙憲享祀之所 開城府
有崧陽書院而配享之 楊州有石室書院而竝享之 定州有鳴鳳書院而竝享
之 濟州有橘林書院而配享之 定平有望德書院而竝享之 鍾城有鍾山書院
而配享之 義州有高句麗乙巴素祠宇而配享之 尙州有化東書院而竝享之
廣州有顯節祠而主享之 合而爲九院 而配享者四院 竝享者四院 主享者
一院也 壽海之疏日 安東疊設云者 卽指楊州石室而言也 石室乃先正臣
金尙憲 與其兄文忠公尙容 合享之所 而位次右尙容 則先正更無他主享
之院云 何其欺殿下若是乎 且其疏又以黨色 張皇分說 嶺南大家 至登章
奏 固已未安 而其大家 未必盡如其言 至以故忠臣河緯地及贈領議政洪
翼漢子孫 謂在榮川 順興 而臣於待罪嶺藩時 欲存問節義家子孫 訪于州
閭 緯地無後 順興但有翼漢傍孫 此雖出於眩惑聖聰之計 而其言之虛妄
又何如此也 噫 先正之精忠大節 萬古所仰之意 臣於筵席 旣有所誦 則
重稷之啓 啓裕 瑠之疏 一何誣人至此哉 惟我東方一區 不易冠屨 能免
左衽者 全是先正彰明大義於天下之功 國內蠢動之物 孰不知其可尊 臣
雖愚迷 亦嘗知此義矣 臣之尊慕先正 何遽不若重稷 啓裕 瑠輩 而彼欲
陷人辱人 則藉重虛喝 此固彼黨本來伎倆 亦何足道哉 瞻彼嶺南鶴駕山

下　是先正終身之所　以事理論之　九院奉享之前　宜先建院於此　而古人
何不爲也　無乃古則建院之事　不在於國家　而在於儒生　故安東之儒　不建
而然耶　不然則前後監司守令　亦豈無一箇向慕者　而尙至今不使之建耶
先正歿後　惟我孝宗　顯宗　肅宗大王尙節褒忠　卓越百王　且以先正臣尹宣
擧　宋浚吉　宋時烈　朴世采諸人　得佐下風　凡係闡揚節義之事　靡不用極
而亦未聞爲先正而建院於此　則豈非以書院之建不建　一聽於其鄕之議而
然耶　今此建院　設令道內士論　一辭純同而陳章請建　監司守令　繼而又請
朝廷諸臣　又從而助成　臣雖獨以肅廟特敎疊設之禁　持難於其間　臣何有
毫分得罪於名義者　而況今建院儒生　無陳疏之擧　守令無論報之事　監司
又不稟聞于朝廷　不遵聖考之令甲　直爲造次創建　則臣之所陳　又何有可
非者耶　噫　顧此倡建書院之人　自是嶺中惡種之改頭換面者　此外不過流
寓之士夫　申姓　姜姓數人及御營保金壽文之子昌迪數輩耳　安宅駿兄弟
乃是貪吏鍊石之子也　鍊石　始也聞先正臣金長生從享之議　發通文斥言其
不合從祀日　某也　閭閻中好父老　搢紳間佳子弟　末乃日　某也　若從享則
枉死市叔孫通　當瞑目而躍入　此則指先正臣宋時烈也　其醜辱之絶悖　有
不忍說　嗚呼　鍊石之詈罵先正如此　得罪士林如此　雖使爲斯文正當之論
一經安氏之口　則便不光鮮　在士林爲士林之羞　在先正爲先正之羞　彼重
稷輩之自詡以衛護先正　而反欲藉於鍊石子宅駿輩齒牙之餘論　推以爲創
建祠宇之宗主　而不知恥　此曷故焉　設令宅駿輩　誠心爲先正建院　固已爲
一道之羞　況其建院之本計　實在於藉重此院　內以招募良丁　作爲一身之
窩窟　外而呑噬一鄕　生出無限之變怪　是以書院之建　不於先正之舊址　乃
於邑府圜圚之中　蓋其意早晩　得其所好之監司守令　欲奪鄕校　仍爲盡占
諸書院然後　欲削名則削名　欲付黃則付黃　欲停擧則停擧　朝暮侵轢　舒慘
而操縱之　將無所不至　如此而若能盡化一境　與之爲純色則固無妨也　然
彼安東　以士夫之淵藪　爲一道之樞紐　而其中多名臣後裔　自有世守之論

今雖剝皮剮骨　其肯屈首聽命於宅駿輩耶　其勢必將至於大鬨　無論彼此
鬨則激　激則變生　變生則爲國家之憂矣　臣於數十年來　閱盡朝廷間爭奪
之際　戈戟相尋　其血玄黃　畢竟爲國家無窮之禍　以此徵彼　亦是一套　此
豈非可憂者乎　臣之所憂　實在此矣　昔在丁酉十一月日　禮安儒生等　以先
正臣李珥　金長生　宋時烈　請建書院事　多日呈疏　故判書閔鎭厚　登筵陳
白曰　今此嶺儒所請建院之中　三賢或已躋文廟　或祠院幾遍一國　雖不更
爲疊設　豈有歉於尊賢尙德之道乎　建院之後　反有儒生輩爭鬨紛挐之弊
則亦未必有益於正士趨之方　勿許捧入　恐無所妨矣　肅廟下敎曰　書院之
弊　未有甚於近來　故欲防此弊　禁其疊設　而其間亦豈無緊歇乎　然旣下禁
令之後　若或續續撓改　則其弊難防　竝勿捧入　可也　都承旨趙道彬曰　聖
敎如此之後　則雖陞配大賢　毋得疊設院宇事　定式施行乎　肅廟下敎曰　依
爲之　噫　鎭厚　國之誠臣　其憂國之言如此　臣之所憂　亦何以異哉　鎭厚筵
白之時　臺官儒臣　亦豈無尊慕三賢者　而未曾聞有一人　爲三賢而斥鎭厚
也　亦未聞海州　連山　懷德三書院之儒　有如今日楊州儒生者　則重稷所謂
誣辱士類　蔑視節義　啓裕所謂遙爲聲勢　語近恐動　李瑠所謂喪性於黨伐
逞憾於先正云者　抑獨何心　臣今冒前人所未遭之辱　而猶復力言而不止者
豈無所以哉　大抵三南山川　風氣不同　湖西之民　不至巧詐　而心志不堅
湖南之民　旣黠且佞　所守數化　間出碩儒名臣　而未曾多聞　雖有爲賊者
亦未有大猾　此蓋山川散走　風氣不固之致　至若嶺南　則山圍而厚峻　川流
而同歸　作一大結局　方幾千里　元氣渾厚磅礴　人生於其間　而爲新羅千年
高麗五百年　本朝三百餘年　所需用者　甚衆　故今日朝廷搢紳　閭巷匹庶
有鼻祖於嶺南者　十居七八矣　我朝三百年大儒　莫盛於從祀五賢　而四賢
出於嶺南　東方開闢後　劇賊無過於甄萱　弓裔　而兩賊亦出於嶺南　此無他
山川所鍾　風氣所釀　賢者生則必爲大賢　惡者出則必爲大惡　彼嶺南之爲
嶺南　槪可知矣　自我中廟　以至于仁祖大王之朝　賢佐良輔　尤爲輩出　國

有大事則或辦事業 或立名節 至於壬丙之亂 國之所賴 亦不細矣 目今人
才蕭索 實無振勵興作之望 此由於朝家不能培養而然也 若能培養而成就
則臣決知日後 雖憂在南北 國家必有得力之時也 噫 嶺南之廢棄 始自己
巳之得罪名義 己巳黨人之犯分悖義者 罪通于天 則同時立朝者 無論有
犯無犯 安可免廢棄乎 若其甲戌後胎生之人 而又非己巳有犯者之子孫
則不當混驅之於背名義之科 而猶且一併永錮於聖明之世者 豈理也哉 噫
昏朝庭請 亦萬古名義之罪人 若不原其本情 而竝錮隨參者之子孫 則今
日朝廷 亦豈有完人哉 以此絜矩 則己巳名義之罰 何必及於不犯者之子
孫乎 若果以名義爲說 則至如李萬元 李后沇輩黨黯賊鴟張之日 出其黨
能立節者 其獎進扶植 宜莫先於此流 而今其子孫之登第者 猶不得列於
當路子弟之後 如此而可以服人心乎 由是言之 當路者之排擊嶺南無故人
者 只見其溺於偏私 急於伐異 設爲藉重之論 難犯之議 以爲網罟於異己
者之計 而其意不專在於名義也 昭昭矣 噫嘻痛矣 黨論極而禍福生 禍福
生而忍爲逆 以至各黨 俱出逆而極於戊申之亂矣 萬古天下 寧有是耶 思
之至今 心骨沸痛 雖食肉寢皮 何足洩其萬一之憤哉 今之惡嶺南者 不自
覺其各黨之俱出逆 而獨責於嶺南之人 何哉 豈獨嶺南 全是逆種 而無一
忠義者耶 嶺南上道 則先正臣李滉之所居 而滉尙禮讓 故遺風所及 人無
濫志 下道則文貞公曺植之所居 而植尙氣節 故末流之弊 不循法度 始有
仁弘之凶 終至於希亮之逆而極矣 希亮 以下道之産 移寓於上道之順興
及其稱兵也 不敢於上道而乃起於下道 雖以戡亂錄宜璉之招觀之 能佐來
醴泉 大憤歸去日 因安東漢 吾事不成云 卽此觀之 安東知情者 如德秀
夢瑞輩 自料安東諸人之決不從逆 而似有此酬酢也 以此臣與趙顯命 每
言嶺賊之不至於大猖獗者 不可謂無所賴於安東 而聖上別論中 所謂不負
名卿忠孝之俗者 誠至當矣 雖然德秀 夢瑞輩 累出逆招 旣是知情 斷宜
快服王章 而惟以我聖上 海涵天燾之德 尙貸其首領於覆載之間 此實國

家之大失刑也 以此輩之尙存 嶺南無所懲畏 以此輩之尙存 一邊混驅 嶺
南秪緣聖朝寬大之典 遂爲嶺南沒世之累 是豈朝廷正王法平物情之道哉
此臣所以從前筵席 仰陳此輩之失刑者也 臣謂德秀 夢瑞輩 亟施邦刑 以
正知情之罪 其餘平人 則亦嚴禁 宅駿混驅之弊 斷不可已也 若不如此
臣恐安東之禍 將不息 安東之禍 不息 則嶺南之患 將無已也 以此言之
則臣之所憂 果出於公乎私乎 彼黨人之迭辱臣者 果出於私乎公乎 若有
公眼則不待多少爭難 而卽決其孰爲公而孰爲私也 且臣於毀院儒生被罪
事 亦以爲不均 甚矣 故相臣閔鎭遠 以全羅監司辭朝時啓曰 書院新設
必陳疏請建 待朝家許之然後 方令營建 而近來士習 不遵朝令 先自營建
而旣建之後 始乃陳疏請額 朝家雖以疊設 不許賜額 而旣建之後 則其弊
與賜額無異 自今以後 先自營建 則當該守令論罪 首倡儒生停擧事 知委
申飭 何如 肅廟下敎曰 書院之弊 其來久矣 所達誠然 依爲之 噫 國家
之設禁如是旣嚴 則不稟朝廷而遠院者 法當停擧 今此倡建之宅駿輩 胡
不爲停擧耶 毀院者 固是悖事 定配至當 而此旣定配 則彼豈獨免停擧乎
建院毀院 各有其罪 停擧定配 輕重懸異 而建者猶免輕罰 毀者獨被重律
國家刑章之失平若此 而其可以服人心乎 日前筵席 大臣請毀院首倡儒生
刑推定配 臣乃繼陳曰 若如此 則必有許多人着枷上營 重受刑之慮 其時
諸議 不以爲然 果聞安東兼官榮川郡守沈廷紀 刑推安東座首金夢濂二次
士人金景憲 黃又淸二次 柳鼎和一次 其外又有捉囚之人 而前監司尹陽
來 亦繩以亂民 祕關上營云 此是風聞 有難信矣 今聞備堂諸人之言 所
謂嶺儒 欲陳疏而未徹 三呈書于大臣 其題辭曰 一向蔓延 亦非朝家愼刑
之道 又曰如是蔓延 濫刑 極涉怪事 又曰朝令中首倡非指多人 刑推非謂
屢次 始知諸儒之疊受重刑 果是眞傳 噫 彼受刑之夢濂 宣廟名臣金誠一
之後孫 景憲 先朝校理金汝鍵之子 鼎和 掌令柳經立之孫 此是簪纓裔胄
亦曰士子 則渠等 雖有罪犯 朝家之令 曷嘗有限死刑訊之敎乎 且朝家只

令刑推首倡一人而定配 則蔓及諸儒 旣是法外 況七十老座首夢濂之重刑
又是法外之法外 此何舉也 臣竊爲國家悶之 噫 臣於此事 如是張皇 不
知臣者必笑臣曰 涉世昧方 知臣者必憂臣曰 過於憂國 惡臣者必誣臣曰
扶護凶黨 以事理推之 無勢者排棄 有勢者趨合 見今嶺南有勢乎 當路無
勢乎 若曰當路有勢 則扶護無勢顧何益乎 扶護者爲植黨也 臣方蒙主恩
極富貴 眼前無一子 亦植黨何用 且臣雖是黨目中人 性不能苟苟 至於論
事是非 是者是之 非者非之 不以吾黨而扶此 不以他黨而抑彼 惟從其曲
直長短而已 臣心之如此 雖以常時筵席奏對見之 庶可以略知矣 惟我殿
下 聰明睿智 聖慮宏遠 倘於燕閒之間 詳繹臣疏之大意 則庶可以察臣言
之亶爲王室而發也 噫 諺曰 鳥銃出後 項羽無以用其力 偏論生後 諸葛
無以善其國 當此黨同伐異之世 臣言雖出於至誠 惟天地知之 其孰信哉
由是臺官之啓 儒臣之疏 誣臣以黨同伐異 此固臣情志之萬萬難安者 而
至於楊州生則所爭之外 猝加以權宰之目 又以簸弄朝柄等語 爲搆陷之計
臣心危怖 寢夢猶愕 噫 臣於庚戌 自嶺還朝 六載宦業 多是漫職 始自昨
年 濫叨權要 計之不過十朔 而十朔兵柄 人言之罔極 已孔憯 若久據而
不卽釋 則非特人之爲言 不但止於此 天地鬼神 亦必有忌 此臣所以大畏
大憂者也 玆敢流涕而悉陳之 伏乞聖慈 諒臣由中之懇 亟遞臣在身之職
以謝衆怒 俾免駭機 千萬幸甚 臣治疏將上之際 召牌又降於累連之餘 惶
隕之極 罔知攸措 分義所在 卽宜趨命 而臣之情勢如上所陳 實無承膺之
路 臣罪於此 尤萬死 臣無任憂悸 涕泣祈懇之至云云 傳于李益炡曰 雖
不陳 旣知之 而如是張皇 給之

영조 36년 4월 28일 임인

楊州幼學李修亨 李養誠 金一默 李廷仁 金安默 具以遠 李賢齊 李
世彬 李世柱 任哲 俞彦容 魚周德 李修顯 任訔 李瑾 魚道海 金允重

李修勉 尹淹 具命柱 吳汲 任襞 李修敏 魚用雨 俞漢禎 李箕顯 姜文
遇 李巘 吳偉 姜在寬 李修存 李百祿 閔始大 李修道 趙儀逵 魚周冕
尹東赫 李範躋 申浣 姜在堯 宋煥心 吳儳 姜在寅 申暜 魚致搏 申在
洙 李祥運 柳敏裕 李震崇 李碩運 李鎭默 尹得寅 任保 趙槃 高命聖
曹得雲 李鉉 趙景逵 李猶龍 李致郁 鄭時大 趙命夔 高漢箕 鄭時泰
李世輔 尹觀洙 李修默 禹鼎復 朴泰源 李敬德 李世英 禹鼎銘 李厚奎
吳曄 李光魯 禹鼎祿 李濟英 李光進 趙英漢等書曰 伏以 臣等竊嘗觀
自古以來 弘儒碩士之見稱於世者多矣 或以志節之卓犖 踐履之純篤也
或以問學之精深 文章之淵博也 然而尙其志節者 往往病於簡禮 而見諸
踐履者或疏 專其問學者 往往欠於修辭 而發諸文章者或短 故其志節雖
高 而或不足於範俗 其問學雖精 而或不足於立言 是必竝四美而無虧
然後方可謂精粗俱該 文質彬彬 而上下古今 蓋亦鮮其人矣 以臣等所覩
記言之 近故徵士臣金昌翕 其庶幾乎 蓋昌翕 資性峻潔 品格清高 少卽
卓然有奇志 一切貨利聲色 初不入其心 當門戶鼎貴之日 已浮雲軒冕
有遐擧物表之想 而及其中罹家禍 矢心自廢 窮山絕壑 鹿豕爲群 草衣
木食四十年 晚被旌招之禮 而固守東岡之陂 其高風峻節 凜然絕俗 而
在昌翕 此猶粗迹耳 若言其爲學大致 則惟其氣豪而志大也 故少嘗泛濫
於詞章莊佛之間 及讀中庸 始悟吾道之在是 遂反之醇如 沿溯姚姒 出
入濂 洛 靡不咀嚼其言 貫穿其義 而至其發揮論說 尤一以考亭爲準 病
世儒拘攣故常 實未有超脫自得 故處靜積久 思索精專 老而喜易 至忘
飢渴 高明灑落 默契道妙 近自日用事物之細 遠至陰陽造化之大 內卽
身心性情之德 外及古今理亂之原 參互契勘 透徹玲瓏 理事圓融 鮮有
礙滯 而眼目旣高 充養兪密 旣不以物慾邪穢自累 又不以虛憍私吝自蔽
實與夫濂溪之濯纓 百原之整襟 異世同符 而所造者 蓋深遠矣 是以夷
考其言行 則孝悌通於神明 操履確乎金石 接其胸襟 則月臨萬川也 望

其氣像 則壁立千仞也 規模宏大 而綜理微密 節文簡約 而持守嚴謹 坦
易而無所藩飾 直截而無所牽礙 雖其闇然自修 不屑以標望自高 而剛健
篤實 輝光日新 有不可得以掩者 及其發爲文章 崇深博大 包括百家 而
歸宿乎儒道 蒐羅萬象 而根極乎理妙 闡明前經之蘊奧 辯析群言之異同
蓋多發前人之所未發 而其憂世衛道之切 距邪扶正之嚴 一皆於是乎形
焉 橫豎錯綜 造極入微 古所稱子厚筆力 殆不是過 而卽其一吟一詠 亦
無不邂逅天機 洋洋乎發鳶魚之趣 而驗性情之眞 千載之下 有足想見其
所存 吁 亦盛矣 嗚呼 語其遯世無悶 高尙自適 則志節之卓犖如是也
語其存省功深 查滓脫落 則踐履之純篤如是也 語其精思力詣 洞見大原
則問學之精深如是也 語其命辭無差 名理爛熟 則文章之淵博如是也 向
所謂竝四美而無虧者 玆豈非其人耶 惟其如是 故光範蓋乎一世 聲名溢
乎四裔 勿論親炙覿德之士 至於包羞異調之類 兒童走卒之微 亦皆想其
文采 挹其風韻 而嘖嘖而不已 則凡今之人 其孰不誦其詩而讀其書 高
其各而尙其人也哉 若是者 生而皐比之尊 歿而俎豆之奉 自是士論輿誦
之所同然 夫孰曰不可 而訖玆遷就 未及舉論於一處祀典者 蓋以朝家
方有令甲 申禁院祠之疊設新創 故趙趄泯默 嚴不敢有請耳 然局其事異
新創 祠非疊設 而在朝家 自不失令甲之意 在章甫 亦可伸崇報之道 則
顧亦何嫌 而不一陳暴於貳極之下哉 惟玆臣等所居之鄕 有所謂石室書
院者 首祀故相文忠公臣金尙容 故相文正公臣金尙憲 卽昌翁之曾祖若
從曾祖也 其後 繼以故相文忠公臣金壽怕[金壽恒] 故相文忠公臣閔鼎
重 故副提學文貞公臣李端相 故判書文簡公臣金昌協配食 壽怕[壽恒]
昌協 卽昌翁之父若兄也 鼎重 端相 卽昌翁之所嘗從游師表者也 況此
院者 昌翁之兄弟 實嘗聯床而講學 絃誦之韻 今猶在耳 而後人之撫迹
咨嗟 久而不衰 頃年昌協之配食 亦由是耳 使昌翁而非其人則已 今昌
翁之賢 旣足以光前繩武 一門堂搆之美 師友講授之盛 郁郁乎後先相接

而獨不得躋享於其間　則豈非大段闕典而爲士林無窮之憾哉　今若因其故
而追配昌翁　則旣無新創之嫌　又無疊祠之瀆　朝家許之有光　而無罷格之
拘　臣等請之有辭　而無犯禁之懼　其於聖朝崇儒之典　後生慕賢之道　有
司守法之義　誠可謂上下無欠　而十分允當矣　嗚呼　如昌翁之卓節偉行
高文邃學　眞所謂聖朝之逸民　希世之名儒　則方當世敎日下　士風不振之
時　所以表章而報祀之者　雖爲之出常格而處之　固不爲過　而今臣等之所
請　初非有常格之可礙　而此院之不可無此人　又有如上所陳者　則臣等竊
謂　朝家於此　有不容不許　而有司者　亦不必格也　玆敢相率以來　齊籲於
九閽之外　伏乞邸下　察此事理　仰稟大朝　俯詢在廷　亟允昌翁配食之請
以光睿德　以幸士林　不勝大願　答曰　覽書具悉　事體重大　故煩稟爲難
爾等退修學業

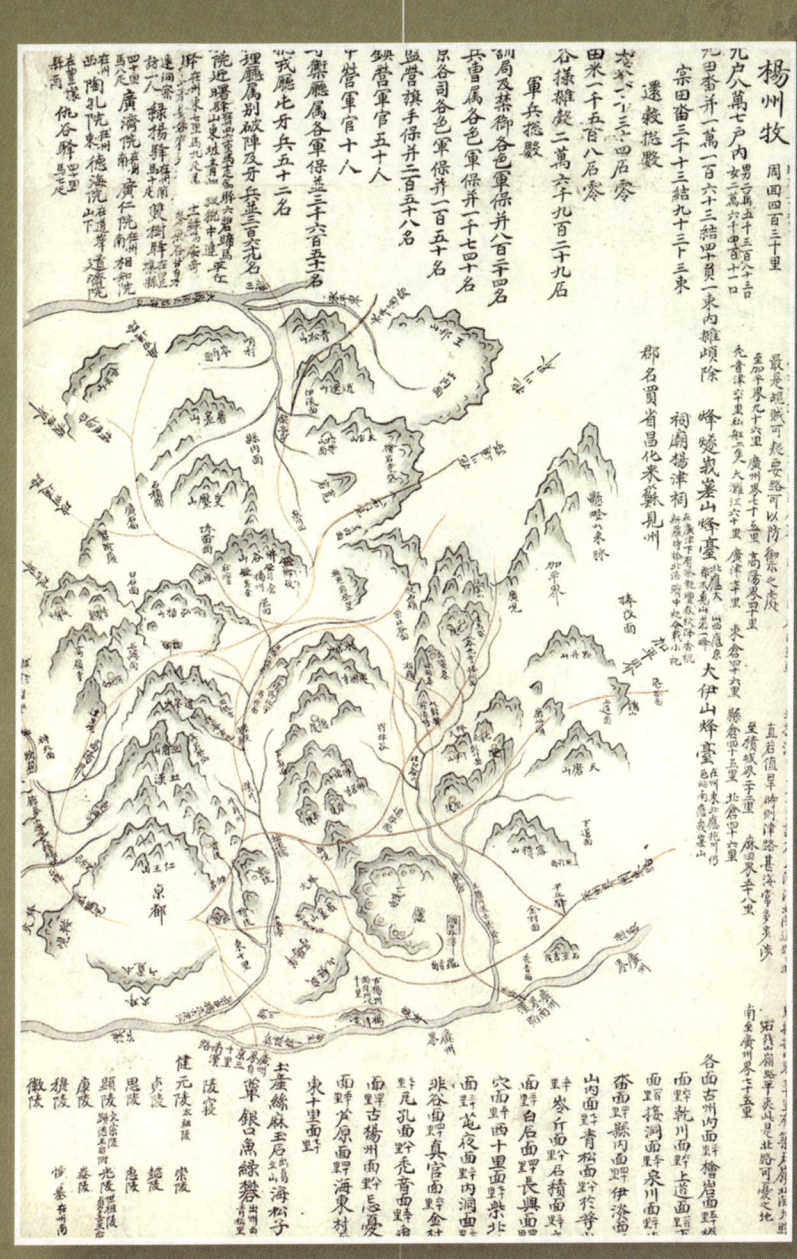

사천서원(沙川書院)

1. 연혁

1) 창   건 : 숙종 38년(1712)

2) 사액연도 : 정조 8년(1784)

3) 중   수 :

4) 훼   철 : 고종 8년(1871)

5) 지정번호 :

6) 위   치 : 양주시 은현면 봉암리

7) 서 원 지 :

8) 제향인물 : 남을진(南乙珍) 조견(趙狷)

2. 내용

양주시 은현면 봉암리 서원말 안쪽 아늑한 장소에 자리잡고 있는 사천
서원은 숙종 38년(1712)에 세워졌고, 정조 8년(1784)에 왕으로부터 '정절

사천서원 정문인 외삼문(사진 왼쪽)과 사당인 정절사 전경(사진 오른쪽).

사(旌節祠)'라는 현판을 하사받았다. 현재 사천서원 입구에는 하마비(下馬碑)와 홍살문이 세워져 있어 서원 입구라는 것을 바로 알 수 있다. ≪양주목읍지≫(1841)에 의하면 원생(院生)이 15명 정도였으며 양주 지역의 유생들을 교육시키고 선현들을 제향하던 사설 교육기관이었다. 특히 정절사는 여러 문헌 및 지도에서 사창(社倉) 등과 함께 양주목을 대표하는 주요시설물로 기록되어 있다.

사천서원, 즉 정절사는 고려말의 충신으로 조선왕조에 참여하는 것을 끝까지 거부한 남을진(南乙珍)과 조견(趙狷)을 모신 사당이다. 그러나 원래 서원의 위치는 지금 현재의 자리에서 능선 하나 바깥쪽에 위치하고 있었는데, 고종 때 내시인 상선(尚膳) 이민하에게 빼앗겼다고 한다. 이후 정절사는 터만 남은 채 명맥을 유지해 오다가 1999년 9월 현재의 위치에 복원하여 오늘에 이르고 있다.

홍살문을 지나면 남을진의 묘와 신도비가 보이는데, 고려말 불사이군(不事二君)의 표상인 남을진의 신도비(1841년 세워짐)에는 다음과 같은 내용이 실려 있다. 고려말의 충신 남을진(南乙珍)은 정치가 문란해지자 벼슬을 버리고, 고향인 사천현(沙川縣 : 현 봉암리주변) 봉황산으로 돌아갔다. 이에 이성계가 조선을 개국한 후 벼슬에 나아가기를 간곡히 권하였으나 고

사천서원 입구에 서있는 홍살문(사진 오른쪽)과 남을진의 사당인 충모재(사진 왼쪽)..

사하였다.

이성계는 두 임금을 섬기지 않으려는 그의 충절을 높이 사 사천백(沙川
伯)에 봉하였는데, 남을진은 통곡하기를 "내가 산속깊이 들어가지 못하여
이런 일이 벌어졌노라"라고 하면서, 머리를 풀어 헤치고 감악산 석굴 속
에 들어가 눈으로 햇빛을 보지 않고 석굴 밖의 땅을 밟지 않으면서 세상
을 마쳤다. 이후 3일 동안이나 흰 구름이 항상 그 위를 맴돌았는데, 시신
을 거두어 굴 밖으로 나오니, 큰 바람이 일어나면서 굴 속에 있던 책들을
조각조각 날려 보냈다. 이로 인하여 후세사람들은 이곳을 남선굴(南仙窟)
이라 부르게 되었다. 남선굴 위에는 또 하나의 굴이 있어 그 속에 조그만
석상이 있는데, 그 형상은 머리를 흐트린 모습이라고 한다. 이러한 사실은
조식과 임규(任奎)의 문집에도 실려 있다고 한다. 남선굴은 현재 양주시
남면 신암리에 있다.

3. 제향인물

1) 남을진(南乙珍) ; 고려 충혜왕 1년(1331)~조선 태조 2년 (1393)

고려 후기의 충신으로 본관은 의령(宜寧)이다. 할아버지는 풍저창부사(豊儲倉副使)를 지낸 익저(益胝)이며, 아버지는 지영광군사(知靈光郡事)를 지낸 천로(天路)이다. 공민왕 17년(1368)에 현량과에 급제한 뒤 여러 관직을 거쳐 참지문하부사(參知門下府事)에 이르렀다.

정몽주(鄭夢周)·길재(吉再)와 교유가 있었으며, 고려말에 정치가 문란하여지자 양주(楊州)의 사천현(沙川縣) 봉황산(鳳凰山)에 은거하였다.

조선이 개국된 뒤 태조가 사천백(沙川伯)에 봉하고 회유하였으나, '신하된 자로서 두 임금을 섬길 수 없다' 하여 적성(積城)의 감악산(紺嶽山) 석굴에 들어가 은거하였다. 죽은 뒤 그 석굴을 남선굴(南仙窟)이라 하였으며, 숙종 때 사천서원에 제향되었다. 묘소는 양주시 은현면 봉암리 사천서원 입구에 있다.

2) 조견(趙狷) ; 고려 충정왕 3년(1351)~조선 세종 7년(1425)

고려 말 조선 초의 문신으로 본관은 평양(平壤)이다. 초명은 윤(胤)이고, 자는 종견(從犬)이며, 호는 송산(松山)이다. 아버지는 판도판서(版圖判書) 덕유(德裕)이다. 어머니는 오의(吳懿)의 딸이다. 영의정부사 준(浚)의 동생이다.

유년에 출가하여 여러 절의 주지를 역임하다가 30세가 넘어 환속하였

다. 승직(僧職) 경력으로 인하여 좌윤(左尹)에 서용되었으며, 고려 말에는

안렴사(按廉使)를 지냈다. 태조 1년 (1392) 상장군으로 이성계(李成桂) 추대에 참여하고 개국공신 2등에 책록되었다.

1394년 경상도도절제사, 1397년 지중추원사, 정종 2년(1400) 삼사우복야(三司右僕射)를 거쳐 태종 2년(1402) 도총제(都摠制) 재직 중에 사은사의 명을 받았으나, 사행이 위험하다는 소문을 듣고 병을 칭하여 이를 사퇴하였다. 이에 사헌부의 탄핵을 받고 직첩을 몰수당한 뒤 축산도(丑山島)에 유배되었다가 곧 사면되었다.

사천서원 입구에 있는 하마비.

1403년 좌군도총제가 되고 평성군(平城君)에 봉해졌으며, 이 해 진하사 (進賀使)가 되어 명나라에 다녀왔다. 1407년 충청도도절제사 겸 수군도절제사를 거쳐, 이듬해 고의로 딸의 입명(入明)를 저지한 일로 개령에 부처되었다. 곧 사면되어 청성군에 봉해졌다.

1410년 봉안사(奉安使)가 되어 태조 진영(眞影)을 완산부(完山府)에 봉안하였다. 세종 1년(1419) 판우군도총제부사(判右軍都摠制府事)에 보임되고, 1421년 3월 71세로 퇴관해야 했지만, 궤장(几杖)을 받고 계속 벼슬길에 있다가 같은 해 12월 평성부원군에 진봉하였다.

그런데 그의 생애와 관련하여 "조선이 개국되고 형 준으로 인하여 개국공신에 책록되었다."는 설과 "준의 간곡한 출사 권유가 있었지만 고려에 절의를 지켜 은거했으며, 자손에게도 고려에의 절의를 당부하였다."고 한

이설이 있기도 하나 후자의 경우는 신빙하기 어렵다. 양주의 정절사(旌節祠)와 송산사(松山祠)에 제향되었다. 시호는 평간(平簡)이다. 묘소는 성남시 중원구 여수동에 있다.

사천서원 입구에 있는 남을진 묘소 앞에 서있는 문인석. 독특한 얼굴을 하고 있다.

4. 관련기록

1) 창건 · 중수기록

≪신증동국여지승람≫ 권11 경기 양주목

정절사(旌節祠)[숙종 임진년 건축하고 정종 갑진년에 사액하였다.] 남을진(南乙珍)[의령(宜寧)사람이며 벼슬은 고려 때 참지문하부사(參知門下府使)였고, 본조가 개국하자 감악산(紺岳山) 석굴에 들어가 숨어서 나오지 아니하니, 태조가 그의 거소를 찾아서 사천백(沙川伯)을 봉하였다.] 조견(趙狷)[처음 이름은 윤(胤)이고 자는 거경(巨卿)인데, 평양 사람이다. 본조에서 여러 번 부르니 도망가서 이름을 견(狷)으로 바꾸었다. 호는 송산(松山)인데 본조에서 그의 공훈을 기록하여 평성부원군(平城府院君)에 봉했으나 굴하지 아니하였다. 시호는 평간(平簡)이다.]

2) 문집에 보이는 서원 관련 기록

남유용(南有容), ≪뇌연집(雷淵集)≫ 권9 疏箚

代楊州儒生請沙川書院賜額疏[乙卯]

伏以臣等竊觀自古節義之士非一二數　而要其心求爲己分之所當爲而
已　固未嘗徼惠於人主干譽於後世　然亦未嘗不爲明主之所激賞　士林之
所慕尙者　豈非以風厲一世之擧　有國之所當先　秉彝好善之心　凡民之所
同有歟　惟我列聖之治　尤以扶植綱常爲重　忠賢之祠　在處相望　而其得
宣賜恩額　列于祀典者　不可勝數　以至肅考之世而殆無餘憾矣　凡有節義
之卓然可稱者　或因筵臣之奏　或因儒生之請　又或斷自聖心　顯加恩獎
而曾不拘於年代之遠近　姑擧其一二言之　遠而夷齊之廟四賢之祠　近而
鄭夢周之配崇義殿　吉再之祀金鰲山　皆在肅考之時　而其遠者累千年　近
者累百年　肅考之心　盖以爲吾所嗟賞者　其精忠苦節　而年代愈久　風聲
愈邈　則褒崇之典　愈可急而不可緩　故爲是汲汲也　曾不以異代之人前朝
之臣　而視之有間也　此擧國臣民所以激厲歆動　有以知大聖人作爲之出
尋常萬萬者也　臣等竊聞吉再之時　又有高麗遺臣南乙珍　其守義不屈　實
與吉再相伯仲　盖乙珍則開國元勳左議政臣在之叔父也　身事王氏　爲參
知門下府事　及王氏政亂　棄官歸耕于楊州之沙川縣　至太祖革命　親問南
在曰卿之叔父安在　在口對以實　於是太祖招之益勤　而乙珍拒之益堅　被
髮逃形于紺嶽之山中　木石爲伍　與世相絕　太祖知其志之終不可奪也　環
其所居而封之　號曰沙川伯　一時榮之　以武王之就封箕子比之　而慕義之
徒　刻其像于石崖而傳之　故名儒曹植爲著其遺事　今其集中可考也　今去
乙珍之世三百餘年　而人猶慕之不衰　相與協謀并力　營廟屋於沙川之界
俎豆之事　久益不懈　士大夫之道圻東者　必訪其舊墟而肅其遺貌　傴僂咨
嗟而不能去　其遺風餘烈之感人者如此　而所未獲者獨朝家數字恩額耳
嗚呼　我國開創之初　爲王氏殉忠全節者　如鄭夢周吉再之外　又有掌令徐
甄處士元天錫　而其贈官賜諡旌閭建祠之事　畢擧無遺　以乙珍樹立大節
無讓於數臣　而聖朝旌褒之典　獨有歉於數臣者　盖亦有由焉　盧奕雖賢

不能使其子之不爲杞 乙珍雖賢 不能使後孫之不爲袞 袞以己卯奸臣 旣
爲善類之所誅絕 而其著述文字 一切歸於芟棄 則雖有表揚先德之文 固
無以見於世 而其他苗裔 又坐此沉淪 無異編氓 雖其祖先之賢 有闇昧
不章於世者 顧何以自達於天陛深嚴之地哉 嗚呼 乙珍忠君之節 初不以
其後孫之賢不肖而有增損 國家崇節之道 不當以其後孫之賢不肖而爲輕
重 然事勢所拘 荏苒因循 卒至於泯沒無稱 豈不重可悲哉 殿下卽位之
初 道內御史李挺膺採多士之公誦 以乙珍事據實陳啓 仍請亟賜院額 而
事下該曹 則有司之臣徒知循習故常 不能深惟義理 使國家敦倫勵俗之
章 沮格而不行 此臣等所以歎息痛恨 愈久而不能已者也 臣等俱以乙珍
鄕里後生 聞乙珍之風而慕之 蓋自有知之初 而伏遇殿下尊賢好義 克繼
我肅考之志 今於臣等之請 必當問其節義之如何 不當論其年代之久近
臣等妄竊以爲此時不可失 輒敢相率請命于闕下 伏惟殿下深察乙珍之賢
宜爲多士所尊奉 明詔有司 特宣華額 使下邑之士 得遂其愛慕之誠 而
後來者有以興起焉 不勝大願 臣等無任祈懇之至

3) 조선왕조실록의 서원 관련 기록

≪정조실록≫ 권7 정조 3년 2월 29일 갑신

甲申 京畿儒生趙沆等上疏曰 臣等竊聞麗朝全節之臣 卓犖可稱者 惟
南乙珍 趙狷而已 乙珍卽開國元勳臣在之叔父也 王氏政亂 棄官隱沙川
縣 紺嶽山下 我太祖屢勤旌招 終不膺命 聖祖極加歎賞 環其所居而封
之 號曰沙川伯 狷卽平陽伯浚之弟也 麗朝革命 痛哭入頭流山中 太祖
幸其居 使浚引出之 狷揖不拜 太祖命封以淸溪一曲 肅廟壬辰 中外多
士 營立廟宇於沙川之界 竝享二臣 而獨未蒙朝家恩額 伏願特施表揚之

典 不許

사천서원 입구 오른쪽 언덕에 위치하고 있는 남을진 묘소 전경.

경기 유생(京畿儒生) 조항(趙沆) 등이 상소하기를, "신 등이 삼가 듣건대 고려조(高麗朝) 때 온전히 절개를 지킨 신하들 가운데 월등히 뛰어나다고 칭송할 만한 사람은 오직 남을진(南乙珍)과 조견(趙狷)뿐이라고 합니다. 남을진은 곧 개국 원훈(開國元勳) 신(臣) 남재(南在)의 숙부입니다. 왕씨(王氏)의 정치가 문란하여지자 벼슬을 버리고 사천현(沙川縣) 감악산(紺嶽山) 아래에 은거하였는데, 우리 태조(太祖)께서 누차 정초(旌招)하였으나 끝내 명(命)에 응하지 않자 성조(聖祖)께서 매우 감탄하였습니다. 그리하여 그가 거처하고 있는 곳의 둘레에 있는 지역을 봉(封)하여 주고 사천백(沙川伯)이라고 호칭하였습니다. 조견은 곧 평양백(平陽伯) 조준(趙浚)의 아우입니다. 고려조의 국명(國命)이 바뀌자 통곡하면서 두류산(頭流山)으로 들어갔는데 태조(太祖)께서 그의 거처로 거둥하여 조준을 시켜 데리고 나오게 하였으나 조견은 읍(揖)만 하고 절은 하지 않았습니다만, 태조께서 청계(淸溪) 한 구비를 봉(封)하여 주었습니다. 숙묘(肅廟) 임진년 중외(中外)의 선비들이 사천(沙川) 땅에다 묘우(廟宇)를 짓고 두 신하를 나란히 제향(祭享)하였는데 유독 조정의 은액(恩額)을 받지 못하였습니다. 삼가 바라건대 특별히 표양(表揚)하는 은전(恩典)을 시행하소서." 하였으나, 윤허하지 않았다.

≪정조실록≫ 권17 정조 8년 윤3월 1일 병진

京畿儒生鄭東羽等上疏曰 麗季忠節臣南乙珍 趙狷祠院 尙未蒙宣額
之命 蓋乙珍卽開國元勳南在之叔父 早服性理之學 晚就徵辟 官至門下
府事 及王氏政亂 棄官歸隱于楊州故沙川縣 及聞麗運訖 被髮痛哭 入
紺岳山石窟 太祖招之 乙珍拒益堅 太祖極加賞歎 環其居而封之 號曰
沙川伯 狷卽開國元勳趙浚之弟 與鄭夢周友善 以名節自勵 及見浚有翊
戴志 涕泣謂曰 吾家國之喬木 國存當存 國亡當亡 達可 國之柱石 若
求異於達可 是害國而促國亡 浚知其志 出之嶺南 未及還 麗朝革命 痛
哭入頭流山 轉住淸溪山 太祖擢拜戶曹典書 狷曰 願採松山薇 不願聖
世珉 一日 太祖與浚 從十數騎 幸淸溪 狷牢臥以被鞱面 太祖曰 未可
以賓主相見乎 始出 泣而不拜 命封淸溪一面 築石室表貞節 狷以今王
所命築 非舊臣所宜居 卽移住楊州 自號松山 彼二臣罔僕之志 無異殷
之夷 齊 齊之王蠋 粤昔多士 鳩材建祠于沙川故壚 享以俎豆 伏願特命
有司 亟頒華額焉 禮曹覆奏施行

　경기(京畿)의 유생(儒生) 정동우(鄭東羽) 등이 상소하기를, "고려 말엽
의 충절신(忠節臣) 남을진(南乙珍)과 조견(趙狷)의 사원(祠院)이 아직도
선액(宣額)하는 명을 입지 못하였습니다. 대개 남을진은 곧 개국 원훈(開
國元勳)인 남재(南在)의 숙부(叔父)로, 일찍이 성리학(性理學)을 익혔으며,
만년에 임금의 부름을 받고 나아가 벼슬이 문하 부사(門下府事)에 이르렀
습니다. 그러다가 왕씨(王氏)의 정치가 어지럽게 되는데 이르자, 벼슬을
버리고 양주(楊州)의 고사천현(故沙川縣)으로 돌아가 은거(隱居)하였으며,
고려 왕조의 운명이 끝났음을 듣고는 머리를 풀고 통곡(痛哭)하다가 감악

산(紺岳山)의 석굴(石窟)로 들어 갔었습니다. 조선(朝鮮) 태조가 그를 불러들였지만 남을진은 거절하기를 더욱 굳게 하였으므로, 태조가 대단한 칭찬을 더하고 그가 살고 있는 주위를 봉(封)하여 주고는 사천백(沙川伯)이라고 불렀습니다.

조견은 바로 개국 원훈인 조준(趙浚)의 동생으로, 정몽주(鄭夢周)와는 친하게 지냈으며 명예와 절개를 스스로 가다듬었습니다. 그러다가 조준이 태조를 익대(翊戴)할 뜻이 있음을 나타내기에 이르자, 눈물을 흘리면서 말하기를, 우리 집안은 국가의 교목 세가(喬木世家)로 국가가 보존되면 당연히 보존되고 국가가 멸망하면 당연히 멸망해야 합니다. 달가(達可)는 국가의 주석(柱石)같은 존재이니 만약 구하는 것이 달가와 다르면, 이는 국가를 해롭게 하는 것이며 국가가 멸망하도록 재촉하는 것입니다.'라고 하므로, 조준이 그의 뜻을 알고 영남(嶺南)으로 떠나게 하였는데, 미쳐 돌아오지 못해서 고려 왕조의 운명이 바뀌게 되었으므로, 통곡하면서 두류산(頭流山)으로 들어갔다가 다시 옮겨서 청계산(淸溪山)에 머물었는데, 태조가 호조 전서(戶曹典書)로 발탁하여 임명하자 조견이 말하기를, '송산(松山)에서 고사리 캐기를 원할지언정 성세(聖世)의 백성되기를 원하지 않습니다.'라고 하였습니다. 어느날 태조가 조준과 10수 기(騎)를 따르도록 하여 청계산에 거둥하자, 조견이 굳게 누워 이불로 낯을 감추거늘, 태조가 이르기를, '손님과 주인 자격으로 서로 볼 수 없겠는가?'라고 하자. 그제야 나와서 눈물을 흘리며 절을 하지 않았는데, 청계산 일면(一面)을 봉(封)해 주고 석실(石室)을 쌓아 정절(貞節)을 표시하도록 명하였다. 그러나 조견은 지금의 임금이 석실을 쌓도록 명한 것이니, 구국(舊國)의 신하가 거처하기에 격합하시 않다고 하여, 즉시 양주(楊州)로 옮겨 머물면서 스스로 호(號)를 송산(松山)이라고 하였습니다.

저 두 신하가 충절을 지켜 신하가 되지 않은 뜻은 은(殷)나라의 백이

(伯夷)·숙제(叔齊)나 제(齊)나라의 왕촉(王蠋)과 다름이 없습니다. 그래서 옛날에 많은 선비들이 재물을 모아 사천(沙川)의 옛 터에다 사우(祠宇)를 건립하고 제사를 지냈었습니다. 삼가 원하건대, 특별히 유사(有司)에게 명하여 빨리 화액(華額)을 내려 주도록 하소서." 하였는데, 예조에서 복주(覆奏)하여 시행하도록 하였다.

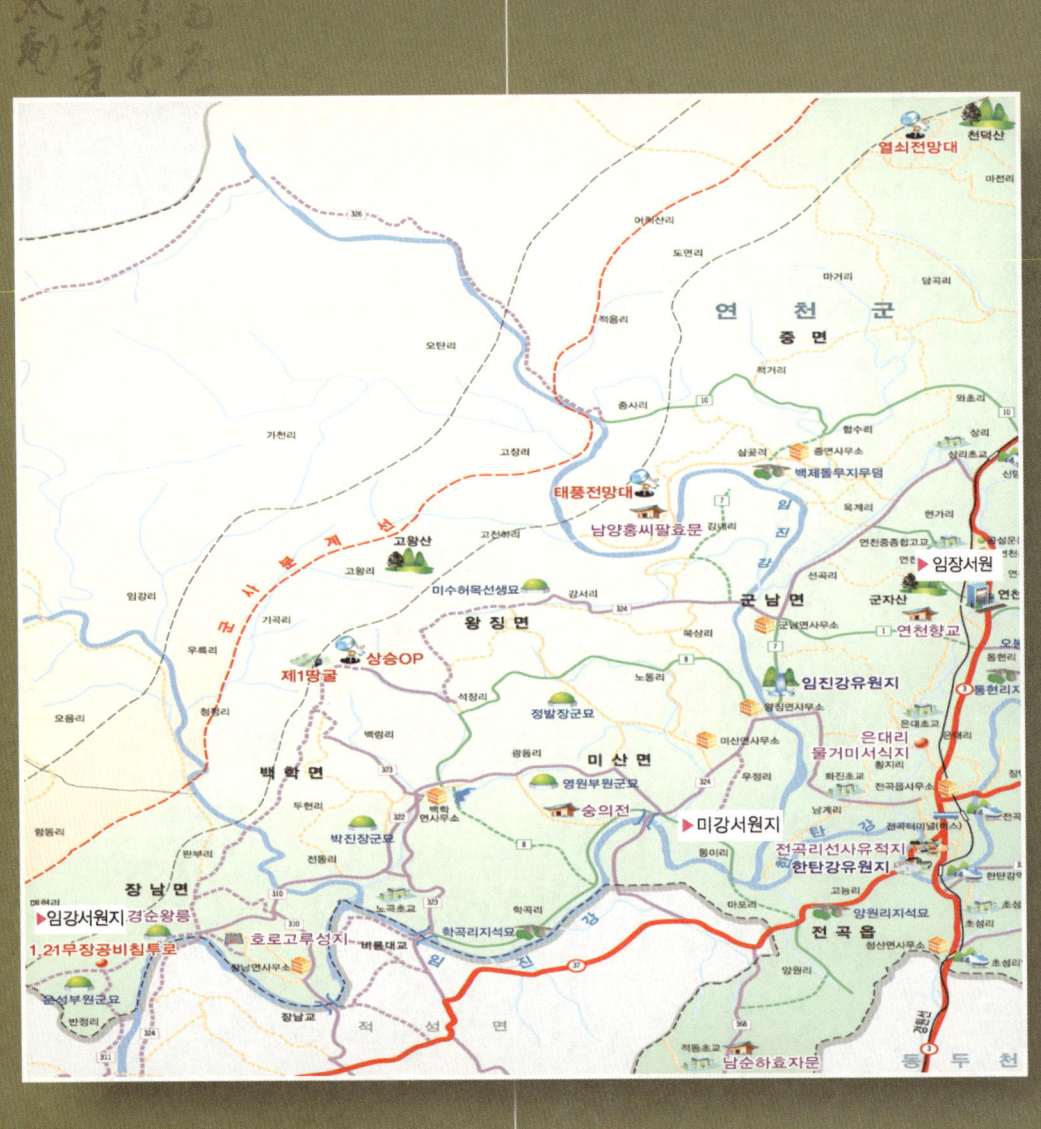

漣川縣
距京二百四十里
閏二百五里

元戶二千三百十六戶內 男三千九百六十五口 女三千六百四十三口

元田畓并一千二百二十八結七負一束內雜頉除

宗田畓九十結六十員四束

遷穀摧殿

大米四百七十一石

田米一千五百六十五石

各樣雜穀三十八百四十石

軍兵摧殿

兵曹屬各色軍保并四百六十名

訓局砲餉軍保七十三名

禁御各色軍保并一百八十二名

守禦廳屬各色軍保并二百三十三名

摠我廳屬各色軍保并二百十名

京理廳守堞軍官五人

京各司各色軍四十八名

監營旗手戶保并九名

各面縣內面五里 南面四十里 西面三十里 北面二十 東面三十里

本高句麗工木達縣 一云於斯買 新羅景德王 改成 爲鐵城郡領縣 高麗改爲漣州 顯宗屬東州 明宗置監務 魚佺僧嶺 忠宣王避王嬪名 改今名 本朝太宗例 改爲縣監 後倂于麻田爲麻漣縣 尋復析爲縣

山川寶蓋山
自官門至抱川界道路險阨東北 至鐵原界南北至楊州界西至麻田 田道路平夷

郡名工木達 熊閃山 功成 漣州 泒川

驛臨玉溪野

土産絲麻 陶器 五味子紫草 等

澄波渡

東灘

佛宇不錄

楊州界向京大路

漣州 津浦

南

미강서원지(眉江書院址)

1. 연혁

1) 창   건 : 숙종 17년(1691)

2) 사액연도 : 숙종 19년(1693)

3) 중   수 :

4) 훼   철 : 고종 7년(1870)

5) 지정번호 :

6) 위   치 : 연천군 미산면 동이리

7) 서 원 지 : 무

8) 제향인물 : 허목(許穆)

2. 내용

　미강서원은 조선왕조에서 건립한 고려왕실의 종묘라 할 숭의전(崇義殿)으로 향하는 길목인 미산면 동이리 임진강 변 절벽 위에 위치하고 있었던 서원이다. 임진강이 굽이쳐 흐르는 언덕에 위치하고 있었다고 전해지는데, 주변이 풍광이 너무도 아름답다. 불행하게도 현재는 군부대 사격장으로 사용하고 있어 접근할 수 없지만, 절벽 위에 위치했을 미강서원을 그려보면 마치 한폭의 그림과 같았을 것임을 짐작할 수 있다.

원래 미강서원은 숙종 17년(1691) 이 지역 유림들이 미수(眉叟) 허목(許穆)의 학문과 덕행을 추모하기 위해 창건하였다. 그리고 2년 뒤인 숙종 19년(1693)에 '미강(眉江)'이라는 사액을 받았다. 아마도 허목의 호인 '미수'의 '미(眉)'와 임진강의 '강(江)'을 따서 이름을 붙인 듯하다.

미강서원은 선현제향과 지방교육의 일익을 담당하다가 대원군의 서원철폐령에 따라 고종 7년(1870) 봄에 훼철되었다. 당시 사우(祠宇)만 철거되고 위패는 그 자리에 매안(埋安)한 후 설단(設壇)을 한 채 향사를 지냈었는데, 1950년 6.25전쟁으로 남아 있던 강당과 재실마저 소실되었다. 현재 서원터에는 1970년에 세운 단비(壇碑)가 이곳이 서원 터임을 알려주고 있을 뿐이다.

한편 미강서원 터 부근에는 삼국시대 고구려가 쌓았다고 전해지고 있는 당포성이 위치하고 있으며, 또한 임진강을 끼고 언덕을 넘어서면 500년 고려 왕조의 아픔을 간직하고 있는 고려 왕조의 종묘, 숭의전을 만나 볼 수 있다.

3. 제향인물

허목(許穆) ; **선조** 28년(1595) ~ **숙종** 8년(1682)

조선 후기의 문신으로 본관은 양천(陽川)이다. 자는 문보(文甫) · 화보

허목, 망운재 이원기 소장.

(和甫)이며, 호는 미수(眉叟)이다. 찬성 자(磁)의 증손으로, 할아버지는 별제 강(橿)이고, 아버지는 현감 교(喬)이며, 어머니는 정랑 임제(林悌)의 딸이다. 부인은 영의정 이원익(李元翼)의 손녀이다.

광해군 7년(1615) 정언눌(鄭彦訥)에게 글을 배우고, 1617년 거창현감으로 부임한 아버지를 따라가서 문위(文緯)를 사사하였다. 또한 그의 소개로 정구(鄭逑)를 찾아가 스승으로 섬겼다. 인조 2년(1624) 광주(廣州)의 우천(牛川)에 살면서 자봉산(紫峯山)에 들어가 독서와 글씨에 전념해 그의 독특한 전서(篆書)를 완성하였다.

1626년 인조의 생모 계운궁 구씨(啓運宮具氏)의 복상(服喪)문제와 관련해 유신(儒臣) 박지계(朴知誡)가 원종의 추숭론(追崇論)을 제창하자, 동학의 재임(齋任)으로서 임금의 뜻에 영합해 예를 혼란시킨다고 유벌(儒罰)을 가하였다.

이에 인조는 그에게 정거(停擧 : 일정 기간 동안 과거를 못 보게 하던 벌)를 명하였다. 뒤에 벌이 풀렸는데도 과거를 보지 않고 자봉산에 은거해 학문에만 전념하였다. 1636년 병자호란을 당해 영동(嶺東)으로 피난했다가 이듬해 강릉·원주를 거쳐 상주에 이르렀다.

1638년 의령의 모의촌(慕義村)에서 살다가 1641년 다시 사천으로 옮겼다. 그 뒤 창원·칠원(漆原) 등지로 진진하다가 1646년 마침내 경기도 연천의 고향으로 돌아왔다. 다음 해 어머니의 상을 당하자 상중에 ≪경례유찬(經禮類纂)≫을 편찬하기 시작해 3년 뒤에는 상례편(喪禮篇)을 완성하였다.

연천군 왕장면 강서리에 있는 미수 허목묘(사진오른쪽)와 묘비석(사진왼쪽).

현종 1년(1660) 경연(經筵)에 출입했고, 다시 장령이 되었다. 그 때 효종에 대한 조대비(趙大妃 : 인조의 繼妃)의 복상기간이 잘못되었으므로 바로잡아야 한다고 상소해 정계에 큰 파문을 던졌다. 이를 기해복제라 한다. 당시 송시열 등 서인(西人)은 ≪경국대전≫에 의거해 맏아들과 중자(衆子)의 구별 없이 조대비는 기년복(朞年服 : 1年喪)을 입어야 한다고 건의해 그대로 시행되었다.

그러나 실은 의례(儀禮) 주소(註疏 : 경서 등에 해석을 덧붙인 것)에 의거해 효종이 체이부정(體而不正), 즉 아들이기는 하지만 맏아들이 아닌 서자에 해당된다고 해석해 기년복을 주장했던 것이다.

이에 대해 그는 효종이 왕위를 계승했고 또 종묘의 제사를 주재해 사실상 맏아들 노릇을 했으니 어머니의 맏아들에 대한 복으로서 자최삼년(齊衰三年)을 입어야 한다고 주장하였다.

이러한 복제논쟁의 시비로 정계가 소란해지자 왕은 그를 삼척부사로 임명하였다. 여기서 그는 향약을 만들어 교화에 힘썼으며, ≪척주지(陟州誌)≫를 편찬하는 한편, ≪정체전중설(正體傳重說)≫을 지어 삼년설을 이론적으로 뒷받침하였다.

미강서원지 인근에 있는 고구려 당포성 유적 안내표지판.

1674년 효종 비 인선왕후(仁宣王后)가 죽자 조대비의 복제문제가 다시 제기되었다. 조정에서는 대공복(大功服)으로 9개월을 정했으나 대구 유생 도신징(都愼徵)의 상소로 다시 기해복제가 거론되었다.

≪경국대전≫에 따르면 맏아들·중자의 구별 없이 부모는 아들을 위해 기년복을 입는다고 규정했으나, 며느리의 경우 맏며느리는 기년, 중자처는 대공으로 구별해 규정하였다.

그런데 인선왕후에게 대공복(大功服)을 적용함은 중자처(衆子妻)로 대우함이고, 따라서 효종을 중자로 보기 때문이라는 것이었다. 이에 대한 근거는 ≪경국대전≫이 아니라 고례(古禮)의 체이부정설이었다.

이는 효종의 복제와 모순되는 것으로서 새로 즉위한 숙종의 노여움을 사게 되었다. 이러한 일로 송시열 등 서인은 몰리게 되고 그의 견해가 받아들여져 대공복을 기년복으로 고치게 되었다.

이로써 서인은 실각하고 남인의 집권과 더불어 그는 대사헌에 임명되었다. 그러나 사직소를 올렸고, 병이 나자 숙종은 어의를 보내어 간호하기까지 하였다. 숙종 1년(1675) 이조참판·비국당상(備局堂上)·귀후서제조(歸厚署提調) 등을 거쳐 자헌대부(資憲大夫)에 승진하고, 의정부우참찬 겸 성균관제조로 특진하였다.

이어 이조판서를 거쳐 우의정에 승진되어 과거를 보지 않고도 유일(遺

逸)로서 삼공(三公)에 올랐다. 그 해 덕원(德源)에 유배중이던 송시열에 대한 처벌문제를 놓고 영의정 허적(許積)의 의견에 맞서 가혹하게 처벌할 것을 주장하였다.

이로 인해 남인은 송시열의 처벌에 온건론을 주장하던 탁남(濁南)과 청남(淸南)으로 갈라졌고, 그는 청남의 영수가 되었다.

그 뒤 지덕사(至德祠)의 창건을 건의하고, 체부(體府)·오가작통법(五家作統法)·지패법(紙牌法)·축성(築城) 등을 반대했으며, 그 해 왕으로부터 궤장(几杖)이 하사되었다. 이듬해 차자(箚子)를 올려 치병사(治兵事)·조병거(造兵車) 등 시폐(時弊)를 논하였다.

그러나 사임을 아무리 청해도 허락하지 않아 성묘를 핑계로 고향에 돌아왔으나 대비의 병환소식을 듣고 다시 예궐하였다. 특명으로 기로소당상(耆老所堂上)이 되었는데 음사(蔭仕)로서 기로소에 든 것은 특례였다.

1677년 비변사를 폐지하고 북벌준비를 위해 체부를 설치할 것과 재정

미강서원지 인근에 있는 고구려 당포성 유적

보전책으로 호포법(戶布法) 실시를 주장하는 윤휴(尹鑴)에 맞서 그 폐(弊)를 논하고 반대하였다. 이듬해 판중추부사에 임명되었으나 곧 사직하고 낙향해, 나라에서 집을 지어주자 은거당(恩居堂)이라 명명하였다.

미강서원지 인근에 있는 고구려 당포성 유적에서 바라본 미강서원지. 임진강과 절벽풍경이 매우 아름답다.

1679년 강화도에서 투서(投書)의 역변(逆變)이 일어나자 상경해 영의정 허적의 전횡을 맹렬히 비난하는 소를 올렸다. 이듬해 경신대출척으로 남인이 실각하고 서인이 집권하자 관작을 삭탈당하고 고향에서 저술과 후진 양성에 전심하였다.

그는 이기론(理氣論)에 있어서 기(氣)는 이(理)에서 나오고 이는 기에서 행하므로, 이기를 분리시킬 수 없다고 주장하였다. 또한, 독특한 도해법(圖解法)으로 해설한 ≪심학도(心學圖)≫와 ≪요순우전수심법도(堯舜禹傳授心法圖)≫를 지어 후학들을 교육하였다.

사후 1688년 관작이 회복되고, 숙종은 예장(禮葬)의 명령을 내려 승지를 보내어 치제(致祭)했으며, 자손을 등용하도록 하고 문집을 간행하게 하였다. 그림·글씨·문장에 모두 능했으며, 글씨는 특히 전서에 뛰어나 동방 제1인자라는 찬사를 받았다.

작품으로 삼척의 척주동해비(陟州東海碑), 시흥의 영상이원익비(領相李元翼碑), 파주의 이성중표문(李誠中表文)이 있고, 그림으로 묵죽도(墨竹圖)가 전한다. 저서로는 ≪동사(東事)≫·≪방국왕조례(邦國王朝禮)≫·

≪경설(經說)≫ · ≪경례유찬(經禮類纂)≫ · ≪미수기언(眉叟記言)≫이 있다.

1691년 그의 신위(神位)를 봉안하는 사액서원으로 미강서원(嵋江書院) 이 마전군(麻田郡)에 세워졌고, 나주의 미천서원(眉川書院), 창원의 회원 서원(檜原書院)에도 제향되었다. 시호는 문정(文正)이다. 묘소는 연천군 왕징면 강서리 민간인통제구역 안에 있다.

4. 관련기록

1) 창건 · 중수기록

≪신증동국여지승람≫ 권13 경기 마전군

미강서원(湄江書院)[숙종(肅宗) 신미년(1691)에 건축하여 계유년(1693)에 사액(賜額)하였다.] 허목(許穆)[자는 문보(文甫), 호는 미수(眉叟)이니, 본 관은 양천(陽川)이다. 벼슬은 우의정이고, 시호는 문정(文正)이다.]

≪연려실기술≫ 별집 권4 사전전고

미강서원(湄江書院)[신미년에 세웠고 사액하였다.] : 허목(許穆)[숙종 때의 정승]

허목(許穆), ≪미수허선생연보≫ 권2 연보 신미년

마전군(麻田郡)에 사당을 세웠는데, 미강서원(嵋江書院)이라 사액(賜額) 하다. 사학(四學)의 유생(儒生)들이 상소하여 사당 세우기를 청하니, 상이 그대로 시행하도록 한 것이다.

허목(許穆), ≪기언(記言)≫ 연보 권2 부록

神道碑銘[并序李瀷撰]
二年辛未 建祠于麻田郡 賜額號日嵋江書院 依李文純滉例 不待誅狀

이만부(李萬敷), ≪식산집(息山集)≫ 속집 권8 유사

眉叟先生遺事
士林爲建眉江書院妥靈 在漣上 賜額 南士亦於羅州 建眉泉書院俎豆
之 羅州 卽先生渭陽 而古有井 號日眉泉 終乃建祠其傍云

이익(李瀷), ≪성호전집(星湖全集)≫ 권58 비명

眉叟許先生神道碑銘[并序]
越二年辛未 建祠于麻田郡 賜額號日嵋江書院 依李文純滉例不待誅
狀 賜諡文正 道德博聞日文 以正服人日正 癸酉特命建祠羅州 賜號日
眉川書院 皆遣官賜祭

2) 문집에 보이는 서원 관련 기록

허목(許穆), ≪기언(記言)≫ 연보 권2 부록

嵋江書院宣額文[辛未]
惟靈氣宇天成 職涼惟密 惟德之秩 遵養時邁 遹駿渾灝 有卓其道 學
宗典經 禮昭儀度 敬義夾主 比于晚景 加璧于帛 如魚縱壑 潭潭相府

百僚是儀 曰著曰龜 於論辟宮 多士式型 于嶽于星 厥施靡究 鞠人忮背
率時顯晦 遺風惟洽 餘敎惟淳 譽髦斯人 度其鮮原 有廟有仉 永世來像
華扁旣揭 芳醴斯斟 靈庶居歆

허목(許穆), ≪기언(記言)≫ 연보 권2 부록

嵋江書院奉安告文[辛未]

俗降而季 道窒人蒙 天挺先生 表準于東 秀眉魁姿 其人也古 天德王
道 其學也古 殷盤周誥 亦古其文 乃如之哲 伊召之倫 著龜于國 領袖
于士 昭天之秩 樹人之紀 嗟天不整 未究厥施 山之云頹 多士疇依 惟
彼嵋江 杖屨攸憩 有侐其宮 面陽厥位 衿紳濟濟 蠲吉妥靈 籩豆孔靜
黍稷惟馨 德容優然 如在洋洋 庶幾千秋 歆我椒觴

허목(許穆), ≪기언(記言)≫ 연보 권2 부록

嵋江書院常享祝文

道德文章 卓乎先覺 闡明禮敎 扶植國脈 斯文有光 吾道是式

士林爲建嵋江書院妥靈 在漣上 賜額 南士亦於羅州 建眉泉書院俎豆
之 羅州 卽先生渭陽 而古有井 號曰眉泉 終乃建祠其傍云

신유한(申維翰), ≪청천집(靑泉集)≫ 권4 기

澄波江泛月記

澄江之水出兎峽 南流過朔寧郡 至漣川治西十里而爲澄波渡 其日芚
田浦 京東米塩商舶之湊 己未七月十五日 余與江村居士朴天休 約爲泛
月之遊 是日天朗無雲 晚出江頭 兒駿隨之 津吏已具舟盖帳茵席 兩童

子奉印囊筆研　官隷炊婢挈鐺若壺　以備宿昔　朴生携其子姪命儒聖儒夏
儒　長弟登舟　設午飱饋余父子　園葵野黍　物物風味　鼓柁而發　天新雨水
高一竿　浩浩洋洋　可沿可泝　北指熊淵將軍灘十里　南指峩眉山下二十里
僉曰峩眉最秀　月所被爲益勝　爰有麗王廟　可以挹古事　遂命篙工曰順流
而下　莫張帆抨櫓　任其所如　過鵁鶄灘楡灘至楡淵　其右皆麻田地　左有
進祥里　田野稍曠　村頂高丘有亭曰栢松　玄姓人別業云　又過馬灘栗灘至
陶家湄　自此永平之水東來合流　江勢極深　右瞰峭壁　緣江作　舟從壁下
過　幽趣頓爽　壁盡而平沙斷阜　上有眉江書院　是故許相國眉老享祠　肅
廟癸酉宣額　朴生言世事悠悠矣　漣麻逢掖　尙能奉春秋俎豆　而院宇荒落
殆不能禦風雨

정약용(丁若鏞), ≪여유당전서(與猶堂全書)≫ 제6집 지리집 권8 대동수경

大東水經[其四] 浿水三

又西迤麻田郡南　郡本句麗之麻田淺縣　新羅爲臨湍縣　高麗爲麻田　我
朝因之　帶水至郡南七里　爲朽斤渡　郡西五里　爲鍾潭　世傳古鍾沈於此
故名　潭邊有仰巖　下有眉江書院　祀故右議政許穆　水北有崇義殿　祀高
麗三王　許眉叟云　鍾潭水　發源於陸昌　安流六七十里　過熊淵爲漳州川
[澄波渡]川上皆石壁嵯巖　水中多石　爲石瀨　至鍾潭爲石潭　有怪石　當
流水至此　爲上下修　潭水中　又有大石　上平可坐　西岸峭絕　爲三石峯
其最南者最高

3) 조선왕조실록의 서원 관련 기록

없음

임강서원지(臨江書院址)

1. 연혁

1) 창   건 : 효종 1년(1650)
2) 사액연도 : 숙종 20년(1694)
3) 중   수 :
4) 훼   철 : 고종7년(1870)
5) 지정번호 :
6) 위   치 : 연천군 장남면 고랑포리
7) 서 원 지 : 무
8) 제향인물 : 안유(安裕), 이색(李穡), 김안국(金安國), 김정국(金正國)

2. 내용

연천군 장남면 고랑포리 봉잠산 아래에 있었다고 전해오는 서원이다.
현재는 민간인 통제선 안쪽에 있어 접근조차 어려울뿐더러, 서원 터조차 남아 있지 않다. 이곳의 옛 지명에 서원동이라는 자연마을 이름이 남아있어 그나마 서원이 있었음을 짐작하게 해준다.

임강서원은 효종 1년(1650) 이 지역 유림들이 문성공 안유을 비롯하여 문청공 이색, 문경공 김안국, 문선공 김정국의 네 분 선현의 학문과 덕행을 추모하기 위해 창건한 서원이다. 네 분의 위패를 모셨기 때문에 사현사(四賢祠)라고도 불리웠다. 숙종 20년(1694년) '임강(臨江)'이라 사액되어 선현제향과 지방교육의 일익을 담당하였다. 그러나 대원군의 서원철폐령에 따라 고종 8년(1871) 훼철되었으며, 위패는 서원 자리에 매안(埋安)하였다고 한다.

3. 제향인물

1) 안유(安裕) ; 고려 고종 30년(1243)~고려 충렬왕 32년(1306)

고려 후기의 명신(名臣)·학자로 본관은 순흥(順興)이다. 초명은 유(裕)였으나 뒤에 향(珦)으로 고쳤다. 그러나 조선시대에 들어와 문종의 이름이 같은 자였으므로, 이를 피해 초명인 유로 다시 고쳐 부르게 되었다.

자는 사온(士蘊), 호는 회헌(晦軒)인데, 이는 그가 만년에 송나라의 주자(朱子)를 추모해 그의 호인 회암(晦庵)을 모방한 것이다.

밀직부사 부(孚)의 아들로 흥주(興州 : 지금의 경상북도 영주군 풍기)의 죽계(竹溪) 상평리(上坪里)에서 태어났다. 어머니는 강주 우씨(剛州禹氏)로 예빈승(禮賓丞) 성윤(成允)의 딸이다.

고려 원종 1년(1260) 문과에 급제해 교서랑(校書郎)이 되고, 이어 직한림원(直翰林院)으로 자리를 옮겼다. 1270년 삼별초의 난 때 강화에 억류되었다가 탈출, 1272년 감찰어사가 되었다. 강화탈출로 인해 그는 새삼 원종의 신임을 받게 되었다.

안향, 경북영주 소수서원 소장, 국보 제111호.

충렬왕 1년(1275) 상주판관(尙州判官)으로 나갔을 때에는 백성들을 현혹시키는 무당을 엄중히 다스려 미신을 타파, 민풍(民風)을 쇄신시키려 노력하였다. 그 뒤 판도사좌랑(版圖司左郞)·감찰시어사(監察侍御史)를 거쳐 국자사업(國子司業)에 올랐다. 1288년 우사의대부(右司議大夫)를 거쳐 좌부승지로 옮기고, 다시 좌승지로서 동지공거(同知貢擧)가 되었다.

고려는 충렬왕대에 와서는 원나라의 완전한 속국이 되어 관제도 변경되었다. 원나라는 정동행성(征東行省)을 고려에 두었는데, 1289년 2월에 그는 이 정동행성의 원외랑(員外郞)을 제수받았다. 얼마 뒤 좌우사낭중(左右司郞中)이 되고, 또 고려유학제거(高麗儒學提擧)가 되었다.

같은 해 11월에 왕과 공주(원나라 공주로서 당시 고려의 왕후)를 호종하고, 원나라에 가서 주자서(朱子書)를 손수 베끼고 공자와 주자의 화상(畵像)을 그려 가지고 이듬해 돌아왔다. 3월에 부지밀직사사가 되었다.

1294년 동남도병마사(東南道兵馬使)를 제수받아 합포(合浦)에 출진했고, 이어 지공거(知貢擧)가 되고, 같은 해 12월에 지밀직사사, 다시 이듬해 밀직사사로 승진하였다.

1296년 삼사좌사(三司左使)로 옮기고, 왕과 공주를 호종해 다시 원나라에 들어갔으며, 이듬해에는 첨의참리세자이보(僉議參理世子貳保)가 되었다. 12월 집 뒤에 정사(精舍)를 짓고, 공자와 주자의 화상을 모셨다.

1298년 당시 원나라의 간섭에 의해 충렬왕이 물러나고 세자를 세우니, 그가 바로 충선왕인데, 즉위하자 관제를 개혁해 그는 집현전태학사 겸 참지기무동경유수계림부윤(集賢殿太學士兼參知機務東京留守鷄林府尹)이 되고, 다시 첨의참리수문전태학사감수국사(僉議參理修文殿太學士監修國史)가 되었다.

같은 해 8월 충선왕을 따라 또다시 원나라에 들어갔다. 바로 이해에 충렬왕이 다시 복위되었다. 이듬해 수국사가 되고, 이어 1300년 광정대부찬성사(匡靖大夫贊成事)에 오르고, 얼마 뒤에 벽상삼한삼중대광(壁上三韓三重大匡)이 되었다.

1303년 국학학정(國學學正) 김문정(金文鼎)을 중국 강남(江南 : 난징)에 보내어 공자와 70제자의 화상, 그리고 문묘에서 사용할 제기(祭器)·악기(樂器) 및 육경(六經)·제자(諸子)·사서(史書)·주자서 등을 구해오게 하였다.

또한 왕에게 청해 문무백관으로 하여금 6품 이상은 은 1근, 7품 이하는 포(布)를 내게 하여 이것을 양현고(養賢庫)에 귀속시키고, 그 이식으로 인재 양성에 충당하도록 하였다.

같은 해 12월에 첨의시랑찬성사판판도사사감찰사사(僉議侍郎贊成事判版圖司事監察司事)가 되었다. 이듬해 5월에는 섬학전(贍學錢)을 마련해 박사(博士)를 두어 그 출납을 관장하게 했는데, 이는 오늘날의 육영재단과 성격이 같은 것으로서 당시에 국자감 운영의 재정적 원활을 가져왔다.

같은 해 6월에 대성전(大成殿)이 완성되자, 중국에서 구해온 공자를 비롯한 선성(先聖)들의 화상을 모시고, 이산·이진(李瑱)을 천거해 경사교수도감사(經史教授都監使)로 임명하게 하였다. 이 해에 판밀직사사도첨의중찬(判密直司事都僉議中贊)으로 치사(致仕)하였다.

1306년 9월 12일 64세로 죽었다. 왕이 장지(葬地)를 장단 대덕산에 내렸다. 충숙왕 5년(1318) 왕이 그의 공적을 기념하기 위해 궁중의 원나라

화공에게 명해 그의 화상을 그리게 하였다. 현재 국보 제111호로 지정되어 있는 그의 화상은 이것을 모사한 것을 조선 명종 때 다시 고쳐 그린 것이다. 이듬해 문묘에 배향되었다.

조선 인조 21년(1643) 장단의 유생들이 봉잠산(鳳岑山) 아래에 서원을 세웠는데, 이것이 임강서원(臨江書院)이다. 시호는 문성(文成)이다.

2) 이색(李穡) ; 고려 충숙왕 15년(1328)~조선 태조 5년(1396)

고려 후기의 문신·학자로 본관은 한산(韓山)이다. 자는 영숙(穎叔)이고, 호는 목은(牧隱)이다. 삼은(三隱)의 한 사람이다. 찬성사 곡(穀)의 아들로 이제현(李齊賢)의 문인이다. 고려 충혜왕 복위 2년(1341)에 진사가 되고, 충목왕 4년(1348) 원나라에 가서 국자감의 생원이 되어 성리학을 연구하였다.

충정왕 3년(1351) 아버지 상을 당해 귀국해 공민왕 1년(1352) 전제(田制)의 개혁, 국방계획, 교육의 진흥, 불교의 억제 등 당면한 여러 정책의 시정개혁에 관한 건의문을 올렸다.

이듬해 향시(鄕試)와 정동행성(征東行省)의 향시에 1등으로 합격해 서장관이 되어 원나라에 가서 1354년 제과(制科)의 회시(會試)에 1등, 전시(殿試)에 2등으로 합격해 원나라에서 응봉 한림문자 승사랑 동지제고 겸국사원편수관(應奉翰林文字承事郎同知制誥兼國史院編修官)을 지냈다.

귀국해 전리정랑 겸 사관편수관 지제교 겸예문응교(典理正郎兼史館編修官知製敎兼藝文應敎)·중서사인(中書舍人) 등을 역임하였다.

이듬 해 원나라에 가서 한림원에 등용되었으며 다음 해 귀국해 이부시랑 한림직학사 겸사관편수관 지제교 겸병부낭중(吏部侍郎翰林直學士兼

史館編修官知製敎兼兵部郎中)이 되어 인사 행정을 주관하고 개혁을 건의해 정방(政房)을 폐지하게 하였다.

1357년 우간의대부(右諫議大夫)가 되어 유학에 의거한 삼년상제도를 건의, 시행하였다. 이어 추밀원우부승선(樞密院右副承宣)·지공부사(知工部事)·지예부사(知禮部事) 등을 지내고 1361년 홍건적의 침입으로 왕이 남행할 때 호종해 1등공신이 되었다.

1367년 대사성이 되어 국학의 중영(重營)과 더불어 성균관의 학칙을 새로 제정하고 김구용(金九容)·정몽주(鄭夢周)·이숭인(李崇仁)

이색, 덴리대학 소장.

등을 학관으로 채용해 신유학의 보급과 성리학의 발전에 공헌하였다.

1373년 한산군(韓山君)에 봉해지고, 이듬해 예문관대제학·지춘추관사 겸 성균관대사성에 임명되었으나 병으로 사퇴하였다. 우왕 1년(1375) 왕의 요청으로 다시 벼슬에 나아가 정당문학(政堂文學)·판삼사사(判三司事)를 역임했고 1377년에 추충보절동덕찬화공신(推忠保節同德贊化功臣)의 호를 받고 우왕의 사부(師傅)가 되었다.

1388년 철령위문제(鐵嶺衛問題)가 일어나자 화평을 주장하였다. 공양왕 1년(1389) 위화도 회군으로 우왕이 강화로 쫓겨나자 조민수(曺敏修)와 함께 창왕을 옹립, 즉위하게 하였다.

판문하부사가 되어 명나라에 사신으로 가서 창왕의 입조와 명나라의 고려에 대한 감국(監國)을 주청해 이성계(李成桂) 일파의 세력을 억제하려 하였다.

이 해에 이성계 일파가 세력을 잡자 오사충(吳思忠)의 상소로 장단(長湍)에 유배, 이듬해 함창(咸昌)으로 이배되었다가 이초(彛初)의 옥(獄)에 연루되어 청주의 옥에 갇혔으나 수재(水災)로 함창에 안치되었다.

1391년에 석방되어 한산부원군(韓山府院君)에 봉해졌으나 1392년 정몽주가 피살되자 이에 관련해 금주(衿州)로 추방되었다가 여흥·장흥 등지로 유배된 뒤 석방되었다.

조선 태조 4년(1395)에 한산백(韓山伯)에 봉해지고 이성계의 출사(出仕) 종용이 있었으나 끝내 고사하고 이듬해 여강(驪江)으로 가던 도중에 별세하였다.

그의 문하에서 권근(權近)·김종직(金宗直)·변계량(卞季良) 등을 배출해 조선성리학의 주류를 이루게 하였다. 장단의 임강서원(臨江書院), 청주의 신항서원(莘巷書院), 한산의 문헌서원(文獻書院), 영해(寧海)의 단산서원(丹山書院) 등에서 제향되며, 저서에 ≪목은문고(牧隱文藁)≫와 ≪목은시고(牧隱詩藁)≫ 등이 있다. 시호는 문정(文靖)이다. 묘소는 충청남도 서천군 기산면 영모리에 있다.

3) 김안국(金安國) ; 성종 9년(1478) ~ 중종 38년(1543)

조선시대 문신·학자로 본관은 의성(義城)이다. 자는 국경(國卿)이고, 호는 모재(慕齋)로 참봉 연(璉)의 아들이며, 정국(正國)의 형이다. 조광조(趙光祖)·기준(奇遵) 등과 함께 김굉필(金宏弼)의 문인으로 도학에 통달하여 지치주의(至治主義) 사림파의 선도자가 되었다. 연산군 7년(1501) 생진과에 합격하고, 1503년 별시문과에 을과로 급제하여 승문원(承文院)에 등용되었으며, 이어 박사·부수찬·부교리 등을 역임하였다.

중종 2년(1507)에는 문과중시에 병과로 급제한 후, 1517년 경상도관찰사로 파견되어 각 향교에 ≪소학≫을 권하고, ≪농서언해(農書諺解)≫·≪잠서언해(蠶書諺解)≫·≪이륜행실도언해(二倫行實圖諺解)≫·≪여씨

향약언해(呂氏鄕約諺解)≫·≪정속언해(正俗諺解)≫ 등의 언해서와 ≪벽온방(辟瘟方)≫·≪창진방(瘡疹方)≫ 등을 간행하여 널리 보급하였으며 향약을 시행하도록 하여 교화사업에 힘썼다.

1519년 다시 서울로 올라와 참찬이 되었으나 같은 해에 기묘사화가 일어나서 조광조 일파의 소장파 명신들이 죽음을 당할 때, 겨우 화를 면하고 파직되어 경기도 이천에 내려가서 후진들을 가르치며 한가히 지냈다.

사대부 출신 관료로서 성리학적 이념에 의한 통치의 강화에 힘썼으며, 중국문화를 수용, 이해하기 위한 노력에 평생 동안 심혈을 기울였다. 시문으로도 명성이 있었으며 대제학으로 죽은 뒤 인종의 묘정(廟庭)에 배향되었으며, 여주의 기천서원(沂川書院)과 이천의 설봉서원(雪峰書院) 및 의성의 빙계서원(氷溪書院) 등에 제향되었다.

시호는 문경(文敬)이다. 저서로는 ≪모재집≫·≪모재가훈(慕齋家訓)≫·≪동몽선습(童蒙先習)≫ 등이 있고, 편서(編書)로는 ≪이륜행실도언해≫·≪성리대전언해(性理大全諺解)≫·≪농서언해≫·≪잠서언해≫·≪여씨향약언해≫·≪정속언해≫·≪벽온방≫·≪창진방≫ 등이 있다.

4) 김정국(金正國) ; 고양 문봉서원 참조

4. 관련기록

1) 창건·중수기록

≪신증동국여지승람≫ 권12 경기 장단도호부

임강서원[숙종 경신년(1680)에 세웠으며 갑술년(1694)에 사액(賜額)하였다.] 안유(安裕)[경도(京都) 문묘편에 보인다.] 이색(李穡)[자는 현숙(顯叔), 호는 목은(牧隱)인데 한산(韓山) 사람이다. 벼슬은 시중(侍中)이었으며, 본조에서 한산백(韓山伯)에 봉하였다. 시호는 문헌(文獻), 혹은 문정(文靖)이다.] 김안국(金安國)[경도 묘정(廟庭)편에 보인다.] 김정국(金正國)[자는 국경(國卿), 호는 사재(思齋)이며, 김안국의 동생이다. 벼슬은 예조 참의인데 좌찬성을 추증하였고, 시호는 문목(文穆)이다.]

≪연려실기술≫ 별집 권4 사전전고

임강서원(臨江書院)[인조 계미년에 세웠으며 숙종 갑술년에 사액하였다.] : 안유(安裕)[향(珦)이라고 이름을 고치고 호는 매헌(梅軒)이다. 문묘에 배향하였으며 시호는 문성(文成)이다.]·이색(李穡)[태조조에 들었다.]·김안국(金安國)·김정국(金正國)[모두 기묘의 명현]

이익(李瀷), ≪성호전집(星湖全集)≫ 권53 기

臨江書院講堂重修記

我國之有書院 自白雲洞始 洞卽晦軒安文成公故居也 周愼齋世鵬刱設之 而退溪李先生之所經紀也 瀷昔過順興府 訪至院 院奴授以墨巾靑襟設席階下 然後開門 導至席 拱揖平身 進盥少退 沃盥升階 由正門入上香一炷 出自夾門 復至席再拜退 此皆李先生之所商定云 于斯時也 泝洄眞源 悅慕遺風 恰慰平生大願 卄載歸來 殆夢想不離矣 乃者尹斯文世翊有寄書來云今長湍府界 實文成公墓道在焉 儒紳合志建祠於臨津上游 因以牧隱李先生 慕齋金先生 思齋金先生配食 或其衣冠所藏 杖屨所及 而俱爲土人之思仰也 祠成請于朝 朝賜臨江之額以顯褒之 於是國人知長湍有臨江書院者 殆近百年之久 而堂宇未免頹剝 今也出力剗新一如舊貫 旁築一室 爲終吾殘年之計 子試爲記 余謂公之志則摯矣 事

則勤矣 庶幾於斯學斯道矣 蓋聞文成爲東方儒學之祖 前乎此而有人 言
爲風旨 未甚著也 後乎此而有人 興動來學 旆乎其餘緒也 然則文成卽
東人之魯夫子 而順興爲昌平 長湍爲泗上 祠以祝之 其可但已哉 而況
有三先生爲之餟享 則其道益光 而事無遺憾矣 夫書院者起于閭巷 而關
于官政 士之藏書習業 必於是在焉 古者有大學則必有小學 在國之西郊
曰虞庠 周人謂之西學 有學亦必有所尊 禮所謂凡有道者 有德者死爲樂
祖 祭於瞽宗是也 今之時學校之設略備 而庠塾不立 敎爲無本 學制有
拘 趨尙每下 故有志之士 必擇屛閑之地 爲講道之所 國家因以勸相之
遂遵西學之禮 許祀先賢 使吾黨諸子樂育而自適焉 是則倣諸古愜諸今
裨益實多 而書院所以遂盛於國中也 詩云高山仰止 景行行止 夫子贊之
曰詩之好仁如此 嚮道而行 中道而廢 忘身之老也 勉焉日有孳孳 斃而
後已 此爲爲學存心節度而無餘法也 登斯堂者仰瞻櫨桷 俯覽筳几 羹牆
乎四先生之遺烈 而有以自奮 則其於進修之方 自重之義 有不能自已者
此則設院待士之本意也 其戒訓程規 退溪李先生旣嘗備著 或倨傲鮮腆
則與安瑺書言之 任達尙氣則與金慶言書言之 求志肄業 畜德熟仁 則與
沈通源書言之 此又白雲洞故事 而後人受以爲拱璧者也 今請擧以似之
用此標揭 矜式乎多士 善者知勵 不善者知戒 斯已盡之 其敢贅焉

2) 문집에 보이는 서원 관련 기록

없음

3) 조선왕조실록의 서원 관련 기록

없음

임장서원(臨漳書院)

1. 연혁

1) 창   건 : 숙종 26년(1700)

2) 사액연도 : 숙종 42년(1716)

3) 중   수 :

4) 훼   철 : 고종 5년(1868)

5) 지정번호 : 연천군 향토유적 제12호

6) 위   치 : 연천군 연천읍 동막리

7) 서 원 지 : 무

8) 제향인물 : 주희(朱熹) 송시열(宋時烈)

2. 내용

임장서원은 연천읍내가 훤히 내려다보이는 연천읍 동막리 야트막한 구
릉에 남향으로 자리잡고 있다. 멀리 군자봉을 바라보고 있는 이 서원은 3

임장서원 왼편에 서 있는 임장서원 복원 건립사적비.

번 국도를 따라 북쪽으로 올라가다 연천읍내로 들어가는 삼거리와 동막리로 들어가는 삼거리를 지나자 마자 바로 보인다.

임장서원은 임계중(任繼重)이 학문 연구에 전념하기 위해 건립한 무이정사(武夷精舍)를 모태로 하고 있다. 이곳은 차탄천을 등지고 앞으로 아미천이 흐르며, 산세는 양금령이 구곡을 이루고 있어 중국의 주자가 성장한 곡부현 무이촌과 흡사하다 하여 주자를 흠모하고 더불어 성현의 정신을 탐구하였던 것이다.

원래 임계중은 조선 중기 중종 때 기묘사화(己卯士禍)로 조광조를 비롯한 많은 학자들이 희생당하는 것을 보고 정계를 은퇴하여 연천의 동막리로 낙향, 주자학연구에 전념한 학자이다.

임계중의 제자와 후학들은 무이정사를 모태로 주자학을 강론하면서 이 지역 교육의 일익을 담당하여 오던 중 숙종 26년(1700) 주자서원(朱子書

임장서원 전경.

院)을 창건하게 된다. 그리고 창건과 함께 사액을 받는다. 주자서원은 다시 숙종 39년(1713) '임장(臨漳)'이라 사액되어 '임장서원'으로 개칭되었다.

더욱이 순조 1년(1801)에는 김성락 등 이 지역 유생들이 상소를 올려 송시열을 배향하는 것이 허용되면서, 더욱 많은 유생들이 수강하는 서원이 되었다.

그러나 고종 5년(1868)에 대원군의 서원철폐령에 따라 훼철되었다가 뒤에 복원되었다. 1950년 6.25전쟁으로 다시 소실되어 건물은 복원하지 못하고 서원 터에 단(壇)을 설치하여 매년 9월 보름에 향사를 지냈다.

현재의 임장서원은 지난 1996년 2월 '임장서원복원건립추친회'를 조직하고 서원 복원사업을 추진하여 1998년 완공된 신축 건물이다.

원래 임장서원은 훼철되기 전 사우(祠宇)·강당·동재·서재·전사청(典祀廳) 등이 있었다고 전해지는데, 현재는 홍살문과 삼문, 정면 3칸의

대성전이 있을 뿐이다. 대성전 중앙에는 주희의 위패가 모셔져 있고, 우측
에 임계중 좌측에 송시열의 위패를 모셨다.

3. 제향인물

1) 주희(朱熹) ; 1130~1200

중국 송대(宋代)의 유학자로 자 원회(元晦)·중회(仲晦)이고, 호는 회암
(晦庵)·회옹(晦翁)·운곡산인(雲谷山人)·창주병수(滄洲病)·둔옹(遯翁)
등 다양하다. 푸젠성[福建省] 우계(尤溪) 출생이며, 선조는 대대로 휘주무
원(徽州武園, 安徽省)의 호족으로 아버지 위재(韋齋)는 관직에 있다가 당
시의 재상(宰相) 진회(秦檜)와의 의견충돌로 퇴직하고 우계에 우거(寓居)
하였다. 주자는 이 곳에서 14세 때 아버지가 죽자 그 유명(遺命)에 따라
호적계(胡籍溪)·유백수(劉白水)·유병산(劉屛山)에게 사사하면서 불교와
노자의 학문에도 흥미를 가졌으나, 24세 때 이연평(李延平)을 만나 사숙
(私淑)하면서 유학에 복귀하여 그의 정통을 계승하게 되었다. 그의 강우
(講友)로는 장남헌(張南軒)·여동래(呂東萊)가 있으며, 또 논적(論敵)으로
는 육상산(陸象山)이 있어 이들과 상호 절차탁마(切琢磨)하면서 주자의
학문은 비약적으로 발전 심화하여 중국사상사상 공전(空前)의 사변철학(思
辨哲學)과 실천윤리(實踐倫理)의 체계를 확립하기에 이르렀다. 그는 19세
에 진사시에 급제하여 71세에 생애를 마칠 때까지 여러 관직을 거쳤으나,
약 9년 정도만 현직에 근무하였을 뿐, 그 밖의 관직은 학자에 대한 일종
의 예우로서 반드시 현지에 부임할 필요가 없는 명목상의 관직이었기 때

문에 학문에 전념할 수 있었다. 그의 학문을 저서를 통해서 관찰해 보면 46세까지를 전기, 이후 60세까지를 중기, 61세 이후를 후기로 하는 3기(三期)로 대별할 수 있다. 주자연보(朱子年譜)에 의해 전기 저서를 순차적으로 열거하면 ≪논어요의(論語要義)≫ ≪논어훈몽구의(論語訓蒙口義)≫ ≪곤학공문편(困學恐聞編)≫ ≪정씨유서(程氏遺書)≫ ≪논맹정의(論孟精義)

주희

≫ ≪자치통감강목(資治通鑑綱目)≫ ≪팔조명신언행록(八朝名臣言行錄)≫ ≪서명해의(西銘解義)≫ ≪태극도설해(太極圖說解)≫ ≪통서해(通書解)≫ ≪정씨외서(程氏外書)≫ ≪이락연원록(伊洛淵源錄)≫ ≪고금가제례(古今家祭禮)≫로 이어져 ≪근사록(近思錄)≫의 편차(編次)로 끝맺었다. 이 전기는 북송의 선유(先儒)인 주염계(周濂溪)·장횡거(張橫渠)·정명도(程明道)·정이천(程伊川)의 저서교정과 주례에 전념하고, '논어·맹자' 등은 차기(次期)의 예비사업이었던 것으로 생각된다. 즉, 주자의 학문적 기초가 확립된 시기로서 그것이 ≪근사록≫에 집약된 것으로 보인다. 그후에 논적이었던 육상산 형제와의 아호사(鵝湖寺) 강론에서 존덕성(尊德性)에 대해 도학(道學)의 입장을 분명히 하였다. 중기에는 ≪논맹집주혹문(論孟集註或問)≫ ≪시집전(詩集傳)≫ ≪주역본의(周易本義)≫ ≪역학계몽(易學啓蒙)≫ ≪효경간오(孝經刊誤)≫ ≪소학서(小學書)≫ ≪대학장구(大學章句)≫ ≪중용장구(中庸章句)≫ 등이 있으나 가장 중요한

것은 '사서(四書)의 신주(新註)'가 완성된 점이다. 60세 때는 ≪중용장구
≫에 서문을 붙여 상고(上古)에서 후대까지 도학을 전한 성현(聖賢)의 계
통을 밝혀 도학의 기초를 확립하였다. 후기에는 오경(五經)에 손을 대어
≪석존예의(釋尊禮儀)≫ ≪맹자요로(孟子要路)≫ ≪예서(禮書:儀禮經傳
通解)≫ ≪한문고이(韓文考異)≫ ≪서전(書傳)≫ ≪초사집주후어변증(楚
辭集註後語辨證)≫ 등이 있다. 더욱이 71세로 생애를 마치던 해 3월, ≪
대학≫의 '성의장(誠意章)'을 개정(改訂)한 점으로 미루어 그의 ≪사서집
주(四書集注)≫에 대한 지정(至情)이 어느 정도이었는지 엿볼 수 있다.
주자의 정치에 대한 의견은 <임오응조봉사(壬午應詔封事)>나 <무신봉
사(戊申封事)>에 나타나 있으며 또 절동(浙東)의 지방관으로 있을 때 대
기근(大飢饉)을 구제하였다는 실적도 있으나 만년에는 권신의 미움을 사
그의 학문이 위학(僞學)이라 하여 많은 박해를 받았으며, 해금(解禁)이 있
기 전에 죽었다. 그후 그의 학문이 인정되어 시호가 내리고 다시 태사(太
師)·휘국공(徽國公)이 추증(追贈)되었다. 그의 유언을 수록한 것으로는 주
자의 막내아들 주재(朱在)가 편찬한 ≪주문공문집(朱文公文集)≫(100권,
속집 11권, 별집 10권)이 있고, 문인과의 평생문답을 수록한 여정덕(黎靖
德) 편찬의 ≪주자어류(朱子語類)≫ 140권이 있다.

2) 송시열(宋時烈) ; 선조 40년(1607)~숙종 15년(1689)

조선 후기의 문신·학자로 본관은 은진(恩津)이다. 아명은 성뢰(聖賚)
로, 자는 영보(英甫)이고, 호는 우암(尤菴) 또는 우재(尤齋)이다. 봉사(奉
事) 구수(龜壽)의 증손으로, 할아버지는 도사(都事) 응기(應期)이고, 아버
지는 사옹원봉사(司饔院奉事) 갑조(甲祚)이다. 어머니는 선산 곽씨(善山

郭氏)로 봉사 자방(自防)의 딸이다.

충청도 옥천군 구룡촌(九龍村) 외가에서 태어나 26세(1632) 때까지 그 곳에서 살았다. 그러나 뒤에 회덕(懷德)의 송촌(宋村)・비래동(飛來洞)・소제(蘇堤) 등지로 옮겨가며 살았으므로 세칭 회덕인으로 알려져 있다. 8세 때부터 친척인 송준길(宋浚吉)의 집에서 함께 공부하게 되어, 훗날 양송(兩宋)으로 불리는 특별한 교분을 맺게 되었다.

12세 때 아버지로부터 《격몽요결(擊蒙要訣)》・《기묘록(己卯錄)》 등을 배우면서 주자(朱子)・이이(李珥)・조광조(趙光祖) 등을 흠모하도록 가르침을 받았다.

송시열, 충북제천 황강영당 소장.

인조 3년(1625) 도사 이덕사(李德泗)의 딸 한산 이씨(韓山李氏)와 혼인하였다. 이 무렵부터 연산(連山)의 김장생(金長生)에게서 성리학과 예학을 배웠고, 1631년 김장생이 죽은 뒤에는 그의 아들 김집(金集) 문하에서 학업을 마쳤다.

27세 때 생원시(生員試)에서 <일음일양지위도(一陰一陽之謂道)>를 논술하여 장원으로 합격하였다. 이 때부터 그의 학문적 명성이 널리 알려졌고 2년 뒤인 1635년에는 봉림대군(鳳林大君 : 후일의 효종)의 사부(師傅)로 임명되었다. 약 1년 간의 사부 생활은 효종과 깊은 유대를 맺는 계기가 되었다.

그러나 병자호란으로 왕이 치욕을 당하고 소현세자와 봉림대군이 인질로 잡혀가자, 좌절감 속에서 낙향하여 10여 년 간 일체의 벼슬을 사양하고 전야에 묻혀 학문에만 몰두하였다.

1649년 효종이 즉위하여 척화파 및 재야학자들을 대거 기용하면서, 그에게도 세자시강원진선(世子侍講院進善)·사헌부장령(司憲府掌令) 등의 관직을 내리자 비로소 벼슬에 나아갔다.

이 때 그가 올린 <기축봉사(己丑封事)>는 그의 정치적 소신을 장문으로 진술한 것인데, 그 중에서 특히 존주대의(尊周大義 : 춘추대의에 의거하여 中華를 명나라로 夷賊을 청나라로 구별하여 밝힘)와 복수설치(復讐雪恥 : 청나라에 당한 수치를 복수하고 설욕함)를 역설한 것이 효종의 북벌 의지와 부합하여 장차 북벌 계획의 핵심 인물로 발탁되는 계기가 되었다.

그러나 다음 해 2월 김자점(金自點) 일파가 청나라에 조선의 북벌 동향을 밀고하여 송시열을 포함한 산당(山黨) 일파가 모두 조정에서 물러났다. 그 뒤 효종 4년(1653)에 충주목사, 1654년에 사헌부집의·동부승지 등에 임명되었으나 모두 사양하고 취임하지 않았다.

1655년에는 모친상을 당하여 10년 가까이 향리에서 은둔 생활을 보냈다. 1657년 상을 마치자 곧 세자시강원찬선(世子侍講院贊善)이 제수되었으나 사양하고, 대신 <정유봉사(丁酉封事)>를 올려 시무책을 건의하였다. 1658년 7월 효종의 간곡한 부탁으로 다시 찬선에 임명되어 관직에 나갔고, 9월에는 이조판서에 임명되어 다음 해 5월까지 왕의 절대적 신임 속에 북벌 계획의 중심 인물로 활약하였다.

그러나 1659년 5월 효종이 급서한 뒤, 조대비(趙大妃)의 복제 문제로 예송(禮訟)이 일어나고, 국구(國舅) 김우명(金佑明) 일가와의 알력이 깊어진 데다, 국왕 현종에 대한 실망으로 그 해 12월 벼슬을 버리고 낙향하였다.

이후 현종 15년 간 조정에서 융숭한 예우와 부단한 초빙이 있었으나 거의 관직을 단념하였다. 다만 현종 9년(1668) 우의정에, 1673년 좌의정에 임명되었을 때 잠시 조정에 나아갔을 뿐, 시종 재야에 머물러 있었다. 그러나 재야에 은거하여 있는 동안에도 선왕의 위광과 사림의 중망 때문에 막대한 정치적 영향력을 행사할 수 있었다.

사림의 여론은 그에 의해 좌우되었고 조정의 대신들은 매사를 그에게 물어 결정하는 형편이었다. 그러나 1674년 효종비의 상으로 인한 제2차 예송에서 그의 예론을 추종한 서인들이 패배하자 예를 그르친 죄로 파직, 삭출되었다. 숙종 1년(1675) 정월 덕원(德源)으로 유배되었다가 뒤에 장기(長鬐)·거제 등지로 이배되었다.

유배 기간 중에도 남인들의 가중 처벌 주장이 일어나, 한때 생명에 위협을 받기도 하였다. 1680년 경신환국으로 서인들이 다시 정권을 잡자, 유배에서 풀려나 중앙 정계에 복귀하였다. 그 해 10월 영중추부사 겸 영경연사(領中樞府事兼領經筵事)로 임명되었고, 또 봉조하(奉朝賀)의 영예를 받았다.

임장서원 입구의 홍살문과 외삼문.

1682년 김석주(金錫冑)·김익훈(金益勳) 등 훈척들이 역모를 조작하여 남인들을 일망타진하고자 한 임신삼고변(壬申三告變) 사건에서 김장생의 손자였던 김익훈을 두둔하다가 서인의 젊은 층으로부터 비난을 받았다. 또 제자 윤증(尹拯)과의 불화로 1683년 노소분당이 일어나게 되었다.

1689년 1월 숙의 장씨가 아들(후일의 경종)을 낳자 원자(元子:세자 예정자)의 호칭을 부여하는 문제로 기사환국이 일어나 서인이 축출되고 남인이 재집권했는데, 이 때 세자 책봉에 반대하는 소를 올렸다가 제주도로 유배되었다. 그러다가 그 해 6월 서울로 압송되어 오던 중 정읍에서 사약을 받고 죽었다.

그러나 1694년 갑술환국으로 다시 서인이 정권을 잡자 그의 억울한 죽음이 무죄로 인정되어 관작이 회복되고 제사가 내려졌다. 이 해 수원·정읍·충주 등지에 그를 제향하는 서원이 세워졌고, 다음해 시장(諡狀) 없이 문정(文正)이라는 시호가 내려졌다. 이 때부터 덕원·화양동을 비롯한 수많은 지역에 서원이 설립되어 전국적으로 약 70여 개 소에 이르게 되었는데, 그 중 사액서원만 37개소였다.

학문에서 가장 힘을 기울였던 것은 ≪주자대전(朱子大全)≫과 ≪주자어류(朱子語類)≫의 연구로서, 일생을 여기에 몰두, ≪주자대전차의(朱子大全箚疑)≫·≪주자어류소분(朱子語類小分)≫ 등의 저술을 남겼다. 묘소는 충청북도 괴산군 청천면 청천리에 있다.

4. 관련기록

1) 창건·중수기록

≪연려실기술≫ 별집 4권 사전전고

임장서원(臨漳書院)[정해년에 세웠으며 사액하였다.] : 주자 화상(朱子畫像)

2) 문집에 보이는 서원 관련 기록

이하곤(李夏坤), ≪두타초(頭陀草)≫ 권13 [잡저]

臨漳書院通文 戊子

惟我晦庵朱夫子 生乎聖遠言湮經殘教弛之後 獨紹濂洛之統 直接洙泗之派 掃盡兩漢以來庸儒俗學之陋 發揮群聖所以窮理正心之要 使二帝三王周公孔子之道 燦然復明於世 而後之學者有所依據持守 能知克己復禮之學 而不淪於夷狄禽獸之域 其道德之嵬嶪 功業之炳煥 卒乎泰山不足以喻其高也 昭乎日月不足以方其輝也 故先儒贊美夫子之功德 或曰以一心而窮造化之理 盡性命之妙 以一身而體天地之運 任綱常之責 繼往聖將微之緒 啓前賢未發之幾 辨諸儒之得失 闢異端之訛誤 明天理立人極 爲萬世宗師 或曰包粹古之載籍 採近世之文献 繼斯文之將墜 覺來裔於無窮 雖與天壤俱弊可也 由是觀之 盖孟子之後 惟我夫子一人而已 凡天下冠章甫衣縫掖者 莫不軌則我夫子 誦法我夫子 仰之若山斗 敬之如神明 而至我東方則其所以尊慕景仰者 視中州尤有倍焉 家有考亭之編 人誦紫陽之書 大而冠婚喪祭之儀 小而日用事物

之間 擧欲不背於夫子之規矩準式 夫如是 故自昔儒賢諸老先生 於崇
奉夫子一節 不計事之難易 役之巨細 委曲周備 靡不用極 其遺風餘習
至今不泯 苟有係於夫子之事 則雖五尺童子 亦莫不揚袂奮起 願忠効
力於夫子之門 此可見夫子之德盛功至 所以感人者 愈久而愈深也 乃
者漣川士友 於故參判崔公有海家 幸得先生遺像一幀 盖崔公航海朝天
之日 得之燕市者也 新自箕營 改裝備儀 迎至於漣 而其泰山喬岳之氣
象 高天闊海之胸次 彷彿仰瞻於函丈之間 漣儒愛慕之誠 於是尤切 方
營立書院 以爲奉安之計 而事又有甚奇者 盖紹熙年間 夫子守鄞州郡
郡有臨漳祠龍江書院 而漣之古號是漳州 其地又有里名復武夷 其命名
之義 實非偶然 似爲今日此擧而設者 噫 愛人之深者 猶愛其所憩之樹
木 敬人之至者 猶敬其御所之杖履 今此夫子七分之貌 其可愛可敬者
固非樹木杖履之比 而地名之相符者 又若是 則夫以吾夫子所莅之州所
居之洞 建吾夫子之祠 奉吾夫子之像 以爲俎豆之所 則斯豈非希世之
異事 斯文之盛擧 而其於後學崇奉之道 亦不大有光哉 且如江陵之丘
山 忠州之雲谷 首陽之清節 南陽之臥龍 徒以地名之偶同 仍建立書院
以寓景慕之意 則漣之邑號一事 固足以建祠 而矧茲遺像 又爲漣人所
得 漣人之必欲建祠以爲奉安之計者 是乃人情之所同 道理之當然也
今茲營建之役 曷可一日少緩哉乎 然而茲事至重且大 實非一邑之力所
可獨辦 亦非一鄉士之私自擅建者 是當具此事狀 遍告擧國之章甫 得
以同聲合力然後 庶幾斯道不孤而大事克就矣 漣儒旣已經始土木之役
今方裹足上京 專以此事 托諸鄙等 鄙等旣忝有司之列 則不可嘿無一
言 以孤漣儒之望 才以此意 通諭於大學及四學 使諸生各出貨物 以相
斯役 又此奉讀於列邑諸君子 自前事係學宮 則自各處校院 損財相助
已成規例 今於夫子之祠 尤何可不爲之出力乎哉 嗚呼 諸君子何莫非
誦法夫子 而誠深尊賢 志切興學 則亦不待鄙等之意 而必有感慨興起

者矣 伏乞諸君子 勿以玆事爲輕 鄙等爲迂 各自校院 收合錢布 邇速
上送 俾大事毋或迂延 則吾夫子開導後學之恩 庶報其萬一 此豈特一
二鄙等之望 實斯文萬世之幸也

최규서(崔圭瑞), ≪간재집(艮齋集)≫ 권11 비명

忠賢書院事蹟碑銘[壬辰]

惟我考亭朱夫人 道在天下後世 若日星之昭垂 固無待於名言 我東方
俎豆之享國學鄕校之外 間有祠院之設 惟公州孔巖 其來最久 前後百四
十餘年之間 廢興不一 而至于今日 始盡復其古 嗚呼盛哉 蓋院始於孤
青徐先生諱起 先生奮自寒微 篤志儒學 常言朱子後孔子也 嘗航海至南
京 購求遺像 歸而奉之書室 每朝夕焚香瞻拜 以寓景慕之誠 時居孔巖
也 州中士與遠近學子 坌集請業 遂謀建屋爲藏修之所 立講堂若干架
名曰博約 翼以兩齋 東曰進修 西曰踐履 立祠講堂之北 以所奉朱夫子
像 移揭而主享 麗朝正言石灘李先生諱存吾 忠而見放 自屛於石灘 本
朝評事李先生諱穆 直道忤奸 反罹淫禍 東洲成先生諱悌元 高風礪俗
或以編配 或以舊居 俱鄕先生也 躋而配食 未幾 値壬辰兵燹 莽爲丘墟
文公像及院中古事 無復存矣 雖國運收關 亦斯文一厄會也 後十八年庚
戌 公門人朴公希聖 朴公希喆 閔公在汶 朴公希聖之子進士 都事朴賂
重建之 一依公舊制 惟文公像 代以祠版 又傍立別廟以享公 事出公議
禮則從宜也 其後追配文烈公重峯趙先生諱憲 以嘗爲提督於是州也 朝
家命賜扁額曰忠賢 文元公沙溪金先生諱長生 文正公同春堂宋先生諱浚
吉 先後追配 皆杖屨所及也 然文烈公 公道義交也 文元公 少嘗講業
文正公 其皇考淸坐窩 亦公門人 師友淵源 盡在是矣 及壬辰 院儒林遇
箕 崔奎一等 聞朱夫子畫像二本 己巳 自中土奉來 頃年奉安于漣川臨

漳書院 慨然謀曰 院有文公像 古也 今旣聞有眞本矣 而不圖所以重新
者 我則無以辭其責 遂跋涉累百里 謹加模寫 以是年九月初一日辛巳
奉安于神版之後 院中舊所遺憾 至是始畢擧矣 旣事

3) 조선왕조실록의 서원 관련 기록

《숙종실록》권53 숙종 39년 4월 5일 임자

漣川縣 朱子書院 賜號臨漳 遣禮官致祭 祝文頭辭 書以國王遣臣某
云云 禮官旣發行 禮曹參判閔鎭遠筵白 請依啓聖廟 宣武祠之例 稱以
朝鮮國王謹遣臣云云 以此定式 上許之 改寫以送

연천현(漣川縣)에 있는 주자 서원(朱子書院)에 임장(臨漳)이라 사호(賜
號)하고 예관(禮官)을 보내 치제(致祭)토록 하였는데, 축문(祝文) 첫머리의
글에 '국왕(國王)이 신(臣) 아무개를 보내어 운운(云云)'이라 썼다. 예관
(禮官)이 이미 출발하여 떠났는데 예조 참판(禮曹參判) 민진원(閔鎭遠)이
경연(經筵)에서 아뢰기를, "청컨대 계성묘(啓聖廟)16612) ·선무사(宣武祠)
의 준례에 따라 '조선 국왕(朝鮮國王)이 삼가 신하를 보내어 운운(云云)'
이라고 칭하였으니, 이것으로써 정식(定式)을 삼으소서." 하니, 임금이 그
대로 허락하여 고쳐 써서 보냈다.

《정조실록》권6 정조 2년 7월 13일 경자

京畿儒生鄭善逑等上疏曰 漣川之臨漳書院 卽朱夫子俎豆之所也 川
號漳州 水名九曲 又有所謂後武夷者 故漣之士 購得朱夫子眞像 設院
而奉安之 武夷之傍 又有所謂華陽谷 其左又有所謂九龍壚者 先正臣文

正公 宋時烈道德 文章 卽朱夫子後一人 且後武夷之華湯 旣與西原之
華陽洞 洞名不差 華陽谷之九龍 又與沃川之九龍村 村號相似 謹以從
配之意仰籲 特賜允許 以光聖德 不許

경기 유생 정선술(鄭善述) 등이 상소하기를, "연천(漣川)의 임장 서원
(臨漳書院)은 곧 주 부자(朱夫子)를 우향(右享)한 곳인데, 시내의 이름이
장주(漳州)이고 물의 이름도 구곡(九曲)이며, 또 이른바 후무이(後武夷)라
는 것이 있습니다. 그래서 연천의 선비들이 주 부자의 진상(眞像)을 구득
(購得)해서 서원에 진설하여 봉안하고 있습니다. 무이(武夷)의 곁에 또 이
른바 화양곡(華陽谷)이 있고 그 왼쪽에 또 이른바 구룡허(九龍墟)라는 것
이 있습니다. 선정신 문정공(文正公) 송시열(宋時烈)은 도덕과 문장이 곧
주부자 이후 일인자이고, 또 후무이의 화양곡이 이미 서원(西原)의 화양동
(華陽洞)과 동명(洞名)이 차이가 나지 않으며, 또 화양곡의 구룡허가 옥천
(沃川)의 구룡촌(九龍村)과 마을 이름이 서로 비슷한 까닭에 삼가 종배(從
配)하자는 뜻으로 우러러 청하고 있으니, 특별히 윤허를 내려 성덕을 빛
내소서." 하였으나, 윤허하지 않았다.

≪정조실록≫ 권6 정조 2년 12월 18일 갑술

上日 章甫 前以先正之配享臨漳事 有所陳請 而予姑不許 卿意如何
德相日 臣聞儒生之陳疏 竊有所憂歎者 聖敎至此 臣不勝欽仰矣 臣先
祖杖屨之所嘗遊處 皆有書院 逮我聖上 至蒙侑配廟庭 恩已極矣 禮已
隆矣 雖非配享於臨漳 固無加損於臣祖 而今此儒生之請 誠不知事體
也 上日 卿言 果合予意 予所以尊慕先正者 靡不容極 而至若書院之
弊 亦嘗有斟量於中者 故雖不輕許 予豈歇後於先正而然哉 卿言如此

深用嘉歎 德相曰 以書院事 旣發言端 臣有區區所欲陳者 敢此仰達矣
故判書臣李縡 急流勇退 超然名利 尙志節 而崇道學 造詣之高 有非
後學之所可窺也 使君子有所恃 小人知所畏 其爲斯文之功 甚偉矣 及
其沒也 宜有俎豆之所 而尙未設焉 多士之請 非止一再 而聖上尙今靳
許 不但士林之抑鬱 亦爲朝家之欠典 伏願 更加三思焉 上曰 予豈不
知故判書之宜有俎豆之所 而但於先朝辛酉 有書院之禁令 故雖未遽然
許之 豈無更商之道乎 德相曰 臣亦豈不知聖意之攸在 而先朝禁令 爲
慮末流濫雜之弊也 先儒有言 當變通而變通 亦爲繼述 且書院之弊 果
非一端 而自肅廟朝 雖禁其濫雜 亦許其應施者 則今雖允從多士之請
恐亦無損於遵守之聖德矣 上曰 當更量處 國榮曰 尙今無俎豆之所 實
是欠典之大者 臣嘗過其故居 只有數間茅屋 扁之曰寒泉精舍 荒涼無
主 惟有遺像在堂 不覺感慨于中矣 今此儒賢所奏 誠得當 而多士之請
亦已久矣

　　임금이 말하기를, "장보(章甫)들이 전에 선정을 임장 서원(臨漳書院)
에 배향할 것을 진청(陳請)한 바가 있었는데, 내가 우선 허락하지 않았
었다. 경의 의견은 어떠한가?" 하니, 송덕상이 말하기를, "신은 유생들
이 진소한 것을 듣고 삼가 근심하여 탄식하였었는데, 성교가 이에 이르
니, 신은 흠앙을 금할 수가 없습니다. 신의 선조(先祖)가 머물러 일찍이
유식(遊息)하던 곳에는 모두 서원이 있는데, 우리 성상에 미쳐서는 묘정
(廟庭)에 배향(配享)하기에 이르렀으니, 은혜가 이미 극도에 달하였고
예우가 이미 융숭합니다. 따라서 임장 서원에 배향하지 않더라도 진실
로 신의 선조에 대해 더하고 덜할 것이 없는데, 지금 이 유생들이 청하
고 있으니 참으로 사체를 모르는 것입니다." 하였다. 임금이 말하기를,
"경의 말은 과연 나의 뜻과 일치한다. 내가 선정을 존모(尊慕)하는 것에

대해 극진히 하지 않는 것이 없었으나, 서원의 폐단에 이르러서는 또한 마음속으로 짐작하여 헤아린 것이 있었으므로, 비록 경솔히 허락하지 않았으나, 내가 어찌 선정에 대해 만만하게 여기는 마음에서 그렇게 했겠는가? 경의 말이 이러하니, 매우 가상하게 여겨 감탄하는 바이다." 하므로, 송덕상이 말하기를, "서원의 일 때문에 이미 언단(言端)이 나왔으므로, 신이 구구하게 진달하고 싶은 것이 있어 이에 감히 우러러 진달하겠습니다. 고 판서 신 이재(李縡)는 급류(急流)에서 혼쾌하게 물러나 명리(名利)에 초연하고 지절(志節)과 도학(道學)을 숭상하여 높은 조예를 쌓았으므로, 후학(後學)으로서는 엿볼 수 없는 점이 있습니다. 그리하여 군자들은 믿는 데가 있게 되었고, 소인은 두려워할 줄을 알게 되었으니, 사문(斯文)을 위한 공이 매우 위대했습니다. 그가 죽기에 이르러서는 의당 제사하는 곳이 있어야 하는데, 아직 설행하지 않고 있습니다. 많은 선비들이 요청한 것이 한두 번에 그치지 않았으나, 성상께서 아직 윤허하시지 않고 있으니, 사림(士林)이 답답하게 여길 뿐만 아니라 또한 조가(朝家)의 흠전(欠典)이 되기도 합니다. 삼가 바라건대 다시 깊이 생각하소서." 하였는데, 임금이 말하기를, "내가 어찌 고 판서를 제사지내는 곳이 있어야 한다는 것을 모르겠는가? 단지 선조(先朝) 신유년에 서원에 대한 금령이 있었기 때문에 갑자기 허락하지 않는 것인데, 어찌 다시 상량(商量)하는 방도가 없겠는가?" 하자, 송덕상이 말하기를, "신 또한 어찌 성의(聖意)의 소재를 모르겠습니까? 선조의 금지령은 말류(末流)의 외람되고 난잡해지는 폐단을 우려해서 내리셨으나, 선유(先儒)들이 말하기를, '마땅히 변통시켜야 할 것은 변통시키는 것이 또한 계술(繼述)하는 것이 된다.'고 하였습니다. 또 서원의 폐단은 과연 한두 가지가 아닌데 숙묘조(肅廟朝)로부터 외람되고 난잡한 것을 금하였으나 응당 시행해야 할 것은 또한 허락하였으니 지금도 선비들의 요청을 따르는 것이 또한 성덕을 준수하는 데 손상될 것이 없을 것 같습니다."
하니, 임금이 말하기를, "마땅히 다시 헤아려 조처하도록 하겠다." 하였
다. 홍국영이 말하기를, "아직까지 제사지내는 곳이 없다는 것은 진실로
큰 흠전(欠典)입니다. 신이 그가 살던 옛 집을 가본 적이 있는데, 단지
두어 칸 초가집에 한천 정사(寒泉精舍)라는 편액(扁額)이 걸려 있고, 황
량하게 신주(神主)도 없이 유상(遺像)이 집에 있을 뿐이어서 나도 모르
게 감개(感慨)한 마음이 솟구쳤습니다. 지금 유현이 아뢴 것은 참으로
합당한 것이고, 많은 선비들이 청한 지도 또한 이미 오래 되었습니다."
하였다.

≪순조실록≫ 권3 순조 1년 9월 15일 기축

　備局啓言 漣川幼學金聖樂等上疏言 臨漳書院 卽朱子俎豆之所 而兼
奉先朝所編≪兩賢傳心之錄≫ 仍請以先正臣宋時烈竝享矣 大抵我東儒
士之設院享朱子者 郡邑多有之 先正臣配享者 亦數處矣 然獨於臨漳
有先大王手編≪兩賢傳心之錄≫ 建閣以奉之 此與他書院 義例較重 諸
生輩 請以先正臣配享於朱子者 實出於士林公共之論 而尊春秋明義理
之意 寓於其中 請特許先正臣宋時烈之配享於本院 從之

　비국(備局)에서 아뢰기를, "연천(漣川)의 유학(幼學) 김성락(金聖樂) 등
이 상소하여 '임장 서원(臨漳書院)은 곧 주자(朱子)를 제향한 곳으로서
선조(先朝) 때 편집한 양현(兩賢)의 전심(傳心)한 기록을 겸하여 봉안하였
다.'고 말하고, 잇달아 선정신(先正臣) 송시열(宋時烈)을 아울러 배향하자
고 청하였습니다. 대저 우리 동방(東方)에 유사(儒士)들이 설치한 서원에
주자를 제향한 곳은 군읍(郡邑)에 많이 있고 선정신을 배향한 곳도 역시

몇 군데였습니다. 그러나 유독 임장 서원에는 선대왕(先大王)의 수편(手編)인 양현의 전심한 기록을 누각(樓閣)을 세워서 봉안한 것이 있으니, 이는 다른 서원과 비교할 때 의례(義例)가 대단히 중요하기에, 여러 유생(儒生)의 무리들이 선정신을 주자한테 배향하자고 청하는 것은 실로 사림(士林)의 공공(公共)의 의논에서 나온 것이고 춘추 대의(春秋大義)를 높이 밝히는 뜻을 그 가운데에 둔 것입니다. 청컨대 선정신 송시열을 본원(本院)에 배향하도록 특별히 허락하소서." 하니, 그대로 따랐다.

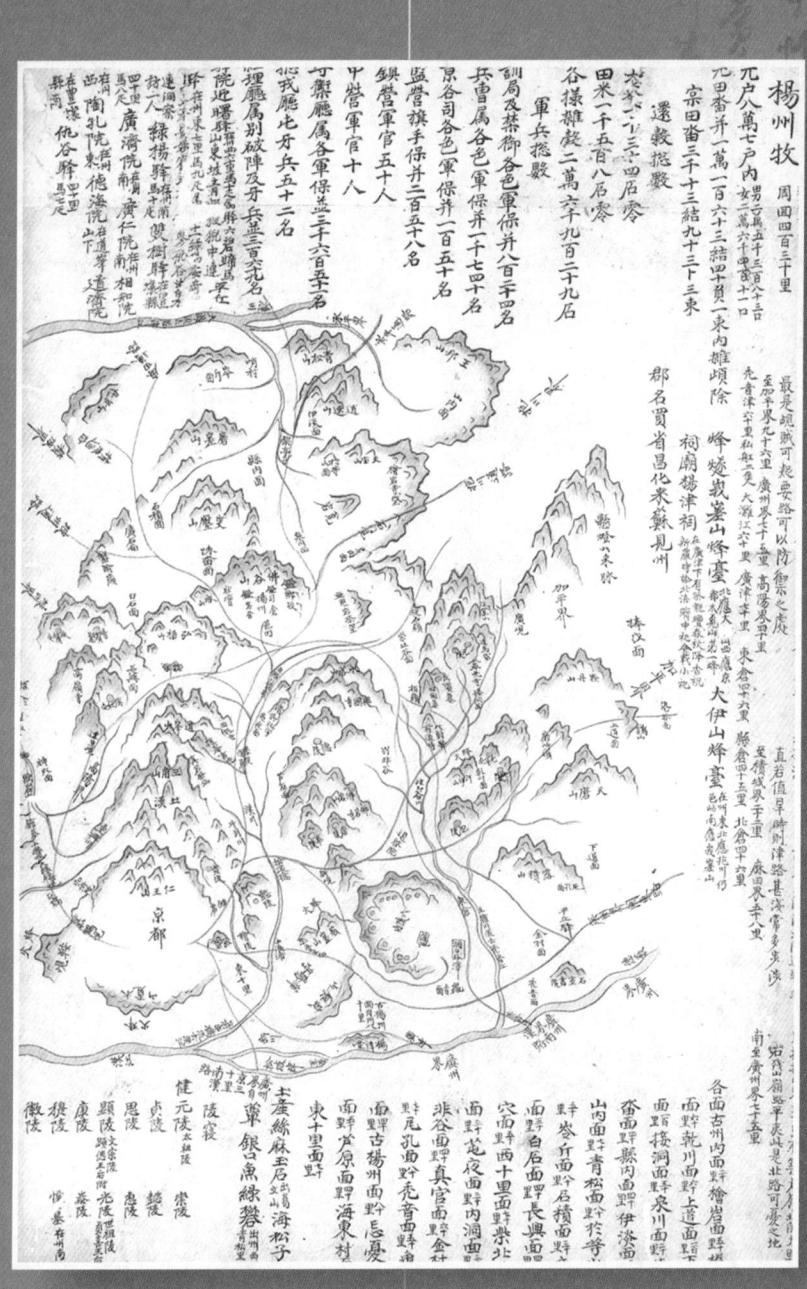

노강서원(鷺江書院)

1. 연혁

1) 창   건 : 숙종 21년(1695)
2) 사액연도 : 朴泰輔之祠/숙종 21년(1695), 鷺江書院/정조 15년(1791)
3) 중   수 :
4) 훼   철 : 무
5) 지정번호 : 경기기념물 제41호
6) 위   치 : 의정부시 장암동
7) 서 원 지 : 무
8) 제향인물 : 박태보(朴泰輔)

2. 내용

지하철 7호선 장암역에서 내려 수락산 장암지구 계곡을 따라 올라가다
보면 양지바른 아늑한 장소에 노강서원이 위치하고 있다.

노강서원 입구에 있는 외삼문과 외삼문에 걸려있는 현판.

원래 노강서원은 조선 숙종 때 문신인 박태보의 학문과 덕행을 추모하기 위해 세운 서원이다. 박태보는 서계 박세당의 둘째 아들로 호남 암행어사, 파주 목사 등의 벼슬을 역임하였고 인현왕후의 폐위를 반대하는 상소를 올렸다가 심한 고문을 받고 진도로 유배가는 도중 노량진에서 36세의 나이로 세상을 떠났다. 나라에서는 그를 추모하는 뜻에서 그가 죽은 장소인 노량진에 서원을 건립하였는데, 그곳은 사육신의 묘와 민절서원이 가까운 곳이었다.

숙종 21년(1695) 창건 당시에는 '박태보지사'라는 사액을 받았다. 일설

노강서원 내부 전경.

에는 풍계사(豊溪祠)라고 불렀다고도 한다. 다시 정조 15년(1791) 노강서원으로 사액되었으며, 대원군의 서원철폐령에도 폐쇄되지 않은 47개 서원 중 하나이다.

원래 서원은 서울

노강서원 내부에 있는 재실건물과 재실에 걸려있는 현판.

노량진에 있었다. 그런데 1925년 대홍수 때 훼손되었고, 다시 중건하였지만 6.25전쟁으로 소실되었다. 현재의 서원은 1969년 박태보의 후손들이 노강서원이 없어진 것을 안타깝게 여겨 매월당 김시습의 영정을 봉안하였던 청절사(淸節祠) 터인 현재의 자리에 다시 지은 것이다.

경내 건물로는 사당, 동재·서재, 고직사 등과 출입문이 있으며 교육장소로 사용되는 강당은 따로 두지 않았다. 사당은 박태보의 위패를 모시고 있는 건물로 앞면 3칸·옆면 2칸 규모이다. 지붕은 맞배지붕으로 꾸몄으며, 각 칸에는 4짝으로 이루어진 문을 달았다.

지붕 처마를 받치기 위해 장식하여 만든 공포는 새 날개 모양의 익공 양식을 사용하였는데 가운데 칸에 용머리를 첨가하였다. 동·서재는 온돌방으로 꾸며 유생들이 공부하면서 기거하는 건물이다. 앞면 3칸·옆면 1칸 규모로 앞에는 툇마루를 두었다. 해마다 3월과 9월에 제사를 지내고 있다. 1977년에 경기도 유형문화재 제41호로 지정받았다.

한편 노강서원 부근에는 박태보의 아버지인 서계 박세당과 관련된 유적들이 많다. 우선 박세당의 옛 집 사랑채가 서원으로 들어가는 수락산 장암지구 입구에 있으며, 그의 무덤과 영정각이 부근에 위치하고 있다. 특히 정쟁에 혐오를 느껴 관료생활을 포기하고 수락산 기슭에 은둔하여 농사를 지으며 학문 연구와 제자 양성에만 힘썼던 박세당은 계곡사이의 깨끗한 바윗돌을 주축돌로 삼아 6각형의 궤산정을 짓고, 이곳에서 제자들과 학문을 토론할 때 자주 강론을 펼쳤는데, 궤산정이란 이름은 박세당이 이 정자에서 강론하던 '아홉길 산을 만드는데 마지막 삼태기의 흙이 모자란다'는 뜻에서 붙여졌다 한다. 궤산정 바로 밑 부분의 바위에는 석천동(石泉洞 : 돌과 샘이 어우러진 곳)이란 글씨가 새겨져 있으며, 그 앞의 넓적한 바위 위에는 서계유거(西溪幽居 : 서계가 한적하게 산다)라는 글씨가, 그 우측의 바위 앞면 에는 취승대(聚勝臺 : 경치 좋은 곳)라는 글씨가 암각되어 있다.

이외에 청풍정(淸風亭) 터가 있는데, 청풍정은 박세당 선생이 매월당 김시습을 추모하기 위하여 청절사를 짓고 그 앞에 정자를 지어 유생들과 학문을 강론하던 곳이었다고 한다. 또한 청풍정 유지 옆에는 박세당의 처남 남구만이 쓴 수락동천(水落洞天)이라는 초서 글씨가 암각되어 있다.

3. 제향인물

박태보(朴泰輔) ; 효종 5년(1654)~숙종 15년(1689)

조선 후기의 문신으로 본관은 반남(潘南)이다. 자는 사원(士元)이고, 호는 정재(定齋)이다. 할아버지는 참판 정(炡)이고, 아버지는 판중추부사(判中樞府事) 세당(世堂)이며, 어머니는 현령(縣令) 남일성(南一星)의 딸이다. 당숙인 세후(世垕)에게 입양되었다.

숙종 1년(1675) 사마시에 합격하고, 생원으로서 1677년 알성 문과에 장원해 성균관전적(成均館典籍)을 거쳐 예조좌랑이 되었다. 이 때 시관(試

官)으로 출제를 잘못했다는 남인들의 탄핵을 받아 선천(宣川)에 유배되었다가 이듬해 풀려났다.

그 후 호남에 암행어사로 다녀온 뒤에 중앙에 보고한 과감한 비리 지적에 조정의 대신들이 감탄했으며, 호남 지역의 주민들로부터도 진정한 어사라는

박세당이 매월당 김시습을 추모하면서 유생들과 학문을 강론하던 청풍정 터.

찬사를 받았다. 또한 당시 서인 중에서 송시열(宋時烈)과 윤선거(尹宣擧)가 서로 정적으로 있을 때, 윤선거의 외손자임에도 불구하고 친족 관계라는 사심을 떠나 공정하게 의리에 기준을 두고 시비를 가려 통쾌하게 논조를 전개한 적도 있다.

이어 홍문관응교(弘文館應敎)를 거쳐 파주목사로 나갔을 때, 조정에서 성혼(成渾)과 이이(李珥)의 위패를 문묘에서 빼어버렸다. 그런데 그가 부임해 재직하는 파주에서는 조정의 정책에 따르지 않고 그대로 이를 존속시켜나가 인책, 면직되었다. 1689년 기사환국 때 인현왕후(仁顯王后)의 폐위를 강력히 반대해 주동적으로 소를 올렸다가 심한 고문을 받고

박세당이 제자들과 학문을 토론하였던 궤산정. 궤산이란 '아홉 길 산을 만드는데 마지막 삼태기의 흙이 모자란다'는 뜻이다.

진도로 유배 도중 옥독(獄毒)으로 노량진에서 죽었다.

재주가 뛰어나 젊은 나이에 장원 급제를 한 경력이 있으며, 학문 태도도 깊고 높아 당대의 명망 있는 선비들과도 깊은 교유를 맺었다. 특히 그가 교유한 친우는 주로 서인의 소론파들로 최석정(崔錫鼎)·조지겸(趙持謙)·임영(林泳)·오도일(吳道一)·한태동(韓泰東) 등이 있다.

그가 죽은 뒤 왕은 곧 후회했고, 충절을 기리는 정려문을 세웠다. 영의정에 추증되고 풍계사(豐溪祠)에 제향되었다. 저서로는 ≪정재집≫ 14권, 편서로는 ≪주서국편(周書國編)≫, 글씨로는 박임종비(朴林宗碑)·예조참판박규표비(禮曹參判朴葵表碑)·박상충비(朴尙衷碑) 등이 있다. 시호는 문열(文烈)이다. 묘소는 의정부시 장암동 노강서원 뒤쪽에 아버지 박세당과 함께 있다.

4. 관련기록

1) 창건·중수기록

≪신증동국여지승람≫ 권11 경기 과천현

노강서원(鷺江書院)[숙종 을해년에 세웠고, 정축년에 사액하였다.] 박태보(朴泰輔)[파주 편에 붙였다.]

≪연려실기술≫ 별집 권4 사전전고

노강서원(鷺江書院)[을해년에 세웠고 사액하였다.] : 박태보(朴泰輔)

2) 문집에 보이는 서원 관련 기록

박태보(朴泰輔), ≪**정재집**(定齋集)≫ **후집 권4 [애사]**

鷺江書院有感[臨淵李亮淵]

曉沐西溪水 夕採魯山蕨 謹甫 成三問字 爲我隣 角黍爲我飧 漢水何時盡 公名與之存

박태보(朴泰輔), ≪**정재집**(定齋集)≫ **후집 권6 기사민절록[하]**

[正廟御製]鷺江書院[肅廟乙亥建賜額]賜祭文

維歲次辛亥正月十九日 國王遣近侍臣同副承旨柳文養 諭祭于故忠臣贈吏曹判書文烈公朴泰輔之靈 彼江一曲 云誰之祠 父老指點 士林嗟咨 聖朝有臣 烈日其光 遂我秉執 扶我倫綱 尺疏排閽 曰臣是製 義有不愧 心所自誓 百辟動容 死猶不死 觀於成就 想其操履 余服之娿 余佩之潔 歲暮相期 耐玆高節 尙餘正氣 挺爲穹松 肅然以風 屹于大冬 龍旆戒路 廟貌入矚 湖山晶晶 緬焉如覿 地連六墓 院隣四忠 佇官致侑 所思不窮

박태보(朴泰輔), ≪**정재집**(定齋集)≫ **후집 권6 기사민절록[하]**

[正廟御製]鷺江書院賜祭文

維歲次丁巳八月十九日 國王遣承旨金祖淳 諭祭于文烈公朴泰輔之靈曰 曉駕逶迤 江水之隈 峯廻路轉 有廟其崔 侯誰饗之 猗朴文烈 賈董之才 余尹之節 臣不愛死 囊有一疏 一疏之力 重於鼎呂 誰敢貳者 貳則無倫 卓爾所立 謇謇三臣 風水相激 遇石而鳴 旹矣詩篇 宛卿平生 江上數峯 藹然盈矚 英爽猶存 酌以秋色 尙饗

傳曰 前已致侑 而輦路又過其前 顧瞻咨嗟 曠感釆切 六臣四忠祠及

鷺江書院 遣承旨致祭 祭文當親撰矣

박태보(朴泰輔), ≪정재집(定齋集)≫ 후집 권6 기사민절록[하]

[純廟]鷺江書院賜祭文[知製敎朴宗正]

維歲次甲子九月十二日 國王遣同副承旨李文會 諭祭于贈吏曹判書文烈公朴泰輔之靈 厥有正氣 至大至剛 孰稟其全 毅然自將 縶卿獨得 烈烈其光 坤儀掩翳 囊封蒼黃 不慴雷霆 不撓桁楊 日寫日製 挺對躬當 竟死靡悔 力扶倫綱 其氣凜若 赫日秋霜 樹立如許 淵源可詳 內外名行 奕世孔彰 早自薰染 華廐佩裳 百代在後 其風甚長 聖祖旌忠 俎豆于堂 亦我寧考 累侑宸章 輦途俶戒 睠彼鷺梁 隣近六墓 祠額煌煌 英爽如在 陳躅可望 緬予興感 伻奠豆觴

오원(吳瑗), ≪월곡집(月谷集)≫ 권2 시

鷺江書院[朴定齋捐世之地 以祠先生]
立馬滄江岸 荒祠野老知 沾衣再拜者 陽谷有孫兒

3) 조선왕조실록의 서원 관련 기록

≪영조실록≫ 권94 영조 35년 8월 19일 병신

丙申/慶尙道儒生蔡景沈等 上書請先正臣文正公 宋時烈 追配于鷺江書院 京畿 忠淸 全羅 江原 黃海 平安 咸鏡七道儒生李熽等 上書請先正臣文烈公 趙憲 文敬公 金集 從享聖廡 王世子并以事體至重 不得煩稟爲答

경상도 유생 채경침(蔡景沈) 등이 상서하여, 선정신(先正臣) 문정공(文正公) 송시열(宋時烈)을 노강 서원(鷺江書院)에 추배(追配)하도록 청하였고, 경기·충청도·전라도·강원도·황해도·평안도·함경도의 7도 유생 이헌(李爐) 등이 상서하여 선정신(先正臣) 문렬공(文烈公) 조헌(趙憲)과 문경공(文敬公) 김집(金集)을 성무(聖廡)에 종향(從享)하도록 청하자, 왕세자가 모두 사체가 지극히 중하니 번거롭게 품의하지 못하겠다고 답하였다.

≪영조실록≫ 권94 영조 35년 8월 27일 갑진

甲辰 慶尙道儒生郭之垕等上書 請先正臣文正公 宋時烈 追配鷺江書院 王世子以已諭爲答

경상도 유생 곽지후(郭之垕) 등이 상서하여 선정신(先正臣) 문정공(文正公) 송시열(宋時烈)을 노강 서원(鷺江書院)에 추배(追配)하도록 청하자, 왕세자가 이미 유시(諭示)한 것으로 하답하였다

≪정조실록≫ 권47 정조 21년 8월 19일 을묘

乙卯 命隨駕將臣 勞問軍兵 自華城行宮進發 至遲遲臺少憩 還發畫停于始興行宮 歷臨龍驤 鳳塒亭 敎日 輦路過前 指點咨嗟 曠感采切 六臣 四忠祠 鷺江書院 遣承旨致祭 至舟橋 謂舟橋堂上曰 船夫一年再役 勞苦甚矣 卽日解送 俾勿失業

어가를 수행한 장신(將臣)에게 명하여 군병을 위로하게 하였다. 화성 행궁을 출발하여 지지대(遲遲臺)에 이르러서 조금 쉬고, 다시 출발하여 시흥 행궁에서 주정(晝停)하였다. 도중에 용양(龍驤) 봉자정(鳳塒亭)에 들러 하

교하기를, "연로(輦路)가 지나가게 되는 길을 손꼽아 보니 슬픔과 감회가 더욱 간절하다. 육신사(六臣祠)·사충사(四忠祠)·노강서원(鷺江書院)에 승지를 보내어 치제하도록 하라." 하였다. 주교(舟橋)에 이르러 주교 당상(舟橋堂上)에게 이르기를, "선부(船夫)가 1년에 두 차례나 부역을 당하니 노고가 매우 심하다. 오늘 즉시 풀어 보내어 생업을 잃는 일이 없도록 하라." 하였다.

파산서원

자운서원

용주서원

신곡서원지

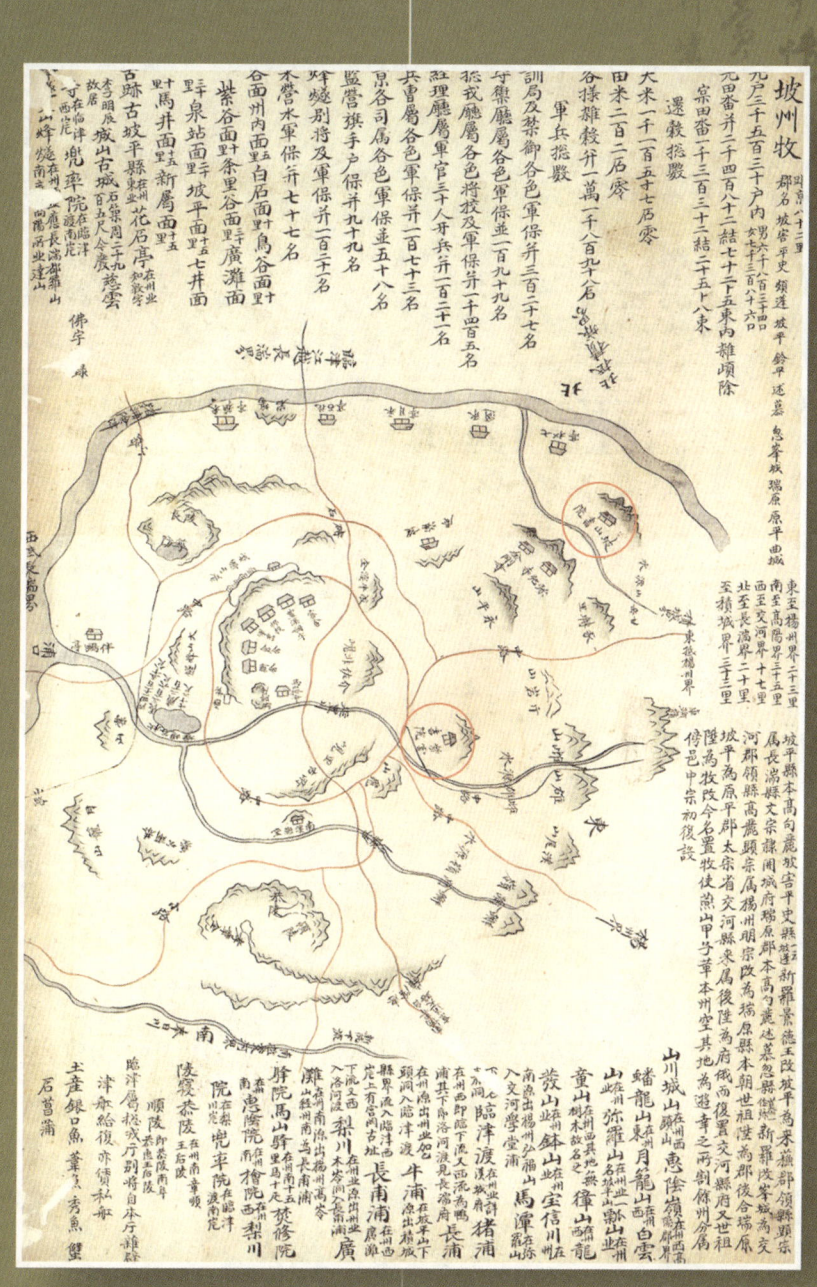

신곡서원지(新谷書院址)

1. 연혁

1) 창   건 : 숙종 9년(1683)

2) 사액연도 : 숙종 21년(1695)

3) 중   수 :

4) 훼   철 : 고종 5년(1868)

5) 지정번호 :

6) 위   치 : 파주시 금릉동

7) 서 원 지 : 무

8) 제향인물 : 윤선거(尹宣擧)

2. 내용

경기도 파주시 금릉동 금촌택지개발지구 안의 서원말에 있었던 서원이
다. 현재 세워진 아파트 단지의 이름도 서원마을로 붙여져 있어 신곡서원

이 있었던 곳임을 알려주고 있다.

원래 신곡서원은 이 지역 유생들의 주창으로 윤선거(尹宣擧)의 도학(道學)을 기리고자 옛 교하현 금성리(현 파주시 금릉동) 곡릉천이 흐르는 언덕 위에 세워졌으며, 숙종 21년(1695)에 사액을 받았다. 고종 5년(1868) 홍선대원군의 서원철폐령으로 없어졌다.

파주시 교하 운정지구 서원마을 안에 새로 만들어진 새금초등학교 건물앞에 있는 느티나무. 신곡서원이 있었다는 사실을 알려주는 유일한 증거물이다.

원래 소론에 영수 윤증의 아버지였던 윤선거는 병자호란이 일어나자 성균관 유생들은 규합하여 '사신의 목을 베어 대의(大義)를 밝힐 것'을 주장하였으나 정작 난리 중에는 가족들과 강화도로 피신하여 강화에서 수문장으로 있었다. 그런데 인조가 항복했다는 소식을 듣고 그의 부인 이씨는 자결했으나 자신은 평복으로 위장하고 도망나와 파주 청은정(淸隱亭)에 우거하며 교하 향교의 훈도와 학문연구에만 전념하였다. 자신의 부친 윤황은 화친파의 처벌을 주장하다 귀양을 가고, 연약한 아녀자인 부인도 목숨을 끊어 나라의 치욕을 부끄러워했건만, 강화도에서 죽지 못하고 살아남은 죄를 씻을 수 없다며, 효종의 부름에도 사양하고 속죄하는 마음으로 말년을 보냈다.

말년에 학문에 전념하면서 교하향교에서 강론을 펼쳤는데, 심성이 어질고 경의(經義)를 강론함에 명성이 나자, 신곡서원을 세우니 원근의 유생들이 구름처럼 모여들었다고 한다. 실제 신곡서원이 있었던 서원터에서 그리 멀지 않은 곳에 교하향교가 자리잡고 있어 이 지역이 파주 교하지역의 교육 중심지였음을 알려주고 있다.

현재 신곡서원 터에는 아파트 단지와 초등학교(새금초등학교)가 들어서 있는데, 초등학교 운동장에 오래된 느티나무 한 그루가 서있어 이곳에 신곡서원이 있었음을 알려주고 있을 뿐이다.

3. 제향인물

윤선거(尹宣擧) ; **광해군** 2년(1610) ~ **현종** 10년(1669)

조선 후기의 학자로 본관은 파평(坡平)이다. 자는 길보(吉甫)이고, 호는 미촌(美村)·노서(魯西)·산천재(山泉齋)이다. 아버지는 대사간 황(煌)이며, 어머니는 창녕성씨(昌寧成氏)로 혼(渾)의 딸이다. 문거(文擧)의 아우이며, 증(拯)의 아버지이다. 김집(金集)의 문인이다.

인조 11년(1633) 식년문과에 형 문거와 함께 급제하였다. 1636년 청나라의 사신이 입국하자 성균관의 유생들을 규합, 사신의 목을 베어 대의를 밝힐 것을 주청하였다. 그 해 12월 병자호란이 일어나자 가족과 함께 강화도로 피신하였다.

이듬해 강화도가 함락되자 처 이씨가 자결하였으나 평민의 복장으로 탈출하였다. 효종 2년(1651) 이래 사헌부지평·장령 등이 제수되었으나, 강화도에서 대의를 지켜 죽지 못한 것을 자책하고 끝내 취임하지 않았다. 김집의 문하에 출입하면서 성리학과 예학(禮學)에 잠심하였다.

송시열(宋時烈)이 경전주해(經傳註解) 문제로 윤휴(尹鑴)와 사이가 나빠지자, 평소 윤휴와 친교가 깊었고 그의 재질을 아끼는 마음에서 변호하는 태도를 취하다가, 교분이 두터웠던 송시열로부터 배척을 당하게 되었다. 이것이 뒤에 노소분파의 한 계기가 되었다.

유계(俞棨)와 함께 저술한 ≪가례원류(家禮源流)≫·≪후천도설(後天圖說)≫ 및 이에 관하여 유계와 논변한 편지를 비롯한 많은 저술을 남겼다. 영의정에 추증되었으며, 영춘(永春)의 송파서원(松坡書院), 영광(靈光)의 용암사(龍巖祠), 노성(魯城)의 노강서원(魯岡書院) 등에 제향되었다. 저서로는 ≪노서유고(魯西遺稿)≫ 26권이 있다. 시호는 문경(文敬)이다. 묘소는 탄현면 법흥리에 있다.

4. 관련기록

1) 창건·중수기록

≪신증동국여지승람≫ 권11 경기 교하현

신곡서원(新谷書院)[숙종 계해년에 세웠으며, 을해년에 사액하였다.] 윤선거(尹宣擧)[자는 길보(吉甫), 호는 노서(魯西)인데, 파평 사람으로 윤황(尹煌)의 아들이다. 벼슬은 집의에 이르렀고 영의정에 추증되었으며, 시호는 문경(文敬)이다.]

≪연려실기술≫ 별집 권4 사전전고 서원

교하(交河) 신곡서원(新谷書院)[계해년에 세웠으며 을해년에 사액하였

다.] : 윤선거(尹宣擧)

조지겸(趙持謙), ≪우재집(迂齋集)≫ 권4 소

代交河儒生請立新谷書院疏

伏以後學之於宗儒 其生也 盡尊事之義 其死也 致追慕之誠 聖王之
於賢士 於其存 隆聘召之禮 於其亡 加崇報之典 是以古者鄕先王沒 而
祭之於社 而後世人主 亦莫不以此爲重 洪惟我祖宗尊尙儒術 夐出千古
其於表章之方 靡不修明 先正所居之鄕 皆許立祠而祀 使人得有所觀感
豈不盛矣哉 臣等竊惟近故贈吏曹參議臣尹宣擧 挺醇儒之姿 抱王佐之
具 沈晦巖穴 以終其身 而其言論 足以風厲乎衰世 其德行 足以矜式乎
頹俗 其學問之篤 配前賢而無愧 其節義之正 扶常經於將隊 臣等蒙陋
何足以揣摩形容 而請以得於親炙與夫人所見知者 略陳於冕旒之下 仍
請崇報之典焉 宣擧卽故大司諫臣煌之子 而故儒臣文簡公成渾之外孫也
性質敦確 論議正直 自游泮宮 已有盛名 當丙子春 與同志之士 抗論大
義 請斬虜使 冬入江都 又上書分司 責其偸安之罪 時人比之於陳少陽
經亂以後 絶意世事 從事於性理之學 時父煌以斥和臣 得罪於朝 廢處
深峽 溫淸之暇편001 專精硏究 聚會士友 相與麗澤 其所以克治之方
進修之法 一以古聖賢遺訓爲標準 潛心以玩索 反躬以踐實 功程刻厲
規模謹密 存省乎內者 不懈須臾 檢束乎外者 動遵繩墨 至於威儀折旋
之間 莊毅嚴肅 有壁立千仞底氣象 事親極其愛敬 事兄盡其悌友 待宗
戚以睦姻 接鄕黨以溫恭 敎誨子弟 率循規矩 講授門生 多所成就 日用
事爲 一出誠實 以及細行 靡有不至 入其庭戶 無非可以爲法者 一家從
化 四隣悅服 以致鄕俗丕變 遠方向慕 運用之跡 雖不可見 而其積於中
而發於外 行於身而孚於物者 斯可驗矣 平生固窮淡然 無累於外物 褐
衣不完 疏糲屢空 處之晏如 樂而忘憂 邑宰有或問遺 雖微細之物 率麾

而去之 於此亦可見其刻苦之節也 雅以禮自飭 嘗撫儀禮經傳 著成一書
節文儀則 纖悉畢備 儘有功於禮門 而尤深於易學 沈思後天之義 作爲
圖說 闡明奧旨 多有發先儒之未解者 於此亦可見其探賾之功也 孝廟在
祚 奮發大志 招延草野之士 聞宜擧之賢 累降禮召 思欲共濟大計 而宣
擧輒以臨難不死爲辭 及至經年不許 俛勉至京 累章陳悃 聞有士服入對
之命 辭不敢當 即爲留疏退歸 其後徵召不置 不復出脚 至于先朝 恩注
采深 除命絡繹 而確乎其守 終不幡然 蓋自以身經大變 思欲潛晦遁藏
要以自靖其志 守節求仁而善其道 君父至誠敦勉 親友交相勸起 而卒不
少渝 其於出處之義 講之有素矣 迨其季年 德彌尊而行彌高 四方望之
若頹波中砥柱 羽毛中祥鸞 喪逝之後 先王中朝傷歎 恨其不得一見 追
加哀贈 官庀喪葬 士林相弔 莫不涕洟 弟子持服 幾數百人 雖其道不行
時 埋沒於蓬蓽之下 而亦可謂生榮死哀者矣 成渾道學 乃是吾東方法門
正宗 宣擧之學 實出於外家之傳 而又受業於故文敬公臣金集之門 得聞
其操約親切之旨 則其淵源之遠 門路之正 近世學者莫之或先 而其篤實
之功 自得之妙 有非人所企及 可以壽斯文無窮之傳 若夫浮雲萬鍾 遯
世獨立 堅守一節 無有怨悔 即是善繼父煌之志 而餘風遺韻 可以立懦
夫於百世矣 惟其忠愛之誠 只蘊於一心 經濟之略 未見於當時 斯乃忠
志之士所共悲恨者也 宣擧之往來於臣等所居之地 殆五十餘年矣 臣等
出入游從 不爲不久 覿德慕義 誠不淺尟 及其沒而又葬於斯 金玉之音
不可得以復聞矣 山岳之象 不可得以復見矣 瞻衣冠之藏 想杖屨之跡
安仰之痛 愈久愈深 曾自十餘年前 一邑章甫 不謀同辭 買基鳩村 欲立
揭虔之所 以寓追慕之思 以致崇奉之義 遠近協力 事幾就緒 不幸向者
權奸擅朝 凡於士林公議 無不攻斥搆毀 故臣等畏懼縮手 不敢有所經營
未免惄然而中輟矣 天相吾道 值此更化之日 近復會議 亟欲擧前日已始
之役 修斯文欠缺之典 而伏聞朝家曾有命令 凡有新建書院 必得明旨而

乃行　茲敢相率而來伏闕外　仰籲於宸嚴之聽　伏乞聖上體祖宗好賢之誠
鑑國朝已行之章　俯察宣擧道學節行　允爲百世之師表　臣等所言　無一毫
阿好之私　特命禮官　許令立祠　則非但臣等得以盡尊師之義　伸宿昔之至
願　其於聖朝崇儒重道之方　亦豈少補哉　臣等無任隕越激切祈懇之至

윤선거(尹宣擧), ≪노서유고(魯西遺稿)≫ 부록 연보

　(崇禎)五十九年丙寅　新谷書院祠宇成　五月　行妥侑之禮　院在交河縣
東金城之村
　(崇禎)六十八年乙亥十一月　賜額新谷　遣禮官致祭

2) 문집에 보이는 서원 관련 기록

윤선거(尹宣擧), ≪노서유고(魯西遺稿)≫ 부록 잡저

新谷書院奉安祭文[朴泰尙]

　於維先生　天挺碩姿　粤從丱弁　聖賢自期　太學聲名　衆推林宗　兩疏氣
節　世稱陳東　丙甲再變　陰陽易位　時則不可　反求素履　深哀舊傳　得自
庭趨　賢師畏友　服藥佩符　眞知力踐　日造誠明　充養旣厚　德器凝成　望
之山立　測之海涵　簞瓢自樂　影衾無愧　旌招屢至　白駒難繫　道若可行
志豈忘世　約束鄕社　源流禮書　發揮所蘊　此特緖餘　講習成法　惠我後學
進退大義　獨扶人極　日星燦然　丹靑炳如　質之百代　孰云可誣　念惟茲邦
遺澤孔邇　杖屨所憩　丘墓所寄　士林同辭　建祠妥靈　用寓景慕　永樹風聲
事旣告完　敬薦芬苾　不昧斯存　尙冀降格

윤선거(尹宣擧), ≪노서유고(魯西遺稿)≫ 부록 하 잡저

新谷書院春秋享祭文[朴泰尙]

氣養以直 學專于內 貽我矩繩 尊祀罔廢

윤선거(尹宣擧), ≪노서유고(魯西遺稿)≫ 부록 하 잡저

新谷書院賜額祭文 [知製敎崔奎瑞製進]

維崇禎歲次乙亥十一月己未朔二十六日甲申　國王遣臣禮曹佐郎朴繗
諭祭于故贈參議尹宣擧之靈　昔在宣廟　厥有兩賢　丕闡吾道　照後光前
惟卿是承　有的其傳　宅相坡山　私淑文成　門路旣正　積累工程　程門敬字
張氏禮學　旣恭而安　能約於博　莊嚴中正　篤實光輝　允矣君子　知德者誰
簞瓢陋巷　所樂不移　兩朝旌招　終執謙沖　斂此至道　以賁其躬　春秋大義
隱而采彰　君民素志　處猶不忘　尹穀之喩　義著昭訓　儒服之召　事曠前聞
聖祖嘉子　此略可見　嗟卿爲學　務在實踐　登高自卑　由內及外　鄕隣化德
後學有賴　以今觀卿　此功爲大　眷玆西河　衣冠是藏　衿紳寓慕　不啻羹墻
於焉尸祝　爲之歸依　有錫新扁　庸煥柱楣　緬懷風規　慨焉嘆咨　爰具牲醴
奠以忱辭　卿靈不昧　尙其歆玆

최규서(崔奎瑞), ≪간재집(艮齋集)≫ 권7 응제록

交河新谷書院[文敬公尹宣擧享]賜額祭文

昔在宣廟　厥有兩賢　丕闡吾道　詔後光前　維卿是承　有的其傳　宅相陂
山　私淑文成　門路旣正　積累工程　程門敬字　張氏禮學　旣恭而安　能約
於博　莊嚴中正　篤實光輝　允矣君子　知德者誰　簞瓢陋巷　所樂不移　兩
朝旌招　終執謙沖　斂此至道　以賁其窮　春秋大義　隱而采彰　君民素志
處猶不忘　尹穀之喩　義著昭訓　儒服之召　事曠前聞　聖祖嘉乃　此略可見

嗟卿爲學　務在實踐　登高自卑　由內及外　鄕隣化德　後學有賴　以今觀卿
此功爲大　睠玆西河　衣冠是藏　衿紳寓慕　不啻羹墻　於焉尸祝　爲之歸依
有錫新扁　用煥柱楣　緬懷風規　慨焉嗟咨　爰具牲醴　奠以忱辭　卿靈不昧
尙其歆玆

3) 조선왕조실록의 서원 관련 기록

없음

용주서원(龍洲書院)

1. 연혁

1) 창   건 : 정조 11년(1787)
2) 사액연도 :
3) 중   수 :
4) 훼   철 : 미상
5) 지정번호 : 파주시 향토유적 제1호
6) 위   치 : 파주시 월롱면 덕은리
7) 서 원 지 : 유
8) 제향인물 : 백인걸(白仁傑) 김행(金行) 조감(趙堪) 백유함(白惟咸)
                신제현(愼齊賢)

2. 내용

용주서원은 월롱면 덕은리 월롱산의 동남쪽 기슭에 위치하고 있다. 통

용주서원 사당에 걸려있는 현판.

일로 월롱역 앞에서 월롱면사무소를 끼고 약 500여 미터를 가다보면 좌측으로 월롱초등학교 진입도로가 나오는데 그 길을 따라 월롱초등학교 정문을 지나 월롱산으로 조금 더 올라가면 바로 용주서원이 보인다. 아름다운 월롱산의 풍광을 감싸안은 채 아늑한 자리에 위치하고 있는 서원에서 월롱읍내를 바라보면 마치 한폭의 그림처럼 아름다운 풍광이 펼쳐져 보인다.

특히 저 멀리 북한산 자락의 모습도 손에 잡힐 듯 보이는데, 파주의 서원 중에서 용주서원(龍洲書院)은 잘 알려져 있지 않다. 그래서인지 찾는 이의 발길도 뜸하다. 그러나 파주의 서원 중에서 서원의 멋과 단아함이 가장 잘 배어 있는 곳이 용주서원이다.

원래 용주서원 자리는 휴암 백인걸 선생이 관직에서 물러난 후 학문과 후진양성에 전념했던 옛 집터로 지역 유림들이 서원을 세우고 사당을 지어 위패를 모시게 된 것이다.

용주서원 강당인 '정륜당(正倫堂)' 전경

≪용주서원지(龍洲書院誌)≫ '고사(古事)'조에 의하면 이 지역에서 백인걸을 모시는 서원을 건립하려는 일은 이미 인조 6년(1628)부터 시작되었다. 이 때 파주 유림들은 그와 함께 파주의 4현으로 칭송되었던 성수침, 성혼, 그리고 율곡 이이를 함께 모시려고 하였다. 그러나 서원 건립을 위한 일을 진행하던 과정에서 유림들 사이에 그와 이이의 위패를 놓는 순서에 대한 견해차가 생겨 이 계획은 무산되었다. 이후 그를 모시려던 위패는 자운서원의 서사(西祠)에다가 모셨다가, 숙종 12년(1688)에는 파산서원으로 옮겨졌다.

그러다 정조 11년(1787) 옛 거주지에 그를 모시지 못하는 것이 안타깝다는 의견이 많아서 별도로 서원을 건립하게 되었다. 그런데 정조 14년(1790) 유림들이 사액을 청하는 상소를 올렸으나 받아들여지지 않고 도리어 사우가 훼철되고 말았다. 이로 인해 정조 24년(1800)에는 이 자리에 유허비가 세워져 지금까지 전하고 있다. 지금도 용주서원 왼편에 당시의 역사적 사실을 알려주는 유허비가 세워져 있다.

그 후 1924년에 이르러 다시 복원되어 현재에 이르고 있다. 서원 복원 후에 백인걸 선생 외에 그의 문인이었던 장포 김행(長浦 金行), 옥천 조감(玉川 趙堪), 낙금당 신제현(樂琴堂 愼齊賢), 당산 백유함(堂山 白惟

용주서원 입구에 서있는 외삼문과 홍살문.

咸) 선생 등 5인의 위패를 모시고 매년 음력 9월 9일에 제향을 받들고 있다.

현재 용주서원은 아래쪽에 강당과 위쪽의 사당으로 이루어져 있다. 외삼문을 통해 서원 경내에 들어서면 정면 5칸 규모의 정륜당(正倫堂)이 앞에 있고 내삼문 안에 사당인 본전(本殿) 건물이 위치해 있다. 사당은 홑처마에 맞배지붕으로 정면 7.5m, 측면 5.2m의 6칸 규모의 건물이다.

한편 강당 위쪽 사당 좌측에는 유허비가 있다. 1800년에 세워진 이 비는 앞에 큰 글자로 '백휴암선생유허비(白休菴先生遺墟碑)'라고 되어 있고, 뒷부분

용주서원 사당 왼쪽에 세워져 있는 '백휴암선생유허비'

에는 조그마한 글씨로 '숭정기원후3경신4월립(崇禎紀元後三庚申四月立)이라고 새겨져 있다.

3. 제향인물

1) 백인걸(白仁傑) ; 연산군 3년(1497)~선조 12년(1579)

조선 중기의 학자·문신으로 본관은 수원(水原)이다. 자는 사위(士偉)이고, 호는 휴암(休菴)이다. 서울에 거주하였다. 사헌부지평(司憲府持平) 효

삼(效參)의 증손으로, 할아버지는 참교(參校) 사수(思粹)이고, 아버지는 왕자사부(王子師傅) 익견(益堅)이다. 어머니는 사직(司直) 우종은(禹從殷)의 딸이다.

조광조(趙光祖)의 문인으로 김안국(金安國)에게서도 학문을 배웠다. 송인수(宋麟壽)·유희춘(柳希春)·이이(李珥)·성혼(成渾) 등 당대 사림계 인물들과 널리 교유하였다. 김식(金湜)이 대사성이 되어 새로운 학풍이 일어나게 되자 구도(求道)의 뜻을 세워 학문에 전심하였다. 특히 조광조를 존경해 그의 집 옆에 집을 짓고 사사하였다.

중종 14년(1519) 기묘사화가 일어나자 비분강개해 금강산에 들어갔다가 돌아와 1531년 생원시에 합격하고 1537년 식년문과에 병과로 급제하였다.

1545년 명종이 즉위한 뒤 윤원형(尹元衡) 등이 대비인 문정왕후(文定王后)를 등에 업고 을사사화를 일으켜 윤임(尹任)·유관(柳灌) 등을 제거할 때, 사간원헌납(司諫院獻納)으로 있으면서 극력 반대하다가 파직되고 옥에 갇혔으나 정순붕(鄭順朋)·최보한(崔輔漢) 등의 도움을 받고 풀려났다.

그 뒤 1547년 문정왕후의 수렴청정과 이기(李芑) 등의 농권을 비난하는 양재(良才)의 벽서를 기화로 소윤(小尹) 세력이 대윤(大尹)의 잔존 세력과 사림계 인물들을 재차 축출할 때 연루, 안변(安邊)에 유배당하였다. 1551년 사면되어 고향에 돌아간 뒤, ≪태극도설(太極圖說)≫과 정주학(程朱學)의 서적들을 깊이 연구하였다.

1565년(명종 20) 윤원형이 몰락하자 승문원교리(承文院校理)로 등용, 이듬해 사도시첨정(司䆃寺僉正)·선공감부정(繕工監副正)을 지냈다. 1567년 양주목사가 되었을 때 공납의 폐단을 개혁하는 치적 등을 쌓아 고을 사람들이 기념비를 세웠다. 선조가 즉위한 뒤 선조 1년(1568) 기대승(奇大升)의 건의로 특별히 대사간에 임명되었다.

같은 해 공조참의·대사헌을 역임하고 뒤에 병조참판이 되었다. 이 밖에 공조참판 등을 지냈다. 그리고 1568년에는 인순왕후(仁順王后)의 수렴청정에 반대하는 소를 올려 오래지 않아 철렴(撤簾 : 수렴청정을 그만둠)하도록 하였다. 또한 사망할 때까지 조광조를 문묘에 배향할 것을 여러 번 요청하였다.

그러나 선조가 아버지 덕흥군(德興君)을 추존하는 작업을 추진할 때 일반 신하들의 강력한 반대와는 달리 임금의 처지를 두둔해 사림의 탄핵을 받고 지방으로 내려갔다.

조정에 분당의 조짐이 나타나자 이준경(李浚慶)의 의견을 좇아 당론을 잠재우려는 노력을 기울였다. 그러나 선비들을 해하려 한다는 사림의 의심을 받아 1571년 파주로 퇴거하였다. 그 뒤 우참찬으로 징소되었으나 치도(治道)를 논하는 소를 올리고 나아가지 않았다.

선조 초에는 많은 정치적 문제에 연관되었고 매우 연만해 많은 시간을 파주에 퇴거해 있었다. 이에 선조는 대사헌·우참찬 등의 관직을 내려 부르거나 식량을 내리기도 하고, 1569년의 경우와 같이 직접 편지를 보내 부르는 파격적인 대우를 베풀기도 하였다.

선조 때 기로소(耆老所)에 들어갔으며 청백리에 뽑혔다. 파주의 파산서원(坡山書院)과 남평(南平)의 봉산서원(蓬山書院) 등에 제향되었다. 저서로 ≪휴암집(休菴集)≫이 전한다. 인조 때 충숙(忠肅)의 시호를 받았으나, 뒤에 문경(文敬)으로 고쳐졌다. 묘소는 양주시 광적면 효촌리에 있다.

2) 김행(金行) ; 중종 27년(1532)~선조 21년(1588)

조선 중기의 문신으로 본관은 강릉(江陵)이다. 자는 주도(周道)이고, 호는 장포(長浦)이다. 상(湘)의 증손으로, 할아버지는 군수 사희(士熙)이고, 아버지는 국평(國枰)이며, 어머니는 거창신씨(居昌愼氏)로 극효(克孝)의 딸이다.

명종 13년(1558) 생원·진사 양시에 합격하고, 1566년 별시문과에 병과로 급제하였다. 어려서 백인걸(白仁傑)과 성수침(成守琛)의 문하에서 수학하였다. 성수침은 성혼(成渾)의 아버지인데 그는 성혼과 동문수학하고 평생 형제처럼 지냈다.

성품이 강직하여 주로 외직에 머물고 크게 현달하지는 못하였다. 글씨에도 능하여 필법이 호장활동하다는 평을 들었고, 선조 8년(1575) 무장현감으로 있을 때에는 안평대군(安平大君)의 <증도가(證道歌)>를 보완하여 간각(刊刻)했다.

또한, 무예와 지략에도 뛰어나서 1588년 광주목사로 있을 때 순변사(巡邊使) 신립(申砬)이 그를 천거하여 전라도병마절도사의 물망에 올랐으나 곧 죽었다. 이제신(李濟臣)과 친교가 두터웠다.

3) **백유함**(白惟咸) ; **명종 1년**(1546) ~ **광해군 10년**(1618)

조선 중기의 문신으로 본관은 수원(水原)이다. 자는 중열(仲說)이다. 참교(參校) 사수(思粹)의 증손으로, 할아버지는 왕자사부(王子師傅) 익견(益堅)이고, 아버지는 인걸(仁傑)이다. 어머니는 안찬(安璨)의 딸이다.

선조 3년(1570)에 사마시에 합격해 진사가 되고, 1576년 식년문과에 을과로 급제하였다. 여러 관직을 역임하다가 당쟁을 중재하던 이이(李珥)가 죽자 당쟁을 피해 벼슬을 버리고 용안(龍安 : 龍仁)의 농장에 내려가, 그곳에 있는 백운암(白雲庵)에서 교학(敎學)에 힘쓰기도 하였다.

1591년 왕세자 책봉 문제로 서인(西人)인 정철(鄭澈)의 주장에 동조했는데, 이후 정철이 물러나자 그도 경성으로 유배되었다가 다시 경흥으로 옮겨졌다.

1592년에 임진왜란이 일어나자, 유배가 풀려 의주로

용주서원 사당앞에 위치한 내삼문 전경.

왕을 호종(扈從)했으며 홍문관직제학(弘文館直提學)으로 복직되었다. 명나라 군사들의 군량을 조달하라는 특수 임무를 부여받고 동분서주하면서 윤승훈(尹承勳)과 함께 군량미 2만석을 조달했고, 이어서 정주에서도 많은 군량미를 모았다.

그 해 10월에 성균관사성이 되어 세자시강원보덕(世子侍講院輔德)을 겸직하였다. 1593년 함경도에서 왕자를 왜군에게 잡히게 한 황정욱(黃廷彧)을 탄핵하였다. 1594년에 동부승지가 되었다가 황주목사로 나가 도탄에 빠진 백성을 잘 어루만져 치적을 남겼다. 1596년에 우리나라의 실정을 설명하기 위해 명나라에 사신으로 다녀왔다.

1597년 정유재란이 일어나자 호군(護軍)이 되어 명나라 사신인 정응태(丁應泰)를 접반하였다. 그런데 정응태는 접대가 소홀함을 난문하면서 조선이 한낱 왕국에 불과한데, 황제만이 사용할 수 있는 묘호(廟號)를 사용하는 것은 황제를 능멸하는 행위가 아니냐고 트집을 잡았다. 이에 대해 그는 조선왕의 묘호는 국초부터 당당히 사용해온 것임을 강조하였다. 이 후 광해군 초에 이이첨(李爾瞻)의 탄핵으로 부안에 유배되었다가 광해군 9년(1617)에 양주로 방환(放還)되었다. 묘소는 연천군 군남면 남계리에 있다.

4) 조감(趙墈) ; 중종 25년(1530)～선조 19(1586), 신제현(愼齊賢)

인적사항이 잘 알려져 있지 않다.

4. 관련기록

1) 창건 중수기록

없음

2) 문집에 보이는 서원 관련 기록

이경석(李景奭), ≪백헌집(白軒集)≫ 권15 문고 상량문

休菴先生祠宇上梁文

伏以臨津渡北　瑞原治南　月籠山雄　遙連道峯之勢　龍洲洞邃　近峙德
巖之形　寔有先生一畝之宮　亦惟大賢相長之地　久矣舊基之寥落　奐焉新
宇之經營　惟我議政府右參贊休菴白先生　挺生異姿　稟得間氣　篤彝倫之
行　盡誠於君親　游哲師之門　所講者道學　造詣夙著於獨處　義理大明於
危言　節凜風霜　一心寧變於臨死　忠貫日月　九重亦爲之興嗟　坦蕩於顚
沛之中　從容乎進退之際　廿餘載棲息　靜裏乾坤　八十年工夫　卷中賢聖
惟玆一區之遺址　曾聚百里之德星　流風猶有存焉　茂草云何吁矣　只緣書
院重疊之多弊　略倣鄕賢祀饗之故規　遂因詢同之謀　始建揭妥之所　豈但

此地之士有所瞻依 抑亦擧國之人咸共景仰 當與牛栗之高躅 竝作儒林
之奇觀 白屋寒生莫不犇走而效力 靑山流水宛如喜抃而增輝 時當暮春
想像詠歸之興 日對峻岳 依俙特立之容 用相歡謠 輒申善頌

拋梁東 三山半揷白雲中 巖巖氣像超千仞 正與先生壁立同
拋梁西 洞裏尋源過玉溪 隨柳傍花心自樂 不知山外夕陽低
拋梁南 洞名涵養義須探 薰風一陣微涼動 喜見前山捲夕嵐
拋梁北 瞻仰還須思進德 何人錯道一庭空 猶帶當年芳草色
拋梁上 好是虛窓當碧嶂 淸風一壑有誰爭 白石蒼松自無恙
拋梁下 俯瞰長川與平野 莫恨東西未設齋 相傳尙有神明舍
伏願上梁之後 山河扶戶 雲霧衛楹 俎豆以時 永修芬苾之禮 道義相
尙 遠追講劘之風 習俗丕變而好文 眞儒繼出而接武

3) 조선왕조실록의 서원 관련 기록

없음

자운서원(紫雲書院)

1. 연혁

  1) 창   건 : 광해군 7년(1568)

  2) 사액연도 : 효종 1년(1650)

  3) 중   수 :

  4) 훼   철 : 고종 5년(1868)

  5) 지정번호 : 경기도 기념물 제45호

  6) 위   치 : 파주시 법원읍 동문리

  7) 서 원 지 : 무

  8) 제향인물 : 이이(李珥) 김장생(金長生) 박세채(朴世采)

2. 내용

  파주에 들어서면 가장 눈에 많이 띠는 유적지 안내 표지판 가운데 하나
가 자운서원(紫雲書院)이다. 요즘에는 파주영어마을 이정표가 어딜 가나

자운서원 사당에 걸려있는 현판.

붙어있는데, 예전에는 자운서원 이정표가 더 많았을 정도로 파주의 대표적인 문화유적이었다. 자운서원의 연간 방문객이 약 6만여 명에 이르니 과연 파주를 대표할 만한 문화유적이라 할 것이다.

자운서원을 찾아가는 방법은 자유로 방향에서는 문산을 거쳐 선유리를 지나 법원리 방향으로 진행하다가 진입하는 방법과 법원읍 사거리에서 진입하는 방법 등 두 가지 길이 있다.

자운서원 정문에 들어서면 우선 넓은 잔디 광장과 광장 앞으로 율곡기념관 건물이 눈에 보인다. 율곡기념관에는 1층과 2층 전시공간에 율곡의 유품과 문학작품들, 그리고 선생의 일대기 등을 알기 쉽게 전시해 놓았으며 어머니인 신사임당의 예술세계도 감상해 볼 수 있다. 더욱이 이곳에는 황해도 해주군 고산면 석담리에 율곡선생을 모시는 소현서원을 찍은 흑백사진 한 장이 걸려 있어 주위의 시선을 집중

자운서원 사당 전경.

시킨다. 그러나 아쉽게도 율곡기념관에 전시되고 있는 유품 모두가 복제품이고 보니 그 감흥이 덜하다.

율곡기념관 맞은편에 자운서원이 위치하고 있다. 자운서원은 크게 두 공간으로 나누어져 있는데 서원공간과 묘역공간이다. 자운서원이 이곳에 건립된 것은 조선 중기 광해군 7년(1615)이다. 당시 지역 유림들에 의해 창건된 이 서원은 율곡 이이 선생의 학문과 덕행을 추모하기 위해 세워졌다. 그 후 효종(孝宗) 원년(1650)에 '자운(紫雲)'이라 사액을 받았으며, 숙종(肅宗) 39년(1713)에 와서 후학(後學)인 사계 김장생(沙溪 金長生)과 현석 박세채(玄石 朴世采) 두 분을 추가 배향하였다.

그러나 고종(高宗) 5년(1868) 대원군의 서원철폐시 훼철(毁撤)되었고 빈터에 묘정비(廟庭碑)만이 남아 있었는데 1970년 서원 본전(本殿) 건물을 복원하고 경내 주변을 정화하게 되었다. 그리고 1988년에 서원 앞으로 강당건물과 동·서재, 그리고 외삼문을 신축하고 전체를 담장으로 둘러 옛 서원의 일반적인 규모와 구조를 갖추게 되었다. 건물 모두가 근래에 지어져 고풍스러움은 없으나 강당 건물의 양 옆에 심어진 두 그루의 느티나무는 서원의 내력을 그대로 말해주 듯 고목으로 서 있다.

본전 건물인 사당은 정면 3칸, 측면 3칸의 규모인데 내부에는 율곡 이

자운서원 입구에서 바라다본 외삼문(사진 왼쪽)과
사당 밖 외편에 자리하고 있는 약수터에서 바라본 율곡연수원(사진 오른쪽).

이선생의 영정을 가운데에 모셨으며 좌우에 김장생과 박세채의 위패를 모셨다. 자운서원의 제향일은 매년 음력 8월 중정일(中丁日)이나 최근에는 10월 초순 이 곳에서 개최되는 율곡문화제(栗谷文化祭)에서 추향제례(秋享祭禮)를 올리고 있다.

사당 건물 담장 밖으로 규모가 큰 비(碑)가 서있는데 자운서원의 건립 내력을 적은 '자운서원묘정비(紫雲書院廟庭碑)' 이다. 이 비는 자운서원을 건립한지 68년 후인 숙종(肅宗) 9년(1683)에 세워졌는데 비의 전체 높이가 3.87m이며 비문은 예서체로 우암 송시열(尤庵 宋時烈)선생이 글을 지었고 당대의 명필이었던 곡운 김수증(谷雲 金壽增)이 썼다. 또 비의 상단에 전액(篆額)은 문곡 김수항(文谷 金壽恒)이 썼다.

서원공간에서 나와 좌측 묘역공간으로 발길을 돌리면 삼문(三門)인 문성문(文成門)이 있는데 문성문 안에 들어서면 자운산의 울창한 삼림이 뿜어내는 짙은 향내음이 먼저 반긴다. 계단을 따라 오르면 4기의 묘소가 상하 일렬로 조성되어 있는 것이 한 눈에 들어오고 묘역주위로 잘 자란 적송(赤松)들이 가지를 늘어뜨리고 있다.

맨 위로부터 부인 곡산 노씨의 묘와 율곡 이이 선생의 묘, 이이 선생의 맏형인 이선(李璿)의 묘, 그 아래로 부친 이원수(李元秀)와 어머니 신사임당(申師任堂)의 합장묘가 자리하고 있다. 맨 아래는 이이 선생의 큰아들인 이경림(李景臨)의 묘이다. 이들 중심묘역 외에도 이 곳에는 가족묘 모두를 합쳐 13기가 조성되어 있다.

3. 제향인물

1) 이이(李珥) ; 중종 31년(1536)~선조 17년(1584)

조선 중기의 학자·정치가로 본관은 덕수(德水)이다. 자는 숙헌(叔獻)이고, 호는 율곡(栗谷)·석담(石潭)·우재(愚齋)이며, 강릉에서 태어났다. 아버지는 증 좌찬성 원수(元秀)이며, 어머니는 현모양처의 사표로 추앙받는 사임당 신씨(師任堂申氏)이다.

아명을 현룡(見龍)이라 했는데, 어머니 사임당이 그를 낳던 날 흑룡이 바다에서 집으로 날아 들어와 서리는 꿈을 꾸었다 하여 붙인 이름이다. 그 산실(産室)은 몽룡실(夢龍室)이라 하여 지금도 보존되고 있다.

8세 때에 파주 율곡리에 있는 화석정(花石亭)에 올라 시를 지을 정도로

자운서원 오른편 능선에 위치한 율곡 이이선생 묘소 앞에 있는 묘비석.

문학적 재능이 뛰어 났다. 명종 3년(1548) 13세때 진사시에 합격하였다. 16세 때에 어머니가 돌아가자, 파주 두문리 자운산에 장례하고 3년간 시묘(侍墓)하였다, 그 후 금강산에 들어가 불교를 공부하고 다음해 20세에 하산해 다시 유학에 전심하였다.

22세에 성주목사 노경린(盧慶麟)의 딸과 혼인하였다. 23세가 되던 봄에 예안(禮安)의 도산(陶山)으로 이황(李滉)을 방문했고, 그 해 겨울의 별시에서 <천도책(天道策)>을 지어 장원하였다. 전후 아홉 차례의 과거에 모두 장원해 '구도장원공(九度

壯元公)'이라 일컬어졌다. 26세 되던 해에 아버지가 돌아가셨다.

자운서원 오른편 능선에 위치한 율곡 이이선생 묘소전경.

1568년 19세 때부터 교분을 맺은 성혼과 '지선여중(至善與中)' 및 '안자격치성정지설(顔子格致誠正之說)' 등 주자학의 근본문제들을 논하였다. 34세에 임금에게 <동호문답(東湖問答)>을 지어올렸다.

37세에 파주 율곡리에서 성혼과 이기(理氣)·사단칠정(四端七情)·인심도심(人心道心) 등을 논하였다. 39세(1574)에 우부승지에 임명되고, 재해로 인해 <만언봉사(萬言封事)>를 올렸다.

40세 때 주자학의 핵심을 간추린 ≪성학집요(聖學輯要)≫를 편찬했다. 42세에는 아동교육서인 ≪격몽요결(擊蒙要訣)≫를, 45세에는 기자의 행적을 정리한 ≪기자실기(箕子實記)≫를 편찬했다.

47세에 이조판서에 임명되고, 어명으로 <인심도심설(人心道心說)>을 지어 올렸다. 이 해에 <김시습전(金時習傳)>을 쓰고, ≪학교모범(學校模範)≫을 지었으며, 48세에 <시무육조(時務六條)>를 올려 외적의 침입을 대비해 십만양병을 주청하였다.

49세에 서울 대사동(大寺洞)에서 영면, 파주 자운산 선영에 안장되었다. 문묘에 종향되었으며, 파주의 자운서원(紫雲書院), 강릉의 송담서원(松潭書院), 풍덕의 구암서원(龜巖書院), 황주의 백록동서원(白鹿洞書院) 등 20여개 서원에 배향되었디. 시호는 문성(文成)이다.

2) 김장생(金長生) ; 명종 3년(1548)~인조 9년(1631)

조선 중기의 학자·문신으로 본관은 광산(光山)이다. 자는 희원(希元)이고, 호는 사계(沙溪)로 서울 출신이다. 할아버지는 지례현감 호(鎬)이고, 아버지는 대사헌 계휘(繼輝)이며, 어머니는 평산 신씨(平山申氏)로 우참찬 영(瑛)의 딸이다. 아들이 집(集)이다.

1560년 송익필(宋翼弼)로부터 사서(四書)와 ≪근사록(近思錄)≫ 등을 배웠고, 20세 무렵에 이이(李珥)의 문하에 들어갔다. 선조 11년(1578) 학행(學行)으로 천거되어 창릉참봉(昌陵參奉)이 되고, 1581년 종계변무(宗系辨誣)의 일로 아버지를 따라 명나라에 다녀와서 돈녕부참봉이 되었다.

그 뒤 순릉참봉(順陵參奉)과 평시서봉사(平市署奉事)를 거쳐 활인서(活人署)·사포서(司圃署)·사옹원(司饔院) 등의 별제(別提)와 봉사(奉事)가 내렸으나 모두 병으로 나가지 않았다. 그 뒤에 동몽교관(童蒙敎官)·인의(引儀)를 거쳐 정산현감(定山縣監)이 되었다.

1592년 임진왜란 때 호조정랑이 된 뒤, 명나라 군사의 군량 조달에 공이 커 종친부전부(宗親府典簿)로 승진하였다. 1596년 한 때 연산으로 낙향했는데, 단양·양근 등지의 군수와 첨정(僉正)·익위(翊衛)의 관직이 거듭 내려졌으나 부임하지

자운서원 매표소 입구를 지나 왼쪽 언덕에 자리잡고 있는 율곡 이이선생 신도비.

않았다. 이듬 해 봄에 호남 지방에서 군량을 모으라는 명을 받고 이를 행해 군자감첨정(軍資監僉正)이 되었다가 곧 안성군수가 되었다.

1601년 조정에서 ≪주역구결(周易口訣)≫의 교정에 참가하도록 불렸으나 병으로 나가지 못하였다. 이듬 해 청백리로 올려졌으나, 북인이 득세하는 것을 보고 1605년 관직을 버리고 연산으로 다시 내려갔다. 그 뒤에 익산군수를 지내고, 광해군 2년(1610) 회양・철원부사를 역임하였다.

1613년 계축옥사 때 동생이 연좌되었다가 무혐의로 풀려나자, 관직을 버리고 연산에 은둔해 학문에만 전념하였다. 그 뒤 인조반정으로 서인이 집권하자 75세의 나이에 장령으로 조정에 나갔으나, 곧이어 사업(司業)으로 옮겨 원자보도(元子輔導)의 임무를 겸하다가 병으로 다시 낙향했다.

이듬 해 이괄(李适)의 난으로 왕이 공주로 파천해오자 길에 나와 어가를 맞이하였다. 난이 평정된 뒤 왕을 따라 서울로 와서 원자보도의 임무를 다시 맡고 상의원정(尙衣院正)으로 사업(司業)을 겸하였다. 집의(執義)를 거친 뒤 낙향하려고 사직하면서 13가지의 중요한 정사(政事)를 논하는 소를 올렸다.

그 뒤 좌의정 윤방(尹昉), 이조판서 이정구(李廷龜) 등의 발의로 공조참의가 제수되어 원자의 강학을 겸하는 한편, 왕의 시강과 경연에 초치되기도 하였다. 1625년에 동지중추부사를 임명받았으나 이듬해 다시 사직해 행 호군(行護軍)의 산직(散職)으로 낙향한 뒤 이이・성혼(成渾)을 제향하는 황산서원(黃山書院)을 세웠다.

같은 해 용양위부사직으로 옮기고, 1627년 정묘호란 때 양호호소사(兩湖號召使)로서 의병을 모아 공주로 온 세자를 호위하였다. 곧 화의가 이루어지자 모은 군사를 해산하고 강화도의 행궁(行宮)으로 가서 왕을 배알하고, 그 해 다시 형조참판이 되었다.

그러나 한 달 만에 다시 사직해 용양위부호군으로 낙향한 뒤 1630년에 가의대부로 올랐으나, 조정에 나가지 않고 줄곧 향리에 머물면서 학문과 교육에 전념하였다. 늦은 나이에 벼슬을 시작하고 과거를 거치지 않아 요직이 많지 않았지만, 인조반정 이후로는 서인의 영수격으로 영향력이 매우 컸다.

인조 즉위 뒤에도 향리에서 보낸 날이 더 많았지만, 그의 영향력은 이이의 문인으로 줄곧 조정에서 활약한 이귀(李貴)와 함께 인조 초반의 정국을 서인 중심으로 안착시키는 데 결정적인 구실을 하였다. 학문과 교육으로 보낸 향리 생활에서는 줄곧 곁을 떠나지 않은 아들 집의 보필을 크게 받았다.

그의 문인은 많은데, 송시열(宋時烈)·송준길(宋浚吉)·이유태(李惟泰)·강석기(姜碩期)·장유(張維)·정홍명(鄭弘溟)·최명룡(崔命龍)·김경여(金慶餘)·이후원(李厚源)·조익(趙翼)·이시직(李時稷)·윤순거(尹舜擧)·이목(李楘)·윤원거(尹元擧)·최명길(崔鳴吉)·이상형(李尙馨)·송시영(宋時榮)·송국택(宋國澤)·이덕수(李德洙)·이경직(李景稷)·임의백(任義伯) 등 당대의 비중 높은 명사를 즐비하게 배출하였다. 아들 집도 문하이지만, 문인들 사이에는 그를 '노선생', 아들을 '선생'으로 불렀다고 한다.

학문적으로 송익필·이이·성혼 등의 영향을 함께 받았다. 하지만 예학(禮學) 분야는 송익필의 영향이 컸으며, 예학을 깊이 연구해 아들 집에게 계승시켜 조선 예학의 태두로 예학파의 한 주류를 형성하였다.

인조 즉위 뒤 서얼 출신이던 송익필이 아버지 사련(祀連)의 일로 환천(還賤 : 천인으로 되돌아감)되자 억울함을 풀어주기 위해 같은 문하의 서성(徐渻)·정엽(鄭曄) 등과 신변사원소(伸辨師寃疏)를 올렸다.

또한, 이이와 성혼을 위해 서원을 세우고 1만 8000여 자에 달하는 이이의 행장을 짓기도 하였다. 스승 이이가 시작한 ≪소학집주≫를 1601년에 완성시켜 발문을 붙였는데, ≪소학≫에 대한 관심은 예학과도 깊은 관련이 있다.

저서로는 1583년 첫 저술인 ≪상례비요(喪禮備要)≫ 4권을 비롯, ≪가례집람(家禮輯覽)≫·≪전례문답(典禮問答)≫·≪의례문해(疑禮問解)≫ 등 예에 관한 것이 있고, ≪근사록석의(近思錄釋疑)≫·≪경서변의(經書辨疑)≫와 시문집을 모은 ≪사계선생전서≫가 전한다.

1688년 문묘에 배향되었으며, 연산의 돈암서원(遯巖書院)을 비롯해 안성의 도기서원(道基書院) 등 10개 서원에 제향되었다. 시호는 문원(文元)이다. 묘소는 충청남도 논산시 연산면 고정리에 있다.

3) 박세채(朴世采) ; 인조 9년(1631)~숙종 21년(1695)

조선 중기의 학자·관료로 본관은 반남(潘南)이다. 자는 화숙(和叔)이고, 호는 현석(玄石)·남계(南溪)이다. 홍문관교리 의(猗)의 아들이며, 어머니는 신흠(申欽)의 딸이다.

그의 가계(家系)는 명문세족으로, 증조부 응복(應福)은 대사헌, 할아버지 동량(東亮)은 형조판서, ≪사변록(思辨錄)≫을 저술한 박세당(朴世堂)·박태유(朴泰維)·박태보(朴泰輔) 등은 박세채와 당내간의 친족이다. 또한 송시열(宋時烈)의 손자 순석(淳錫)은 그의 사위이다. 그는 이러한 가계와 척분에 따라 중요 관직에 나아가 정국운영에 참여하였으며, 정치현실의 부침에 따라 수난을 겪기도 하였다.

7세 때인 인조 16년(1638) 아버지로부터 가학(家學)을 전수받고 1649년에 진사가 되어 성균관에 들어갔으나, 성균관생활 2년 만에 과거공부마저도 포기하였다. 그는 일찍이 이이(李珥)의 ≪격몽요결(擊蒙要訣)≫로써

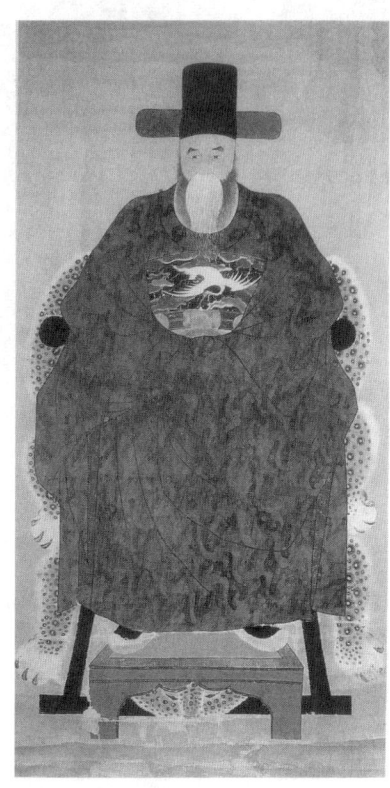

박세채, 경기도 유형문화재 제 163호

학문을 출발했으며, 이이를 존경하였다.

효종 때에 이이·성혼(成渾)의 문묘 종사문제가 제기되었다. 당시에 영남유생 유직(柳稷)이 이들의 문묘종사를 반대하는 상소를 올렸다. 이에 대해 박세채는 유직의 상소의 부당성을 신랄하게 비판하는 글을 내었는데, 이에 대한 효종의 비답(批答) 속에 선비를 몹시 박대하는 글이 있으므로 이에 분개해 과시(科試)의 뜻을 버리고 학문에 전념할 것을 결심하게 되었다.

1651년 김상헌(金尙憲)과 김집(金集)에게서 배웠는데, 그의 큰아버지 호(濠), 종부 미(瀰) 그리고 아버지가 일찍이 김장생(金長生)의 문하에서 수학한 연유로 그의 사승관계(師承關係)도 이어진 것으로 보인다.

1659년 봄에 천거로 익위사세마(翊衛司洗馬)가 되었는데, 5월에 마침내 효종이 승하해 자의대비(慈懿大妃)의 복상문제(服喪問題)가 크게 거론되게 되었다. 그는 3년 설을 주장한 남인계열의 대비복제설을 반대하고, 송시열·송준길(宋浚吉)의 기년설(朞年說)을 지지해 서인 측의 이론가로서 역할하였다.

그가 지은 ≪복제사의(服制私議)≫는 남인 윤선도(尹善道)·윤휴(尹鑴)의 3년 설의 부당성을 체계적으로 비판한 글이다. 그는 다시 서한을 보내어 윤휴를 경책(警責)한 바 있는데, 이 서한을 계기로 두 사람의 교우 관계가 단절되는 원인이 되었다.

　1674년 숙종이 즉위하고 남인이 집권하자 기해복제 때에 기년설을 주장한 서인 측의 여러 신하들이 다시 추죄(追罪)를 받게 되었다. 이때 박세채는 관직을 삭탈당하고 양근(楊根)·지평(砥平)·원주·금곡(金谷) 등지로 전전하며 유배생활을 하기도 하였다.

　그러나 그가 다시 등용되던 1680년까지 6년 간은 도리어 학구에 전념할 수 있는 기간이기도 하였다. 그는 이 기간에 ≪소학≫·≪근사록≫·≪대학≫·≪중용≫을 중심으로 난해한 구절을 해설한 ≪독서기(讀書記)≫를 저술하였다.

　또한 ≪춘추≫에 대한 정자(程子)·주자(朱子)의 해설을 토대로, 20여 문헌에서 보충자료를 수집, 추가한 ≪춘추보편(春秋補編)≫과 성리학의 수양론 가운데 가장 핵심개념인 경(敬)에 대한 선유(先儒)의 제설(諸說)을 뽑아 엮은 ≪심학지결(心學至訣)≫ 등을 저술로 남겼다.

　1680년 이른바 경신대출척이라는 정권교체로, 그는 다시 등용되어 사헌부집의로부터 승정원동부승지·공조참판·대사헌·이조판서 등을 거쳐 우참찬에 이르렀다.

　1684년 회니(懷尼)의 분쟁을 계기로 노론과 소론의 대립과정에서 박세채는 ≪황극탕평론(皇極蕩平論)≫을 발표해 양편의 파당적 대립을 막으려 했으나, 끝내는 소론의 편에 서게 되었다.

　숙종 초기에 귀양에서 돌아와서는 송시열과 정치적 입장을 같이하였으나 노·소 분열 이후에는 윤증(尹拯)을 두둔하고, 나아가 소론계 학자들과 학적 교류와 활동을 하였다.

　1689년 기사환국 때에는 다시 모든 관직에서 물러나서 야인생활을 하였다. 이때가 그의 생애에 있어서 큰 업적을 남기는 학자로써 자질을 발휘한 시기이다.

자운서원 안 강당 왼쪽에 서있는 '자운서원묘정비'. 우암 송시열이 짓고, 김수증이 썼다.

이 기간 중에 윤증·정제두(鄭齊斗)를 비롯해 이른 바 소론계의 학자들과 서신 내왕이 많았으며, 양명학(陽明學)에 대한 비판과 유학의 도통연원(道統淵源)을 밝히려는 학문적 변화를 보였다.

《양명학변(陽明學辨)》·《천리양지설(天理良知說)》을 비롯하여 《이학통록보집(理學通錄補集)》·《이락연원속록(伊洛淵源續錄)》·《동유사우록(東儒師友錄)》·《삼선생유서(三先生遺書)》·《신수자경편(新修自敬編)》 등은 이 시기에 저술한 중요한 저서들이다.

1694년 갑술옥사 이후에는 정계의 영수격인 송시열이 세상을 떠나고, 서인 내부가 노론과 소론으로 양분된 상태였으므로, 박세채는 우의정·좌의정을 두루 거치며 이른 바 소론의 영도자가 되었다. 그는 남구만(南九萬)·윤지완(尹趾完) 등과 더불어 이이·성혼에 대한 문묘종사 문제를 확정시키는 데 크게 기여하였으며, 대동법의 실시를 적극 주장하였다.

그의 대표적 저술은 《범학전편(範學全編)》·《시경요의(詩經要義)》·《춘추보편》·《남계독서기》·《대학보유변(大學補遺辨)》·《심경요해(心經要解)》·《학법총설(學法總說)》·《양명학변》·《남계수필록(南溪隨筆錄)》·《심학지결》·《신수자경편》·《육례의집》·《삼례의(三禮儀)》·《사례변절(四禮變節)》·《가례요해(家禮要解)》·《가례외편(家禮外編)》·《남계예설(南溪禮說)》·《남계시무만언봉사(南溪時務萬言封事)》·《남계연중강계(南溪筵中講啓)》·《

남계기문(南溪記聞)≫·≪동유사우록≫·≪주자대전습유(朱子大全拾遺)≫ 등이 있는데, 영인본으로 유포되고 있다. 시호는 문순(文純)이며, 문묘(文廟)에 배향되었다.

4. 관련기록

1) 창건·중수기록

≪신증동국여지승람≫ 권11 경기 파주목

자운서원(紫雲書院)[광해주(光海主) 을묘년에 건축해서 효종(孝宗) 경인년에 사액하였다.] 이이(李珥)·김장생(金長生)·박세채(朴世采)[모두 경도 문묘(京都文廟)에 보인다.]

≪연려실기술≫ 별집 권4 사전전고

자운서원(紫雲書院)[만력 기유년에 세웠으며 숭정□에 사액하였다.] : 이이(李珥)[선조조의 명신]·김장생(金長生)·박세채

2) 문집에 보이는 서원 관련 기록

이이(李珥), ≪율곡전서(栗谷全書)≫ 권34 부록 원향록

紫雲書院在先生墓下 萬曆乙卯 創建 後移建于州南五里許泉岾 其後又移于墓下 孝廟庚寅 賜額 肅廟丙子 竝享朴南溪世采 至乙未 配以沙

溪 仍移南溪就配位

이이(李珥), ≪율곡전서(栗谷全書)≫ 권37 부록

紫雲書院廟庭碑[尤菴宋時烈撰]

惟我東方 自殷師以來 已變夷俗之舊 而逮至本朝 則道學彬彬 浸淫乎洛建之盛矣 然道之體用之全 未盡顯 理之精微之蘊 未盡明 至我栗谷先生出 然後體用之全 精微之蘊 靡不躍如 而斯文在茲矣 先生姓李氏 諱珥 字叔獻 德水大家也 考監察元秀 妣平山申氏 己卯名賢命和之女 性行卓絕 及娠 益以禮自持 夢見神龍 文章爛然 飛入寢室 而先生生焉 嘉靖丙申十二月二十六日也 期歲 自能知書 五歲 母夫人疾病 竊入祠堂 禱于神主 十三 赴場屋居上游 其後 不復屑焉 一意於學問 既盡通經傳 則便以爲聖賢之道 止於是乎 遂汎濫諸家 至釋氏書 喜其言廣大宏闊 復因母夫人喪 偶感古人塞悲之說 入金剛山 專心耽索 殆忘寢食 周歲而遂悟其非 反以求之六經語孟 則純如也 嘗南游訪退溪李先生 辨論義理 退溪多從其說 歲辛酉 監察公歿 喪除 魁司馬及文科 由戶曹佐郞 入司諫院爲正言 上箚請立志勉學 親賢愛民 移吏曹佐郞 戊辰 以書狀官朝京 冬 拜弘文館校理 以昔時染禪辭職 宣廟諭曰 自古豪傑之士 未免爲釋氏所陷溺 自是恩遇日隆 先生亦自任以世道 常以格致誠正 爲出治之要 上免明廟喪 請改賀爲慰 當擇妃 請遵大昏正禮 請削乙巳僞勳 退溪諸賢 亦以爲難 而先生爭益力 後竟得請 又請革侵虐新進之弊 許之 然先生自以學未成 不欲從仕 累拜舍人 應敎 皆辭 卜築於海州高山之石潭 爲藏修所 辛未 除淸州牧使 專務敎化 還復舊踐 至直提學 其所進言 必引古昔 上以爲迂闊 先生乃歸栗谷 三司請留不得 癸酉 召命三至 遂入朝 又陳治道之要 陞拜承旨 進曰 爲治必法三代

事功須以漸進　先生與牛溪成先生爲道義交　牛溪以必先格君爲言　先生
曰　君心不可遽格　故要積誠心　以冀感悟爾　甲戌　上萬言疏　上憂紀綱不
立　先生曰　此如養氣　須用集義　若以公平正大之心　行之積久　則紀綱自
立矣　時外人傳言　內間將有佛事　先生以大司諫爭之　上不肯明言有無
而詰問誰受　先生曰　臣方以誠正責上　而只此小事　掩護如此　而況幽獨
之地　能保無愧乎　遂退歸　除黃海監司　先生曰　外事猶可自效　旣至　悉
去弊瘼　興學敦化　明年乙亥　遞　仁順王后薨　以副提學召入　論喪禮　至
今以白衣冠視事　是先生所議定也　上令刪定四書小註　先生請與牛溪共
之　且編進聖學輯要　上曰　如我恐不能行　先生起對曰　昔宋神宗曰　堯舜
之事　朕何敢當　明道愀然曰　非天下之福也　今日上敎無乃近之乎　嘗極
論天理人欲　間不容髮　因曰　殿下誠能於居敬窮理力行三者　勉勉加工
使其言行一出於正　則君子有所恃而盡其忠　小人知所畏而不敢肆矣　時
有沈義謙　金孝元是非之爭　先生白出兩人于外　孝元得富寧　先生又以爲
言　遂內移　然先生亦辭退于石潭　連有除命　皆不就　先生幼時　作兄弟同
居圖　慨然慕張公藝事　至是　依家禮立祠堂　奉寡嫂郭氏　俾主其祀　修明
司馬氏居家儀　以御家衆　而節目尤備　時學徒坌集　遂開精舍以處之　而
作擊蒙要訣以訓焉　立鄉約以礪俗　設社倉以賑貧　又議建朱子祠　侑以趙
文正　李文純　恭懿大妃喪　承召入臨　旋歸　復召力辭　上曰　所懷可實封
以進　遂極陳時事　庚辰　上寢疾少愈　思見先生　先生曰　大病之餘　善端
昭著　欲於此際　有以開發　遂詣闕面對　又上箚請進德修政　又請極選使
价　奏雪宗系之誣　仍草進奏本　上曰　事其諧矣　將遣先生　大臣以爲不可
一日不在左右　遂止　陞大司憲　先生曰　立紀綱正風俗　其在斯乎　遂作化
俗儀數十條　布告中外　大抵皆主於明人倫也　時士流多聚於朝　而論議不
協　先生將統會彼此　一矯弊習　以圖國事　而終爲橫議所沮　識者恨之　陞
戶曹判書兼大提學　請設經濟司　改革舊弊　又言趙光祖　李滉宜許從祀文

廟 俄移吏曹 專以淸仕路收人才爲務 擧遺逸充憲職 薦學行爲師儒 揀
吏才以試郡縣 獎恬退以礪名節 四方翕然風動 而忌嫉者益衆 特陞贊成
以命撰進人心道心說 學校模範 皇朝學士黃洪憲 王敬民來頒慶詔 先生
儐于境上 兩使見之 竦然起敬 每稱栗谷先生 兩使至泮宮 語講克己復
禮 先生爲作說以示 專主洛建宗旨 兩使曰 此說極是 當傳布中國 上特
移兵曹曰 更張通變 是卿素志 癸未 條陳六事 又請改貢案 釐軍籍 倂
省州縣 久任監司 時有北警 三司復捃摭其間細故論劾之 上諭止甚勤而
不止 遂遞先生以安之 先生遂西歸 時牛溪被徵在京 上疏伸辨 京外儒
生八百餘人 亦投章訟先生 上乃親製敎書 竄朴謹元等三人曰 予欲法朱
子 入珥 渾之黨矣 上屢諭先生還朝 且曰 天未欲平治我邦耶 是何以卿
而不得於時耶 意者 天使卿動心忍性 增益其所不能 以任大責也 促召
愈懇 先生遂應命至 上喜甚引見 先生陳謝 請赦三竄 不許 上復委以銓
衡 倚任益重 而先生病矣 先生嘗曰 時輩觀我赤心 則終必相信而共濟
國事也 竟以甲申正月十六日易簀 訃聞 上驚慟 哭聲徹于外 官居野處
無不哭泣相弔曰 斯文喪矣 生民無福矣 其三月 禮葬于坡州斗文里之先
兆 夫人盧氏 寇亂全節 旌表門閭 亦可見先生正家之一端也 先生天分
甚高 不由師承 自知爲學 雖早悅禪旨 而亦以識見超詣 故旋卽覷破 旣
專心於洙泗洛建之學 則不厭不倦 必期於造極而後已 故常自信曰 吾幸
生朱子後 學問庶幾不差矣 以故格致存養踐履三者 爲終身路逕 其用功
最深於小學及四書 近思錄 日夜覃思 不明不措 必至於各極其趣 故其
探賾辨論之精 可質前聖而無疑矣 然不以莊敬涵養爲本 則意緖恩恩 無
以察其糾紛微奧之致 故常虛明靜一 不爲事物所奪 又謂省察之功 常在
知行之間 而不可少緩 故雖事物叢沓之時 閒居幽獨之地 其所以辨別天
理人欲者 愈嚴愈密 及其養之深積之厚 則行之於身 措之於事 皆沛然
有裕 無所凝滯 而品節不差 以至於道全而德備 則造化之原 性命之微

無不洞貫於一心 天地之運 綱常之重 無不統體於一身 自任之重 則賁
育莫能奪 自信之篤 則髠 衍不能亂 至其正倫理篤恩義 以齊其家 辨義
利明王霸 以事其君 皆自所學中出來 其經綸規畫 正大宏遠 遍布纖密
不泥於古 不狃於俗 承大任而無所疑懼 行至難而若決江河 其所造詣
可謂深且遠矣 又嘗謂聖學之不傳 由於經旨之不明 自程 朱以來 其所
註釋 無復餘蘊 而後儒之繳繞者 反以汨其本旨 遂取諸家之說 分析其
同異 論正其得失 務得至當之歸 故雖粗解文理者 無不得其正意 又嘗
謂中朝之士學 尊信象山 以至陽明之徒出 則尤爲正學之害 遂推窮源委
剖破詖淫 使之不惑 然後人人皆宗考亭之說矣 蓋自朱子以後 聖學可謂
大明 而其學之者 亦未免源遠而末分矣 其有樂渾全而惡分析 則先生必
辨其同異於毫釐之間 其有逐末流而昧本原 則先生必一其宗元於統會之
極 故極深研幾而不外於日用之常 庸言不行而必根於性命之源 蓋極其
妙則如不可捉模 而驗諸實則易 知而易從矣 然後承鄒 魯洛 建之遺緒
以合乎殷師之大法 使人知道德文章禮樂政事 皆出於一 千古相傳心法
學術 不爲天下裂 雖末學後生 誦其言者 必曰理未嘗不該於事 事未始
不本於理 要當體之於身 驗之於行 必至於道全德備而後已云爾 則雖其
利澤不究於當世 而其繼開之功 又不可謂不及於無窮矣 故諸老先生嘗
論之曰 不由師傳 默契道體 似濂溪 一變至道 潛思實踐 似橫渠 發明
極致 通透灑落 似明道 博約齊頭 集而大成 又似乎晦翁夫子 後之君子
夷考於遺編 則知斯言之不誣也 若其祥麟瑞鳳 玉潤金精 世雖以資稟之
粹稱之 而亦豈非德美之充積者 著見於外耶 昔黃勉齋 蔡九峯以後諸賢
卓然有功於斯文者 不爲無人 而先生猶不以朱門適傳許之 百世之後 復
有大眼目人出而論先生 則復以爲何如也 搢紳章甫 屢請從祀聖廟 而立
祠享祀 殆遍國中 惟此坡州者 其以祖墓之鄉 先生所嘗往來 擬於晦翁
之婺源 而又以其衣冠之所藏也 京外諸生 建院作廟而俎豆之 孝廟賜額

曰紫雲 遂立牲繫于三分一之庭 而刻文其上云 銘曰

天眷我東 篤生哲人 聰明穎詣 絕類離倫 世遠言微 默契道妙 人所分寸 先生闊步 其所千百 先生十一 既透大原 以及微密 迨其弱冠 能自得師 其師維何 關陝濂伊 最所尊信 晦翁夫子 盡讀其書 以贖其意 有如父兄 說門內事 子弟聽受 無所疑貳 外內巨細 悉皆承纘 體用大備 理事一貫 始焉析之 入於無內 終而合之 其大無外 惟器與道 是一而二 七情之純 其端則四 物格之云 匪物自至 我既格之 物無餘理 前訓炳然 豈四不啓 七十子喪 大義乖弊 先生闡發 如燭照夜 明理之功 孰與高下 道明德立 雖未四十 聖賢相逢 時哉親見 顧其陳說 大經大典 與世罔同 屢屈而卷 遑遑救世 如禹之急 囂囂居巷 若顏之樂 善治雖無 則有眞儒 事親盡孝 孝非可名 事君盡忠 忠豈其稱 無蔽無缺 允集其成 文在於斯 捨此誰程

이이(李珥), ≪율곡전서(栗谷全書)≫ 권37 부록

賜祭文(四)[孝廟庚寅紫雲書院宣額時○知製敎李時楷製進]

百載眞儒 受天閒氣 威鳳在霄 祥麟出世 心求精一 志孝經濟 卓見高識 早起超詣 學嫌游夏 道希周孔 玩心高明 該達體用 微言妙旨 默契羣聖 內外交修 曰義與敬 箕疇已邈 仁義路荒 國朝蔚興 文運始昌靜退之後 卿振厥聲 窮尋墜緒 自得遺經 曾唯一貫 顏事四勿 鄒魯宗風 孰會其訣 卿惟沠派 閩洛先獲 既博而約 優入堂室 懷寶不迷 兼善邦家 策對天道 名動中華 聖祖龍飛 遭遇最隆 明良千載 契合昭融 清朝黼黻 五彩彰施 民瞻喬嶽 國倚蓍龜 和風甘雨 化工無迹 陶鑄商周 庶幾禮樂 疏陳萬言 治具畢張 挈目提綱 黜霸行王 憂深黨漸 累申封章 手挽頹風 心切鎭靜 羣蝥刺天 忮善害正 將行將廢 斯道之命 惟明我后 炳卿丹心

國豈無賢　明降玉音　方謀三事　進貳黃閣　不欲平治　天奪何速　山頹梁折
朝野唏噓　東湖有答　輯要有書　惟卿事業　粗見遺集　惟予緬懷　恨不同時
坡山之阿　坡水之湄　爰建祠宇　揭虔妥靈　久欠堂額　闕典斯行　扁名紫雲
寵以光榮　一瓣明葳　神庶歆誠

이이(李珥), ≪율곡전서(栗谷全書)≫ 권37 부록

賜祭文(六)[英廟壬子紫雲書院致祭時○玉堂李宗城製進]

道出於天　而寓於人　人之存亡　道以屈伸　自吾道東　時晦時明　趙李之
後　卿又挺生　程伯醇姿　晦翁法門　獨尋墜緒　洞見大原　粵我聖祖　度越
百王　至誠求賢　有慶來章　卿爲鳳麟　瑞于明庭　道德文章　以緯以經　君
臣相得　魚水契合　仰感眷遇　竭誠報答　淵微之學　經濟之業　發爲著述
盡其精力　成一部書　拜獻于朝　其書伊何　聖學輯要　治國準繩　修身規矩
提綱挈目　統會類聚　天理人欲　如晝如夜　誠僞之分　爲王爲伯　窮深極微
俱載於是　噫乎此篇　道學要旨　條理有序　首尾貫聯　其欲向學　捨此何先
眇予小子　深惡涼學　自在春邸　竇寐賢德　一篇東湖　潛心在手　有味其言
尊向蓋久　逮茲御極　始講斯書　全體大用　開卷起予　紀綱既立　生民始安
序次之意　三復感嘆　實見眞得　是驗是符　莫曰人亡　書則楷模　炳如丹青
不朽千古　莫曰世遠　遇是朝暮　若聆箴戒　若接輝光　百載之下　師禹拜昌
作序弁首　庸寓崇敬　庶幾服膺　母負先正　坡山之麓　巋然祠宮　坡水源長
洛閩與通　道統之傳　徵我俎豆　子懷明德　赫若山斗　乃眷配列　惟金暨朴
曾得其宗　孟曰私淑　一室東西　如陪丈席　爰命有司　薦此苾芬　予感斯切
子意斯勤　雖云代撰　實衍子(이하 결)

이이(李珥), ≪율곡전서(栗谷全書)≫ 권37 부록

御製紫雲書院致祭文[正宗辛丑七月]

河山正氣 關洛嫡傳 不由師承 默契聖賢 早歲橫渠 晩年晦翁 允矣大成 牖我羣蒙 進由蕫策 天人縱橫 禮正勳削 綱扶彝明 東西分派 信手調停 聖祖日咨 倚汝治平 茅拔坡原 有臣同德 推車꿴船 一乃心力 蚊雷四起 卷懷林局 入黨恩言 罔解羣讒 志闕纓冠 樂保餌菊 義嚴闢廓 功大開繼 人亡道存 日星昭晰 躋孔廡 永蔵明禋 予懷典刑 慨未同辰 筵講輯要 壁藏遺編 仰止高山 想卿盤旋 武夷九曲 堯夫百原 光霽灑落 若寄丘園 爰命邇班 酌泂齋芬 靈其顧享 啓佑斯文

이이(李珥), ≪율곡전서(栗谷全書)≫ 권37 부록

御製紫雲書院致祭文[正宗甲辰八月]

公倡絶學 優入聖閫 發前未發 四七精蘊 一部輯要 聖祖垂衮 廟屋特特 大坡之原 配食伊誰 日有文元 篤學敦禮 紫陽淵源 亦粤文純 曩躋侑列 著書旣博 賾微亦切 有秩鉶籩 黍馨醴潔 凝鑾曠感 近侍替酌

이이(李珥), ≪율곡전서(栗谷全書)≫ 권37 부록

賜祭文[當宁戊辰紫雲書院致祭時○知製敎○製進]

我朝右文 羣賢倡學 倬彼石潭 英姿達識 玉潤金精 淵停嶽峙 際遇穆陵 契隆魚水 亦粤文元 有德有儀 黃岡爲父 栗翁爲師 大啓來學 及門高弟 曁兹玄石 亦克追配 豈弟君子 受知聖祖 一體祭祀 無斁于後 輦路西過 院宇密邇 侟官敬奠 庶歆一觶

이이(李珥), ≪율곡전서(栗谷全書)≫ 권37 부록

紫雲書院春秋享祭文[尤庵宋時烈]
道全體用 功存繼開 於萬斯年 享此腥楄

이정귀(李廷龜), ≪월사집(月沙集)≫ 권35 書牘

答鄭時晦

李上舍來傳台札 具悉侍奉吉慶 慰喜 生西還後 一病支離 頃於大禮
時 午出趨班 添傷憊臥 眩症極重 常如在霧中 兩耳專聾 對人語 望口
而癡笑 衰相種種可憐 聞兄健爽如舊云 靜養之效 有如是也 紫雲書院
已於今月十五日奉安 洛下士夫 無氣力多事故 往參者只金冠玉輩五六
人 而海西士子甚多來參 亦盛事也 碑石印出豎立之費 又得橫財 可笑
然非迫之強出 彼亦以誠求助 奈何

이경석(李景奭), ≪백헌집(白軒集)≫ 권15 문고 상량문

紫雲書院講堂上梁文

高山仰止 共切尊道之誠 君子居之 可闢肄業之所 賀騰成廈 喜溢升
堂 兹惟栗谷先生之鄉 豈但草野後死之慕 形勝則有臨津馬山之相望 地
靈則與聽松牛溪而竝生 學繼五賢 名動四海 窮理盡性之道 足見師友之
淵源 誠意正心之功 早致君相之敬信 究其用則至治可做 讀其書而餘韻
猶存 若斧若堂 寔體魄之攸托 某丘某水 卽杖屨之曾遊 於焉祠宇之重
修 詎使講堂而久廢 苟完苟美 想當年居室之規 匪陋匪奢 宜今日安宅
之處 斯搢紳韋布之所共助 蓋國人矜式之所同然 父老以之改觀 雲煙爲
之動色 時當三月 運際千齡 春服旣成 寧無詠歸之興 分陰當惜 所貴學
問之勤 瞻之在前 悅承誨於函丈 恐其或後 競趨風而盈門 載擧修梁 敢

申善頌 抛梁東 巖花正帶和風 須看滿目春意 宛在先生座中

抛梁西 澗邊芳草萋萋 高堅田地非遠 一路分明不迷
抛梁南 晚風吹盡輕嵐 閑來著處佳興 勝地何須遠探
抛梁北 萬物元來自得 坐見斗杓轉時 夜深群動皆息
抛梁上 幽鳥高飛兩兩 朝來宿霧初收 依舊靑山萬丈
抛梁下 心靜方知欲寡 明窓自絶點塵 不用香煙細惹 伏願上梁之後
斯道日彰 吉士雲集 朝益暮習 無非存養之方 秋禮冬詩 摠是經濟之學
蔚興一時之儒
雅 闡明三代之人倫

이경석(李景奭), ≪백헌집(白軒集)≫ 권34 문고 축문

紫雲書院栗谷先生移奉祝

建廟於斯 實爲近塋 地勢狹迫 易圮而傾 惟彼泉岾 亦邇而寬 多士議
合 薦紳誠殫 鳩村經始 祠宇先完 屬兹日吉 宜卽揭虔 用薦洞酌 祇告
奉遷 [右先告事由]

惟我先生 學盡體用 道尊繼開 林士宗仰 厥惟舊哉 顧此桑梓 又有松
楸 卽山而廟 恩禮亦優 惟其地窄 患迫傾圮 眷兹改卜 不遠伊邇 洞壑
寬敞 山回水美 詢謀僉同 於焉經始 祠宇先成 丹雘已完 日吉辰良 宜
卽移安 亦有休菴 奉享西偏 體念平素設位各專 額仍舊號 制增新修 仁
里相望 餘韻尙留 以妥以侑 永歆千秋

이경석(李景奭), ≪백헌집(白軒集)≫ 권15 문고 상량문

紫雲書院上梁文

伏以吾將安放 尙有遺風餘韻之存 弊又改爲 重葺揭虔安靈之所 儒林增氣 雲物生輝 惟我先生 識洞天人 行著家國 精思力踐 類逃佛之橫渠 敬直義方 慕學孔之孟子 訪陶山於千里 道協濂洛之討論 友牛溪於一鄉 志同朱張之講究 蓋嘗明體而適用 故能窮養而達施 德業文章 爲一世之冠冕 笙鏞黼黻 値千載之風雲 啓沃而資聖學之緝熙 揖讓而起皇華之欽歎 人皆有所矜式 不顯其光 天未欲其治平 何奪之速 惟茲紫雲之洞宇 乃是靑丘之武夷 松阡在旁 鬱鬱環抱之勢 花石入望 洋洋陟降之靈 言念祠屋之頹 寧非章甫之恥 幾年風凌而雨震 一朝松茂而竹苞 占山中之淸幽 不遠伊邇 見眼前之突兀 雖舊維新 道所存師所存 想兩楹之夢奠 祭如在神如在 欣一畝之有宮 寔爲擧國千萬人之所尊 抑亦吾黨二三子之是賴 數疊山一帶水 依然退休之時 孤輪月萬里風 怳如詠歸之日 屬成燕賀 贊擧虹梁

兒郎偉抛梁東 千古文明道已東 須識此心元不死 且隨黃卷照我東
兒郎偉抛梁南 主一工夫講嶺南 當日春風今尙在 坡山還似魯城南
兒郎偉抛梁西 秋柏寒雲繞屋西 看取靜中功不息 日輪東上月生西
兒郎偉抛梁北 江水朝宗橫院北 俯仰分明見赤心 衆星亦拱辰居北
兒郎偉抛梁上 正脈直尋洙泗上 試想明窓靜坐時 點塵不到靈臺上
兒郎偉抛梁下 修省宜從屋漏下 但使潛心事格言 師門不隔千年下

伏願上梁之後 吉士蔚興 眞儒輩出 春秋俎豆 不替芬苾之儀 冬夏詩書 永沐菁莪之化 孝悌明堯舜之
道 風俗變鄒魯之鄉 切問近思 惟性理之爲本 升堂入室 與聖賢而同歸

이경석(李景奭), ≪백헌집(白軒集)≫ 권15 문고 상량문

紫雲書院重建上梁文

伏以祭如神在 共切景仰之誠 敝又改爲 合有移奉之擧 不遠伊邇 雖舊維新 惟我栗谷先生 以英明高邁之資 有繼開經綸之志 李延平之師友 早慕濂溪 張橫渠之謹嚴 盡棄佛老 相長不啻三益 大賢竝生一鄕 洞究精微 擴前哲之未發 推明本末 啓後來之群蒙 庶幾堯舜君民 討論程朱性理 聞風覿德 咸服仁義之談 陳善閉邪 一以誠敬爲主 不幸楹夢之遽 曷堪梁摧之嘆 密邇松楸 爰薦俎豆之饗 瞻望桑梓 彌增恭敬之心 揭額紫雲 實聖朝之錫號 拭目碧洞 認明時之尊賢 惟其地形之偏 元非天設之勝 屋宇欹側 皆思變而遷之 詢謀僉同 蓋亦勢所使也 洒卽五里而近 幸占一壑之專 盤龍直臨 接道峯之縹緲 大鳥正對 俯深谷之逶迤 傍此煙霞 有神物之陰相 撤彼梁棟 覺轉移之便宜 去危就安 可絶傾頹之患 事半功倍 孰云營葺之難 道之所在師之所存 斯文未喪 山若增高水若增廣 多士爭趨 茲擧虹梁 宜伸燕賀

抛梁東 曉窓先覩日輪紅 操存自是無他術 只在靈臺動靜中

抛梁西 石林深處路高低 須看霧散煙消後 緩步幽尋自不迷

抛梁南 衣鉢攻苦也自甘 聖賢心法惟黃卷 且向明窓仔細探

抛梁北 雲開依舊靑山色 天君到得泰然時 始是工夫眞積力

抛梁上 高山屹立人皆仰 開窓時復望層巓 髣髴嚴嚴瞻氣象

抛梁下 好是淸朝兼靜夜 一縷香煙一點燈 惺惺淨掃神明舍 伏願上梁之後 衿佩濟濟 弦誦洋洋 春秋苾芬 永以妥而以侑 夙夜祗慄 庶無貳而無虞 克致王心以寧之休 終見儒風丕變之美

남용익(南龍翼), ≪호곡집(壺谷集)≫ 권14 려문

紫雲書院移建上樑文[院在坡州]

伏以議百年而乃定 方看聖廟之追陞 基三易而始安 更仰鄕祠之改建 斯文之幸 有待而然 惟我栗谷先生 星宿淸光 山河間氣 以子貢之穎悟 而有顏淵爲邦之才 以茂叔之胸襟 而有橫渠變道之勇 研窮義理 先探活潑之源 洞徹精微 直造高明之城 幸値明良之盛會 得行致澤之初心 務必先於變通 難革痼膠之積弊 志常在於調劑 反遭敲撼之衆咻 聖學諸編 曾進格君之說 江湖一葦 幾吟戀闕之詩 魯國多賢 相輔仁而講道 湖庠興善 競負笈而摳衣 多士仰泰山之尊 九重虛鼎席以待 明不能遷代謝 奄迫易簀之期 天未欲致平治 擧切摧樑之慟 經綸中沮 咸惜程伯淳之早亡 著蔡後彰 始嘆李文靖之先見 雖詖淫交亂於末世 而崇奉終極於聖朝 眷茲坡山之別區 曾有花石之精舍 瞻聆攸感 爰立芬苾之祠 體魄所藏 卽依松楸之壟 因堂宇之狹隘 未免遷移 爲階庭之卑湫 又値傾圮 肆貽憂於後學 重選勝於前基 靑烏之卜在斯 不遠伊邇 紫雲之號無改 雖舊維新 固知反本而思初 所以異區而同谷 正堂挾廡 仍循昔日之規模 豐碣竪庭 更煥今文之贊述 山如拱揖 遙連道院之峯 水可沿洄 近接牛溪之瀨 奚徒歌詠 亦足藏修 虹樑將擧於吉辰 燕賀敢伸於善頌 抛樑東 盤龍山色揷蒼穹 文章自是如星斗 故里芳名定不窮 抛樑南 洞號曾從故老諳 却似關西夫子葬 何來大鳥淚空含 抛樑西 一髮瓢山夕照低 陋巷至今思至樂 淸名長與大賢齊 抛樑北 紫陽洞路連雲谷 晦翁雨號合爲名 疑是武夷山九曲 抛樑上 祥雲縹緲天昭曠 時隨雲影共徘徊 半畝方塘涵萬狀 抛樑下 大芘歡顏同廣廈 濟濟靑衿盍勉旃 誦宜秋日絃宜夏 伏願上樑之後 齋堂鞏固 黍稷芳馨 瑞色千年 長隨化日 文明百代 永振儒風 遵揭壁之舊規 若承警咳 讀擊蒙之要訣 咸盡孝恭 樂矣斯丘 嗟哉吾黨

송시열(宋時烈), ≪송자대전(宋子大全)≫ 습유 권8 축문

坡州紫雲書院 告栗谷先生文

始以休菴白先生 特位于西偏小祠 同院異實 共薦牲幣 今玆章甫之議 以爲斯院地勢卑濕 決非久安之圖 乃謀還移于斗文墓下 則休菴之祠 不可歸然獨存 香火之薦 亦所難便 而休菴實與聽松先生同一淵源 合堂同享 名正理得 乃以某月某日 奉移祠版于坡山 敢具事由 用伸虔告

박세채(朴世采), ≪남계집(南溪集)≫ 속집 권19 잡저

紫雲書院院規[癸酉七月]

一 取士之法 勿論長少 取其有志學業名行無汙者 院儒僉議許入 會者未滿十員則不得定議 生員進士則直許入 [初入時 如或素行不謹 或有所爲者 則必明知改過實心向學然後許入]

一 推薦中老成有識者一人爲堂長 又擇年長者一人爲有司 又擇諸生中有志業者二人爲掌議 又擇年少者二人爲色掌 有司以下幷備三望 受差于院長 [有司則二年相遞 他齋任一年相遞]堂長則齋會時推定 凡院中議論 掌議色掌主之 議于堂長而定之 凡院中財穀什物僕隷等事 有司掌之 [非有司則不得擅罰齋直 雖非有司齋任 在齋者亦同]又擇品官勤幹者一人爲院監 什物出納 多士供饋等事使掌之 逐物皆有記籍 交付于代者

一 每月朔望 諸生具巾[頭巾] 袍[團領]詣廟 開中門焚香[年最長者焚香]再拜 雖非朔望 諸生若自他處初到 或自院歸家時 必於廟庭再拜 [不開中門不焚香]

一 每日晨起 整疊寢具 少者持帚掃室中 使齋直掃庭 盥櫛正衣冠 平明時皆以常服[笠子直領之 類但不用襦袷直領]詣廟庭 不開中門

只再拜歸後　分立東西庭序齒　相向行相揖禮畢　還就齋室 [中國書
院　各有洞主山長　今如值可爲一時師表者到院　當以師禮相處　具
見栗谷集隱屏精舍學規可檢也]

一　泮宮明倫堂　書揭伊川先生四勿箴　晦菴先生白鹿洞規　陳茂卿夙興
夜寐箴　今亦宜揭諸壁上　以相勉勵警省

一　常時恒整衣服冠帶　拱手危坐　如對尊長　毋得以褻服自便 [必着直
領]且不得着華美近奢之服　凡几案書冊筆硯之具　皆整置其所　毋
或亂置不整　作字必揩正　毋得書于窓戶壁上

一　凡居處必以便好之地推讓長者　毋或自擇其便　年十歲以上者　出入
時少者必起

一　凡食時長幼齒坐　於飲食不得揀擇取捨　常以食無求飽爲心

一　讀書時必端拱危坐　專心致知　務窮意趣毋得相顧談話

一　凡步履必安詳　徐行後長　秩然有序　毋或亂步不整

一　凡言語必愼重　非文字禮法則不言　毋談淫褻悖亂神怪之事　毋談他
人過惡　毋談朝廷政事　毋說州縣官員得失

一　常以九容持身　毋得跂倚失儀　喧笑失言　終始不懈

一　非聖賢之書[如五經　四書　小學　家禮　心經　近思錄　朱子節要,聖學輯
要之類]性理之說 [如性理大全　程朱諸先生及我東先儒文集之類]則
不得披讀于講堂 [史學則許讀如綱目　續綱目之類]若欲做科業者　必
習于他所 [若他所未易則姑居西齋　或有司房似可]

一　朋友務相和敬　相規以失　相責以善　毋得挾貴挾賢挾才挾兄弟挾多
聞見以驕儕輩　且不得相與戲謔譏侮　違者黜座 [卽損徒　解損時必
滿坐面責]

一　自晨起至夜寢一日之間　必有所事　或讀書　或製述　或講論義理　無
非學業　至於暇時　或游泳他所　亦皆從容齊整　長幼有序　昏必明燈

夜久就寢　若不遵學規　威儀倣曠　學業怠惰者黜座　不悛則出院 [卽削籍]
一 有時歸家　切宜勿忘齋中之習　存心持身　事親接人　務循天理　務去 人欲　如或入齋修飭　出齋放倒　則是無爲己之實　終難容接
一 書不得出門　色不得入門　酒不得釀 [刑不得用　刑謂儒生以私怒打 人之類　若係院事當罰者不論]博奕煙茶等具　皆不得設
一 春秋祭時　齊任及諸生託故不參者黜座
一 寄名院籍　或有失身毁行玷辱儒風者　則僉議削籍
一 四孟之月　掌議會諸生于院　講議學規 [此外更就諸書　相與循次通 讀　講論疑義　而罷] 檢察諸生得失　無故不參者黜座 [有故則必具 單子告其由]
一 凡初入院者　必使先讀學規

김간(金榦), ≪후재집(厚齋集)≫ 권7 서

答坡州院儒[丁亥]

各處窮僻　久阻聲塵　卽仍京遞　伏承惠翰　審知僉兄靜履沖勝　不任欣 慰　榦年來衰病侵凌　凡百放倒　每念平昔遊好　落落如晨星　雖欲效古人 千里命駕　披襟對討　警此昏蒙　又豈易得耶　只切瞻悵而已　示意縷縷謹 悉　如榦末學淺識　何敢妄議　第此事旣關師門　今又遠辱勤詢　不可不略 以瞽見仰陳焉　坡之南溪　卽吾師門晚年杖屨棲息之所　遺塵剩馥　至今在 人思詠　卽其地而創設院宇　以寓懷慕景仰之誠者　自是不可已之擧　則坡 儒今日之論　深得秉彝好德之良心　聳賀無已　然以卽今事理言之　有大不 可者　蓋栗谷先生卽吾東方百世之師　而惟我先師繼其後而作　道德旣司 志業無愧　則當初合享於紫雲書院者　實出多士之同仰　一境之公論　雖使 後之尙論者言之　必無所憾於此　而到今十三年之後　非有嫌礙可以十分

難處者　又無斯文宿德可以主張世道者　而因若干儒生一時之建議　遽爾移享　此何擧措　南溪異於他所　合享不如專祀　雖靡盛敎　人孰不知　顧此十餘年旣設之俎豆　一朝無他端　容易變遷　其在僉兄　安乎不安乎　所謂當初苟簡者　未知其時曲折如何　然以吾先師一生尊慕栗谷先生之心　同堂腏食　情理兩安　雖以書院類例言之　善山金烏書院松堂　旅軒合享於冶隱先生　錦山景賢書院晦齋　退溪合享於寒暄先生　則此豈有一毫苟簡之慮哉　況來書有或不無主意之有在者　此則尤不覺憮然失圖也　夫學宮享祀　自是大事　而末路人見　易至偏滯　何可一從易偏之見　輕斷莫大之禮而無少遲疑顧憚於其間耶　今若不念事體之重大　不待論議之歸一　勇於擔當　徑先移設　則他日士友之責　必將四面而至　當其時也　僉兄雖有喙三尺　無以自解　望乞更加詳審　毋貽率爾之悔　且於坡鄕多士　以此作道理　善諭幸甚　無已則有一焉　今於紫雲合享之外　別建書院於南溪之上以爲專祀之所　則求之事體　極爲完備　而一境疊設　亦有前例可以爲據者今以開城之崧陽　花谷觀之　花潭先生旣享於崧陽　而又爲專祀於花谷　以星州之川谷　檜淵觀之　寒崗先生旣配於川谷　而又爲專祀於檜淵　此豈非今日之可法者耶　坡之爲邑　素稱鄒魯　而境內諸賢　無非出入薰炙於先師門下之人　想於此事　必爲之相與商確　務歸至當之地　此又區區之望也

김간(金榦), ≪후재집(厚齋集)≫ 권41 축문

坡州紫雲書院玄石先生合享祭文

於顯先生　美質天賦　早歲超然　發軔正路　學自心得　不由師承　羹墻濂洛　寤寐考亭　德宇和粹　襟量沖淵　深思力踐　妙契前賢　沈潛義理　厭飫經籍　琢磨研窮　表裏洞徹　會萬歸一　獨見大原　進修專專　涵養存存　兩盡誠明　夾持敬義　端本正家　飭躬蒞事　孝悌通神　姻睦出性　痛斥功利

立言闡教
蒼生望屬
其利博施
本朝彬彬
德尊道大
追惟遺化
有侐其祠
神位告成
一心精白
述古垂訓
倫紀賴植
不見運用
聖路幾蕪
嗟我先生
杏壇依舊
眷彼紫雲
合享斯室
凡在駿奔
物物太極
朝野有恃
涵泓屹峙
由羅逮麗
允屬先生
書堂宛然
或敢少遲
爰謀爰詢
黍稷惟馨
事事至善
志存致澤
譬如岳瀆
文獻無稽
集厥大成
杖屨所住
揭虔妥靈
道學又同
樽俎有楚
人知致力
義著尊攘
頹波砥柱
箕化云遠
益以光明
矧茲坡山
怳若再接
志業無愧
袗佩鏘鏘
士有定向
書播大誥
昏衢日星
僻處荒裔
自茲有繼
典刑尚在
氷壺秋月
百代之宗
堂除肅肅
力辨霸王
疏陳萬言
士林意注
念我東方
蔚有群儒
山梁既頹
孰不欽式
恭惟文成
時日且吉
鑑我虔誠
庶幾昭假

채지홍(蔡之洪), ≪봉암집(鳳巖集)≫ 권14 고문

懷仁紫雲書院移安告文

屋宇滲漏 今將改造 敢請神位 移安他所 茲以吉辰 虔告敢告

채지홍(蔡之洪), ≪봉암집(鳳巖集)≫ 권14 축문

紫雲書院尤菴先生春秋享祀祝文

洙泗正脉 春秋大義 斯文永賴 百世仰止 茲丁季春 式薦泂酌 庶幾歆
臨 惠佑後學

3) 조선왕조실록의 서원 관련 기록

≪효종실록≫ 권2 효종 즉위년 11월 2일 정사

仍問曰 頃見龍仁 趙光祖書院請額疏 有趁未舉行之說 未知有何弊端

而然乎 益熙對曰 何弊之有 特未遑耳 近者坡山書院亦有請額之擧 宜
一體賜額 仍及我東學問淵源 又陳成渾被誣曲折 上曰 他事可誣 所居
遠近 焉得誣也 益熙曰 憸人之眩惑 類如是矣 上曰 成 李兩人 雖未從
祀 而書院請額 何至今遲滯乎 又問曰 紫雲書院何處耶 對曰 卽坡山也
上曰 聽松 誰之院號耶 對曰 此卽成守琛堂號 非書院也

　　인하여 묻기를, "지난번 용인(龍仁)의 조광조(趙光祖) 서원(書院)에 사
액(賜額)하기를 청한 소를 보건대, 미처 거행하지 못했다는 말이 있는
데, 무슨 폐단이 있어 그런지 모르겠다." 하니, 익희가 대답하기를, "무슨
폐단이 있겠습니까. 다만 겨를이 없었던 것입니다. 근래에 파산 서원(坡山
書院)에서도 역시 사액을 청한 일이 있었으니, 일체로 사액하는 것이 마
땅합니다." 하고, 인하여 우리나라 학문의 연원을 언급하고, 또 성혼(成渾)
이 무함을 입은 곡절을 진달하니, 상이 이르기를, "다른 일은 속일 수 있
지만 사는 곳의 멀고 가까움을 어찌 속일 수 있겠는가." 하니, 익희가 아
뢰기를, "간사한 사람이 현혹시키는 것이 대부분 이렇습니다." 하였다. 상
이 이르기를, "성혼과 이이 두 사람은 비록 종사(從祀)하지는 못하더라도
서원의 청액(請額)이 어찌하여 지금까지 지체되었는가?" 하고, 또 묻기를,
"자운 서원(紫雲書院)은 어느 곳에 있는가?" 하니, 대답하기를, "바로 파
산(坡山)에 있습니다." 하였다. 상이 이르기를, "청송(聽松)은 누구의 서원
이름인가?" 하니, 대답하기를, "이는 성수침(成守琛)의 당호(堂號)로, 서원
이 아닙니다." 하였다.

　　≪숙종실록≫ 권28 숙종 21년 5월 20일 신사
　　坡州幼學鄭綏夏等疏 請以朴世采合享於李珥紫雲書院 該曹覆啓 依施

파주(坡州) 유학(幼學) 정수하(鄭綏夏) 등이 상소하여 박세채(朴世采)를 이이(李珥)의 자운 서원(紫雲書院)에 합향(合享)할 것을 청하였는데, 해조(該曹)에서 복계(覆啓)하니, 아뢴 대로 하라고 윤허하였다.

≪숙종실록≫ 권53 숙종 39년 5월 28일 갑진

先是 坡州儒生曹翊周等上疏 請以文元公 金長生 配享於文成公 李珥紫雲書院 在坡州 而罷文純公 朴世采合享 降爲配享 蓋世采曾已合享於紫雲 而長生 今又配食 則世采之合享 爲不安故也 禮曹判書金宇杭 參判閔鎭遠 覆奏 依施 至是 坡州儒生文後昌上疏以爲 初若以世采配侑於珥 則未爲不可 而竝享年久之後 一朝貶降 其去黜享無幾矣 仍枚擧師生及先後進竝享之例以爲 翊周等之意 果在崇享長生 何可捨師生竝享之例 而乃反汲汲於配列 以動世采久遠之位哉 仍言 本州南溪乃世采考槃之處 就此地別建祠院 仍得移妥爲便當 疏下禮曹 宇杭 鎭遠 聯名上辭疏以爲 紫雲書院 爲珥而設 則門人如金長生者 不爲與享 終歸欠典 旣有追享之議 則比肩竝列 有所未安 朴世采雖已合享 今爲長生 移就配位 位次得宜 情禮無憾 文後昌等疑其貶降 侵詆至此 初旣不善覆奏 致有駁議 今何可變其初見 而亦何敢仍冒乎 答曰 當初覆奏 誠有意見 多士之疏 何必爲嫌 後該曹覆奏後昌疏以爲 別生意見 誠未知其意 仍使之依前降配 而得其建祠 移奉位版 從之

이에 앞서 파주(坡州)의 유생(儒生) 조익주(曹翊周) 등이 상소하여 문원공(文元公) 김장생(金長生)을 문성공(文成公) 이이(李珥)의 자운 서원(紫雲書院)【파주(坡州)에 있다.】에 배향(配享)하고, 문순공(文純公) 박세채(朴世采)의 합향(合享)을 폐지하여 배향(配享)으로 강등시킬 것을 청하였다. 이는 대개 박세채가 일찍이 이미 자운 서원에 합향되었는데, 김장생(金長生)이 이제 또 배식(配食)을 하게 되면 박세채의 합향이 불안하기 때문이다. 예조 판서(禮曹判書) 김우항(金宇杭)과 참판(參判) 민진원(閔鎭遠)이 복주(覆奏)하니, 아뢴 대로 시행하라고 하였다. 이때에 이르러 파주 유생(儒生) 문후창(文後昌)이 상소하기를, "당초에 박세채(朴世采)를 이이(李珥)에게 배향을 시켰다면 불가할 것이 없지만 병향(並享)한 지 오랜 세월이 흐른 뒤에 하루아침에 폄강(貶降)을 한다는 것은 그것이 출향(黜享)이나 그다지 차이가 없습니다." 하고, 이어서 스승과 제자, 선배와 후배가 아울러 향사된 예(例)를 낱낱이 들어서 말하기를, "조익주(曹翊周) 등의 의도가 과연 김장생(金長生)을 높여서 향사하려는 데 있다면, 어째서 스승과 제자를 병향(並享)에는 예(例)를 버리고 이에 도리어 배열(配列)에 급급하여 박세채의 오랜된 신위를 변동시킬 수가 있는 것입니까." 하였다. 이어서 말하기를, "본주(本州)의 남계(南溪)는 바로 박세채가 은거하며 거닐던 곳이니, 이 곳에다 따로 사원(祠院)을 세워서 이리로 옮겨 봉안(奉安)을 하는 것이 적당할 듯합니다." 하였는데, 상소를 예조(禮曹)에 내리니, 김우항(金宇杭)과 민진원(閔鎭遠)이 연명(聯名)하여 사직소를 올려 말하기를, "자운 서원(紫雲書院)은 이이(李珥)를 위하여 설립한 것인데, 문인(門人)인 김장생(金長生) 같은 이가 향사에 참여되지 못했다는 것은 끝내 흠전(欠典)이 되었습니다. 이미 추향(追享)하자는 논의가 있었는데, 어깨를 나란히 하여 병열(並列)하는 것은 미안(未安)한 바가 있고, 박세채가 비록 이미 합향(合享)이 되었지만 이제 김장생을 위하여 배위(配位)를 옮기는 것이 위차(位次)로 보아도 적당하고, 정례(情禮)로 보아도 유감이 없습니다. 이제 문후창(文後昌) 등이 그 폄강(貶降)을 의심하여 이렇게 침범하여 비난하였습니다. 처음에 이미 복주(覆奏)를 잘하지 못하여 반박하는 의논이 있게 만들었는데, 이제 어찌 그 당초의 의견을 변경시킬 수가 있

으며, 또한 어찌 감히 그대로 답습할 수가 있겠습니까." 하니, 답하기를,
"당초에 복주(覆奏)한 것은 진실로 의견(意見)이 있었으니, 다사(多士)의
상소를 어찌 반드시 불만족하게 여길 것이 있겠는가." 하였다. 뒤에 해조
(該曹)에서 문후창의 상소에 대해 복주(覆奏)하기를, "따로 의견을 낸 것
은 진실로 그 의도를 모르겠습니다. 그대로 종전의 처리한 바에 따라 강
배(降配)토록 하고, 사우[祠]가 건립되기를 기다려 위판(位版)을 옮겨 봉
안(奉安)하도록 하소서." 하니, 그대로 따랐다.

≪숙종실록≫ 권54 숙종 39년 9월 30일 갑술

前縣監李軒佐等 上疏論其師朴世采紫雲書院降享之不可 斥曹翊周等
貶薄之狀 事實見上 答以降享曲折 已悉於該曹覆奏中 此非貶降而然也

전 현감 이헌좌(李軒佐) 등이 상소하여 그 스승 박세채(朴世采)를 자운
서원(紫雲書院)에서 강향(降享)하는 것이 불가함을 논하고, 조익주(曹翊
周) 등이 폄박(貶薄)한 형상을 배척하니,【사실은 위에 보인다.】 답하기
를, "강향하는 곡절은 이미 해조(該曹)의 복주(覆奏) 가운데 자세하니, 이
는 폄강(貶降)하여 그런 것이 아니다." 하였다,

≪영조실록≫ 권30 영조 7년 12월 28일 정사

上御召對 講 聖學輯要 已畢 上日 昔禹拜昌言 予於此書 亦不勝敬
歎 觀其條理整齊 按說激切 先正當日之所眷眷於聖朝者 殆若親告於予
恨不得與其人同時也 仍問先正臣子孫有無及所居地名書院稱號 又敎日
先正之必欲朝著寅協 尤曠世相感也 近來書院 百弊俱生 故予甚惡之
而若因此 而不示予意 則亦同因噎而廢食 況坡平卽往時輦過之所 而故

相臣黃喜之墓 猶令致祭 況先正乎 其令致祭于紫雲書院

　임금이 소대(召對)에 나아갔다. ≪성학집요(聖學輯要)≫를 강(講)하였다. 이를 끝마치자, 임금이 말하기를, "옛적에 우왕(禹王)은 좋은 말을 해주면 절을 하였는데, 나는 이 책에 대하여 또한 경탄을 금치 못하는 바이다. 그 조리(條理)가 정제(整齊)하고 안설(按設)이 격절(激切)한 것을 볼 때에, 선정(先正)이 그 당시 성조(聖朝)에게 권권(眷眷)하였던 바가 거의 마치 나에게 친히 고(告)하는 것과 같으니, 그 사람과 같은 시대에 태어날 수 없었던 점을 한스럽게 여긴다." 하고, 이어서 선정신(先正臣)의 자손의 유무(有無)와 사는 곳의 지명(地名)과 서원(書院)의 칭호(稱號) 등에 대하여 물었다. 또 하교하기를, "선정이 반드시 조정을 화해시키고자 하였던 것은 더욱 세상에 보기 드물게 서로 감통(感通)하는 바가 있다. 근래 서원(書院)에 온갖 폐단이 한꺼번에 발생하기 때문에 내가 몹시 싫어하지만, 만일 이 일로 인하여 나의 의사를 표시하지 않는다면 또한 밥 먹을 때 목이 메인다 하여 먹지 않는 것과 같을 것이다. 더구나 파평(坡平)은 바로 저번에 연(輦)이 경유했던 곳으로 고(故) 상신(相臣) 황희(黃喜)의 묘소에도 오히려 치제(致祭)토록 하였으니 더구나 선정(先正)이겠는가? 자운 서원(紫雲書院)에 제사를 올리게 하라." 하였다.

　≪영조실록≫ 권31 영조 8년 1월 8일 병인

　行召對 講 聖學輯要 上曰 今見先正臣李珥序次道統之傳 則文武爲首矣 四聖諱名 始於孝廟朝 而獨於文 武講筵不諱 非尊聖之道 此後則一切諱之也 又曰 丘瓊山 大學衍義 甚精詳 而猶不若此書之切緊 古人云 讀陳情表 而無惻怛之心 非孝子也 讀出師表 而無激烈之心 非忠臣

也 子亦曰 讀先正箚子 而無興起之心 不可進於學也 子欲書先正紫雲
書院扁額 而聞孝廟已賜額 故特製 聖學輯要 序文 庸示表章之意 仍命
記事官趙明履 書之 弁于 輯要 侍講官李宗城曰 先正後嗣零替 只有庶
孫 前縣監李綖是也 上曰 見其人 而後可以用之 自政院分付 使之上來
綖以老病不來 領議政洪致中請令該道 探問奉祀孫調用 上可之

소대(召對)를 행하여 ≪성학집요(聖學輯要)≫를 강독하였다. 임금이 말
하기를, "지금 선정신 이이(李珥)가 도통(道統)을 전한 차례를 정한 것을
보니, 문왕(文王)과 무왕(武王)을 첫머리에 두었다. 사성(四聖)의 이름을
휘(諱)한 것은 효종조(孝宗朝)에서 시작하였는데, 유독 문왕과 무왕에게만
강독하는 자리에서 휘하지 않으니, 성인(聖人)을 높이는 도리가 아니다.
이 뒤로는 일체 휘하도록 하라." 하고, 또 말하기를,"구경산(丘瓊山)의 ≪
대학연의(大學衍義)≫는 매우 정밀하고 상세하지만, 오히려 이 책처럼 절
실하고 긴요하지는 못하다. 옛사람이 이르기를, '진정표(陳情表)를 읽고
몹시 슬퍼하는 마음이 없으면 효자(孝子)가 아니며, 출사표(出師表)를 읽
고 몹시 슬퍼하는 마음이 없으면 효자(孝子)가 아니며, 출사표(出師表)를
읽고 격렬한 마음이 없으면 충신(忠臣)이 아니다.'고 하였는데, 나도 말하
기를, '선정의 차자를 읽고 흥기(興起)하는 마음이 없으면 학문에 나아갈
수 없다.' 하였다. 내가 선정의 자운 서원(紫雲書院) 편액(扁額)을 쓰려고
하였었는데 효종(孝宗)께서 이미 사액(賜額)하셨음을 들었기 때문에 특별
히 ≪성학집요≫의 서문(序文)을 지어 표장(表章)하는 뜻을 보인다." 하
고, 인해서 기사관(記事官) 조명리(趙明履)에게 쓰도록 명하여 ≪성학집
요≫의 서문을 삼게 하였다. 시강관(侍講官) 이종성(李宗城)이 아뢰기를,
"선정의 후사(後嗣)가 영체(零替)하여 단지 서손(庶孫)이 있을 뿐인데, 전
(前) 현감(縣監) 이연(李綖)이 바로 그 사람입니다." 하니, 임금이 말하기

를, "그 사람을 본 뒤에 기용하는 것이 가하다. 승정원에서 분부하여 그를 올라오게 하라." 하였으나, 이연이 늙고 병들어 오지 못하였다. 영의정 홍치중(洪致中)이 해도(該道)로 하여금 봉사손(奉祀孫)을 탐문(探聞)하여 조용(調用)할 것을 청하니, 임금이 옳게 여겼다.

≪영조실록≫ 권31 영조 8년 1월 12일 경오

遺儒臣 致祭于紫雲書院時 上講 聖學輯要 親製序文 興感於先正 有是命

유신(儒臣)을 파견하여 자운 서원(紫雲書院)에 치제하게 하였다. 당시에 임금이 ≪성학집요(聖學輯要)≫를 강독하면서 친히 서문(序文)을 짓고 선정(先正)에 대하여 흥취를 느껴 이런 명이 있었다.

≪정조실록≫ 권12 정조 5년 7월 5일 을사

乙巳/敎曰 予自幼 篤慕文成之學 曠世之感 誠不淺淺 古所謂朝暮遇者 卽實際語也 伊時 因手編先正文字 擬待訖工賜祭 冊子旣成 先正文成公紹賢書院 遣承旨致祭 祭文 業有親撰 該房就謄內閣 精寫傳祝 翌日又敎曰 昨有紹賢書院致祭之命 追聞筵臣言 此書院 卽配享云 御製祭文體重 當行於主享之院 至於紫雲 又在先正墳墓之鄕 昨日所下傳敎中 紹賢二字 改以紫雲書出 配享位設祭云 有已例 金文元 朴文純祠版 承旨一體奠爵 祭文 令內閣詞臣撰進 紹賢書院致祭 不但已有成命 此地卽先正杖屨之所 而朱夫子主享 先正李文純 李文成 趙文正 成文簡 金乂元 東西配侑云 可謂盛矣 其中 一先正追配之舊甲重回 事亦不偶 纔命旋寢 有所缺然 依初下敎致祭 主享位祭文 當製下 配享位祭文 亦

令內閣製進　又敎曰　紫雲則係是畿內　以旬間擇日　紹賢則方當農時　以
秋成後擇日　又敎曰　陶山書院致祭後　業欲下敎而未果　況於宰臣李憲默
陞資之後　亦不可一爲一否　先正李滉奉祀孫　令該曹　隨品復職調用　先
朝紫雲書院致祭時　有錄用子孫之命　此亦繼述之一端　先正李珥奉祀孫
或支孫間　亦令該曹錄用

하교하기를, "내가 어릴 때부터 문성(文成)의 학문을 독실히 사모하여
광세지감(曠世之感)이 참으로 대단하였으니, 옛사람이 이른바 아침 저녁으
로 만난다고 하는 것이 곧 실제(實際)의 말이었다. 지난번 선정(先正)의
문자(文字)를 손수 편찬한 것으로 인하여 공역(工役)이 끝나기를 기다려
사제(賜祭)하려 하였었다. 책자(冊子)가 이미 완성되었으니, 선정(先正) 문
성공(文成公)의 소현 서원(紹賢書院)에 승지를 보내어 치제(致祭)하여야겠
다. 제문(祭文)은 이미 직접 지어놓았으니, 해방(該房)은 내각(內閣)에 나
아가 정하게 등사(謄寫)하여 축관(祝官)에게 전하라." 하고, 다음날 또 하
교하기를, "어제 소현 서원에 치제하라는 명을 내렸는데, 추후 연신(筵臣)
의 말을 듣건대, 이 서원은 곧 배향(配享)한 곳이라고 한다. 어제(御製)의
제문은 체통이 중한 것이니, 마땅히 주향(主享)된 서원에서 지내야 한다.
자운 서원(紫雲書院)에 이르러서는 또 선정의 분묘(墳墓)가 있는 고장에
있으니, 어제 내린 전교(傳敎) 가운데에서 '소현'이라는 두 글자를 자운으
로 고쳐서 써 내게 하라. 배향위(配享位)에 제사를 설행하는 데 대해서는
이미 전례가 있다고 하니, 김 문원(金文元)·박 문순(朴文純)의 사판(祠版)
에도 승지가 똑같이 전작(奠爵)토록 하고 제문은 내각(內閣)의 사신(詞臣)
으로 하여금 찬진(撰進)하게 하라. 소현 서원의 치제는 이미 성명(成命)이
있었을 뿐만이 아니라, 이곳은 곧 선정(先正)의 장구(杖屨)가 머물렀던 곳
인데, 주 부자(朱夫子)가 주향(主享)이고, 선정(先正) 이 문순(李文純)·이

문성(李文成)·조 문정(趙文正)·성 문간(成文簡)·김 문원(金文元)을 동서로 배향하였다고 하니, 성대하다고 할 수 있다. 그 가운데 추배(追配)한 한 선정의 구갑(舊甲)이 다시 돌아왔다고 하니, 일이 또한 우연한 것이 아니다. 금방 명을 내렸다가 곧이어 정지하는 것은 서운한 점이 있으니, 처음에 하교한 대로 치제하도록 하라. 주향위(主享位)의 제문은 마땅히 내가 지어 내리겠거니와, 배향위(配享位)의 제문은 또한 내각으로 하여금 지어 올리게 하라." 하였다. 또 하교하기를, "자운 서원은 기내(畿內)에 있는 것이니 열흘 사이에 택일(擇日)하고, 소현 서원은 바야흐로 농사철을 당하였으니 가을이 된 뒤에 택일하라." 하고, 또 하교하기를, "도산 서원(陶山書院)에 치제한 뒤에 곧 하교하려고 하다가 하지 못하였다. 더구나 재신(宰臣) 이헌묵(李憲默)의 자급(資級)이 승진된 뒤이겠는가? 역시 한쪽은 하고 한쪽은 안하는 것은 불가한 일이니, 선정 이황(李滉)의 봉사손(奉祀孫)을 해조(該曹)로 하여금 품계에 따라 복직(復職)시켜 조용(調用)하게 하라. 선조(先朝) 때 자운 서원에 치제할 때 자손을 녹용(錄用)하라는 명이 있었으니, 이 또한 계술(繼述)하는 한 가지 일이 되는 것이다. 선정 이이(李珥)의 봉사손이나 지손(支孫)이나간에 또한 해조로 하여금 녹용하게 하라." 하였다.

≪정조실록≫ 권18 정조 8년 8월 17일 경자

敎曰 牛 栗兩先正墓 在本邑云 在朝家尙賢之義 豈無致侑之擧 紫雲坡山書院 明日遣承旨致祭 豐溪祠 卽故忠臣朴泰輔 吳斗寅 李世華三人竝享 而斗寅之孫 適以閣臣陪從 遣提學吳載純致祭 和平翁主墓 在輦路密邇之地 回馬瞻望 愴懷宋深 遣內侍致祭

임금이 하교하기를, "우계(牛溪)와 율곡(栗谷) 두 선정신(先正臣)의 무덤이 본 고을에 있다고 하는데, 나라에서 어진이를 숭상하는 뜻에 있어서 어찌 제사 지내주는 조처가 없을 수가 있겠는가? 자운 서원(紫雲書院)과 파산 서원(坡山書院)에 내일 승지를 보내어 치제(致祭)하게 하라. 풍계사(豊溪祠)는 바로 고 충신 박태보(朴泰輔)·오두인(吳斗寅)·이세화(李世華) 세 사람을 함께 배향하였는데, 오두인의 손자가 마침 각신(閣臣)으로서 배종(陪從)하였으니, 제학 오재순(吳載純)을 보내어 치제하게 하라. 화평 옹주(和平翁主)의 무덤이 연로(輦路)에서 아주 가까운 곳에 있는데, 말머리를 돌려 바라보니, 슬픈 회포가 더욱 간절하다. 내시(內侍)를 보내어 치제하게 하라." 하였다.

≪순조실록≫ 권11 순조 8년 8월 10일 계묘

施陵園官以下賞典 命紫雲 坡山書院 豐溪祠 錦城尉 朴明源 和平翁主墓及月山大君 故相黃喜 皇甫仁 李健命 金熤 慶恩府院君 金柱臣 贈贊成李楡蕃 奉朝賀洪鳳漢墓致祭

능관(陵官)·원관(園官) 이하에게 상전(賞典)을 베풀고, 자운 서원(紫雲書院)·파산 서원(坡山書院)·풍계사(豊溪祠), 금성위(錦城尉) 박명원(朴明源)과 화평 옹주(和平翁主)의 묘(墓) 및 월산 대군(月山大君), 고 상신 황희(黃喜)·황보인(皇甫仁)·이건명(李健命)·김익(金熤), 경은 부원군(慶恩府院君) 김주신(金柱臣), 증 찬성 이유번(李楡蕃), 봉조하(奉朝賀) 홍봉한(洪鳳漢)의 묘에 치제(致祭)하도록 명하였다.

5. ≪승정원일기≫에 나오는 서원관련 기록

숙종 39년 4월 20일 정묘

坡州幼學曺翊周等疏曰 伏以臣所居坡州一邑 素號我東鄒魯 儒賢之
作 前後相望 其在宣廟 有若文成公臣李珥 文簡公臣成渾 生並一世 居
同一鄉 相與講明道學 以遠紹濂 洛 關 閩之遺緒 近接趙光祖 李滉之
正脈 繼往開來 功被百世 雖在末學後生 莫不師尊而宗仰 故卽其松楸
之谷 桑梓之里 各建祠宇 永作妥侑之所 咸蒙賜額 用新表章之典 而所
謂紫雲書院 卽李珥祠也 式至我聖明之世 又有文純公臣朴世采 繼兩賢
之遺躅 爲一世之宗儒 晚年藏修於本州南溪之村 以講兩賢之學 其見解
之高明 操履之篤確 足以矜式乎國人 準則乎後儒 故於其易簀之初 本
州章甫 陳章建請 合享於紫雲之院祠 以寓尊慕之誠 其於崇奉之道 固
可謂盡矣 第臣等 尚有不能無歉於祀典之不備 位次之未安者 顧今李珥
俎豆之所 非止一二 而紫雲谷 最重其丘墓之所在 專享以致隆焉 其爲
四方之觀瞻 聖朝之表揭 實非他院之比也 臣等竊伏惟 以李珥之門人也
其親承善誘 身任嫡傳 使李珥之道益明者 寔缺欲尊李珥之道 不竝享金
長生 可乎 以宋缺濂溪之祠 莫不以兩程夫子 配侑焉 在在皆然 所以重
淵源而明道統也 金長生之於李珥 其的派[嫡派]相承 不啻兩程之於濂
溪也 旣有李珥之祠 而不以金長生腏食 則雖在他所 猶爲闕典 況於伊
昔函丈摳衣之地 築室居場之墟 獨可無師弟之同享乎 且朴世采之於李
珥 實私淑而興起焉 其平生仰止依歸之 誠與及門之弟子 固無異焉 初
雖列享於李珥位次之下 到今移就配位 以存本院專尊之義 於禮方爲得
宜 臣等玆敢博採衆議 參考古義 一州多士 相率齊籲於九闕之下 而此
有異於新創與疊設冒禁之舉 伏乞聖明 亟賜俞音 俾修闕典 以文元公金
長生 侑于本祠 與文純公朴世采 分配左右 以倣朱子所定竹林院祠之儀

而牲幣之禮 令攸司援例舉行 使體貌益以尊重 士林有所表準 不勝幸甚
答曰 省疏具悉 疏辭 令該曹稟處

숙종 39년 5월 26일 임인

坡州幼學文後昌等疏曰 伏以 日昨本州儒生曺翊周等 投進一疏 請於
紫雲書院 仍前主享文成公李珥 追配文元公金長生 降配文純公朴世采
而事下禮曹 竟蒙施行 臣等於此 不勝慨然之至 夫長生之邃學博禮 自
是珥之嫡傳 則從而配食 情禮俱允 而第念世采 平生師法 而得其傳 晚
年卜築 又同桑梓之鄕 則可謂前賢後賢 其揆一者 故同堂腏享之請 實
出於多士公共之論 今旣二十年之後 不念陞降之至重 事體之至嚴 乃因
翊周等相率之言 無所疑難 斷然行之 臣等竊爲朝廷惜此擧措也 腏享之
初 一州咸無異辭 以至上請 故今此翊周等 亦是曾參竝腏之請者 而其
後或有以年代先後 爲未安者 喜事之徒 不復審量 稍稍扇動其說 今翊
周等之疏 雖曰已配長生 而其意未必不出於此也 臣等謹按書院前例 川
谷則程子 朱子竝享 臨江則安裕 李穡 金安國兄弟竝享 缺一行半牛溪
之成守琛 成渾 白峯之金長生 金集 丹山之李穀 李穡 則以父子而竝享
景賢 象賢兩院之金宏弼 趙光祖 屛巖之李珥 金長生 鳳巖 崇賢兩院之
金長生 宋浚吉 則以師生而竝享 此特就我東而言之耳 考之中國 尤多
此例 斯文之體 書院之規 本自如此 而只緣今人 疏於文獻 不慣古事
故年代先後之說 似近常情 聽之易惑 可勝歎哉 雖然缺三四字世采 配
侑於珥 則未爲不可 亦何有歉於尊奉世采缺三字則不然 竝享年久之後
一朝貶降 則其去黜享 無幾矣 豈非未安之甚者乎 翊周等 雖以專享珥
遷就爲說 而此亦有一言可辨者 道峯 是文正公趙光祖專享之所 與珥之
紫雲 無甚異同 而文正公宋時烈之追享道峯 世采之追享紫雲 皆在數年

之間　道峯異議旋發　而見格於前　翊周等疏　晩起而得行於今　則朝家處
分　未免撓奪於人　而有前後之異矣　向後紛紜之弊　將何所不至　此亦聖
世之所宜深諒者　且翊周等之意　果出於崇享長生　而欲辨先輩未遑　昔年
未擧之典　則何爲舍師生竝享之例　而乃反汲汲於降列　以動世采久遠尙
靜之位哉　其意所在　亦未可知　伏乞殿下　亟命禮官　更加博考　從長稟處
幸甚　不然　則本州　卽世采所嘗考槃講學之處　杖屨之跡　宛然如昨　其高
山景行之思　遺風追慕之感　實非他地之比　若就此地　別建祠院　仍得移
安　則於彼於此　俱爲便當　亦願特賜允許　且緩降配之期　以容其周旋焉
蓋文正公宋浚吉　初享於文義魯隱書院矣　後以位次不便　朝家　聽其別建
黔潭書院而奉之　今用此例　不亦可乎　惟聖明　竝加裁幸焉　答曰　省疏具
悉　疏辭　令該曹從長稟處

숙종 39년 9월 30일 갑술

前縣監李軒佐等上疏　大槪　臣於頃日　坡州人曹翊周等　投疏請降先師
文純公朴世采紫雲書院之事　不勝痛惋　敢陳翊周輩　貶薄欺誣之委折　冀
蒙澄省而財察事　入啓　答曰　省疏具悉　降享曲折　已悉於該曹覆啓中　此
非貶降而然也

영조 7년 12월 28일 정사

上曰　吾向謂不能無疑者　非有疑於先正之學問也　先正學問雖高　造詣
雖深　豈能過於聖經賢傳乎　當初未及細觀　而不能無疑於編輯之次序矣
今觀係安民章於紀綱章之後　而先正所謂紀綱振乎廢乎　士習正乎偸乎
以下等語　有若爲今日而發者然　實有默契於心而不覺感歎也　宋神宗曰
吾何敢望堯　舜　而先正引程子所謂德非禹　湯　可以法三代之治之語　以

進勉於聖祖 其言尤切至也 先正子孫爲誰 命臣曰 先正無嫡嗣 有妾子
承嫡 而今李綖者 爲奉祀孫 而曾經馬官守令 卽今注書李壽海 卽先正
弟瑀之子孫也 上曰 李綖者 文臣乎 蔭仕乎 命臣曰 蔭仕也 上曰 先正
居在何地 而亦有書院乎 命臣曰 先正生於江陵 而從官後 或居坡州 或
居海州石潭 故海州有石潭書院 坡州有紫雲書院 而此外又有竹林 松潭
書院矣 上曰 賜額乎 命臣曰 皆賜額也 上曰 紫雲書院 旣是賜額 則有
致祭之事乎 命臣曰 曾見其年譜 則有遣禮官致祭之事矣 上曰 子所問
者 非循例致祭也 乃特典也 先朝亦有文會華陽等書院賜額之事 今此紫
雲書院 循例賜額乎 抑特賜之乎 賜額在於何時 而士林中書額乎 問于
該曹以啓 可也 榻前下敎 迪命曰 聖上親問先正書院之事 臣等不勝欽
歎之至

영조 8년 1월 6일 갑자

洪尙賓啓曰 坡州紫雲書院賜額 在於何年 而士林中書額耶 問于該曹
以啓事 命下矣 問于禮曹 則以爲紫雲書院 創建於萬曆己酉 賜額於順
治庚寅事載錄 而考見書院謄錄 則順治庚寅五月二十九日 本曹單子 書
院額字書寫官童蒙教官鄭彦說啓下云 臣取考先正臣李珥年譜 則萬曆己
酉 卽光海元年也 順治庚寅 則孝廟二年也 庚寅賜額紫雲 遣禮官致祭
矣 敢啓 傳曰 知道

영조 8년 1월 6일 갑자

上曰 前以紫雲書院賜額事 詳考入啓之意 下敎矣 其已考得否 在魯
曰 此院創建 在於萬曆己酉光海元年 賜額在於順治庚寅孝廟二年 而此
院在先正墓下矣 上曰 先正居於坡州乎 在魯曰 坡州乃先正杖屨之地

家在於坡州 墓在於坡州 上曰 石潭書院 非先正主院乎 在魯曰 石潭是
先正藏修之地 而書院則主以朱子 以先正及五賢配享矣 上曰 五賢可枚
舉乎 在魯曰 先正臣趙光祖 先正臣金宏弼 退溪李滉 其餘兩賢未及枚
舉之際 致中曰 先正臣鄭汝昌 先正臣李彦迪 在魯曰 此院晦齋不入 而
先正臣成渾入矣 上曰 是則承宣之先祖乎 德潤曰 臣之六代祖矣 上曰
凡賜額 自朝家書給乎 在魯曰 禮臣下去時書去 而或有自院擇其善寫者
書之矣 上曰 然則有如題主官矣 諸臣以次退出

영조 8년 1월 8일 병인

上曰 前者不勝感慨之心 紫雲書院賜額事下問 則孝廟朝曾已宣額云
矣 今且搆得一小序 儒臣其見之 宗城奉讀畢 拜跪而曰 此序不特與典
謨竝美 其中數款語 最爲精切 深得先正裒輯之旨訣 如使先正有知乎
則應必飲泣於泉下矣 且紫雲書院 乃先正之主院 而又以先正之門生配
食矣

영조 8년 1월 11일 기사

以備忘記 傳于趙錫命曰 今下聖學輯要十四件 竝添補序文內入 而其
中一件安寶 賜紫雲書院 一件例有潤筆之資 安寶 翰林趙明履處賜給

영조 8년 1월 11일 기사

趙錫命 以禮曹言啓曰 今正月初八日召對入侍時 傳曰 頃於召對 已
示予意 而于今畢講 感歎倍切 百載之下 欽服先正之意 略示序文 而豈
至此而止也 其令禮官 特爲致祭於紫雲書院 以表予意 今聞儒臣陳達
亦有配享云 竝爲致祭 其文令入侍上番玉堂製進事命下矣 致祭吉日 令

日官推擇 則今正月十八日爲吉日云 以此日定行 而祭物及執事 令本道
差定進排事 知委 何如 傳曰 允

영조 8년 1월 12일 경오

上曰 自禮曹遣官致祭 可也 擧條 上曰 紫雲書院致祭事 禮曹郎官
當爲下送乎 白川文會書院 是誰書院耶 曾以御筆賜額矣 宗城曰 白川
之有書院 曾已知之 而未知爲誰書院矣 上曰 頃者亦問之矣 今又不知
矣 宗城曰 文會書院致祭時 則遣近侍矣 自上親製序文 又遣官致祭 士
林必有聳觀之事矣 爲遣近侍 似好矣 上曰 前例旣如此 則近侍與經幄
一體 而受序文者儒臣也 儒臣往欽哉

영조 8년 1월 16일 갑술

徐命淵啓曰 紫雲書院致祭日子 在於再明 而應敎李宗城 今日當下直
出去 而因大司成鄭羽良未徹之疏 引嫌陳疏 其所引嫌 元非大端 故原
疏纔已退却 而今日不爲辭朝 則必有窘急之患 李宗城卽爲牌招 使之辭
朝 何如 傳曰 允

영조 8년 1월 16일 갑술

應敎李宗城上疏曰 伏以臣 受命致祭於紫雲書院 方欲辭陛書出矣

영조 8년 1월 16일 갑술

擧條 錫命曰 應敎李宗城 以紫雲書院致祭官 今日下直 然後當及於
再明日 而以大司成鄭羽良未徹之疏 引嫌陳疏 而其所引嫌 未知其何語
而豈可以筵中相規之語 說來說去耶 其在事體 竝爲過矣

영조 8년 1월 20일 무인

上日 重臣之言是矣 而向者岳武穆廟致祭時 亦竝祭諸葛武侯 紫雲書院 亦竝祭配享兩賢 蓋一殿之內 或祭或否 有所不可 故頃於崇寧殿致祭時 亦有竝祭東明王之命矣

영조 8년 2월 4일 임진

上日 頃聞領相之言 謂以紫雲書院致祭 則渠當應命云 予於其時 已知其有撕捱之意矣

영조 9년 11월 22일 기해

又以禮曹言啓日 慶尙道禮安縣 文純公李滉 陶山書院 令該曹 依文成公例致祭 以表予尊尙之意 命下矣 致祭時 本曹郎廳 例當進去 而上年春文成公李珥 紫雲書院致祭時 別遣近臣矣 今此陶山書院 遣何官致祭乎 敢稟 傳日 遣近臣舉行

영조 22년 6월 24일 무자

上日 頃年聖學輯要序 左承旨其時以翰林書之矣 紫雲書院致祭 誰去耶 明履日 其時玉堂李宗城往矣 上日 今番陶山書院致祭 亦當送玉堂上番儒臣進去 可也

파산서원(坡山書院)

1. 연혁

 1) 창   건 : 선조 1년(1568)
 2) 사액연도 : 효종 1년(1650)
 3) 중   수 :
 4) 훼   철 : 훼철 안됨.
 5) 지정번호 : 경기도 문화재자료 제10호
 6) 위   치 : 파주시 파평면 눌노리
 7) 서 원 지 : 무
 8) 제향인물 : 성수침(成守琛) 백인걸(白仁傑) 성수종(成守琮) 성혼(成渾)

2. 내용

　파산서원은 동쪽으로는 감악산이 우뚝 솟아있고 맞은편에는 파평산이
병풍처럼 둘러 있는 작은 마을 파평면 눌노리에 위치하고 있다. 서원의

파산서원 사당전경(사진 아래)과 현판(사진 위).

뒤편 파산(坡山)은 경사가 매우 가파르고 앞으로는 우계(牛溪, 소개울)가 흐르는데 우계는 감악산과 파평산에서 흘러내린 물이 임진강으로 흘러 들어가는 눌로천(訥老川)으로 이름이 바뀌어져 있다. 파산서원에 배향된 인물 중에 한 분인 우계 성혼(牛溪 成渾)이 태어난 곳이 바로 이곳 파산이며 소개울을 호(號)로 삼았으니 대학자인 성혼의 근거지인 셈이다.

파산서원은 선조 원년(1568) 율곡 이이, 휴암 백인걸 등 파주지역 유생들의 주창으로 창건되었고, 효종 원년(1650) 사액(賜額)을 받았다. 이 서원은 대원군의 서원철폐 시에도 존속되었던 47개 서원중의 하나로 중요시되던 곳이다.

파산서원에 배향된 인물은 조선 중기 학자인 청송 성수침(聽松 成守琛)과 아우 절효공 성수종(節孝公 成守琮, 1495~1579), 그리고 아들 우계 성혼 등 파주의 창녕 성씨(昌寧成氏) 일문(一門) 세 명과 휴암 백인걸 등 모두 네 명이다.

파산서원 사당 왼편에 새로 건립한 간당인 찰륜당(察倫堂) 전경.

파산서원의 강당 왼편에 있는 경현단(景賢壇).

서원 건물은 임진왜란 때 불타 없어졌다가 그 뒤 복구하여 내려 왔으나 6.25전쟁 당시 다시 불타 1966년에 서원의 본전(本殿)인 사당 건물만이 복원되었다. 사당 건물은 방형의 담장을 돌리고 정면 출입구에 솟을삼문 (三門)을 두었다. 사당은 이벌대의 기단위에 전돌을 깔고 원형의 초석과 원기둥의 목조 건물로 정면이 3칸, 측면 2칸으로 아담한 건물이다. 정면 각 칸에 띠살문을 달았으며 지붕은 맞배 겹처마의 기와지붕이다. 현재는 경기도 문화재자료 10호로 지정되어 있다.

파산서원은 파주의 다른 서원과 달리 강학공간(講學空間) 없이 배향공간(配享空間)만이 남아 있어 규모 전체가 단조로움을 느끼게 한다. 그러나 사당 건물 정면 고목의 느티나무 한 그루가 세월의 깊이를 말해주고 있다.

한편 사당 옆에는 '찰륜당(察倫堂)'이라는 재실(강당)이 있다. 그리고 그 옆에 살을 촘촘히 세워 두른 건물이 보이는데 경현단(景賢壇)이라 불린다. 경현단은 순조 7년(1807) 이 지역 유림들이 옥천 조감(玉川 趙堪), 창랑 성문준(滄浪 成文濬), 화당 신민일(化堂 申敏一) 등 3인의 뛰어난 도학과 학문을 기리기 위해 파산서원의 서쪽에 단을 만들어 받들어 왔으며 1808

파산서원의 강당격인 찰륜당 현판.

년에 사액을 받기도 했다. 그러나 경현단 앞쪽에 세운 정초석으로 미루어 볼 때 1977년 9월 3일에 다시 건립된 것으로 추정된다. 경현단 향사일은 파산서원과 함께 음력 2월 중정일(中丁日)이며 파산서원의 제향이 끝나면 곧바로 경현단에 제향한다.

　파산서원은 파주지역에 설립된 최초의
서원이면서 파산학을 형성한 근거지로
볼 수 있다. 즉 파산은 휴암과 청송을
위시해 우계 성혼, 율곡 이이, 구봉 송익
필에 이르기까지 같은 고을에서 한 시대
의 학풍(學風)을 연곳이니 미촌 윤선거
(美村 尹宣擧)는 이를 일컬어 파산학(坡
山學)이라 칭했다.

파산서원 입구에서 바라본 홍살문과 고목.

3. 제향인물

1) 성수침(成守琛) ; 성종 24년(1493)~ 명종 19년(1564)

　조선 중기의 학자로 본관은 창녕(昌寧)이다. 자는 중옥(仲玉)이고, 호는
청송(聽松)·죽우당(竹雨堂)·파산청은(坡山淸隱)·우계한민(牛溪閒民)
등이다. 한성부윤 득식(得識)의 증손으로, 할아버지는 현령 충달(忠達)이
고, 아버지는 대사헌 세순(世純)이다. 어머니는 강화부사 김극니(金克怩)의
딸이다.

　아우 수종(守琮)과 함께 조광조(趙光祖)의 문인으로 중종 14년(1519)에
현량과(賢良科)에 천거되었다. 그러나 기묘사화가 일어나 조광조와 그를
추종하던 많은 사림들이 처형 또는 유배당하자 벼슬을 단념하고 청송이라

는 편액을 내걸고 두문불출하였다. 이때부터 과업(科業)을 폐하고 ≪대학
≫과 ≪논어≫ 등 경서 공부에 전념하였다.

1541년 유일(遺逸 : 과거를 거치지 않고 학덕으로 높은 관직에 임명될
수 있는 선비)로서 후릉참봉(厚陵參奉)에 임명되었으나 사양하고, 어머니
를 모시고 처가가 있는 우계(牛溪)에 은거하였다. 명종 7년(1552) 내자시
주부(內資寺主簿)·예산현감(禮山縣監)·토산현감(兔山縣監)·적성현감
(積城縣監)에 임명되었으나 모두 사양하였다.

1564년 사지(司紙)에 임명되었으나 나이가 많다는 이유를 들어 사퇴했
으며, 죽을 때에는 집안이 가난하여 장례를 지낼 수가 없었다. 이에 사간
원의 상소로 국가에서 관곽(棺槨)과 미두(米豆)와 역부(役夫)를 지급해주
고 사헌부집의(司憲府執義)에 추증하였다.

그의 문하에서 아들 혼(渾)을 비롯한 많은 석학들이 배출되었다. 좌의정
에 추증되었으며, 파주의 파산서원(坡山書院)과 물계(勿溪)의 세덕사(世德
祠)에 제향되었다. 저서로 ≪청송집≫이 있으며, 글씨를 잘 썼는데 <방
참판유령묘갈(方參判有寧墓碣)> 등이 있다. 시호는 문정(文貞)이다. 묘소
는 파주시 파주읍 향양리에 있다.

2) 백인걸(白仁傑) ; 파주 용주서원 참조

3) 성수종(成守琮) ; 연산군 1년(1495)~중종 28년(1533)

조신 중기의 학자로 본관은 창녕(昌寧)이고 자는 숙옥(叔玉)이다. 한성
부윤 득식(得識)의 증손으로, 할아버지는 증이조판서 충달(忠達)이고, 아버

지는 대사헌 세순(世純)이며, 어머니는 김극니(金克怩)의 딸이다. 수침(守琛)의 아우이다. 조광조(趙光祖)의 문인이다.

중종 14년(1519) 별시문과에 병과로 급제하였는데, 이 때 남곤(南袞)·김구(金絿)·김식(金湜) 및 조광조 등이 시관(試官)으로 있었다. 문장이 뛰어나고 학문이 깊어 장래가 촉망되었으나 그 해 기묘사화가 일어나 조광조가 물러나자, 그의 문인이라 하여 대간의 탄핵을 받아 과방(科榜)에서 삭제되었다.

그 뒤 다시 과거에 응시하여 초시에 여러 번 합격하였으나 벼슬에 뜻을 버리고 청빈하게 살았다. 그러나 1566년 그의 아들 이(耳)가 삭방의 억울함을 호소하여 명종의 특명으로 홍패를 받고 방목에 이름을 올리게 되었다고 한다. 기질이 영특하고 기골이 장대하였다.

효성이 지극하여 19세에 부친상을 당하여서는 3년 동안 시묘를 하면서 자신은 죽을 먹으면서 매일 세 번씩 상식(上食 : 음식을 올림)하였다고 한다. 사후에 직제학에 추증되었고, 선조대에 기묘명인(己卯名人)으로 추복(追復 : 명예를 회복함)되었으며, 물계(勿溪)의 세덕사(世德祠), 파주의 파산서원(坡山書院)에 제향되었다. 시호는 절효(節孝)이다. 묘소는 파주시 파주읍 향양리에 있다.

4) **성혼**(成渾) ; **중종** 30년(1535)～**선조** 31년(1598)

조선 중기의 성리학자로 본관은 창녕(昌寧)이다. 자는 호원(浩原)이고, 호는 묵암(默庵)·우계(牛溪)이다. 현령 충달(忠達)의 증손으로, 할아버지는 지중추부사(知中樞府事) 세순(世純)이고, 아버지는 현감 수침(守琛)이다. 어머니는 파평윤씨(坡平尹氏)로 판관 사원(士元)의 딸이다. 서울 순화

방(順和坊 : 지금의 종로구 순화동)에서 태어났으며, 경기도 파주 우계에
서 거주하였다.

명종 6년(1551)에 생원·진사의 양장(兩場) 초시에는 모두 합격했으나
복시에 응하지 않고 학문에만 전심하였다. 그 해 겨울 백인걸(白仁傑)의
문하에서 ≪상서(尙書)≫를 배웠다. 1554년에는 같은 고을의 이이(李珥)
와 사귀면서 평생지기가 되었다. 선조 1년(1568)에는 이황(李滉)을 만난
뒤 깊은 영향을 받았다.

1561년에 어머니상을, 1564년에 아버지상을 당하였다. 1568년 2월에 경
기감사 윤현(尹鉉)의 천거로 전생서참봉(典牲署參奉)에 임명되고, 그 이듬
해에는 목청전참봉(穆清殿參奉)·장원서장원(掌苑署掌苑)·적성현감(積
城縣監) 등에 제수되었다. 그러나 모두 사양하고, 조헌(趙憲) 등 사방에서
모여든 학도들의 교훈에 힘썼다.

그는 <서실의(書室儀)> 22조를 지어 벽에 걸어놓고 제생을 지도했으
며, 공부하는 방법에 관한 주자(朱子)의 글을 발췌하여 읽히기도 하였다.
1572년 여름에는 이이와 9차에 걸쳐 서신을 주고받으면서 사칠이기설(四
七理氣說)을 논하였다.

즉, 그는 일찍이 이황을 사숙했으나 그의 이기호발설(理氣互發說)에는
회의를 품고 있었다. ≪중용≫ 서(序)에서 주자 또한 인심도심(人心道心)
을 양변으로 나누어 말한 것을 보고, 이황의 호발설도 불가할 것이 없겠
다고 생각하여 이이에게 질문한 데서 시작되었다.

1573 이후 선조의 부름을 받고 관직에 나갔다가 고향인 파산으로 돌아
오길 반복하였다. 저서로 ≪우계집≫ 6권 6책과 ≪주문지결(朱門旨訣)≫
1권 1책, ≪위학지방(爲學之方)≫ 1책이 있다.

그가 죽은 뒤 1602년에 기축옥사와 관련되어 삭탈관직되었다가 1633년
에 복관사제(復官賜祭 : 관작이 회복되고 제향의 허락이 내려짐)되었다.

경현단 표지석.

좌의정에 추증되었으며, 문간(文簡)이라는 시호가 내려졌다. 숙종 7년(1681)에 문묘에 배향되었고, 1689년에 한때 출향(黜享 : 배향에서 삭출됨)되었다가 1694년에 다시 승무(陞廡)되었다.

제향서원으로는 여산(礪山)의 죽림서원(竹林書院), 창녕의 물계서원(勿溪書院), 해주의 소현서원(紹賢書院), 함흥의 운전서원(雲田書院), 파주의 파산서원(坡山書院) 등이 있다. 묘소는 파주시 파주읍 향양리에 있는데, 경기도 기념물 제59호로 지정되어 있다.

4. 관련기록

1) 창건·중수기록

≪신증동국여지승람≫ 권11 경기 파주목

파산서원(坡山書院)[선조 무진년에 건축하여, 효종 경인년에 사액하였다.] 성수침(成守琛)[자는 중옥(仲玉)이고, 호는 청송당(聽松堂)이며, 창녕(昌寧) 사람으로 벼슬은 적성 현감(積城縣監)에 이르렀고, 좌의정에 추증되었으며, 시호는 문정(文貞)이다.] 성수종(成守琮)[자는 숙옥(叔玉)이며,

수침의 아우이고, 세칭(世稱) 절효선생(節孝先生)이니, 직제학에 추증되었다.] 성혼(成渾)[수침의 아들이니, 경도 문묘(京都文廟)에 보인다.] 백인걸(白仁傑)[자는 사위(士偉)이고, 호는 휴암(休庵)이며, 수원(水原) 사람이니 벼슬은 부참찬이고, 시호는 충숙(忠肅)이다.]

≪연려실기술≫ 별집 권4 사전전고

파산서원(坡山書院)[융경(隆慶) 무진년에 세웠으며 효종 경인년에 사액하였다.] : 성수침(成守琛) · 성수종(成守琮) · 백인걸(白仁傑)[선조조의 명신] · 성혼(成渾)

2) 문집에 보이는 서원 관련 기록

김집(金集), ≪신독재전서(愼獨齋全書)≫ 권15 부록 연보 상

정해년(1647, 인조 25) 선생 74세

○ 파산서원(坡山書院) 제생들의 서신에 답하였다.

파산서원에 청송(聽松) · 휴암(休庵) · 율곡(栗谷) · 우계(牛溪) 네 선생을 함께 모셔야 하는데, 혹자가 "율곡의 좌차(坐次)가 휴암의 위에 있어야 한다."고 하여 공론이 오래도록 결정되지 않았기 때문에 파산 · 자운(紫雲) 두 서원을 따로 세워 파산서원에는 청송과 우계를 함께 모시고, 자운서원에는 율곡만을 모셔 휴암은 모시는 곳이 없었다.

파산서원 입구에 서 있는 하마비.

지금 와서 합설(合設)하자는 논의가 다시 일어났으나, 역시 좌차 문제로 또다시 논쟁이 일어 선생께 여쭈어 보게 되었다. 이에 선생이 이르기를, "율곡이 평소에 휴암을 어른으로 대해 왔다. 따라서 함께 모시지 않는다면 그만이지만, 만약 함께 모신다면 당연히 휴암이 윗자리에 앉아야 한다. 그러나 두 분 사이의 도덕(道德)의 높고 낮음에 대하여는 나로서 논할 바가 아니다." 하였다. - 이 서신은 없어졌다.

조석윤(趙錫胤), ≪낙정집(樂靜集)≫ 권6 상량문

坡山書院講堂上梁文

伏以德宜享於俎豆 旣盡尊尙之方 道必資於講明 詎闕藏脩之所 曠典始擧 舊貫重新 恭惟兩先生之風規 端合百世下之師表 潛必問學 早游靜庵之門 受訓家庭 兼與栗谷爲友 遐蹈獨善 難奪介石之貞 實踐敦行 誰識造道之妙 猗歟橋梓之趾美 巍乎山斗之竝高 眷茲坡山一區 政似武夷九曲 光風霽月 德宇之親炙莫追 古杏新槐 仁祠之瞻仰猶在 平昔几杖 於焉游處 怳接聲容 春秋蘋藻 罔不潔蠲 如覿陟降 第遭頃年之兵燹 未免講堂之燒殘絃 誦寥寥 徒立藏書之壁 局除肅肅 獨存置奠之楹 會友輔仁 縱有切磋討論之志 入學鼓篋 奈無周旋游息之宮 此乃斯文之羞 久矣多士之嘆 人皆不謀而偕作 贏屈奚論 神若陰相於其間 廢興有數 棟梁榱桷 衆材各得其宜 平直方圓 良工咸盡厥技 是以經營之不日 居然輪奐之如前 玲瓏八窓 豁如神明之舍 高堅數仞 屹若夫子之墻 幾年煙滅而爐銷 一朝竹苞而松茂 朝誦暮習 四方之衿佩朋來 左圖右書 一堂之奎璧交炳 溪山改觀 猶想濯纓之襟懷 雲物增輝 宛挹風雩之氣像 豈惟吾黨小子之幸 可見斯世大雅之興 屬擧脩梁 恭陳善頌

抛梁東　熙熙萬物囿春風　欲知上下同流妙　須覓吾心惻隱中

抛梁西　氣屬收成物各齊　須信外方由內直　端宜隨事力提撕

抛梁南　發育洋洋大化罩　三百三千根一敬　自然功與兩儀參

抛梁北　萬化寂然尋不得　須識生生在此中　貞元終吉難容息

抛梁上　太虛寥廓三光朗　吾心須絕一毫私　本體元來明且廣

抛梁下　棼棼世道如長夜　誠明至訓在遺經　力學何難一變化

伏願上梁之後　眞儒輩出　文敎大明　切問近思　研奧義於方冊　涵養省察　務實工於身心　啓鑰抽關　爭闡聖人之道　明體適用　蔚爲王國之楨　俗成禮義之風　家尙孝悌之行　不孤先正開來之意　庸副聖朝作人之休

성수침(成守琛), ≪청송집(聽松集)≫ 권2 부록 행장

坡山書院奉安祭文[月沙李廷龜]

[昔在隆慶戊辰　栗谷李先生通文士林　■建聽松先生書院　役事遷延　未及奉安位板　而燬於壬辰兵火　辛亥年間　申靈川應矩李月沙廷龜　吳楸灘允謙　黃秋浦愼　鄭守夢曄諸公　相與議建舊祠　至崇禎戊辰冬奉安時　竝享牛溪先生　仁廟癸亥　追享休菴白先生　英廟庚申　追享節孝先生]

吾道之東　眞儒繼作　惟天啓迪　惟嶽鍾毓　間世名賢　萃于一門　河南世家　洙泗淵源　灑落高風　沈潛邃學　門路旣正　踐履斯篤　砥礪頹俗　開牖群蒙　出處之貞　一其初終　眷彼坡山　考槃之墟　遺芳不昧　過者式廬　有儼新堂　多士瞻依　宛見庭趨　如聆瑟希　絃誦有所　俎豆肆陳　一瓣明禋　萬古精神

성수침(成守琛), ≪청송집(聽松集)≫ 권2 부록 행장

坡山書院賜額致祭文[肅廟己丑　賜額　庚寅　致祭]

惟卿　羲軒上人　虞夏逸民　英豪天挺　氣粹而純　卓然先覺　韜櫝不沽
屈伸舒卷　惟道之趨　不夷不惠　超世絕類　窮斯求志　達可行義　風雲千一
多士揚庭　丘園有賁　玉帛弓旌　日駒維縶　素履彌貞　畊莘有樂　築巖無憫
德宇內充　休譽外聞　謙而自虛　涵養功熟　一壑長往　其介如石　沂水詠歸
曾點氣像　穆然春風　明道座上　在畝憂世　小沮薄溺　墨戲游藝　把氷追頡
竹雨洗心　松籟爽襟　清風六合　立懦廉貪　緬彼坡山　考槃之所　有翼其堂
華扁未揭　景此高躅　肇錫嘉名　茲遣禮官　用薦蕉黃　神其不昧　歆予至誠

이식(李植), ≪택당집(澤堂集)≫ 별집 권12 상량문

坡山書院上樑文

四賢爲一國之望　薰德莫近於鄉閭　諸生有百世之思　揭虔宜先於廟宇
恭新華構　式瞻舊基　惟坡山之一隅　介漢京之三輔　質文流澤　回倒瀾於
商周　扶輿炳靈　振墜緒於關洛　卓哉聽松高標　凝然休相直節　龍藏鳳舉
爲學之禁不搖　金悍玉剛　誣獄之居斯沮　乾坤正氣　擴方寸而有餘　箕潁
清風　曠終古而靡歇　同扶靜菴之一脈　大啓宣廟之初元　逮默老之過庭
有栗翁之擇里　高明博大　世推王佐之才　篤實輝光　家襲幽人之吉　希文
明道之期待　不爲空言　伊尹武侯之遭逢　亦云嘉會　惟直尋之不屑　或方
柄而難容　雖暑褐寒裘出處之殊軌　而夏絃秋誦講授之得明　膝下之榻已
穿　門前之屨常滿　林間高閣　幾望邵子之車　潁上扁舟　屢接韓公之席　山
摧之慟　川逝如斯　鄭康成之師生　名留東郡　劉西澗之父子　道冠南康　地
相遠世相懸　猶云前後一也　生同志死同傳　不啻朝暮遇之　獨恨宮墻之就
墟　俄覺風流之掃地　升鱣之堂纔閟　下馬之陵空瞻　鳥語花叢　窺澗戶兮
無人　松聲竹色　遡襟期兮如昨　幸賴魏淸逸世隱　頗見曾南豐嫡孫　大義
未乖　西河不疑夫子　同聲相應　安定只稱先生　仍卜基而剙祠　便置田而
贍廩　望函丈之室則鷄犬相聞　尋舞雩之壇則鳶魚故在　依湖齋而待士　傚

盧皐而揭規 朗月淸溪 喚起瑤琴之興 長堤斷壁 粧成砥柱之姿 吾黨盍
歸乎來 前賢有樂於此 讀其書論其世 能自得師 會以文輔以仁 庶幾成
習 恭拈頌筆 助擧脩梁 抛梁東 晨曦吐爄漲霞紅 天風掃出嶄巖面 依舊
高撐碧落中 抛梁西 江外芙蓉萬朶低 記得淸明遊衍處 傍花隨柳過前堤
抛梁南 犢口淸泉漾蔚藍 更問仙莊長物甚 雲崖隨處足松杉 抛梁北 霽
月光風誰會得 看取玻瓈十畝方 淤泥自避靑蓮色 抛梁上 神光夜夜動星
象 緹箱十襲萬言書 曾與君王說伯王 抛梁下 一穗爐薰繞書架 髣髴當
年笙磬音 山人不是無心者 伏願上梁之後 圖書一院 香火千秋 微言著
而浮議消 大道夷而私徑塞 明體用之學 勵忠孝之倫 灼知群聖之根源
起爲當代之師表 庶無負於往哲 將永賴於斯文

성혼(成渾), ≪우계집(牛溪集)≫ 연보 권1 牛溪先生年譜附錄

坡山書院奉安位板祭文[李廷龜]

吾道之東 眞儒繼作 惟天啓迪 惟嶽鍾毓 間世名賢 萃于一門 河南世
家 洙泗淵源 灑落高風 沈潛邃學 門路旣正 踐履斯篤 砥礪頹俗 開牖
群蒙 出處之貞 一其初終 睠彼坡山 考槃之墟 遺芳不昧 過者式閭 有
儼斯堂 多士瞻依 宛見庭趨 如聆瑟希 絃誦有所 俎豆斯陳 一瓣明禋
萬古精神

성혼(成渾), ≪우계집(牛溪集)≫ 연보 권1 牛溪先生年譜附錄

坡山書院賜額祭文[知製敎李時楷]

圭璋令質 銖寸積功 早事誠敬 擇乎中庸 趾美家庭 遠尋絶緖 潛心閩
洛 寤寐洙泗 瞬息有存 弗得不措 留神九思 從事四勿 毫分釐折 萬殊
歸一 繩趨規步 直內方外 踐履斯篤 三百其禮 專精鑽研 忘寢與食 妙

契淵魚　游意活潑　摳衣函文　誨示諄切　質疑辨難　戶外屨滿　迎鋒河決
發蒙氷渙　薰陶一世　埏埴後進　舜殿側席　禮勤玉帛　羽儀明庭　矜式百辟
講筵切磋　日進規益　王猷載煥　治道貴飾　皐夔同寅　庶幾唐虞　朋亡道孤
賢路崎嶇　霽行濬止　前哲同軌　荐丁邦難　翩緝旋至　僞學之謗　亦及考亭
洪流沃霄　何損日星　丘園久空　士林咸戚　爰闢廟貌　于彼坡麓　西山父子
世紹其學　有秩有儼　合堂而享　寓慕斯文　錫號揭榜　禮官銜辭　轉致深誠
庶歆涸酌　啓佑光明

송시열(宋時烈), ≪**송자대전**(宋子大全)≫ 권151 축문

坡州坡山書院春秋享祝文

紹述前賢　佑啓後人　茲値春秋丁　薦此精禋 [右第一位]

功程嚴密　道德純備　茲値春秋丁　薦此報祀 [右第二位]

송시열(宋時烈), ≪**송자대전**(宋子大全)≫ 권151 축문

坡山書院休庵白先生合享時告文

恭惟靜庵　寔儒之眞　洛建淵源　堯舜君民　有卓厥緒　孰得其宗　惟時聽
松　凜然高風　擬古逸民　式依中庸　慟纏樑摧　盍晦於身　含章可貞　肥遯
頤神　洒落圓融　寤寐羲皇　韜韜雖深　闇然日章　孰闡幽光　允矣文純　有
厥趨庭　道尊學醇　尋源泝波　洙泗關閩　德必有隣　展也栗老　體用之全
精微之奧　義利之分　王伯之辨　相與講磨　酬酢萬變　始則千頭　終焉一貫
以茲承考　于考有耀　聖主重道　躋于孔廟　懿彼休庵　亦師文正　同源共派
仰高行景　泊遭蟲篆　斯道罔極　築室之願　雖未能獲　江漢之思　終不自克
幸有松老　同此心事　出處雖殊　臭味相似　曾祀于祠　栗老之院　今茲栗院
不仍舊貫　一移一留　於事不便　咸曰坡山　允宜奉遷　三賢並德　永播其芳

縟儀斯擧 日吉辰良 同堂異置 名順理得 有似當年 雁序登炙 興情共欣
神道孔寧 歆于世世 惠我後生

송시열(宋時烈), ≪송자대전(宋子大全)≫ 습유 권8 축문

坡山書院 告聽松 牛溪二先生文
竊以休菴白先生別祠 舊在紫雲院傍矣 今將奉遷于玆 爰稽南軒先生
所定靜江府周程位次 聽松先生自南向第一位 奉安于東序 休菴先生奉
安于西序 牛溪先生自南向第二位 奉安于東序之第二位而少退 將事之
初 敢伸虔告

3) 조선왕조실록의 서원 관련 기록

≪효종실록≫ 권2 효종 즉위년 11월 2일 정사

仍問曰 頃見龍仁 趙光祖書院請額疏 有趁未擧行之說 未知有何弊端
而然乎 益熙對曰 何弊之有 特未遑耳 近者坡山書院亦有請額之擧 宜
一體賜額 仍及我東學問淵源 又陳成渾被誣曲折 上曰 他事可誣 所居
遠近 焉得誣也 益熙曰 憸人之眩惑 類如是矣 上曰 成 李兩人 雖未從
祀 而書院請額 何至今遲滯乎 又問曰 紫雲書院何處耶 對曰 卽坡山也
上曰 聽松 誰之院號耶 對曰 此卽成守琛堂號 非書院也

인하여 묻기를, "지난번 용인(龍仁)의 조광조(趙光祖) 서원(書院)에 사
액(賜額)하기를 청한 소를 보건대, 미처 거행하지 못했다는 말이 있었는
데, 무슨 폐단이 있어 그런지 모르겠다." 하니, 익희가 대답하기를, "무슨
폐단이 있겠습니까. 다만 겨를이 없었던 것입니다. 근래에 파산 서원(坡山

書院)에서도 역시 사액을 청한 일이 있었으니, 일체로 사액하는 것이 마땅합니다." 하고, 인하여 우리나라 학문의 연원을 언급하고, 또 성혼(成渾)이 무함을 입은 곡절을 진달하니, 상이 이르기를, "다른 일은 속일 수 있지만 사는 곳의 멀고 가까움을 어찌 속일 수 있겠는가." 하니, 익희가 아뢰기를, "간사한 사람이 현혹시키는 것이 대부분 이렇습니다." 하였다. 상이 이르기를, "성혼과 이이 두 사람은 비록 종사(從祀)하지는 못하더라도 서원의 청액(請額)이 어찌하여 지금까지 지체되었는가?" 하고, 또 묻기를, "자운 서원(紫雲書院)은 어느 곳에 있는가?" 하니, 대답하기를, "바로 파산(坡山)에 있습니다." 하였다. 상이 이르기를, "청송(聽松)은 누구의 서원 이름인가?" 하니, 대답하기를, "이는 성수침(成守琛)의 당호(堂號)로, 서원이 아닙니다." 하였다.

≪경종실록≫ 권12 경종 3년 5월 1일 기묘
且請追配成文濬於成渾 坡山書院 上令該曹稟處

또 성문준을 성혼의 파산 서원(坡山書院)에 추배(追配)할 것을 청하니, 임금이 해조(該曹)로 하여금 품처(稟處)하게 하였다.

≪경종수정실록≫ 권4 경종 3년 5월 1일 기묘
且請追配成文濬於成渾 坡山書院 上令該曹稟處

또 성문준을 성혼의 파산 서원(坡山書院)에 추배(追配)하게 하여 주소서."
하였는데, 임금이 해조(該曹)로 하여금 품처(稟處)하게 하였다.

≪정조실록≫ 권18 정조 8년 8월 17일 경자

敎曰 牛 栗兩先正墓 在本邑云 在朝家尙賢之義 豈無致侑之擧 紫雲
坡山書院 明日遣承旨致祭

임금이 하교하기를, "우계(牛溪)와 율곡(栗谷) 두 선정신(先正臣)의 무
덤이 본 고을에 있다고 하는데, 나라에서 어진이를 숭상하는 뜻에 있어서
어찌 제사 지내주는 조처가 없을 수가 있겠는가? 자운 서원(紫雲書院)과
파산 서원(坡山書院)에 내일 승지를 보내어 치제(致祭)하게 하라.

≪정조실록≫ 권19 정조 9년 2월 25일 을사

坡州幼學趙重吉等上疏 請贈直提學成守琮 復享坡山書院 守琮 文貞
公 成守琛之弟 己卯名賢也 英宗庚申 多士疏籲 配享于是院 辛酉 因
甲午後私享竝撤之朝令 禮堂錯認混撤 至是重吉等 請復享 禮曹覆奏施
行

파주(坡州)의 유학(幼學) 조중길(趙重吉) 등이 상소하여 증 직제학 성수
종(成守琮)을 파산 서원(坡山書院)에 다시 배향할 것을 청하였다. 성수종
은 문정공(文貞公) 성수침(成守琛)의 아우인데 기묘 명현(己卯名賢)이었
다. 영조[英宗] 경신년에 많은 선비들이 글을 올려 호소하여, 이 서원에
배향하도록 하였는데, 신유년에 갑오년 후에 사적으로 배향한 것을 모두
철폐하라는 조정의 명령으로 인하여 예조의 당상관이 잘못 알고 아울러
철폐하였다. 이때에 이르러 조중길 등이 다시 배향할 것을 청하니, 예조에
서 복주(覆奏)하여 이를 시행하였다.

≪정조실록≫ 권45 정조 20년 8월 8일 경진

我朝儒賢道學之盛 先稱五賢 而至若從享之論 李文成 以趙文正 李文純 謂之允合躋配 而於三賢 則不無參差之論 雖以在下之文成 猶且如是爲說 況今斯文大一統之道 在予一人 則豈不斟酌裁量於從享重典乎 予於兩先正 固所尊尚 而文敬之父子竝侑 非但於典無稽 聖廡與祠院 體段自異 如坡山書院竝享之例 不可引據 予所以鄭重難愼者此也

아조(我朝)의 유현과 도학의 성대함에 있어서는 먼저 오현(五賢)을 칭하는데, 종향의 논의에 있어서는 이문성(李文成)이 조문정(趙文正)과 이문순(李文純)을 놓고 진실로 올려 배향하기에 합당하다고 하였으나 삼현(三賢)에 대해서는 서로 평가가 어긋나는 논의가 없지 않았다. 비록 아래에 있는 문성으로서도 오히려 이와 같이 말했는데 더구나 지금 사문의 대일통(大一統)의 도가 나 한 사람에게 달려 있으니 어찌 종향하는 중요한 전례에 대하여 참작하여 재량하지 않을 수 있겠는가. 내가 두 선정에 대하여 진실로 높여 숭상하는 바가 있으나 문경 부자를 아울러 배향하는 것은 전례에 있어서도 상고할 데가 없다. 뿐만 아니라 성무(聖廡)와 사원(祠院)은 체제가 자연 다른 것이니, 파산 서원(坡山書院)의 아울러 배향한 예는 끌어다 의거할 수 없는 것이다. 내가 정중히 하고 어렵게 여기는 것은 바로 이 때문이다." 하였다.

≪정조실록≫ 권45 정조 20년 8월 27일 기해

蓋莫嚴者 從享之典 故李文成亦嘗於五賢從享之論 靜庵 退溪兩先正外 猶有所難愼之意 予於愼獨 重峰 非不以先正待之也 特以未可輕議也 至於河西 卽我東之濂溪也 而尙闕聖廡之享 此予平日之所嘗耿耿者

而今城輔之論 則以文敬父子之竝享 至引坡山書院之事 坡院竝享之爲
斯文大是非 果何如 則城輔之以是爲說 尤豈不萬萬寒心乎

　대개 가장 엄한 것이 종향의 예전(禮典)이기 때문에 이문성(李文成)도
일찍이 오현(五賢)을 종향하자는 의논에 대하여 정암(靜庵)·퇴계(退溪) 두
선정 이외에 대해서는 오히려 어렵고 신중히 여기는 뜻을 가졌었다. 내가
신독(愼獨)과 중봉(重峰)에 대하여 선정으로서 대우하지 않으려는 것이 아
니다. 다만 가벼이 의논할 수 없기 때문인 것이다. 하서(河西)의 경우 곧
우리나라의 염계(濂溪)인데 아직까지 성무(聖廡)의 배향에 빠져 있으니 이
것이 내가 평소 마음에 연연해 하였던 바이다. 지금 성보의 의논은 문경
(文敬) 부자를 아울러 배향하자는 의도로 파산 서원(坡山書院)의 일까지
인용하였는데, 파산 서원의 아울러 배향한 일이 사문(斯文)의 큰 시비거리
가 되었던 것이 과연 어떠하였는가. 그런데도 성보가 이것을 가지고 말을
하니 어찌 더욱 크게 한심스러운 일이 아니겠는가.

　≪순조실록≫ 권11 순조 8년 8월 10일 계묘

施陵園官以下賞典 命紫雲 坡山書院 豊溪祠 錦城尉 朴明源 和平翁
主墓及月山大君 故相黃喜 皇甫仁 李健命 金熤 慶恩府院君 金柱臣
贈贊成李楡蕃 奉朝賀洪鳳漢墓致祭

　능관(陵官)·원관(園官) 이하에게 상전(賞典)을 베풀고, 자운 서원(紫雲
書院)·파산 서원(坡山書院)·풍계사(豊溪祠), 금성위(錦城尉) 박명원(朴明
源)과 화평 옹주(和平翁主)의 묘(墓) 및 월산 대군(月山大君), 고 상신 황
희(黃喜)·황보인(皇甫仁)·이건명(李健命)·김익(金熤), 경은 부원군(慶恩府

院君) 김주신(金柱臣), 증 찬성 이유번(李楡蕃), 봉조하(奉朝賀) 홍봉한(洪鳳漢)의 묘에 치제(致祭)하도록 명하였다.

5. 승정원일기에 나오는 서원관련 기록

현종 9년 2월 22일 신묘

成均館官員 以知館事意啓日 卽接四學官員牒呈 則全羅道萬頃縣漁場 乃是自祖宗朝賜與四學之地 四學年年收稅 以補養之資矣 上年有奸民 欲以其中新致漁箭一庫 屬於坡山書院 四學折受久遠文書 移送戶曹 則戶曹査覈決折 還屬四學 而今者沃溝居奴吉男 以此新致箭基 稱爲無主空閒之地 告於於義洞宮 自內司啓下 方欲結箭 三百年來四學折受收稅之地 將未免見失 在前凡干四學之事 本館 有入啓變通之規 斯速入啓處置 以存學宮事體云 學宮久遠賜與之地 上年纔又査決 而吉男 稱以無主 有此虛妄之告 殊甚可駭 令該曹從重治罪 仍令四學依前收稅何如 傳日 允 已上戶曹謄錄

숙종 4년 10월 3일 경오

錫冑日 坡州有坡山書院 卽故先正臣成守琛之書院賜額處也 庚午年間 與道峰書院 一體賜給沃溝田畓 春秋俎豆 多士藏修 皆賴於此穀 而常漢崔崑者 累年次知矣 頃年盜賣於明安公主房 有自其宮 送道掌打量之事 此若非崔崑之盜賣 則必是其邑奸民弄計之致 祖宗朝賜給書院之田畓 一朝見失 不得辨正 極爲冤抑 不可不査覈矣 上日 自該曹取考前後文書 明白査覈 果是書院田畓 則出給 可矣

경종 3년 5월 1일 기묘

伏願聖上 亟命攸司 特許追配文濬於坡山書院渾俎豆之所 使國人有
所矜式 後學有所興感 以幸斯文 幼學金弘錫 成以泰 崔起衡 具道三
鄭夏復 朴重慶 李震明 李錫泰 尹宗朝 尹就成 成葆 李弘元 李震華
趙鎭國 俞德載 李必華 盧聖揆 南宮鍰 權儁 李聖龜 成以鼎 徐宬修
李錫祿 成以觀 黃震悅 韓圭三 李世鳴 俞德俊 金夢奎 趙命周 鄭夏升
李錫五 朴弼光 尹宗亨 李錫範 李時苾 安逵 安頵 韓重廉 安暹 俞德
潤 俞德明 尹錫老 成芨 趙宗周 金泰奎 韓亨箕 尹殷徵 金燦奎 辛道
馨 金德奎 趙光周 韓德升 金弼東 朴熙道 金斗鳴 洪德濟 金濟東 李
震郁 李錫疇 俞德亨 李楫 金弘得 李壽元 李龜錫 朴泰世 朴拭 任聖
然 安宅仁

영조 16년 10월 16일 계축

出擧條 在魯曰 坡州儒生李明翼上疏 下備局 而此乃故節孝處士成守
琮 竝享坡山書院之請也 此等事 例當令該曹 稟處矣 上曰 其人誰耶
在魯曰 此人聽松成守琛之弟也 而守琛卽先正臣成渾之父也 守琛固爲
名賢高士 而守琮節行亦甚高 先輩至比於兩程 觀於文敬公 金安國所撰
墓文及故名臣李濟臣 故相臣李廷龜書牘文字 則此人之到今追享 亦云
晚矣 但儒生 誤引文肅公白仁傑前例 不先上聞直爲妥奉 殊甚未安矣
上曰 此是聽松之弟耶 此當下該曹 而誤下備局 出擧條移送該曹 可也

영조 17년 2월 14일 기유

閔應洙曰 頃者以坡山書院先享後請爲非 至請儒生停擧 而蒙允出擧
條

영조 17년 3월 27일 임진

雖以坡山書院事言之 成守琮之與其兄齊稱 野史昭載 士林傳誦 今至
二百年之久 始許追躋 則其愼重之道爲如何哉

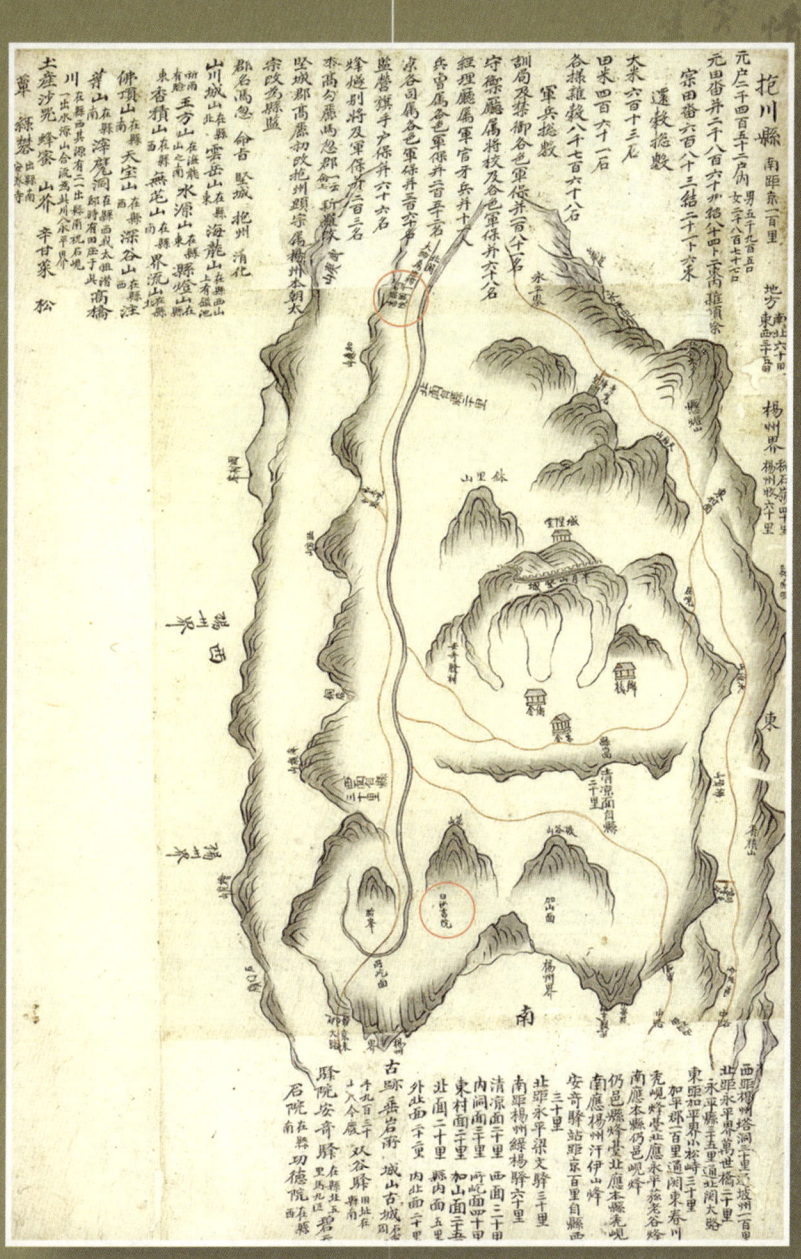

옥병서원(玉屛書院)

1. 연혁

1) 창   건 : 효종 9년(1658)
2) 사액연도 : 숙종 37년(1713)
3) 중   수 :
4) 훼   철 : 고종 5년(1868)
5) 지정번호 :
6) 위   치 : 포천시 창수면 주원리
7) 서 원 지 : 무
8) 제향인물 : 박순(朴淳) 이의건(李義健) 김수항(金壽恒) 김성대(金聲大)
             이화보(李和甫) 윤봉양(尹鳳陽)

2. 내용

포천시 창수면 주원리 영평천이 내려다 보이는 야트막한 언덕에 자리잡

고 있는 옥병서원은 효종 9년(1658)에 건립되었다. 포천 8경 중 하나인 이곳은 서원 앞을 굽이쳐 흐르는 영평천과 주위에 빼곡히 둘러쳐진 산세가 천하절경에 비길만큼 아름다운 풍광을 자아낸다. 최근 들어 영평천이 오염되어 물빛이 예전만 못하지만 영평천 가에 병풍처럼 펼쳐진 바위에 새겨놓은 글귀가 지나가는 사람들의 시선을 끈다. 옥병(玉屛)이라는 서원 이름도 이곳 병풍

옥병서원 입구에 있는 외삼문(사진 아래)과 현판(사진 위).

바위에서 연유한 것이다.

옥병서원을 건립한 이곳 유림들이 배향하였던 인물은 박순(朴淳)이다. 원래 박순은 말년에 이곳에 잠시 들렀다가 '배견와(拜鵑窩)'라는 집을 짓고 은거하다가 돌아가셨는데 뒤에 유림들은 그를 추모하기 위해서 이곳에 서원을 건립하였다.

서원 건립 이후 숙종 37년(1713)에는 당시 국왕인 숙종으로부터 '옥병(玉屛)'이란 이름으로 사액되어 서원으로서의 규모를 갖추었다. 그러나 고종 5년(1868) 대원군의 서원훼철령에 따라 훼철되었던 것을 1980년에 경

기도의 지원을 받아 현
재와 같이 복원하였다.

옥병서원 내부전경.

현재 서원의 건물은
동·서재와 사당으로
구성되어 있다. 입구인
외삼문(外三門)에는
'옥병서원'이라고 쓰여
진 현판이 있으며, 그
안에 동재인 창옥재(蒼
玉齋), 서재인 송월당(松月堂)이 있고, 사당은 숭현각(崇賢閣)이라고 쓰여
진 현판이 있다. 이 현판 글씨는 모두 서예가 김충현(金忠顯)의 글씨이다.

한편 서원 입구에는 박순의 신도비가 서 있으며, 그의 묘소는 남쪽 언
덕 약 500m 지점에 위치하고 있다. 신도비에 새겨진 비문은 송시열이 지
었는데, 정작 신도비가 세워진 연대는 개국 518년(1909년)이라고 표기되어
있다.

한편 서원 아래쪽 영편천 가의 바위에는 여러 가지 아름다운 글씨가 새
겨져 있다.

　　골짜기의 새소리 간간이 들리는데 / 谷鳥時時聞一箇
　　쓸쓸한 침상에는 책들만 나뒹구네 / 匡床寂寂散群書
　　슬프다, 백학대 앞 흐르는 물아 / 每憐白鶴臺前水
　　산문을 벗자마자 흙탕물되니 / 出山門便帶

옥병서원 앞을 굽이쳐 흐르는 영평천가에 있는 병풍바위.
박순이 지은 '제이양정벽(題二養亭壁)이 새겨져 있다.

병풍바위 인근 여러곳에 새겨져 있는 토운상(吐雲床)과 청냉담(淸冷潭) 글씨.

병풍바위에 새겨져 있는 송균절조(松筠節操) 수월정신(水月精神) 글자.

영평천가 바위에 새겨져있는 와존(窪尊)글씨.

위 시는 사암(思菴) 박순(朴淳)의 '제이양정벽(題二養亭壁)'을 곡운(谷雲) 김수증(金壽增)이 쓰고 새긴 것이다. 원래 박순은 서화담(徐花潭)의 문인으로 퇴계(退溪)·미암(眉巖)·율곡(栗谷)·고봉(高峰)등과 함께 절친한 사이였다. 특히 송강(松江) 정철과는 역시 언론을 같이하여 서로 믿고 존중하였다. 그러나 임진왜란을 전후한 선조 연간은 당쟁의 과열기로서 정여립(鄭汝立) 사건을 계기로 당론은 다시 남·북으로 나뉘게 되었다. 율곡이 죽자 정여립 등은 퇴계와 율곡을 공격하였으며 이를 변론하던 사암은 송강(松江)과 함께 반격을 당하였다. 당시 선조는 '송균(松筠)과 같은 절조(節操)요, 수월(水月)과 같은 정신(精神)이라'하여 박순의 인품과 입장을 옹호하였으나 당시 양사(兩司)에서는 심의겸 등 13인을 당적(黨籍)으로 엮었고 박순을 그 우두머리로 지목하였던 것이다. 끝내는 참소를 견디지 못하고 14년간의 영상(領相)의 자리에서 물러나 강호(江湖)로 돌아가지 않으면 안되었다.

박순이 이곳 영평(永平)을 찾아 머무르게 된 것은 바로 이 때인 1586년이었다. 휴가를 얻어 초정(椒井)으로 목욕을 왔던 그는, 아예 서울을 떠날 마음을 굳히고 이곳에 머물게 되었다. 그는 이곳 주위에 정자를 짓고 정이천(程伊川)의 양덕(養德)과 양체(養體)의 뜻을 취하여 '이양정(二養亭)'이라 이름하였는데 위의 시는 바로 이 때에 지은 것이다. 그는 이양정(二養亭)에 올라 절벽 밑을 흐르는 내를 바라보면서 당시 자신의 처지와 감회를 이에 비겨 드러낸 것이리라. 백운산(白雲山)에서 흘러드는 맑은 물이 이곳 절벽밑 청령담을 감돌아 잠시 머물렀다가는 맞은편 창옥병(蒼玉屛)을 치고 동문(洞門) 밖을 나가게 되는데, 산문(山門)을 나가자마자 홍탁한 물에 섞여 흙탕물이 되고 마는 것을 아쉬워하고 있는 것이다. 산문 밖은 바로 시끄럽고 혼탁한 세상을 말함이요, 백학대(白鶴臺)는 학이 날아들었다 하여 그가 이름붙인 것이니 또한 가탁한 바가 있다.

영평(永平)하면 예로부터 수질이 풍부하고 산수가 수려하여 시인과 묵객의 발길이 끊이지 않았다고 한다. 이양정(二養亭) 터에서 정면으로는 멀리 백운산의 봉우리가 잡힐 듯하고, 이곳 주위에는 '영평팔경(永平八景)'이라 불리우는 창옥병(蒼玉屏)·금수정(金水亭)·낙귀정(樂歸亭)·백로주(白鷺洲)가 전후 좌우로 삼열해 있어 이르는 곳마다 절경을 이루고 있다. 이곳 이양정(二養亭) 주위에만도 전석(全石)의 바위가 좌우로 기암을 이루고 있다. 그의 <이양정기(二養亭記)>에 의하면 죽기 바로 전해인 1588년 석봉(石峯) 한호(韓濩)의 글씨로, 11군데의 바위에 각기 대(臺)·정(亭)의 이름을 지어 새겼다고 하는데, 위 암각시는 바로 수경대(水鏡臺)와 나란히 각자되어 있다. 지금 비록 학은 날아가고 대(臺)는 비어 있으나 잡초속을 더듬어 백학(白鶴)·청학대(靑鶴臺)의 자취를 찾아 볼 수 있고, 수경대(水鏡臺)·청냉담(淸冷潭)·산금대(散襟臺)·토운상(吐雲床)은 아직도 각자의 자획이 완연하게 남아 있다. 적막한 물가에서 임금과 백성을 생각하던 배견와(拜鵑窩) 터와, 움푹하게 패인 바위에 말술[斗酒]이나 채워졌다는 와존(窪尊), 그리고 명옥연(鳴玉淵)의 자리도 이리저리 눈짐작을 통하여 자취를 찾아 볼 수 있다. 또한 어느 후인의 필적인지 알 수 없으나 산금대(散襟臺) 옆에는 선조가 사암을 평한 '송균절조(松筠節操) 수월정신(水月精神)'의 각자가 큼직하게 남아 있다.

3. 제향인물

1) 박순(朴淳) ; 중종 18년(1523)~선조 22년(1589)

조선 중기의 문신으로 본관은 충주(忠州)이다. 자는 화숙(和叔)이고, 호는 사암(思菴)이다. 은산군사(殷山郡事) 소(蘇)의 증손으로, 할아버지는 성균관사 지흥(智興)이고, 아버지는 우윤(右尹) 우(祐)이며, 어머니는 당악 김씨(棠岳金氏)이다. 기묘명현(己卯名賢) 목사(牧使) 상(祥)의 조카이다. 서경덕(徐敬德)의 문인이다.

1540년 사마시에 합격하고, 명종 8년(1553) 정시 문과에 장원한 뒤 성균관전적(成均館典籍), 홍문관수찬(弘文館修撰)·교리(校理), 의정부사인(議政府舍人) 등을 거쳤다. 1561년 홍문관응교(弘文館應敎)로 있을 때 임백령(林百齡)의 시호 제정 문제에 관련, 윤원형(尹元衡)의 미움을 받고 파면되어 향리인 나주로 돌아왔다.

1572년 우의정에 임명되고, 이듬 해 왕수인(王守仁)의 학술이 그릇되었

옥병서원의 사당인 숭현각 전경(사진 오른쪽)과 현판(사진 왼쪽).

박순, 덴리대학 소장.

음을 진술했으며, 이 해 좌의정에 올랐다. 그 뒤 1579년에는 영의정에 임용되어 약 15년간 재직하였다. 이이(李珥)가 탄핵되었을 때 그를 옹호하다가 도리어 양사(兩司 : 사헌부와 사간원)의 탄핵을 받고 스스로 관직에서 물러나 영평(永平) 백운산(白雲山)에 암자를 짓고 은거하였다.

일찍이 서경덕(徐敬德)에게 학문을 배워 성리학에 널리 통했으며, 특히 ≪주역≫에 대한 연구가 깊었다. 문장이 뛰어나고 시에 더욱 능해 당시(唐詩) 원화(元和)의 정통을 이었으며, 글씨도 잘 썼다.

중년에 이황(李滉)을 사사(師事)했고, 만년에 이이·성혼(成渾)과 깊이 사귀어 '이 세 사람은 용모는 달라도 마음은 하나이다.'라고 할 정도였으며, 동향의 기대승(奇大升)과도 교분이 두터웠다. 나주 월정서원(月井書院), 광주(光州) 월봉서원(月峰書院), 개성 화곡서원(花谷書院), 영평(永平) 옥병서원(玉屛書院)에 제향되었고, 저서로는 ≪사암집(思菴集)≫ 7권이 있다. 시호는 문충(文忠)이다. 묘소는 포천시 창수면 주원리 옥병서원 뒤쪽에 있다.

2) 이의건(李義健) ; 중종 28년(1533) - 광해군 13년(1621)

조선 중기의 학자로 본관은 전주(全州)이다. 자는 의중(宜中)이고, 호는 동은(峒隱)이다. 세종의 다섯째 아들인 광평대군 여(廣平大君璵)의 5대손으로, 아버지는 배천군수 수한(守漢)이며, 어머니는 경주최씨(慶州崔氏)이다.

명종 19년(1564) 사마시에 합격하였고, 뒤에 학행으로 돈녕부직장이 되었으나 친상으로 곧 사직하였으며, 광해군 2년(1610) 이항복(李恒福)의 주청으로 공조좌랑이 되고, 이어 공조정랑에 올랐으나 사퇴하였다.

그는 당시의 명유들과 교유하며 시명을 떨쳤고, 후학의 양성에 전력하였다. 글씨에도 능하였다. 광주(廣州) 수곡서원(秀谷書院)과 영평(永平)의 옥병서원(玉屛書院)에 제향되었다. 저서로는 ≪동은유고(峒隱遺稿)≫가 있다. 그의 글씨는 광평대군 여의 묘비에 새겨져 있다.

3) 김수항(金壽恒) ; 남양주 석실서원 참조

4) 김성대(金聲大) 이화보(李和甫) 윤봉양(尹鳳陽)

생몰년 미상. 잘 알려지지 않은 인물들이다. 다만 숭현각 안의 위패에 촌로김선생(村老金先生, 김성대), 유심재이선생(有心齋李先生, 이화보), 존성재윤선생(存省齋尹先生, 윤봉양)이라는 글귀가 새겨져 있어 약간의 사실만 확인할 수 있을 뿐이다.

4. 관련기록

1) 창건・중수기록

≪신증동국여지승람≫ 권11 경기 영평현

옥병서원(玉屛書院)[효종 무술년에 세웠으며, 숙종 계사년에 사액하였다.] 박순(朴淳)[개성 편에 보인다.] 이의건(李義健)[광주(廣州)편에 보인다.] 김수항(金守恒)[양주 편에 보인다.]

≪연려실기술≫ 별집 권4 사전전고

옥병서원(玉屛書院)[기축년에 세웠고 계사년에 사액하였다.] : 박순(朴淳)・이의건(李義健)・김수항(金壽恒)

박순(朴淳), ≪사암집(思菴集)≫ 권6 부록

玉屛書院奉安文[戊戌 李景奭撰]
[仁祖己丑 營建 戊戌揭虔 肅宗戊寅 申相公琓建白 峒隱, 文谷二先生并享 癸巳 疏齋李相公頤命, 趾齋閔相公鎭厚建白 賜額]

2) 문집에 보이는 서원 관련 기록

박순(朴淳), ≪사암집(思菴集)≫ 권6 부록

賜祭文[肅廟癸巳 玉屛書院宣額時 遺禮曹正郎申世雄論祭]製進人未詳

宣廟在宥 髦彥輩出 德行文章 於斯炳蔚 巖巖賢相 玉溫冰澈 洛閩邃學 范呂純節 正色立朝 砥柱獨屹 扶植善類 協贊聖烈 水月松筠 袞褒曠絕 十載巖廊 經緯密勿 讜言凜然 羣少膽慄 遯于東岡 進退憂切 俯仰鵑窩 丹衷耿結 晚節寒花 清芬靡歇 求之今昔 誰與儔匹 時有逸士 風範併垮 資粹行篤 識高志潔 麗澤兩賢 造詣卓越 小屋深山 永箴貞吉 的的冥鴻 炯炯煙月 脫屣軒冕 沒齒巖穴 孤標物外 藹如蘭雪 寧考乃嘉 贈之華秋 昧昧我思 願言如渴 予得良輔 足媲羹哲 正直之操 貞穆其質 襲訓名祖 輔以經術 英猷雅量 蔚有望實 朝稱蓍龜 世推夔卨 同我大老 協心匡弼 淑慝陰陽 尤嚴甄別 一節三朝 終始殫竭 時運消長 係卿伸屈 追思世變 曷堪愴噎 噫茲三臣 後先頑頡 光于邦國 曠世同轍 彼洞陰 往躅森列 遺風所曁 襟袍慕悅 蒼屛白雲 瞻仰巋嶭 新修舊祠 院宇增設 始焉獨享 今乃幷腏 爰考年代 序位一室 百歲朝暮 靈襟洞徹 茲頒華額 用薦芬苾 幽明一理 胚釁感發 尙冀英爽 來享髣髴

박순(朴淳), ≪사암집(思菴集)≫ 권6 부록

玉屛書院奉安文[戊戌 李景奭撰]

[仁祖己丑 營建 戊戌揭虔 肅宗戊寅 申相公琓建白 峒隱, 文谷二先生幷享 癸巳 疏齋李相公頤命, 趾齋閔相公鎭厚建白 賜額]

高山仰止 無間遠邇 況把餘風 遺跡在此 惟我先生 稟精光嶽 相惟金玉 腸則鐵石 早事花潭 已升其堂 晚從退溪 入室逾影 精詣窮探 見理孔晰 事君以道 志追稷卨 期回隆古 奸黜賢登 朝端載穆 吉士蔚興 繼儐華使 不顯其光 敬服稱揚 人宋詩唐 餘事文章 亦播中國 銜命朝京 言足矜式 倫序民彝 禮正國戚 中積外形 動爲世則 晉陟台鼎 從容啓沃 身居黃閣 心是白屋 栗谷, 牛溪 同德夾輔 惟是第一 治可三五 簧舌含

沙 君子道消 斂歸白雲 高謝塵囂 丹忱捧日 窩有拜鵑 騎箕而雷 白氣
漫天 儒林景慕 望尊星斗 鶴去臺空 玉屛依舊 賢孰如公 而不俎豆 議
叶搢紳 奔走章甫 曠不致助 財以之聚 邑子殫誠 亦賴地主 講堂中搆
兩齋對戶 丹艧輪奐 胥欣爭覩 顧瞻山水 杖屨攸歷 宣祖袞褒 赫赫如昨
潭心霽月 怳見精神 節操依俙 雪中松筠 陶山有語 炯然淸氷 至今尙凜
士氣自增 襟珮依歸 寔合藏修 洋洋在上 陟降某丘 首夏初吉 妥侑薦酌
千秋萬祀 永享無斁

이경석(李景奭), ≪백헌집(白軒集)≫ 권34 문고

玉屛書院思庵先生祭祝

高山仰止 百世猶爾 況挹餘風 遺迹在此 惟我先生 稟精光嶽 相惟金
玉 腸是鐵石 早師花潭 已升其堂 晩從退溪 入室逾彰 精詣窮探 見理
孔晢 事君以道 志追稷契 期回世道 姦黜賢登 朝端載穆 吉士蔚興 喪
正其制 倫篤厥彝 繼儐華使 炯然儀光 聳敬稱揚 人宋詩唐 餘事文章
亦播中國 銜命觀周 言足矜式 中積外形 動爲世則 晉陟台鼎 從容啓沃
身居黃閣 心卽白屋 栗谷牛溪 同德夾輔 推公第一 治可三五 簧舌含沙
君子道消 歸棲白雲 遠謝塵囂 丹忱捧日 窩有拜鵑 騎箕雷殷 白氣漫天
儒林景慕 望尊山斗 鶴去臺空 玉屛依舊 德孰如公 而不俎豆 煙霞帶愁
山鳥如訴 議叶搢紳 犇走章甫 爰卽舊墟 乃建祠宇 講堂中搆 兩齋對戶
多士共勸 亦賴地主 丹艧輪奐 胥欣爭覩 顧瞻山水 杖屨攸歷 宣祖袞褒
赫赫如昨 潭心霽月 怳見精神 節操依俙 雪中松筠 陶山有語 炯然淸氷
至今尙凜 士氣自增 衿佩依歸 寔合藏修 洋洋在上 陟降某丘 首夏初吉
妥侑薦酌 千秋萬祀 永享無斁 [右奉安祭]

學邃行篤 道明德全 儒林所尊 永享吉蠲 [右春秋享祀]

박순(朴淳), ≪사암집(思菴集)≫ 권6 부록

玉屏書院影幀奉安文[庚申 朴世采撰]

惟先生　清冰異姿　貞松高節　少旣從師　際我聖哲　正色于朝　羣姦逡掇
推賢進善　囿世大猷　在宋涑水　比功孰優　泊道再否　卷懷某丘　澤流邦域
聲振儒紳　稽彼滄洲　矧伊樂園　翼翼明宮　雲溪之濱　惟茲肖像　幸無䵝昧
多士合謀　載摹載畫　玉貌金聲　凜然如對　是用揭妥　彌切嚮往　丹靑匪形
典則靡爽　秋月在空　敬陳菲享

박순(朴淳), ≪사암집(思菴集)≫ 권6 부록

玉屏書院上樑文[金壽恒撰]

遵景行而嚮往　咸切慕賢之誠　仰遺像之清高　可無揭虔之所　林泉如舊
棟宇維新　恭惟思菴先生　河嶽晶英　乾坤正氣　家傳詩禮　克紹訥翁之楷
模　學究天人　早升潭老之堂室　襟期有退陶之獨契　瑩澈比清冰之一條
修身則內直外方　立朝則先憂後樂　濂洛人物　開天詩調　不愧皇華之評
松筠節操　水月精神　允符聖祖之獎　官高鼎鼐　依然韋布之生涯　道大經
綸　本諸精一之心法　頹波砥柱　凜凜邪正之分　晩節寒香　綽綽進退之際
睠言蒼玉之幽境　絶勝綠野之名園　鱣堂復開　恒盈戶外之屨　鷗社相狎
重把渭濱之竿　嗟謦欬之奄違　溯典刑以寢遠　弟子痛梁木之壞　猿鶴怨蕙
帳之空　洞裏蓬科　徒看下馬之壠　溪邊草屋　己廢拜鵑之墟　獨賴絹素之
傳神　少慰羹墻之在目　商巖肖像　曾發夢於明王　涑水深衣　尙起欽於薄
俗　雖有瞻依之幸　奈欠祇奉之儀　寂寞門闌　誰爲魏司徒之宅相　荒凉廟
院　未托蘇相國之神棲　苟不關數仞之堂　何所寓七分之貌　經營式循於僉
議　遠邇樂聞而齊聲　爭思出力㑋功曲爲之地　可見秉彝好德同出於天　惟
其安妥之是圖　豈必輪奐之爲美　珠庭日角　益覺位憲之尊嚴　屋漏煙熏

寧患繪采之亂昧 讀其書論其世 矧茲快覩乎懿容 望之儼卽之溫 怳若親
灸於函丈 襟紳無歎於展敬 鄉里亦爲之改觀 輒述兒郎之謠 用相工師之
役 兒郎偉抛樑東 白雲山色翠浮空 春來曲曲桃花水 一派仙源萬壑通
兒郎偉抛樑西 滿山松檜月高低 當時心事無人識 付與三更蜀魄啼 兒
郎偉抛樑南 水村漁市隱煙嵐 依然杖屨曾遊地 勝跡猶傳野老談 兒郎偉抛
樑北 削立層巖蒼玉色 一任狂瀾倒却廻 孤標萬古無傾側 兒郎偉抛樑上
列宿昭回天宇曠 正見箕星照此間 精光符彩森相向 兒郎偉抛樑下 窪尊
依舊清波瀉 瑤琴獨夜過前溪 此意如今知者寡 伏願上樑之後 榱題永固
幀軸增輝 雲煙護而鬼神呵 風雨除而蟲鼠去 英姿爽氣 歷千祀而如存
盛德清規 儀四方而作則 庶啓佑於後學 俾追踵於前脩

박순(朴淳), 《사암집(思菴集)》 권6 부록

玉屏書院請額疏[金昌協製]

伏以 儒賢之廟祀書院 本出於多士之景慕 而有國者又必加意獎成 視
其道學之崇庳 以施恩典而褒崇之 所以尊賢尙德 風厲士林 而興儒化之
本原也 惟我國家 文敎大盛 八路郡邑 宗儒之祠 錯落相望 而其得宣賜
恩額 列于祀典者 又不可勝數 其亦盛矣 惟此永平爲邑 實屬畿輔近地
顧以土地荒僻 民俗樸陋 儒學之盛 不足比他郡邑 而亦尙有先賢祠廟
以爲一邑多士所瞻依久矣 而尙未乞賜額之恩 以稱其崇奉 臣等 竊恨其
固陋不敏 肆敢具列其實 以請命于朝 惟聖明垂察焉 蓋臣等所祀者 卽
先正臣領議政朴淳 淳之道德崇庳 臣等誠不足以知之 然竊嘗聞我宣祖
大王嘗下敎褒之日 松筠節操 水月精神 八字綸音 炳若日星 雖窮鄉末
學 亦能誦而傳之 昔 宋大史黃庭堅 稱周茂叔之爲人曰 光風霽月 而謝
良佐之稱胡安國 擬之於大冬松柏 夫以聖祖之明 其於臣下之賢否 知之

可謂深矣 而其所以襃獎淳者 髣髴於斯二者 則臣等 固不待誦其詩讀其
書 而知其爲間世名賢也 旣又就野史家乘 究觀其平生行事 又皆光明磊
落 足以垂世範俗 蓋當我明廟季年 善類始稍登用 而尹元衡以乙己元兇
託肺腑之親 據位秉權 其勢猶張 人莫敢正言逐之 而淳乃倡率兩司 發
其宿姦 竭誠力爭 感回天聰 遂使姦黨屛黜 而朝廷廓然淸明 逮至宣廟
臨御 淳則進秉勻軸 正色立朝 屈己下士深知文成公李珥, 文簡公成渾
之賢 悉力推轂 與之同朝 蓋其一心惓惓 惟在於恢張淸議 扶護士林 以
厝世至治 故一時善類 翕然歸心 以爲宗主 及至朴謹元, 許篈之搆陷李
珥也 擧世媕婀 莫敢以一言明是非 而淳獨慨然發憤 列奸欺之情 而白
其誣 使邪說不得售 而聖聰不得蔽 於是 羣憾四起 身且不容 遂決然勇
退 終老丘壑 視卿相之位 如棄弊屣 此淳立朝本末也 蓋自乙巳以來 士
氣斬伐銷鑠 正論詘而不伸 儒化廢而不興者 幾數十年矣 至淳首發正論
掃除姦兇 而善類始得發舒其氣 爲士者乃敢訟言君臣父子之道 而沛然
有向道之志 於是 裁培扶植 以迄于宣廟之盛 而淸議益張 儒術大明 凜
凜乎慶曆, 元祐之治者 皆淳之力也 其扶樹斯文之功 誠可謂偉然 而其
出處之節 明白正大又如彼 是豈無所本而然哉 臣等竊聞之 淳天資旣異
而蚤受學於文康公徐敬德之門 得聞性理之說 精深透悟 同學者莫之先
又嘗尊事文純公李滉 而與李珥, 成渾 爲莫逆交 切磋講論 以就其學
是以 其操存之篤也 則冠帶必正 儀容必飭 終日對案 儼然若對越神明
也 其制行之嚴也 則介潔自持 驕直不入於家 苞苴不及於門也 其成德
之粹也 則望之瑩然 卽之溫然 平坦樂易 終日不見崖異之行也 其敎人
之切也 則曰聖人之學 不可他求 日用行事 到底順理 卽此是道 然不先
明其理 又何以得事之正也 凡此皆淳之所以爲學而其出處事業 實本乎
此 非苟然也 夫惟聖祖之褒大矣 人莫敢改評 而一時諸賢所以稱道推許
者 又甚盛 李滉則曰 炯如一條淸冰 對之神魂頓爽 李珥則曰 忠淸潔白

表裏如一 奇大升則日 剖拆義理 明辨剴切 吾所不及 而後之君子 又引
大雅所謂追琢其章 金玉其相者而稱之 則其資質之美 德學之純 益可見
矣 夫以淳之賢 其爲後學尊慕 固無遠邇之間 而臣等所居之邑 則乃淳
晚年退歸之地也 及其沒而又葬於是焉 則杖屨所及 衣冠所藏 觀感瞻慕
尤有甚焉 此多士所以立祠崇奉 而在聖朝 亦宜垂恩褒寵 以慰學者之心
也 伏願殿下 深覽淳道德學問之實 察臣等所言非誣 明詔有司之臣 賜
以華額以彰國家尊賢尙德之意 不勝幸甚

박순(朴淳), ≪사암집(思菴集)≫ 권7 부록

玉屛書院[閔貞菴遇洙]
高秋霜露洗前林 遠客來時日欲況 古廟肅瞻遺像儼 危樓徙倚暮山深
百年道學無前後 數曲溪流自古今 世事益艱人已遠 悲吟中夜獨沾襟

박순(朴淳), ≪사암집(思菴集)≫ 권7 부록

玉屛書院[金石堂相定]
錦里仍祠屋 蒼屛是洞門 風霜一氣浩 山斗七分尊 逝水情何極 深林
路不昏 懸知千載下 松月照窪樽

조복양(趙復陽), ≪송곡집(松谷集)≫ 권1 시

又次瞻拜玉屛書院之作
丞相遺墟白鷺濱 玉屛名院揭虔新 儒林永想春風座 御札猶傳水月神
平昔仰欽嗟我晚 玆辰瞻禮喜君伸 九原可作吾誰與 聖主方思一德臣

이은상(李殷相), ≪동리집(東里集)≫ 권3 시

次堂兄拜玉屛書院韻

遺廟巍然大水濱　士林瞻仰久逾新　從來直道難偕俗　賴有孤忠可質神
千古斯文應不墜　百年公議幸終伸　松筠水月恩綸在　聖主深知一箇臣

권상하(權尚夏), ≪한수재집(寒水齋集)≫ 권23 축문

永平玉屏書院　峒隱李公　文谷金公　春秋享祝文
聖世嘉遯　法門麗澤　淸風灑落　百世如昨 [右峒隱先生位]
淵源石室　師友華陽　精忠正學　至死彌光 [右文谷先生位]

박태보(朴泰輔), ≪정재집(定齋集)≫ 권1 칠언율시

玉屏書院[癸丑]
思菴相國有高臺　十里平川抱岸廻　風轉碧潭涵日動　雲移蒼壁向天開
百年舊址猶祠廟　數字遺鑱半蘚苔　訪占獨來秋色裏　寒山搖落思悠哉

민우수(閔遇洙), ≪정암집(貞菴集)≫ 권1 시

玉屏書院
高秋霜露洗前林　遠客來時日欲沉　古廟肅瞻遺像儼　危樓徙倚暮山深
百年道學無前後　數曲溪流自古今　世事益艱人已遠　悲吟中夜獨沾襟

其二
去歲奇遊吾未偕　今來此地獨徘徊　故人歸去水流急　行子坐遲山翠來
京洛幾時書信到　蓬萊明日客程催　林溪薄晚秋風起　愁聽寒雲老鴈哀

남유용(南有容), ≪뇌연집(雷淵集)≫ 권14 기

遊洞陰華嶽記

庚子 四人騎從家大人肩輿 遊蒼玉屏 屏去縣門不十里近 則思庵俎豆
地 而峒隱及文谷金公并享 思菴 文谷有遺像在 盖嘗見思庵二養亭記
有曰吾東山水 永平最名 由一縣而言 清泠潭其尤也 潭則白雲衆溪之所
滙 而源發白雲山 縣之名山曰鍾賢 其東支騰聳 至潭口稍殺而爲崖 崖
脉散而爲石 盤陀彌一壑 故潭底皆鋪全石 無寸土 其稍高者露出水面
若龜龍曝日 島嶼浮溟 詭怪錯陳 有類石牀者曰吐雲牀 有類石碓容斗者
曰窪樽 牀可以實琴棋 樽可以盛酒 潭之北流西折而爲灘曰鳴玉 有大壁
屹然障潭北一面 峭者劍拔 秀者笋迸 突者爲猨竈 凹者爲龍蟄 奇詭萬
狀 而磅礴爲一塊 極造化之剞劂曰蒼玉屏 雲霞中蔚 水氣上蒸 常若有
光瑞 世傳峒隱常披鶴氅 攀壁窮其顚 其行如飛 望之者皆失色 而公不
慴 玉立吹鐵笛數弄 久之不返云 潭水皆從屏下行 繞出屏後 達于漣漳
崖之逶迤而俯潭爲臺者四 曰白鶴曰青鶴 思庵記謂記實也 [盖其時有羣
鶴 或白或青 往來洲渚間 翶翔于臺上故名云]曰散襟曰水鏡 二臺之間
有石刻松筠節操水月精神八字則尤翁筆 而宣廟奬思庵語也 潭之西散襟
之上曰拜鵑窩 則思庵舊居而今爲院 潭之西院之左青鶴之上曰二養亭
則思庵讀書所 而取伊川養德養體之言爲名也 登亭騁眺則群岫慈峭 雲
烟之吐吞 林樹之晻曖 鳥獸之遨遊 魚鼈之潛泳 舒慘萬變 表裏相形 鬭
奇競秀 各不相讓 而卒皆收精會神 來效於几席樽俎之間 使人嘯咏優遊
境淨意適 自不知形骸之爲吾有 萬物之爲吾累 豈不快哉 是時花候尙早
半開者十八九 全開者十二三 餘皆蓓蕾 盖如向者荷酒者之言 李老必文
思庵外裔而居院村 能談故事 鄭生國賓 峩嵋山人 能詩喜山水 與院儒
五六人步屧至 實酒窪樽 酣詠半日 既夕將迤訪金水亭 泝溪步數帿地
得蓮花巖 巖在溪心 刻蓬萊詩自書 [詩云綠綺琴伯牙心 一彈復一吟 鍾
子是知音 泠泠虛籟起遙岑 江月娟娟江水深]咏罷相與和之 旋從左麓小
蹊 穿田家雞犬行數十步 麓勢稍陡起 上頗平衍 松杉雜植 潔淨如掃 遂

植杖藉草 起俯視牛頭潭 時返照正在潭面 潭受日光益淸 水底沙石皆黃
如鋪金屑 魚蝦之往來 可一二數也 稍左數步而麓勢忽夷以奧 方如碁局
而亭着其中 制度小而結搆工 旁睨小姑山 前臨浮雲壁 右蓮花巖 左迴
瀾石 盖水自松亭[在縣門外] 奔流甚㿇 至石角折其湍 到亭前却演㳂若
池 水石之得名以此 凭欄遠望 凡寓於目者 皆若爲亭效奇 極有情態 處
勢僻隩 遇境幽眚 三淵所謂如山人韻釋者 眞善評也 李老言亭本思庵舊
樓 而蒼玉屛爲蓬萊所有 旣而各以所好易之云 余因其言而默想二公氣
象 可知蓬萊過於好奇 而思庵胸次自寬平也 家大人先還 余等與衆賓留
飮 旣醉耳熱 各折檻外花梢 蘸水灑面 已而見月出 遂起去 自亭後歸
忽石崖雙起 道出其間 仰視有大刻曰洞天石門 [前面則爲迴瀾石] 始知
由石門至亭爲正路 而向從蓮花巖來者 爲玉屛遊人徑步也

3) 조선왕조실록의 서원 관련 기록

≪경종실록≫ 권7 경종 2년 4월 13일 정묘

鞫廳以語多窘遁 請刑 刑問二次後 以鄭麟重招 有盤問之端 停刑 (중
략) 供曰 永平 玉屛書院 有修理事 全羅兵營所送銀四十兩 送于龍澤家
(이하 생략)

국청에서 군색하고 빠져 나가고자 꾸며대는 말이 많다 하여 형신(刑訊)
하기를 청하였다. 두 차례 형문한 뒤 정인중(鄭麟重)의 초사(招辭)에 반문
(盤問)할 단서가 있다 하여 형신을 정지하였다. (중략) 공초하기를, "영평
(永平)의 옥병 서원(玉屛書院)에 수리할 일이 있어 전라 병영(全羅兵營)
에서 보낸 은 40냥을 김용택의 집으로 보냈습니다.(이하 생략)"

용연서원(龍淵書院)

1. 연혁

1) 창   건 : 숙종 17년(1691)
2) 사액연도 : 숙종 18년(1692)
3) 중   수 :
4) 훼   철 : 훼철안됨
5) 지정번호 : 경기도 유형문화재 제70호
6) 위   치 : 포천시 신북면 신평리
7) 서 원 지 : 무
8) 제향인물 : 이덕형(李德馨) 조경(趙絅)

2. 내용

포천시 신북면 신평리 덕령산 북쪽 끝자락의 서원말에 위치하고 있는 용연서원은 숙종 17년(1691) 건립되어 이덕형과 조경을 모셨다. 그리고 이

용연서원 안 사당에 걸려있는 현판.

듬해인 숙종 18년(1692) '용연(龍淵)'이라고 사액되었다.

　서원 바로 부근에 경복대학이 들어서 있는데, 조선시대 사설 교육기관이었던 용연서원과 더불어 조화를 이루고 있다. 아마도 역사는 과거와 현재의 만남이라는 대명제를 실현하고 있는 장소가 이곳 용연서원인 듯싶다.

　서원의 이름을 용연이라 한 것은 이곳의 지명과 밀접한 관련을 갖는다. 일반적으로 서원의 명칭은 주향자(主享者)의 호나 지명에서 연유하는데, 부근에 큰 연못이 있었을 개연성이 크다. 현재 용연서원 부근에는 큰 연못이 없지만, 과거 포천의 사찬(私撰) 군읍지(郡邑誌)인 <견성지(堅城誌)> 명승조(名勝條)에 보면 큰 연못이 있었다는 사실을 뒷받침하는 기록이 있다.

　龍淵 在縣北 二十五里 長洞九曲 淸潭如畵 趙龍洲常以時遊覽焉
　용연은 현의 북쪽 15리에 있다. 길고 굽이진 동리계곡인데 맑고 깨끗하기가 그림과 같다. 용주 조경 선생이 때때로 유람하던 곳이다.

용연서원 사당 전경.

용연서원 사당 입구에 있는 내삼문 전경.

용연서원 입구에서 바라본 외삼문.

용연서원 내부에 있는 강당전경.

이 기록으로 보아 조경이 자신의 호를 용주라 한 것도 이곳의 지명에서 따온 것임을 알 수 있다. 현재 용남소는 바위로 메워져서 옛 모습을 확인할 수 없다.

용연서원은 이사상(李師相) 등 남인계(南人系) 유생(儒生)들이 조경의 학문과 덕행을 추모하기 위해 단독 봉향(奉享)으로 건립할 계획이었으나, 남인인 윤선도(尹善道)를 사면토록 한 조경의 상소에 앙심을 품은 노론파(老論派)의 반대로 좌절되고 중립적 덕망이 있는 한음(漢陰) 이덕형(李德馨)을 함께 모시게 되었다.

고종 5년(1868) 대원군의 서원철폐령에도 훼철되지 않고 살아남았던 용연서원은 사우(祠宇), 강당(講堂), 동재(東齋), 서재(西齋), 내외삼문(內外三門), 홍살문 등이 있었으나 불행하게도 6.25전쟁으로 소실되어 사우만 남았던 것을 홍살문, 외삼문, 강당, 담장 등을 복원하여 창건 당시의 모습을 회복하였지만 동·서재는 아직도 복원하지 못하고 있다. 사당의 규모는 1단의 장대석(長大石) 기단(基壇) 위에 정면 3칸, 측면 2칸이다. 겹처마 맞배지붕 이익공(二翼工)에 방풍판(防風板)을 단 목조기와로 축조되었다. 바로 이 사우에 '용연서원(龍淵書院)'이라고 쓰여진 현판이 걸려 있다. 현판의 오른편 끝에는 '임신 2월 15일 사액(壬申二月十五日賜額)'이라고 써진 글자가 부기되어 있다. 이때의 임신은 곧 숙종 18년(1692)이 된다. 용연서원의 건축양식은 전체적으로 간결하고 소박하며 건물의 규모도 그리 크지 않다. 대체로 사당과 강당만으로 구성된 19세기 서원의 단순한 형태를 여실히 보여주고 있다.

현재 용연서원은 전답, 대지 등 위토의 임대수입으로 다소 여유가 있는 편이고, 주민대표를 당연직 이사로 하는 외에 초등학생들에게는 전통예절도 교육하고 모범적인 초등학생과 대학 진학생에게는 장학금도 지급함으로써 지역주민과의 유대를 다지고 있다.

3. 제향인물

1) 이덕형(李德馨) ; 명종 16년(1561)~광해군 5년(1613)

조선 중기의 문신으로 본관은 광주(廣州)이다. 자는 명보(明甫)이고, 호는 한음(漢陰)·쌍송(雙松)·포옹산인(抱雍散人)이다. 부사과(副司果) 수충(守忠)의 증손으로, 할아버지는 증 좌찬성 진경(振慶)이고, 아버지는 지중추부사 민성(民聖)이며, 어머니는 현량 유예선(柳禮善)의 딸이다. 영의정 이산해(李山海)의 사위이다.

어려서부터 재주가 있고 침착했으며, 문학에 통달해 어린 나이로 양사언(楊士彦)과 막역한 사이였다 한다. 선조 13년(1580) 별시 문과에 을과로 급제해 승문원(承文院)의 관원이 되었으며, 재주 있는 신하로 선발되어 선조로부터 서적을 받았다.

1582년 명나라에서 온 조사(詔使) 왕경민(王敬民)이 만나보고 싶어했으나 사적인 면대는 도리에 어긋남을 들어 사양하였다. 이에 왕경민은 만나보지 못함을 아쉬워하며 그의 인격을 칭찬하는 글귀를 보내왔다고 한다.

1592년 임진왜란 때 북상중인 왜장 고니시(小西行長)가 충주에서 만날 것을 요청하자, 이를 받아들여 단기(單騎)로 적진으로 향했으나 목적을 이루지 못하였다. 왕이 평양에 당도했을 때 왜

이덕형, 덴리대학 소장.

적이 벌써 대동강에 이르러 화의를 요청하자, 단독으로 겐소와 회담하고 대의로써 그들의 침략을 공박했다 한다.

그 뒤 정주까지 왕을 호종했고, 청원사(請援使)로 명나라에 파견되어 파병을 성취시켰다. 돌아와 대사헌이 되어 명군을 맞이했으며, 이어 한성판윤으로 명장 이여송(李如松)의 접반관(接伴官)이 되어 전란 중 줄곧 같이 행동하였다. 1593년 병조판서, 이듬해 이조판서로 훈련도감당상을 겸하였다.

1595년 경기·황해·평안·함경 4도체찰부사가 되었으며, 1597년 정유재란이 일어나자 명나라 어사 양호(楊鎬)를 설복해 서울의 방어를 강화하는 한편, 스스로 명군과 울산까지 동행, 그들을 위무(慰撫)하였다. 그 해 우의정에 승진하고 이어 좌의정에 올라 훈련도감도제조를 겸하였다.

이어 명나라 제독 유정(劉綎)과 함께 순천에 이르러 통제사 이순신(李舜臣)과 함께 적장 고니시의 군사를 대파하였다. 1601년 행판중추부사(行判中樞府事)로 경상·전라·충청·강원 4도체찰사를 겸해 전란 뒤의 민심 수습과 군대 정비에 노력하였다.

그리고 대마도정벌을 건의했으나 뜻을 이루지 못하고 이듬 해 영의정에 올랐다. 1604년 이항복(李恒福)이 그의 공을 들어 호성공신(扈聖功臣)에 녹훈할 것을 건의했으나 본인의 사양과 시기하는 자들의 반대로 책록되지 못하였다.

1606년 영중추부사가 되었다가, 1608년 광해군이 즉위하자 진주사(陳奏使)로 명나라에 다녀와서 다시 영의정이 되었다. 광해군 5년(1613) 이이첨의 사주를 받은 삼사에서 영창대군(永昌大君)의 처형과 폐모론을 들고 나오자 이항복과 함께 이를 적극 반대하였다.

어렸을 때 이항복과 절친한 사이로 기발한 장난을 잘해 많은 일화가 전해진다. 글씨에 뛰어났고, 포천의 용연서원(龍淵書院), 상주의 근암서원(近巖書院)에 제향되었다. 저서로 ≪한음문고(漢陰文稿)≫가 있다. 시호는 문익(文翼)이다. 묘소는 양평군 양서면 목왕리에 있다.

2) 조경(趙絅) ; 선조 19년(1586)~현종 10년(1669)

조선 후기의 문신으로 본관은 한양(漢陽)이다. 자는 일장(日章)이고, 호는 용주(龍洲)·주봉(柱峯)이다. 절충장군(折衝將軍) 수곤(壽崑)의 증손으로, 할아버지는 공조좌랑 현(玹)이고, 아버지는 봉사(奉事) 익남(翼男)이다. 어머니는 증좌승지 유개(柳愷)의 딸이다. 윤근수(尹根壽)의 문인이다.

광해군 4년(1612) 사마시(司馬試)에 합격했으나 광해군의 난정(亂政)으로 대과를 단념, 거창에 은거하였다. 1623년 인조반정 후 유일(遺逸)로 천거되어 고창현감·경상도사에 계속하여 임명되었으나 모두 사양하다가 이듬해 형조좌랑·목천현감 등을 지냈다.

1627년 정묘호란이 일어나 인조가 강화도에 파천하고 조정에서 화전

용연서원 사당에 걸려있는 '용연서원 중수기'

양론이 분분할 때 지평으로 강화론을 주장하는 대신들에 대하여 강경하게 논박하였다.

이어 이조좌랑·이조정랑을 거쳐, 1636년 병자호란이 일어났을 때 사간으로 척화를 주장하였다. 1650년 청나라가 사문사(査問使)의 척화신에 대한 처벌 요구로 영의정 이경석(李景奭)과 함께 의주 백마산성(白馬山城)에 안치되었다가 이듬해 풀려나와, 1653년 회양부사를 지내고 포천에 은퇴하였다. 그 뒤 노인직(老人職)으로 행부호군에 등용, 1658년 기로소(耆老所)에 들어갔다.

1661년 판중추부사로 윤선도(尹善道)의 상소를 변호하다가 대간의 논박을 받고 파직되었다. 숙종 때 청백리에 녹선되었다. 포천의 용연서원(龍淵書院), 흥해의 곡강서원(曲江書院), 춘천의 문암서원(文巖書院)에 각각 제향되었다. 저서로 ≪용주집≫ 23권 12책과 ≪동사록(東槎錄)≫이 있다. 시호는 문간(文簡)이다.

4. 관련기록

1) 창건·중수기록

≪신증동국여지승람≫ 권11 경기 포천현

용연서원(龍淵書院)[숙종 신미년에 세웠으며, 임신년에 사액하였다.] 이덕형(李德馨)[자는 명숙(明肅), 호는 한음(漢陰)인데, 광주(廣州) 사람이다. 벼슬은 영의정 전문형이었고, 시호는 문익(文翼)이다.] 조경(趙絅)[자는 일장(日章), 호는 용주(龍州)인데, 한양(漢陽) 사람이다. 벼슬은 판중추 전문

형에 이르고 영의정에 추증되었으며 시호는 문간(文簡)이다.]

≪연려실기술≫ 별집 권4 사전전고

용연서원(龍淵書院)[숙종 병진년에 세웠으며 신미년에 사액하였다.] : 이덕형(李德馨)·조경(趙絅)

2) 문집에 보이는 서원 관련 기록

이덕형(李德馨), ≪한음문고(漢陰文稿)≫ 부록 권2 연보

正宗大王元年丁酉秋 奉安影幀于 龍淵書院
純祖大王三十年庚寅春 奉安影幀于近嵒書院
三十二年壬辰夏 奉安影幀于順興白雲洞紹修書院
當宁元年甲子 遣承旨致祭

이덕형(李德馨), ≪한음문고(漢陰文稿)≫ 부록 권4
賜祭文[肅宗壬申 龍淵書院宜額賜祭]
惟卿江山秀精 忠孝大人 咸有一德 宣考宗臣 秋月荷花 若許氣像 三
十文衡 未筮仕相 海鰐東出 日馭西幸 宗社邱墟 園陵掘發 涙灑鶴野
誠動鳳闕 十萬天兵 一掃群蠻 三京旣復 八域再安 伊誰之力 乃卿之勳
運否邦家 曆屬彼昏 政亂治乖 其奈斯文 奸兇一筆 許毀兩賢 扶正封事
至再至三 闢異廓如 亞聖無憝 綱常斁絶 國有大變 哀纏幼孤 辱極慈殿
願一言死 刳肝獻議 無譁絶母 明春秋義 剖心不怖 脯鄂在卽 遑遑出門
遲遲去國 祝宗祈死 都民巷哭 蓋臣旣亡 伊君隨沒 王佐之才 天人之學
游于庠序 和靖茂叔 待詔金馬 賈誼仲舒 衛道斥邪 劉正韓愈 謨猷朝堂

共和吉甫　功光國家　業大儒門　靑襟齊會　百世公論　龍淵某邱　童子釣遊
爰建廟宇　薦以籩豆　以樹其風　以報其德　章甫叫閣　願得華額　予恒有恨
九原難作　歎不同時　未得補益　今此之請　實獲我心　肇錫嘉名　表素仰欽
遣官祭告　明示予忱　洋洋如在　庶幾來歆

3) 조선왕조실록의 서원 관련 기록

없음

화산서원(花山書院)

1. 연혁

1) 창   건 : 인조 13년(1635)
2) 사액연도 : 현종 1년(1660)
3) 중   수 :
4) 훼   철 : 고종 5년(1868)
5) 지정번호 : 경기도기념물 제46호
6) 위   치 : 포천시 가산면 방축리
7) 서 원 지 : 무
8) 제향인물 : 이항복(李恒福)

2. 내용

포천시 가산면 방축리에 있는 화산서원은 오성 대감으로 알려진 이항복의 덕을 추모하기 위해 세운 서원이다. 의정부에서 포천으로 가는 국도를

화산서원 사당 전경(사진 아래)과 현판(사진 위).

따라가다 송우리를 지나자마자 나타나는 사거리 교차로에서 가산면 방향으로 들어서면 가구단지와 각종 공장들이 즐비하게 늘어서 있는데, 그 중심에 화산서원이라는 이정표와 함께 서원을 쉽게 찾을 수 있다. 특히 화산서원 입구에는 '문충공백사이선생숭모비(文忠公白沙李先生崇慕碑)'가 서있어 오는 사람들을 맞이하고 있다.

원래 화산서원은 인조 13년(1635) 이 지역 유생들이 이항복을 모시기 위해 건립하였다. 이항복은 광해군 때에는 인목대비의 폐위를 반대하다가 북청으로 귀양가서 그곳에서 여생을 마쳤고, 그의 유해는 선영인 포천으로 모셔졌으며, 뒤에 유생들은 그를 추모하기 위하여 이곳에 서원을 건립하였던 것이다. 그의 묘소는 서원에서 약 1km 떨어진 화봉산(花峰山)자락에 위치하고 있다. 한편 이 서원은 현종 1년(1660) 화산이란 이름으로 사액되었다. 그 뒤 대원군의 서원철폐령으로 훼철되었다가 1971년에 이르러 복원되었다.

현재 서원 경내의 건물로는 동재인 동강재(東岡齋)와 서재인 필운재(弼雲齋) 등과 출입문인 내·외삼문이 있다. 외삼문에는 '화산서원'이라고 쓴 편액이 걸려 있고, 내삼문에는 '초현문(招賢門)'이라는 현판이 걸려 있다.

화산서원 내삼문에 걸려있는
'초현문(招賢門)' 현판.

화산서원 외삼문 전경.

화산서원 외삼문에 걸려 있는 현판.

화산서원 입구 길가에 있는 하마비.
비석과 비받침이 전혀 어울리지 않는다.

사당은 이항복의 위패를 모시고 있는 건물로 앞면 3칸·옆면 1칸 반 규모이다. 지붕은 옆면에서 볼 때 사람 인(人)자 모양인 맞배지붕으로 꾸몄으며, 각 칸 마다 문을 달았는데 가운데 칸을 넓게 조성하여 제사지내기에 용이한 구조이다. 동강재와 필운재는 강당을 겸한 재실로서 학문을 토론하거나 유림이 모임을 갖는 장소로 쓰고 있다. 경기도 기념물 46호로 지정되어 있다. 이곳에서는 해마다 9월 제사를 지낸다.

3. 제향인물

이항복(李恒福) ; 명종 11년(1556) ~ 광해군 10년(1618)

조선 중기의 문신으로 본관은 경주(慶州)이다. 자는 자상(子常)이고, 호는 필운(弼雲)·백사(白沙)·동강(東岡)이다. 고려의 대학자 제현(齊賢)의 후손이며, 성무(成茂)의 증손으로, 할아버지는 예신(禮臣)이고, 아버지는 참찬 몽량(夢亮)이며, 어머니는 전주 최씨(全州崔氏)로 결성현감 윤(崙)의 딸이다.

오성부원군(鰲城府院君)에 봉군되어 이항복이나 백사보다는 오성대감으로 널리 알려졌다. 특히 죽마고우인 한음 이덕형(李德馨)과의 기지와 작희

(作戱)에 얽힌 많은 이야기로 더욱 잘 알
려진 인물이다. 9세 때 아버지를 여의고
어머니 슬하에서 자랐다.

소년시절에는 부랑배의 우두머리로서 헛
되이 세월을 보냈으나 어머니의 교훈으로
학업에 열중했다 한다. 선조 4년(1571) 어
머니를 여의고, 삼년상을 마친 뒤 성균관
에 들어가 학문에 힘써 명성이 높았다. 영
의정 권철(權轍)의 아들인 권율(權慄)의 사
위가 되었다.

1575년 진사 초시에 오르고 선조 13년
(1580) 알성 문과에 병과로 급제해 승문원
부정자가 되었다. 이듬 해 예문관검열이

이항복, 서울대학교 박물관 소장

되었을 때 마침 선조의 ≪강목(綱目)≫ 강연(講筵)이 있었는데, 고문을
천거하라는 왕명에 따라 이이(李珥)에 의해 이덕형 등과 함께 5명이 천거
되어 한림에 오르고, 내장고(內藏庫)의 ≪강목≫ 한 질씩이 하사되고 옥
당에 들어갔다. 1583년 사가독서의 은전을 입었다.

그 뒤 여러 관직을 역임하였다. 1589년 예조정랑 때 발생한 역모사건에
문사낭청(問事郞廳)으로 친국에 참여해 선조의 두터운 신임을 받았다. 신
료 사이에 비난이나 분쟁이 있을 때 삼사에 출입해 이를 중재하고 시비를
공평히 판단, 무마해 덕을 입은 사람도 많았다.

한편, 파당을 조성하는 대사간 이발(李潑)을 공박하다가 비난을 받고 세
차례나 사직하려 했으나 선조가 허락하지 않고 특명으로 옥당에 머물게
한 적도 있었다. 그 뒤 응교·검상·사인·전한·직제학·우승지를 거쳐
1590년 호조참의가 되었고, 정여립(鄭汝立)의 모반사건을 처리한 공로로

평난공신(平難功臣) 3등에 녹
훈되었다.

이듬 해 정철(鄭澈)의 논죄
가 있자 사람들이 자신에게 화
가 미칠 것이 두려워 정철을
찾는 사람이 없었다. 그러나
그는 좌승지의 신분으로 날마
다 찾아가 담화를 계속해 정철
사건의 처리를 태만히 했다는
공격을 받고 파직되었으나 곧
복직되고 도승지에 발탁되었다.
이 때 대간의 공격이 심했으나
대사헌 이원익(李元翼)의 적극
적인 비호로 진정되었다.

화산서원 입구 하바비 옆에 서있는
'문충공백사이선생 숭모비'

1592년 임진왜란이 일어나자 왕비를 개성까지 무사히 호위하고, 또 왕
자를 평양으로, 선조를 의주까지 호종하였다. 그 동안 이조참판으로 오성
군에 봉해졌고, 이어 형조판서로 오위도총부도총관을 겸하였다.

이 동안 이덕형과 함께 명나라에 원병을 청할 것을 건의했고 윤승훈(尹
承勳)을 해로로 호남지방에 보내 근왕병을 일으켰다. 선조가 의주에 머무
르면서 명나라에 구원병을 요청하자, 명나라에서는 조선이 왜병을 끌어들
여 명나라를 침공하려 한다며 병부상서 석성(石星)이 황응양(黃應暘)을
조사차 보냈다. 이에 그가 일본이 보내온 문서를 내보여 의혹이 풀려 마
침내 구원병이 파견되었다.

그리하여 만주 주둔군 조승훈(祖承訓)·사유(史儒)의 3,000 병력이 왔
으나 패전하자, 다시 중국에 사신을 보내 대병력으로 구원해줄 것을 청하

화산서원에서 1km 떨어진 맞은편 화봉산 자락에 위치한 이항복 묘소 입구에 서있는 신도비.

자고 건의하였다. 그리하여 이여송(李如松)의 대병력이 들어와 평양을 탈환하고, 이어 서울을 탈환, 환도하였다. 다음 해 선조가 세자를 남쪽에 보내 분조(分朝)를 설치해 경상도와 전라도의 군무를 맡아보게 했을 때 대사마(大司馬)로서 세자를 받들어 보필하였다.

1594년 봄 전라도에서 송유진(宋儒眞)의 반란이 일어나자 여러 관료들이 세자와 함께 환도를 주장하였다. 그러나 그는 반란군 진압에 도움이 되지 못한다고 상소해 이를 중단시키고 반란을 곧 진압하였다.

그는 병조판서·이조판서, 홍문관과 예문관의 대제학을 겸하는 등 여러 요직을 거치며 안으로는 국사에 힘쓰고 밖으로는 명나라 사절의 접대를 전담하였다. 명나라 사신 양방형(楊邦亨)과 양호(楊鎬) 등도 존경하고 어려운 일이 있을 때마다 찾던 능란한 외교가이기도 하였다.

1600년 영의정 겸 영경연·홍문관·예문관·춘추관사, 세자사(世子師)에 임명되고 다음 해 호종1등공신(扈從一等功臣)에 녹훈되었다. 1602년 정인홍(鄭仁弘)·문경호(文景虎) 등이 최영경(崔永慶)을 모함, 살해하려한 장본인이 성혼(成渾)이라고 발설하자 삼사에서 성혼을 공격하였다. 이에 성혼을 비호하고 나섰다가 정철의 편당으로 몰려 영의정에서 자진사퇴하였다.

1608년 다시 좌의정 겸 도체찰사에 제수되었으나 이 해 선조가 죽고 광해군이 즉위해 북인이 정권을 잡게 되었다. 그는 광해군의 친형인 임해 군(臨海君)의 살해 음모에 반대하다가 정인홍 일당의 공격을 받고 사의를 표했으나 수리되지 않았다.

　그 뒤 성균관 유생들이 이언적(李彦迪)과 이황(李滉)의 문묘배향을 반 대한 정인홍의 처벌을 요구했다가 도리어 구금되어 권당(捲堂 : 동맹휴학) 하는 사태가 생기자, 그가 겨우 광해군을 설득, 무마해 해결하기도 하였 다. 이 때문에 정인홍 일당의 원한과 공격을 더욱 받게 되었다.

　곧이어 북인 세력이 선조의 장인 김제남(金悌男) 일가의 멸문, 선조의 적자 영창대군(永昌大君)의 살해 등 흉계를 자행하자 그의 항쟁 또한 극 렬해 원망의 표적이 되었다. 그리하여 광해군 5년(1613) 인재 천거를 잘못 했다는 구실로 이들의 공격을 받고 물러나 별장 동강정사(東岡精舍)를 새 로 짓고 동강노인(東岡老人)으로 자칭하면서 지냈다. 이 때 광해군은 정

이항복 묘소전경.

인홍 일파의 격렬한 파직 처벌의 요구를 누르고 좌의정에서 중추부로 자리만을 옮기게 하였다.

1617년 인목대비 김씨(仁穆大妃金氏)가 서궁(西宮 : 경운궁. 곧 덕수궁)에 유폐되고, 이어 폐위해 평민으로 만들자는 주장에 맞서 싸우다가 1618년에 관작이 삭탈되고 함경도 북청으로 유배되어 그곳에서 세상을 떠났다. 죽은 해에 관작이 회복되고 이 해 8월 고향 포천에 예장되었다.

죽은 뒤 포천과 북청에 사당을 세워 제향했으며 효종 10년(1659)에는 화산서원(花山書院)이라는 사액(賜額)이 내려졌다. 영조 22년(1746)에는 승지 이종적(李宗迪)을 보내 영당(影堂)에 제사를 올리고 후손을 관직에 등용시키는 은전이 있었다. 순조 32년(1832)에는 임진왜란 발발 네 번째 회갑을 맞아 제향이 베풀어졌다. 헌종 4년(1838)에는 우의정 이지연(李止淵)의 요청으로 봉사손(奉祀孫)의 관리 등용이 결정되기도 하였다.

저술로는 1622년에 간행된 ≪사례훈몽(四禮訓蒙)≫ 1권과 ≪주소계의(奏疏啓議)≫ 각 2권, ≪노사영언(魯史零言)≫ 15권과 시문 등이 있으며, 이순신(李舜臣)충렬묘비문을 찬하기도 하였다. 시호는 문충(文忠)이다. 묘소는 포천군 가산면 금현리에 위치하고 있다.

4. 관련기록

1) 창건 · 중수기록

≪신증동국여지승람≫ 권11 경기 포천현

화산서원(花山書院)[인조 을해년에 세웠으며, 현종 경자년에 사액하였다.] 이항복(李恒福)[자는 자상(子常), 호는 백사(白沙)인데 경주 사람이다. 광해주 무오년에 항소하여 대의를 밝혔으나, 북청(北靑)으로 귀양가서 죽었다. 벼슬은 영의정 오성부원군 전문형(領議政鰲城府院君典文衡)이었으며, 시호는 문충(文忠)이다.]

≪연려실기술≫ 별집 권4 사전전고

화산서원(花山書院)[숭정 을해년에 세웠고 현종 경자년에 사액하였다.]

2) 문집에 보이는 서원 관련 기록

김홍욱(金弘郁), ≪학주전집(鶴洲全集)≫ 권9 상량문

花山書院講堂上樑文[白沙李公之院]

沒而可祭者 在斯人也 旣設象賢之祠 學而時習之 不亦說乎 更建隷業之所 斯文未喪 於道有光 恭惟先生 聖代龜龍 儒林根柢 淸標偉節 與日月爭光 泰山爭高 碩學鴻猷 爲天地立心 生民立命 浩然塞兩間之氣 卓爾冠一世之名 文章奪造化之工 便脫科臼 道德達天人之妙 不拘典刑 以磊落奇偉之才 任艱難經濟之責 當今之世 捨孟軻氏其誰 由斗以南 獨狄仁傑而已 笑談黃閣 凡十年有餘 拯濟蒼生 無一夫不獲 勁草當疾風而不改 寒花於晩節而尤香 有管夷吾而無憂 是以開白水中興之丕運 微穎封人之錫類 孰能格黃泉相見之非心 功烈垂之無窮 綱常賴而不墜 甲寅章奏 鳳鳴爭賀於考亭 庚子日斜 鵬鳥遽集於賈舍 詠楚些歸來之賦 悲周雅殄瘁之詩 誰與爲依 嗟哉吾黨二三子 廟焉以享 安得廣廈千萬間 爰傍桑鄕之舊廬 乃啓花山之新院 明宮齋室 次第而成 白鹿武夷 彷彿於是 不日爰謀而建祠宇 經年然後而立講堂 讀其書懷其人

尙有興起於善者 遊某丘釣某水 況此盤旋之所哉 架上靑編 鄭侯之圖書
在此 庭前碧草 濂溪之風月依然 蓋陶養性情 必須庠塾之化 而講說義
理 豈無成就之徒 雙樑虹飛 六偉雷動 伏願上樑之後 絃誦不絕 切磋相
規 山高水長 先生之風益遠 鳶飛魚躍 君子之道維新

　　鶴洲先生全集卷之九

조복양(趙復陽), ≪**송곡집**(松谷集)≫ 권8 잡저 제문

花山書院賜額祭文[院在抱川 祀白沙]

　宣祖在阼 群才接武 孰爲稱首 粵有元輔 生稟間氣 寔謂名世 邦家砥
柱 士林根柢 自在童幼 已期巖廊 展步夷途 眷注非常 丁時板蕩 專賴
石畫 策決求救 忠竭執靮 名聞天下 功冠中興 文盟是主 銓柄常膺 乃
登鼎司 並摠戎事 出入將相 經綸表裏 民望著龜 天爲社稷 謝傅疏襟
魏公盛德 昏主亂常 衆慝逞凶 謂毋可讎 禍迫金墉 惟時遜野 不在其位
發憤抗疏 天經地義 爭光烈日 獨任倫紀 道屈身累 人亡國瘁 善類長慟
良史大筆 平生立揚 可尋本末 資惟英傑 濟以明達 風度凝遠 器宇軒豁
蘊爲德行 篤厚淳備 發之事業 磊落俊偉 早覵宗儒 知獎特異 晚而嗜學
游心義理 有銘有箴 涵養警戒 直契宗旨 洞見超詣 文章炳烺 特其餘韻
大節卓犖 亦云本分 淸如氷玉 重若山斗 應無盡無 應有盡有 一代名賢
皆在其門 人誦白沙 世傳遺文 正大之氣 凜然猶存 院宇初建 兇黨方熾
公論爭激 雖禁莫止 揭虔俎豆 百世必祀 頃在先朝 實許宣額 申命禮官
嘉號是錫 九原難作 緬懷何窮 精爽不昧 庶格子衷

조태억(趙泰億), ≪**겸재집**(謙齋集)≫ 권3 시

謁花山書院白沙遺像

爲訪花山院　恭瞻沙老眞　一身爲國重　万古植人倫　生晚慚前輩　時危
憶藎臣　沈吟遶郭詠　俯仰自沾巾

남유용(南有容), ≪뇌연집(雷淵集)≫ 권14 기

遊洞陰華嶽記

己亥　平朝遵山西小溪行　是歲節候甚早　峽村花柳　在處瀾漫　過盛而
近衰　余等相顧　深以過時爲恨　有洞陰官人荷酒壺從　笑謂余曰勿憂也
洞陰有山處必臨水　水氣寒　故每年花事殊晚　直到四月初　方如此間三月
半矣　午飯抱川松隅村　過謁花山書院　觀白沙遺像　尋馳至縣齋　日已夕
矣　家大人正坐東軒　吏退無簿書　忽得四人相踵入謁　其慰喜可知　命酒
與詩　陪話至鷄鳴　退宿草堂

3) 조선왕조실록의 서원 관련 기록

없음

▶ 집필진

백남욱(동서울대학 교수)

박혜숙(건국대학교 교수)

이상은(건국대학교 교수)

한정수(대진대학교 연구교수)

이도남(건국대학교 강사)

▶ 조사연구원

신안식(건국대학교 강의교수)

방기철(부천대학 강사)

京畿道書院總覽 上

발 행 인 : 남 선 우

편 집 인 : 윤 종 준 · 백 은 영

발 행 처 : 전국문화원연합회 경기도지회

　　　　　경기도 수원시 팔달구 인계동 1116-1(경기문화재단 6층)

　　　　　Tel. 031-239-1020

　　　　　Fax. 031-239-3785

인　　쇄 : 2006년 12월 20일

발　　행 : 2006년 12월 31일

인 쇄 처 : 국학자료원